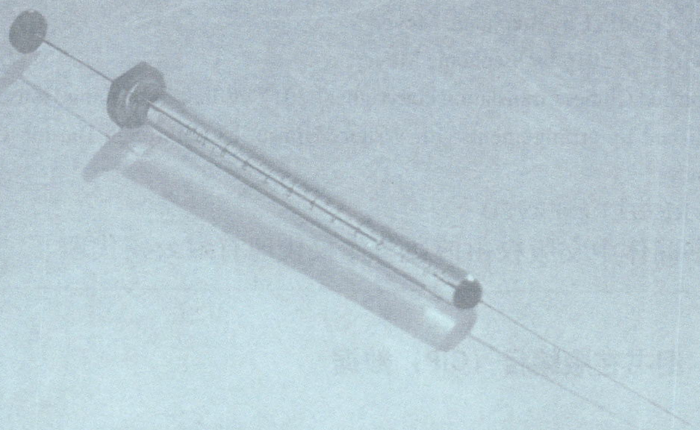

化学家

（上）

HUAXUEJIA

[美] 斯蒂芬妮·梅尔 著

枣泥 刘勇军 译

Jieli 接力出版社 Publishing House

桂图登字：20-2017-040

图书在版编目（CIP）数据

化学家：全2册 /（美）斯蒂芬妮·梅尔著；枣泥，刘勇军译．—南宁：接力出版社，2017.6
书名原文：The Chemist
ISBN 978-7-5448-4783-4

Ⅰ．①化… Ⅱ．①斯…②枣…③刘… Ⅲ．①长篇小说－美国－现代 Ⅳ．①I712.45

中国版本图书馆CIP数据核字（2017）第102305号

责任编辑：陈　邕　楚亚男　　美术编辑：王　雪　　责任校对：刘会乔
责任监印：刘　冬　　版权联络：金贤玲
社长：黄　俭　　总编辑：白　冰
出版发行：接力出版社　　社址：广西南宁市园湖南路9号　　邮编：530022
电话：010-65546561（发行部）　传真：010-65545210（发行部）
http：//www.jielibj.com　　E-mail：jieli@jielibook.com
经销：新华书店　　印制：北京鑫丰华彩印有限公司
开本：880毫米×1250毫米　1/32　　印张：18　　字数：410千字
版次：2017年6月第1版　　印次：2017年6月第1次印刷
印数：00 001—50 000册　　定价（上、下全二册）：78.00元

本书献给杰森·伯恩与亚伦·克洛斯

（同时也献给对本书亦有贡献的阿斯亚·穆奇尼克与梅根·希贝特）

目　录

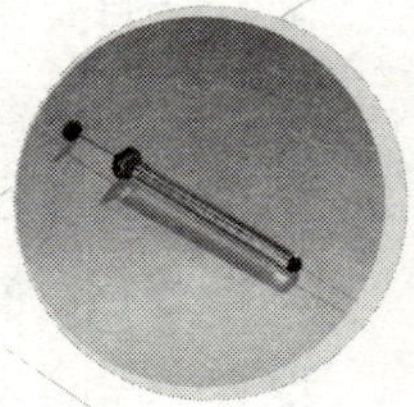

第一章
神秘邮件

对这个目前自称为克里斯·泰勒的女人来说，今天要做的事已经变成了家常便饭。她比平日起得略早，然后把每天晚上都设定好的警卫系统收起来。每天傍晚将这些东西一样一样地设置好，第二天早上睁眼之后要做的第一件事就是再把它拆掉，这真的是一件非常痛苦的事，不过为放任自己偷这一时半刻的懒，而让她搭上自己的小命，实在划不来。

在完成这项每日必做的琐事之后，克里斯钻进自己那辆毫不起眼的轿车——虽然已经开了好几年，但是车本身并没有什么大损伤，看起来并不引人注目——然后一直开了好几个小时。她已经横跨了三条州界线以及数不清的小路，虽然在经过几处小镇的时候，明明距离并不远，但她依然不愿开进去。一个镇子太小，另一个只有两条路供人进出，还有一个看起来好像很少有外人会去。她无法让自己显得不起眼，哪怕她已经努力伪装，让自己显得平凡。她记下了几个改天或许还要回来再去的地方——一家焊接器材店，一家军用品店，还有一个农贸市场。今年的桃子已经上市，她应该囤货了。

最后，在将近傍晚的时候，她开到了一个自己从未去过的地方——一家人流量比较大的公共图书馆。

一有机会，她就喜欢去图书馆。自由最难寻。

她将车停在图书馆西侧，避开了装在入口上方的那个摄像头的监控范围。所有电脑区的电脑都被人占了，还有很多想用电脑的人聚在周围等空位，她随便在书架上翻了翻，在传记类图书里面寻找有没有想看的。她发现凡是有帮助的书，她已经全都看过了。接着，她挑出一本她最爱的间谍小说，一个前海豹突击队队员的最新作品，又抓了旁边的几本。她在走去找一个好座位的路上，心里有一点点惭愧。偷图书馆的书，这或多或少有点令人鄙夷。但是出于很多原因，办一张借书卡是想都不用想的事，而且她能从这些书里找到让自己更加安全的办法的可能性微乎其微。安全永远位居惭愧之上。

并不是说她不知道这些书里面有百分之九十九的内容都没有用——小说里的东西要想搬进现实并为她所用根本不可能。不过她很早就学会了一件事，那就是贴近生活程度越高的小说越有学习价值。在手里顶尖资源匮乏的时候，能找到低端资源就已令她感到知足。而且她的确在上次研究的时候找到了似乎能够实操的小贴士，她已经开始将其运用在自己的日常生活里。

她在一个不起眼的角落找了把褪色的扶手椅窝好，在这里正好能看见电脑区的小隔间，然后假装翻看自己那一摞书最上面的一本。她看了一眼那几个使用电脑的人摊放在桌子上的东西，有一个人甚至还脱了鞋，他知道，他们还会在那里待上好一会儿。最有希望腾出来的位置被一个十几岁的少女占用着，她边上放着一摞参考书，神色焦急。这个女孩看起来不像是在玩社交媒体之类的东西——她是真的将搜索引擎搜出来的书目和作者一一记下来。克里斯等着的时候，一直埋头于自己手中的书。这本书被她牢牢圈在左臂弯中，而她的右手里捏着一个刀片，她干净利落地划开内置于书中的磁片传感器，然后将它塞进椅垫和扶手之间的缝隙里。她假装对手里这本书不感兴趣，随后拿起了下一本。

被克里斯处理干净的几本小说已经被放进她的背包里，这时那个花季少女恰好离开去找别的书。克里斯既没有一跃而起，也没有表现得很急切，但就在附近徘徊的满怀希冀的人意识到机会已经逝去之前，她就已经稳稳地坐在了电脑前的椅子上。

事实上，她查看电子邮箱一般只需要三分钟。

然后，她就又要上路再开四个小时，才能回到她临时的家——前提是她开车不偷懒。回家后的第一件事，当然还是要重新设置好警卫系统，然后才能去睡觉。收邮件的这一天总是很漫长。

她目前的生活和她以前的电子邮箱账户已经没什么关系，她看完邮件，如果有需要，偶尔回复之后，她会立刻冲出大门，飞速离开镇子，尽可能一鼓作气开出好几公里，跑到她家和此地的中间位置。以防万一。

“以防万一”，这已经成了克里斯的口头禅。她过的是一种无法事先准备周全的生活，但是，一如她时常提醒自己的，不事先准备周全，她根本就不可能活着。

如果不必冒这些风险当然最好不过，可是钱不会一直用不完。通常她会在一些小的零售店找一份临时的工作，是手写记录的那种就更完美了，但是这类工作赚的钱一般只够基本开销——食物和房租。除了假身份证、实验仪器和囤积的各种化学品，她这辈子再没买过更多价格不菲的东西，所以她在网上保持着一种不显山不露水的存在方式，四处寻找为数不多的买主，在尽一切努力维系这份工作的同时，又要避免引起那些不希望她再存活于世的家伙的注意。

前两个收件日全都一无所获，所以她看见有一封邮件躺在那里等着她时很高兴——可这份高兴只持续了五分之一秒，因为她反应过来回复地址是什么了。

I.carston.463@daptlla.net

前任老板卡斯顿本人的电邮地址，就这么躺在那儿。她后脖颈上的汗毛竖起，肾上腺素飙升。跑呀，跑，快跑。她的血管似乎在这样叫嚣——她的身体却仍有一部分机能使得她因为这封邮件而难以置信地张大嘴巴。她总是过低地估算了他们的不可一世能达到多么惊人的地步。

他们现在还不可能找到这里。她于惶恐中寻回理性，她的目光已经开始扫视整个图书馆，看看有没有肩膀宽得令黑色西装略显紧绷的人，有没有理着当兵的那种小平头的人，有没有朝她的位置移动的人。她可以透过落地窗看见自己的车子，看起来好像没有被人动过手脚，可是，她并没有一直监视着车子，不是吗？

也就是说，他们又一次找到了她，可是他们不可能会知道她决定去哪儿查看电邮。她可以对天发誓，她每次选择的地点都是随机的。

就在刚才，一间整洁的灰色办公室里响起警报，或许不止这一间办公室，甚至有可能还亮起了红灯。当然了，还会有一道高优先级命令开始被执行，以便追踪这个IP地址。无数人准备行动，可是就算他们动用了直升机——他们绝对有这个能力——她依然还有几分钟。这几分钟足够让她看看卡斯顿想要干什么。

主题栏写着：厌倦逃跑了吗？

浑蛋。

她点开邮件，全文并不长。

政策有变。我们需要你。非官方的道歉算数吗？可否一见？我并不强求，只是事关人命。许多条人命。

她一直都很喜欢卡斯顿，他似乎比那个部门里雇的其他黑衣人更有人味，那些人中有一部分——尤其是身穿制服的那几个——特别可怕。这么想可能很虚伪，因为她曾经也是这些人中的一员。这么说他们派来出头联络的人理所当然是卡斯顿，他们知道她很孤独很害怕，所以派了一个老朋友过来，好让她觉得感动和温暖。从常识来看，她原本不用别人提示也能看穿这是个计谋，更何况她早已从一本偷来的小说里看到过同样的手段。

她深吸一口气，花三十秒集中精力思考对策。重点应该在于她采取的下一步行动——离开这家图书馆，这座小镇，这个州，越快越好——以及这样做是否足够。她现在使用的身份证还安全吗？或者该重新换一个了？

不过，卡斯顿的狡猾提议将她带偏了轨道。

如果……

如果这么做真的可以让他们不再追杀自己呢？如果她坚信这是一个陷阱的念头只是妄想症发作，或是因为看了太多间谍小说被洗脑了呢？

如果这次的任务足够重要，或许他们会同意她以保住自己的小命作为交换条件。

不太可能。

不过，要假装强行曲解卡斯顿的电邮内容也毫无意义。

她按照自己认为他们期望她会做的那样回复了电邮，然而她心里已经大致想好了一个计划。

厌倦了很多东西，卡斯顿。我们在第一次见面的地方见，从今天算起一个星期之后的中午吧。如果我看见你还带了别人，我立刻走。我相信你知道轻重，别犯傻。

她起身的同时迈步就走，虽然腿短，却也走得脚下生风，不过从外表看起来倒是比内心随意自在许多。她在心里倒数读秒，计算着直升机从华盛顿到这里需要多长时间。当然了，他们可以通知当地警方，不过这与他们平日的行事风格不符。

那样完全不符合他们平日的行事风格，不过……她有一种模糊却又十分不安的预感，或许他们已经厌倦了平日那种行事风格。他们没有得到他们希望的结果，而他们这群人恰巧耐心有限。他们早已习惯了想要什么就立刻能得到什么，而他们想要她这条命已经足足三年了。

这封邮件绝对是一种政策上的变化，即便它是一个陷阱。

她必须假设它是。这种看待问题的视角，这种构成她的世界的思维方式，正是她依旧能自由呼吸的原因。不过她的脑海中有一小部分已经开始升起愚蠢的希望。

她心里很清楚，自己在这场赌局中押上的不过是一点儿小赌注。一条命而已，她的命。

而她在这样大赔率的盘面里保下来的这条命所能赢得的也不外乎是：活着，最低限度地活着。一下心跳，一次肺部的收缩。

她还活着，没错，而她必须要拼命挣扎才能让自己活着，在夜深人静的时候，她也曾扪心自问，自己这样苦苦挣扎究竟是为了什么。她付出了这么多，就为维持目前这种生活，值得吗？难道从此眼睛一闭不再睁开不是更轻松？黑漆漆一片虚无难道不比没完没了的恐惧和望不到尽头的努力更容易令人接受？

能阻止她回答“是”并且让她朝已经为她敞开大门的毫无痛苦的平静生活迈出那一步的，唯有一件事——那就是不甘心，必须要争一口气。这一点在她上医学院的时候就已令她受益无穷，而现在更是让她得以继续生存。她不能让他们赢，让他们的烦恼就这样轻易地除去，没门儿。或许到最后，他们还是会除掉她，但他们必须要为之付出努力，这群浑蛋，他们也必须要为之付出血的代价。

此刻，她已经坐在车里，距离最近的高速路入口还有六条街的距离。她头戴一顶黑色棒球帽盖住短发，宽大的男款墨镜遮住了她大半张脸，宽松的毛衣吞没了她苗条的身体。不仔细看，还以为她就是一个十几岁的小男孩。

她开着车，想起那些希望她死的人已经流过血，突然意识到自己在微笑。很奇怪，她这些天一想起这些事，就会觉得特别惬意，特别心满意足。她现在变得有城府有心计，这真是太讽刺了。她曾在他们手底下受训和工作了六年，这六年里他们都没能说服她，将她变成一个享受自己所作所为的人，但是逃离他们的这三年却改变了这一切。

她知道自己永远不会喜欢杀死一个无辜的人。她确定这条底线不会被突破，不管从前还是以后。她所在的队伍里——之前的队伍——有些人真的十分优秀，并且是真正的疯子，不过她愿意认为这是她的同僚不如自己出色的原因，他们的动机有问题。痛恨自己的所作所为给了她出色完成任务的力量。

而就她目前的生活而言，杀戮关乎输赢。不是指赢得整场的战争，而是某些时候的小战役。但是赢就是赢。只有别人的心脏停止跳动，她的心脏才能继续跳。别人为要她的命而来，却成为一个碰到了猎手的牺牲品。她是一只隐在暗处的蜘蛛，躲在自己布下的蛛丝陷阱后面神出鬼没。

她现在这副样子全都是他们逼的。她也曾畅想过他们会不会为自己种下的这枚苦果感到骄傲，抑或只有满满的后悔，没能尽早把她踩死。

她开车上州际高速公路几公里之后，感觉好了一点儿。她的车是最大众化的款式，路上跟她的车一模一样的车大概有一千辆，而等她找到安全的地点停车，她也会立刻替换掉目前这块偷来的车牌。没有任何线索能够将她和她刚刚离开的镇子联系起来。她已经开过了两个出口，正在经过第三个。如果他们想要在高速公路上设路障，根本不知道该设在哪里。她依然在暗处，依然暂时安全。

当然了，按现在这种情况，直接开回家根本想都不用想。她的回程总共花了六个小时，在不同的高速公路和普通道路上拐来拐去，不停检查，以便确认后面是不是有人跟踪。等到她终于回到自己租的那间小房子——一栋相当于老爷车的建筑物时，整个人已经处于半梦半醒的状态。她想了一下要不要泡杯咖啡，考虑到咖啡因的刺激结果只能是再多添一点儿麻烦，最终还是决定只靠意念补给能量硬撑过去算了。

她拖着身子走上两段陡峭的门廊台阶，自动避开第一段台阶上腐蚀的地方，打开钢铁防盗门上的两道门锁，这是她搬来这里第一周就安上的防盗门。不过这屋子的墙壁是那种木梁、石膏板、三合板和聚氯乙烯板的结构，完全不能达到和防盗门同等的安全保护级别，幸好从统计学上来看，闯入者都是先直奔大门而去。窗户上的护栏也并非那种不可逾越的阻碍，却足以促使那些喜欢夜半闯门的流浪猫改变目标，去寻找一个更容易闯入的人家。她转动门把手之前先按了一下门铃，在旁人看来，她飞速按的这三下更像是一次连续不断的动作。响起的西敏寺钟声曲调被薄薄的墙壁吸收了少许。她飞快地闪进门里——屏住呼吸，以防万一。没有玻璃碎裂的微弱响声，于是她轻吐一口气，关上了门。

整个房屋的安保设施都是她自己设计的，这套专业设备她从研发之初就自有一套办法。她这项特殊本领谁都不会，就连那几本现在被她用来作为自己不完全指导手册的小说的作者也不会。其他一些她必须了解掌握的东西很轻易就能在视频网站上学到。几个从旧洗衣机上拆下来的零件，一个从网上买的单片机实验板，一个新门铃，再加上其他一些乱七八糟的东西，她已经给自己的住处布下了一个牢固的防御工程。

她锁好门锁，按下距离门边最近的开关，打开房间里的灯。这组面板上还有其他两个开关，中间那个是假的。而第三个开关，也就是离门最远的那个，被接到和门铃同一根的低压信号线上。这个开关面板和门铃以及大门一样，比这个小前厅里的其他东西都晚安装十多年，这里既是起居室，是餐厅，同时也是厨房。

所有的一切都和她出门时一样——廉价的家具尺寸很小，根本不足以容纳一个成年人藏身，橱柜和桌面空空荡荡，没有任何装饰品和摆设，冷冷清清。她知道，即使地板是牛油果绿混芥末黄色，天花板被刷成淡黄色，这里看起来也依然和实验室有点接近。

或许是房间里的气味让它变得更像实验室吧。这个房间的卫生标准严苛，任何闯入这里的人大概都会把这种游泳池的味道当作清洁剂的味道，但那只是在他进来时没有触发她的警卫系统的前提下。如果他触发了整个系统，绝不会有机会审视这个房间里的诸多细节。

房子剩下的部分就是一个小卧室，还有一个洗手间，从门口往里排成一道直线，中间没有任何遮挡。她关掉灯，省得一会儿再回来。

她磕磕绊绊地穿过唯一的房门走进卧室，在梦游状态中开始例行公事。街对面加油站的红色霓虹灯光从迷你百叶窗透进来，光线已足够，所以她没有打开台灯。床占据了卧室大部分空间。她先将双层床垫上的两个长羽毛枕重新调整摆放成一个“人”字形，然后在枕套里塞了几大包密封袋，里面装的是万圣节化装时用的血浆，再将枕套重新拉上。这些血浆做得并不是特别逼真，不过这些密封袋是给那些从窗户闯入的袭击者准备的。这个人会拨开百叶窗，从有利位置开枪射击。在昏暗的霓虹灯下，他不可能分辨得出血浆的真假。然后，她摆好“头部”——她用的这个头套也来自万圣节后不用的东西，是一个粗制滥造的竞选失败政治家的样子，皮肤颜色非常逼真。她把这个头套弄成和自己的头大小相仿，再在上面缝上一副廉价的黑色假发。最重要的，是一根藏在尼龙线里的小电线，连接着床垫和弹簧垫。头套枕着的枕头里也有一根这样的电线。她盖上床单，然后是被子，将所有的东西都拍成合适的形状，最后将两根电线的头拧在一起。这个动作要非常仔细小心。如果她轻轻碰到头套或是把枕头稍微弄歪一点儿，两根电线都会无声无息地松脱开。

她站直身子，半眯着眼睛端详了一下这个伪装。虽然并不完美，不过看上去的确像有个人躺在床上睡觉的样子。就算入侵者不相信这个是克里斯，也一定会先朝着这个躺着的人形开枪，然后再进来找她。

她已经累得懒得换睡衣，直接脱了松垮垮的牛仔裤。这就够了。她抓起第四个枕头，从床底掏出睡袋，它们的分量好像变得比平时重了。她拖着它们走进狭小的洗手间，将它们放在浴缸里。今天晚上不洗脸了，她做了最简单的洗漱，刷了刷牙齿。

枪和防毒面具都藏在洗手盆底下，上面放了一摞毛巾。她抽出防毒面具戴在头上，拉紧扣带，然后用手掌捂住过滤头，用鼻子深呼吸检查密封性。这个防毒面具在她脸上的吸力大小刚刚好。一直都是这样，但她绝不会因为惯性使然或是疲惫而让自己跳过常规的安全检查步骤。她将枪放进墙上挂的肥皂盒里，肥皂盒就在浴缸上方，很容易就能够到。她不爱用枪——和完全没受过训练的普通人比，她的枪法算不错的，和专业人士比起来则根本不在一个层次。不过，她需要这个选择。某一天她的敌人可能会破解她的系统，还有可能冲她来的人也戴了防毒面具。

老实说，她自己也很惊讶，这点小伎俩居然保她活到现在。

她在自己的内衣肩带底下塞了一个密封的滤毒罐，然后她朝卧室的方向蹭了两步。她在床右侧从未使用过的地板通风口处单膝跪下。这个通风口的铁栅栏没有想象中那么脏，铁栅栏上面的两个螺丝只拧了一半，底下几个全都没了，不过她很确定，如果有人从窗户看进来，绝对不会注意到这样的细节。就算他注意到了，也不会明白这是为什么。她丝毫也不怀疑，夏洛克·福尔摩斯可能是唯一有能力取自己性命的人。

她拧开最上面的螺丝，取下铁栅栏。如果有人往通风口里面看，有几样东西是他会立刻注意到的。第一个就是通风口里面已经被封上，所以这个通风口其实已经不能再用。第二个就是里面那个白色水桶和硕大的电池包应该是不属于这里的东西。她将桶盖撬开，和前厅里相同的化学品气味扑面而来，这个气味太过熟悉，她基本已经完全忽略不计。

她将手伸进桶后面的黑洞里，把里面的东西一样一样往外掏。先是掏出一个小小的奇怪装置，带着线圈、金属臂和几根细电线；然后又掏出一个玻璃针剂瓶，约莫有她的手指粗细；最后，她掏出一只洗碗用的橡胶手套。她将螺线管安放好——这是她从一台废弃不用的洗衣机里拆下来的——这样从螺线管上伸出来的金属臂可以半浸在桶里无色透明的液体里。这是最精细的步骤，她用力眨了两下眼，迫使自己打起精神。她右手戴上手套，将内衣肩带底下的滤毒罐抽出来，交到左手拿好。她用戴着手套的手小心翼翼地将针剂瓶放进金属臂里专门为它开辟的沟槽里。针剂瓶刚好没在酸液之下，里面的白色粉末属于惰性物质，无害。但是，如果床上那根松散连接的电线里流动的电流一旦被切断，脉冲会令螺线管的电路突然关闭，玻璃瓶就会碎裂。白色的粉末溶于酸后生成的气体可就不再是惰性物质，也不再无害。

她在前厅设置的装置基本也是这样的原理，只不过这里的电路更简单。这个陷阱只有在她睡觉的时候才会设好。

她摘掉手套放回原处，重新安上通风口的铁栅栏，带着一种并不足以轻快到能够称之为放松的心情，溜溜达达回到洗手间。洗手间的门和通风口一样，或许只有对福尔摩斯先生那种细节控才会有提示作用——门框四周的柔软胶皮线贴得并不标准。它们无法完全将洗手间与卧室密封隔绝开，但是它们能为她赢得更多的时间。

她滑进浴缸，慢慢地瘫倒在松软的睡袋上。她曾经花了好一阵子才习惯戴着面具入睡，不过现在，她充满感激地闭上眼睛时根本都不用过脑子。

她扭着身子钻进尼龙睡袋里把自己裹成一个茧，然后蠕动身体直到她的 iPad 牢牢贴住自己的后背。iPad 上外接了一根充电线，直接从前厅的电源充电。如果电线里的电流有波动，iPad 就会颤动。依照过去的经验，她清楚这样强度的震动足以震醒她，甚至她今晚累成这样也不会例外。她同时也很清楚，哪怕她处于半梦半醒间，哪怕是在黑暗里，她也可以在三秒钟内将那个滤毒罐——那个她还拿在左手里，紧紧搂在胸前好像小孩子搂着自己的泰迪熊似的东西——打开，拧进防毒面具的接口，屏住呼吸。这些她已经演练过许多次，并且通过三次非演习的紧急情况证明了可行性。她活了下来。她的警卫系统很有效。

她虽然很累了，可还是强迫自己的意识在彻底睡过去之前低速运转，回顾今天最惊心动魄的一幕。这种感觉，这种明知道他们已经再次找到她的感觉很可怕——就好像是幻肢痛，虽然并没有来自她身上任何实质的部位，但就是痛。她对自己回复的邮件内容也并不满意，她的计划制订得太突然，根本没来得及细想。这就要求她加快行动速度，然而这并非她所愿。

她知道那个理论——有时候，如果你能抢在那个拿枪的家伙之前率先行动，就可能打他一个猝不及防。攻其不备一直是她最爱的一步，但是这一次她看不到任何出手的可能。或许等到明天吧，等到她死机的大脑重新启动之后。

她被自己的网包围着，沉沉睡去。

第二章
恐怖袭击

坐等卡斯顿出现的时候，克里斯想起了另外几次组织想要弄死她的情景。

巴纳比——约瑟夫·巴纳比博士，她的导师，她最后一个朋友——在组织第一次下手的时候就让她学乖了。尽管他考虑周详，计划严密，又是个根深蒂固的妄想狂，但最后还是靠着傻人有傻福躲过一劫——她多喝了一杯黑咖啡，救了自己一命。

她睡眠一直都不好。她就带着这样的状态跟着巴纳比工作了六年，在差不多第三四年的时候，他就跟她说过自己的猜忌。起初她并不愿相信他说的有可能是对的。他们都是奉命行事，并且完成得很出色。**你不能认为这种状态会是常态，**他坚持道，他在这个部门已经干了长达十七年的时间，**他们喜欢我们，可是他们必须要知道的事情却不希望我们也知道，到最后**

我们就成了绊脚石，根本无须犯错。你绝对是可信的，但是你绝对不能信任他们。

为这些“好人”干活真费劲。

他的猜忌后来变得更加具体，最后转变成了一个完整的应对计划，其中也包括心理准备。巴纳比变成了未雨绸缪的忠实信徒，尽管这么做到最后并没能给他带来任何好处。

这种紧张感在他们准备退出前的最后几个月逐渐升级，然而毫不意外，她又睡不着觉了。在那个特殊的四月清晨，为了让自己的大脑能够清醒运转，她喝了两杯咖啡，而不是像平时那样只喝一杯。她给自己那比常人瘦小的身体里那个比常人略小的膀胱多添了一杯水的量，结果就是她甩开了共事的博士冲出去蹲马桶，她跑得太急甚至都来不及注销电脑，没有老老实实地守在自己办公桌前。而毒气通过排风口飘进实验室的时候她正好在洗手间，但是她的导师巴纳比还待在他的位置。

他的尖叫成了他送给她的最后一份礼物，最后一个提醒。

他们曾经一致认定，就算组织要动手，也不会选择在实验室，那样太麻烦了。死人通常会惹来别人的怀疑，聪明的杀手总是尽量避免让自己同这类证据扯上关系。他们不会选择目标待在自家起居室的时候动手。

她早就应该知道永远都不要低估想要自己命的这群家伙的傲慢。他们根本不在乎法律。他们和那些制定法律的人狼狈为奸。她也应该一早就对这种能够完全出其不意夺走一个聪明人性命的权力抱有敬意，他们蠢得这样纯粹也算得上是无敌了。

后来的三次追杀就更加直截了当。这三拨人都是单独行动，她猜这些人都是专业杀手。到目前为止派出来的都是男性，不过不排除将来有女性出现的可能性。一个男的想要开枪暗杀她，一个想要用匕首，还有一个想用铁棍敲她的头。

不过这些尝试都失败了，因为这些暴力行为都是在她睡觉时实施的。接着，来杀她的这几位刺客就都死了。

无形却充满腐蚀性的气体静静地充满了狭小的房间——在两根电线松开之后只用了差不多两秒半的时间。然后，刺客的性命最多只能再延续五秒，具体时间要取决于其身高体重。而这五秒绝对称不上令人愉悦。

她混在浴缸里的东西和他们用来杀死巴纳比的并不是同一种，但也非常接近。这是她知道的能够让一个人快速而痛苦地死去的最简单的方法。并且这个办法需要用到的材料可以随用随买，不像其他那些武器。她所需要的就是买回来一大堆桃子以及一堆焊接器材。获取这些东西不需要严格的许可，甚至连邮寄地址都不需要，她的追杀者根本追查不到。

所以他们居然能够再次找到她，真的让她十分恼怒。

自从昨天起床以后，她就一直憋着气，在制订计划的那几个小时里，她更是越想越来气。

她逼着自己小憩了一会儿，然后找了一辆合适的车开了一夜，这辆车是她用一个特别常见的人名泰勒·戈尔丁的假身份证租的，用来付款的信用卡也是这个名字，全都是她最近新买的。今天一大早，她就开车进了这座她最不想进的城，这令她的怒火提高到了一个全新的水平。她把车还到了赫兹租车位于里根国家机场的门店，然后顺着街道走到另外一家租车行，新租了一辆哥伦比亚特区牌照的车。

换作半年以前，她本可以有完全不同的选择。收拾好自己的东西，离开她租的那间小房子，把她现在用的车放在分类广告网站“克雷格列表网”上卖掉，再找个不会保存记录的市民，从他手里用现金买一辆私家车，漫无目的地开着转悠几天，直到她找到一个看起来还不错的二三线小城市。然后她就可以在那里安顿下来，将所有的流程从头再来一遍。

可是现在，她却抱着一个愚蠢而扭曲的念头，希望卡斯顿说的都是真的。一个非常虚幻的希望。这种希望本身作为她的动力来讲或许并不足够，但还有些别的——一丝微小却又让人心烦、被她忽视了许久的一种责任感。

巴纳比救了她。一次又一次。每次她能从新一轮的暗杀中活下来，都是因为往昔他对她的提醒和教导，让她能够有所准备。

如果卡斯顿是在骗她——对此她有百分之九十七的把握——安排了埋伏，那么他之前说的一切就都是谎话。

包括他们需要她那一句。如果他们不再需要她，就意味着他们找到了新人来完成那份工作，一个比过去的她更加优秀的人。

他们或许在很久以前就找人代替了她，或许已经将她认识的一整队人员全都杀光了，不过她对此表示怀疑。组织虽然有了资金有了许可，却没有了最为紧俏的人才。像巴纳比或是她这样的人才，需要花大量时间去寻找、栽培、训练。拥有他们这种技能的人，可不是在试管里长大的。

她还有巴纳比来救自己。可被他们新招来接替自己的那个傻孩子要靠谁来救？新来的家伙肯定很聪明，就像她刚加入那会儿一样，但是那家伙一定忽略了很多重要的东西。忽略了效忠自己的国家，忽略了拯救无辜的性命，忽略了国家最先进的设施和开创性的科研以及无限的预算，忽略了高达七位数的薪水。怎么才能不被人杀死？毫无疑问，现在坐着她之前位置的人一定不知道，能不能活下来其实都是一个问题。

她希望自己能有办法警告一下那个人，哪怕她无法像巴纳比曾经帮她那样贡献出自己的全部时间，哪怕只是一次简短的对话也好——**这就是他们回报我们这样的人的方式。你要有所准备。**

但这由不得她。

今天早上她就在更加充分的准备中度过。她入住了一家叫布雷斯考特的小型精品酒店，用的名字是凯西·威尔森。这个身份远没有泰勒·戈尔丁方便可信，但是她在前台登记的时候两部电话同时响起，忙碌的前台接待员没有特别留意。接待员告诉她说，现在时间太早，虽然有房间，但是她必须要多付一天的房费，因为一般入住都需要等到下午三点以后才行。凯西答应了这种苛刻的条件，一点儿微词都没有，前台接待员似乎松了一口气。她朝着凯西微笑，这才第一次正眼瞧凯西。凯西控制住自己不哆嗦，就算这个姑娘记住了凯西的样子也不要紧。在接下来的半个小时里，凯西必须尽可能给别人留下更加深刻的印象。

她故意用了凯西这样一个让人分不清性别的名字。这一招是她从巴纳比丢给她的那摞资料里学到的，这些都是真正的间谍常用的招数，但也是常识，有些小说作家也想到过。这里面的逻辑是，如果有人到这家酒店里找一个女人，一定会先从登记人名单里那些一看就知道是女性的名字开始，比如詹妮弗和凯茜。或许他们要找完这一轮才会去找什么凯西、特瑞和德鲁。她能为自己赢得任何一点儿时间都是好的，多拖延一分钟或许就能救自己的命。

凯西朝着向自己走来提供服务的热情的门童摇了摇头，自己拉着独轮行李箱上了电梯。她面向电梯按钮，避免将脸对着摄像头。一进房间，她就打开行李，拿出一个手提包和一个带拉锁的黑色托特包。拿出这两样东西之后，她的行李箱就空了。

她将脱掉的宽松款运动外套挂起来，与之相比，她薄薄的灰毛衣和剪裁简单的黑色长裤显得特别专业。为了合身，毛衣的后面用别针别了起来。她摘掉别针，毛衣松松垮垮地套在她身上，让她整个人看起来更加娇小，或许还更年轻了一点儿。她擦掉口红，卸掉了眼妆，然后对着衣柜的大镜子检查了一下效果。年轻、娇弱，大口袋一样的毛衣提示着她应该有什么难言之隐。她觉得的确是这样。

如果她要去见的是一个酒店女经理，或许装扮会稍有不同，或许她还会试着用蓝色和黑色的眼影在眼睛下面弄点假瘀青，但是楼下桌子上摆着的名牌是威廉·格林，她觉得自己不需要浪费过多时间。

这个计划并不完美，这一点一直困扰着她。她宁愿再花上一周的时间，只为检查整个计划是不是对所有可能性都有了应对措施。但这是她能够在现有时间内付诸实施的最佳选择。或许有一点儿太过刻意，不过现在重新再想已经来不及了。

她打电话到前台，希望请格林先生接电话。很快，她的电话就被转了过去。

“我是威廉·格林，有什么能为您效劳的？”

电话里的声音热心又让人觉得特别温暖。她脑海里立刻浮现出一个长得像海象一样的男人形象，还留着浓密的小胡子。

“啊，是的，我希望没有打扰到您……”

“不，当然没有，威尔森女士。我将力所能及地为您效劳。”

“我的确需要帮助，不过可能听起来会有一点儿奇怪……一言难尽啊。”

“不用担心，女士。我向您保证我可以办到。”他听起来特别自信。这令她有些好奇，他过去都曾经接到过什么奇怪的请求。

“哦，老天。”她慌乱不安地说，“不知道私下里谈方不方便？”

“当然，威尔森女士。您运气不错，我接下来的十五分钟里都没什么事。我的办公室在一楼，就在前台一拐弯的地方。这样安排可以吗？”

她用奉承且松了口气的语气说道：“是的，非常感谢。”

她将行李和托特包放进衣柜，小心地从大手提箱里的一摞现金里数出需要的几张钞票，然后将钱塞进口袋，等了十三分钟之后，她从楼梯下了楼，以便避开电梯里的摄像头。

格林先生热情地将她请进自己没有窗户的办公室，她发现自己幻想的形象与真人相差不大时，不觉莞尔。他没有小胡子——除了两条眉毛上所剩不多的那几根稀疏白毛，头上连一根毛发都没有——其他的地方都长得跟海象一模一样。

要表现得特别害怕毫无难度，而当这个自己被前男友虐待，还被偷走传家宝的故事才讲到一半，她就知道自己拿下他了。他愤怒的表情非常有男子气概，看起来很像要对这种对如此娇小的女子也能动手的禽兽行径发出咆哮，不过他还是控制住了自己的情绪，只是不断发出啧啧声。“我们会照顾好你，你尽管安心住在这里，这里绝对安全。”就算没有她给他的慷慨小费，他可能也会帮她，但是收下也无伤大雅。他发誓只会把这件事透露给几个相关员工，因为他们要配合她的计划，她也对他的热心肠感激不尽。他希望她一切安好，并且主动提议如果有需要的话，可以让警察介入。凯西装作坦诚地说自己其实也很失望，因为按照过去的经验，报警和限制令一点儿用都没有。她暗示说她自己一个人也可以，只要像格林先生这样高大强壮的男士肯伸出援手。他被恭维得晕晕乎乎，火急火燎地跑出去将一切安排妥当。

这一套路她不是第一次用。这是他们的出逃计划进入到微调阶段时，由巴纳比最初提出来的。起初她很不喜欢这个想法，觉得自己隐约被冒犯了，但是巴纳比一直都是这么实际的人。她个子小而且又是女性，在很多人头脑中，总会觉得这样的她会被人欺负。为什么不将这种偏见利用起来，扮演一个从别人手里逃出来的受害者，将这一特点变成她的优势呢？

凯西回到自己房间，从手提箱里拿出一身衣服，脱掉毛衣，套上一件贴身的深V领黑T恤衫，再加一条雕花繁复的真皮黑色宽腰带。她脱掉的所有衣物都必须刚好能塞进手提箱里，因为她准备将行李箱丢在酒店，而且永远不会再回这里来。

她已经全副武装，她永远不会在准备不周全的情况下出门。不过现在她的自我保护已经升级到最高版本，真正做到了武装到牙齿——确切地说，是一颗牙齿。她镶了一颗假牙，里面塞的东西能像氰化物一样让人立时毙命，却又不至于死得那么痛苦。这能成为小说里常用的套路是有理由的，因为的确很管用。有时候被逼到了最后一步，你能做的就只剩下让你自己从敌人手里永远“解脱”。

黑色大托特包在肩带顶部有两块装饰用的木片，包内几个小首饰盒里装着她的特殊首饰。

每一件首饰都是独一无二的。她永远不会再有机会获取到这种长着首饰外表的工具，所以她非常珍惜这些宝贝。

三枚戒指——一枚玫瑰金，一枚纯金，一枚纯银。每个戒指上都有一个可打开的小暗盒，里面装着小倒刺。戒指的颜色直接表明了里面的倒刺上涂抹的是什么东西。简单粗暴，完全不像她的风格。

接下来是耳环，这副耳环她一直都特别小心地珍藏着。她不会冒险在旅途中戴上它们，她要留到接近目标的时候才戴。一旦戴上了它们，她的头部动作就必须特别小心。这副耳环看起来像是两个简单的玻璃球，但是玻璃层非常薄，薄到但凡高分贝的音符就能把它们震碎，并且这两个小球已经受到了来自内部的强压。如果有人抓住她的脖子或者头，这些玻璃就会无声地爆开。那时她就要屏住呼吸——她可以轻轻松松憋气长达一分十五秒——然后尽可能闭紧眼睛，而攻击她的人肯定不清楚这里面的机关。

她脖子上戴了一个大个儿的纯银相片盒吊坠，非常醒目，凡是知道她真正身份的人一定会第一时间被这个吊坠吸引。不过，这里面什么致命的东西都没有，这只是障眼法，将人们的关注点从真正有危险的东西上引开。相片盒里放了一张小女孩的照片，留着稻草颜色的蓬松头发，长得十分漂亮。这个孩子的全名在照片背后，是手写的。这样的东西一般都是母亲或其他女性长辈才会佩戴的。然而，这个特别的小女孩却是卡斯顿唯一的外孙女。如果凯西真的遭遇了不测，但愿发现她尸体的人是真正的警察，这样在缺乏身份证明线索的情况下，会顺着这唯一的线索深挖下去，将杀害她的凶手押送到他该去的地方。这或许对卡斯顿不会真的造成什么影响，但起码也能给他找点麻烦，或许还能让他觉得受到了威胁，担心她可能在别处还留下了其他线索。

因为她非常明白，对卡斯顿来说，藏在暗处的灾难和未知的恐惧远比一点点麻烦更令人头痛。但即使是现在，距离她第一次死里逃生已经整整三年，她对遭人背叛，离死亡只有一步之遥依旧感觉很不舒服。她没有办法预见自己的研究潜藏的危害，也没法预见他们可能会对无辜的市民造成伤害，所以她早就想好，不如就让卡斯顿觉得她是把一切都豁出去了，或许这种担忧还能让他有所收敛。一个装着复仇物品的漂亮的小照片盒，可以让输掉赌局的结局变得更易让人接受一点儿。

但是挂着吊坠的绳子却是致命的。这根绳子的抗拉强度，按照它的粗细来说，能与空中缆车的电缆相媲美，轻轻松松就能勒死一个人。绳子两端是磁扣，而不是普通的扣钩，她可不想被本来是自己的武器的东西勒死。托特包肩带上那两块装饰用的木片上各有一道沟槽，可以将绳子的两端扣进去。一旦绳子扣好，这两块木片就变成了把手。近身搏斗并不是她的第一选择，但不是不可能。这样的准备可以让她占据优势。

在她的黑皮带那些繁复的镂空图案上，藏着几个安了弹簧的注射器。她可以一个一个抽出来单独使用，也可以在有人贴近她身体的时候按下机关，一次将这些针头全都发射出去。不同注射器里的东西同时打进对方的身体，它们在他的体内可没法好好相处。

刀刃缠好的手术刀片揣在兜里。

两把标准的鞋刀，一把朝前，一把朝后。

她包里还放着两个贴着辣椒喷雾标签的罐子——一个里面装的的确是辣椒水，另一个装的是效力更加持久的别的东西。

一个漂亮的香水瓶，喷出的不是液体，而是气体。

她兜里还放着一个看起来像无色唇膏的小圆管。

还有其他几样有趣的小玩意儿，都是为了防备万一。她还带着几样大功告成后用的小东西，虽然不太可能用得上——一个浅黄色柠檬形状的挤压瓶、火柴、随身灭火器。还有现金，大量的现金。她将门卡塞进托特包，这家酒店她不会回来，但是如果一切顺利，会有别人来。

她现在这样全副武装的时候，每一个动作都必须要特别小心，不过她已经做了大量练习，所以走路的时候信心十足。如果有人不小心妨碍了她，导致她行动不够谨慎，他的下场一定更糟，而这也令她感到欣慰。

她一手拎着手提箱，另一边肩挎托特包，走出酒店的时候还朝替她办入住手续的那个服务员点点头。她上了自己的车，朝市中心附近一个公园驶去。她将车停在公园北边不远处一条购物街的停车场，之后走进了公园。

她对这座公园太熟悉了。东南角有一个公共厕所，她现在正朝那儿走。正如她预料的一样，在开学期间的上午，这里一个人都没有。她从手提箱里拿出另外一身衣服，还有一个卷起来的背包和其他几样小零碎。她换了衣服，把来时的穿着都放回手提箱收好，然后把它连同托特包一起塞进那个大大的双肩背包里。

她走出公共厕所，乍一看过去根本认不出来是原来的她。她懒洋洋地朝着公园的最南边走去，集中注意力，努力不让自己的腰胯摆动暴露自己。虽然看起来并不像有人在监视她的样子，不过就当作是被人在监视永远都是更加明智的做法。

快到中午的时候，公园里人开始多起来，她知道一定会是这样。不会有人留意到一个坐在暗处长椅上玩智能手机的看不出性别的小孩，也不会有人凑过来然后发现这个手机并没有开机。

而长椅对面那条街，就是卡斯顿最爱的午餐地点。那里并不是她提出来的见面地点，而且她比约好的时间早来了五天。

她的眼睛藏在男款太阳镜后面，扫视着人行便道。

这很可能徒劳无功，没准卡斯顿已经改变了习惯。毕竟，习惯是一种十分危险的东西，正如对安稳的期待一般。

她从真实案例和小说里得到一个忠告，那就是永远要尽力将一切平常化。不要戴银灰色的假发，也不要因为你是小矮个儿就穿高跟鞋。不要逆向思考，要朝不引人注目的方向去想。要考虑到任何可能会引起别人注意的细节——比如说金发和细高跟——然后避开。要发挥你的长处。有时候你觉得那些不会令你引人注意的东西，往往能救你一命。

在过去的那段时光里，她是拒绝这种男性化装扮的，现在她已经习惯了。如果你身穿一件超大运动衫和一条穿旧的超肥牛仔裤，那些寻找女性的目光或许直接就从这种男性化打扮的人身上跳过去了。她的头发也和男孩子的一样短，轻轻松松藏在棒球帽里，短袜塞进一双特大锐步鞋里，让她看起来就像一个和小狗一样可爱的普通青少年。那些真正看见她脸的人或许会发现些端倪，但是不会有人去看。公园里遍地是人，无论从年纪还是从性感可爱方面来看，她一定都不显眼，追杀她的人根本猜不到她会来这里。自从组织第一次想杀她时起，她就再没有踏足过华盛顿。

离开自己织的网主动出击，这并不是她的长项，但至少这是她经过深思熟虑才决定的事。她平日里做的事情大部分都只需要她动用一点点自己的专注力和智慧。她剩余的聪明才智都用来研究各种可能，想象各种场景，这些让她在这一刻变得稍微自信一些。她已经在脑海中将这一刻演练了好几个月。

卡斯顿并没有改变自己的习惯。十二点十五分整，他在自己常去的咖啡馆前的一张户外小铁桌旁坐好。他选的这个位置稍微有些偏，这样他就可以将自己整个藏在遮阳伞的阴影里。卡斯顿曾经有一头浓密的红发，如今的他头发已不像往日那么密，和她预想的一样，但他依然保持着风度。

女服务生朝他挥挥手，冲自己手里拿的一摞纸点点头，然后走进店里。这么说，他经常点一样的东西。任何习惯都可能让人付出生命代价，如果凯西想要卡斯顿死，她或许能够想办法得手，而他甚至根本都不知道她来过。

她起身，将手机塞进兜里，背包甩在肩上。

这条便道藏在一个上坡和几棵树后面，卡斯顿不可能看见她，现在是时候再换一身衣服了。她先将帽子摘掉，然后抖抖肩膀，脱掉套在T恤衫外面的宽松运动外套。她紧了紧腰带，将牛仔裤的裤管挽上来几厘米，变成好像一身男友装的造型。锐步球鞋脱掉，换上从背包里掏出来的芭蕾款平底“一脚蹬”。她的外观又变了一副模样，这一套动作做得随意自然，就好像她觉得热了，所以稍微脱几件衣服，此时的天气让她这套做法变得让人可以理解。旁观者瞧了或许会觉得惊讶，在这身男性化的装扮下藏着的居然是一个女孩，不过她觉得不会有人记住这一刻。今天的公园里各种打扮夸张的人数不胜数，阳光总是能让华盛顿的牛鬼蛇神全都现出身形来。

她把托特包重新背在了肩上。之前的双肩背包她已经摘下来，趁没人注意的时候藏在了路边的树丛里。就算被人发现了，里面也没什么她离了就不能活的东西。

又确认了一次没有人看着她之后，她给自己戴上一副假发，然后小心翼翼地将耳环掏出来戴好。

她也可以就这样以男性化造型出现在卡斯顿面前，可是为什么要暴露自己的秘密呢？为什么要让他把她和她刚才的盯梢行为联系在一起呢？当然，前提是他刚才留意到了那个“男孩”。她或许很快就需要再装扮成一个男孩，所以她现在还不能浪费这个形象。她原本也可以省点时间，直接穿着离开酒店时的那一身衣服，但是如果她的外表不做丝毫改变，那么她被酒店的摄像头拍下来的样子，很容易就能够与公共场所或是私人摄像机记录下的她的影像联系在一起。在外表上多花费一点儿时间，尽可能地切断这种联系。就算有人想要找这个小男孩，或是那位女商人，又或者是她现在扮的这个随意逛进公园的游客，他都很难再循着线索追寻下去。

换上这身女性化的衣服之后，她感觉清凉了一点儿。她任由微风吹干自己身上的汗珠，那是被闷在尼龙运动外套里捂出来的。然后，她走到了大街上。

她从后方朝他接近，就顺着他几分钟前过来的同一条路线。他点的东西已经送来了——一份鸡肉芝士三明治——他似乎完全沉浸在食物的美味里。但是她现在对卡斯顿的认识比过去深刻了很多，他太擅长伪装出一副完全不同的模样了。

她一屁股坐在他对面的座位上，一丝预兆都没有。他抬头看她的时候，嘴里还塞满了三明治。

她很清楚他是一名优秀的演员。她觉得他一定会掩藏自己真正的反应，在她能够第一时间捕捉到蛛丝马迹之前流露出他希望自己流露的情感，因为他看起来好像根本不意外，但她觉得自己是成功地给了他一个出其不意。如果他早就猜到她会来，一定会表现得好像被她的突然出现吓到的样子。桌对面他坚定的目光，波澜不惊的双眸，有条不紊地咀嚼——都代表着他在克制自己的惊讶。对此，她差不多有八成把握。

她什么都没说，只是迎着他不动声色的目光，等着他将嘴里那口三明治嚼完咽下。

“我猜要想按约定的那样见面是不太容易了。”他说。

“是的，对你们的狙击手来说是这样。”她轻言轻语，音量大小和他一样。任何偷听这番对话的人都会把它当成一个玩笑。不过旁边两桌吃午饭的人正在大声说笑，便道上经过的路人或者耳朵里塞着耳机，或者打着电话。除了卡斯顿，没有人关心她说什么。

“那个人永远不会是我，朱丽安娜。你必须要知道这一点。”

现在轮到她装出惊讶的表情。已经很久没有人叫她的真名了，听起来像在叫一个陌生人似的。最初的震撼过后，她觉得有一点点高兴。自己的名字听起来如此陌生，很不错。这说明她的努力没有白费。

他的目光转向她那副看起来很假的假发——虽然它和她自己的头发十分相近，不过他已经开始怀疑起她是不是掩饰了与此完全不同的东西，随后他强迫自己的目光转回。他等了一会儿，准备听她的回答，不过见她不再开口，他便自己继续说，措辞十分谨慎。

“嗯，决定你应该……退休的那群人……已经全部失势了。从一开始这项决定就很不得人心，我们这些一直持反对态度的人，现在终于不用再被那些人管着了。”

这句话有可能是真的，也有可能不是。

他看出她眼中的怀疑，回应说：“在过去的九个月里，你有没有受到……令人不太愉快的骚扰？”

“我之所以在这儿，就是因为我比你们更擅长玩躲猫猫的游戏。”

“全都结束了，朱丽叶。错误已经得到了纠正。”

“这个大团圆结局我喜欢。”浓浓的嘲讽意味。

他瑟缩了一下，被这嘲讽伤到了，或者是假装被伤到。

“这才不叫大团圆。”他缓缓地说，“真正的大团圆结局是指我根本就不必联系你。你后半生都可以随意度过，不被打扰，而且是漫长的后半生。只要我们当权，这点就不会变。”

她点头，好像自己完全赞同，好像自己完全相信。在过去那些日子里，她总以为卡斯顿是一个言行如一的人，好人这个面具他戴了很久。现在的剧情走向几乎叫人觉得滑稽，就好像是一场游戏，你必须要破译他说的每个字里面蕴含的真正意义。

她脑海里冒出一个弱弱的声音问：**如果这不是游戏呢？如果这是真的……如果我真的可以解放呢？**

“你是最优秀的，朱丽安娜。”

“巴纳比博士才是最优秀的。”

“我知道你不想听这些，可他没有你所拥有的天赋。”

“谢谢。”

他扬起眉毛。

“不是谢你夸我，”她解释道，“而是谢你没有想要跟我说他的死是个意外。”这番话依然是漫不经心的语气。

“他的死完全是因为一个错误的选择，被妄想症和不忠所驱使。一个会背叛自己同伴的人，也总是觉得他的同伴会在背后算计他。不忠的人不会相信有忠诚的人存在。”

她听他讲时，一脸冷酷。

在三年不断逃亡的日子里，她从来没有吐露过一丝一毫她所知道的秘密，从来没有给过她的追杀者一丝理由，让他们觉得自己是一个叛徒。就算他们想要杀她，她也仍然保持着忠诚。而这对她的组织来说，根本就不重要。

在他们眼里，没有什么是重要的。她失神了片刻，想起她曾经离她追寻的东西有多么接近，如果没有被人打断，或许她现在在研究和创造这方面已经达到了相当高的水平。不过很显然，那个项目对他们而言，也根本不重要。

“但是，不义之人已经受到了惩罚。”卡斯顿继续说，“我们再也没能找到和你一样优秀的人。见鬼，甚至连有巴纳比一半优秀的人都没找到。我很惊讶，人们有多么容易忘记，真正的天才是稀缺产品。”

他等着，显然是希望她可以接话，希望她可以问点什么，暴露一些信号，她究竟对什么感兴趣。但她只是礼貌地盯着他，就是人们在收银台看着陌生人给自己收银时那种样子。

他叹了口气，往前倾了倾身子，突然变得急切起来。“我们遇到了问题，需要你给我们提供解决办法，只有你。我们找不到别的能完成这项任务的人，而这项任务是我们绝对不能搞砸的。”

“是你们，不是我们。”她回答得简练干脆。

“我太了解你了，朱丽安娜。你是看重那些无辜者的。”

“过去是。你也可以说，我有一部分已经被你们杀死了。”

卡斯顿又瑟缩了一下。

“朱丽安娜，我向你道歉。我一直都觉得很对不起你，我试过阻止他们。每一次你从他们手里溜走，我都觉得松了一大口气。”

她禁不住还是被他对这一切的坦诚震撼到了。不否认，不找借口。完全没有她曾经以为的那些狗屁话，诸如“那不过是实验室里一场不幸的意外”，“不是我们干的”，“是国家的敌人干的”。也没有编造故事，就那么老老实实承认了。

“现在大家都觉得很后悔。”他的音量弱了下来，她必须要仔细听才能听清他说什么，“因为我们失去了你，而且人们就要死了，朱丽安娜。成百上千的人，成千上万的人。”

这一次，他等着，给她时间思考。她用了几分钟，从各种可能的角度来检查这句话。

现在，她也小声开口，同时确认她的语气里没有透露出任何兴趣与情绪，只是陈述明显的事实，来推动谈话进程。“你认识一个人，就是他给你传递的重要情报。”

卡斯顿点点头。

“你没有办法把他或者她择出来，因为这样会让其他人知道你已经知道了他们的计划。而这会导致他们加速进展，完成你不愿发生的这件事。”

卡斯顿再次点头。

“我们在讲的是一次恐怖袭击，对不对？”

卡斯顿一声叹息。

没有什么比恐怖分子更能激发起组织的热血。组织招募她时，双子塔事件余波未平。阻止恐怖分子一直都是她工作的重要内容——这是最好的理由。就算到最后，她已经不太相信自己是真的在为爱国主义者工作，也还是会去遏制、消除来自恐怖分子的威胁。

“还有一个大型装置。”她说道，这并不是一个问句。最可怕的怪物最喜欢干的就是这种事——出于某种原因，这个对美国抱有绝对敌意的家伙总是会把他或她的手放在某个核爆炸装置上。

正是这种阴影，才让她的专业不能显露于人前，让她变得不可或缺，无论组织有多么不希望她存在于这个世上。

并且她也成功过——还不止一次。人们喜欢她阻止了那些恐怖行动，避免它们变成人类最大的悲剧。这是一种交易，以小规模的恐怖病毒换取避免一场大屠杀。

卡斯顿摇摇头，淡色的眼眸突然充满忧虑。她心里不禁微微哆嗦了一下，因为她意识到还有第二道坎。能让人这么害怕的东西只有两种。

是生物武器。她没有把这句话说出来，只是用口型比了一下。

卡斯顿惨淡的表情给了她答案。

她低头深思了片刻，将他有可能的回应梳理了一下，分列成两栏，她脑海里此刻有两种可能的列表。第一栏：卡斯顿是一个天才骗子，他说的东西都是他认为可以打动她，让她去一个他们早已做好准备，能将朱丽安娜·富通彻底除去的地方。他反应敏捷，触到了她身上最敏感的地方。

第二栏：有人拥有一件大规模杀伤性生物武器，没人知道这个武器在哪儿，或是什么时候使用。但是他们认识知道这些情报的人。

自负本身也是砝码，可以令天平稍稍倾斜。她知道自己很出色，他们说找不到更好的人很可能是真的。

然而，她还是愿意把赌注押在第一栏里。

"小朱丽叶，我不希望你死。"卡斯顿轻轻地说，仿佛猜到了她一连串的想法，"如果我有这种想法，根本就不会联络你。我也不会和你见面，因为我非常肯定，你至少有六种方法可以现在就亲手杀了我，并且采取每一种方法时，都能找出无数个理由。"

"你真觉得我只想了六种办法？"她问。

他紧紧皱着眉头，持续了大约一秒，然后哈哈大笑。"你抓到我的重点了。我不想死，小朱丽叶。我必须承认。"

他看了一眼她脖子上戴着的银吊坠，她挤出一丝微笑。

她轻声回道："我觉得如果你称我为富通博士的话，我会更乐意些。我觉得我们可以跳过昵称这一块了。"

他做出一副伤心的表情。"我不是要你原谅我。我应该多尽一点儿力。"

她点头，不过再一次，她没有附和他，只是继续将谈话推进下去。

"我是在请你帮助我。不，不是帮我，而是帮助那些如果你不肯伸出援手，就会死去的无辜人。”

“他们就算死了，也不能把账算在我身上。”

“我明白，小朱……博士。我明白，要算在我身上。但是最后究竟怨谁，对他们来说已经没有意义了。反正都是死。”

她盯着他的眼睛，她不要做第一个眨眼的人。

他的神情变得有些阴郁。“你愿意听一下他们打算怎么做吗？”

“不。”

“可能对你那么坚强的神经来说，都有点受不了。”

“我怀疑，不过这其实不重要。会发生什么是第二位的。”

“我很想知道究竟有什么事情比好几百万美国人的性命更加重要。”

“听起来可能特别自私，但是对我而言，能活着喘气的重要性高于一切。”

“你要是死了，还怎么帮我们？”卡斯顿说得很直接，“我们已经得到教训了。这不会是我们最后一次需要你帮忙，我们不会再犯同样的错误。”

她痛恨被他说服，但内心的天平倾斜得更加厉害。卡斯顿的话的确能说得通，而且她对改变政策这种事一点儿都不陌生。如果这些都是真的呢？她可以表现得很冷酷，可是卡斯顿太了解她了。如果惨剧真的发生，她后半辈子一定活得不安宁，只要想起她本来有机会可以做点什么就会懊恼。从一开始，这就是他们拉拢她，让她陷进这个可能是全世界最糟糕的职业的方式。

“我猜，相关资料你并没有随身带着吧。”她说。

第三章
目标人物

今晚，她叫亚力克斯。

她需要把自己和华盛顿拉开一点儿距离，于是最后选择在费城北边的一家小汽车旅馆里落脚。就是六七间一起，在城外沿着州际高速公路旁边排成一排的那种。任何一个追过来的人要想把所有的旅馆搜一个遍，都需要花上好一会儿，哪怕他已经第一时间将她的位置锁定在这个小镇的某个角落。她没有给跟踪者留下任何她到宾夕法尼亚州的痕迹，但不管怎样，她今晚还是要像平时那样睡在浴缸里。

狭小的房间连张桌子都没有，她只好将资料摊开铺了一床，她光看着就觉得头大。能劝说卡斯顿把这些资料快递过来，还真不是件容易的事。

资料都已经准备好了，卡斯顿这样对她说。他本来是希望她跟他一起看的，如果他早知道她来找他，一定带上这些资料。她却固执地坚持说只要复印件，他同意了。于是她指导他怎么把资料送出来。

最难的部分是切断两边之间的联系。

举例来说，她不能让卡斯顿直接把资料扔进垃圾桶，然后雇个人替她取回来——他们要想监视垃圾桶再简单不过。监视的人一定会看见来取资料的人，然后跟踪他。取资料的人是可以先把资料分散地扔到不同的地点，她再去拿，但是那些地方已经被人盯上了。按照这种方法行事，那份资料必须要离开盯梢人的视线很长一段时间之后，她才能完美地让这手小障眼法落幕。

所以，卡斯顿按照她的指点，将给她的包裹放在布雷斯考特酒店的前台，格林先生早就做好了准备。他以为卡斯顿是她的朋友，替她把传家宝从她那个暴虐前男友的手里偷回来，而前男友肯定会追来。于是格林先生把密码给了她，好让她可以坐在几公里以外的网吧通过酒店的监控设备远程遥控。因为她没看见跟踪卡斯顿的人，不代表跟踪他的人不存在，但他只是把包裹放下就走了。酒店经理按照她的交代圆满完成了任务，或许是因为他知道她在看着。包裹被送进货梯直接带到楼下的洗衣房，然后放上一个女服务生用的推车，送到她的房间，最后被一个骑车送报纸的装进她那个不起眼的黑色手提箱，她把门卡交给送报人的同时还给了他五百美元。然后骑车送报的人兜了一大圈之后，按照亚力克斯一早就安排好的一个便宜二手手机里的指示，最终来到网吧对面的一家复印店，将手提箱交到一个一头雾水的店员手里。

但愿盯梢的人还在酒店，等着她从正门走进去。或许他们学聪明了，但就算他们派出了十个人盯梢，也不可能跟踪每一个离开酒店的陌生人。就算有一个盯上了给她送资料的人，也来不及跟上。她只需要伸出食指和中指，庆祝现在已经没人盯着了。

她动作必须要快。接下来的一个小时，是她计划里最危险的部分。

当然，她早就想到这些资料里有可能会放着类似跟踪器的东西。她曾经告诉过卡斯顿，她会先扫描有没有这种东西，不过卡斯顿可能觉得她手里没有设备能支持她这样做。她用最快的速度完成了一份彩印的复印品。一共花了十五分钟，并不算很久。她将复印件放进手提箱，原件丢进她向网吧前台的女孩要的纸袋里，然后将原包裹丢进网吧的垃圾桶。

现在，她剩下的时间不多了。她上了一辆出租车，告诉司机往华盛顿比较混乱的地方开，那是她能想到的第一个自己可以拥有一点儿私密性的地方。她没时间挑来挑去，最后她让出租车司机在一个味道难闻的小巷口等着她。这种举动绝对会给他留下深刻印象，但是没有办法，他们可能已经在盯着她了。她匆匆忙忙跑到这条死胡同的最里面——这是多适合被抓住的地方！然后绕到一个垃圾站后面，用脚在破烂的沥青路上给自己辟出一小块净土。

她身后的动静吓得她跳起来原地转了个身，她的手已经放在腰间宽大的黑皮带上，手指自动去寻找藏在最左边的那个小弹簧。

小巷对面，一个看上去有些失魂落魄的男子坐在一块当床用的硬纸板上，他穿得破破烂烂，正一脸迷惑地盯着她看，不过他什么都没有说，也没有动，没准备离开，也没准备过来。她没时间去细想他会看见什么，只是一边用眼角余光留意着这个流浪汉，一边将注意力集中在手中那份放着文件原件的纸袋上。她从包里掏出自己那个柠檬形状的挤压瓶，把里面的东西挤进纸袋里。一股汽油味充斥在她四周的空气中。那个男子面不改色，随后她划燃了火柴。

她仔细地看着袋子燃烧，手里举着灭火器，以防火苗向外扩散。那个流浪汉似乎觉得很无聊，转身背对着她。

她等着，等到所有的东西都烧成了灰烬，才熄灭火焰。目前，她还不知道这些资料里都是什么内容，但是有十分把握里面的内容一定是很敏感的。她接手的项目就没有内容不敏感的。她用脚尖在地上黑灰色的粉末上来回蹍，将它们搓进便道。她确定一块碎片都没有留下之后，朝着硬纸板上那个男人扔了一张五块的钞票，然后朝出租车跑回去。

从那之后，她一连换了好几辆出租车，换乘了两条地铁线，又徒步走了几条街。她无法确定自己是不是甩掉了他们，她只能竭尽全力，时刻做好准备。另外一辆出租车将她放在亚历山德里亚，她在那里用第三张全新的信用卡租了第三辆车。

现在她置身于费城外的这座廉价酒店的小房间，盯着铺了一床的一摞摞码放得整整齐齐的文件，空中飘着一股浓浓的除臭剂味和积了很久的香烟味混在一起的味道。

目标人物的名字叫丹尼尔·尼贝克·比奇。

他二十九岁，白人，高个子，不胖不瘦，灰褐色的长鬈发颜色不深不浅——不知为什么，这个长度的头发惊到了她，可能是因为她常常打交道的都是军事部门的人。褐色的眼眸。出生地正好夹在亚历山德里亚的艾伦·杰弗里海滩和尼贝克海滩之间。有一个哥哥，叫凯文，比他大一岁半。他家之前住在马里兰州，他童年的大部分时光都在那里度过，有一阵子搬去了弗吉尼亚州的里士满，在那里念了两年高中。丹尼尔顺利进入陶森大学主修中学教育，辅修英语。毕业后一年，他的父母于一次车祸中双双丧生。撞他们的肇事司机也一起毙命，司机每百毫升血液里的酒精浓度达二十一毫克。葬礼之后五个月，丹尼尔的哥哥被控制毒贩毒罪名成立——他制造冰毒并将其贩卖给未成年人——被判在威斯康星州惩教所服刑九年。一年后，丹尼尔结婚，再过两年后离婚。匆忙办完离婚手续之后，前妻几乎是立刻再婚，和第二任丈夫——一名律师——在婚后半年生下一个孩子。从这个时间段来看，不难明白发生了什么。而在同年，丹尼尔的哥哥死于惩教所的一场纠纷。真是命运多舛的前半生。

目前，丹尼尔在华盛顿一所高中教历史和语文，这所学校所在的地区名声非常差。同时，他还兼任校女排队的教练以及学生会督导。连续两年获得了年度最受欢迎教师奖——这个奖项是由学生投票产生的。自打离婚之后，丹尼尔过去三年的暑假都用来参与仁爱之家的工作，先是去了墨西哥的伊达尔戈，接着又去了埃及的明亚。第三年暑假，他在两地来回奔波。

他逝去的父母和兄长都没有照片。前妻的倒是有一张——就是那种很正式的半身结婚照，两个人一起。她一头乌发，容貌出众，是整张照片的焦点。他看起来就像是她身后的背景，但是他因高兴而张开的大嘴倒是比她刻意做出来的表情显得坦率许多。

如果这份资料能够再详尽一点儿的话，亚力克斯会更加高兴，不过她自己也知道，自己生性挑剔，有时候对没有强迫症的分析师所抱的期望值太高了。

从表面上看，丹尼尔这个人特别干净，家人正派（从导致他兄长死亡的那个自毁循环来看，很容易就能明白他父母的车祸是怎么回事），是家庭破裂的受害者（清汤寡水的中学教师的配偶意识到老师的薪水并不足以支撑奢华的生活，这种情况并不罕见），深受底层小孩的爱戴，空余时间全部用来献爱心。

资料里没有提为什么他一开始会引起政府的注意，不过一旦他光鲜的外表被划破，里面藏着的污垢就会源源不断流出来。

一切似乎是从墨西哥开始的。那时他们并没有监视他，所以只有银行账户里的数字说明了问题。法务会计师已经整理好过去的历史记录，全都有据可查。最初，他自己的银行账户收支平衡，离婚之后只剩下几百美元，结果在某天账户上突然多了一万美元。几星期之后，又多了一万。暑假快结束的时候，总共有了六万美元。他回到美国继续上班，这六万美元不翼而飞。是他拿去买房了，还是拿去买名车了？都没有，什么都没有，也没有记录。第二年，他在埃及的时候，账户资产没有突然增加。那么之前那笔钱是赌钱赢来的，还是继承的遗产？

只这一点，没有其他线索的话并不足以引起任何人的注意，但是她在资料中找不到任何催化事件的东西。不过有一点可以肯定，会计部门的人要么是加班加点，要么是极其无聊，因为这件事其实并不紧迫，但是财务分析师还是像鼻子贴地的猎犬那样，紧追那六万美元的下落。最后，他终于找到了——这笔钱躺在开曼群岛一个新开的户头里，而且又多了十万美元。

到了这一步，丹尼尔的名字正式上了名单。不是中央情报局的名单，也不是联邦调查局的名单，甚至不是国家安全局的名单，而是上了美国国税局的名单，而这名单甚至不是最高级别的那份。他的名字排名也并不靠前，只是一个待调查的人。

她想了想丹尼尔哥哥的死是不是对他造成了影响。从留下的记录来看，有一段时间他频繁地去探视他的哥哥，这是他仅剩的家人。媳妇跑了，哥哥死了。这似乎是将某人逼向罪恶深渊的经典配方。

丹尼尔账户里的钱还在不断增长，这种收入可不是用身体藏毒的“毒骡”抑或是毒贩子能赚到的。世界上没有任何一项工作能有这么高的报酬。

后来，这笔钱又转移了，而且去向更加难查，然而它在最终增加到了一千万美元之后，顶着丹尼尔·比奇的名字从加勒比、瑞士……跑了一圈之后又绕了回来。或许他只是个背黑锅的，有人冒用他的名字来隐藏资产，不过作为一种通则，犯罪分子是不会将这种钱塞进一个毫不知情的中学教书匠手里的。

他是靠什么赚到的呢？

当然，此时他们已经密切监视了他的社会关系，很快就有了收获。一个叫恩里克·德拉富恩特斯的家伙出现在一张模糊不清的黑白照片里，这是墨西哥城内一家汽车旅馆的停车场的监控摄像头拍下来的，丹尼尔·比奇就住在这里。

这种游戏亚力克斯已经好几年没有玩过了，这个名字没有在她心里激起任何波澜。就算她还在组织内效力，或许也不会进入她日常的待处理卷宗里。她偶尔也会帮忙处理一些黑帮火并的事件，但是毒品问题从来不会像面临战争和恐怖分子威胁时那样点亮红灯，拉响警报。

德拉富恩特斯是一个大毒枭，而毒枭——哪怕是最骁勇好斗、拼命搏上位的那种——基本不会引起她所在部门的注意。通常来说，美国政府不怎么在乎毒枭间互相残杀，因为通常这种毒贩子的战争不会危及普通美国公民的性命。毒贩子不会想要杀死自己的客户，这对他们的生意没有任何好处。

亚力克斯这辈子哪怕是在工作需要接触到的那些最高安全机密的案件里，也从来没听过毒枭对大规模杀伤性武器感兴趣这种事。当然了，如果真有巨额利益在里面，什么人都不能排除在外。

不过，从买卖军火中获益和使用大规模杀伤性武器是完全不同的两码事。

德拉富恩特斯在二十世纪九十年代中期吞并了一个中型哥伦比亚贩毒团伙（手段残忍），曾经几次尝试在亚利桑那州州界线以南的地方建立制毒基地。每一次他都被附近常年在得克萨斯和新墨西哥州界处游走的同业联手排挤。他越来越不耐烦，寻找越来越凶残的方法消灭对手。最后，他终于找到了一个盟友。

她咬着牙倒吸一口气。

这个名字她认识——不仅认识，而且极其厌恶。来自国外的恐怖袭击已经够讨人厌的了，而她对那生在民主国家，拥有自由和特权，却利用这种自由和特权来攻击他所在国的人，更是极度反感。

这帮本地恐怖分子有许多名字，组织称这些人为巨蛇，这要感谢他们新上任的那个头领身上的文身图案——他自称是李尔王的后人。亚力克斯曾经几次协助组织阻止了他们谋划的恐怖袭击，但是他们成功执行的那一次仍然会让她不时做噩梦。资料里没有说是谁先主动联系的，只是说他们达成了一份协议。如果德拉富恩特斯履行自己的部分，就有足够的资金、人手和武器来一举歼灭其中最大的一个敌对团伙。而这些恐怖分子则可以得到他们想要的——破坏美国的稳定，让整个国家彻底陷入恐慌、分裂以及他们梦寐以求的骚乱中。

糟透了。

还有什么比一种从实验室里研究出来的流感病毒更能引起恐慌的呢？特别是这种致命的病毒可以由你掌控？

她敢打赌，撰写这份资料的人已经从分析观察员换成了特工。因为照片变多了，也更清楚了。

特工称这种病毒为TCX-1型（资料里没有文字显示这些字母代表什么意思，即便她自己拥有相当专业的医学背景，还是猜不出来）。政府知道有TCX-1型这种超级流感病毒的存在，不过他们以为这种病毒已经在一次北美的打黑行动中彻底消失了。实验室已经被摧毁，相关责任团体全被缉捕归案（而且全被处决，这是重点）。TCX-1型病毒从此在江湖上销声匿迹。

直到几个月前，它在墨西哥重新出现，和一批救生疫苗一起，被合成了一种全新的病毒。

她的头部开始隐隐作痛，就是因精神高度集中而导致的那种，就好像有火辣的针直接从她左眼后面扎进来。她在入住后埋头研究这堆资料之前小睡过几个小时，但是根本不够。她起身走了几步，从放在洗手盆旁边的盥洗包里抓出四片美林，直接咽了下去。两秒钟后，她才反应过来，自己的胃里是空的，毫无疑问，等美林一落进胃中，便会将胃底烧出一个窟窿。她包里经常会备着一些蛋白条，于是她飞快地嚼了一根，一边嚼一边走回来继续翻看资料。

恐怖分子知道自己早就处于严密的监视之下，所以他们给德拉富恩特斯的都是书面材料。德拉富恩特斯必须自己找人动手做——最好是没有威胁又毫不起眼的人。

中学教书匠正式登场。

根据最优秀的分析员集体拼凑出来的情况看，丹尼尔·比奇混在一群爱心人士中间，去埃及替这个反复无常的毒枭拿到了他所渴望的TCX-1型病毒，而丹尼尔现在显然还是这个阴谋里的一部分。就现有证据来看，他也将是把TCX-1型病毒在美国的土地上传播开来的人选。

这种病毒的可吸入式疫苗已经上市流通，有钱的客户永远不会有危险，或许这是这个阴谋的第二部分。就算是最反复无常的毒枭也必须要从实用角度出发，考虑一下钱从哪里赚。所以或许等到那些不是他客户的人也知道救命的东西在哪里，如此便可以源源不断地出现一批又一批的绝望客户。如今，丹尼尔·比奇毫无疑问是对病毒免疫的。扩散病毒并不是什么难事，只要用一块染有病毒的抹布在日常手可以接触到的地方，比如门把手、柜台台面、键盘之类的擦一下即可。病毒就会像燎原的野火一样迅速传播开来——他甚至都不需要找太多人当传播工具。只要在洛杉矶找几个，菲尼克斯找几个，阿尔布开克找几个，圣安东尼奥找几个就可以。丹尼尔已经在上述这些城市订了酒店，他很快就要开启自己的死神之旅，三周之内，名义上是为下学期秋季学校实地考察做准备，他要去探访更多仁爱之家的据点。

巨蛇和德拉富恩特斯准备在美国本土发动一次破坏性空前的恐怖袭击，根本无法加以防范。而如果德拉富恩特斯真的已经掌握了可以用作武器的病毒和疫苗，他们成功的可能性非常大。

卡斯顿没有开玩笑。她本来以为是他装出来只为博取她同情心的表情，现在看来很显然是一种令人震惊的自控力的表现。在她的桌面上——原来的桌面——摊开的所有潜在灾难中，这一个可以被列入恶劣性质最高的名单里，这样的事情她曾经见过。之前有过另外一种生物武器，它能造成的破坏程度与这一宗不相上下，但是那种病毒根本没能流出实验室。而这个可行的计划已经开始实施。在国家疾病防疫控制中心控制住疫情之前，很可能有上百万，甚至更多人遭殃。卡斯顿肯定知道她会发现这个事实，他有意弱化了这场灾难的严重程度，这样会让它听起来更加真实。有时候，现实比小说更夸张。

风险比她估计的更高。意识到这一点让她很难再以自己那个微不足道的搏命游戏作为托词。她保住自己的生命难道比如今面临的这种恐怖活动的威胁更紧迫吗？她在跟卡斯顿谈话的时候表现得很强硬，可如果这个故事有一丝可能是真的，而不是一个陷阱，她除了试图去阻止以外，还有别的选择吗？

如果丹尼尔·比奇彻底人间蒸发，德拉富恩特斯就会知道自己已然被人盯上。那时的情况就会有所改变，他将加快行动步伐，将原本计划好的时间提前。必须找丹尼尔谈谈，而且要尽快，然后把他放走，让他回到日常生活，出现在人们的视野内，稳住那个狂妄自大的毒枭，直到最后把他消灭。

起初，亚力克斯的目标人物都要先在外头转一圈才能落到她的手里，这是标准的操作流程。她处理案子所用的时间大部分都耗在了这上面。亚力克斯是最善于在不对目标人物动刑的情况下，从他身上问出情报的人。（在她之前，最擅长这项任务的人是巴纳比。）中央情报局和国家安全局以及其他类似的政府部门也有自己的团队来审问目标人物，一般他们取得自己想要的信息之后，就会将这些人加以处置。时间久了，当她证明自己比其他部门最出色的团队成功率还要高之后，亚力克斯就渐渐忙碌了起来。不过其他部门还是宁可自己埋头单干，情报只限于在内部人员之间流通，结果说明一切。

她叹了口气，重新把心思放回到现在。十一张丹尼尔·比奇的照片摆成一排，放在床头的枕头上。同时看见硬币的两面是很难的事情。在早期的照片里，丹尼尔看起来像是一个童子军，飘逸柔软的鬈发多少透出一股纯真和专注。但是很显然，出现在特工拍回来的照片里的虽然还是这张脸，可是一切都已经不同。那头长长的鬈发总是藏在帽兜或是棒球帽底下（棒球帽也是她最喜欢的伪装用品)，姿势更有攻击性，神情冰冷，一副很专业的样子。她曾经很努力地让自己显得很专业，为此花了至少一个周末的时间。她又看了看这两张一模一样却又充满矛盾的脸，有一瞬她感到好奇，不知道是丹尼尔这个人本身就很分裂，还是说她看见的是一个完整的进化过程，总之那份纯真已经不复存在了。

不过这无所谓——目前是这样。

头疼好像要在她眼球里面钻出一个洞，她知道导致这种头痛的并不是长时间翻阅资料，摆在她面前悬而未决的决策才是这份痛苦的源泉。

她收起所有的资料，把它们塞进手提箱。美国西南部这场人口大灭绝要暂时往后放几个小时了。

第二天早上，她出门上的那辆车和昨天来时已经不是一辆。在办理酒店入住手续之前，她已经在巴尔的摩把租的车还了，然后打了一辆车到宾夕法尼亚州的约克。出租车司机把她放下之后，她又走了几分钟才来到一个姓斯特宾斯的男子家门口，他有一辆三年车龄的特塞尔要卖，他在克雷格列表网发布了信息。她付完现金，用的名字是柯里·霍华德，然后开着这辆新座驾到了费城。虽然顺着这条线可以找到她，不过要想真的追过来难度也不小。

离开酒店之后，她开了几公里，然后选了一个似乎还挺热闹的小酒吧。她这样选有两个原因。第一，她在人群里被人记住的可能性更小。第二，这里的食物似乎还挺可口。

就餐区人满为患，所以她选择在一个小吧台旁边坐下来。吧台后面的墙是一面大镜子，她不必转身就可以从镜子里观察门口和临街窗口的情况，这个位置很理想。她点了一份油腻腻的汉堡包，一份洋葱圈，还有一杯巧克力麦乳精，全都非常美味。

她吃饭的同时关掉了大脑。这一点她在过去的九年里做得非常好，几乎没有事是她不能隔绝开的。她一边吃着食物，一边看着周围的人，头疼缓解了许多，变成了迟钝的抽搐。吃完饭之后，美林终于赢得胜利，疼痛全部消失。她又点了一个山核桃派当饭后甜点，不过她其实已经吃得差不多了，只挑拣着吃了一点儿。她只是在拖延，一旦这顿饭吃完，她就必须要做出选择。

回到车里，头痛又开始发作了，她早就知道会是这样，不过并不是之前那种钻心的痛。她漫无目的地开车转，住宅小区的街道静悄悄的，如果有人跟踪她，一定会特别显眼。城郊很黑，也很空。过了几分钟，她决定往城里靠一靠。

她的心里依然将可能性分成两栏。

第一栏，卡斯顿是在说谎，目的是为了将她引向死路，这一种可能性开始变得越来越不可能。不过，她还是要保持警惕。整个事情可能都是编的，所有的证据和协作部门以及那些用各种风格写成的独立分析还有照片可能是满世界搜罗来的——这可能是一个细节到位、精心设计过的陷阱，但并不是万无一失，因为他们不知道她是不是会跳进来。

但如果卡斯顿希望在一次精心布置的会面时抓住她，为什么之前要做这么多铺垫呢？他们可以很轻松就杀了她，根本不用做这些门面装点。如果你希望你的目标直接在人行道毙命，甚至来不及打开自己的手提箱，所需要的只是一张边缘锋利的白纸。要编出这么复杂的案情最快需要多长时间？她提前跟他会面，就是为了让他来不及编造这些东西。这出戏里的丹尼尔·比奇是什么人？也是他们的人吗？还是一个无辜的公民，只不过被用修图软件合成到外国的风景照里？他们肯定知道，她有能力去查证这些资料的真实性。

他们在最后一份文件里给她提供了一个行动计划。五天以后，不管她加不加入，他们都会在丹尼尔例行的周六晨跑时把他抓起来。在星期一上课之前，不会有人想到他。如果有人刚巧来找他，可能也会以为他是去度个小假了。如果她同意帮忙，就有两天时间来帮他们取得他们想要知道的情报，然后她就自由了。他们希望她同意保持某种形式的联络，比如用于紧急联络的电邮地址、社交网站，哪怕是分类广告也行。

如果她不同意接受这项任务，他们也会在没有她帮助的情况下尽力做到最好。不过想要目标人物完好如初需要很久……很久很久。失败的后果难以估量。

她一想到那些好东西正在自己之前的实验室里等着她回去，差点就流出口水来。那些东西她在现实世界里永远没法摸到，她的DNA测序仪，还有聚合酶链反应器。如果他们的邀请是真心实意的，她可以直接把那些已经配制好的抗体塞满口袋。当然了，如果卡斯顿说的是真的，这些东西她也没有偷的必要。

她试图想象重新躺在床上睡觉的情景，不用再随身携带药房里售价高昂的毒药。可以每天都用同一个名字，可以每天和人打交道，而不必担心会连累别人送命。

不要期望太高，她告诫自己，**不要放任这些占据你的大脑，影响你的判断。不要让希望把你变成蠢货。**

和她的想象一样令人高兴的是，她试图理清将这幻想变成现实所需要的步骤时，她撞上了一堵墙。看见自己重新走进那扇闪亮的铁门，进入巴纳比尖叫着死去的那个地方，这是根本不可能的。她从潜意识里完全拒绝见到那一幕。

几百万人的性命是很沉重，但从许多方面来看，这依然只是一个抽象的概念。任何逼迫她、让她重回那扇门里的事情她都不喜欢。

也就是说，她必须要跟他们一起走一趟。

还有五天。

这下有她忙的了。

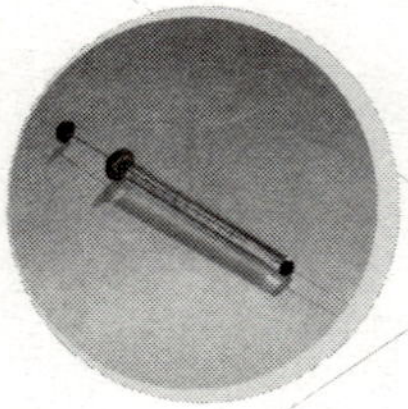

第四章
地铁奇遇

选了这条路无异于让她寅吃卯粮。

她在心里不停盘算。她若想撑过下个星期，并且想与组织合作的意愿没有变化，那么她将面临严重的财务危机。要想改变已经有了三年基础的生活方式，花费可谓不菲。

先去挣够一大笔用于采买的钱可是一个大工程。她有钱——毕竟，最初让她选择做这份工作的一个因素，就是组织给出的薪酬，而在那之前，她离世的母亲还给她留下了遗产——一笔数目可观的保险赔偿金。但是当你替一个权势滔天的妄想偏执狂工作，他可能会把你什么时候换了牙刷牌子都记录在案，你肯定不能就那么直接地把钱取出来塞进床底的鞋盒。

就算他们之前没打算对你怎么样，这样做或许也给了他们一个动手的理由。而如果他们早就有这种打算，这种做法就是逼着他们下决心提前动手。你可以在路过某个小镇的时候把钱取出来，但是要想把这笔钱花出去买一些高级玩意儿，可能性有限。

就如同之前巴纳比曾经规划的那样。他一直没有告诉她具体的细节，因为他要保护替他转移资金的朋友的安全。

在实验室楼上几层的咖啡厅，她和巴纳比曾经讨论过一次很有前途的投资机会，并有意让旁人听到。好吧，只有巴纳比觉得那叫有前途，努力想说服她相信。这番讨论平淡无奇，可能就在同一时间，在许多普通办公室的饮水机旁边都有同样内容的无数种版本在上演。她假装被说动了心，巴纳比大声答应会替她开一个投资账户。她汇了一笔钱到一个投资公司——或者说是一个听起来特别像投资公司的公司。

几天以后，这笔钱转到了俄克拉何马州塔尔萨的一家银行——但是刨除了百分之五的“佣金”作为对付出时间、甘冒风险的那些朋友的感谢，开户用的名字是弗雷德丽卡·诺贝尔。她后来收到了一个开户成功的通知，通知用一个白信封装着，夹在社区图书馆的一本《结外淋巴瘤》的书里。信封里还有一个俄克拉何马州的驾照，名字也是弗雷德丽卡·诺贝尔，上面的照片是她自己。

她不知道巴纳比的那份钱转去了哪里，她也不知道他用的新名字是什么。她本来希望两人一起离开——那时候，逃亡路上的巨大孤单就已成为她噩梦的一部分——不过他觉得这样不太明智，他们两个人分开会更加安全。

更多的投资账户，更多的小信封。多数的账户是用弗雷迪的名字开的，不过也有其他几个账户用了别的名字，在加利福尼亚州的是埃利斯·格兰特，在俄勒冈州的是谢伊·马洛。这三个身份下面的资产都不少，一定会受到监管。

弗雷迪第一个收到消息，说组织在找她，但这只令她行事更加小心。埃利斯和谢伊依然安全，这两个是她的宝贵财产，她很小心地使用它们，能免则免，这样就不会让人把它们和朱丽安娜·富通博士联系起来。

同时，她也开始买珠宝——值钱的那种，越小越好。黄钻在她眼里和其他黄色的石头没什么区别，都有澄净的外表，但价格却是黄色宝石的十倍。粗重的金项链，沉甸甸的金项坠，她还试图再入手一些裸钻。她很清楚她花出去的钱可能有一半都是冤枉钱，但这些珠宝携带方便，而且之后就算有人监视，也还是可以变现。

通过电话支付，弗雷迪在塔尔萨城郊租了一座小木屋，使用的是一张新信用卡，直接从塔尔萨的银行账户还款。小木屋的房东年纪稍长，非常贴心，听起来是兴高采烈地接收她寄过去的那些大箱子——箱子里全都是她离开朱丽安娜·富通的人生之后的必需品，从毛巾到枕头，从杂七杂八的珠宝到各种回流冷凝器和烧瓶，无所不包——然后收好自己的房租，对其他人一句说辞都没有。她零零星星地暗示自己是准备要结束一段糟糕的情感，这对房东来说已经足够。她还用图书馆的电脑下单买了点生活必需品，用的是她在家用的笔记本从来不会登录的电邮地址。

她做了一切能够准备好的事情，然后等着巴纳比给她信号。结果是他的确让她知道现在该跑了，但却并不是以他们预计中的那种方式。

那些钱，那些被小心翼翼保管了那么久的钱，现在如流水一般从她手指缝中溜走，好像她是一个靠着信托基金就有花不完的钱的被宠坏的小孩。

这是一场狂欢，以期能够获取她那看似不可能的自由，她这样对自己保证。她也有几个可以挣钱的小绝招，但这些办法都太危险，其中暗含的风险是她无法承受，但又别无选择，不得不承受的。

人们需要那些不守行规的医疗专家。有些人希望医生绕过医疗监管，搞到一些没有被食品及药物管理局批准的药，可能是俄罗斯或者巴西产的。也有些人需要取出身上的子弹，但又不愿意去医院，因为医院可能会报警。

她在网上一直维系着一种飘忽不定的存在。有几个客户曾经用她之前使用的那个电邮地址联络过她，不过那个邮箱已经被注销了。

她不得不重新回到一些网络社区的讨论区，有人认识她的板块，和几个客户保持联络，不会留下新的尾巴，这可不容易。如果组织已经找到了那个邮箱地址，或许其他的也都已经知道。好在她的客户能够理解，她替他们做的许多事，都是游走在法律边缘，有些或许可以称作犯罪，偶尔消失或换个新名字这种事，他们一点儿不会惊讶。

当然了，为超越法律许可范围的人效劳，让她早就超载的危险又多加了几重。比如说有一次，一个人到中年的黑手党大佬发现她的服务很方便，觉得她应该在伊利诺伊州定居。她讲了一个自己精心编造的掩饰身份用的故事，尝试着向这位名叫乔伊·詹卡迪的大佬解释自己为什么不能这么做——毕竟，这群黑手党可不懂对外人忠诚，这些情报很有可能被拿去卖钱——但大佬非常坚持，甚至不惜威胁。他向她保证，有他的保护，她永远不会有麻烦。到最后，她不得不丢下夏丽·彼得森这个开发得非常充分的身份跑了。或许直到现在，那个黑手党家族的人还在找她。不过这种事并不会让她失眠。要论人手和资源，黑手党连美国政府的边都摸不上。

又或者，这些黑手党根本没打算在她身上浪费时间。医生满世界都有，他们是人，所以大部分都会合作。现在，如果乔伊·詹卡迪知道她的真实身份，或许会用更加激烈的手段来把她留下。

至少乔伊·詹卡迪在让她把珠宝变现这方面还很慷慨。而创伤医学研究因此遭到毁灭性打击，也没什么妨碍。这是替地下世界干活的又一好处：不会有人因为你干的事超出了法律许可范围而太过愤慨。早晚都会死，执业过失保险没有存在的必要。

无论何时，她只要一想起乔伊·詹卡迪，就会紧跟着想起卡洛·阿吉。虽然卡洛不是她真正意义上的朋友，但也相当接近。他曾经是她的联络人，那时最常出现在她生活中的人。虽然他表面上是一个典型的杀手，但是对她却一直都很好——把她当成自己的小妹妹。所以当她不能救回卡洛的性命时，比救不回别人的命更让她难过。

曾经，他的左心室中了一颗子弹。他们抬着卡洛送到她这里来的时候已经太迟，但是乔伊·詹卡迪还是抱有一丝希望，夏丽在过去曾经救过他很多次。当他听见夏丽宣布说，卡洛在送来的时候就已经断气了，居然变得豁达起来。“卡洛是最棒的。人生嘛，有一得，就必有一失。”然后耸了耸肩。

她一点儿都不喜欢想起卡洛。

她宁愿多花几个星期想想别的事——完善自己的计划，考虑一下自己的弱点都有哪些，做好体能准备——可卡斯顿的计划给她画了一道死线。她必须要将有限的时间分成两份，一份用来对付盯梢，一份用来筹备工作，而这两件事肯定都无法做得完美。

那种感觉就好像是他们已经盯上了她，免得她企图甩开他们单独行动。她那么轻松就能找到卡斯顿，他们应该预想到了这一点。那她应该怎么办呢？听他们的话，随时汇报？

就她这几日的观察，她敢打赌，丹尼尔今天也会遵循和过去三天一样的作息时间。而他几乎一成不变的穿着——相似款的牛仔裤、单排系扣衬衣、休闲风的运动外套，以及整体相近只有些微不同的色调——都会让她怀疑这个人在公众生活中是一个被习惯支配的产物。下课以后，他要找学生谈话，为第二天的教学备课，等到静校铃声响起才作罢。随后，他将几份文件和笔记本电脑塞进双肩背包，甩过左边的肩头，然后往外走，路过秘书处的时候他会打个招呼。他徒步走过六条街，六点左右到国会高地站坐地铁，正赶上城市交通处于高峰的时候。他直接冲上绿线坐到哥伦比亚高地，他那间小小的开间公寓就在这里。回到家以后，他会坐下来吃点冷饭，然后批改作业。差不多十点上床休息，就目前她看到的来说，他从来不看电视。

早上起来的情况很难监视到——他挂的藤帘在屋里有光时基本是全透明的，但在清早阳光的照耀下就一丝光都不透了。他会在五点的时候出门晨跑，一个小时后回家，然后过三十分钟再出门，朝三条街外的地铁站走去，刚冲完澡，他长长的鬈发还是湿的。

两天前，她跟着他的晨练路线跑过一圈，尽量保持一个安全距离，不让自己被人发现。他跑步的步伐坚定快速——很显然是一个跑步老手。她一边跟跑，一边发现自己暗自希望要是之前能够常跑步就好了。她不喜欢按照其他人那样跑步——她总觉得自己完全暴露在大街上，没有汽车可供躲避——而这一点很关键。如此，她的身体素质就比不上他们派来追她的人。

再说她的腿很短，注定跑不快，没有一种武术是她学会了就能打赢职业杀手的。就算她那些小把戏能够让她度过危急时刻，她也务必要保持杀手跟她之间的距离大于杀手能追上来的距离。多荒唐的一种死法——呼哧带喘，肌肉酸痛，一瘸一拐，只因为她日常缺乏锻炼。

她可不想要这种死法，于是她尽可能经常跑步，做一些能在自己狭小住所里做的锻炼。她发誓，等到这件事结束，她一定会找个好地方——一个有许多条逃跑路线和藏身地点的地方——天天慢跑。

但是他的晨跑路线就跟他选的公寓和学校一样太显眼，让她没办法动手。最简单的方法，可能是等他跑完步的时候直接把他从街上拖走，打昏或者迷晕，可是跟踪她的那帮家伙肯定也会想到这一点，他们一定会提前布防。他去上班途中步行的两段路也是同样的情况，所以只能选在地铁里下手。他们也肯定会想到，地铁是另外一个有可能发生意外的地方，但是他们不可能提防每条线路、每个站台，并且同时注意自己周围每个人的每条腿。

四处都是摄像头，但她别无选择，只能硬着头皮这么干。搞定之后，她的敌人肯定会拿到无数清晰的镜头，看清楚三年之后的她到底长什么样。不过，他们能得到的也只有这么多了。她之前在组织的工作经历让她非常清楚，实际上用机器在大街上捕捉目标的难度要比八点档电视剧里演的那种难度大得多。地铁安装摄像头的目的，是为了抓住犯了案的嫌疑人。他们不可能有资源和人手保证所有的地方每时每刻都处于监视之下。所以，这些摄像头能告诉他们她曾经到过哪里，而不是她会去哪里，没有了这个信息，这些摄像头就是摆设。所有监控录像带能够调出来的信息就是——她是谁，她从哪里获得情报，她的动机是什么——而这些事他们早就已经知道。

再者，她也想不出其他风险比较小的方法。

今天，她的名字叫杰西。装扮非常职业化——深V领黑T恤衫外面套了一件黑色小西装，当然那条皮带没有忘。她换了一副更加逼真的假发，这一副假发长度到锁骨，颜色更浅一些，介乎金色与褐色之间。她用一条简单的黑色发带把头发束起，加了副眼镜，细细的金属眼镜框让它看起来不是为了刻意掩饰用的，不过夸张的镜框把她从额头到颧骨都遮了起来。她的脸很匀称，配她娇小的身子比例刚好，一点儿都不引人注目。她很清楚，从常理来看，人们一般都不会注意到她。不过她也知道，她并不特别擅长伪装，水平还没有高到能让专门找她的人见了都认不出来的地步。她必须尽可能不要抬头。

她今天拎的是手提包，没有拿那个托特包。托特包肩带上的装饰木片已经拆下来，装到了手提包的把手上。手提包是金属镶边，就算什么都不装就已经很沉了，如果有必要，完全可以用来当武器猛打别人的头。相片盒吊坠和戒指她也都戴上了，唯独没有戴耳环。她可能会被迫跟人近身搏斗，耳环太不安全。她还带了鞋刀、外科手术刀片、无色唇膏、各种喷雾……几乎是全副武装。今天，这些东西并没有让她多点信心，这样的行动计划离她的舒适区太远了，她从来没想过自己有一天居然会去绑架。在过去三年里，她也没有设想过除了杀人和逃亡，她还有做其他事情的可能。

杰西开车驶过黑漆漆的大街，打了个哈欠。她睡眠不足，在接下来的几天里也不太可能睡太多。她有一点儿药可以让自己保持清醒，但药效最多维持七十二个小时，那之后缺的所有觉都会卷土重来。她必须要找个地方妥妥地藏起来，等待睡意袭来。她希望自己不必动用这些药。

里根国家机场的经济停车场有许多空车位。她将车停在靠近摆渡车站的一个车位里，大多数人都很钟爱这种车位，然后等着摆渡车来。她比任何人都要了解这个机场。她心里油然而生一种许久不见的亲切感——就是周围的事物都是你熟悉的那种舒适的感觉。摆渡车到来之前，又走来两个乘客，全都拖着大行李箱，满脸倦容，他们看都没看她。她坐着摆渡车来到三号航站楼，然后从步行天桥上折回去进了地铁站。她步伐轻快地走完这条路，用了差不多一刻钟。这就是机场让人高兴的地方——所有人都是步履匆匆。

她犹豫过要不要穿高跟的靴子，那样她的身高会变得不一样，不过后来她想到自己今天肯定要走很多路——如果情况不妙，可能还得跑。于是她穿了一双黑色平底鞋，款式有点接近球鞋。

她随着拥挤的人潮朝地铁月台走去，试着让自己的脸尽可能地避开天花板上的摄像头，她用眼角余光寻找要混到哪一群人里。杰西很确定，盯梢的人一定会找一个独自一人的女性。人比较多的地方——任何地方——都是不错的伪装，效果比化装或是戴假发要好得多。

高峰时段第一拨人潮挤上电梯，有好几群人簇拥在她周围，往她要坐的那条线去。她选择了一个三人的小团体，两男一女，全都穿着职业套装，拎着手提包。那个女的有一头光亮的金发，比穿着高跟鞋、踮起脚之后的杰西还要高出二十多厘米。杰西跟着其他几伙人蹭到她身边，跟在他们身后，将自己夹在这个女人和墙中间的位置藏起来。任何一双刚刚看过来的目光都自然会被这个高挑的金发美女吸引过去。除非那双眼睛是专门在找朱丽安娜·富通。

杰西硬凑成的这个四人组径自穿过人流，在月台边等车。

这伙人里的其他成员似乎都没有意识到这个小个子女人是跟着他们一起移动的。人来人往摩肩接踵，她离得这么近也没有显得特别突兀。

地铁冲进视野，从他们面前疾驰而过，猛地往前一蹿，然后停住。“杰西四人组”犹豫了一下，想找一个人比较少的车厢。她已经准备放弃他们，不过那个金发女郎也没了耐性，自己挤进了他们面前这个空间有限的第三节车厢。杰西紧贴在后面往里挤，她的身子被牢牢夹在金发女郎和另外一个女人中间。这个女的也比她高大一点儿。她完全淹没在两个人的身影里，就是这个姿势不太舒服。

他们乘着黄线一直来到唐人街。然后她离开那三个人，加入一个新的二人组，这两个女人可能是秘书，也可能是图书管理员，全都穿着单排扣的女士衬衣，戴着猫眼框架眼镜。她们一起上了绿线坐到肖恩·哈沃德站，杰西一直昂着头朝个子相对矮一些的黑发女人那边看，假装被她说的故事内容吸引，听她讲上周末参加的那个婚礼，招待的酒水居然不是免费的，真是厚颜无耻。

听到一半，她就下了车融入出地铁的人群里，两个秘书依然在车里聊得挺欢。她假装去洗手间整理衣物，飞快地兜回来，跟着人群重新下来继续等下一趟车。现在剩下的问题就是时间，她不能一直藏在人群里。

听见地铁刺耳的哀号，杰西的心脏也跳到了嗓子眼。她鼓起勇气，这种感觉就好像她是守在起跑线上的短跑运动员，就等着信号枪响。随后她被自己这个想法里隐含的意味吓得一哆嗦——一声枪响这件事太有可能发生了，只不过这把枪里射出的是真正的子弹，而且枪口不是朝天。

地铁吱的一声停下来，她开始行动。

杰西横冲直撞地顺着一节车厢往后走去，门呼哧一声打开，她用手肘给自己在拥挤的人流中辟出一条通路。她以最快的速度扫视四周，寻找那个长发飘飘的高个身影。从她身边挤过去的人太多，挡住了她的视线。她默默地在脑海里将那些不符合的人头上打了个 ×。她走得太快了吗？还是说不够快？地铁刚好在她走出最后一节车厢的时候离站，她不能肯定他是不是在这节车厢里，估计不在。按照她估算的他前两次上车的时间，他更有可能坐下一趟车。她看着车门关上，咬住嘴唇。如果她这一次没成功，就得在他下次坐地铁的时候再试一次。她一点儿都不想再来一遍。离卡斯顿给出的计划动手的时间越近，这样做就越危险。

但是她也没有过多沉浸在哀怨里，继续快步朝出口走去。

她在洗手间又逗留了一会儿，假装检查其实根本不存在的妆容，稍微拖延了一点儿时间。她在心里数到九十，才重新跟着人群又一次往月台走去。

这一次的人更多。杰西选择站在月台前端的一群西装革履的男人旁边，试图融进他们一群人的黑色外套里。这些人正在谈论股票和金融，这些东西似乎离杰西的生活太过遥远，听起来好像跟科幻小说差不多。下一趟车才刚刚进站，她就准备好走过去重新开始扫视。她绕过这群金融人士，在车停稳之后，从第一节车厢开始找起。

杰西走得很快，眼睛已经看向下一节车厢。**女的，女的，老头儿，太矮，太胖，太黑，秃子，女的，女的，小孩儿，金发**……下一节……

他就好像是在帮她，就好像他跟她是一伙的。他就靠着车窗站着，望着外面，高高挺挺，一头飘逸的鬈发非常显眼。

杰西朝打开的门走过去，也飞快地扫了一眼其他人。很多商务打扮的人士——这些人都有可能是受雇于组织的。不过没有特别明显的迹象，没有不适合正常尺寸西装的过宽肩膀，没有小平头，没有人衣服底下是鼓鼓的，乘客之间没有人有目光接触，没有人戴墨镜。

终于到了最关键的时候，她在心里想，到了他们希望将我们两个套住头，把我们抓回实验室的关键时刻。除非这是一个陷阱，如果是这样，那么这个丹尼尔和他纯真的鬈发也是他们中的一分子。有可能朝我开枪的人就是他，或者是拿刀刺我。又或者他们想要将我带下地铁，然后找个僻静的地方再开枪。也可能他们先将我敲晕，再将我扔到铁轨上。

可如果那个故事全都是真的，他们就会希望我们两个都活着。他们会试着用和我现在类似的办法抓住丹尼尔。接着他们将我押送到实验室，从此永无出来的那一天……这种事可不怎么美好。

她脑海中闪过一千种糟糕的结局，门在她身后关上。她飞快地走过去站在丹尼尔旁边，和他握着同一根栏杆以便站稳，她的手指就在他下方，离得很近，他的手指显得更加苍白，更加修长。她的心就好像被人紧紧攥进了手里，她同目标离得越近，她就越感到痛苦。他似乎没有注意到她依然望着窗外，神情缥缈，他们驶进黑漆漆的隧道，他也依然这副模样，他可以从车窗的倒影里看见车里的情况。车里没有人往他们这边过来。

她在这个丹尼尔·比奇的身上看不到另外一个他，那个她在来自墨西哥和埃及的照片上见过的他，那个把自己的头发藏起来，行动更加积极自信的他。她身边这个心不在焉的男人，就像是一个旧世界的诗人。他一定是一个演技绝佳的演员……要么就是他可能真的有精神疾病，拥有多重人格？她不知道如果真是那样，自己该怎么办。

他们离唐人街站越来越近，杰西开始紧张起来。列车冲进了站，她不得不紧抓栏杆，以免自己被悠出去撞进丹尼尔·比奇的怀里。

三个人，两个穿西装的、一个穿衬衣的，下了车，谁都没有朝杰西望一眼。他们都匆匆而过，好像马上就要迟到似的。又有两个男人上了车，其中一个引起了杰西的注意——这家伙块头很大，身材很像专业运动员，穿着一件帽衫，一条休闲裤。他两只手插在帽衫前面的连体口袋里，除非他的手加起来有鞋盒那么大，不然他手里一定是拿着东西。他从杰西身边走过时，也没有看她，直接走到车厢尽头的角落，抓住头顶的扶手拉环。她用眼角余光从车窗里留意他的动向，不过不管是对她还是她的目标，他似乎都没什么兴趣。

丹尼尔·比奇没有动。他沉浸在自己飘远的思绪中无法自拔，她觉得自己站在他身边放松了许多，就好像他不过是一个车上的路人，根本不用她防备。这太蠢了。就算这不是陷阱，就算他真的是他们告诉她的那种人，这个人也准备在不久的将来变成一个杀人狂魔。

那个运动员从帽衫的大兜里掏出一副大耳麦罩在耳朵上。耳机线一直连向兜里面，可能是插在他手机上，也可能不是。

她决定，到下一站的时候先试探一下。

车门打开，她弯下腰好像在调整裤子上根本不存在的卷边，然后突然站直身子朝着车门迈了一步。

没有人做出反应，那个戴着耳麦的运动员已经闭上了眼睛。人们上车，人们下车，没有人看她，没有人过来挡住她的去路，也没有突然抬起来的胳膊，西服袖子难受地绷在上面。

如果她的敌人知道她准备做什么，一定会先让她做完。

这是不是意味着这是真的，还是说他们只是现在希望她往这方面想？想理清楚他们心里的弯弯绕，这让她想得头疼。列车重新开动，她重新抓住了栏杆。

“不是这站？”

她抬头，丹尼尔·比奇正低头对着她微笑——这种完美的微笑甜蜜、诚恳，是学校最受欢迎的老师专有的，也是面向仁爱之家的受助者的。

“嗯，对。”她眨眨眼，大脑飞速运转。一般正常人会怎么回话？“我，嗯，刚才有一会儿忘了自己在哪儿。所有的站都混了。”

“再坚持坚持。还有八九个小时，就挨到周末了。”

他又笑了，一种善意的微笑。她对自己正在跟丹尼尔——自己的目标人物寒暄这件事并没有觉得不安，反而觉得有一点儿怪异的正常——这么说可能有点虚伪，这让她更容易进入自己必须要扮演的角色里：友好的陌生人。一个普通人。

对他刚才的评论，她爆出一声带点腹黑的笑，她的工作周才刚刚开始。“我要是真能有周末的话，反倒好了。”

他哈哈大笑，跟着又叹了口气。“真不幸。学法律的？”

“学医的。”

“更惨。他们会因为你表现良好放你出去玩吗？”

“很少，不过没关系。反正我也不是特别喜欢派对。”

“我也老得不爱去派对了。”他坦承道，“事实上，我一般只记得每天晚上十点前的事。”

他哈哈大笑，而她礼貌地微笑着，尽量让自己的目光看起来不像个疯子。这种感觉诡异且危险，居然跟自己的下一个审问目标交上了朋友。在此之前，她从来没跟自己的目标人物有过任何互动。她实在承受不了将他看作是人的感觉，她必须专注于他魔鬼的一面——有一百万人可能会死——这样她才能保持冷静。

“不过我很喜欢偶尔安安静静出去吃一顿饭的感觉。”他继续说。

“嗯。”她漫不经心地小声说。她意识到，这听起来像是一种赞成。

“嗨，”他说，“我叫丹尼尔。”

出乎她预料的是，她忘了自己应该叫什么名字。他伸出手，她拉住握了握，深刻地感受到了自己那枚毒戒指的分量。

“嗨，丹尼尔。”

“嗨……”他扬起眉毛。

“嗯，亚力克斯。”哦，这名字好像之前用过。好吧，算了。

“很高兴认识你，亚力克斯。你看，我从来没干过这种事——从来没有。不过……嗯，为什么不呢？能给我你的电话号码吗？或许我们有空可以一起安安静静吃一顿饭。”

她盯着他，惊讶得脑子里一片空白。他在泡她，一个男人正在泡她。不，不是一个男人，是一个替疯狂的毒贩子工作，很快就要变身成杀人狂魔的人。又或者是一个想要分散她注意力的特工？

“我吓到你了吗？我发誓我没有恶意。”

“嗯，不。我只是……嗯，从来没有人在地铁上约我。”这句话是真得不能再真的实话。事实上，已经好几年没有人约过她了。“我有点没反应过来。”这也是实话。

“好吧，那还是我来吧。我把名字和电话写在这张纸上，然后给你，你下车以后，可以把它直接扔进看见的第一个垃圾桶里，因为随地乱扔是不对的，然后立刻忘了我。这对你来说基本没什么不便——只需要在垃圾桶旁边多站几秒。”

他说话的时候一直面带笑容，不过他已经低下头，全神贯注地将自己的信息用一根 2 号铅笔写在一张收据的背面。

“你想得非常周到，我很感激。”

他抬起头，依然笑着。“或者你其实不必非把它扔了。你还可以留着它给我打电话，然后在我请你吃饭的时候，花几个小时跟我聊天。”

头顶上的广播响起，潘恩区站到了，她松了一口气，因为她已经开始觉得不妙了。是的，她是准备跟丹尼尔·比奇共处一个晚上，但是他们两个谁都不会觉得特别享受。

她没时间难过。太多无辜的人会死。死去的孩子，死去的爸爸和妈妈。好人从来不害人。

“这可真是难为我了。”她小声回答。

列车再次停下，她假装被身后要下车的男人推了一下。尺寸刚好的针尖已经被她握在手里。她伸出手好像要扶着栏杆稳住自己，然后按照设计好的误抓了丹尼尔的手，看起来就像是个意外。他惊讶地愣了一下，她紧紧抓住，做出好像要努力站稳的模样。

“哎哟！对不起，我吓到你了。”她说。她松开他的手，让那个小小的注射器滑出掌心，落入外套的口袋里。她经常练习，很注重手腕的灵活性。

“没关系。你还好吗？那人真的撞到你了。”

“是的，我很好，谢谢。”

车又开始动，她看见丹尼尔的脸飞快地失去血色。

“嘿，你还好吗？”她问，“你脸色看起来有点……白。”

“嗯，我……什么？”

他看了看周围，有些迷惑。

“你看起来好像要晕过去了。不好意思，”她对坐在他们旁边的女人说，“能让我朋友坐下吗？他有点不舒服。”

那个女人翻起她那双巨大的褐色眼睛，然后假装认真地看向另一个方向。

“不，”丹尼尔说，“不用……替我担心。我……”

“丹尼尔？”她问。

他整个人稍微有一点儿摇晃，脸色惨白。

“把你的手给我，丹尼尔。”

他茫然地伸出手。她握住他的手腕，嘴唇嚅动得很明显，同时一边看手表假装在心里数脉搏。“学医的。”他喃喃地说，“你是医生。”

这一部分已经和她的剧本很相近了，这令她安心了许多。“是的，我觉得你的情况不太乐观。你最好等下站停车跟我一起下去。我带你去呼吸点新鲜空气。”

“不行。我还要上课……不能迟到。”

“我给你写个说明。别争了，我知道自己在做什么。”

“好吧，亚力克斯。”

郎方广场是这条线上最大的一站，也是最乱的一站。车门打开，亚力克斯就伸出胳膊搂着丹尼尔的腰，扶着他下了车。他一只胳膊搭着她的肩膀好撑住自己。她对此一点儿都不奇怪。她刚刚给他注射的β-吲哚基乙胺可以迷惑人的神志，让人变得顺从，而且特别友好。只要她不特别强势地逼迫他，他都会听从她的指示。这种致幻剂和那种被非专业人士称为吐真剂的巴比妥类药物有远亲关系，都可以让人产生一种近似迷幻的状态。这两种药物都可以很好地瓦解嫌犯的精神意志，引诱对方配合。因为这种迷惑效果，她钟爱这种合成药物。丹尼尔会觉得很难做出决策，因此她无论要他怎么做他都会照做，直到药效过去——除非她要他做的事，是真的超出了他所能承受的范围。

多亏了那意料之外的私人谈话，情况比她预计的要容易很多。她本来的计划是跟着他，然后上演一出经典老戏码——“车上有医生吗？”“怎么了？是的，我恰好就是医生。”然后剧情才能走到让他同意跟她下车这里。按照那种剧情也可以走下去，不过他可能不会像现在这么顺从。

“好的，丹尼尔，你感觉怎么样？可以呼吸吗？”

“是的，呼吸没问题。”

她带着他快步往前走。这种药几乎不会让人难受，不过总是会有万一的。她抬头瞥了一眼他的脸色。他的脸色依然苍白，不过嘴唇并不是那种马上就会吐的青色。

“你的胃有没有不舒服？”她问。

“没……没有。我没事……”

“恐怕不是。我要带你去检查一下，如果你同意的话。我希望确认你的情况并不严重。”

“好……不行。我还有课。”

他很轻松就能跟上她的步伐，只是头脑比较混乱而已。他的腿大概有她的两倍长。

“我会告诉他们出了什么事。你有学校同事的电话吗？”

“有的，史黛西——她办公室的电话。”

“好，我们一会儿在路上打给她。”

这样做会拖延他们的速度，但是也没办法。她必须要消除他的顾虑，这样他才会一直这么温顺。

“好主意。”他点点头，随后从兜里掏出一个非常古老的黑莓手机，按下按键。

她将电话轻轻从他手里接过来。“史黛西姓什么？”

“在‘F’下面。”

“看见了。好的，我替你打。给，你跟史黛西说你病了，要去看医生。”

他顺从地接过手机，等着史黛西接电话。

“你好，史黛西。”他说，“我是丹尼尔。是的，比奇老师。我不太舒服，要去找亚力克斯医生看一下。抱歉。我也不想麻烦你。真是不好意思，多谢。是的，我会好起来，当然。”

她听见他说自己的名字时，稍微哆嗦了一下，不过那只是一种习惯，无关紧要。她暂时不会再用亚力克斯这个名字，问题就解决了。

将他带离学校，这是一次冒险。如果德拉富恩特斯一直密切关注这个死亡使者，或许会发现不对劲。不过，他在周五消失一天，肯定不会带来严重后果，乃至拉响警报。等到下一个周一早上，丹尼尔一出现，那个毒枭就会放心了。

她拿过丹尼尔的电话，放进自己兜里。

“我先替你保管一下，可以吗？你看起来站不太稳，我可不想你把手机弄丢。”

“可以。”他又四处看了一下，看着头顶巨大的拱形水泥天花板，皱起了眉头，“我们这是去哪儿？”

“去我办公室，记得吗？我们现在要换乘这条线了。”她在这节车厢里没有看见上一趟车出现过的面孔。如果他们真的在跟踪，一定会跟在远处。“你看，这里有个座位，你可以休息一会儿。”她扶着他坐下来，偷偷把他的电话扔到自己脚边，然后用脚把电话一点点踢到座位底下。

追踪手机是想找到一个人最简单的方法，根本什么都不用做。所以电话一直是她尽量躲着的一个坑，这就好像你自愿替敌人在自己身上贴了个标签。

好吧，她其实也没有一个能够跟她打电话的人。

“多谢。”丹尼尔说。他一只胳膊仍然搂着她，不过现在他坐着而她站着，他的胳膊滑落到她的腰上。他晕晕乎乎地抬头盯着她，又说了一句话。“我喜欢你的长相。”

“哦。嗯，谢谢。”

“特别喜欢。”

坐在丹尼尔旁边的那个女的转过头，仔细看了看亚力克斯。真是太好了。

那个女人似乎不以为然。

丹尼尔的额头抵着她的腰，闭上了眼睛。这种亲近在带来几种不同程度的不安的同时，也让人感到奇怪的安慰。已经很久没有人类带着爱意碰过她了，即便这种情感出自一个她要绑架的人。无论如何，她都不能让他现在就睡。

“你教什么的，丹尼尔？”

他仰起脸，脸颊仍然贴着她的腰。

“主要是语文。这是我最喜欢的一门。”

“真的？我对所有人文类的课目都有一种恐惧，我最喜欢科学课。”

他做了个鬼脸。“科学课！”

她听见旁边那个女的嘀咕着对邻座的人说：“喝多了。”

“我就不应该告诉你我是老师。”他重重地叹了一口气。

“为什么？”

“女人不喜欢当老师的。兰德尔说过：‘千万不要主动提起这个。’”他说这话的口气，很显然是完全照搬了这个兰德尔当时的语气。

“可教师是一个令人尊敬的职业，替这个世界培养未来的医生和科学家。”

他抬头看她，一脸悲伤。“但是老师不挣钱。”

“不是每个女人都这么看重物质。兰德尔找错了人。”

“我妻子就喜欢钱，前妻。”

“我很遗憾。”

他又叹了口气，闭上眼睛。“心都伤透了。”

又一阵怜悯的刺痛袭来，很难过。她知道，如果不是她那种综合了致幻剂和吐真剂的药物的作用，这种事他本来是绝对不会说的。他现在说得更加清楚明白，药效实际上没有退，只是他的心决定选择用这种方式说出来。

她拍拍他的脸颊，让自己的声音听起来振奋。“如果她那么容易被人拐跑，可能也不值得你为她哭。”

他再次睁开眼睛，这双眼睛是淡淡的褐色，甚至还混了一点点绿色和柔柔的灰色。她试图想象这双眼紧张起来的样子——能配得上照片里那个藏在棒球帽底下、自我保护意识极强、正跟德拉富恩特斯碰面的男人的眼睛——结果失败了。

她不知道如果他真的有多重人格障碍，她该怎么做。她之前从来没有碰到过这种案例。

“你说得对。”他说，“我知道你说得没错，我必须要看清她的本质，而不是只看见我想象中她的样子。”

“完全正确。我们总是会对别人抱有各种幻想，创造出一个我们希望爱上的人，然后努力把真人装进这个虚假的壳里。不过，这种做法不是每次都能成功。”

一通胡扯。她根本不知道自己刚才说的是什么。她这辈子只谈过一次不太认真的恋爱，恋情并没有持续很久。课业比男生重要，就好像在那六年里，工作比所有一切都重要。就好像她现在，能活着比其他一切更重要。她对于恋爱这种事不太理解。

“亚力克斯？”

“什么？”

“我是要死了吗？”

她安抚地笑笑。“没有。如果我觉得你就要死了，一定会打电话叫救护车。你会好的。我只是想要再确认一遍。”

“好吧，那我必须抽血吗？”

“有这个可能。”

他叹了口气。“针管总是让我紧张。”

“没事的。”

对他说谎，她不喜欢为这种事感到困扰。但他这种单纯的信任里有某些东西，他这种愿意将她做的每件事都归到一个善良动机的样子……她必须要改变这种心态。

“谢谢你，亚力克斯。真心的。”

“我只是尽自己的职责。”这不是谎话。

“你……会给我打电话吗？”他充满期待地问。

“丹尼尔，我们肯定会一起共度一个晚上。”她应承道。如果他不是被打了药，一定能听出她的弦外之音，也一定能看见她眼中的一丝冰冷。

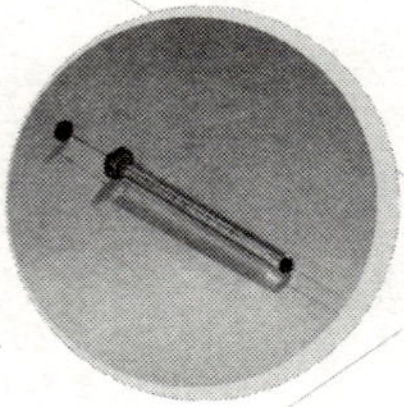

第五章
临时实验室

剩下的事进行得好像有点太顺利了……这里面有什么阴谋吗？亚力克斯已经成了重度妄想狂，很难讲新冒出来的担忧是不是加剧了这种症状。

在罗斯林站，丹尼尔钻进出租车后一声都没吭。亚力克斯知道他现在是什么感受——她和巴纳比曾经体验过与这种没有致命危险的药类似的大部分药物，以便获取准确的体验报告，弄清这些药物的作用。这种药就像是让你置身于一场美梦当中，所有的烦恼和忧愁都交由别人去打理，你所需的只是一只能够拉住你的手，带着你往正确的方向轻轻一拽。他们在笔记里把这种药亲切地称为“听领导的话”，不过它出现在正式报告中的名字就正经多了。

这是一段轻松的旅途，如果不是现实需要她拼命克制自己，可能在更早之前，她就沉溺其中了。

她先是引导他讲了他辅导的那支排球队——因为他问起了他能不能按时回学校训练——他就用坐在出租车上的所有时间，跟她讲女排那些姑娘的事，讲到最后，她觉得自己已经把每个人的名字还有在场上打的位置都熟记于心了。出租车司机完全没有在意，一直哼着一首歌，他哼的速度特别慢，她根本听不出来具体是什么歌。

丹尼尔整段路似乎都很放松，但是在等一个特别长的红灯时，他皱了皱眉，抬起头问道：“你办公室这么远？”

“是啊。”她同意道，“上下班简直是噩梦。”

“你住哪儿？”

“贝塞斯达。”

“那个地方不错。哥伦比亚高地就没有那么好。至少，我住的附近是这样。”

出租车继续前行。她很高兴，计划进行得很顺利。就算他们知道她上了刚才那趟地铁又下来，也很难在高峰时段如潮水一般涌动的车流里追踪某一辆出租车。事先准备有时候感觉像是一个魔法咒语，这就好像你有了力量，可以将事情捏成自己想要的形状，只要你提前做了足够充分的准备。

丹尼尔现在不那么健谈了。这是这种药物起作用之后的第二阶段，他会变得更加疲惫。她需要他处于清醒状态的时间再稍微久一会儿。

“为什么你要给我你的电话？”她看见他的眼皮开始打架，于是问道。

他笑得很梦幻。“我之前从来没做过这种事。”

“我也是。”

“之后我可能会觉得丢人。”

“如果我打给你了，就不会这么觉得了吧，嗯？”

“或许吧，我不知道，这完全不符合我的本性。”

“那你为什么那么做？”

他温柔的眼睛一直盯着她。“我喜欢你的脸。”

“你已经说过了。”

“我真的很想再次看见你，这给了我勇气。”

她皱着眉，歉意一阵一阵冒上来。

“是不是觉得有些变态？”他似乎很担心。

“没有，听起来很甜蜜。能够对女人说出这样的话的男人可不多。”

他严肃地眨眨眼。“我也并不常说。胆子太……小了。”

“但是你在我这儿好像挺勇敢。”

“嗯，整个人不一样了，我觉得应该是因为你。我看见你笑以后，整个人就好像不一样了。”

是我给你下了药以后。她在心里纠正。

“好吧，这真是太恭维我了。”她说，“我们到了，你能站起来吗？”

“当然。这不是机场吗？”

“是的，我的车停在这儿。”

他皱了皱眉头，随后又松开。“你是刚出去旅行回来？”

“是的，刚刚去了外地。”

“我有时候也会这样，我最爱去墨西哥。”

她的目光凌厉起来。他此时眼望前方，看着自己正在去往的方向，他的脸上看不出痛苦不安。如果他意识到她是将他推向一个能够给他造成压力的隐秘的地方，他安静的神色一定会变成怀疑。他或许会将另外一个陌生人当成他的“领导”，试图逃跑。也可能会变得情绪激动，让大家都注意到她。

"你都喜欢墨西哥什么？"她小心翼翼地问。

"那儿炎热干燥的天气，我很喜欢。我从来没有在特别热的地方住过，不过我觉得自己应该会喜欢。但是我很容易被晒伤，我这种皮肤完全晒不成古铜色。你看起来好像经常在太阳底下待着。"

"没有，我天生就这样。"她的肤色是遗传自她那个不负责任的爸爸。基因测试告诉她，他是一个多国混血，身上有韩国人、西班牙人和英国威尔士人的血统，她一直都很好奇他是什么样子。他的血统和她妈妈的苏格兰血统混在一起，造成了她独特的大众脸——你说她是哪国人都有可能。

"那真不错。我必须得抹防晒霜，抹许多，要不然我就会被晒爆皮。特别讨厌，恶心死了。我不应该给你说这个。"

她哈哈大笑。"我向你保证我会把它忘了。你还喜欢什么？"

"干点手艺活。我帮人盖房子，不是负责技术部分，而是拿着锤子，他们让我钉哪儿我就钉哪儿。那些人善良又大方，这是我最喜欢的一点。"

这番话说得十分恳切又有说服力，她心底升起一股惊恐的感觉。他在身体里有药物作用的情况下，怎么还能把故事编得这么圆满，说得这么轻描淡写？除非他已经受过了某种抗药的训练。前提是组织已经研制出了解药，并且给他采取了预防措施，他此时是在跟她装，她脖子后部起了一片鸡皮疙瘩。不过提前让他有了防备的人也可能不是组织的人，也可能是他和德拉富恩特斯接触互动的结果。谁知道那种新发明的病毒和她的药物碰在一起会产生什么作用？她用舌尖舔了舔后槽牙龈上那颗假牙。如果组织的目标是要她死，那么只要把她杀了就好了。德拉富恩特斯或许会报复她，因为自己试图阻止他的计划。但问题是，他怎么会事先知道呢？丹尼尔怎么会这么快就识破了她的特工身份？她甚至还没有开始行动呢。

按原计划不变，她对自己说，**带他上车，然后你就能弄明白了。最起码也能弄明白一点儿。**

“我也喜欢那儿的房子。”丹尼尔还在说，“你根本不用关窗，让风吹进来就好，甚至有的窗户根本没有安玻璃。那儿比哥伦比亚高地要好太多了，我可以向你保证，可能比贝塞斯达也要好一点儿。我打赌，医生住的地方肯定不会差。”

“我的可不怎么样，就是普通的公寓。我住在家里的时间不多，所以无所谓。”

他善解人意地点点头。“你忙着在外面治病救人。”

“嗯，其实也不是。我不是急诊室医生那类的。”

“你正在救我。”丹尼尔睁大一双灰绿色的眼睛，露出完全信任的表情。她知道如果这个举动是出自真心，那就说明药效还没过，可这依然令她很不安。她只能继续扮演好自己的角色。

“我只是要检查确认你的情况。你不会死。”这句话大部分是真的。躲在公寓里的那些家伙有可能会最终结果这个人的性命，至少她让他躲过了这一劫。不过……她阻止这场悲剧发生以后，丹尼尔·比奇可能永远不会再见到监狱之外的景色了。这令她觉得……

上百万死人，无辜的小婴儿，慈祥的老奶奶。天启时的第一位骑士骑着白马到来。

“哦，还要坐摆渡车。”他说得很委婉。

“我们坐它去拿我的车，然后你就不必再走了。”

“我不介意，我喜欢跟你一起走。”他笑着低头看她，正在上台阶的脚绊了一下。她扶稳他，免得他摔下去，然后哄着他上了摆渡车，在最靠门的位置上坐下来。摆渡车上基本没人。

“你喜欢外国电影吗？”他问，典型的没话找话。

“哦，还好吧，我猜。”

“那边的大学里有一家很不错的电影院。如果晚饭吃得不错，我们或许可以约着下一次一起去看。”

“我可以跟你做这个约定，”她说，“如果等我们共度一晚之后你还喜欢我，我绝对同意去跟你看一部我看不懂的片子。”

他微微笑了笑，合上眼皮。“我肯定会喜欢你。”

这真的是荒唐透顶。肯定有办法来引导这场对谈绕开调情的方向，为什么她有一种感觉，自己像是勾人的魔鬼呢？好吧，她的确是魔鬼，但她也是不得已，最主要的，她指的是那种有存在必要、以此来换取大众幸福生活的魔鬼。从某些方面而言，她更像是一个普通的医生——必须要用痛苦来挽救生命。就好像用截掉坏死的肢体来换保全身体的其他部分，做一种分割。这里虽痛，但是其他地方得到了救赎，而这里所指的其他地方更有拯救的价值。

她和以往一样将错误合理化，这样她才能自己一个人继续生存下去。但她也从来不会完全彻底地自欺欺人。她知道她并不是游走在某个道德上的灰色地带，她整个人完全处于黑暗中。但比亚力克斯出色完成任务更糟糕的一件事，就是别人做得太差。又或者根本没人做这件事。但就算她完全接受贴在自己身上的魔鬼标签，她也绝不是那种滥杀无辜的恶魔。她甚至连这个十恶不赦的人都不想杀死……而这个人此时正抬起头，透过藏在长长鬓发后面那双像小狗一样大大的眼睛，巴巴地看着她。

死去的婴儿，她不断在心里重复，**死去的婴儿，死去的婴儿，死去的婴儿**。她从来都不想当什么特工，也不想干什么见不得人的工作，而现在她发现，从情感上来讲，自己依然不适合这次任务。显然，充溢在她心里的同情心太过泛滥，这真是莫大的讽刺。这就是在他之前，她从来不跟自己的目标人物讲话的原因。

“好吧，丹尼尔，我们到了。你能站起来吗？”

“呃……嗯。哦，好了，我替你拿包。”

他弱弱地抬起一只手，朝她的手提包伸去。

“我自己来。”事实是，她手提包的把手上全都是各种机关和针头，“你现在只需要注意脚下别摔着。”

“我真的走不动了。”

“我知道，瞧，我的车就在前面。银色的那辆。”

“有好多银色的呢。”

说得很对。“就在那儿。好吧，我扶你去后座，这样你可以稍微躺会儿。把外衣脱下来怎么样？我可不希望热着你。还有鞋。”好了，省得她一会儿费事，“你把膝盖蜷起来，这样腿就能感觉舒服些。很好。”

现在，他的头枕在靠背上，这个姿势当然不舒服，但他已经管不了这么多。

“你真好，亚力克斯。”他喃喃地说，眼睛已经闭上了，“你是我见过的最好的女人。”

“我觉得你也很好，丹尼尔。”她老实承认。

“谢谢。”他已经口齿不清了，然后就彻底睡了过去。

她马上从行李箱拿出一件哔叽毯子，颜色和车座套一样。她将毯子盖在他身上，然后从包里抽出一支针管，从他脚踝找了一根血管注射进去，她这样做的时候身子弓起来，挡住了外面的视线。“听领导的话”药效还能再持续一个小时左右，她需要他多睡一会儿。

不是特工。她这样判断。如果是特工，他或许会愿意陪她玩一玩这个药物绑架的游戏，但绝对不会让自己像现在这样陷入昏迷状态。那么说，只剩下被雇用的杀人狂魔这一个选项了。

临时实验室设在弗吉尼亚州西部的野外。她租了一间很不错的小农舍，还带一个挤奶房，但是这里已经很久没养过牛了。挤奶房的复合墙板漆成白色，和农舍保持一致，里面四壁和天花板都内衬了铝箔。地板是水泥抹的，留着很方便的水沟槽。房舍后面有一个小小的卧室，这里被广告夸大为可以接待客人留宿的额外空间。乡村的质朴惹人喜爱，她非常肯定，一定有很多天真的游客会在这里找到乡村的魅力，但她关心的东西只有水电能不能使，以及怎么逃跑。农舍和挤奶房坐落在一座大约一平方公里的苹果园中间，而苹果园四周是更为广阔的农场。这里最近的邻居也在一公里开外。果园的主人在淡季将这里租给城里人挣点外快，那些城里人都希望来这里体验田园风光。

这里租金非常贵。每次她想起价格就禁不住皱眉，可是没办法。她需要一个隐蔽性高又实用的地方。她连续熬了几晚，才把所有东西都准备好。白天她还要在远处跟踪丹尼尔，所以只趁着丹尼尔在学校的时候稍微在车里眯一会儿。此时此刻，她已经累得筋疲力尽，但是在工作日结束之前，还有太多事要做。

第一站停在了高速路上的一个小出口，这里距离城里有一个多小时的车程。她顺着一条看起来已经十几年没人用过的狭窄土路往树林深处开，这条路肯定会通往什么地方，但她并没有往远开。她停在一处树荫茂密的地方，熄了火，开始工作。

如果丹尼尔是受雇于组织，或者，更有可能是某个与组织合作密切的部门——比如说中央情报局，或者军方的某些部门，又或者是其他一些和组织类似的根本没有官方名称的秘密部门——他身上一定会有电子跟踪器，正如她之前那样。她心不在焉地用手指蹭了蹭脖子后面那个微微鼓起的小伤疤，这里之前被她的头发挡住了，他们很喜欢在这个位置放东西。若想在身上找一处能被覆盖住的最隐蔽的地方，头部绝对是放这种身份认证装置的不二之选。

她拉开副驾驶那侧的后座门，跪在丹尼尔的头旁边潮乎乎的地上。她盯着丹尼尔头部她和巴纳比统一被打了标记的地方，手指轻轻在他的头皮上摸索，然后又用力按了按。什么都没有。她曾经从几个国外的目标人物身上看见过，那些跟踪器是从耳后取出来的，于是她又检查了那里。接着她的手指摸过他的头发，戳着头骨看看有没有本不该存在的隆起或者硬硬的地方。他的鬈发非常柔软，橘子味道的，很好闻。并不是说她对他的头发特别关注，但起码她不用将手伸进一堆油腻腻又难闻的鸟窝里。对此她很感激。

现在要举重了。如果德拉富恩特斯在这个人身上放了监视设备，那么跟踪器只可能放在身上。她先把他的鞋扔进路边的树林——这双鞋似乎是他的衣着最不可饶恕的部分，很多男人都是一双鞋每天都穿。然后她脱掉他的衬衣，很感激前面有扣子可以解，不过要想从他沉甸甸的身子底下抽出来，还是颇费了一番力气。她没准备把他穿的汗衫从头顶脱下来，只是从兜里摸出一把小刀，轻轻弹开，然后将汗衫割成很容易拿走的三大片。她扫了一眼他的胸膛——上面没有可疑的疤痕或是鼓包。他身上的皮肤比胳膊上的更白，胳膊上还微微带一点儿农夫的古铜色，这无疑是在墨西哥穿着T恤衫盖房子时晒出来的。也可能是在埃及拿那些超级病毒时晒出来的——埃及的太阳也很大。

他身上的肌肉如她所想那样是运动出来的，而不是在健身房里练出来的。线条并不明显夸张，而是呈现出一种优美顺畅的弧度，显示出他热爱运动，而非只是赶时髦而已。

亚力克斯用力把他朝座椅前面的空间翻过身来，挂在座椅间的扶手上。他的左肩胛骨那里有两道很轻的疤痕，是竖直平行的两道。她仔细检查了一下，戳了戳四周的皮肤，但是除了正常筋腱和肥大的肌肉组织，并没有感觉到其他东西。

没过多久，她就意识到她应该在把他翻过去之前，先把他身上的牛仔裤脱了。她现在不得不爬到他的上方，伸手绕过他的身子，然后把拉锁拉开。谢天谢地，他今天穿的不是紧身牛仔裤，然后她爬到副驾驶一侧的前座，把裤腿顺着脚拽下去。看见他穿的是平脚内裤，而不是那种三角裤，她一点儿都不觉得奇怪，这很符合他的衣着风格。紧跟着她扒掉他的内裤，然后是袜子，最后抱起所有这些衣服，走出几米到了离路边稍微远一点儿的地方，把它们统统塞到一根倒下的树干后面。她又往返了一趟去拿双肩背包，并以同样的方式把它扔掉。如果有人希望他能随身携带电子芯片的同时又对此不知情，笔记本电脑是一个非常合适的隐藏地点。

这不是她第一次把目标人物从头到脚剥得赤条条的。在实验室那种工作环境里，这种事先的准备工作不用她亲自动手——巴纳比管那些干这种活的人叫打下手的——但她并不是一直都在实验室，她去阿富汗的赫拉特做第一次田野调查的时候，就不止一次对这些打下手的报以深深的感激。脱光一个好几个月没洗过澡的男人并不是件让人高兴的事——特别是在那之后，她自己也没能洗澡。至少今天，丹尼尔很干净，而她是唯一满身汗味的人。

她从行李箱拿出一把螺丝刀，飞快地把哥伦比亚特区的车牌卸下来，换上她从西弗吉尼亚一个废料场的一辆差不多的车上偷来的车牌。

为了做到滴水不漏，她还捎带着匆匆检查了一下他的大腿后侧、脚底板和手心。她从来没见过有人把跟踪器植入手心和脚心的，或许是因为这些地方有时候会被割伤的缘故。她没有找到任何伤疤，也没有发现有显示他接受过射击训练或是经常拿枪的茧子。他有一双软软的教师的手，只有几处硬硬的茧子表明他因为不善体力劳动，有几个地方被磨出过水疱。

她试图将他翻回到座位上，不过很快意识到这根本就是白费力。他刚才的睡姿可不怎么舒服，醒来以后绝不会一无所知。他很快就会觉得浑身酸痛，但是替他做这些无谓的考虑，本身就够荒唐可笑。她将毯子重新盖在他身上，尽可能把他身体周围塞严实。她从之前看过的他的资料里了解了他人生的大概，而这些证据就摆在她面前。

她相信，丹尼尔·比奇的性格和她现在看到的这个人基本一致，就是一个各方面都很不错的好人。能被他前妻那样虚荣的女人看上也可以理解，他大概很容易就坠入爱河。等到时间过去，等到他前妻认为这样的爱已经变成理所当然的事以后，她就会将焦点转移到她之前不曾拥有过的东西上去，比如高档公寓、大个儿戒指以及车子。如今，他前妻或许会怀念丹尼尔好的一面，草总是别人家的绿。

可是，丹尼尔身上也有黑暗的一面，被深深埋藏起来的一面，或许是源自失去父母的痛苦，又经历前妻的背叛而有所发展，最后因失去唯一的家人而彻底激发出来。这个黑暗面不会轻易浮出表面，他一定会把它压制住，和这种普通的生活隔绝开来，打包放在某个适合它的黑暗地方。怪不得他可以那样轻松地谈起墨西哥，他心里一定有两个墨西哥：一个是作为教师的他喜欢的惬意的墨西哥，一个是魔鬼出没其间的危险的墨西哥。也可能，这两个都跟他心里想的那同一个地方不沾边。

她希望，丹尼尔最后别真的是个神经病。别是一个性格分裂的人，一方面不愿放弃自己认为的应该的模样，另一方面又很需要内心滋生的黑暗。

她觉得这种评估结果非常令人满意，而这令她的计划不得不稍做调整。她之前的工作经常需要扮演某种角色。对某些目标人物来说，表现为一个非常专业、毫不情绪化的角色的效果最好——白大褂、外科医生的面具、亮闪闪的铁器。而对另外一些目标人物来说，最管用的办法是虐待狂般的威胁（不过一般来说，巴纳比演这种类型更成功。他的长相完全就是为这类人而生，尤其是他那头爹着的白头发，明明白白地表现出“我刚刚被电击过”的样子）。每个案件的当事人都会稍有不同——有些怕黑，有些怕光。她本来打算扮演的是医生——这是她所有角色储备中最令她舒服的一个——不过她已经想明白，丹尼尔应该是需要被黑暗恐吓才能显露出他黑暗的那一面的那种人，而黑暗丹尼尔才是她需要找出来聊聊的人。

她开来这里的时候稍微有些七拐八绕。如果有人在丹尼尔的衣服或物品里放了跟踪器，她不希望那些人再追到这里来。

她第一百万次重新考虑了一下各种可能性。第一栏，这是精心设计的陷阱。第二栏，这件事是真的，有几百万人命悬一线，但并不包括她。

在她开去农舍的漫漫长路中，天平终于朝向其中一端稳稳地落下去。躺在她车里的这个人并不是政府的特工，她对此非常肯定。而如果他是一个无辜的公民，被随机挑选出来将她引出洞的话，那他们已经错过了抓住她的最佳时机。一次攻击都没有，也没有人跟踪她……她目前所见就是这样。

她想到大量针对丹尼尔·比奇的犯罪指控，有些不能自已。她曾经是一个有信仰的人，所以她最好开始工作，拯救众生。

差不多十一点的时候，她将车子开进农舍的车道，累得要死，饿得要死。她有百分之九十五的把握没有留下任何痕迹，能让组织或是德拉富恩特斯的人追她到门口。她飞快地看了一眼农舍，确认有没有人闯进来过并且死了——因为只要一息尚存，他或者她一定会想办法开门跑出来。然后，在解除了她设的警卫系统之后，她开车进了挤奶房。把车停好，把门关上，并且重新将警卫系统设好之后，她开始动手将丹尼尔安顿好。

其他的准备工作都已经做好。她从费城的家得宝商店买了许多定时器，在里面拧上灯泡，分别放在农舍的各个房间，然后像要出门旅行几周时那样，拉上窗帘，装作屋里有人的样子。还有一台收音机也连在了其中一个定时器的上面，这样房间里也能有声音。这所农舍是一个非常好的诱饵，大部分人一定会先确认这里无事，再进入那间漆黑的挤奶房。

挤奶房里依然漆黑一片。她在挤奶房正中的空地上支起一个类似于帐篷的东西，这样可以用来遮蔽光线、消除声音，同时也能让丹尼尔完全不知道自己身处什么环境。这长方形的帐子大约有两米高，三米宽，四米半长，是全部用聚氯乙烯管架起的结构，再蒙上黑色油布。绳子是蹦极用的那种，里面用胶带粘了两层放鸡蛋用的海绵垫。很粗糙，没错，但是比山洞更实用，之前她也干过类似的事。

帐篷中间是一张超大的不锈钢台，底下是四条可折叠的黑色的腿，这样能够调整桌子的高度。这东西最开始就出现在挤奶房的广告照片里——真实性毋庸置疑——应该是兽医用来当手术台的。这个东西比她需要用的稍大——因为是兽医用来给牛而不是给小猫咪做手术的——不过依然算是一个惊喜。这也是促使她咬牙租下这间巨贵无比的度假小屋的诸多理由之一。还有另外一张不锈钢台被她拿来当了桌子，上面放了电脑、检测仪，还有一个托盘，只是摆摆样子，不会真的用到。静脉输液架放在桌子前面，上面已经挂好了一袋盐水。她还从厨房找来一个带轮子的金属推车，放在架子旁边，一大堆看上去就觉得不祥的小针管摆成一排，放在不锈钢托盘上，里面的东西一目了然。在这些针管下面的托架上，还摆了一个防毒面具和量血压用的袖带。

当然了，她用的绑绳都是从网上买的，监狱医疗用等级的，她将这些绳子从不锈钢钢板上的洞穿过，这些洞都是她亲自钻出来的。没有外人帮助，没人能挣脱开这些绑绳。而前来救他的人或许需要一把喷枪。

她给自己留了两个出口，只要像拉开窗帘那样掀开油布就行。她在帐篷外面给自己安了一个小窝，她的睡袋、电磁炉、小冰箱和她所必需的其他所有东西一应俱全。这里还有一个很小的三面玻璃浴室，连着那个小卧室，但是那里离她太远了，完全没法住，而且也没有浴缸，只能淋浴。她必须在这个周末打破自己的日常惯例。

她用了搬家工人用的那种专业吊带把丹尼尔从车里弄了出来，然后放在一辆运冰箱的推车上，整个过程中磕了他的头几次，或许没有严重到会磕成脑震荡的地步。然后她推着他来到台子旁边，把台子降到最低，把他翻上去。他还睡得很香，她把他仰面放在台子上，腿和手都伸开，与身体成四十五度夹角，然后升高了台子。她将所有的绑绳一根接一根扣好，他暂时没法换姿势了。然后是插输液管，幸运的是他之前喝了很多水，或者也可能是他本身血管就是这么粗。她很容易就将针头插好，开始输液，然后她在盐水包旁边又多挂了一个肠外营养袋。这些便是他在接下来的三天里摄入的所有，如果能耗那么久的话。他一定会觉得饿，但是只要她想，他的脑子随时能清醒起来。她将脉搏血氧仪夹在他的脚趾上——夹在手上的话他可能会给拽下来——然后在他背上贴了几个干电极，肺部底下一边一个，用来监视他的呼吸。她拿着电子体温计在他额头飞快地一扫，上面的数字告诉她，他目前的体温正常。

膀胱导管的操作她并不熟练，不过这个步骤十分简单，而且就算她哪儿操作有误，反正他此时也无力反抗。这样就可以保持干净，不必处理排尿的问题。

想到这里，她将吸收剂、尿垫——家用训练宠物的那种——铺在手术台旁边的地板上。如果需要跳过第一阶段，那肯定会有呕吐物产生。有没有血，就要看他对她这些常用手段怎么反应了，至少她已经准备好了冲洗的水管。

挤奶房里很冷，于是她把之前的毯子重新给他盖上。她还需要他在毯子底下多睡一会儿，让他裸露的皮肤碰上冷气可没有什么帮助。在犹豫了一会儿之后，她走去那个小卧室拿了一个枕头，然后走回来枕在他的头底下。**这只是因为我不希望他醒，**她这样说服自己，**不是因为他看起来很不舒服。**

她将一个小针管里的药注射进盐水袋，又给他多加了一剂安眠剂。他至少还能再睡四个小时。

丹尼尔的睡脸十分平和，而且……还有那么一点儿安详。她不记得自己见过有人的五官能够排列组合出这样一张脸，从内到外透着一种纯真。很难想象这样的祥和与纯真居然跟她存在于同一个世界。有那么一阵，她又开始担心自己要面对的是一个不同于她之前所有经验的精神病患者。不过她又一想，如果德拉富恩特斯一直寻找的就是这样一个会让别人直觉信任的人，那么这张脸正是他想要的。这或许解释了为什么那个大毒枭一开始会找上这么一个中学老师。

她将防毒面具给他戴上，把滤毒罐拧在上面。如果她的警卫系统误杀了丹尼尔，那她就问不出自己想要的情报了。

她在四周最后巡视了一遍。透过窗子，她看见农舍所有亮灯的地方都准确无误。在夜深人静的时候，她觉得她甚至能听见隐隐约约传来的四十大流行金曲的旋律。

当确认所有的入口都安全无误之后，她吃了一根蛋白条，跑去小浴室刷了牙，闹钟上到凌晨三点，把枪放在窝铺底下，胸口抱着她的滤毒罐，然后钻进叠好的睡袋。她的身体已经睡着，脑子也差不多了。她只来得及把自己的防毒面具戴上，就彻底没有了意识。

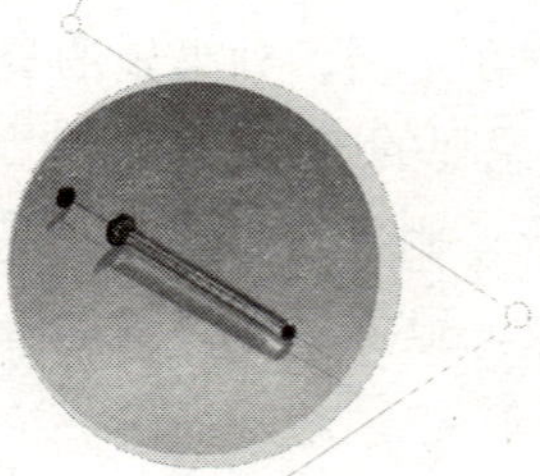

第六章
不良预兆

凌晨三点半，亚力克斯起来，穿好衣服，吃了饭，虽然依旧很累，但是已经可以开工。丹尼尔还在睡，无知无觉，安静祥和。他醒来以后一定觉得休息得不错，但是却搞不清楚状况。他不知道现在几点，也不知道今天星期几。对于她的工作流程来说，不适感是一个很重要的工具。

她拿走他的枕头和毯子时，发现自己有些后悔。但是这很重要，托之前训练的福，每一个目标人物在敌人面前光着身子都会有极大的不适感和无助感。后悔是她近几天最不允许自己拥有的情绪。时隔三年多，她依然能够感觉到自己强力压制下去的东西。她还记得该怎么做，她知道自己能做到。

她用了快速着色染发剂，头发还是湿的，化上的妆容也好像是糊在脸上，不过她其实真的没打算化得很浓。任何特别复杂的事情她都不懂得如何做，所以她只是在脸颊扫了粉底，涂上很重的腮红，再抹上血红色的口红。她没准备这么快就改变头发的颜色，可黑色的头发和脸上的妆容是她上演这出新剧的一部分。实验室穿的白大褂和她带来的浅蓝色抹布叠得整整齐齐的，放在她的背包里。不过，她还是重新套上了那件紧身黑衬衣和蓝色牛仔裤。

农舍里有洗衣机和烘干机真是不错，这件衬衣该洗了。哦，事实上，是昨天就该洗了。

真是奇怪，一点点有颜色的粉末和动物膏油就能够改变别人对你的印象。她站在浴室镜子前审视了一下自己，很高兴她此刻的表情是那么冷酷和坚决。她拿起梳子梳理头发，光滑柔顺的头发全都向后背过去，然后走回到她用来当作审讯室的挤奶房。

她在聚氯乙烯管搭起的天棚架上安装了探照灯，不过到现在为止她都没有开，只开了两盏便携式工作灯，高度大概到腰部。黑胶带和灰色的海绵垫在黑暗中看起来像一个颜色。气温随着进入深夜直线下降，目标人物的胳膊和肚子上全都起了鸡皮疙瘩。她第二次用电子体温计扫了一下他的额头，还在正常范围内。

终于，她打开自己的电脑，开始设置电脑控制程序。中断操作二十分钟之后，就会跳到屏保模式。她的电脑对面是一个黑色小箱子，表面是键板，边上还有一个小红灯，不过她现在并没有用，只是专心打字。

她给输液袋里注射将目标人物唤醒的药剂时，内心不禁生出一种复杂的情绪，但她轻而易举就将这种情绪压抑下去。丹尼尔·比奇有两面，她也是。她现在是另外一个她，那个被组织称为“化学家”的人，而“化学家”是一台机器。没有同情心，残忍无情。她内心的魔鬼此时已经被释放出来。

希望他心里的魔鬼很快也会露面。

新加的药物一点儿一点儿输进他的静脉，他的呼吸变得浅了许多。一只手指修长的手握成拳，拉扯着扣带。虽然他基本上还处于无意识中，但是脸上已经眉头紧皱，想要翻一个身。他的膝盖蜷曲，拽着脚踝上的脚镣扯来扯去。他的双眼猛地睁开。

她静静地站在不锈钢台的前面，看着惶恐不已的他。他的呼吸急促，心跳加快，身体在绑绳镣铐中颤抖。他睁大眼睛盯着黑暗之中，试图理解自己此时身在何处，寻找某些熟悉的东西。突然，他停了下来，凝神细听。

“有人吗？”他弱弱地问。

她静静地站着，等着合适的时机。

整整十分钟，他在两种状态中不停切换，一会儿用力挣扎，一会儿又安静不动，试图听见除了他自己粗重呼吸之外的声音。

“救命！”终于他大声喊出来，“这里到底有没有人？”

“你好，丹尼尔。”她小声回答。

他猛地向后转头，扯着脖子，好像在寻找声音是从哪里传来的。像这样将自己的咽喉暴露出来，不是一个职业军人应有的本能反应，她记下来。

“谁在那儿？你是什么人？”

“我是什么人并不重要，丹尼尔。”

“这是哪儿？”

“也无关紧要。”

“你想要什么？”他半喊着问。

“对了，终于问到重点了。这个问题很重要。”

她绕着台子走，这样他的注意力可以专注在她身上，但是她依然保持了一点儿距离，这样她的脸基本上还被隐没在黑暗中。

“我什么都没有，”他声明道，“没有钱，也没有毒品。我帮不了你。”

“我不想要东西，丹尼尔。我想……不对，是我需要一些情报。你能从这里离开的唯一办法，就是把这些情报给我。”

“我什么都不知道，尤其是那些重要的事！求你……”

“闭嘴。”她大声呵斥，他惊得倒吸一口冷气。

“你现在要听我说了吗，丹尼尔？这部分十分关键呢。”

他点点头，飞快地眨眨眼。

“我必须要得到这些情报，别无选择。如果有必要，丹尼尔，我可能会用伤害你的方式让你把我需要知道的事情告诉我。那可是很痛的哟，我不是很想这么做，可如果我真要做的话也不是什么难事。我跟你说这些，是让你可以在我开始之前想好怎么做。把我要知道的事告诉我，我立刻放你走。就是这么简单，我保证我不会伤害你。这样既可以节省我的时间，又可以让你免遭折磨。我知道你不想告诉我，不过请你一定要认清一点，反正你早晚都会告诉我。或许会花一点儿时间，不过最终你还是阻止不了你自己。所有人都是这样，所以现在选一个比较轻松省事的办法。如果你不答应，你会后悔的。你明白了吗？”

在她的职业生涯中，她曾经对无数的目标人物说过同样的话，通常都很有效。大约有百分之四十的目标人物在听完这番话之后就开始坦白。当然，全部老实交代完的人很少见，总会有一些试探性的东西，不过总要给他们一个体面的机会，让他们能够在第一时间承认罪责，透露一些情报。采取何种策略，取决于她讲话的对象是谁。粗略统计，多半是当兵的，基本上在有实质上的痛苦之前，他们就会第一次吐口。只有百分之五到百分之十的人是真正的特工，如果不施加一点儿身体上的痛苦，他们什么都不会说。狂热的激进分子所占到的比例也差不多。对跑腿的小卒子来说，这番话可以说是百分之百管用。而那些主要负责人，不遭点罪的话，绝对是什么都不会说的。

她真心希望丹尼尔今天只是被自己过度美化了。

她讲话的时候，他只是盯着她，表情因为害怕而变得有些僵硬。不过，就在她估量结果的时候，他的眼睛因为迷惑而眯起来，眉毛也拧在一起。这并不是她期望的表情。

“你听明白我的话了吗，丹尼尔？”

他的声音有些困惑。“亚力克斯？是你吗，亚力克斯？”

这就是你不能跟一个先入为主被定了性的人打交道的原因。现在，她又不能按剧本走了。

“那肯定不是我的真名，丹尼尔。你知道的。”

“什么？”

“我的名字并不是亚力克斯。”

“可……你是一个医生，你救了我。”

“我并不是你口中的那种医生，丹尼尔，而且我也没有救你。我给你下了药，绑架了你。”

他的表情冷静下来。“你对我很好。”

她不得不压下一声叹息。

“我只是做了自己必须做的事，就为了带你到这里。现在，我需要你了解重点，丹尼尔。我需要你回答我的问题，你要不要把我想知道的事情告诉我？”

她再一次在他脸上看到了怀疑。不相信她会真的伤害他，可这件事是绝对会发生的。

“你想知道什么我全都告诉你。不过正如我刚才说的，我不知道什么重要的情报。我没有银行账户，也不知道什么藏宝图一类的东西。比这些加起来还有价值的那些，就更不知道了。”

他试图用被捆起来的那只手比画一下。他这样做的时候看着自己，似乎才意识到自己是光着的。他的皮肤——脸、脖子以及通往他胸口的那一道线——一下变红了，他不自觉地拉紧绑绳，好像这样可以遮住自己。他的呼吸和心跳再一次加快。

赤身裸体——无论是在黑暗处潜伏的特工，还是最不入流的恐怖分子，全都痛恨被弄成这个样子。

“我不想要藏宝图。我这么做并非出于私人目的，丹尼尔，我这么做是为了保护无辜的百姓。我们谈谈这个吧。”

“我不明白。这种事我怎么能帮得上忙？我为什么不想保护他们？”

她不喜欢这个谈话的走向。那些坚称自己是无辜的、毫不知情的人，通常会比那些觉得自己做得不对，可是又不愿意出卖他们的政府或同志的人，更加难以突破。

她走到桌旁，拿起第一张照片。这是那些高清晰度的监视照片里的一张，照片里面是德拉富恩特斯的近景。

“我们先从这个人开始吧。”她边说边将照片举到他眼前，并且抓过来一盏便携式工作灯当作强光。

一脸的迷茫，一点儿反应都没有。不良的预兆。

“这人是谁？”

这一次，她允许自己叹息出声。

“你做了错误的选择，丹尼尔。请再考虑一下你自己的做法。”

“可我不认识这个人！”

她用一种完全放弃的眼神看着他。

“我说的全是实话，亚力克斯。我不认识这个人。”

她又叹了口气。“那么我猜，我们可以开始了。”

又是那种不相信的表情，她之前从来没有在审讯中遇到过这种情况。所有在她手术台上躺过的人都知道他们是为什么被捆在那里的。她曾经面对过恐惧和乞求，偶尔也有不屑一顾的蔑视，但是从来没有遇到过这种奇怪的、信任的、几乎是一种挑衅的表情：**你不会伤害我**。

“嗯，我们是在玩性幻想游戏一类的东西吗？”他压低嗓子问道，似乎在给自己置身的这种奇怪境遇寻找一个听起来令人有些尴尬的解释，“我不是特别懂这类东西的游戏规则……”

她扭过头，掩饰自己不合时宜的笑。**严肃点**。她命令自己。她若无其事地走到桌边，看起来好像理所当然一样。她按下电脑上的一个按钮，将电脑唤醒，然后拿起放了各种道具的托盘。托盘很沉，她把它拿起来的时候，里面的东西彼此碰撞，叮当乱响。她拿着托盘走到他旁边，将它跟放着好多针管的那个托盘摆齐，然后调整了一下工作灯的角度，这样能把那些医疗用品照得闪闪发亮。

“很遗憾，你对此还抱有幻想。”她用一种平静的语气说，“我向你保证，我完完全全是认真的。我希望你可以看看我用的工具。”

他看了，眼睛瞪得溜圆。她寻找有没有蛛丝马迹能够预示他的另一面，那个黑暗丹尼尔冒出来的迹象，但是什么都没有。他的眼神虽然流露出凄惨和惊恐，却依然多少保有一丝温和与纯真。她脑海里闪过希区柯克拍的《惊魂记》里诺曼·贝茨的那句台词。**我想，我一定长了一张你无法不相信的脸。**

她打了个哆嗦，不过他没有留意，他的眼睛依然盯着她的工具。

“这些东西我并不常用。”她对他说道，轻轻摸了摸镊子，又将手指放在一把特别大的解剖刀上轻轻滑动。

“他们叫我介入，就是希望目标人物基本上可以……完好无损。”她特意在说到最后那个词的时候，狠狠地咬了一下牙，强调了一下重音，“不过，其实我并不是真的需要这些东西。”她用指甲弹了弹喷枪的罐子，发出刺耳的声音，“你能猜出来是为什么吗？”

他没有回答，已经被吓呆了。现在，他开始明白了。是的，这一切都是真的。

只不过，黑暗丹尼尔一定早就知道这一点。那么他为什么没有浮出来呢？他觉得她很好骗？还是说他觉得自己在地铁上施展的魅力会将她融化，让她变得软弱，恢复妇人心肠？

“我来告诉你为什么。”她放低音量，用一种近似呢喃的声音说道。她不怀好意地弯身凑到他近前，脸上挂着一种半带惋惜的甜蜜的笑，然而那笑意并没有直达眼底。“因为我做的事……会比这些……更……痛。”

他的眼睛看起来好像要从眼眶瞪出来了。至少，这个反应是她熟悉的。

她将托盘拿开，让他的注意力自然转移到后面那个托盘上摆放的一长排针管上面，针头在灯光下亮闪闪的。

“第一次的药效时间是十分钟，”她对他说，脸依然背对着他，走过去将工具放回到桌子上，然后猛地转身，“可它会让人感觉不止十分钟。这还只是让你尝尝滋味——你也可以把它看作一种警告。等它结束以后，我们再接着聊。”

她拿起托盘上最远的那根针管，将针筒推进去，直到里面的液体被推到尽头，悬挂在针尖上，然后像电影里的护士那样，恐吓性地轻弹一下。

“算我求你了，行吗？”他小声说，“求你了，你说的这个我什么都不知道，帮不了你。我发誓如果我知道，一定会告诉你。”

“你会说的。”她保证道，将针头刺进他的身体。

药剂几乎立刻发挥了作用。他的左臂痉挛起来，在绑绳扣里猛烈挣扎。趁他正惊恐地盯着自己抽搐的肌肉看，她飞快地又拿起一支针，这一次绕到了他的右边。他看着她凑近。

“亚力克斯，不要！”他喊道。

她没有理他，而他试图避开她的针头，就好像他强壮得足以挣脱这些镣铐似的。第二针。他的膝盖猛地伸直，肌肉抽搐着，脚伸到了台子外面。他大口喘气，随后呻吟起来。

她从容不迫地继续，不急也不慢。第三支针剂。他的左臂已经动不了了，根本不能反抗。立刻，肌肉猛地收缩。空气从他口中一下子爆出来，就好像他刚刚被人揍在小腹上，不过她清楚，这种痛可比拳头的那种要更加厉害。

第四针。刚刚发生在胳膊上的同一种撕扯挣扎，此刻也开始在他腿上发生。随之而来的，还有他的尖叫。

她转去站在他头部前面，平静地看着，看他的脖子上的青筋勒进白色的扣带中。在他张开嘴巴又尖叫起来的时候，她往他的嘴里塞了一个口塞。如果他咬掉了舌头，就没办法告诉她情报了。

他的尖叫声被四周贴着的双层海绵垫吸收，她踱步到自己桌前的椅子前，盘起腿坐下。她看着检测仪——所有的数值都在下降，但是都还没有到危险区。在重要器官陷入危险之前，一个健康的身体可以忍受的实际痛苦，往往比人们预想中的要多得多。她轻按电脑上的键盘，让显示器一直处于明亮的状态。然后，她从兜里掏出一块手表放在膝盖上。这样做主要是为了威慑，她要真的看时间，看电脑上的时钟或者检测仪上的都可以。

她等待的时候，面朝向他，她的脸色凝重，那块银色的手表被她的黑衣衬得更加明亮。看见她如此镇定自若地看着自己的杰作，目标人物一般都会觉得很不安。所以她盯着他，彬彬有礼，一副观众在看一场平淡无奇的戏的样子，而他的身体躺在台子上痛苦扭曲，尖叫声透过口塞闷闷地传出来。有时候他的目光会飘向她，痛苦地乞求，其他时候那双眼睛都在朝着这个房间的各个方向疯狂转动。

十分钟可以是一段非常漫长的时间。他的肌肉开始一块一块各自抽搐，有些拧成一个结，有些似乎想把自己从骨头上撕扯下来。汗珠从他脸上滚落，使他的头发颜色变暗。他颧骨处的皮肤看起来已经分离了。尖叫的分贝低下来，嗓音变得嘶哑，听起来不像是人类，更像是动物。

还有六分钟。

而这些甚至还不算什么好药。

任何一个丧心病狂的人都会希望能够复制她现在制造的这种痛苦。她使用的酸性药剂在美国并不是违禁品，很容易就能买到，哪怕买主是从美国政府的黑暗秘密部门逃出来的。在过去她当主审的那些日子里，在她还拥有自己的美丽实验室和充足的预算、有她自己的测序仪和反应器的日子里，她曾经能够配出某些真正独一无二的非常特别的药剂来。

“化学家”其实并不是最适合她的代号，不过，要是叫

“分子生物学家”也可能太夸张了。巴纳比曾经也是制药界的专家，而他教给她的东西让她能在失去自己的实验室之后还可以活下去，到最后，她还是变成了和自己代号一样的人。可是起初，正是她对单克隆抗体的理论研究，让她引起了组织的注意。不能带丹尼尔去自己的实验室，对她而言是一种耻辱。那样的话，也许能更快达到目的。

她曾经距离真正将痛苦从等式中删除那样接近。那本来是她的圣杯，虽然似乎除了她没有别人想要。她很确定，如果她过去三年里依然还在实验室工作，而不是在外逃亡，那么现在她一定已经研制出一种关键药物，无论你想要什么，都可以把它从人的心里解锁出来。没有折磨，没有恐惧。只有飞快地回答，愉快地说出来，然后带着同样的愉快回到要么是监牢，要么是刑场的地方去。

他们应该让她继续自己的研究。

还剩四分钟。

她和巴纳比曾经讨论过进行这种审问后要如何调整自己的方法。巴纳比会给自己讲故事，他会回忆他小时候听过的那些童话故事，会去想如果换成现代版本，或者是改动结局，又或者是将人物换掉一个会怎么样。他说他想出来的有些灵感非常绝妙，等他有时间了就把这些全都写下来。而她呢，觉得如果不让她干点实事就是在浪费时间。她会计划各种东西。一开始，她计划改良单克隆抗体，制造出一个全新版本，能够控制大脑反应，阻断神经元接受刺激。后来，她又计划起逃亡路上的人生，考虑所有可能会出现问题的地方，每一种情况会出现的最糟局面，以及她自己应该怎么做才能免于掉进这些陷阱，还有怎么从已经掉进去一半的陷阱里逃出来。这些全都想好以后，她又开始预想所有可能。

巴纳比说过，她需要时不时让大脑休息一会儿，找点乐子，不然活着有什么意思呢？

那也得先活下来，她这样决定。她所要求的，就是活着。所以，她绞尽脑汁，以确保这一点。

今天她开始考虑下一步。今晚、明晚或者最迟明晚之后，丹尼尔就会对她和盘托出。每个人都是这样。人类无法忍痛忍那么久，这是最简单的一个事实。有些人能够对某一两种痛苦忍耐得久一点儿，不过那也只意味着她只要再换一种痛苦类型就可以。如果他出于某种原因还不说，那么她就要把他翻过来趴下——这样他就不会被自己的呕吐物呛到——然后使用那些被她称为绿针的药水，这种药水跟其他药水一样是透明的。如果这也不管用，她就会再从那些致幻剂里挑一种。让身体体验到刺激的方式有太多种了，总会有新办法让你痛苦。

一旦她得到了自己所需要的，就会停止他的痛苦，将他解放出来，然后用这里的IP地址发电邮给卡斯顿，把自己问出来的情报全告诉他。然后她就可以开车离开，到很远很远的地方去。或许卡斯顿和他的同伙不会再来追她，也可能会。她或许永远都不会知道，因为她应该会继续藏起来，一直藏到死——希望是符合自然规律的那种死法。

就快到九分钟的时候，药效开始慢慢减弱。但是每个人情况都不一样，丹尼尔和大多数人的情况一样。他的尖叫变成呻吟，身体也渐渐地软成一摊烂泥，筋疲力尽地瘫在台子上，然后就不出声了。她拿掉口塞，他开始大口吸气。他畏惧地盯着她看了很久，然后开始哭。

“我给你几分钟时间。”她说，“你整理一下思绪。”

她从他看不见的出口出去，然后静静地坐在自己的小窝里，听他抽抽噎噎。

哭很正常，而且通常这是一个好兆头。可是，很显然，现在哭的人是为人师表的丹尼尔。依然没有黑暗丹尼尔的任何迹象，没有会心的一瞥或是防备的细微表情。到底什么才能触动他呢？如果这真的是人格分裂，她能不能按照预期的那样逼出他的另外一重人格？她今天的行动必须要瞒着以前的团队。如果她按照他们的希望顺从地去了实验室，他们或许在她开口提出要求的那一刻就找到她的踪迹了。嗯，那她可就真的没什么办法了。

她静静地啃着一根软塌塌的蛋白条当早餐，等着他呼吸平稳下来，然后又拿起第二根。她从小冰箱里拿出一盒苹果汁，把蛋白条冲下去。

等她重新回到帐篷里，丹尼尔绝望地瞪着贴满海绵垫的天花板。她静静地走到自己的电脑前，轻轻敲着键盘。

"我对你刚才不得不经历的事情表示抱歉，丹尼尔。"

他没有听见她走进来。他缩着身子，尽可能远地躲开她的声音发出的地方。

"我们不要再来第二次了，好吗？"她问，重新坐回自己的椅子，"我也想回家。"虽然是谎话，不过如果能实现的话，倒也是事实，"你可能不会相信我，但我必须要说，我不是一个虐待狂。我一点儿都不享受看着你受苦的感觉。我只是别无选择，我不能让那些人死。"

他的声音有些沙哑。"我……不知道……你在说什么。"

"等你知道有多少人也这么说过之后一定会吓一跳——而且他们会一遍一遍地说，一遍一遍地经历你刚刚经历的事，还有可能更糟！有的人大概能撑到第十遍，有的人是撑到第十七遍，突然真相就滔滔不绝地蹦出来了。然后我就可以告诉那些好人，应该去哪儿找弹头，去哪儿找生化炸弹或者是感染病毒的特工。然后人们就能得救了，丹尼尔。”

“我从来没有杀过人。”他厉声说。

“可你正准备这么干，我的任务是令你改变主意。”

“我从来没有过这种准备。”

她叹气。“看来我们要打持久战了，是吗？”

“我什么都不知道，怎么告诉你？你找错人了。”

“这种话我也听得多了。”她轻声说，但是她的神经稍微被触动了一下。如果她没办法让另一个丹尼尔现身，那么自己是不是真的折磨错了人？

她迅速做了决定，再次偏离了剧本，不过当她提及精神疾病的时候，收获也不大。

“丹尼尔，你有没有过暂时失去知觉的时候？”

久久的沉默。“什么？”

“你有没有过，比如说，在一个地方醒来，但是却不知道自己是怎么到那儿的？有没有过别人跟你说你干了什么说了什么，可你自己却没有印象？”

“嗯，没有。好吧，今天。我是说，那就属于你说的情况，对不对？就是说我可能打算要做坏事，可我自己不知道那是件坏事？”

“你有没有被诊断出有人格分裂？”

“没有！亚力克斯，这个屋子里疯掉的人不是我。”

这样的对话根本没用。

“给我讲讲埃及。”

他朝她转过头来。他的表情清清楚楚将他心里想的事情大声说了出来：**你在逗我吗，小姐？**

她只是等着。

他痛苦地小声叹了一口气。“好吧，埃及是拥有悠久历史的现代文明古国之一。有证据表明，埃及人早在公元前十世纪的时候就居住在尼罗河流域。到公元前六千年……”

“你说的是历史，丹尼尔。我们现在能进入正题了吗？”

“我不知道你想听什么！你是在测试我是不是一个真正的历史老师吗？我自己都不知道！”

她能从他的语气中听出来他的力量又回来了。她的这种药比较好的一方面，就是药效退得非常快。她能够在两轮中间进行一场专注的对话。她曾经发现，在再也没有任何感觉的时候，那些目标人物对疼痛的恐惧更大。高峰和低谷交替，似乎能够加速事情的进展。

她按下电脑的一个键。

“跟我讲讲你去埃及的旅行。”

“我从来没去过埃及。”

“你两年前没跟仁爱之家一起去过埃及？”

“没有。我过去三年的暑假都在墨西哥。”

“你知道人们是可以查证这种事情的，对吧？只要把你的护照号码输进电脑，就会有记录说明你都去过哪些地方。”

“所以你就应该知道我只去过墨西哥啊！”

“也就是你遇见恩里克·德拉富恩特斯的地方。”

“谁？”

她缓缓地眨眨眼，觉得非常没劲。

“等一下。”他说，眼睛盯着天花板，好像上面贴着一份说明书，“我听过这个名字。就在前不久的新闻上……好像跟禁药取缔机构的官员陆续失踪有关。他是个毒贩子，是吧？”

她又举起那张德拉富恩特斯的照片。

“就是他？”

她点点头。

“为什么你会觉得我认识他？”

她回答得很慢。“因为我有你们两个在一起的照片。因为他在过去三年里，一共给了你一千万美元。”

他很震惊，说出的话伴着一声惊呼。“什……么？”

“一千万美元，以你的名字，分布在开曼群岛和瑞士的银行里。”

他又瞪着她看了一秒，然后怒意突然扭曲了他的脸，他的语气也严厉起来。“如果我有一千万美元，那为什么我还要住在哥伦比亚高地那个到处都有蟑螂在爬的小开间里？为什么学校的排球队还在穿一九七三年就开始穿的全是补丁的排球队服？为什么在我前妻跟着她新任老公开着大奔满城转的时候，我却还要挤地铁？为什么我还要到处找优惠券，才能每顿都吃上拉面？”

她任由他发泄，这种说话的欲望是朝着正确方向迈进的一小步。不幸的是，这个愤怒的丹尼尔依然还是教书匠版本的，只不过是一个不太高兴的教书匠。

“慢着，你刚才说有我跟那个贩毒的在一起的照片是什么意思？”

她走到自己的桌子旁，挑出一张照片。

“在埃及的明亚，跟德拉富恩特斯一起。”她把照片举到他眼前，说明着。

终于，有反应了。

他猛地伸着头，眼睛眯起来，随后又张大。她几乎能看见他的思绪跑过他的大脑，最后落在他的脸上。他正在分析自己看见的，然后制定对策。

还是没有另一个丹尼尔的踪迹，不过至少他认出来那是他自己的另一部分。

“现在你能跟我讲讲埃及的事了吗，丹尼尔？”

丹尼尔双唇抿紧。“我从来没去过那儿。那个人不是我。”

“我不信。”她叹了口气，“这真是太糟糕了，因为我们必须把狂欢进行到底。”

恐惧回来，快而狠。

“亚力克斯，求求你，我发誓那个人不是我。求你别这样。”

“这是我的职责，丹尼尔。我必须要找出拯救那些人的办法。”

所有的审慎全部消失。“我不想伤害任何人，我也希望你能救他们。”

现在，很难相信这番话是出自他的真心。

“那张照片对你来说意味着什么？”

他摇了摇头，慢慢变成了抗拒的表情。“那个人不是我。”

她不得不承认，她现在不仅仅是觉得着迷，这是某种全新的感受。她多么希望巴纳比能在，好让她咨询一下。哦，好吧，她时间紧迫，没工夫希望。她将针管一支一支摆在自己左手掌心。这一次，一共八支。

他盯着她，充满惊恐和……伤心。他想要说什么，但是什么声音都没有发出来。她停下右手的动作，手里已经拿起了第一支针管。

“丹尼尔，如果你有话要说，最好快点。”

他拒绝道：“没用的。”

她又等了一秒，他直勾勾地看着她。

“只不过是我的脸。”他说，“和从前一样……一模一样。”

她打了个寒战，随后猛地转过身走向不锈钢台子，站在他的头部旁边。他试图躲开她，但是她想快点离开，于是她推下了针管。她不敢正视他，只是在他张开嘴巴的时候再次将口塞塞了进去。然后，她扔掉其他七支针管，逃了出去。

第七章
蝙蝠侠

她退化了，仅此而已，已经三年。这就是她会受到触动的原因，这就是这个目标人物会对她造成影响的原因。没有别的原因，无非是她已经很多年不玩这个游戏，她还可以把原来的状态找回来。

她在这一轮折磨中间进到里面一次，以便让电脑一直处于工作状态，但是并没有留下来旁观。大约过了十五分钟，药效开始消退，她才返回来。

丹尼尔躺在台子上继续大口喘气，不过这一次他没有哭，尽管她知道这一次的痛苦比第一次更加强烈。他被捆的地方磨破了皮，所有的绑绳上都染了血渍，有的还一滴一滴落在台面上。等到下一轮的时候，她或许需要给他打一针麻醉剂，这样他的伤口就不至于再恶化。这种感觉也很可怕，但或许能帮上点忙。

他开始打冷战。她在朝门口转身后的一瞬间，才意识到自己是要出去给他拿条毯子。她这是怎么了？

集中注意力。

“你有什么话要说吗？”她见他呼吸更加平稳一些后，轻轻地问。

他呼吸不均，回答得软弱无力。“那个人不是我，我发誓。我没有……打算……做任何事，也不认识那个贩毒的。我希望自己能帮上忙，真的……真的……真的……这么希望，真的。”

“嗯。你似乎能够抵抗现在这种办法，或许我们可以换一个新办法试试看。”

“抵……抗？”他显得有些难以置信，沙哑着嗓子说，“你觉得……我是在……抵抗？”

“老实讲，我有点担心你的脑子可能会被致幻剂弄傻了——不过看起来你脑子本身就有点问题。”她说话的时候，手指轻轻拍了拍他汗淋淋的脑袋，“或许我们除了用老办法，别无选择……”她继续轻轻拍着他的头，眼睛瞟向桌子上放着工具的托盘，“你容易吐吗？”

“为什么我会……遇到这种事？”他只是问问，似乎并不指望有人回答自己这个问题。不过，她还是回答了他。

“因为这正是你计划在美国四个州传播传染性流感病毒后，上百万公民将会遇到的事，他们可能因此丧命。政府是一向反对这种行径的，他们派我来跟你谈话。”

他的目光聚焦在她身上，惊恐的表情瞬间被震惊的表情所替代。

“都……是……什……么……鬼？”

“是的，很恐怖，骇人听闻，而且邪恶，我知道。”

"亚力克斯，真的，这根本是疯了！我觉得你有问题。"

她认真看着他的脸。"我的问题就是你还没有告诉我那种病毒在哪儿。是已经在你手里？还是还在德拉富恩特斯手里？什么时候开始？地点是哪儿？"

"这太疯狂了，你也疯了！"

"如果真是这样，可能我会更加喜欢自己的人生。不过我开始认为，他们可能找错了医生。我们现在需要的是一个给疯子看病的医生，因为我不知道该怎么让另外一个丹尼尔出来！"

"另外一个丹尼尔？"

"我在那些照片里看见的那个！"

她猛地转身，气呼呼地走到桌旁，抓起一把照片，顺便在电脑上狠狠敲了一下。

"自己看。"她说着将这些照片堆到他面前，一张一张拿给他看，然后一张一张扔在地上。"这是你的身子，"她将照片摔在他肩头，然后才任由照片飘落，"你的脸，看见了吗？但是表情不对。有另外一个人透过你的眼睛往外看，丹尼尔，我不确定你是不是知道他的存在。"

不过，那种表情又出现了，他察觉到了一些事。

"你瞧，现在呢，只要你告诉我你在这张照片上看见什么就行了。"她将照片举起来，上面是另一个丹尼尔鬼鬼祟祟地从一家墨西哥酒吧的后门溜进去。

他看着她，很纠结。"我没办法……解释……这没有意义。"

"你看出来我没有看到的东西，那是什么？"

"他……"丹尼尔想要摇头，可是动不了，他的肌肉劳累过度，"他看起来……"

"很像你。"

“不，”他小声说，“我是说，是的，他看起来当然像我，但是我能看出区别。”他说话的这种口气，还是那种几近透明的诚实，不过依然有所保留……

“丹尼尔，你知道这个人是谁吗？”这次是老老实实地提问，没有嘲讽，没有反问。此刻，她并没有扮演心理医生，而且是很糟的那种。这是审讯开始以来，她第一次感觉到自己有了实质性的突破。

“不可能。”他喘着气，闭上眼睛。她想，他这样做不仅是因为疲倦，更主要是为了不去看那张照片。“这不可能。”

她凑过身子，喃喃地说：“告诉我。”

他睁开眼睛，目光探询地看着她。“你确定吗？他要杀人？”

他用第三人称用得这么自然。

“上百万人，丹尼尔。”她肯定地说，和他一样诚恳，她也用了第三人称，“当他顺利拿到一种致命的病毒之后，就会替那个疯子毒枭四处传播。他已经订好了酒店——用你的名字。三周内，他就会开始实施。”

“我不相信。”声音有些微弱。

“我也不想相信。那种病毒……十分可怕，丹尼尔。其威力可能比一颗炸弹大得多。而且如果它蔓延开的话，没有办法能够控制住。”

“可他怎么会做这种事？原因呢？”

说到这里，她差不多有百分之六十五的把握，确定他们说的并不是丹尼尔的某一个多重人格。

“现在追究这个已经来不及了，目前最重要的就是阻止他。他是谁，丹尼尔？帮忙……救救这些无辜的人。”

另一种痛苦的挣扎扭曲了他的脸。在另一个目标人物身上，她曾经见过这种表情。她当时看出来，他内心要保持忠诚的想法正在和要避免更多痛苦的想法做斗争。而在丹尼尔身上，她觉得是保持忠诚在和希望做正确的事做斗争。

夜深人静，她等着他回答，在被海绵垫隔绝在外的微弱声音中，她清楚地听见头顶飞过一架小型飞机的声音，那声音离头顶非常近。

丹尼尔往上看。她分析的时候，时间一点点凝固。

丹尼尔看起来并不吃惊，也没有松口气的感觉。那个声音似乎并不是一个救援信号，也不是要攻击他。他留意到这个声音，就好像有人留意到一辆汽车的报警器响起。和他自己无关，只是片刻分了心。

当她跳起来跑到桌旁去拿她需要的针管的时候，感觉动作都变慢了。

“你用不着非要那么做，亚力克斯。”丹尼尔说，他已经彻底放弃了，“我告诉你。”

“嘘——”她在注射药物的同时，俯身在他头部上方轻声说道，这一次是将药打进了输液袋里。“我只是让你暂时睡一会儿。”她轻拍他的脸，“我保证，不疼。”

他将她的语气和举动联系起来，眼中露出理解的神情。“我们有危险了？”他悄声问道。

我们，哈。又选了一个有趣的人称代词，她从来没遇到过这样的目标人物。

“我不知道你有没有。”她看着他慢慢合上眼皮，说道，“不过我肯定有。”低沉的震动声，并不是在挤奶房外面响起，但也比她希望的距离近得多。

她给他戴上防毒面具，然后戴上自己的，拧上滤毒罐，这次不是演习。她瞥了电脑一眼——还有十分钟可以离开这儿。

她不太确定时间够不够，所以按下了空格键，然后猛戳那个小黑匣子上的一个键，旁边的灯立刻亮起来，不停地闪。她几乎是条件反射一般将毯子重新给丹尼尔盖好。

她关掉灯走出帐篷，里面此刻只亮着电脑显示器白色的光。在挤奶房里面，所有的一切都是黑的。她摸索着，双手伸向前方，一直走到小窝的旁边，摸到自己的包。在多年经验的引领下，她在黑暗中轻而易举地套上自己的所有装备。她将手枪别在腰前的腰带上，从包里掏出一支针管，刺进大腿，推下了针筒。她尽量将自己装备到最强之后，从帐篷的一角爬进黑漆漆的里面，藏在一个如果有人举着手电筒进来肯定照不到的地方。她拔出手枪，拉开保险栓，双手紧紧攥住。接着她将耳朵贴到帐篷的支架上静静聆听，等着有人打开门或窗闯进挤奶房，然后死掉。

她等待着，这几秒过得十分漫长，飞速转动的大脑闪现着更多的分析图像。

这并不是一次针对她的计划周详的大规模行动。不可能是职业暗杀团队或是定点清除团队，他们犯不着这样大张旗鼓，用动静这么大的飞机来宣告自己的到来。他们会有更好的办法，更悄无声息的办法。而如果这真的是那种喜欢大场面的特种部队一声招呼都不打就来抓她，这样轰轰烈烈的出场方式倒也说得通，可他们应该会坐直升机。从声音来判断，这架飞机非常小——最多是三座，极有可能是双座。

如果找上门来的和以往的那几位一样，是独行刺客，那她就摸不准这个人到底是在干吗了。为什么他要暴露自己？驾驶这样一架轰隆隆响的飞机，是那种缺乏资源并且非常着急的时候才会采取的行动，是某个人觉得时间比保密更加重要的人才会有的选择。

他会是谁？肯定不是德拉富恩特斯。

第一，一架小飞机似乎不太符合一名毒枭的行事风格。她想象中的德拉富恩特斯应该是喜欢弄一排全黑的SUV（运动型多功能车），上面再搭载几挺重型机枪。

第二，她对来的这个人有一种直觉。

是的，她不是一台测谎仪。高明的骗子，职业的骗子，可以骗过任何人或机器。她的任务从来就不是根据目标人物飘忽的眼神或是自相矛盾的反驳来猜测是不是真话。她的任务是击溃目标人物，直到他们除了呻吟的肉身和道出真相之外，什么都不剩。她是最优秀的，不是因为她可以区分出谎言与真实，而是因为她对人类身体所能具有的各种可能性都有自己近乎本能的判断，是一个利用烧杯的天才。她准确地知道一个人的身体所能忍受的极限，以及如何将它逼迫到极限。

所以直觉并不是她的强项，她也不记得自己最后一次有这样强烈的预感是什么时候。

她相信丹尼尔说的是实话，这正是她觉得审讯丹尼尔如此令人心烦意乱的原因。肯定不是德拉富恩特斯尾随他而来，不会有人跟着他来这里，因为正如他自己所说的，他除了是一个教语文和历史的老师，以及排球教练以外，什么都不是。来这里的这个人，一定是为她而来。可为什么是现在？难道组织一整天都在找她，只是到了现在才找到？他们是不是想救丹尼尔，因为他们到这会儿才意识到他并不是目标？

不可能。他们在通知她之前，一定早就知道了。他们掌握的情报足以让他们在这上面做手脚。他们给的资料并不能让人百分之百信服，不过也够了。他们一开始就希望她找错人。

有那么一阵，她觉得恶心，她折磨了一个无辜的人，她很快将这个念头抛到一边。要后悔也得等会儿再说，如果她等会儿没死的话。

两栏列表重新列出来。精心设计的陷阱，虚假的危机。不过她其实很相信德拉富恩特斯的情况是真的，却不再相信事情有他们跟她说的那么紧迫。对一份资料而言，时间是最容易改动的小细节，时间紧迫是故意危言耸听。赌注再次降低——她只需要救自己的命。还有丹尼尔，如果她办得到的话。

她试着甩掉这个想法——因为这感觉就像是一个预兆——就是她的赌注不知怎么会翻倍。她不需要这个额外的负担。

或许有别人——那个接替了她在组织的位置、丝毫没起疑心的聪明小孩——现在正在审讯真正的恐怖分子。或许他们觉得她现在不再有能获取他们想要的情报的能力。可如果是这样，为什么要把她牵扯进来？或许恐怖分子已经死了，他们想要一个替罪羊。或许他们在几周前就找到了这个替死鬼，并把他保护了起来。让化学家提审某个家伙认个罪，以应付危机？

但是，这些都不能解释这个访客来这里的动机。

此时应该已近凌晨五点。或许只是一个起大早准备上工的农夫，因为太过熟悉这片区域，所以不介意在没有雷达导向的时候，在漆黑一片的夜空飞过一排排冲天的树木，并且很享受狠狠坠落时那种肾上腺素飙升的刺激感……

她能听见丹尼尔粗重的呼吸透过防毒面具的滤盒传出来。她想着，不知道自己把他留在那儿是不是件正确的事。他的样子太过……暴露，无助。组织早已表现出他们对丹尼尔·比奇的和善有多么担心。而她就那样将他绑在台子上，毫无防护地置于房间正中，像一条在桶里的鱼，一只待煮的鸭子。她欠他一个更好的待遇，但是她的第一反应就是先让他沉睡。她知道，把他放了对他来说并不安全。当然，他有可能会攻击她，报复她。要动粗的话，他有优势。而她不想被迫毒死他或者开枪打他。现在这样，他至少不会死在自己手里。

她还是觉得很内疚，他在黑暗中如此脆弱，在她意识边缘，这种担忧就好像砂纸摩擦着棉织物，将高度集中的注意力抽出丝线，从她身上带走。现在再考虑已经迟了。

她听见外面有微弱的动静。挤奶房周围灌木丛围绕，枝叶沙沙作响。有人躲在里面，正在向窗户里窥探。如果他架起一挺乌兹冲锋枪扫射怎么办？显然，他一点儿都不在意弄出响动。

她应不应该把台子调低，把丹尼尔降下来，以防万一整个帐篷被子弹扫穿？她已经把整个台子都上好了机油，不过对它会不会发出吱吱的响声并不太乐观。

她尽可能快地跑到台子下面，将它调低。过程中的确发出了一种低沉的声音，不过她认为这些声音应该不会传到挤奶房外面，特别是在还有这些海绵隔层的情况下。她重新蹲守在自己的角落，静静地听着。

又一阵沙沙声，外面的人此刻来到挤奶房另一面的窗户外。她设好的陷阱引线虽然不易察觉，但并非不可见，希望他只是在寻找里面的目标。他之前来过这里吗？为什么还没进来？

外面的动静转移到了另外一扇窗户。

快推开吧，她在心里默默想，**快点爬进来。**

还有一种她搞不清楚的声音——一种嗞嗞声，紧跟着从上方传来一声重重的哐啷声。再接着是咚咚咚的声音，特别响，似乎整个挤奶房都摇晃起来。她的第一想法是小型炸弹，她立刻趴下来，自觉地做出保护性动作，但是紧跟着的第二下听起来没有那么重了，只是跟之前的静寂形成了对比。这个声音并不是东西爆裂的声音，既没有玻璃碎掉，也没有金属断裂。刚才这种震动有强悍到可以打破窗框或是门框的可能吗？她不这么认为。

随后，她意识到那种咚咚声是有人在爬墙，然后这声音停了下来。就在她头顶。

最大的麻烦——他要从屋顶进来。她立刻站起来，眼睛瞄着帐篷的支架。这里太黑了，什么都看不见。在她上方，传来了焊枪的声音。她的闯入者居然也带了一把焊枪。

她所有的防线都崩塌了。她回头瞥了丹尼尔一眼，他的防毒面具还好好地戴着，他会没事的。她冲出去，来到挤奶房的空旷处，猫着腰，双手伸向正前方摸索着，尽自己最快的速度，朝着最近一扇窗户透过来的那微弱的月光移动。周围设有挤奶栏，不过她觉得自己记得怎么避开。她半跑着闯进帐篷和挤奶栏之间的空场，一只手摸到了挤奶器。她避开挤奶器，朝窗户伸出手……

有一个沉重的东西重重落下来，将她狠狠砸倒在地上，而且是脸先着地，她被撞得喘不过气，在地上动弹不得。她手里的枪也飞进黑暗之中。她的脑袋咚的一声磕在水泥地上，眼前金星乱冒。

有人抓住她的两只手腕，将她的胳膊反剪到身后，然后将它们扭着往上提，到最后她觉得自己的肩膀都要脱臼了。她不由自主地低哼了一声，因为这个新姿势迫使她肺部的空气被挤出来。她的大拇指飞快地转动左手和右手上戴的戒指，露出里面的倒刺。

“这是什么玩意儿？”一个男人的声音从她头顶传来——典型的美国口音。他换了一个姿势，这样可以单手控制住她的手腕。他用腾出来的另一只手掀掉她的防毒面具。“这样看起来，应该不是自杀炸弹了。”他玩味地说，“让我猜猜看，这些电线并没有被连到电极上，对不对？”她在他手中挣扎，扭转手腕，试图让戒指接触到他的皮肤。

“别动。”他命令道。他用一个硬硬的东西抵住她的后脑——可能是防毒面具——她的脸挤压着地面。她感到自己的嘴唇破裂了，尝到了血的味道。

她强撑着自己。这样近的距离，对手有可能用一把匕首划过她的大动脉，或者在她脖子上套一根电线。她希望是匕首，划破动脉的时候并不会觉得疼——尤其是她现在的血管里流动着经过特别调配的右旋安非他命——但是她或许会感觉到窒息。

“站起来。”

她后背的重量稍微轻了一下，她被人拉着手腕拽起来。她用最快的速度站稳脚，以此抵消肩关节的压力。她需要让自己的双臂有一定的活动空间。

他站在她身后，但是她可以从他呼出的气来判断，这个人的个子一定很高。他提着她的手腕，直到她最后只能脚尖着地，挣扎着勉强能够着地面。

“好了，矮冬瓜，现在你要替我做几件事。”

她没有接受过能够一举反击制住这种人的训练，所以没有力量挣脱出来。她只能尝试着让自己之前的部署发挥出应有的作用。

她身子小心翼翼地往下坠，和她肩头被拉扯的力量对抗，她利用这短暂的一秒将左脚鞋上的鞋刀往地上一踝，压力足以将鞋跟的鞋刀弹出来（她右脚上的鞋刀是朝前的）。然后她用力朝后面他腿应该在的地方扫去。他跳起来避开，手里稍微松开一点儿，足够她挣脱出来，她猛地转身，左手挥出，一巴掌扇了过去。但是他个子太高了，她没能打中他的脸，戒指上的倒刺只刺在了他胸前某个硬邦邦的东西上——那是一件护甲。她往后逃开，避开了挥舞过来的一拳，她看不见拳头，只能听见声音。然后她双手张开，想找裸露的皮肤部分攻击。

有什么东西从下方撞上她的腿，她摔倒在地，一个翻滚移开，但是那人同时从上方扑来。他抓住她的头发，再次将她的脸重重磕在水泥地上。她的鼻子被撞破了，血流了一嘴，顺着下巴往下滴。

他弯腰贴着她耳边说："甜心，游戏时间结束了。"

她想用头撞他，她的后脑的确碰到了什么，不过不是人脸，而且凸凹不平，像是金属……夜视镜，怪不得他能够在打斗中行动自如。他拍了她的后脑勺一下。

要是她戴着自己的耳环就好了。

"说真的，乖乖别动。你看，我不想这么对你的。我能看见你，可你看不见我。我还有枪，如果你再玩那种愚蠢的把戏，我就会朝你的膝盖开枪，懂了吗？"

他说话的同时，一只手伸过来扯掉她的鞋，然后是另外一只。他没有检查她的口袋，所以她还有手术刀和藏在皮带里的针头。他从她身上离开，她听见他离远了一些，拉开了枪上的保险栓。

"你想要我……做什么？"她用自己能装出来的最像一个被吓破胆的小女孩的声音问道，破裂的嘴唇也对她想要达到的效果挺有利。她想象自己的脸上一定很精彩。药效退了以后，一定疼死人。

"把你那些机关撤了，打开门。"

"那我需要……"她喘着气说，"把灯打开。"

"没问题。反正我也要把我的夜视镜换下来，戴上你的防毒面具。”

她低下头，希望能够掩藏自己的表情。一旦他戴上防毒面具，自己防御系统的百分之九十都会失去效用。

她一瘸一拐地——戏演得会不会有点过火了？——走到门口的开关面板那里，打开了灯。她现在想不出其他办法，他没有立刻杀了她，这意味着他并非直接受命于组织，他来这里一定有自己的目的。她必须设法弄明白他想要什么，然后尽可能拖住他，为自己争取优势。

坏消息是，如果他需要门开着，那么很可能不只是给自己找一条容易逃跑的路线那么简单。这代表他有后援，这对她的情况来说可不妙。对丹尼尔来说也很不妙，她心底一个小小的声音说，好像她现在还需要更多压力似的。可是丹尼尔在这里全都是因为她，她对他有责任，她欠他的。

她打开灯，因为头顶晃眼的灯光眨了眨眼，那个人离她现在所站的地方大约六米。他肯定得有一米九那么高，脖子和下巴处露出的皮肤非常白，不过她能确定的也就是这些。他的身体被黑色的连体衣包裹——看起来更像是潜水服，但是更结实，外面套着鼓出来的凯夫拉纤维的防弹背心。躯干、双臂和双腿都穿了护具。他看起来肌肉非常发达，但也可能是在下面垫了凯夫拉纤维的缘故。他脚上穿了一双适合各种地形的靴子，沉甸甸的，也是黑色，头上戴的帽子也是黑色的。他的脸藏在她的防毒面具下面，一边的肩膀上背着一支突击步枪——麦克米兰 0.50 口径狙击步枪。她曾经做过功课，当你将自己的业余时间全都用来研究一样东西的时候，成为这方面的专家并不是一件难事。熟知枪支构造和型号可以让她了解很多关于杀手的知识，或是在大街上认出那些可能是杀手的人。这名杀手身上不止一支枪，腰上还别着一支高清晰度的全息瞄准镜步枪，右手一把西格绍尔P220手枪瞄准她的膝盖。她留意到，他是右手拿枪。她毫不怀疑，就这个距离来说，他完全能够打中她的膝盖。而且她发现，凭借他身上那支特殊的步枪，无论多远，只要他想，就完全能够打中她。

他令她想起了蝙蝠侠，只不过没有披风。而且，她也想到一件事，就是蝙蝠侠从来不会用枪。不过如果蝙蝠侠用枪的话，根据他的品位和枪法，他应该也会选择这些装备。

如果她不能让这名杀手摘下防毒面具，那么无论外面有多少特种兵朋友在等他，都无关紧要。一旦他达到目的，杀掉她完全不是问题。

“把那些线拆了。”

她一瘸一拐地走向挤奶房大门，假装一阵眩晕，试图争取足够的时间思考。他为什么没有杀她？他是那种赏金猎人吗？他觉得可以把她抓回去卖给组织？如果组织真的贴出了抓住她有赏的通缉令，她很确定他们一定早就拿到了她的项上人头。所以，他是一个想要敲诈勒索的赏金猎人？**我手上有你们想要的人，不过我也可以让她活着，放虎归山，除非你们付双倍赏金**。聪明，组织绝对会掏钱的。

这是她走到门边之前，能做出来的最合理的推测。

整个系统并不复杂。一共三组引线，每一组负责对付一个区域的入侵者。第一组设在挤奶房门口左侧的灌木丛里，藏在薄薄一层土下面。第二组是一根触发索，横跨门缝布置，松松地连在上面，只要门被轻轻一推就会被拉直。第三组是保险用的，塞在门旁边的木框下，裸露的电线有两三厘米间距。至少两个接头连上，电流才能稳定通过。她想着自己是不是应该把这些东西设计得更加复杂一点儿，不过后来想了想，又觉得没用。他只要花上几秒钟，检查一下，就全明白了。

她将第三组电线的接头全都紧紧缠起来，然后转回身。

“好……了。”她在两个字中间故意留了一个空。希望他可以买账，认为自己被他吓破了胆。

“你愿不愿意赏个光？”他提议道。

她一瘸一拐地走到门口的另一边，然后打开门，她的目光落在门外黑暗中的一个点上，她原本以为那是他同伙的脑袋。远处除农舍外什么都没有。这时，她的目光落下来，整个人僵住了。

“这是什么东西？”她小声说。

这个问题事实上并不是问他，而是一种打破她佯装的冷静的震惊。

“那个，”他回答的语气只能用一种令人反感的得意来形容，“是一个重达四十六公斤，有肌肉、利爪和尖牙的东西。”

他一定是发出了某种信号——不过她没看见，因为她的目光正牢牢锁在他这个“后援”上——因为这头畜生朝他身旁蹿过去。看起来像是一条德国牧羊犬，大型的那种，不过毛色并不是阿尔萨斯出产的那种。这一条是纯黑色的，会是狼吗？

“爱因斯坦。”他对那头畜生说。它抬起头，警惕起来。他指了指她，下一个词很显然是一个指令。“控制！”

这条狗（也可能是狼）颈毛竖起，朝她冲过来。她连连后退，一直退到挤奶房的门边，脊背抵住门板，双手举到半空。那条狗扑上来，离她的肚子只有十几厘米的距离，它龇牙咧嘴，露出又长又尖的白牙，喉咙深处发出一种深沉的、咕噜咕噜的低吼。

“恐吓”可能是刚才这个指令更合适的说法。

她想了一下，要不用自己手上那枚戒指上的倒刺刺进这条狗的皮肤里，不过很怀疑这些倒刺的长度能不能刺穿它身上厚厚的皮毛，而且这东西看起来也不会只傻坐在那儿等着让她刺。

蝙蝠侠好像放松了一点儿，或者她认为他是这样，很难乐观看待他那藏在护甲下面的肌肉都能做出什么。

“好，既然我们已经打过招呼了，可以谈谈了。”

她等着。

“丹尼尔·比奇在什么地方？”

她能够感觉到自己脸上流露出的震惊，即便她已经拼命克制。她之前所有的理论，再一次被颠覆个底朝天。

“回答我！”

她不知道该说什么。组织想要丹尼尔先死吗？确定所有露在外面的线头都被剪得干干净净？她想起了丹尼尔裸露着身体毫无知觉地躺在帐篷中间，觉得很难过。老实说，那并不是特别牢靠的藏身地点。

蝙蝠侠怒气冲冲地大步朝她走过来。狗立刻做出回应，走到一旁，允许他穿过来，不过它的低吼变得更加响亮了。蝙蝠侠用西格绍尔手枪的枪管粗鲁地抵住她的下巴，戳着她的头重重地磕到挤奶房的门板上。

“如果他死了，”蝙蝠侠厉声说道，“你会恨不得自己也死掉。我一定会让你求着我杀了你。”

她几乎要嗤之以鼻了。这样的暴徒或许会打她几下——或许而已，如果他有点创意，还可能会给她身上戳几个口子——然后朝她开枪。但他肯定不知道该怎么制造和维持真正的痛苦。

不过他的威胁也的确告诉了她一些事——他显然希望丹尼尔活着。所以他们两个还是有一件事可以达成共识的。

无论如何，此刻反抗只能起到反作用。她需要让他认为自己认输了，让他放松警惕，她需要回到电脑旁边。

“丹尼尔在那个帐篷里。”她用下巴点了点，双手一直举着，“他很好。”

蝙蝠侠对这句话认真考虑了一会儿。

“好吧，女士优先。爱因斯坦，”他吼道，“过来。”说完，他指了指帐篷。那条狗吠了几声作为回应，然后走到她身边。它用鼻子戳着她的大腿，然后轻轻咬住她。

“嗷！”她抱怨一声，跳到一旁。狗跟在她身后，又开始戳她。

“走就行了，慢一点儿，稳一点儿，到你那个什么帐篷里去，它不会伤害你。”

她一点儿都不喜欢这条狗跟着她，但还是稳住步伐，放慢速度，做出害怕被伤害的样子。她回头看了这条狗一眼，看它在做什么。

“不要担心。”蝙蝠侠说道，仿佛觉得很有趣，“它不想吃你。只是按照我吩咐的事去做。”

她没有理会这种揶揄，只是慢慢地走到入口处的门帘那里。

“拉开，让我能看见里面。”他指挥道。

油布因为里面的两层海绵垫子变得很僵硬。她尽可能将油布门帘卷起来，里面也差不多是黑漆漆的。她的电脑显示器在黑暗中闪着白光，监测仪发出黯淡的绿光。因为她知道丹尼尔是什么样，所以能够看见他盖在毯子底下的身形，离地只有三十厘米，胸膛稳稳地起伏着。

很长一阵沉默。

“你希望……我……把灯打开吗？”她问。

“扶着门帘别动。”

她感觉到他从身后走过来，冰冷的枪口抵住她光裸的脖子，正好压着她的发际线。

“这是什么？”他低声问道。

他戴着手套的手指触摸枪管旁边的皮肤时，她直挺挺地站着，一动不动。起初她没弄明白，后来意识到他已经发现了她后脖颈上的伤疤。

“哈。”他嘀咕着放下手，“好吧，开关在哪儿？”

“在桌子上。”

“桌子在哪儿？”

“差不多三米距离，右边，电脑显示器在的地方。”

他会摘掉防毒面具，重新戴上夜视镜吗？枪管的压力消失了。她感觉到他从身后走向前，不过那条狗的鼻子依然顶着她的大腿。

一种嘶嘶的声音轻轻滑过地面。她低头，看见一条粗粗的黑色绳子从自己脚面上甩出去，朝着最近的一盏工作灯挥去。灯倒下的时候发出砰的一声，但是没有玻璃碎掉的声音。

他把灯拖回来，经过她身旁，然后按下开关。有那么一刹那，她希望他已经把那盏灯撞坏了，可结果灯还是亮了。

“控制。”他命令狗说。狗又开始低吼，她静静地保持一动不动。

他将灯举到自己前面，照亮帐篷里面。她看着宽大的光柱扫过墙壁，然后落在中间一个物体上。

他走进帐篷里面，脚下一点儿响动都没有发出。显然，这个男人具备很多技巧。他绕着地上的人走了一圈，检查了各个角落，可能是在寻找有没有武器，然后才将注意力放到丹尼尔身上。他蹲下来，掀开毯子，检查了血淋淋的绑绳和输液袋，又顺着传感器检查了监测仪，然后盯着这些东西仔细看了一会儿。他放下灯，调整好角度将灯挂在天花板上，这样可以将灯光照到的范围调整到最大。最后，他伸出手，小心翼翼地摘掉丹尼尔脸上的防毒面具，将它放在地上。

“丹尼尔。”她听见他轻声唤道。

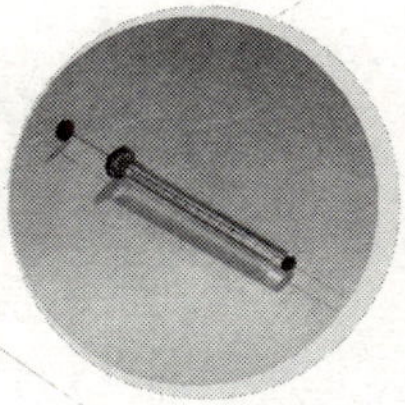

第八章 孪生兄弟

蝙蝠侠脱下右手的黑手套，两根手指搭在丹尼尔的颈动脉上，弯腰细听丹尼尔的呼吸。她仔细观察着这位来袭者的手——皮肤苍白，手指修长，似乎长到比平常人还多一个指节。这只手看起来……很眼熟。

蝙蝠侠轻轻晃了晃丹尼尔的肩膀，用大一点儿的声音问道：“丹尼尔？”

“我给他打了镇静剂。”她主动回答。

他猛地转头看她，虽然她看不见，但是却能够感觉到他瞪着自己的目光。突然他站起来，朝她走过来。他抓住她的手臂用力提过她的头顶，戴着防毒面具的脸紧压着她的脸。

“你都对他做了什么？”他吼道。

她担心丹尼尔安危的心是白操了，丹尼尔肯定会没事，她需要操心的那个人是她自己。“他不会有事的。”她镇静地说，放弃了走“受伤少女心”的路线，“两个小时后等镇静剂失去效用，他就会醒，而且感觉很不错。如果你愿意，我可以让他快点醒。”

“我不信！”他咆哮道。

他们两个对视着僵持了几秒，她不确定自己会赢还是会输。她能从那双藏在防毒面具下面的眼睛里看见自己的倒影。

“好吧。”他说，“按你说的办。”

他一气呵成，将她双手反转到身后，用自己那只没有戴手套的右手紧紧钳住她的手腕，左手可能还拿着枪。他带着她大步走进里面，朝着桌边的折叠椅走去，她顺从地跟着。那条狗伴着滚烫粗重的呼吸，紧贴着她在后面跟着。

她几乎有七成把握，可以将自己的手从这种姿势里挣脱出来，只要将左手戒指上的倒刺扎进他皮肤里就可以，但是她没有这么做。这有些冒险，而且她想要这个蝙蝠侠活着。她未来去向的蓝图里还有一大块是空白的，而蝙蝠侠至少能够回答几个她需要知道答案的问题。她小心翼翼地将倒刺的盖子推回原位。

他把她按在椅子上坐下来——以一种并不温柔的方式，她没有反抗。他将她的双手摆到她身前，然后用绳子拴在一起。

“我觉得你就属于那种双手必须被时时刻刻留意的人。”他弯腰将她的脚踝绑在椅子腿上的时候，嘟嘟囔囔地说。而那条狗的脸全程都正对着她，眼睛一眨不眨。有几滴温热的口水滴在她的袖子上，渗了进去。恶心死了。

他将她的手肘也绑在椅背上后站起来，居高临下地看着她，充满威慑意味。他那把全息瞄准镜步枪长长的枪管，离她的额头只有十几厘米。

“头顶射灯的开关就在那儿。”她猛抬下巴，朝着桌子后面的电源板点了点。两个标准的户外接插板插在上面。

他直勾勾地盯着它，她想象着他此刻谨慎盯着开关的模样。

“你看，凡是能够杀死你的东西，都会先杀死我。”她说得直截了当。

他咕哝了一声，朝那边侧了侧身，按下电源开关。头顶上的灯亮了。

突然，帐篷里看起来少了些许的危险性。这里摆了那么多的医疗设备，看起来很像是以前的战区医疗帐篷。当然，托盘上那些折磨人用的工具不算在内，她看见此刻他的脸很自然地朝它们转过去。

“一些必备工具。”她解释道。

她又感觉到那种瞪过来的目光。他猛地转头看向丹尼尔，他躺在台子上，全身精光，一丝伤痕都没有。他又猛地转回来看向她。

“那个亮着的灯是干什么用的？”他指着带键盘的小黑匣子问道。

“它告诉我现在门口解除了警备。”她平静地撒谎道。事实上，这个匣子根本和哪儿都不通，只是用来转移注意力的，不让人留意到真正的陷阱。

他点头，接受了这个解释，随后弯身去看她的电脑，桌面上没有打开的文档或是文件夹。她的桌面墙纸就是简简单单的几何图案，在深灰色的底纹上加了几个白色小方块。

“钥匙呢？”他扬头问，指着丹尼尔。

“粘在桌子下面了。”

他似乎又隔着防毒面具瞪了她一眼。

她希望自己看起来冷静而顺从。**把它摘了吧，摘了吧，摘了吧**。她默默地祈祷。他将她坐的椅子踢翻在地。

她左边的胳膊和大腿砰的一声撞到地面，力道大得肯定会摔出一片瘀青。她在倒下的过程中竭力伸直自己的脖子，也仅仅勉强不让头再次撞到水泥地面上。她不确定自己是不是已经被摔成脑震荡，不过她真的需要大脑能够正常运转。

“这样根本没必要。”她说。

“爱因斯坦，控制。”

爱因斯坦对着她低吼，更多的口水滴在她的胸口上。

蝙蝠侠转身，飞快地打开丹尼尔身上的绑绳。

“输液袋里是什么？”

“高点的那个是生理盐水，低点的那个是营养液。”

“真的？”他面带一副嘲讽的表情问道，“如果我把管子拔掉会怎么样？”

“那他醒了就需要喝很多水。但是不要喝帐篷外小冰箱里左边的那些瓶装水，全都下了毒。”

他转身一把将防毒面具从头上扯下来，这样他可以用更加有威慑性的目光狠狠瞪她，同时也把头上那顶被汗打湿的帽子摘了下来。

对对对对对对！

他将防毒面具扔到地上的时候，她尽量不流露出欣喜的模样。

“是你改变了策略，”他酸酸地说道，同时一只手拂过自己微湿的小平头，“还是说其实真正有毒的是放在右边的那些？”

她非常冷静地抬头看着他。“我以为你是别人。”

直到这时，她才真正地看清楚他。

她没办法让自己的神色看起来没有反应，所有的理论又开始在大脑里旋转，一堆堆的东西跳了进来。

他得意地笑着，知道她在看什么。有太多线索被她忽略了。

照片上的人是丹尼尔，可同时又不是。

丹尼尔过往资料的那些漏洞，那些不见了的照片。

时间、日期、生日——如果你想隐藏某些事情，这些细微处是最容易做手脚的。丹尼尔看见特工样子的时候，那种奇怪又不愿意相信的反应。

他内心痛苦的挣扎。那些修长的手指。

“另外一个丹尼尔。”她低声说。

蝙蝠侠嘲讽的笑容不见了。“哈？”

她吐出一口气，实在忍不住翻了个白眼。这一切跟她妈妈最爱的狗血肥皂剧简直太像了。她还记得自己不得不和妈妈一起度过的每一个令人沮丧的假期，那些在又长又臭的剧情中逝去的每一个下午。没有一个人是真正死了的，所有人最后都复活了。然后还有双胞胎的梗，永远都是双胞胎。

就同卵双胞胎的相似程度而言，蝙蝠侠其实看起来跟丹尼尔并不是特别像。丹尼尔的外表更文雅，举止更温和。蝙蝠侠则长得棱角分明，五官紧紧拧在一起。他淡褐色的眼睛似乎颜色更深，或许是因为他的眉毛耷拉下来，给眼睛蒙上一层阴影的缘故。他的头发颜色和丹尼尔一样，也是自然卷，但是基本上被剃得接近头皮，就跟她印象中特工会有的那种发型一样。而从他更加粗壮的脖子来看，她猜蝙蝠侠的肌肉更多是从健身房锻炼出来的，而不是丹尼尔那种运动型的。还好不是特别夸张，不然也不会让人把照片里的他误认成他哥哥。他只是更硬朗一些，更棱角分明一些。

“凯文 · 比奇，”她语气平缓地说，“你还活着。”

他坐在桌沿上。她的目光跟着他，并没有落在他边上的电脑时钟上，哪怕一秒都没有。

“你以为会是什么人？”

“哦，可供选择的多了。那些人毫无例外都希望我和你哥哥死。”她摇了摇头，“真不敢相信我居然折在这儿。”

“哪儿？”

“丹尼尔从来没有见过德拉富恩特斯，对不对？去跟他见面的人一直以来都是你。”

他的脸本来是放松的神情，突然间再次警觉起来。“什么？”

她朝散落一地的照片点了点头，他似乎这才注意到它们。他探出身子看了其中一张，随后弯腰捡起，然后再捡起下面一张，然后再下面一张。他攥紧拳头，将这些照片揉成一团。

“你从哪儿拿到这些的？”

“说好听点，是一个替美国政府效力的小组织，不能公开的秘密组织。我曾经受雇于他们，他们要我帮个忙。”

他的脸因为愤怒而扭曲得变了形。“这可是最高机密！”

“你肯定不信我的授权等级有多高。”

他盯着她的脸，抓起她的衣领，将她连人带椅子一起拎起来，离地十几厘米。“你是什么人？”

她保持冷静。“我会把我知道的所有事都告诉你。我被人耍了，不过看见你可能也被人耍了，我大概会很开心。”

他把她放下来。她想要在心里数数，计算出现在的时间，不过她很怕他会注意到自己走神。他俯视着她，双臂环抱。

“你叫什么名字？”

她尽可能放慢说话的速度，以便让自己能够分神去想别的。“曾经用过的名字是朱丽安娜 · 富通博士，不过现在这个名字已经写在死亡证明上了。”她观察着他的表情，想看看这个信息对他来讲是否有意义，但是就她目前看到的，并没有。“我听命于这个组织的直接领导——这个组织没有别的名字，官方上并不存在。他们和中央情报局以及其他一些秘密机构一起工作，审讯一些特别的调查对象。”

他重新坐回到桌沿上。

“三年前，有人决定要消灭这个组织的两个关键人物。准确地说，就是我和我的导师约瑟夫·巴纳比博士。”蝙蝠侠依然毫无反应。“我不知道为什么，不过我们曾经接触过一些极其敏感的情报，我猜可能是因为我们知道了某些东西吧。他们杀死了巴纳比博士，还想要杀掉我。从那以后，我就开始亡命天涯。他们找到过我四次，有三次是派人来暗杀，而这最后一次，他们居然道歉了。”

他眯起眼睛，思索着。

“他们跟我说，他们遇到了问题，需要我。他们给了我一摞资料，写了德拉富恩特斯的情况，并且给他的同谋者冠上了你哥哥的名字。他们说三星期内，丹尼尔就要开始行动，在美国西南部传播超级病毒。他们跟我说，我有三天时间来找到这些病毒在哪儿，并告诉我怎样阻止德拉富恩特斯，中止他的计划。”

现在，他开始摇头。

“他们居然告诉了你那么多？”他问道，有些难以置信。

“一直以来，反恐都是我工作的主要内容。我知道那些核弹头和脏弹藏在哪儿。”

他抿起嘴唇，像是做出了决定。“好吧，既然你已经知道了这么多细节，我猜我告诉你我已经在半年前把德拉富恩特斯干掉了，也不算是很大的违规。德拉富恩特斯的死并没有公布于众。集团里剩下的人一直都对此三缄其口，这样才不会被竞争对手干掉。”

她有些惊讶自己居然松了一口气。知道无数人可能会被惨无人道地消灭这件事的负担，比她意识到的还要沉重。

“是的，”她换了一口气，“这也说得通。”

很显然，组织并没有那么冷血。他们用了一个梦魇般的灾难做引她上钩的诱饵，但还没有胡闹到要搭上公民的安危。

“巨蛇呢？”

他茫然地看着她。

“抱歉，这是组织内部的叫法。那些本土恐怖分子呢？”

“我的同伴干掉了三个首脑人物中的另外两个，将整个南部团伙一锅端。没有幸存者。”

她的笑容有些勉强。

“你是个审讯员，”他用一种冷冰冰的语气说，“行刑者。”

她抬起下巴。“是的。”

“你为了我哥哥并不知道的情报，对他用了刑。”

“是的。至少，开始是这样。”

他反手给了她一耳光，她被扇得头猛地歪到一边。椅子跷起脚，他一只脚钩住椅子，让它落下来。

“你会为此付出代价的。”他信誓旦旦地保证。

她动了动下巴，检查一下下颌骨有没有被打坏。当她满意地发现并没有造成很严重的伤害之后，给出了回应。“我也不想。”她说道，“但是我觉得这就是他们要这样对他的原因。这也解释了他们为什么要告诉我这么一个精心改编过的故事。”

他咬着牙说：“为什么？”

“他们没能成功地杀死我。我猜，他们是觉得你可以替他们完成这个任务。”

他紧咬牙关。

“不过，我不明白的是，”她继续说道，“为什么他们不直接要你这么做。或者是，对你下命令。除非……你已经不在中央情报局了？”她揣测道。

是他身上的枪暴露了他的身份。根据她的研究，她非常确定那把全息瞄准镜步枪是中央情报局的特工最常用的一种。

“如果你不知道我，怎么知道我在哪儿工作？”他质问道。

就在他的问题问到一半的时候，她的眼角余光瞥到显示器闪耀的白方块变成漆黑一片。她试图在不引人注意的情况下，用鼻子尽量深吸了一大口气。

“回答我。”他低吼着，再次扬起手。

她只是瞪着他，屏住呼吸。

他犹豫着，眉头深锁，随后眼睛睁大，弯腰去捡地上的防毒面具。

他还没有够到地板，就失去了意识。

又一声扑通——那条狗也倒在她椅子旁边，变成毛茸茸的一坨肉。

在测试环境下，她曾经憋气一分四十二秒，但是她再也没能达到这个记录。一般来讲，她憋气到一分十五秒的时候就差不多没气了，依然远在平均水准之上——这样的肺功能已经成为她人生中的一笔财富。当然，这一次，她也没能超水平发挥。不过，她所需要的时间连一分钟都不到。

她背着椅子蹦到蝙蝠侠毫无知觉的身子旁边，用力往前一扑，膝盖狠狠地撞在他后背，双手放在身前保护自己，这真是太简单……了吧。凯文·比奇把丹尼尔的防毒面具扔在了地上，她用一根手指把它钩过来，然后她将椅子搬回来，直到四条椅子腿稳稳站在地面。她将脸凑近双手，将防毒面具套在头上，她紧紧按牢面具，胶皮封条贴住脸产生出一股吸力。她重重地呼了一下，吐出气，解除了肺部的禁制，试探性地吸了一小口。

她觉得就算空气中尚有残存的化学气体，自己也应该不会受到影响。她已经筑起了一定的防线，应该不会像其他人那样昏过去。但是能弄晕这么一个自大的人，感觉尤其好。

她蹭到桌子旁边，用托盘里的手术刀来回割手腕上的绳子。很快，紧绷的绳子砰的一声断开。把剩下的绳子割断就很简单了，很快她就自由了。重中之重，她重新设定好电脑程序，十五分钟没有活动，就自动跳转到屏保模式。

她搬不动这个蝙蝠侠，此时他四肢摊开，面朝下趴在自己哥哥旁边的地上，但是他的胳膊和腿离丹尼尔的四肢很近，她可以用之前绑丹尼尔左手腕和左脚腕的绳子来绑住凯文。他之前毫不在意地扔在台子上的钥匙就在丹尼尔旁边，她将钥匙放进兜里。

她没有去解救丹尼尔。或许这是一个错误，但是她已经为他做了太多事，已经让自己觉得很不公平了。而且在潜意识里，她并不担心他。这是她犯的又一个巨大错误。

她将蝙蝠侠身上的枪摘下来，卸掉了狙击步枪和全息瞄准镜步枪的子弹匣和撞针。她将西格绍尔手枪的保险合上，别进自己的腰带里。她很喜欢它——看起来比她的警用小型自动手枪像样多了。她走出挤奶房，找到自己的警用手枪，把它别在西格绍尔手枪旁边。她对自己这把枪更熟悉一些，所以最好也带着。

她穿好自己的鞋子，把其他的枪也带好，然后抓起搬家工人用的背带走回到帐篷里。那条狗太重了，搬动它并不是件容易的事，所以她将背带缠在它身上，把它拖进小卧室。一开始，她只是关上门走出去——狗肯定没有灵活的大拇指。但是过了一会儿，她又改变了主意。那条狗的名字叫爱因斯坦，谁知道它都会干什么？她四处寻找能够拖到门前的东西。放眼望去，大部分都是沉甸甸的机器。她想了几秒，绕着银色的轿车转了一圈。这东西刚好能从帐篷和牲畜栏中间通过。她将车一直开到小卧室的门口，前保险杠紧紧抵住木门，然后挂在停车挡，再费了一番功夫将刹车片抵住。

她关上挤奶房的门，重新设置好警卫系统。她飞快地看了一眼外面，天差不多就要亮了。

她回到另一个丹尼尔身边。那件蝙蝠侠的衣服很难脱，夹在凯夫拉防弹层中间的布料很厚，是一层坚韧的棱纹织物，几乎就是一层软骨。她用刀去割他腰部的衣服，在废了两个刀片之后终于放弃。她只解决了上半部分和下面两条腿的部分，这两个地方并没有那么多的凯夫拉纤维保护。她发现他后背上藏了一把小匕首，两只鞋里也各插了一把。她将他的袜子脱掉，他左脚的小趾没有了，身上再没有别的武器。就算他再将双手放在她身上，也没有什么东西可用。他的整个身子都是精瘦结实的肌肉块。他的后背乱七八糟全是伤疤——有些是子弹伤，有些是刀伤，还有一处是很严重的烧伤——发际线下面还有一个伤疤，透露出更多信息。他也把自己身上的追踪芯片拿了出来，显然不再从属于中央情报局。他是叛徒，还是一个双面间谍？

可是，他是怎么找到他的哥哥的呢？她记起那架小型飞机的嗡嗡声，还有这个人坠地时发出的砰的一声——当时她想的是，这个人很赶时间。对这个人来说，时间是最大的问题。

她转头去看丹尼尔，似乎应该再仔细检查一遍。她已经把他的后背仔细查了一遍，所以这一次她重点检查了他的腹部、腹股沟以及大腿。这件事她之前就应该做，但当时她错误地判断了整个形势。

时间点值得关注——这个蝙蝠侠匆忙赶到，匆忙发起进攻的方式——引领她找到了自己要找的东西。一枚普通的追踪芯片只能显示出目标的位置，而丹尼尔现在离家其实并不算远，没有远到可以令他死去的弟弟担心害怕，带着枪跑过来。所以这个追踪芯片透露出的一定不仅仅是位置这么简单的信息，而这样的东西只可能被放置在一个合适的位置。

但她真正看见它的时候，恨不得踹自己一脚——那个红色的小伤疤在胶带边露出一角，那是她将输液管固定在他腿上的胶带。现在，她撕开胶带，拔出管子——目标人物反正还在安睡，所以这么做是安全的。他很快就会醒了。

伤疤很小，皮肤下面并没有东西鼓起。她认为那个芯片一定被植入得很深，紧挨着股动脉，一定是这样。当他的血压因为第一轮审讯而疯狂升高，又或许是他第一次醒来以后的恐惧令他的血压飙升，这才惊动了他的弟弟，以及其他一直在监视他的人。这枚追踪芯片必须挖出来。

她有足够时间在他醒来之前完成这一切，所以她先给自己做了紧急处理。她拿过胶皮手套戴上，然后在这个区域做了局部麻醉，又给手术刀消了毒——她没有把所有的刀片都废在蝙蝠战衣上面，这是件好事。她在他的皮肤上擦了碘酒，然后快速地在原有伤疤的上面割开一个干净的小口，不过长度要比原来的长一些。她没有手术钳，也没有镊子，只好小心地伸进一根手指在里面摸索，一根在外面撑着。她摸到了芯片——一个小小的胶囊，应当只有喉结那么大，而后轻松地将它挤出来。她清理好伤口，将伤口边缘用超强力胶水粘好。

做完这一切之后，她又替他处理了手腕和脚腕处磨破的皮肤，清洗包扎了所有伤口。最后，她重新给他盖上毯子，又给他拿了个枕头垫在头下面。

那个小胶囊被她放在不锈钢台子上冷却。对于任何一个坐在监视器前盯着的追踪者来说，都会显示出丹尼尔·比奇刚刚死了。她有一种预感，他的死不会让组织里任何一人感到烦恼。她现在对这个计划的另一面有了更加透彻的看法，很确定这个计划并不是完全针对自己的。

她走出帐篷，专注地处理自己的脸，先是擦去血渍，然后确定受伤程度。嘴唇肿了，撕裂的伤口需要缝针，她往上滴了一滴超强力胶水。她的脸颊蹭破了皮，眼圈有些发黑。她的鼻子肿了，也歪了，所以她趁自己现在不怕痛，将鼻子尽量推回到原来的位置。

疼痛很快就会报复性地回来，哪怕她给自己服用了最大剂量的被她私下命名为“幸存者”的麻醉剂，这种麻醉剂药效不会保持很久，只够她撑过一次她刚刚经历过的那样的袭击。就像人体自然产生的肾上腺素，只是更加强劲，并且能够起麻醉作用，抑制住疼痛。“幸存者”麻醉剂并没有登记在册，她的职责清单里也不包含配制反折磨的药物，不过她觉得或许自己早晚有一天会需要这种东西，她的想法没错。这不是她第一次使用这种药物——在之前的几次暗杀行动中，她也用过——不过这是她第一次在身体里有“幸存者”麻醉剂的情况下受到伤害。她很高兴它的表现。

她没有东西来加固自己的鼻子，所以不得不在处理自己面部时更加小心翼翼。幸运的是，她还能恢复如初。

她的脸一定会变成一个问题，一个很大的问题。她现在不可能走进一家小卖铺，同时又不被别人注意。

做好所有她能想到的该做的事情之后，她躺在小窝里待了十分钟，以便恢复一些力气——或者说将仅剩的力气聚在一起。因为药物的作用，她现在依然觉得自己十分强大，不过她知道这也会带来一些伤害。肯定会有副作用在等着她。她需要时间休息、恢复——但没有人会给她时间。

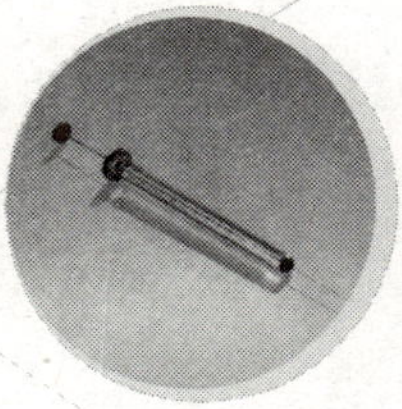

第九章
活着的代价

亚力克斯决定弄醒丹尼尔。一旦蝙蝠侠醒过来——再有差不多十五分钟蝙蝠侠可能就会醒了——对话没办法彬彬有礼地进行。她想乘尖叫和死亡威胁开始之前，要一个解释和道歉的机会。

她重置了电脑控制程序。

空中的化学混合物早就散没了，所以她不需要在帐篷里戴着防毒面具了。她抓起另外一个防毒面具，将两个防毒面具的带子穿过自己的腰带拴好，以便贴身携带。

她先拔掉了丹尼尔的输液管。她不希望他醒了以后身上还拴着什么东西，他已经经历太多了。他的静脉看起来还不错，很容易就可以将解药从他另一边的肘窝注射进去。她坐在台沿上，台子已经被放下来贴近地面。她双手抱着膝盖，等待着。

他缓缓醒来，眨了眨眼睛，以适应头顶的强光。他抬起一只手挡住眼睛，然后突然反应过来。他盯着自己的手——现在已经是自由的，但是缠着绷带——然后眼睛开始四处打量这个亮堂堂的房间。

“亚力克斯？”他悄声问道。

“这儿呢。”她说。

他小心翼翼地朝她转过头，腿在毯子底下动了动，检查自己是不是还被绑着。

“现在是怎么回事？”他谨慎地问道，眼睛依然挣扎着想要看清焦点。

“我相信你，并且为我之前对你做的事情感到非常抱歉。”

她看着他慢慢消化吸收。他再一次想起自己还是光着的，小心地抬起自己一边的胳膊肘，然后攥紧毯子。非医学专业的人的这种反应总让人觉得好笑，一般来说，病人在裸露状态时容易放松，她和其他任何一个医生一样，都对此有同感，但是他似乎不这么看。她应该先穿上自己的实验室大褂。

“你相信我？”他问。

“是的，我知道你不是我以为的那个人。我……被人误导了。”

他稍微坐直了一点儿，动作很谨慎，等待着可能袭来的疼痛。不过，他应该会觉得还好——只有肌肉痉挛后的疲惫感。等到镇静剂失去效用，他的大腿可能会有一点儿酸痛。

“我……”他开口，又愣住了，“你的脸是怎么回事？”

“说来话长，我能在告诉你之前先说点别的吗？”

他的表情充满关切。是关心她吗？不，那不可能。

“好……吧。”他犹豫着同意了。

“你看，丹尼尔，我之前跟你说的事情都是真的。我不喜欢伤害别人，我也不喜欢伤害你，我只有在觉得其他的选择更加可怕时才会这么做。我这辈子从来没有做过这样的事——伤害一个完全无辜的人，从来没有。我以前奉命审讯的人，并不是每一个都跟其他人那样邪恶，但这些人至少也和那些阴谋有些瓜葛。我很早以前就意识到，我的前老板基本已经没有下限，不过我还是不敢相信，他们居然算计我，让我去审讯一个完全无辜的人。”

他想了几秒钟。

“你是在要我原谅你吗？”

“不，我不是请你原谅。我永远不会做这种请求，但是我希望你知道。如果不是真的相信这样做能够挽救许多条人命，我是绝对不会伤害你的。我很抱歉。”

“那个毒贩子呢？还有病毒？”他焦急地问。

她皱着眉说：“我刚刚收到一些最新的消息。很显然，德拉富恩特斯已经被解决了。”

“不会有人死了？”

“不会有人因为那个贩毒疯子传播的生物武器病毒死了，是的。”

“所以说，没事了，是吗？”

她叹了口气。“是的，我猜目前就这件事来说，是有一线希望的。”

“现在你能告诉我你的脸是怎么回事吗？你刚才出意外了？”还是那种关心。

“不是。我受的伤和我刚才说的新情报有点关系。”她不知道该不该告诉他真相。

突如其来的愤怒使得他的肩膀绷紧。“是有人……故意这么对你的？因为你伤害了我？”

他的思维方式跟她之前一起共事的人不太一样。对他们而言显而易见的事，对他而言是完全陌生的。

“基本上是这样。”她回答。

“让我跟他聊聊。”他坚持说，“我也相信你。我知道你不想这么做，你只是想要帮忙。”

“其实事情也并不是这样。嗯，丹尼尔，你还记得，我之前给你看的那些照片，你认出了上面的人，却不想告诉我那人是谁这件事吧？”

他表情严肃起来，点点头。

“你可以放轻松些。我不是要你说什么，这也不是什么诡计。我不知道你们是双胞胎，他们在资料里掩盖了这一点，所以我不……”

“对，但那个人不是凯文。”他打断她，“这正是我搞不明白的地方。照片里的人看起来很像他，但是这不可能。凯文已经死了，他去年死在监狱里。我不知道这个人是谁，但是除非我们是三胞胎，我觉得我妈妈可能会……”

发现她的表情不太对劲，他的声音渐渐减弱。

“怎么了？”

“我不知道应不应该告诉你这个。”

“告诉我哪个？”

她踌躇了片刻，然后站起来，绕着台子走。他的目光追着她，然后他坐了起来，小心地将毯子堆在自己的腰部。她停下来低头看，他也跟着她低头看。

凯文·比奇的脸正转过来朝向丹尼尔坐着的台子。真是神奇，当他失去意识，面部所有紧绷的地方都放松下来以后，看起来居然和丹尼尔没什么两样了。

“凯文。”丹尼尔呢喃着，脸色变得煞白，随后又涨得通红。

“你知道你弟弟之前替中央情报局效力吗？”她静静地问。

他抬起头，松了一口气。“不，不知道，他进了监狱，说他一直在贩卖毒品。”他摇着头，“自从我们父母去世之后，情况就越来越糟。凯文自暴自弃，滑进了深渊。我的意思是，从西点军校出来以后……”

“西点军校？”

“是的，”他一脸茫然地说，很显然，他不太明白这件事的意义，“在贩毒之前，他完全是另外一种人。以全班前几名的成绩毕业，后来被美国陆军游骑兵学校录取……”丹尼尔的声音再次减弱，不明白她为什么皱眉头。

当然是这样。亚力克斯压抑下一声叹息，气恼自己没有多考虑一下那些资料里的信息断层，气恼自己没有花时间去找一个远一点儿的比较安全的图书馆，去查一下丹尼尔的家庭关系。

丹尼尔再次低头看了看自己的弟弟。“他没死，对吧？”

“只是睡着了，再过几分钟就会醒。”

丹尼尔眉头轻皱。“他穿的是什么？”

“我猜，应该是某种防护性的军装。这不是我的专长。”

“中央情报局。”他悄声说。

“秘密机构，我能想象得到。你弟弟根本不是什么自暴自弃，只是换了部门。这就是他跟毒枭牵扯到一起的原因。”

他清醒了许多，眼睛睁得大大的。“他要帮着那个毒枭传播病毒？”他小声问。

“不是。准确地说，是把他消灭了。我们基本上是同一阵营的，不过你看我们两个这样，可能看不太出来。”她用脚趾捅了捅他的脊背。

丹尼尔猛地转头看向她。“你的脸是凯文弄的吗？”有意思，听起来好像他比得知自己的弟弟是一个杀人犯还要气愤。

“是的，而我对他做了这个。”

“可他还是会醒过来？”

亚力克斯点点头，她对于蝙蝠侠会醒过来这件事有一点儿矛盾，那个情景肯定不会特别美好。而丹尼尔对待一切事情，包括对待她，都是那么友善。等他弟弟一开口，可能一切都会改变。

丹尼尔只是笑了笑，盯着他弟弟光裸的后背。“这么说你赢了？”

她哈哈笑出声。“暂时的。”

“他比你块头大很多。”

“我会说我比他聪明，不过我在这里布下的警卫装置有很多漏洞和错误。我想，我这次应该只是比较走运。”

丹尼尔刚想下地，又停住。“我的衣服在这里吗？”

“对不起，不在，我以为那些衣服里面可能藏着追踪芯片。我必须要将它们跟你隔离开，所以就把它们扔了。”

他的脸又红了，一直红到胸前那个小胸肌沟，他清了清喉咙。“为什么有人要追踪我？”

“哦，当时，我以为可能是毒枭要监视你。或者你本身是一个陷阱，我的组织要利用你来追杀我。事实上，这相当接近事实真相。”

他皱着眉。“我还是不明白。”

她尽可能简单地给他解释重点。她说话的时候，他已经站起来，毯子围在腰上，看起来像一条超大号的浴巾，然后站在他弟弟跟前，来来回回踱步。

“他们想要杀你，试了四次？”她说完之后，他问。

“我想，现在应该是五次。”她看着蝙蝠侠，意有所指地说。

“我真不敢相信凯文还活着。”他叹了口气。他修长的双腿在毯子下面盘起来，坐在他弟弟脑袋旁边的地板上。“我也不敢相信他骗了我。我不敢相信他居然任由我把他当成一个罪犯……我还不敢相信他让我以为他已经死了……我不敢相信我去探望了他那么多次——你知道从华盛顿去密尔沃基要坐多久的车吗？”

他默默地盯着自己的弟弟，她愿意留给他这几分钟。她无法想象，如果巴纳比毫无征兆地重新回到她的生活中，自己会是什么感受。她要用什么方式才能够接受这样的事情呢？

“等他醒了，”丹尼尔轻轻地嘀咕着，“我一定要狠狠给他一拳。”

哦，这就是人们接受的方式。

“为什么要绑住他？”丹尼尔问。

“因为一旦他恢复意识，就会想要杀了我。”

丹尼尔的眼睛再一次瞪大。“为什么？”

“这不难理解。他从屋顶进来的时候，只知道有一个人在折磨你。他让我活着，只是因为他不能确定你是不是真的没事。比如说，逼我交出你的解药什么的。我很确定，如果我没有提前留一手，等你醒的那一分钟，他就会冲我开枪。”

她看得出来，丹尼尔并不相信她。他很生气地摇着头，眉毛耷拉下来。一绺鬈发垂落到他额头前，因为汗水的缘故依然有些潮湿。时间居然过得如此之快，真令人惊奇，不过一切都已经改变。她需要一个新计划。

回到她最近的家——卡斯顿联络她时她住的地方——还安全吗？那肯定是最简单的办法。那里有食物，在恢复正常之前不会有人看见她的脸。她不觉得自己该放弃那里……

然后呢？就为这么一个愚蠢的陷阱，她有多少积蓄被像流水一样花掉？她凭手里省的那点东西能坚持多久？

卡斯顿知道她在网络上的活动，所以在网上再去找一份真正的工作，肯定是一场冒险。组织甚至不必知道她在哪儿，就能束缚住她的双手。

有什么东西碰了碰她的腿，她吓得跳起来。原来只是丹尼尔的手。

“我没想要吓你，抱歉。”

“不必道歉。”

“你看起来好像很担心。不要紧，我可以跟凯文谈。”

她笑了笑，毫无嘲弄之意。“多谢，不过我现在担心的并不是这个昏过去的家伙。”

“你在担心你的组织？”

她转身走到自己的电脑旁，一只手放在空格键上，希望看起来没有显得特别刻意。

“是啊。”她说道，没有回头看他，“你也可以这么说。”

她用眼角余光看见凯文的呼吸有短暂的中断，随后又均匀起来。她走开是对的，她现在完全不希望待在他伸手可及的范围内。

“有什么……我也不知道……有什么我能帮上忙的地方吗？”丹尼尔认真地问。

她看着他，很惊讶地发现自己的眼睛里真的有泪水刺痛。

“我不知道我值不值得你帮忙，丹尼尔。”

他的喉咙深处发出一种恼怒的声音。

“而且，说真的，”她继续说，“你自己也有一大堆麻烦。”

很显然，他并没有深入思考过刚刚发生的事会带来什么长期的影响。

“什么意思？”

“你现在也是目标了。你刚刚知道的那些事，本来是你不应该知道的。只要你回家，只要你回到自己的正常生活，他们就会终结一切。”

“不……能……回……去？”

他整个人都蒙了，她心里涌起深深的同情。再一次，她记起他的生活离她有多么遥远。他或许以为雇一个律师，或者写封信给国会议员，就能搞定一切。

“可是，亚力克斯，我必须回去。我的球队正在打今年的锦标赛呢！”

她实在忍不住哈哈大笑，之前隐隐刺痛的泪水此时真的变成泪珠掉下来。她看着他的表情，抱歉地摆摆手。

“对不起。”她断断续续地说，“我知道这并不好笑。我很抱歉，我想是我的镇静剂开始失效了。”

他很快站起来。“你需要吃点什么吗？阿司匹林？”

“不用，我很好。我只是不得不从高处下来。”

他走过来，一只手轻轻扶着她的手臂。她感觉针扎一样痛，是那块瘀青的地方变得敏感起来。后面将是很难熬的一天。

“你确定吗？”他问，“我不能替你拿点什么吗？”

“你为什么对我这么好？”

他惊讶地看着她。“哦，我猜可能是我能看见你的内心。”

终于来了。她心想。她之前就在担心或许她绑架他时使用的药——“听领导的话”——会产生某种永久性的神经学上的作用，这些作用他们在实验阶段没有发现。

“你看，”她说，“一会儿我跟凯文稍微聊过以后，就能拼凑出目前大致的情况，然后我把钥匙给你，等我上了车，你就可以把他的绑绳解开了。”

“可是你要去哪儿？你的伤怎么办？”

“你又滥发善心了，丹尼尔。”

“抱歉。”

她又一次笑出了声，笑声在结束时分贝有些高，像是在抽泣。

“不过，说真的，”他说，“你其实不用马上离开。你好像有一些安眠药，还有提神的药。”

“有任务的时候不行。”她坐在椅子上，姿态放松，希望他看不出自己内心有多紧张多疲惫。

“我希望我们能多聊一会儿，亚力克斯，我不知道我现在该怎么做。如果你真的那么认为，觉得我不能回去……我都不知道该如何才能应对这件事。”

“我的确真的那么认为，而且我很抱歉。不过我觉得你弟弟可以帮你。我想他应该比我更善于躲藏。”

他看着自己的弟弟——穿着脱了一半的蝙蝠战衣——有些怀疑。“你觉得呢？”

“你同意吗，凯文？”她问。她很确定他已经醒了至少有几分钟了。

丹尼尔裹着毯子跪在弟弟旁边。“小凯？”

凯文叹了口气，缓缓地转过头看着自己的哥哥。“嘿，丹尼。”

丹尼尔凑过去，姿势怪异地抱了抱他，凯文用自己没被铐着的手拍拍丹尼尔的胳膊。

“为什么，小凯，为什么？”丹尼尔问，他的脸埋在凯文的头发里，声音闷闷的。

“为了保证你的安全啊，丹尼。脱离她那种人……”他在心里默默补充了一连串不好听的词来形容她，每一个词单独的说法她都听过，但是把这些全都组合在一起还挺新鲜的。

丹尼尔猛地抽出身子，打了一下凯文的头。

“不许这么说话。”

“你在逗我吗？那个疯子刚才一直在折磨你。”

“并不是一直，而且她这么做也只是因为……”

“你是在替她辩护吗，那个……”更多富有创造性的词语。

丹尼尔又给了他一下。力道不重，但是凯文此刻可没心情陪他玩。他抓住丹尼尔的手，将它扭成一个令人不那么愉快的姿势。他用右腿的膝盖撑在自己身子底下，试图从台子旁边挣脱。台子被拖着移开十几厘米，锁住的滚轮蹭着地面发出刺耳的吱吱声。

她睁大眼睛，那张台子的分量至少有一百八十公斤，她将自己的椅子往后挪了挪。

丹尼尔伸出自己没被制住的手使劲掰，想要挣脱弟弟的钳制。

“如果你不松开他，我会再给你吸点迷雾。”她向凯文保证，“坏消息是，我用的药物有副作用，会杀死你一定百分比的脑细胞，数量不多，每次一点点，但是加起来数目很可观。”

凯文放开丹尼尔的手，瞪着她，然后又将注意力转到自己的哥哥身上。

“丹尼，你听我说，”他轻声说道，“你比她壮。你去拿钥匙，把我从这玩意儿里放出去……”突然他的表情愣住了，满脸通红，随后额头的青筋暴起，他每说一个字，他的青筋就跳一下。“我的狗呢？”他冲她喊。台子又在地上吱吱地滑动了几厘米。

“在后面的小屋睡觉呢。”她不得不努力保持语气平稳，“它比你轻，所以药物作用会更持久一点儿。”

丹尼尔揉着手腕，迷惑不解地问：“狗？”

“如果它少了一根毛……”凯文威胁道。

“你的狗没事。现在，我需要问你几个问题。”

丹尼尔抬头看她，瞪大眼睛。“什么？”

她看了他一眼，摇摇头。“不是你想的那样，就是普通的情报交换。”她转头看着凯文，“请问，我们能心平气和地聊几分钟吗？然后我就放了你。”

“做梦去吧，疯子，咱俩的事没完。”

她扬起眉毛，下面的眼睛肿得乌青乌青的。“那么，在我用药物令你再次陷入昏迷之前，我们能聊几分钟吗？”

“我为什么要听你的？”

“因为你哥哥的安危也牵涉其中，我敢打赌，这对你来说很重要。”

“分明就是你把丹尼拉进来的……”

“这种说法并不完全准确。这件事对你和对我的重要性一样大，凯文·比奇。”

他瞪着她。“我已经很讨厌你了，女士。你真的不要让我这种感觉变得更强烈了。”

“放松，黑衣人，先听我说。”

丹尼尔的眼睛看过来看过去，好像他是网球比赛的裁判员。

凯文继续怒目圆睁。

“中央情报局是不是认为你已经死了？”她问。

他咕哝了两声。

“我当你承认了。”

“对，那又怎样，你……”

丹尼尔反手又打了凯文头顶一下，凯文伸手去抓他的时候，他迅速后退避开他。凯文重新将注意力放回亚力克斯身上。

“我要让他们一直这么以为，老子不干了。”

她点点头，思考着。她在电脑上打开一个空白文档，随便打了一行医学术语。

“你在写什么？”

“笔记。可以帮助我思考。”事实上，她生怕他注意到她不断“偶尔”地碰一下电脑，好让电脑醒着，或许她今天还需要用到这个陷阱。

“所以这有什么关系？我死了，丹尼就不会再成为目标。”

“我是目标？”丹尼尔问。

凯文用右手肘支着自己的身子，朝哥哥凑过去。“我干的事完全见不得光，丹尼。任何和我有关系的人找到你，都可能会利用你作为筹码。这就是这份工作不好的地方，也是我策划了整出的监狱伪装游戏的原因。只要官方文件上凯文·比奇这个人不存在，那些坏人就不会再去找你。我已经不是凯文很久了。”

“可我去监狱探访……”

“中央情报局让我跟监狱看守搭上线。你来的时候，只要我能，就会飞过去跟你会面。如果我赶不过去……”

“所以你才被单独关一间，或者如他们所说你是被单独关一间，不是因为怕你跟人打架。”

“没错。”

“真不敢相信你居然骗了我这么多年。”

“只有这样才能保证你的安全。”

“那你为什么不直接换份工作？”

凯文头上的青筋再次要暴起来的时候，亚力克斯插话进来说：“嗯，我们可以把这种夸张的团圆往后放放吗？我想我已经基本上把事情的来龙去脉理得差不多了。下面请听我说，如果我说得不对，请你及时更正，我很欢迎。”

两张几乎一模一样的脸带着截然相反的表情望着她。

“好。”她说，“这么说，凯文，你是假死——在完成了德拉富恩特斯的任务之后，对不对？”凯文没有用任何方式做出回应，于是她继续道，“你说，那是在六年前。我的结论只能是中央情报局很关心失踪的尸体的下落……”

“哦，是有一具尸体的。”

“那么，他们担心的就是那具尸体和人对不上，”她厉声说，“他们想了一个计划要引你出来，以防万一。”

他皱着眉。他很了解他的前老板，正如她了解她的前老板一样。

“丹尼尔就是你的弱点——正如你所言，是他们用来对付你的筹码。他们也很清楚这一点，他们决定利用他，以便看看会发生什么。但是他们也知道你都有什么本事，如果你真的活着，肯定没人愿意背你这个大包袱。”

“可是……”凯文刚要开口，又及时制止了自己，或许是意识到，无论他怎样辩驳都站不住脚。

“你是中央情报局的麻烦，我是我们组织的麻烦，而我们曾经效力的这两个机构的高层合作十分紧密。所以他们给我提供了一个交易：‘替我们做件事，然后就取消追杀令。’他们一定在联系我之前就已经进行了非常严密的安排。制作好了那些资料，为我精心准备好一个故事，一个让我无法置之不理的危情故事。他们缺少对我采取行动的人手，因为他们已经牺牲了三个杀手，不希望再有更多的人员损失。他们知道我一定会像之前那样做好万全的准备，只是，如果你真的特别优秀，或许我的准备并不足以对付你。”

凯文听着她娓娓道来，脸色都变了。“无论是哪种情况，”他总结道，“至少有一边的麻烦解决了。”

“非常精彩。听起来更像是你们中央情报局的手笔，而不是我们组织安排的，如果必须让我猜的话。”

“是的，听起来的确像他们能干出来的事，的确如此。”他咕哝着附和道。

“所以，他们把我们像两只蝎子一样关在一个罐子里用力晃。”她说，“不管是哪种结果，他们都会赢得一局。或许，如果他们真的十分走运的话，我们两个最后会两败俱伤。至少，也能削弱胜利者的力量。对他们而言，完全没有输的可能。”

他们已经削弱了她的力量——消耗了她的装备，又让她身体受了伤。对他们来说，已经是某种程度的成功。

“而他们才不会为我哥哥是不是还被困在罐子里而烦恼。”凯文愤慨地说，“他只不过是一只蚂蚁，并不是蝎子。他们只想把他丢进来，根本不在乎他是个完全没有能力自保的人。”

“嘿。”丹尼尔抗议道。

“我无意冒犯，丹尼，但是你就是只待宰的羔羊。”

丹尼尔张开嘴巴想要反驳，但是从小卧室传来的一声响亮的呜咽打断了他。呜咽很快就变成愤怒的咆哮，紧跟着几声尖厉的狂吠，然后是锋利的爪子挠木板的声音。

她很高兴刚才她给那条狗多打了一针。

“它很狂躁。”凯文指控道。

“狗狗没事的。那里有马桶，它甚至不会有脱水的危险。”

凯文只是扬了扬眉毛，根本没有表现出她预期中的对那个小动物的担心，挠门声和咆哮声根本没有对他造成影响。

“你真的带了一条狗来？”丹尼尔问。

“更像是一个搭档。”他看着亚力克斯，“好吧，现在怎么办？他们的计划失败了。”

“勉强算。”

他微微一笑。“我们可以再打一场。”

“我虽然很想再给你身体里打几样东西，但我更不希望让他们如意。”

“说得不错。”

那条狗挠门的声音和咆哮声在他们说话期间源源不断地传来，让她很心烦。

“我倒是想了个计划。”

凯文翻了个白眼。“我打赌你总是能想出个计划，对不对，矮冬瓜？”

她用平静的眼神看着他。“我没法依靠肌肉，所以只能依靠大脑。很显然，你正好相反。”

他朗声大笑，嘲讽意味很明显。

“嗯，小凯，”丹尼尔插嘴说，“我很愿意指出来，你还被拴着躺在地上。”

“闭嘴，丹尼。”

“拜托，伙计们，我能再稍微耽搁你们几秒吗？”她等着，直到他们两个全都看向她，“我的计划是这样的：我写一份电邮给我前老板。我把我发现的真相告诉他，就是真正的真相，然后就说你们俩都被干掉了。我其实不太喜欢这么做，如果他想要再次联系我，我或许就要去他家厨房的储藏室进行一次私人拜访了。”

“你是说你赢了？”凯文用难以置信的语气说，“拜托！”

“还拴着躺在地上。”丹尼尔喃喃地说。

“这是给你的恩赐。”她呵斥着反驳道，“你得再死一次。这样你们两个人都不会再有人找了。”

凯文愤愤不平的表情消失不见了，亚力克斯的计划对于他来说很有吸引力。

那条狗弄出的动静，好像在隔壁有一架咆哮着的木材削片机。她真的不准备再留在这里，等她的安全储备全都消耗光，但是她现在显然没有别的选择。

“为什么你要替我们做这样的事？”凯文问。

“我是替丹尼尔做的，我欠他的。我应该更聪明点，一开始就不应该上钩。”

现在，所有的事情都已经很明显：她怎么能那么容易就甩掉他们的跟踪——因为他们根本就没有跟过来；她怎么那么容易就绑架了丹尼尔——因为没人想要阻止她。他们故弄玄虚地给她设定了一个截止日期，但是中间又有足够的时间让她行动。真是太丢人了。

“那你会怎么样？”丹尼尔小声问道。在那条狗弄出的噪声下，她几乎要盯着他的嘴唇，才能看出来他说的是什么。

“我还没想好。”

她从这次的轻信中探知了几件事，或许这些事是他们不希望她知道的。

不会有什么直升机或是定点清除小分队。卡斯顿——现在她可以十分确定的人选之一，还有其他希望她死的人——只偶尔派几个孤零零的刺客来追杀她，因为这是他们仅有的人选。她的敌人已经沦落到要跟人一起进行这样荒唐合作的地步，她知道这并不是因为组织没有足够的资源，只是因为知道她存在的人并不多。而卡斯顿——以及他的同伙——无法承受她如今还活着的代价。

她看见朱丽安娜·富通的讣告，看见火化新闻之后，以为所有牵连在内的人都知道这不过是个障眼法。可是如果只有几个关键人物知道呢？如果卡斯顿跟自己的上司保证任务还会继续，然后害怕承认他自己失去了最优秀的手下呢？

或者——一个颠覆性的想法——如果组织的多数人都认为实验室的谋杀是一次意外呢？是她和巴纳比在试管里放错了药物，被一起炸飞了呢？如果卡斯顿的上司并不希望她死呢？如果只有几个关键人物希望他们死，现在他们又不得不试图神不知鬼不觉地把这件事彻底结束呢？那样，一切就都不一样了。

这个解释合理，也符合事实。

这令她觉得自己更强大。

那些给她设计死亡陷阱的人害怕她知道的事情，但是他们从来不害怕她这个人。或许是时候改一改了。

突然传来一个刺耳的声音——木板破碎的声音。然后，那条暴怒的东西咆哮着跑了进来。

第十章
联手反击

她花了一秒钟的时间才反应过来发生了什么，而这时那匹闪电般的“狼”已经冲进了帐篷。

很显然，她的身体里还残留了一点点多出来的肾上腺素。她在那只畜生整个身子闯进来之前，爬上了桌子，而她紧张的身体，似乎还不满足于这个距离，她根本来不及意识到自己在做什么，就直接朝头顶的架子蹿了上去。

她两只手全都抓了上去，两条腿往上一用力，脚踝互相别住钩在管子上，然后两条胳膊也紧紧地抱住管子。她转头偏向一侧，看着身子正下方的那个东西，它趴在桌子上，一只爪子搭在键盘上，露出尖牙朝她龇着。

那条狗在她下方吼着，流着口水，而她则继续抱着管子不松手。她抱着的是十二厘米直径的粗管，但是在她的突然冲击下，管子还是摇晃起来。她很确定，这种规格的管子足以负担她的体重，除非有人从下面使劲拽。希望凯文不会想到这一点。

凯文开始狂笑。她想象得到自己现在有多狼狈。

“现在，是谁被拴在地上了？”凯文问。

“还是你啊。”丹尼尔嗫嚅地说。

听到自己主人的声音，这条狗呜咽了一声，四处看看。它松开桌子，跑到凯文身边查看他的状况，然后冲着她的方向低吼了两声。凯文拍拍它的脸，狗狗低下头去舔他，依然焦虑地呜咽着。

“我没事，伙计。我很好。”

“它和爱因斯坦长得真像。”丹尼尔说，话里充满好奇。狗狗听见新的声音，又警觉地抬起头来。

凯文拍拍丹尼尔的脚：“好孩子，他不要紧。别紧张。”听起来像是另一个指令。

然后，那条巨犬停止了呜咽，晃着尾巴走到丹尼尔身边，充满好奇。丹尼尔一下一下摸着它的大脑袋，就好像它是这个世界上最了不起的动物。

“这是爱因斯坦三世。”凯文解释道。

丹尼尔张开手指，抚摸着它厚厚的毛皮：“它真好看。”

她的胳膊有点酸了。她试着调整一下姿势，眼睛依然盯着下面，这条狗立刻跳起来冲回到桌子旁，又开始狂吠。

“你们俩有没有人先把狗弄下去？”她问，试图让声音平稳一些。

“或许吧。如果你把钥匙扔给我的话。”

“如果我把钥匙扔给你，你保证不杀我？”

“我已经答应了可以把狗叫回来。做人不要太贪心。”

“那我还是在这儿待着吧，等到毒气把你们都迷晕再说。丹尼尔或许还有多余的脑细胞可以用来浪费。”

“你看，我觉得我应该能逃出去。因为就算爱因斯坦够不着你，但丹尼尔可以。如果在毒气出来之前，他先把防毒面具从你身上摘下来……哦，那么失去意识从上面摔下来，显然还不至于要了你的命，但是对你也没什么好处。”

“我为什么要那么做？”丹尼尔问。

“你说啥？”凯文质问道。

“她是站在我们这边的，小凯。”

“你疯了吗？现在在场的就有两个不同阵营，丹尼。你弟弟是一个，那个刚才折磨你的是另一个。你站哪一边？”

“我猜，谁有理就站谁那边。”

“这还差不多。”凯文嘟嘟囔囔。

“……并不是你这边，小凯。”

“什么？”

“冷静。你听我说，我们不如先停战。”

“我真不敢相信你居然不打算上去亲手掐死她。”

“她只是做了自己该做的，如果你在她那个位置，你也会这么做。老实讲，如果你知道有个奇怪的人想要杀死几百万人，你必须要想办法阻止他，你会怎么做？”

“另想办法。就像我过去干的那样。听我说，丹尼，你太天真了。我知道她这样的人，糟糕透了。他们就爱给别人制造痛苦，甚至到了变态的地步。他们和巨蛇的人一样，你不能不防备他们。”

“她不是那种人。而且，这关你什么事？被折磨的人是我。你有什么发言权？”

凯文只是干瞪眼，面无表情，过了一会儿，才指了指自己被锁起来的左手和左脚。他晃了晃自己的四根脚趾。

丹尼尔花了几秒钟才明白过来，随后惊恐地倒吸一口气。

“这活儿干得真业余。”她从天花板上嗤之以鼻。

“那我不知道。”凯文酷酷地说，“看起来和我还挺配的。”

“他们后来问到想知道的事了吗？”她问。

他从喉咙深处发出一种不屑的声音，表示难以置信：“你逗我呢？”

她扬起眉毛：“看来我说对了。”

“你能让我开口？”

她的嘴唇扯出一抹冷笑：“哦，没错。”

她用眼角余光看见丹尼尔突然哆嗦了一下。

现在，那条狗安安静静地待在她下面，依然保持警觉。它似乎有点搞不明白现在的状况，自己的主人居然如此冷静地在跟它的目标讲话。

“嘿，我知道你是谁了。”凯文突然说，“对，就是那个女的。我听过关于你的传闻，吹得可神了。他们说你从来没有失过手，特别厉害。”

“一点儿也不夸张。”

他面露怀疑：“你跟那个老家伙一组，他们管他叫疯子科学家。中央情报局的人叫你夹竹桃。老实说，我一开始完全没往那儿想，因为我听说你们俩全都在一次实验室意外中丧生了。而且，我一直以为夹竹桃是个美人。”

丹尼尔刚想说点什么，却被她抢了先。

“夹竹桃？太恶心了。”

“什么？”

“那不是一种花吗？”她自顾自地咆哮起来，“特别被动的一种。一种根本毒不死人的毒药，只是一种惰性剂。”

“你们单位的人叫你什么？”

“化学家。而巴纳比博士也不是什么疯子科学家，他是个天才。”

“还不是一样？”凯文说。

“回到我刚才说的停战上。”丹尼尔打断他们两个人。他看着她的手和胳膊，或许他已经猜到现在她的胳膊有多么酸痛。“亚力克斯，把钥匙给我，然后凯文，你把爱因斯坦控制住。我觉得情况稳定的时候，就把你放出来。亚力克斯，你相信我吗？”

他抬起头，用自己那双清澈的褐色眼睛看着她，而凯文则愤怒地絮絮叨叨，觉得有冤无处诉。

“钥匙在我牛仔裤左边的兜里。我可以把它给你，但如果我松开手，就会掉下去。”

“小心哟，她会拿针扎你！”

丹尼尔似乎根本就没听见弟弟的警告。他站到椅子上后，头比她整个人还要高出一截。他不得不蹲下来一点儿，头紧贴着泡沫屋顶。他一只手托住她的后背，给她的身子一点儿支撑，然后轻轻伸手到她兜里去掏钥匙。

“我很抱歉，我弟弟不太会跟人沟通。”他小声说，“他一直就这样。”

“不要替我道歉，你个笨蛋！”凯文喊道。

丹尼尔拿到钥匙之后从椅子上下来，微笑着看她。她真的很同意凯文的评价。丹尼尔怎么能这样对待她呢？那种本能的愤怒去哪儿了？人类复仇的欲望去哪儿了？

“我拿到钥匙了，小凯。你有拴狗的狗链吗？”

“狗链？爱因斯坦不需要那种东西！”

“那么，你有什么好提议呢？”

凯文恶狠狠地瞪着他。“行。反正我更喜欢自己杀了她。”他朝狗吹了声口哨。“稍息，爱因斯坦。”

那条狗，本来焦虑地跟着丹尼尔，看着他去掏亚力克斯的兜，现在平静地走回到自己主人身边，在他身边坐下来，吐出舌头，露出一个显然是在微笑的表情。一个能看见利齿的微笑。

“把我解开。”

“女士优先。”丹尼尔再次站到椅子上，伸出自己的手，“需要帮忙吗？”

“我自己可以。”她松开腿伸向桌面，双手吊在上面，试图让脚尖碰到桌面。她刚才是怎么蹿上去的？她的两只手已经累得不行，开始往下滑。

“我扶你。”丹尼尔在她掉下来的时候，及时扶住她的腰，然后小心地扶她站稳，她一只脚落在桌面上，另一只脚站在盛放工具的托盘中间，发出哐啷一声。丹尼尔围在身上的毯子有点松，他飞快地抓住快要掉下去的毯子，重新掖紧。

“真不敢相信。”凯文喃喃地说。

亚力克斯谨慎地站在桌子上，看着那条狗。

“如果它有什么动静，”丹尼尔小声对她说，“交给我来对付。狗狗都喜欢我。”

“爱因斯坦又不傻。”凯文吼起来。

“那可说不准。到你了。”他从椅子上爬下来，蹲在凯文身边。

亚力克斯尽量悄无声息地从桌子上滑下来，一只手伸出去够键盘。狗没有反应，它正看着丹尼尔给自己的主人“松绑”。她打开系统设置。屏保并不是唯一能够释放出催眠气体的方式，而且两个防毒面具还在她手里。

不过她知道，如果那样做，只会将事情变得复杂。她现在必须相信丹尼尔能够搞定凯文。她放松自己，坐在椅子上。

丹尼尔开始帮凯文开脚踝上的锁，不过速度很慢——他必须一只手抓着腰上围的毯子。

“给我得了，我自己来。”凯文说。

“你有点耐心。”

凯文大声地哼了一下。

钥匙转动，凯文立刻站了起来，蹲在锁着手的绑带旁。他一把夺过丹尼尔手里的钥匙，不到一秒就把手腕上的锁也打开了。他直起身子，转了转脖子，又松了松后背的肌肉。他背上被割开的蝙蝠战衣上的两片布耷拉下来，像是穿了一件特别前卫的裙子。那条狗依旧在他脚边。凯文转身看向亚力克斯。

“我的枪呢？”

“在车后座上。”

凯文没有再说话，大步走出帐篷，狗也跟在他后面。

“不要开门和窗户！”她在他身后喊，“所有的防御装置已经重新接好了。”

“车里有陷阱吗？”他头也不回地问。

“没有。”

一秒钟之后。“子弹匣呢？嘿，撞针呢?!”

“撞针在冰箱里，子弹匣在马桶里。”

“哦，拜托！”

“抱歉。”

“我想要我那把西格绍尔手枪。”

她皱了皱眉，没有回答。她僵硬地直起身子。她或许应该把那些陷阱也先撤掉。该走了。

丹尼尔站在帐篷中间，目光落在银色的台子上。他可能有点头晕，一只手扶着输液架，好像要撑住自己。她犹豫了一下，还是走到他旁边。

“你好一点儿了吗？”她问。

“不知道。我也不知道后面该怎么做。”

“你弟弟应该有计划。他之前有地方藏身，应该也能给你腾个地儿。”

他低头看着她：“很难吧？”

“什么？”

“逃跑？躲藏？”

她张开嘴想说点无所谓的话，后来改了主意。“是的，非常难。你必须要适应。最难的就是孤独，但是你不用非得管它。所以还算有优点。”她没有说出孤独总比跟凯文·比奇在一块儿要好这个真实想法。

“你常常感到孤独吗？”

她试图大笑来给自己打马虎眼：“只有我不害怕的时候才会。所以，没有，并不经常。”

“你想好了后面怎么办吗？”

“还没……最大的问题是脸。我不能这副模样走出去。一定会被人记住，那样太不安全了。我应该会先找个地方躲起来，等到消了肿，瘀青退得差不多了，化妆品能够遮住的时候再出去。”

“那你要藏到哪里呢？我搞不太懂这个怎么实现。”

“可能先在外面露营一段时间吧。我有很多食物和水的储备——顺便说下，没有跟我确认之前，不要喝冰箱里的水，左边那些都下了毒。反正，我肯定是找一个偏远的地方，睡车里，等到恢复得差不多了再说。”

他眨了几次眼睛，或许是被下毒什么的吓到了。

“或许我们可以先做点什么，解决你现在最主要的问题。”她的声音更加轻柔，一根手指钩了钩他身上的毯子，“我想屋子里面应该能找出几件衣服。虽然可能不是很合身，不过总比你现在这样好。”

他脸上闪过如释重负的表情：“我觉得这也没什么大不了，多少能有点帮助。”

“好。我们先去把催眠气体的机关关掉。”

最后，她还是把那把西格绍尔手枪交了出去，虽然有点后悔。她喜欢这把枪的分量，想给自己也弄一把来。

农舍主人的东西都堆在阁楼，塞在一组柜子里，大概是六七十年前的东西。那个人的身高显然比丹尼尔矮很多，还比他胖很多。她留丹尼尔在阁楼上换衣服，自己回到挤奶房，把车开出来。

她进去的时候，凯文已经在那里了，他正将一大卷黑色的布料卷成一个差不多有一条胳膊粗的卷，她看了一会儿才认出来，这块黑布是一个降落伞。他收降落伞的时候，她跟他保持了一定距离，不过停战协议还挺牢靠。

出于某种原因，丹尼尔用自己隔开了她和他弟弟之间的仇恨。不管是她还是凯文，都不明白他为什么这么做，不过凯文因为太在乎丹尼尔，不愿让自己失信，特别是丹尼尔在谎言中沉浸了那么多年之后，凯文就更不愿意这么做。

又或者这只是她为了鼓足勇气，绕过那条狗，去自己车子跟前，而自欺欺人的想法。

她在打包这方面是老手，所以并没有花费太多时间。她出发去见卡斯顿的时候，就把自己的东西都带了出来，并且将那间临时租住房子的安全设施全部拆掉，就为了防备万一，自己不会再回去（她的噩梦之一，就是组织可能会在她暴露以后抓住她，那样的话，一些无辜、可靠的房东，可能会在合约到期的时候过去收房，然后被杀死)。

她把那些东西都藏在了华盛顿外，等她开始计划审讯那个中学老师以后，又回去取的。现在，她把所有的东西都塞进破旧的黑色行李袋——包括那些密封毒气管、几千米引线、电池包、装有化学品的胶皮密封瓶、注射器、护目镜、厚手套、枕头以及睡袋。她收拾好那些医疗用品，还有一些新买的东西。那些绑带很好拆，还有之前铺好的舒适小窝，也叠成一个小小的长方块。她将自己的电脑塞进电脑包，抓过那个用来转移视线的小黑匣子，拔掉长长的电源线，再把延长线也卷起来。

她不得不放弃那些灯，虽然她并不情愿。这些灯可不便宜。她拆掉帐篷，只留下一大堆不值钱的海绵和聚氯乙烯管，然后将台子放回原位。但是她钻的那些洞，就实在没办法了。

她只能寄望于她弄得这乱七八糟的一堆，只会让房东困惑、生气，而不会让他怀疑这里曾经发生过什么恶毒的事情。但是他们也很可能会向有关部门汇报东西被毁的情况，不过地方警察肯定不可能从这一堆混乱中分析出什么结果。只要这些东西不被写成报告，政府就不会留意到这里。

她看着小卧室的门，摇了摇头。那条狗挠出了一个两米高、一米宽的大窟窿，也可能是啃的，正好在那扇结实木门的正中央。还好它是从车上面跳过去的，而不是用把它吃光抹净的方式给自己清道。

丹尼尔回来的时候，她正好全部打包完毕。

“紧身裤很漂亮。”凯文说道，将飞爪的线一圈一圈缠成一个整齐的卷。亚力克斯想着不知道他回到屋顶的时候会不会再把它扔下来，如果真的扔下来，自己能不能躲得过去。

丹尼尔身上的裤子只到小腿半截的地方，这倒是不假。纯棉衬衣肥了几号，袖子可能也短——他把袖子卷到了胳膊肘。

“就算我只穿着半截衣服，”丹尼尔叹了口气，“我也照样觉得自己不可一世。”

凯文嘀咕着：“如果不是这个女人疯疯癫癫，我的衣服还是完整的。”

“别太看得起你自己，我只是在找武器。”

丹尼尔看着她朝后备厢走去。

“你要走了吗？”

“对。我要找一个安全的地方，好好睡一觉。”她觉得自己脸上的憔悴足以说明一切，刚刚的解释有点多余。

“我想……”丹尼尔说，随后又迟疑了。

凯文也抬起头，因为丹尼尔的语气而警觉起来。

“你想什么？”凯文问。

“哦，我是在想刚才那个瓶子里的蝎子的理论。亚力克斯说，只有两个结果——一个人杀死另一个人，或者两个人全死。我认为，希望你们死的人可能也有同样的想法。”

“所以？”凯文问道。

“所以，其实还有第三种结果。”她已经猜到丹尼尔要说什么了，“那就是蝎子跑了。他们不会想到这一点。而这就是保证你安全的方法，丹尼尔。”

“可是还会有第四种结果。”丹尼尔回答，“那才是我刚才想的。”

凯文歪着头。很显然，他没听明白。不过她明白了，就在丹尼尔把他的想法说出来之前。

“如果两只蝎子联手呢？”

她咧开嘴，在扯到嘴上的口子时，又急忙收回。

凯文哀吟了一声：“别再添乱了，丹尼。”

“我是认真的。他们肯定想不到。我们的安全系数也能加倍，因为我们把两个危险的人都放在了同一队。”

“不可能。”她走到他旁边，“这个想法很不错，丹尼尔，但是我觉得有些私人恩怨可能是没有办法克服的。”

“小凯不是什么坏人。你会接受他的。”

“我不是坏人？”凯文嗤之以鼻，透过自己的瞄准器看过来。

丹尼尔直视她：“你是想要回去的，对不对？你刚才说要去私下拜访别人来着。”

作为普通公民，丹尼尔说的这句话十分有见地。

“我正在考虑。”

凯文现在全部注意力都放在了他们俩身上：“反击吗？”

“或许能行。”她说，“现在已经有了目标……我们顺藤摸瓜，认识我的人可能不是很多，所以他们才用这种成败五五开的办法来引我现身。我觉得我的存在是一个秘密，所以如果能够搞定那些知道这个秘密的人……啊，那么就不会有人再来找我了。”

“我的情况是不是也这样？”凯文很想知道，“如果他们想用这个计划来消灭我，你觉得我的存在是不是也有可能是个秘密？”

“很有可能。”

“你怎么知道都有谁知道？”

“如果我能潜进华盛顿，给卡斯顿发一封邮件，就能看看他会有什么安排。如果这真是一个秘密，他们就不可能在办公室里商量对策。”

“可他们会知道你就在附近——IP 地址会暴露你的位置。”

“那么或许我们可以联手。你可以在比较远的地方替我发这封邮件。”

“你有跟踪这方面的经验吗？”凯文突然问。

“过去几年，我试过几次……”

“有没有接受过正规训练？”

“我是科学家，不是战场上的特工。”

他点点头：“好吧，我帮你。”

她摇头：“你已经死了一回了，记得吗？现在，你和丹尼尔应该都消失了。不要羊入虎口。”

“这是一种愚蠢的说法。不入虎穴，焉得虎子。”

“我只是为了让丹尼尔了解情况。”

丹尼尔又开始默默地在两人之间来回看。

“你看，夹竹桃，我接受过训练，大量的训练。不会有人发现我在跟踪他，我能比你查到更多情报。我有一个地方可以安置丹尼尔，他在那里绝对安全，所以这不是问题。如果你说的是对的，这个叫卡斯顿的家伙也参与了这个密谋，那么他会带我找到中央情报局里参与这件事的人。我倒想要看看，到底是谁为了引我出来，让丹尼尔陷入险境。然后我解决我的麻烦，你解决你的。”

她仔细想了想，尽量客观，但是很难不带有自己对丹尼尔弟弟的厌恶。可是这种厌恶不公平。

如果是自己的兄弟姐妹被捆在台子上，自己是不是也会有和凯文一样的感受呢？然后在她的能力范围内，做跟他同样的事？

可她还是希望能给他打一针，让他吃点苦头，哪怕一次也好。

“第一，不要叫我夹竹桃。”她说。

他假笑了一下。

"第二，你说的我都明白，可是我们要怎么合作呢？我要先藏身一段时间。"她指着自己的脸说。

"这是你欠她的。"丹尼尔说，"如果你有地方能保证我的安全，或许她也可以跟着。至少，让她住到痊愈。"

"我可不欠她的——我或许还应该再往她脸上揍一拳。"凯文低吼道。丹尼尔朝自己的弟弟迈了一步，呵斥他。凯文举起双手，做出"我投降"的样子，叹口气说："不过我希望能尽快行动，这是最好的安排。再说，她还能顺便捎我们一段。飞机已经坠毁了，我是跳伞下来的。我之前想的是我们两个得徒步走出去。"

丹尼尔睁大眼睛，难以置信。凯文哈哈大笑，随后转身对她笑了一下。他看着那条狗，然后又看了看她，笑得更加开心："我觉得我或许会很喜欢你在牧场的日子，夹竹桃。"

她咬紧牙。如果凯文有一个安全的房子，或许能解决她很多问题。而且她也可以在临走前，往他的食物里下点强力泻药。

"她的名字叫亚力克斯。"丹尼尔纠正道，"我是说，我知道这不是真名，但是反正她现在要有一个名字。"他看着她，"亚力克斯是可以的，对吧？"

"可以，跟其他名字一样。我先用着吧。"她看向凯文，"你和那条狗坐后面。"

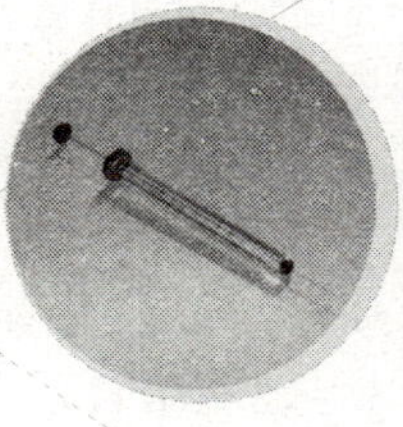

第十一章
跟踪器

很久很久以前，她还是那个叫朱丽安娜的小女孩的时候，亚力克斯曾经幻想过一家人一起开车去旅行。

她和妈妈就算偶尔出去度假，多数也是坐飞机——如果去看住在小石城的年迈的外公外婆也能算是度假的话。她的妈妈朱迪不喜欢开长途汽车，因为她会很紧张。朱迪经常挂在嘴边的话是，死于车祸的人比死于飞机坠毁的人多多了，不过朱迪坐飞机的时候，也是紧握拳头、指关节泛白的那种。朱丽安娜的成长过程中，从来不用担心会遇到出门旅行的危险，或是病菌感染的危险，或者是老鼠、空间狭小及其他任何可能令朱迪不安的危险。妈妈没办法尽职，她就不得不头脑冷静。

就像大多数孩子一样，朱丽安娜也觉得，兄弟姐妹可以治愈她那漫长午后的孤独，她一边趴在厨房餐桌上写作业，一边等着朱迪从自己开的牙医诊所下班回家。朱丽安娜盼着上大学，盼着住校、有室友，这就是她对同伴的梦想。只不过，当她真的上了大学以后，她才发现自己之前接近独居的生活以及成年人才有的那种责任感，令她很难融入一群普通同龄孩子中。所以她对兄弟姐妹的幻想遭到了打击，等到她成年以后，她就给自己买了一个小小的公寓。

但是，那个全家开车出游的幻想，倒是保持了下来，一直到今天。

公平地说，如果不是她现在觉得浑身都是大片大片、不断抽痛的瘀青，她的心情可能会更好一点儿。而且，她还引发了第一场口头大战，虽然是无心的。

开过州际线的时候，亚力克斯把窗户放了下来，把她从丹尼尔腿上取出来的那个跟踪器扔了出去。她不想再带着它，也不想把这东西留在上一个据点。她觉得自己应该已经清除了大部分证据，但是这一点她并不十分肯定。不管怎样，只要能把留给敌人的线索搅乱，她都会花时间去做。

后视镜里，她看见凯文挺直了身子。

他把之前跳机时扔掉的背包捡了回来，现在他和丹尼尔穿着牛仔裤和长袖 T 恤衫——一个穿的是黑色的，另一个人穿的是灰色的，看起来正常多了。凯文还买了两把新手枪。

“刚才那是什么？”凯文问。

“丹尼尔身上的跟踪器。”

“什么？”凯文和丹尼尔同时开口。

他们是对彼此说的。

“我身上真的有跟踪器？”丹尼尔问。

“你为什么要扔了？”凯文质问道。

狗听见凯文的语气也抬起头，不过觉得似乎一切安好之后，又重新把头伸出窗外。

她先是转头看了丹尼尔一眼，抬起头，从棒球帽底下仰望着，这顶帽子原来是用来遮住她现在精彩万分的脸的。“不然你以为你弟弟是怎么找到你的？”

“他跟踪我？可是……那东西放在了什么地方？”

“你右边大腿内侧疼的地方就是。切口要注意卫生，别感染了。”

“你知道把它植入有多痛苦吗？”凯文嘀嘀咕咕地说。

“如果你能跟踪到他，就代表别人也可以。我不希望有任何会暴露我们位置的可能。”

丹尼尔从副驾驶位上回过身，瞪着自己的弟弟：“你是怎么……我怎么不知道这件事？”

“你还记得吗？那个女人离开你两年后，当时失魂落魄的你去了一间酒吧，搭上一个金发长腿的性感女郎，那酒吧叫什么来着……”

“罗酒吧。你是怎么知道的？我从来没跟你说过。等一下，你跟踪我？”

“我只是担心你离开那个女人后……”

“她有名字，叫莱尼。”

“叫什么都行。反正我一直都不喜欢你跟那个人在一起。”

“跟我在一起的女生，有哪个是你喜欢的吗？就我目前能够回忆起来的，你只喜欢那些喜欢你的女生。你可能觉得如果有人选我而没选你，对你来说是一种侮辱。”

“重点是，你已经不是原来的你了。不过跟踪你倒是不关……”

“谁跟踪我？”

“只跟了几个月。”

“谁？”

“我的几个同事——不是中央情报局的。是跟我有点关系的几个小警察，临时当了几天私家侦探。”

“他们要查什么？”

“就是确保你没事，确保你不会从桥上跳下去什么的。”

“我真不敢相信，所有这一切……再等一下。金发女郎？你是说那个女孩，她叫什么来着，凯特？她给我买了一杯酒，然后……她是个特工？”

亚力克斯从后视镜里看见凯文咧嘴笑了。

“不，她其实是一个风尘女子。凯特并不是她的真名。”

“很显然，这个星球上除我以外，根本没人用自己的真名。我生活在一个充斥着谎言的世界里。我甚至都不知道亚力克斯的真名。”

“朱丽安娜。”她说的同时，凯文也一起开口。他们两个从后视镜里愤怒地盯着彼此。

“他怎么知道？”丹尼尔问道，觉得受到了伤害。

“他是在你昏迷的时候知道的。这个名字虽然是我的真名，但是现在跟我已经没关系了。对我而言也没有什么意义。我现在是亚力克斯。”

丹尼尔皱着眉，并没有完全接受。

“总之，”凯文继续说，仿佛在讲一个特别好笑的笑话，“那个金发女郎本来想让你带她回家，结果你跟她说你的离婚手续还没办完，觉得这样不好……”凯文笑得喘不过气来，“我听到的时候，真不敢相信。但是这真是你的风格。我居然还会觉得吃惊。”

“有意思。可我还是不明白那次经历是怎么让追踪芯片植入我的腿里的。”

“不是那次。我只是很喜欢这个小故事。总而言之，真是太遗憾了。那个金发女郎很容易搞定。可是，如果你带她回家，那么植入追踪芯片对你来说可能就是一件很享受的事。而把你弄到医生的诊所，这可费了点力气。不过最后，我还是在前台找了个临时人员，打电话叫你去做检查。你到了以后，就看见一个新来的医生，一个你之前从没有见过的人。”

丹尼尔张大嘴，惊得目瞪口呆。“他跟我说我身上有一个肿瘤！”

“一个良性的肿瘤。然后他就在诊所里一个麻醉师的协助下把肿瘤取了出来，并且立刻向你保证，已经什么事都没有了。他甚至没向你收费。别弄得好像有什么大不了似的。”

“你是说真的吗？你怎么可以……”丹尼尔用最大音量喊道，“你怎么可以自己一个人就决定了这些事？这些年你一直都在操纵我！把我当成实验室的小动物，好像我的存在就是为了满足你自己的恶趣味！”

“不是这样的，丹尼。我把自己隐藏起来，就是为了保证你的安全。中央情报局希望我从一开始就扮演死人，可是我不能这么对你，尤其是在爸爸妈妈过世之后。所以我做了很多保证，在每个空闲的周末，都飞去密尔沃基扮演一个犯人。”

丹尼尔回答的时候，声音已经冷静了一点儿：“我接受。但是这么做真的有必要吗？”

“你问问旁边这位毒药小姐。这种任务并不适合有家的人做。”

丹尼尔看着她：“是这样吗？”

“是的。他们招收新人都喜欢招孤儿——特别喜欢那种只剩自己一个人的。就好像你弟弟之前跟你说的，亲缘关系会给坏人可乘之机。”

他的语气更加柔和："你是孤儿吗？"

"不确定。我从来没见过我爸。他可能还在某个地方活得好好的。"

"那你妈妈……"

"子宫内膜癌。我当时只有十九岁。"

"对不起。"

她点点头。

此刻出现了短暂的令人高兴的沉默。亚力克斯屏住呼吸，祈祷这种沉默能永远持续下去。

"我让你以为我死了以后……"凯文又开口。

亚力克斯打开收音机，开始搜台。凯文并没有反应过来这是一个暗示。丹尼尔只是盯着挡风玻璃出神。

"……我当时刚开始跟德拉富恩特斯接触。没几天，事态就变得无法控制。我知道他会怎么对付敌人的家人，所以是时候让你解脱出来了。"

"你是说，把你从每周末的监狱探访游戏里解脱出来吧。"丹尼尔喃喃地说。

亚力克斯调到了一个专门放古典音乐的台之后，调大音量，这样能够只听电台不听凯文的声音。

"跟踪器就是那会儿植入的。我必须要知道你的情况好不好。除了我，没有别人监视你。"

丹尼尔嘀嘀咕咕，不太相信。

音乐声太大，令亚力克斯的头更痛。她把音量又调了回来。

"但是在中央情报局……结局并不理想。原本计划等到所有事情都尘埃落定之后，我被人遗忘了，就去整容。最后，还能回去找你。刚开始你可能认不出我，但是我肯定不会任由你继续认为你这辈子只剩自己一个人。”

丹尼尔直愣愣地盯着前面，不知道该不该相信弟弟说的这些话。他背负着如此多重背叛的重压，步履蹒跚。

“中央情报局是怎么回事？”亚力克斯问。她真的不想卷进这两个人的谈话里，但是看起来丹尼尔自己一个人承担不来。在加入这个不靠谱联盟之前，对她而言，知不知道凯文是怎么离开中央情报局的一点儿关系都没有。不过现在这个信息比较重要，也关系到她自己。

“超级病毒的任务完成，德拉富恩特斯也死了，中央情报局希望我归队，但是我还有几个小尾巴没有处理干净。我想全都处理完再说。这本来不会花太多时间，我当时在他们那帮人里面也算说一不二，位高权重。这还是一个好机会，可以对当时的局面重新部署：比如集团谁来接手，计划如何安排，而且在新的架构之下还能获得可靠情报。我反正不信中央情报局还会让我回来，所以我拒绝马上离开。我本来以为我把自己的理由说得很清楚了，但是……他们不相信。他们一定以为我反水了，选择了贩毒集团。不过这对我无关紧要。”他摇摇头，“我本来以为他们很了解我。”

“他们都做了什么？”丹尼尔问。

“他们整我，暴露我的特工身份，跟那些毒贩子说是我杀了德拉富恩特斯。然后那些人就来找我报仇。”

“而在中央情报局看来，他们复仇成功了。”她揣测道。

“没错。”

“是你杀了他吗？”丹尼尔问，“德拉富恩特斯？”

“那是任务的一部分。”

“你杀过很多人？”

“你真的想知道？”

丹尼尔默默地等着，没有回头。

“好吧，对。我杀过很多人，大概……四十五个，可能不止。确切人数我说不准——不是每次都有时间去摸脉搏确认。所以你明白我为什么必须要让你离开我了吧？”

丹尼尔看着亚力克斯：“你也杀过人吗？”

“三次。”

“三次……哦！就是你同伴派来追杀你的那几次？”

“是的。”

“别搞得好像她杀人就可以理解，我杀人就是罪恶，行不行？”凯文非常生气地打断他。

“我没有……”丹尼尔刚想反驳。

现在轮到凯文大吼了。“你问问她，在你之前她折磨过多少人？你问问她，每个人都被折磨了多久，是几小时，还是几天？我只是开枪杀人，干净利落。我从来不干她干的那些事。谁都不会，特别是那些无辜的公民，比如……”

“你住嘴！”丹尼尔厉声呵斥道，“别再说下去了。不要再对她说这种话。你记住，无论她给我造成了多少痛苦，你带给我的都更多，伤害更大，痛苦的时间也更长……更长。你说你有自己的理由，那么她也一样。她也是被人骗了，被人操纵，她根本不知情。我知道那是一种什么样的感受。”

“说得好像她是无辜的局外人似的。”

“我说了，闭嘴！”丹尼尔的最后两个字，声音大得震耳欲聋。

亚力克斯瑟缩了一下。狗也呜咽着将头收回来，看着自己的主人。

“放松点。”凯文说，大概是对狗说的。

丹尼尔留意到亚力克斯的反应。

“你还好吧？”

“事实上，虽然我身上的伤很难受，但是最重要的是，我头疼，头痛欲裂。”

“对不起。”

“不用担心。”

“你看起来好像不太好——我是说身体上，还有心理上。要换我来开吗？你可以休息一会儿。”

她考虑了一分钟。一直以来，她都被迫一个人扛下所有事情，但是没关系，因为她知道自己能够做好。她从来没有过一个可以跟自己轮换开车的同伴，不过这也没关系，因为她不用一定非得相信什么人。信任是一把杀手锏。

不过，她还是清楚自己的极限。睡觉、开车同时进行，对她来说还是一件太过奢侈的事情。

她真的相信丹尼尔不会伤害她，不会背叛她，她知道这可能是一个天大的错误，不过，她还是信任他。

“谢谢。”她说，“如果那样的话就太好了。等到下一个出口，我把车停下。”

这句话说出口的同时，她自己听着都别扭。就好像是电视剧里会出现的台词，一个演员对另外一个演员说的话。不过她觉得这应该就是普通人互动时会有的样子吧。她这一生中这样的经历并不多。

距离下一个出口还有三四公里，一路上的沉默很可爱。这种平静令她睡意更浓。她将车停在路上的时候，眼睛已经快睁不开了。

交换位置的时候没人讲话。凯文向后仰着头靠在椅背上，闭着眼睛。丹尼尔从她身边经过时，轻轻拍了拍她的肩膀。

她虽然已经很累，还是没办法马上入睡。一开始，她觉得自己只是坐在车上，车就能动的感觉很奇怪。她的身体似乎早就习惯了自己应该是坐在方向盘后面的那一个，她提醒自己绝不许睡觉。她有几次从帽子底下偷窥丹尼尔，只为确认一下。丹尼尔知道这辆车怎么开。她可以放松一下。当然了，车座很不舒服，但也不会比她平时睡觉的地方差很多。她已经教会自己，凡是在能睡的地方都可以睡着。但是她的头还是感觉……太自由。她反应过来，这是因为自己没有戴防毒面具。防毒面具已经成为她睡觉仪式的一部分。

知道问题的症结之后，就好办了。她拉低棒球帽，盖在自己鼻青脸肿的脸上，在心里跟自己说放轻松。她今天没有接电线，也不会受到毒气的威胁。一切安好，她这样对自己保证。

她醒来的时候，天已经黑了。她觉得浑身僵硬，浑身酸痛，还很饿。她还很想上厕所。她真希望自己还没醒，这样就能避开所有这些令人不愉快的感觉，但是那兄弟俩又吵起来了。她知道，自己太久没有出声，所以也不能怪他们两个人忘了她的存在，不过她还是希望他们不要在自己醒着的时候争吵和她有关的事。

"……她长得又不好看。"她刚醒过来，就听见凯文这么说。

"你都不知道她长什么样。"丹尼尔生气地回答道，"你在自我介绍之前，就给她毁了容。"

"我并不是单纯指长相。你看她的身材，瘦巴巴的，跟一个十岁小男孩差不多。"

"就是有你这样的人，所以女人才会觉得所有的男人都是狗。顺便说下，一般我们称这种身材为少女。"

"你书看得太多了。"

"是你看得太少。"

“我认为这是实事求是。”

“明显是你感知力不足。”

“嘿，行了行了。”亚力克斯打断他们。要想用优雅的方式介入这场对话根本不可能，可她也不想再继续装睡。“无意冒犯。”

她把帽子从脸上拿下来，擦了擦嘴边挂着的一点儿口水。

“抱歉。”丹尼尔小声说。

“不用担心。我也应该醒了。”

“不，我是指他。”

“你弟弟对我魅力的过低评价，其实是一种变相的恭维。”

丹尼尔哈哈笑起来：“说得好。”

凯文嗤之以鼻。

亚力克斯伸伸懒腰，哀吟一声：“容我猜一下，你们在想象疯狂科学家的女搭档，那个神秘的夹竹桃时，是幻想她是一个金发女郎，对吧？”她瞥了他一眼，表情突然僵了，“肯定是，绝对想的是一个金发女郎。大胸，小麦色的大长腿，丰满的双唇，还有两只圆圆的蓝色大眼睛，我全都说中了吧？可能还得再加上点法国口音，对吗？”

凯文没有出声。她看了他一眼，他正看着窗外，好像没听见她说什么。

“扳回一分。”她哈哈笑着说。

“他一直都是外貌协会的会员。”丹尼尔说。

“我从来没见过那样的美女加入我们。”亚力克斯对丹尼尔说，“我不是说胸大无脑什么的，不过说真的，当她们有比别人美得多的外表时，为什么还要花十几年埋头于默默无闻的研究中呢？”

“我这边倒是见过几个这样的美女。”凯文喃喃说道。

“那是，特工嘛。”亚力克斯点头道，“这可是一份性感的职业，还很刺激。不过相信我，实验室的白大褂勾勒不出身材的曲线，除了特别恶心的万圣节套装版。”

凯文又转头，继续看窗外。

“你感觉怎么样？”丹尼尔问。

“很痛。”

“哦，对不起。”

她耸耸肩：“我们应该找个地方休息一下。我这个样子没办法进饭店，因为肯定会有人打电话报警抓你们。我们可以先随便找个汽车旅馆，然后派个人出去买吃的。”

“叫客房服务不行吗？”丹尼尔问。

“有客房服务的酒店肯定会留意到你是付的现金。”凯文抢在她前面回答，“抱歉了，老哥。我们得凑合一晚了。”

“你开车开了一整天吗？”她问。

“没有，我和凯文换了几次。”

“真不敢相信，我居然睡得这么死，什么都不知道。”

“我觉得你需要好好睡一觉。”

“嗯，我猜我很早之前就是一根蜡烛两头烧了。”

“时间紧，折磨人的任务重。”凯文喃喃地说。

“没错。”她轻声附和，只为了激怒他。

丹尼尔哈哈大笑。

丹尼尔似乎人好又绅士，比她过去认识的一些人还要好。不过他也真的很奇怪，甚至很软弱。

他们在小石城的郊外找了间小旅馆。亚力克斯觉得自己应该多少熟悉这个城市，但是没有一样东西能够令她想起童年来这里探望外公外婆时见到的样子。或许自从她上次来这里之后，这座城市在这十几年间变化太大。也或许是她没有找对地方。她妈妈和她外公外婆应该就葬在这附近。她想着，不知道自己是不是应该对此有些什么感受。可是她真的对这里无感。她跟他们的关系，并不比她跟他们残存的遗骸亲近多少。

凯文坚持自己去前台安排房间。现在让凯文出面或许是最佳方案。亚力克斯不合适，这要多亏了她的脸，而就算她的脸没事，凯文也还是更专业。她从几年间的不断试错中摸索出一套理论，而凯文是专门受过这方面培训的，他也用自己的行动证明了这一点。丹尼尔根本都不用考虑。对，他的脸没事，但是他根本就不是这块料。

例如，他发现凯文只开了一间房的时候，抗议说的那番话。他丝毫没有想到旅馆的工作人员或许更可能会记住一个独自过来，却拿着现金开了两间房的人。而凯文在经过他们预订的房间后，又往前多走了三个停在第四个房间门口的时候，丹尼尔根本不明白为什么。这是误导，他们解释道，但是这已经超出了丹尼尔的认知范围，超出了他的已有经验。他还是按照一个从来不必躲藏的正常人的思维方式思考。他要学的东西还有很多。

他甚至在他们要把狗带进房间之前，问有没有得到允许。

房间里只有一张床，亚力克斯刚刚才一口气睡了十二个小时，所以她很高兴去望风。凯文出去了半个小时，回来的时候抱着玻璃纸包装的三明治、汽水和一大包狗粮。亚力克斯将自己的三明治两三口吞下，又往嘴里塞了一把布洛芬止疼片一起嚼。爱因斯坦跟她一样热情洋溢，直接把头伸进狗粮袋里，不过丹尼尔和凯文的吃相更加斯文。显然，她刚才也错过了在汽车快餐店停留的那几站。

她在刮花的浴室镜子面前飞快地评估了一下自己的伤势，情况不容乐观。她的鼻子肿得有平时两个大，又红又圆。但是往好的方面看，她最后痊愈的时候，鼻子会稍微有一点儿改变，这样，她的外表也会随之变漂亮一点儿。或许整体的改变效果不会有整容手术那样叫人欣喜，但是至少整个过程没有那么痛苦，而且速度比较快。她眼睛四周的黑眼圈可谓名不副实，就像一道彩虹，从黄疸黄到胆汁绿再到病态紫。她嘴唇上的口子从结痂的地方开始往外翻，像是肉气球，她甚至不能张开嘴看看里面是不是有瘀青。不过不幸中的万幸：她满口的牙齿还在。嘴里弄个支架、烤瓷牙什么的太诡异了。

她要休息好一阵子才能再有所作为了。她真的希望凯文的安全屋是名副其实的。前往一个未知的地方，令她忧心忡忡。她什么准备都没有，这一点令她非常不安。

她冲了澡，刷了牙，然后套上一件白 T 恤衫和一条黑色打底裤，这是比平时更加痛苦的考验。她的衣服基本上都穿脏了，希望安全屋里会有洗衣机。

她从浴室出来时，丹尼尔已经睡着了，他一只手塞在枕头底下，另一只手从床沿上耷拉着，手心向下，修长的手指轻轻蹭着褪色的地毯。他的睡容和之前昏迷的时候一样，就像来自另外一个世界，那种纯真无邪不属于她的世界。

凯文不在房间里，狗也不在。虽然她知道可能是凯文带着狗出去了，但她心里还是亮起了红灯，保持警惕，直到他们回来。

凯文并不领她的情，不过那条狗从她身边经过的时候，倒是吸了吸鼻子。凯文平躺在床上，胳膊往两边一放，立刻就闭上了眼睛，至少有六个小时不会再动。狗从床尾跳到床上，蜷起身子，尾巴搭在丹尼尔的腿上，头枕着凯文的膝盖。

亚力克斯坐在唯一的一把椅子上，因为地毯实在惨不忍睹，她没办法躺在地上。她猫腰盯着自己的笔记本电脑，浏览新闻。她不知道丹尼尔的失踪会不会引起注意，也不确定引起注意之后会不会上新闻。可能不会吧。成年人总是动不动就出走。就比如，她爸爸。这种事情太常见了，根本掀不起波澜，除非有一些敏感的细节，比如他的公寓里出现了被肢解的尸体。

也没有新闻是关于一架单人飞机在西弗吉尼亚州坠毁的——没有人员伤亡，正在寻找飞机主人的新闻。不过她很怀疑这条新闻，还会出现在本地的网络、报纸之外的地方。就算这条新闻报道出来，也不会有任何能够引起华盛顿那些人注意的东西。

她殚精竭虑地搜寻或许会对他们构成威胁的新闻。不过至少从目前来看，前景一片大好。此时此刻，卡斯顿会想些什么呢？他的计划是什么？在星期一开学之前，她没打算把丹尼尔还回去，现在才仅仅是星期六……好吧，马上就到周日了。组织知道她不会把丹尼尔怎么样，因为他根本没有任何情报。但是他们肯定对凯文还活在这片土地上的事确认无疑。他们认为他会在这场游戏刚开始时就被从暗处引出来走到明处，他们想得没错。只有一件事他们没有想到，就是行刑的人和杀手居然会聊起天来。

如果不是有丹尼尔的介入，事情的走向绝对不会是这样。他本来只是他们的棋子，一个被推入到险境里的小卒子，为的是引出更多重要玩家走到棋盘的中心来。他们从来没想过，他会成为改变棋局的关键。

这场买卖，她本来打算隐瞒自己这边的情况，扮演一个胜利者（虽然其实她是输的那个），让丹尼尔和凯文成为死人。对凯文来说，是又死一回。不过，她多希望自己才是死的那一个。让组织相信像凯文·比奇那种能够在贩毒集团上位的人赢了，而他们失败了，不是更容易吗？对他们来说这不是更好吗？就这样消失，然后借着这次机会不再有人找她不行吗？

她叹了口气。胡思乱想只会让事情变得更糟，沉浸其中无济于事。那两个男人睡得很死，她确信这一点后，就伸手从自己的背包里掏出她之前挑好的加压毒气管。她只有两个防毒面具，所以今天晚上不会设置致命毒气，只有昨天用她的电脑控制的昏睡剂。这就够了。就算有人找到了他们，这也能帮她掌控大局。

她将线接好之后，重新坐回到椅子上。今天晚上她不必在房间外面接好或是拆掉任何防御设备。她瞥了这对双胞胎一眼，两个人都睡了，而且全都睡得踏实平静。她想，不知道这对一名特工来说，是不是一个好习惯。或许凯文是真的信任她——至少她可以提前拉响警报，甚至还能解决掉几个麻烦，哪怕不能把所有人都干掉。她和这对兄弟，真是奇怪的搭档。

守护着他们俩，那种感觉太奇怪了。一方面她感觉很不舒服，这她早就预料到了，可是另一方面她也觉得很好，满足了自己从不知道的被需要感，而这是她不曾预料到的。

她又花了点时间来分析目前的情况，寻找自己理论的漏洞，但是她越琢磨，就越觉得可行。甚至前来刺杀她的杀手没什么进步——经过第三次尝试之后，本应该有人察觉她的防御系统的存在，从而改变策略——这一点也很有利。他们一直没什么大动作，只派了几个小喽啰来追杀她，这些人可能并不知情，也可能只知道一点儿皮毛。她又将关键的地方反复分析了两三次，变得更加自信，她终于弄明白了不肯放过她的那些人的情况。

然后，她就没事做了。

她本来想登录哥伦比亚大学病理学项目的网站，看看最新的医学论文，但是这样做并不安全，组织肯定跃跃欲试想要锁定她的位置，对此她十分肯定。组织不可能会对她兴趣爱好的方方面面都下手，但是这一个或许太显眼了。她叹了口气，塞上耳机，打开视频网站，开始看拆卸检修步枪的指导视频。或许这并不是她必须要知道的事，但是知道也无碍。

凯文在五点半的时候准时醒来。他只是坐起来，十分警惕，好像有人已经扣动扳机打中了他。他拍拍爱犬，朝房门走去。他只花了一秒，就注意到她戴着防毒面具，他立刻停下了动作，那条狗就跟在他脚后，也停下了，将自己的鼻子对准她的方向，想知道是什么惹主人烦心。

“给我一秒钟。”亚力克斯说。

她姿势尴尬地站起来，身子依然又酸又痛，不知道是否比昨天晚上好一点儿，然后她僵硬地走到门边，卸掉了她的警卫装置。

“我没有说你可以这么做。”凯文说。

她没有看他：“我不需要你许可。”

他咕哝了一声。

她只用了几秒，就替他清除了路障。她摘掉防毒面具，指了指门。

“别弄出动静。”

“你别弄出动静才是。”她似乎听见他从自己身边经过时这么嘀咕，但是他声音太小了，她不太确定。狗跟在他后面，摇晃着尾巴，速度快得只能看到残影。她想象着前台那个家伙，在这个时候或许不会留意，不过还是觉得凯文是在拿他们的运气做赌注。前台经理如果尖叫，对他们可没有什么帮助。

她翻着昨天凯文买回来的食物。没吃完的三明治完全没有八小时前那么可口，不过还有一盒她昨天没吃的车厘子馅饼。

凯文遛狗回来的时候，她正朝着盒里的第二块馅饼进攻。

“你要睡几个小时吗？”他问她。

“如果你不介意开车，我可以上了车再睡。我们最好马上动身。”

他点了点头，然后走到窗边轻轻踢了自己哥哥一脚。

丹尼尔呻吟一声，翻了个身，用枕头盖住头。

“有必要吗？”她问。

“如你所说，我们最好马上动身。丹尼尔一直有起床困难症。”

凯文把枕头从丹尼尔头上一把掀开。

“我们该走了。”

丹尼尔像猫头鹰似的眨了眨眼睛，当记忆浮现，他反应过来他身在何处以及为什么在这里之后，脸色都变了。他宁静的睡梦被丢进灾难般的现实里，很令人心痛。他的目光在屋里逡巡，最后落在她身上。她试着让自己露出令人安心的表情，但是无论她怎么扯动自己的五官，脸上的伤或许都会让它们拧在一起。她搜肠刮肚想着该说什么，说些对他来说不那么黑暗、不那么吓人的话。

“要吃馅饼吗？”她问。

他又眨了眨眼睛：“哦，好呀。”

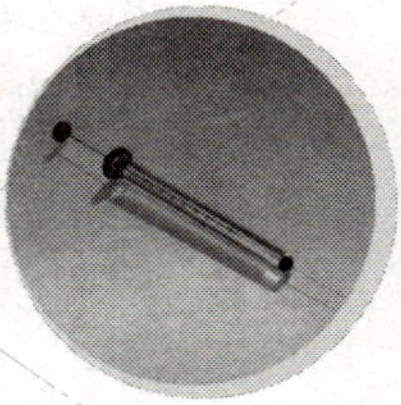

第十二章
抵达安全屋

他们在将近傍晚时分抵达安全屋。可亚力克斯一点儿都不认可这个安全屋。她在路上小憩了四个小时，她可不想永远都变成夜猫子。当他们从高速公路上下来，换到一条双车道的路上以后，她就醒了，最终他们换上了一条单车道的土路——称之为路都简直是在夸它。

这里的确很难被人找到，可是一旦被人找到……嗯，那就只有一种能出去的办法。她绝对不会选择住在这样的犄角里。

“放松，杀手。”她抱怨的时候，凯文对她说，“没人知道我们在这里。”

“我们应该换一个车牌。”

“你刚才睡觉的时候怎么不关心这个？”

“你又没有睡觉。”丹尼尔小声说。现在是他开车，凯文指路。“不过我们之前的确去了一个垃圾场，偷了几块车牌。”

“所以史密斯先生去华盛顿的时候，我们却被困在这个死胡同里。”她咕哝道。

“这里很安全。”凯文厉声说，语气很明显是准备结束这个讨论，“所以不要把你那些死亡陷阱的玩意儿放在我家里。”

她没有回答。等他一走，她就会动手做自己想做的事。

不过，至少他的安身处离邻居们够远。他们顺着土路开了起码十五分钟，都没有见到人类存在的任何证据。当她觉得有必要把东西全都烧了的时候，能够大大降低让邻居家受损的概率。

他们停在一扇高高的大门前，两旁是沉重的铁丝网，铁丝网顶上是一圈一圈的带倒钩的铁丝。铁丝网向左右两边延伸到很远，她甚至看不见是在哪里拐弯，也看不到尽头。除了这扇大门，还有一块似乎很严肃的“生人勿进”的牌子，下面还加了一行字，是这样写的：“硬闯风险自担；任何因此导致的伤害，主人概不负责。”

“强词夺理。”她说。

“但是很管用。”凯文回答道。他从兜里掏出一个钥匙扣，按下按钮。大门打开，丹尼尔开车穿了进去。

她早就应该想到，他的安全屋这么扎眼。

他们又开了几公里，安全屋终于像海市蜃楼一般出现在视野中。夕阳下，一座灰色的二层小楼伫立在一片枯黄的草地中。有几株黑压压的矮小灌木突兀地立在有花纹的草坪上。正上方，如洗的蓝天无边无际。

她心里对大草原一直都有芥蒂。她当城里姑娘的时间太久了。这种地方感觉太空旷，太……不安全。就好像一场飓风，就可以将视线中的一切全都抹去。这种事情，可能每半年就会出现一回。她真的很希望现在不是飓风季。

他们沿着平坦的小路走上一个小坡的时候，房子渐渐现出真身。虽然很大却很破，前门廊就有一层楼的一半高，而且快要散架了。荒废、枯死的草坪在距离房子二十米的地方就没了，取而代之的是沙棕色的砾石地面，嘎吱作响的格子架上面铺了一层土，试图掩盖下面的路基。唯一打破这一片单调植被的东西，就是那座房子、那些灌木和露出来的如疤痕一样的红土地，还有开车经过时，路边几个看起来模糊不清的小身影。她一路过来看见了许多奶牛，但是那些身影太小了，不可能是奶牛。而且都毛茸茸的，有黑色的、黄色的、白色的，还有三种颜色全都占齐了的。

这些小身影开始追着车跑，比乌鸦的速度可快多了。

爱因斯坦猛烈地摇晃着尾巴，听起来好像后座上坐了一架小型直升机。

“这是什么地方，凯文？”

“我计划退休以后养老的地方。”

这些小东西跑到车子旁——是六七条狗，大小不一。真是妙，亚力克斯心想。其中一条肯定和爱因斯坦是双胞胎。另外一条身形硕大，看起来更像是马，而不是狗。她认出其中有一条杜宾犬，两条罗威纳牧羊犬，还有一条毛色纯正的德国牧羊犬。

这些狗跑过来时，都默不作声，保持着进攻的姿势，可它们一看见爱因斯坦，全都摇起尾巴，此起彼伏地吠出一支难听的狗狗大合唱。

“我替一些机构和个人驯狗，把它们训练成护卫犬。同时如果有想要行为举止特别好的狗的人家，我也会卖给他们。”

“那你这样怎么避人耳目？”她很想知道。

“你可以继续开，丹尼尔，它们会自动把路让开的。”凯文指导说。

这些狗把车围住的时候，丹尼尔就把车停了下来。现在，他小心翼翼地往前蹭，狗狗飞快地往两旁闪开让他们过去，然后跟在后面。凯文这时才对亚力克斯说：“没有一件事是顶着我的名字做的，也没有人见过我的样子。我有和外界联络的搭档。”

他正说着，她就看见一个人从屋里出来站在门廊上——一个戴着牛仔帽的大块头。隔着这么远，她看不清任何其他细节。

“所有人都知道这里是养狗的地方。没有人来打扰我们。这跟我过去的生活一点儿联系都没有。”凯文说道，但是她并没有认真听。她的眼睛还看着站在门廊台阶上面等着他们的那个人。

凯文发现了她的目光：“怎么，有什么问题？他是好人。我信任他，可以赌上我的命。”

她听了这种表述，皱了皱眉。丹尼尔也在看她，他逐渐放慢车速。

“有什么问题吗，亚力克斯？”他压低声音问。

她听见身后凯文的牙齿咬得嘎吱响。他有多讨厌丹尼尔把她当成自己守护神的模样，太明显了。

“就是……”她皱着眉，指了指丹尼尔和他弟弟，“你们两个，对我来说已经够麻烦了。我甚至都不知道应该怎么做才能相信你们，现在还要再多加一个人，尤其能给他做担保的人只有他。”她指了指凯文。

凯文低吼起来。“哦，那还真是不容易，矮冬瓜。”凯文回答说，“因为这是你最好的选择，而这个家伙是协议的一部分。

如果你想要确保自己的计划能够执行，就必须要忍着。”

“没事的。”丹尼尔安慰她。他伸出右手，轻轻放在她的左手上。

这种蠢事总会让人感觉好受一点儿，但这并不代表丹尼尔理解了他们目前所处的危险，哪怕是其中最基本的常识都没有。不过，她的心跳微微加速，而她的右手——不知不觉地抓紧门把手的那只——也放松下来。

丹尼尔开得很慢，那些狗可以轻易追上他们，一直跟着他们把车停在砾石路上。这时，她可以更好地打量等着他们的这个人。

阿尼是一个个子很高的大胖子，有一部分拉丁血统，或许还有一部分美国血统。他看起来四十五岁，不过有可能要比实际年龄老十岁。他的脸上满是皱纹，看起来更像是那种长年累月风吹日晒出来的，并非因为年龄大。他的头发从帽子底下垂落着，是如椒盐一般的灰色。他看着他们停车，一点儿表情都没有，不过他肯定没想到会有第三个客人，即便凯文跟他讲过丹尼尔的事。

凯文一打开车门，爱因斯坦就立刻从车里跳出来，跑到外面左闻闻右闻闻。丹尼尔和凯文也以最快速度下了车，终于能把大长腿伸直了。亚力克斯就比较磨蹭。外面的狗太多了，那条黄色的像小马驹一样的狗如果四条腿站起来，可能比她站着还要高。这会儿它们似乎都忙着彼此问候，可谁知道它们对她会是什么反应？

“胆子别那么小，夹竹桃。”凯文对她说道。

现在，大部分狗都已经围在他身边，所有狗跑过来问候的合力，差一点把他压倒在地上。

丹尼尔绕过车子，替她打开门，伸出自己的手。她叹了口气，有些气恼，然后自己下了车。她的鞋踩在砾石地面上发出咯吱咯吱的声音，那些狗似乎没有注意到她。

“阿尼，”凯文的声音盖过这群高兴的狗狗，“这是我哥，丹尼尔。他以后就住在这里。而这位，嗯，是临时的……客人，应该是。不然还真不知道怎么介绍她。不过客人这个词好像太像褒义词了，你知道我的意思吧？”

“你的热情好客差点让我没气了。”亚力克斯小声说。

丹尼尔哈哈笑了，随后紧走两步上了台阶。他朝着那个石脸男伸出手，他和丹尼尔站在一起似乎就没那么高了，两个人握了握手。

“很高兴认识你，阿尼。我弟弟没有跟我说过你的事，不过我觉得这样能更好地了解你。”

“我也是，丹尼尔。”阿尼说。他的声音是那种粗哑的中音，听起来似乎是因为平日说话太少，口齿不伶俐。

“这位是亚力克斯。不要听我弟弟胡说，她想住多久就住多久。”

阿尼看着她，现在认真点了。她觉得阿尼会对自己惨不忍睹的脸有所反应，不过阿尼只是酷酷地朝她点了点头。

“很高兴认识你。”她说。

他点点头。

“你们可以把东西搬进去了。”凯文对他们说。他想要朝台阶走，但那群狗依然速度很快地在他腿边撞来撞去。“嘿，一群笨蛋！立正！”

就像是一小队士兵，这些狗立刻往后退了几步，站成一队，竖起耳朵一动不动，就像真正的队伍。

“这样好多了。稍息。”

狗狗们集体坐下，吐着舌头，露出尖牙。

凯文也走到门口，加入他们。

“我说了，你们可以搬行李去了。丹尼尔，楼上右边的房间是你的。至于你……”他低头看了看亚力克斯，“好吧，对面走廊尽头的那个房间应该还能住人。我没想到会多出来一个人，所以那个房间不太像是卧室。”

“我有睡袋。”

“我没有行李。”丹尼尔说，不过她仔细听了听，没有从他的话里听出任何伤心。他在人前掩饰得不错。“你需要我帮忙拿行李吗，亚力克斯？”

她摇摇头：“我只需要拿几样东西上去。其他的，我在栅栏外面找个地方藏起来就行。”

丹尼尔扬起眉毛，一头雾水，不过凯文点点头。

“我之前有过必须半夜出门的情况。”她压低声音，向丹尼尔解释说，不过阿尼或许还是能听得到。她不知道他对凯文上一份工作知道多少。“有时候，不是很容易就可以回来拿自己的东西。”

丹尼尔眉毛松下来。他脸上闪过一丝悲伤，她一早就料到了。有许多人，并不是有意进入这个世界的。

“在这儿你不用担心这些事。”凯文说，“这里很安全。”

凯文是那种自己主动选择这样生活的人，这令她觉得他的每一个判断都很可疑。

“有备无患。”她坚持道。

凯文耸耸肩：“如果你非要这样做，我知道有一个地方或许合适。”

房子里面比外面看起来要好一点儿。她本来以为会看见发霉的壁纸、二十世纪七十年代的橡木框、破破烂烂的沙发、油毡和福米卡塑料贴面的家具。虽然这里依然想要打造一种乡村风，但是东西都是新的，而且很有品位。甚至连岛式厨房的台面都是花岗岩的，上面还悬着枝形吊灯。

“哇。”丹尼尔小声说。

“可是建这么一个地方，要跟多少人打交道？”她喃喃自语。有太多人知道这里。

凯文听见了，虽然她不是有意让他听见的。“事实上，一个人也没来过这儿。之前出面订货的人是阿尼。我们自己将所有建材从州外运来这里，都是亲力亲为。好吧，大部分都是阿尼动手操作的。满意了？”

亚力克斯咧了一下肿得像气球的嘴唇。

“你们两个怎么认识的？”丹尼尔很有礼貌地问阿尼。

她真的应该好好研究一下丹尼尔，亚力克斯心里想，按照他的反应方式多演练一下。这才是正常人应有的表现。要么就是她从来都不知道，要么就是她已经完全忘了。她之前做过临时工，不是服务员，就是在格子间的工作，她知道该怎么在工作环境里用最不容易引人注意的方式做出反应。她在非法行医的时候，知道该怎么跟病人打交道。但是在那之前，她懂的最多的就是如何用最佳方式从目标人物口中得到答案。但是在规定的角色之外，她尽量避免与人接触。

回答丹尼尔问题的人是凯文。“阿尼和我之前的工作有点关系。后来他遇到一点儿小麻烦，他想洗手不干，所以给了我一些非常有价值的情报，换取我放他一条生路。”

沉默寡言的阿尼咧开嘴巴笑了笑。

“之后，”凯文继续说，“我们一直保持联系。我决定着手准备退休生活时，就联络上他。我们需要的东西和兴趣爱好完美互补。”

“天作之合。”亚力克斯用甜甜的声音说。所以说，或许也有人在找他，这句话她并没有说出口。

凯文陪同丹尼尔走到楼下的主卧室，从衣柜里给他找了几件衣服，还拿了一些洗漱用品。亚力克斯自己上了楼，轻轻松松找到了凯文分给她的小房间，还能用。这个房间现在被他用来存放杂物，不过还有足够的空间可以留给她的睡袋和私人物品。洗手间在走廊那头，一边是过道，另一边应该就是丹尼尔的卧室。

她已经很久没有跟其他人共用过一个洗手间了。不过，这个洗手间比她之前的大，而且干净。

她下楼去车里挑选要用的东西时，那两兄弟还在忙。门廊上有三条狗：一条她非常肯定是爱因斯坦，一条是黑色的巨型罗威纳犬，以及另外一条红棕色、神情忧伤的狗，耷拉着耳朵，让她想起了迪斯尼动画片《小姐与流氓》里最后腿全都断了的那条狗。所以这可能代表它是一条猎犬或是侦探犬什么的——她不是很肯定具体是哪种。

那条罗威纳犬和猎犬朝她走过来，兴趣大过攻击，但也足以让她朝着房门后退一大步。爱因斯坦抬起头，低低地吠了一声，声音很像是咳嗽，另外两条狗都站住没动。它们原地坐下来，就好像凯文给它们下了"稍息"的指令一样。

她不知道爱因斯坦是不是真的有这么大威力，可以给其他狗下命令。狗也知道等级吗？她小心翼翼地走过门廊，等着它们扑上来。而它们还是保持放松的姿态，谨慎地盯着她。她经过时，那条猎犬的尾巴咚咚地拍打在木地板上，她有一种奇怪的感觉，好像它的忧伤眼神中有一种希望她能过来拍拍它的头的期待。她希望当狗狗发现她没有勇气这么做的时候，不会太失望。

她在后备厢里翻着自己的东西，找了几样放进一个急救包，然后又把它塞进背包里，这些东西她是要随身携带的。这些脏衣服大部分她都要带进去清洗——希望屋里有洗衣机，那几身商务套装和其他的包还放在后备厢。她至少要留一套衣服，跟其余值钱的东西一起藏起来。她曾经在一个令人印象深刻的夜晚，在第二个刺客想要割断她喉咙却被毒死之后逃出来。当时她身上只穿着内衣，还被迫从邻居家的卡车里偷了几件衣服。从那以后她就长教训了，总是穿着白天也能穿的那种睡衣睡觉。

虽然还要背一个睡袋，把这些东西拿上楼也是轻轻松松。之后，她又回来从一堆包里拿出一个，这里面有她需要的基本实验用品。她没有做好准备的时候，不应该浪费时间。她经过主卧室的时候，听见兄弟俩在斗嘴，这让她很高兴自己不用被牵扯进去。

她很熟悉搭建实验室的过程，很快就完成了。她的一个玻璃烧杯碎了一块，不过看起来还能用。她把旋转式汽化器组装完毕之后，拿了几个容器和两个不锈钢的瓶子放好。她的“幸存者”麻醉剂用得差不多了，按照这个星期的发展，她可能还会需要更多。她手里的D-苯丙氨酸还有很多，但是在检查了鸦片类药物存货之后，她有些失望，比她预想的要少，根本不够合成新的“幸存者”麻醉剂，而她手里只剩下一瓶了。

当她在为材料不足犯愁的时候，她听见凯文在楼下喊。

“嘿，夹竹桃。时间到了。”

她走出房门，凯文已经坐在车里了，丹尼尔坐在副驾驶座位上。凯文发现她站在门廊上磨磨蹭蹭，按下喇叭，发出长长的、令人心烦的嘀嘀声。她慢吞吞地走到汽车旁边，皱着眉头爬进后座——她肯定会沾一身狗毛。

他们顺着羊肠小路开出了大门，又继续开了几公里，之后转向另外一条更破的小路，七拐八拐地朝西边驶去。这条路基本上就是用两个车轮在草坪上轧出来的。他们顺着车辙往前开了八九公里。在最初的那几公里，她还瞥见了农场的铁栅栏，不过再往后，他们朝西边开出去，就什么都看不见了。

“这块地也是你的吗？”

“对，不过中间转手了好几个名字。就是说，这块地是一家公司所有的，但是从表面上，你看不出它跟这个牧场有任何关联。这种事情我懂，你肯定也懂。”

“当然。”

她右边的地平线开始慢慢消失。黄白色的草场被一条又平又宽的带子隔断，那里的地面变得平坦，裸露出红土。他们朝着那条宽带驶去，她惊讶地发现那片红土其实是河岸。河水的颜色跟河岸一样是红色的，平缓地朝西流去，中间一点儿激流或是旋涡都没有。就她能看到的地方来说，河水最宽的地方差不多有四十米。他们的车子基本上与河平行行驶，她静静地看着，被这条夹在枯黄草场中间的河流迷住了。按照河水平缓流动的样子来看，这条河其实水流的速度非常快。

这一次没有围着的栅栏。一个摇摇欲坠的谷仓，在太阳底下灰蒙蒙的，坐落在距离小道五十米外的地方，看起来它漫长的一生就快到头了，只等着合适的天气，彻底将它从悲惨的处境里解脱出来。她在穿越阿肯色州和俄克拉何马州的时候，见过好几百个这样的谷仓。

这里跟她的挤奶房相比，根本没有可比性。

凯文朝谷仓开去，直接开到了草场上，她没有看见任何大路或是小道。

他下车去开谷仓门上那个沉甸甸的古董挂锁，推开了仓门，而她就坐在没有熄火的车里等着。谷仓矗立在明晃晃的苍穹之下，天上一丝云彩都没有，根本看不见昏暗的谷仓里面都有些什么。他很快折回来，开车驶进黑暗中。

这一次，里面倒是跟外表非常一致。昏暗的光从谷仓的木板缝里透进来，照亮了生锈的农场设备，主要是一台生锈的拖拉机，几辆古董车的壳子，以及谷仓后面几个落满土的巨大的干草堆，干草堆用一块油布半遮着。这里没有任何值得偷的东西，甚至连凑近看看的价值都没有。如果有人动了心思闯进这里，能找到的唯一有价值的东西就是影子。

汽车熄火以后，她觉得自己应该好好看看那条河。他们离河不会超过几百米的距离。

“这里不错，”她说，“我可以把东西放在角落，然后你要走的话也可以开这辆车。”

“收到。”

她将四个长方形的小包摆好，放在阴影处一个小裂缝里，裂缝被一垛满是蜘蛛网的木柴遮挡了一部分。蜘蛛网上全是土。

凯文在旁边一堆黑乎乎的金属件里翻来翻去，这或许是另外一台拖拉机的零件。他回来的时候手里拿着一块破旧的油布，盖住了她的四个包。

“不错。”她赞许地说。

“以防万一。”

“我猜你还没来得及修整这个地方。”丹尼尔一只手摸着最近的一辆古董车的壳子，评价道。

“我就喜欢它现在这样。”凯文说，“请允许我给你们介绍一遍。以防我离开以后，你们有什么需要。希望你们不会，不过我还是说一下好。”

她点点头，若有所思。“万全的准备是成功的关键。这有点像我的魔咒。”

“那你一定会喜欢这个。”凯文说。

他走到拖拉机旁边，弯腰将大轮胎中间的几个螺母一一松开。

“这个车轮毂里面有一个键盘。”他直接对着丹尼尔说，“密码是我们的生日。虽然这么做不太好，不过我希望你能轻松地记住。外面的门锁密码也是同一个。”

一秒钟以后，轮胎的前部往前凸出来。这个轮胎并不是橡胶材质，而是某些更结实、更轻盈的材质，在铰链上移动。轮胎后面，是一个军火库。

“哦，当然了，”她轻呼出声，“蝙蝠洞。”

她立刻发现了一把西格绍尔手枪，跟她从他身上偷走的那把一模一样。他其实不需要两把。

凯文疑惑不解地看了她一眼：“蝙蝠侠不用枪。”

“无所谓。”

丹尼尔正在检查暗门的铰链。“这个做得真不错。是阿尼做的吗？”

“不，是我，谢谢。”

“我不知道你的手这么巧。你在这里做这些的时候，贩毒集团那些事怎么办？”

“在几项任务之间抽空做。我坐不住，不然会疯。”

他关上轮胎机关，指了指刚才丹尼尔旁边的那个车壳。“把最上面的一块电池掀开，密码不变。那边的是步枪，旁边是火箭炮和手榴弹。”

丹尼尔哈哈大笑，随后瞥见了弟弟的表情。“等一下，你说真的？”

“她喜欢以防万一，我喜欢武装到极致。好了，现在，这个我一直藏得不太好，不过这东西我可能很快就会用得上。”

凯文绕到那个巨大的干草堆旁边，他们跟在他后面。篷布一边耷拉到地面。她猜到了他在这里藏了什么东西，也想验证一下自己的想法。他掀开篷布，露出草堆后面一个小车库，里面停着一辆大汽车。从他的站姿可以明显看出，这是他的骄傲。

“牧场后面还藏着一辆卡车，不过这里这辆是为了预防紧急情况。”

丹尼尔发出很小的憋气声。亚力克斯瞥了他一眼，才明白他是在忍着不要笑出声。她立刻明白什么事这么好笑。

他们好几年来全都忍受着华盛顿的交通，虽然他是最近才开始。尽管交通拥堵，停车位紧张，更适合骑辆踏板车，而不是开辆中型轿车，还总有人想要将自己巨大的改装车塞进去。好像随处都有人需要一辆悍马，更不用说城市里了。你干脆弄一块写着“蠢货”的个性化车牌跟随你一生。

丹尼尔看见她嘴唇嚅动，自己再也忍不住，突然扑哧笑出声来。就是那种令人尴尬、会传染的笑声，比军用的魔鬼卡车的声音还要逗。她也跟着扑哧笑起来，有些惊讶这种失控的笑声愈演愈烈。她已经很久没有这样笑过，早已忘了这种笑有怎样一种感染力。

丹尼尔笑弯了腰，一只手扶着干草堆，另一只手叉着腰好像岔气了一样。这是她见过的最有意思的事。

“笑什么？”凯文问道，“笑什么呀？”

丹尼尔试图停下来回答他的问题，这时亚力克斯突然发出一阵呵呵的笑声把他带偏了轨道，他又开始哈哈笑起来，在两阵大笑之间大口喘气。

“这辆车可是最先进的突击车。”凯文说道，听着他们笑得不可自抑，他甚至有些抱怨情绪，“橡胶轮胎非常结实，玻璃全是防弹的。金属车身就连坦克都压不碎。这东西可以救你们的命。”

他越描越黑。而他们两个却笑得眼泪都流出来了。亚力克斯的嘴唇笑得有点疼，脸颊也跟着疼起来。丹尼尔笑岔了气，根本直不起腰。

凯文嫌弃地举起双手，咚咚咚转身走掉了。

他们又开始一轮新的大笑。

最终，在凯文消失了很久很久之后，亚力克斯开始恢复正常呼吸。丹尼尔的笑声也开始慢慢减弱，不过他还扶着腰。她很同情他，因为她自己也笑抽了筋。她累得不行，直接坐在全都是草屑的地上，头枕在两膝中间，努力平复自己的呼吸。然后，她感觉到丹尼尔坐在她身边，手轻轻放在她的背上。

“啊，我需要这么笑一场。”他叹了口气，“我开始觉得好像再也不会有这么好笑的事情了。”

“我已经记不起来上次这样笑是什么时候。我笑得肚子都疼了。”

“我也是。”接着他又开始一轮大笑。

“别再笑了。”她央求道。

“对不起，我努力。我可能有点歇斯底里。”

“哦，也许我们应该互相抽嘴巴。”

他没忍住，又哈哈笑起来，她也忍不住只能跟着一起哈哈笑。

“停。”她哀吟道。

“我们是不是应该聊点伤心事？”他提议。

“比如那种孤独、恐惧、每一天都被人追杀的日子？”她说。

感觉本就昏暗的谷仓变得更加昏暗，她后悔了。虽然笑得肚子痛，但是能笑总是好的。

“这个想法不错。”丹尼尔静静地说，“那么让所有对你寄予厚望的人失望怎么样？”

“虽然对我来说没什么用，不过的确是一个好方法。而对你来说，我很怀疑会有人这么想。他们可能会觉得你已经遇害了。大家可能会很伤心，然后在学校门口献上鲜花和蜡烛。”

“你觉得他们会吗？”

“当然，他们甚至可能还会摆泰迪熊。”

“或许吧。不过也可能根本没人想我。也许他们会说：‘我们总算摆脱那个小丑了，现在可以雇一个真正的历史老师。没有他，也许学校的女子排球队就有机会了。你知道吗？我们只要找一只黑猩猩来接替他的工作，然后把他的薪水放进退休基金就好。’”

她点点头，假装很沉重：“也有可能。”

他笑了笑，随后再次严肃起来：“有人替你点蜡烛吗？”

“关心我的人基本都不在了。如果活下来的人是巴纳比，他可能会替我点一根蜡烛。我在教堂替他点过几根。我不是天主教徒，但是也想不出还能在哪里做这种事却不引人怀疑。我知道巴纳比可能不在乎，但我需要做一些事情，默哀、追悼，诸如此类。”

短暂的沉默。“你爱他吗？”

“是的。除了我的工作——你也见识过我的工作有多么温暖和可爱——他是我仅有的。”

丹尼尔点点头：“哦，我现在已经不怎么想笑了。”

“我们或许是需要释放。现在，我们可以回到正常的抑郁生活了。”

“听起来还不错。”

“我说，活宝二人组，”凯文在谷仓外面喊，“你们俩准备好出来干活了吗？还是想要跟高中女生一样再嘻嘻哈哈一会儿？”

“我想再嘻嘻哈哈一会儿。”丹尼尔喊道。

她没忍住，又扑哧一下笑了。

丹尼尔一只手轻抚着她肿起来的嘴唇：“现在可能没工夫了。我们最好还是出去看看有什么活儿要干。”

第十三章
过往的一幕幕

凯文在谷仓后面建了一个靶场，正对着那条河。亚力克斯盯着靶场表示怀疑，不过她也必须承认这种偶然响起的枪声，在得克萨斯州的郊区是世界上最不会引人注意的。

“你上次拿枪是什么时候？”他问丹尼尔。

“嗯……我猜，是跟爸爸一起。”

“不是吧？”凯文重重地叹了一口气，“好吧，我想我们唯一能做的就是希望你没有全忘光。”

他拿出一堆武器，将它们放在一个草垛上。那些草垛，每一个都有一人多高，拴着打印出来的黑色人形纸，彼此之间的距离各不相同。有些远处的，她勉强能看见。

“我们先从手枪开始，不过我更希望你试试那几支步枪。保证安全的最佳方法就是从很远很远的地方开枪。如果可以，我更希望你能一直离这些近距离的玩意儿远一点儿。”

“这些步枪跟我原来用过的一点儿都不一样。”丹尼尔说。

“这些是狙击步枪。这一把……”他拍了拍后背上斜挎着的那把麦克米兰，“曾经创造了世界上最远的狙击纪录，距离超过一千六百米。”

丹尼尔瞪大眼睛，不敢相信：“隔着那么远，你怎么能知道要杀的人是谁？”

“有瞄准器，不过你不用担心这个。你不需要学那么远距离的射击。我只是希望你能够老老实实待在一个地方，然后等到万不得已的时候把对方干掉就行。”

“我都不知道自己能不能真的朝人开枪。”

现在轮到凯文难以置信了。“那你最好赶紧想办法。因为如果你不开枪，追来的人绝对会抢占上风，一秒钟都不会犹豫。”

丹尼尔不服气地想要反驳，但是凯文直接挥挥手，跳过这个小冲突。“我们先一起来瞧瞧，你还记不记得怎么开枪。”

凯文带他复习了基础知识，种种迹象表明丹尼尔记得的还不少。他挑了一支步枪，拿枪的样子很轻松，亚力克斯觉得自己拿枪就从来没有这种轻松的时候。很明显，他是天生用枪的人，而她刚好相反。

在几轮开火以后，她终于克服了自己对枪声的恐惧，举起了那把西格绍尔手枪。

“嘿，你介不介意我用这把试试比较近的目标？”

“没问题。”凯文说道，他一直看着他哥哥的瞄准线，头都不抬，“一起狂欢。”

这把西格绍尔手枪比她的警用手枪要沉，而且杀伤力更大，不过从某种意义上来看，这种感觉不错，很有力量。她试了几轮才逐渐适应，不过后来就差不多像使用自己的枪一样。她觉得假以时日，她应该能用得更好。或许她可以趁住在这儿的时候，每天都练一会儿。这种事情，并不是她经常能够有机会练习的。

凯文给射击指导做了一个总结之后，太阳已经要落山了。夕阳将枯黄的草场染成深红色，就好像太阳真的落在了地平线上，点燃了所有毛茸茸的枯草。

她不情愿地把这支西格绍尔手枪跟其他枪放在一起。不过这并不代表她不知道密码。等凯文的狂欢结束，她或许能给自己补点新货。

“好吧，丹尼尔，很高兴看见你还会用枪……看来我自己的天分也并非偶然。爸妈一定是给了我们这方面的基因。”凯文说着，他们三个一起驶回住处。

“但也只是打靶练习。我还是觉得我做不到你那样。”

凯文哼了一声：“如果有人想要杀你，你就会了。”

丹尼尔看着自己那侧的车窗外，显然没有被说服。

“好吧。”凯文叹了口气，“你不如这样想，想一下你想要保护的人，比如妈妈，就站在你身后。有的新兵就需要这种具象化的想象，才能让他们的思维进入正确的轨道。”

“但是从狙击手蹲点的位置看，并不符合这个场景设定。”丹尼尔指出。

“那就想象妈妈被那个在你瞄准器里的家伙塞进了车子的后备厢。发挥你自己的想象力。”

丹尼尔受够了。“好吧，好吧。”

她敢打赌他还是没有被说服，不过她在这个话题上，不得不和凯文站在一起。在被人追杀的时候，一种求生的本能就会被激发出来。置身于“你死我亡”的情境中，一般人都会选择

“你死”。丹尼尔要等到真的有猎人追上他，才会真正明白这种感觉。她希望他永远都不必得知这种感觉的滋味。

好吧，凯文会尽自己所能，而她也会。或许他们两个一起，会替丹尼尔·比奇把这个世界变得更加安全一点儿。

回到农场，凯文还在继续介绍。凯文带着他们来到一个现代外观的建筑物前，这里从房子正面看不见，里面全都是狗。

每一条狗都有自己独立的、可调温度的狗栏，有出口可以通往各自的户外跑道。凯文向丹尼尔解释着驯狗计划，说哪些狗已经被预订了，哪些狗已经上了待训名单。她想，他大概也在训练自己适应未来的农场生活吧。丹尼尔似乎很喜欢这里，每条狗都拍一下，询问它们的名字。这些狗都很喜欢被别人关注——并且纷纷提出要求，她真希望自己能够调小这些狗吠和呜咽的音量。那些在地上跟着凯文四处跑的狗狗很显然是已经训练毕业的。

亚力克斯怀疑凯文让自己一路跟着，就是为了让她不舒服。那条像马一样大、身上有斑点的狗——她后来知道，这是大丹麦犬——一直跟在她后面，她很确定这条狗并不是出于自己的选择。凯文一定是给了它一道无形的命令。她能够感觉到这条大型犬的呼气喷在她的脖子上，她猜自己衣服后面可能还有口水溅上去的斑斑点点。那条猎犬也一直跟着她，不过她觉得这可能是出于它自己的选择。每次亚力克斯瞥它，它都挤着双哀怨的眼睛看她。其余狗狗全都围着丹尼尔和凯文转，只有爱因斯坦除外，它紧跟在凯文身旁，似乎在很严肃地检阅部队。

他们走过了德国牧羊犬、杜宾犬、罗威纳犬的狗栏，还有其他几条她叫不上名字的狗狗的狗栏。亚力克斯一直走在狗栏夹道的正中间，什么都不碰，尽量避免留下指纹。

有一个狗栏是两条小猎犬共用的，凯文对丹尼尔说，这两条是罗拉生的小狗，然后指了指跟在亚力克斯身后的那条猎犬。

“哦，罗拉，是吗？”亚力克斯低声说，她的声音低得别人都听不见，“我不应该瞎猜。”

罗拉似乎知道有人叫它。它眼巴巴地看着亚力克斯，尾巴一下一下打着亚力克斯的腿。亚力克斯飞快地弯腰，拍了拍它的脑袋。

凯文发出嫌弃的声音，她站直身子时发现他正瞪着自己。

“罗拉见人就喜欢。”凯文对丹尼尔说，“鼻子挺灵，品位太差。我正试图培育一种缺乏辨别能力，但是嗅觉却很灵敏的小东西。”

丹尼尔摇摇头：“够了啊。”

“我没有开玩笑。我希望能够更好地激发出这些狗的本能。”

亚力克斯蹲下来，像丹尼尔做过的那样，手指摩挲着罗拉的身子，她明知这样做会让凯文发疯。罗拉立刻翻倒在地上，露出自己的肚皮。突然，那条大狗也躺在了亚力克斯的脚边，她几乎能够确定，它也希望被抚摸。她小心翼翼地用一只手拍拍它的肩膀，它没有张嘴去咬。它的尾巴啪啪敲地两下。她将其视为一种鼓励，于是也挠了挠它的耳朵后面。

“起来，可汗，你不能这么没出息！”

亚力克斯和大丹麦犬都没理他。她扭着身子盘腿坐在地上，这样能照顾到两条狗，而且还可以背对着那两兄弟。如果她以后要被这些毛茸茸的杀人机器包围，那么她或许可以将其中几条争取到自己这边。

罗拉舔舔她的手背。很恶心，但是又有一点儿甜蜜。

“看来亚力克斯有自己的小粉丝了。”丹尼尔说。

“我才不管呢。这里只是我们储存粮草的地方。阿尼每隔一周从劳顿采购回来。我们需要的大部分东西都是用来……”

凯文剩下的话消失在身后狗狗开心的吠叫声和咕噜声中。

她又继续摸了几分钟狗狗，不知道如果自己停手，它们会不会同意。最终，她谨慎地慢慢站起来。罗拉和可汗也很快站起来，非常开心地跟在她后面，随着她往回走。它们护送她一直到门口，然后惬意地趴在门廊上。

“好姑娘，好小子。”她说完走进了屋。

或许凯文本来是想给她一个下马威，不过当这些狗真的需要她，而不是监视她时，她便喜欢上了这种感觉。这是一种令人舒服的感觉。如果她能过一种别样的生活，或许再多加一条狗也不错。只不过她不知道，应该去哪里找适合狗戴的防毒面具。

阿尼坐在大客厅的沙发里，对面墙上挂着一台平板电视。他腿上放了一份用微波炉做的简易餐，一口一口地吃着。她进来，阿尼一点儿反应都没有。

食物的香气——准确地说是通心粉和索尔兹伯里牛排的香气——馋得她直流口水。虽然这食物连四星级水平都够不上，可她饿坏了。

“哎，你介意我给自己弄点吃的吗？”她问。

阿尼咕哝了一句，眼睛根本没有离开眼前的棒球比赛。她希望他默认了，因为她已经自顾自朝冰箱走了过去。

这是一台令人印象深刻的双开门不锈钢冰箱，里面基本上空空如也。只有一些调味品、几罐运动饮料，还有一大罐腌菜。而且这冰箱也该擦了。她拉出冷冻室的抽屉，在里面倒是有所发现：阿尼正在吃的那些东西塞了个满满当当。她在微波炉里热了一份奶酪比萨饼，坐在旁边的吧椅上抱着吃起来。整个过程中，阿尼完全当她是空气。

如果你不得不把另外一个人列入考虑范围，阿尼还算不错的选择，真的。

她听见兄弟俩走进来，于是上了楼。他们来这里的路上一直被迫挤在一辆小车里，现在既然有了回旋的余地，理应给对方留一点儿空间。她知道丹尼尔和他弟弟有很多话要说，她没有道理在这里偷听。

在她那间储藏室里，她也有好多事情要做。她先重新将小小的医疗注射器灌满，不过她想不出在这里有需要用到它们的场景。她本来可以着手剥桃核，不过她把桃核都丢在谷仓了。现在也不需要上网，万一她只是在这里暂住，就不需要任何阅读素材。不过有一件事是她一直想做的——把自己的过往写下来，但是她的内心有一个角落在强烈抗拒。虽然国家安全跟她无关已经有段日子了，她还是不能将公众置于危险之中。写回忆录不是一个好选择。

可她需要有条理地将前半生从头到尾梳理一遍。或许她只需要写下能够帮助她回忆的关键词就好？

她非常确定一个事实：过去六年里，她和巴纳比博士共事时偷听到的事情，是实验室爆炸，以及后面每一次刺杀的理由。如果她能够知道是与哪些情报有关，她就能够更清楚策划这场谋杀的幕后黑手是谁。

问题在于她听过了太多东西，对所有的情报都敏感到不正常。

她开始列清单。她自己想了一个暗号，从那些最重大的事件开始，跟核武器相关的那些，标记为从 A1 到 A4。她任职期间一共处理过四次大型核爆炸事件。这些是她经手过的最重大的工作。这几件应该就是性质最为恶劣的事件了。

她这样希望。如果有哪个海军上将有卑鄙的念头，觉得自己可能被牵扯进某次审讯当中，她现在也没有机会查明白了。

T1 到 T49 是她能够回忆起来的一些不涉及核武器的恐怖行动。她知道，其中有些是很小的计划，小到她平时根本想不起来。而那些从 T1 到 T17 的大计划，涵盖的范围从生化袭击到制造经济混乱，再到制造自杀炸弹，全都有。

她试图编出一个系统，帮助她将这些五花八门的行动分门别类（原城市的首字母加上目标城市的首字母怎么样？这样能够区分各个事件吗？她会不会忘了这个记谱法？但是将完整的名字写下来，这样白纸黑字，信息量就太大了）。这时，她听见凯文叫她。

“嘿，夹竹桃！你藏哪儿去了？”

她猛地关上电脑，走到楼梯口。

“你要干什么？”

他从拐角出来，抬头看她。两个人隔着长长的楼梯，待在各自的地方一动不动。

“就是冒个泡。我要出发了。我给丹尼尔留了一个电话，你准备好可以发邮件的时候，就打电话。”

“预付费的一次性电话卡？”

“这不是我第一次执行任务了，大姐。”

“好吧，那我只能祝你好运了。”

“不要趁我不在的时候，把我家变成什么死亡实验室。”

太迟了。她强压下一丝微笑：“我尽量克制。”

“那样就最好了。这是我的荣幸……”

她微微笑着：“我们之前一直都是坦诚相待的。现在怎么开始说起瞎话了？”

他也微微笑着，突然变得严肃起来：“你会照看他吗？”

对于这个请求，她稍微有些退缩。凯文是想把他的哥哥塞给她。可她的回答也吓了自己一跳。

“当然。”她立刻答应下来。当她意识到自己的回答是多么真心实意、多么不由自主的时候，她有些不安。她当然会尽自己所能保证丹尼尔的安全。这根本就不是问题。她再次想起在那个黑暗的刑讯帐篷中，第一次出现的那种预感自己要再肩负起一个人性命的那种奇怪感觉。

她开始想，自己什么时候才能从这种觉得对什么事都要负责的感受中解脱出来。或许在折磨了一个无辜的人之后，总会伴有这样的感受吧。又或者这种情况只会出现在那种……合适的词是什么来着……诚实、善良、人格统一的人身上？像丹尼尔这样的好人？

他咕哝了一声，随后转身朝大屋的主卧室走去。她看不见他的人，但还能听见他的声音。

“丹尼尔，过来。我们还有一件事需要解决。”

过去噩梦里的内容让她头疼。好奇心促使她静静地走下楼去看看到底有什么事。她很了解凯文，他叫丹尼尔过去不是为了温情拥抱与道别。

前面的客厅里没有人，阿尼已经出去了，但是她听见有声音隔着纱门传进来。她走出屋子来到门廊，罗拉正趴在这里等着她。她有一下没一下地挠挠狗狗的头，看着四周，门廊上的灯都已经点亮，小汽车的大灯也亮着。

爱因斯坦、可汗还有罗威纳牧羊犬站在凯文前面，排成一排，立正站好。他好像是在点名，而丹尼尔则在旁边观看。

凯文从自己的明星队员开始：“爱因斯坦，出列。”

爱因斯坦往前迈了一步。凯文转身指了指丹尼尔：“这是你的甜心，爱因斯坦。甜心。”

爱因斯坦朝丹尼尔跑过去，摇着尾巴，在他腿边上上下下地嗅着。从丹尼尔的表情来看，他跟亚力克斯一样不明白是怎么回事。

“好了。”凯文对那几条狗狗说，“可汗、巩特尔，仔细看。”

他转身背对着爱因斯坦和丹尼尔，猫着腰像摔跤选手一样，慢慢接近丹尼尔。

“我要抓走你的甜心。”他声音低沉地揶揄着那条狗。

爱因斯坦猛地一转身，横在丹尼尔和朝这边接近的凯文中间。它肩胛上的毛奓起来至少有十几厘米，同时突然咧嘴露出尖牙，发出威胁性的咆哮。她第一次遇见的那条恶犬又回来了。

凯文朝右佯攻，爱因斯坦挡住了他。他又从左边朝着丹尼尔扑过去，那条狗直接扑到凯文身上，咚的一声将他扑倒在地。与此同时，爱因斯坦的爪子也搭在了凯文的脖子上。如果不是凯文脸上露出微笑，这一幕真是十分骇人。

“好孩子！真聪明！”

“杀了他！杀了他！”亚力克斯用几不可闻的声音呢喃着。

爱因斯坦松开爪子，跳了起来，尾巴又开始摇来摇去。他后退了几步，又往前跳，准备玩下一个游戏。

“好了，可汗，该你了。”

同样，凯文告诉这条大丹麦犬丹尼尔是它的甜心，然后做出攻击的样子。爱因斯坦跟在可汗身边，亚力克斯觉得，它可能是在做指导。这条大狗在凯文进攻的时候，只是将一只大爪子抵住凯文的胸口，就直接推了他一个人仰马翻。而爱因斯坦走过去时，也用一只爪子将凯文牢牢按在地上。

“杀了他！”她又说了一遍，这一次声音比较大。

这回凯文听见了，瞪了她一眼，很显然是在说：**如果我不是教这些狗学会很重要的事才教到一半，一定会让它们把你撕成碎片。**

下一轮，可汗坐在一旁观摩，爱因斯坦还是在旁边指导。身材像桶一样圆的罗威纳牧羊犬扑倒凯文时的力道，甚至比爱因斯坦还要猛。她听见他被撞得叫了一声——一定很痛，她不厚道地笑了。

“你介意我问一下这些是要做什么吗？”丹尼尔看见凯文站起来，掸掉黑色牛仔裤和黑色T恤衫上的土时，问道。

“这是我发明的命令，要这些狗保护主人。这三条狗从今以后，会用生命保护你。它们有可能会经常出现在你的脚边。”

“为什么是甜心？”

“就是一种叫法而已。不过说实话，我本来一直想的是用它们来保护妇女和儿童……”

“谢谢啊。”丹尼尔不满地嘟囔道。

“哦，你知道我不是那个意思。不然你想一个更好的口令，我们等到下辈子的时候再用。”

一阵尴尬的沉默。凯文看着车，然后又看了看自己的哥哥。

“你看，你在这里很安全。但是别离开这三条狗。还有那位毒药小姐，她很厉害。就是别吃她给你吃的东西。”

“我确定我们会相处得很好。”

“如果有事发生，就对爱因斯坦下这个指令。”他掏出一张小纸条，跟名片差不多大。丹尼尔接过来放在兜里，并没有看。亚力克斯觉得凯文没有大声说出来有点奇怪。或者他写在纸上是因为不相信丹尼尔的记性。

凯文现在的样子，好像是真的盘算着要不要拥抱一下，这跟她之前想象得不太一样，不过丹尼尔的站姿有点太僵硬，凯文转身就走了。他一边走向车，一边嘱咐道：

“等我回来以后再聊。电话要随身携带。事情都安排好以后，我就打电话。”

“你自己小心。”

“遵命。”

凯文上了车，发动引擎。他的右手搭在副驾驶座位的头枕上，看着后车窗，将车倒上车道。他没有再看哥哥一眼。没过多久，红色的尾灯就消失在远处。

他离开后，亚力克斯似乎感觉放松了一点儿。

丹尼尔看着汽车渐渐远去，三条忠心耿耿的狗坐在他脚边。随后他转过身，若有所思地走上门廊的台阶。三条狗也跟着他上来。凯文说它们会一直跟在他脚边的话，并不是开玩笑。丹尼尔很庆幸可汗走在最后，不然他肯定看不见自己要走的路。

他走到亚力克斯身边停下来，转头望向她看着的方向，两个人都盯着空空荡荡的黑夜愣神。那些狗就在他们脚边找地方趴下了。罗拉被罗威纳牧羊犬挤了一下，抗议地呜咽了一声。丹尼尔双手扶着门廊的栏杆，紧紧地攥着，好像希望能将体重转移到栏杆上面去。

“他走了我反倒松了一口气，这样是不是很不好？”丹尼尔问道，“他……太意外了，你知道吧？我还是没有办法接受他一直挂在嘴上的那些事。”

他松开右手，自然而然地抚上了她的后背，就好像他根本不知道自己把手放在上面一样。

他这种和自己不经意地肢体接触，令亚力克斯想起了她和巴纳比几年前做的水箱实验。那个办法很有效，可以让人在毫发无损的情况下说出他们想了解的东西，但是总体而言，这个办法耗时太久，所以并非上上之选。

不过，任何一个被放进水箱的人，无论他嘴硬到什么地步，在吐出真相时总会有同一个反应，就是像瘾君子一样渴望身体接触。她想起了一个难忘的实验，被试者是一个来自军队的志愿者，跟他们一起进行最初的实验，他退出实验的时候，给了她一个时间最久，甚至久到不太合适的拥抱。他们不得不小心翼翼地把他从她身上拉开。

丹尼尔此刻的感觉一定跟那个士兵很像。他完全脱离自己正常的生活已经好几天了。他一定需要站在自己身边的那个带着体温、有呼吸的人给他安慰。

当然了，这也同样适用于她自己，她脱离正常生活的时间比丹尼尔更久。虽然她已经习惯了这种缺失，却也同时意味着她渴望同人类接触渴望了更久。或许这就是为什么她对于丹尼尔触碰自己，有一种不真实的踏实感。

“我不认为这样不好。”她回答说，“这很自然，你需要时间和空间来接受这一切。”

他笑了一声，这个笑声比他之前那种歇斯底里的笑要阴郁不少。“可除了他，我不需要跟别人保持距离。”他叹了口气，“小凯一直都这样，甚至在我们小的时候也是。什么都必须他说了算，他必须处在聚光灯的中心。”

“对于特工来说，这真是个有趣的特点。”

“我猜他执行任务的时候，应该有办法压制住这种本能，然后等他不执行任务的时候，一次性全都爆发出来。”

“这我就不知道了。当时他还只是个孩子。”

“你真走运。”

他又哀叹一声。

“他可能也没那么坏。”为什么要替凯文说好话？她心里想。或许只是为了让丹尼尔高兴起来。“如果你不是被困在这种极端的情况里，他可能会更轻松地面对。”

“这种说法很公平。我也应该试着公平一点儿。我猜我只是……生气，特别生气。我知道他不是成心这么做，但是他选择的生活突然间毁了我的生活。这种做法真是太……凯文了。”

“你遇到的事情，的确需要一段时间才能接受。”亚力克斯慢吞吞地说，“你或许依然生气，不过这没关系。多数时候，我都已经忘了自己有多愤怒。不过，我的情况跟你不一样。毁了我生活的是一群我不熟悉的人，不是我的亲人。”

“可是你的敌人是真的要杀你，这更惨。还是不要拿你遇到的事跟我的事来比较了。凯文永远不会故意伤害我。只是这很难做到，你知道吗？我觉得自己已经死了，可我还必须努力活着。我不知道该怎么做。”

她拍拍他攥着栏杆的左手，记起在车里的时候这样的举动是怎样让她感觉好一点儿的。他指关节处的皮肤绷得紧紧的。

“你可以学，就像我一样。最后就会变成一种习惯。你之前的生活会变得……黯淡。所以你要学会思辨。我是说，人们总会遇到各种灾难。你现在的处境，跟你的国家被卷入一场持久战有什么区别呢，对吧？或者你住的小镇被海啸摧毁？所有的一切全都变了，没有一样东西是安全的。只不过，安全其实只是一种虚幻的存在……抱歉，这可能是世界上最疯狂的谈话了。”

他哈哈笑了起来：“不是最疯狂的。我现在觉得好受点了。”

“好吧，我猜我的任务也完成了。”

“你最初是怎么开始的？”这个问题轻轻地飘出来，就好像是一件很小的事。

她有些拿不准："你指什么？"

"为什么你选择这个……职业？在他们想要杀你之前，我是说。你是入伍了吗？还是说你是自愿的？"

再一次，这些问题轻轻地飘出来，就好像他是在问她是怎么当上财务分析师或是室内设计师一样。这些话里没有更多的情绪。他一直看着前面，盯着无尽的黑暗。

这一次她没有逃避。她也很想知道，就好像命运要将她过往的一幕幕重新来一遍。她刚开始跟巴纳比搭档时，也曾经问过同样的话。而他的答案与她自己的没有太大不同。

"其实并不是我主动选的，"她一字一顿地解释道，"不过，我也不是军人。他们找到我的时候，我还在医学院上学。一开始我是对病理学很感兴趣，后来兴趣转移了。我痴迷于特定的静脉研究——我想，你也可以称之为药物控制意志。之前从事我这种研究的人并不多，而且我的研究之路上有很多绊脚石——资金、设备、实验对象……嗯，主要的问题还是资金。我之前协助的那些教授甚至不能完全明白我的研究，所以我能得到的帮助有限。"

"这个神秘政府机构的出现，给我提供了一个机会。他们给了我最大额度的助学贷款，使我得以在完成学业的同时全神贯注地搞研究，并且还能完成我的资助方的要求。我毕业之后，就去他们的实验室工作，那里的每一项技术都是我梦寐以求的，而且我有很大的自主权，钱也不是问题。

"他们说得很清楚，希望我做什么。他们没有骗过我。我也很清楚自己的工作内容能有什么贡献，按照他们的说法，这份工作很光荣，可以帮助我的国家……"

他瞪着眼，依然看着前面。

“我真的没想过我自己会是那个将研究成果用在目标人物身上的人。我以为我只需要提供他们需要的东西就可以……”她慢慢摇着头，“不过，事实并不是那样。我配出来的抗体太过专业了，使用这些的医生必须要完全了解它的原理。所以，最后留下来的只有一个人。”

放在她后背上的手没有动——好像是被冻住了，一动不动。

“唯一一个跟我一起在审讯室，站在目标人物身边的人，就是巴纳比。最开始是由他来问话。刚开始的时候我很怕他，但后来事实表明，他是一个很善良的人……我们大部分时间都在实验室，做配方，不断改良。事实上，审讯只占我工作内容的百分之五。”她深吸一口气，“但是当手上有案子的时候，我们常常需要同时审讯很多人，所以速度是关键。我必须要能独立工作。我不想，但是我能理解我为什么必须这么做。”

“审讯并没有我想象得那么难。最困难的就是我意识到自己能做得多么出色。这吓坏了我。而且我的害怕从来没有真正停止过。”巴纳比是唯一听她坦露过心声的人。他跟她说不用害怕，她只是属于那种只要想做就什么都能做得特别出色的人。一个天才。

亚力克斯清了清喉咙。“但是我也有收获。我救了无数人的命，我一个人都没有杀过——在我替政府工作的时候没有。”现在她也盯着前面的黑夜。她不希望看见他的反应。“我一直在想，这样是不是让我没有那么像恶魔。”

不过，她心里很清楚，答案是否定的。

“嗯……”他喉咙深处发出低低的闷哼声。

她一直盯着前面空无一物的黑夜。她从来没有跟另外一个人解释过自己的选择——那一连串将她变成现在这般模样的多米诺骨牌。她觉得自己可能说得不是很清楚。

这时，他咯咯地轻声笑了。

她转过头，难以置信地瞪着他。

他翘起嘴角，露出一个有点尴尬的笑容："我本来鼓起勇气，准备好了会听见某些特别令人不安的理由，不过这些理由比我想象得更合情合理。"

她的眉毛拧成一个疙瘩。他觉得她的故事很合理？

他的肚子咕咕响。他又笑了出来，之前的紧张感似乎随着这个声音消散了。

"凯文没有给你做饭吗？"她问，"我猜，这里是那种全自助式的地方。"

"我们可以用他的食材。"他同意。

她领着他来到冰箱前，努力掩饰自己的惊讶，他对待她的态度似乎并没有什么变化。而把一切和盘托出，这种感觉很危险。不过，她又一想，反正他早就知道了自己最坏的一面，也知道她的工作能残酷到什么地步。从此以后，她说的那些话其实都算不了什么。

丹尼尔可能是饿坏了，不过他看见那些可吃的东西，也没有表现得特别激动。他拿了一块比萨饼，和她一样咕哝着数落凯文的厨房什么都没有，在她听起来，这种情况似乎已经很久了。他们后面聊得很愉快，就好像对他来说，她只是一个普通人。

"真不知道他身上那些狂躁的能量是怎么来的。"丹尼尔说，"就吃这种破玩意儿。"

"阿尼可能也不怎么下厨。话说回来，他去哪儿了？"

"小凯还没走的时候，他就去睡觉了。我猜，他可能也是一个早起的人。他的房间应该在那后边。"丹尼尔指着楼梯相反的方向。

“你有没有觉得他有一点儿怪？”

“什么，不怎么说话吗？我觉得这就是他跟凯文的相处方式。如果你要跟小凯当朋友，就必须要有忍受他喋喋不休的肚量。因为你根本没机会说话。”

她不屑地哼了一声。

“比萨饼底下还有冰激凌，你要来点吗？”他问。

她同意，于是开始找银器和碗。丹尼尔找到了一把挖冰激凌的勺，还有几把汤匙，不过他们必须要把冰激凌盛进喝咖啡的马克杯里。她看着他将冰激凌从盒子里挖出来，突然想起一件事。

“你是左撇子吗？”

“嗯，对。”

“哦，凯文是用右手，我还以为你们两个是同卵双胞胎，那是不是代表……”

“一般来说是这样。”丹尼尔说着，把第一杯盛好的冰激凌递给她。冰激凌是普通的香草味，不是她的最爱，不过她现在很开心吃一点儿甜的东西。“不过，我们是例外。我们这种一般被称为‘镜像双胞胎’。同卵双胞胎里大概有百分之二十会出现这种情况，就是从同一个卵子里分裂出来，但是却朝不同的方向发育。所以我们的长相其实也不是完全一模一样，除非两个人摆在一起看。不过这没什么大不了，尤其对凯文来说。”他狼吞虎咽地咬了一大口冰激凌，笑着说，“但是从另一方面说，如果我需要器官移植的话，这就是一个问题了。我所有的内脏长得都是反的，所以要移植某类器官的话就会很麻烦，除非他们能找到另外一对镜像双胞胎，而且那个人刚好还要跟我的基因匹配。换句话说，我最好还是不要对获得新生抱有太大期望。”他又咬了一口冰激凌。

“如果是凯文身上所有的东西都长反了，我倒是能够理解。”

他们两个一起哈哈大笑，这次的笑声比今天之前的笑声要柔和很多。很显然，他们两个身上的歇斯底里已经全都耗尽了。

“那张纸条上写的什么——就是给狗的指令的那一张？”

丹尼尔从牛仔裤兜里掏出纸条，看了一眼，然后递给她。

上面写着几个大字：**逃亡计划**。

“你觉得我们如果说这个，会发生很不好的事情吗？”她问道。

“我觉得有这种可能。在见识了他这些暗语之后，我觉得一切皆有可能。”

“凯文真的需要雇一个人，替他想一些好一点儿的命令语。他完全不擅长这种事。”

“我猜这个活儿可能得归我了。”丹尼尔叹了口气，“我喜欢狗。也许这项工作很有意思。”

“也算是一种教学，是吗？”

“如果小凯同意让我做的话。”丹尼尔说道，“我很想知道他看见我在清理狗栏的粪便时会是什么表情，我不会放过他的。”说完他又叹了一口气，“起码这些学生看起来都很聪明。你觉得我能教会它们打排球吗？”

“……事实上，我觉得可以。它们似乎有很多潜能。”

“看来事情没有那么糟糕了，对吗？”

“对的。”她自信满满地说。然后她在心里默默地说：你这个骗子。

第十四章
最好的选择

亚力克斯醒来以后，第一个感觉是酸痛。睡眠中的无意识让自己有短暂的休憩，从疼痛中逃离出来，而这个喘息的时间，虽然让人很高兴，可是也让醒来的那一刻切切实实变得更糟。

房间里一片漆黑。她觉得那堆箱子后面应该有一扇窗户，不过肯定是拉上了窗帘。凯文不希望晚上有太多窗户透出灯光。最好让这个房子看起来像只有几个房间有人住。就本地人所知，这里唯一住着的人就是阿尼。

她在睡袋里翻了个身，左肩膀和屁股碰到木地板的时候，呻吟了一声，然后伸手去摸电灯开关。她在睡袋和房门之间清出了一条路，这样就不会在漆黑的时候给自己再添一些撞伤。灯亮之后，她把引线拆掉，摘掉防毒面具。既然她不希望害死这里的人，她就用了一个装有迷药的加压毒气管来代替。

走廊里空空荡荡，洗手间的门开着。架子上挂着一条湿毛巾，这表明丹尼尔一定已经醒了。这不奇怪。她昨天弄自己的回忆名单弄到很晚，甚至一边打字一边怀疑自己是不是有可能不到一星期，就不记得这些有隐喻的字符代表什么了。她一边整理这个名单，一边将有灭口价值的机密备注出来，这样的东西很多，但是没有一件特别指向她和巴纳比。就算这些特别的机密是问题的根源，那也应该会有别的牺牲品。从她目前追查的新闻来看，她和巴纳比死了以后，并没有紧跟着出现任何她知道的名字。反正，没有公开出现过。

她洗头的时候，突然想起自己可以把时间做个限定。她总是在洗澡的时候思维最活跃。

巴纳比一直都是个妄想狂，但是他直到遇害的前两年，才开始有了具体行动。她还记得最初那次谈话，那是她第一次意识到自己置身于真正的危险中。当时是秋末，差不多快到感恩节的时候。如果真有某种催化剂的话，就说明巴纳比的转变不是一种偶然，或许巴纳比的反应正是因为这个事件。她不能确定具体时间，但是对于在他转变之后的那几次审问还是记得很清楚的——在她印象里，他在那些审讯中都表现出一种前所未有的紧张和不安。所以说，这些案子都可以排除。而她第一年经手过的案子她也都能轻松回忆起来，那时候一切对她来说都是崭新且尴尬的。那些案子也可以排除。那么就剩下她工作中的那三年以及那两起核武器威胁，虽然范围只稍微压缩了一点点，她也觉得很高兴。

她很感激洗手间里这一摞松软的毛巾。凯文显然很喜欢把家里所有的东西都弄得很舒适。也或许喜欢这些奢华东西的人是阿尼。是谁都好，反正洗手间里有一大堆酒店才会提供的洗漱用品，全都是未开封的。淋浴间里还有洗发露和护发素。洗手台上摆着牙膏、面霜，还有漱口水。真贴心。

她用毛巾抹了一把脸，照着镜子快速确认了她现在的情况——依然不适合见人。她的黑眼圈现在变成了暗青色，在青色边缘有几个很深的紫色血点。她的嘴唇开始消肿，不过被强力胶水粘住的地方更加明显。脸颊上的瘀青只在边缘处褪成浅黄色。

她叹了口气。她的脸至少还要一个星期才能复原，她还得化妆后才能出现在公共场合。

亚力克斯换了一身最干净的衣服，把其他衣服都收起来，卷成一团塞进一件临时充当洗衣袋的T恤衫里，然后出门去找洗衣机。楼下没人，非常安静。她能听见远处传来的狗吠。丹尼尔和阿尼一定是在训练那些狗。

她在厨房的后面发现了一个隐蔽的宽敞的洗衣间。她先看了看后门在哪儿——熟悉每一个出口总是好的。她发现门的下半部分还有一个特别大的塑料活板。她愣了一分钟才反应过来这是狗洞——一个巨大的狗洞，足以让可汗自由进出。到目前为止，她都没在屋子里看见过狗。她按下洗衣机的按钮，然后出去找早餐。

橱柜里的东西并没有比冰箱里好多少。一半装的都是狗粮，另一半基本是空的。幸好，台面上的罐子里还剩了点咖啡。她还找到一盒馅饼，还是她偷来的。很显然，凯文和阿尼根本不像重视毛巾那样重视食物。她找到了一个参加童子军的纪念杯，上面标着的时间是“1983年”，杯子有缺口，而且还褪色了。这个时间点跟住在这里的任何一个人都对不上，所以这一定是个二手货。不过好在这个杯子还能用。她用完后，把杯子放在不锈钢洗碗机里，然后走出去看看今天都有什么任务。

罗拉和可汗都趴在前门廊，陪着那条她忘记了名字的罗威纳牧羊犬。它们全都站起来，好像是在等她一样，然后跟着她走到了谷仓。一路上，她拍了几次罗拉的脑袋，好像这么做是很讲礼貌的事。

那栋现代建筑的北边有一个大跑道，上面满满的全是在奔跑的狗狗。阿尼站在正中间，向嬉戏玩耍的狗狗发号施令。看起来好像没几条狗听他的话，不过其中有几条正扮演着“模范生”的角色。四处都没有丹尼尔的影子。她走进犬舍，顺着通往储藏室的小路走去。凯文和阿尼放在这里的东西，给狗用的比给他们自己用的都多。丹尼尔也不在这里。

她溜达着走到训练场边，不知道该做什么。她一直以来都是一个人。但是现在，丹尼尔不在旁边，她看不着人，突然有些无所适从。

当然了，阿尼对她根本是零关注，任由她走到围栏旁边，用手指钩着铁链。她看到阿尼正在训练一条小牧羊犬——它的爪子很大，耳朵软塌塌的。看到最后，她自己的耐心全都被耗光了。罗拉的两个孩子走过来，身子紧贴着它，央求妈妈舔舔自己。它舔了几次，然后发出几声简短的尖叫声，这种有趣的声音令亚力克斯想起自己的妈妈在吃完晚饭以后，提醒自己去学习的情景。然后，这两条半大的小狗崽不情愿地朝着那个吆三喝四的人走了回去。

或许丹尼尔已经去靶场练习了。凯文说过这附近有一辆卡车，但是她并没有看见。她希望丹尼尔能在那里等她。她也很想再去练练那把西格绍尔手枪。不过，老实讲，她也可以再练练自己的那把警用手枪。她的人生从来不依附于对过去的留恋，指望未来或许是不错的选择。她不希望浪费这个意外得来的练习机会，以提高自己的枪法。

她看着阿尼训练小狗又看了半小时。终于，她打断了阿尼，不是因为无聊，而是因为她想知道这里还有没有能开的车。

“嘿，”她喊道，声音盖过所有的狗叫声，“阿尼？”

阿尼抬起头，表情显露出他对她要说的话毫无兴趣。

“丹尼尔是开车去了射击场吗？他什么时候走的？”

他点点头，然后又耸耸肩。她不明白他的意思，她认为自己必须要把问题再简练一下。

“他把卡车开走了？”她问得直白。

阿尼的注意力又放回到狗身上，不过她还是得到了回答。“大概是。车已经不在上次停着的地方。”

“这里到靶场有多远？”她问。这段距离徒步的话似乎很长，不过她最好还是问一句。

“差不多八公里吧，根据乌鸦飞过来的时间算。”

没有她想的那么远。丹尼尔可是爱跑步的人，他也有可能没开车。好吧，她自己也可以跑步过去，可他很可能在她跑到之前就回来了。

“你知不知道他什么时候走的？”

“我没看见他。可能不到九点吧。”

那已经过去一个多小时了。毫无疑问，他很快就会回来。她还是等着好了。

丹尼尔对练习射击感兴趣是件好事。或许她和凯文之前一直试图告诉他的事情，突然被他听进去了。她其实心里不希望他生活在恐惧中，但这是一个最好的选择。恐惧能让他活下去。

她挥手向阿尼道谢，转身走回大屋，毛茸茸的狗一路尾随着她。

一小时以后，她几天以来第一次穿上了干净的新衣服，这种感觉真是太好了。她将早上穿的那身衣服脱下来扔进洗衣机，一想到整个衣柜又可以充满好闻的味道就觉得开心。她又花了三十分钟继续整理回忆工程——好在十二个小时之后，她还记得自己的标记法。虽然她的编号系统设计得十分严谨，但她还是想尽最大努力将事件按照编年体列出来。这或许会让这份名单看起来更不好懂，不过她现在也没想要一下子就能认出来。

今天早上她的工作重点是编号十五和编号三的两次恐怖行动：一次是策划炸地铁，一次是策划偷生物武器。她开始回想牵涉其中的相关人员。

十五号事件中的恐怖分子和俄国奸商早已处理干净，所以或许和他们没有关系。不过她最好还是先标注一下。NY的缩写太明显，所以她用MB来指代，M代表曼哈顿，B代表布朗克斯；“一号火车”代表目标。TT指的是事件后面的幕后机构，KV指的是卡拉沙谷，VR指的是卖给他们军火的俄罗斯军火商。还有几个给了负责协助和煽风点火的外围人士：RP，FD，BB。

就她目前回忆，三号事件千头万绪，不过最后所有的线索都指向中央情报局。她看着自己写下来的字母：J，I-P指的是印巴边境的查谟。TP，按照他们的叫法，指的是塔科马鼠疫。这种病毒是一个臭名昭著的恐怖分子小组根据西雅图附近一个实验室的一位美国科学家的笔记研发出来的。而分裂细胞FA，在十号和十三号事件里也有涉及。她被“开除”之后，组织也一直在帮中央情报局调查搜集相关情报，进行将该细胞召回的工作。她不知道中央情报局有没有将这个案子彻底解决。凯文一直在墨西哥忙活，可能没办法给她答案。她把几个与此相关的名字用暗语记下来。DH 指的是被偷走资料的美国科学家，OM 指的是她审讯的恐怖分子。她想到还有另外一个美国人也多少牵扯其中——但在整个事件里并没有起主要作用。这个名字好像也跟四号事件有关系，她只记得那个名字很短，发音干脆……好像是字母 P 开头的……

当然了，组织从来不允许她做记录，所以她没有东西可以翻查。这真是令人生气。她决定放弃，下去看看午饭吃什么。馅饼肯定是不能让肚皮满意的。

她走进客厅，听见外面响起低沉的引擎轰鸣声，随后是沉重的轮胎摩擦地面的声音。总算回来了。

习惯使然，她去门口确认来的人是不是丹尼尔。她往外看的时候，引擎刚好熄火。一辆脏兮兮的白色老款丰田卡车停在昨天晚上他们停小轿车的地方，卡车上搭着的车篷同样又脏又旧。丹尼尔正从驾驶座上下来。爱因斯坦紧跟着跳下车。

虽然她觉得这辆车的确平凡普通，但一种诡异的感觉还是一点儿一点儿顺着她的后背爬上来，同时激起一片鸡皮疙瘩。她愣在原地，瞪大眼睛看着四周，就好像一只受惊的兔子想要弄清楚危险到底来自何方。有什么东西是她没有发现，但是自己的潜意识却留意到的吗？

她的目光瞄准了丹尼尔胳膊里抱着的纸袋。丹尼尔将卡车的前座往前推，又抓出来另外一个纸袋。爱因斯坦欢快地在他腿边跳来跳去。可汗和罗威纳犬也跑下门廊的台阶，加入他们。

她瞬间感觉大脑缺氧、头晕目眩。

就在晕眩刚刚过去后的一秒，她立刻行动起来。她跟在狗后面大步走过去，觉得一片瘀青的脸颊底下，血管重新恢复了生机。

“嘿，亚力克斯。”丹尼尔欢快地叫她，“后座上还有几个纸袋，如果你感觉……”他看清楚了她的表情，突然停下来，“怎么了？凯文……”

“你去哪儿了？”她从牙缝里挤出这几个字。

他眨了眨眼睛：“去我们来时路过的那个镇子了。柴尔德里斯。”

她双手攥成拳头。

“我带上狗了。”他主动交代，“一路平安。”

她用一只拳头挡住嘴，气得哆嗦，但努力让自己冷静下来——这是他的错，只是他还没有意识到。她和凯文应该跟他说得再明白一点儿。她以为自己在车里打盹儿的时候，有些防御措施已经说明白了，是她的失策。可如果凯文没有跟丹尼尔说明白他的新生活是什么样，那么那几个小时里他们都聊了些什么？

“有没有人看见你？当然有。你买了东西。有多少人见过你？”

他再一次眨眨眼：“我是做错了什么吗？”

“你进城了？”一个低沉的声音在她身后嗡嗡响起。

丹尼尔目光看向她头上方的某一处：“对……我是想，家里可吃的东西太少了。我就是想吃点非速冻食品，你知道吧？你好像很忙……”

她转头去看阿尼。他一脸冷漠，但是她已经很清楚地看到他的伪装有了小变化——他眼神中透出一丝紧张，额头上的青筋也稍微明显了一点儿。

“你有办法联络上凯文吗？”她问阿尼。

“你是说乔？”

“可能吧。就是丹尼尔的弟弟。”

“没办法。”

“我做了什么？”丹尼尔不明所以地问。

她转头看他，叹了口气：“你还记不记得凯文说过这附近从来没有人见过他样貌的事？……现在有人见过了。”

丹尼尔听明白以后，脸色煞白：“可我……用了假名字。我……我说我只是路过。”

“你跟多少人讲过话？”

“就是百货店的收银员，还有那个……”

“你去了几个地方？”

“三个……”

她和阿尼互相看了一眼——她是惊骇，而他更多是不理解。

“凯文给我留了钱，说是给我买必需品用的。我以为他指的是鸡蛋和牛奶这一类东西。”丹尼尔再次主动交代。

“他指的是假身份证。”亚力克斯厉声喊道。

丹尼尔脸上剩下的那点血色也不见了。他张大了嘴巴。

他们两个瞪着他，瞪了很久。

丹尼尔深吸一口气，明显是为了让自己镇定下来。

“好吧，”他说，“是我搞砸了。我们能先把这些东西拿进去，你们再告诉我情况糟糕到什么地步吗？如果这些东西烂在车里，那我犯的错误就更大了。”

亚力克斯嘴巴紧紧抿成一条线，甚至忘掉了超级胶水粘起来的那条恼人的口子。她点了点头，绕过去走到卡车后座，帮忙把东西拿了出来。她看见车篷里堆着的那些纸袋，只觉得瘀青下面的血液再次沸腾起来。

抛开他去了最近的镇子不提，他买的东西足够喂一整个军团。如果说有什么事能让他更容易被人记住的话，那么或许就是这件事了。

在不祥的沉默当中，亚力克斯和阿尼把所有的纸袋拿进屋，放在厨房的台子上。丹尼尔在橱柜和冰箱之间来来回回地忙着，把东西一样样摆进合适的位置。亚力克斯本来认为他并不是很专心地在做这件事，可事实却是他的表情虽然没有变化，但是他的脸和脖子总是一会儿变红，一会儿又变白。

有这种冷静期或许还是不错的。这样亚力克斯有机会彻底梳理所有事情，能够现实地评估暴露的危险。她已经做好将阿尼的卡车偷走，然后彻底消失的准备了，不过她也很清楚这样做是反应过度。有时候反应过度能救你一命，但是有时只会让你更加危险。她必须要谨记自己的样子，现在跑出去可能会给她带来更多麻烦。

丹尼尔把最后一样东西放进冰箱，关好门。他没有回头，只将头轻轻地朝不锈钢门低下。

"情况有多糟？"他很小声地问。

她看了一眼阿尼，阿尼似乎没准备开口。

"告诉我你付的是现金。"她说。

"是的。"

"好吧。至少，你还做对了一件事。"

"可这也起不了什么作用。"丹尼尔猜测道。

"是的。柴尔德里斯是一座很小的县城。"

"只有六千多人。"阿尼瓮声瓮气地说。

情况比她想得更糟，她太知道高中生那些大孩子是什么样了。

"所以出现在城里的陌生人是非常容易被人记住的。"她说，"你肯定已经引起注意了。"

丹尼尔回过头看着她。他的表情很镇定，可眼神却出卖了他。

“是的，我现在明白了。”他同意。

“你当时开的是阿尼的卡车，带着的是阿尼的狗。”亚力克斯说，“肯定会有人把你和阿尼联系在一起。”

“爱因斯坦一直在车里。”丹尼尔说，“我觉得我上下车的时候没有人看到。”

“城里相似的卡车有好几百辆。其中有五辆颜色、年份和款式都一样，这五辆车里有两辆带篷子。”阿尼说，不过不是对丹尼尔，而是对亚力克斯，“半数人平时会带着狗。”

“这个信息很有用。”她对阿尼说，“你们做得很棒。”

“这件事情对你有多大影响？”丹尼尔问他。

阿尼耸耸肩：“那就不知道了。人们很快就会忘记这些无须用心去记住的事。我们又很低调，所以最后可能什么事都没有。”

“反正，事情做都做了。”亚力克斯沉思道，“只要以后再小心一点儿就好了。”

“凯文肯定会很生气。”丹尼尔叹了口气说。

“他什么时候不生气了？”亚力克斯反问道，阿尼听到笑出了声，“总而言之，他没跟你把情况解释清楚，是他的错。而我没有反复重申，是我的错。”

阿尼点点头，迈着沉重的步伐走到门口，回去继续自己的工作。凯文真是选了一个好搭档。她甚至有点希望阿尼是丹尼尔的弟弟，而不是凯文。阿尼真的好相处得多。

“你训话的时候，我去做午饭怎么样？”丹尼尔提议，“我正在遭受着极度饥饿与痛苦的煎熬。真不知道阿尼是怎么在这儿活下来的。”

“可以。”她说。她抓过来一个吧椅，自己坐好。

“我真的以为自己是在帮忙。”丹尼尔走回到冰箱前，小声嘀咕。

“我知道，丹尼尔，我知道。而且我也饿了。”她后退了一步。

“下次我一定会先问一下。”他保证。

她叹了口气：“这才只是开始。”

虽然她很不想承认，可是丹尼尔为她做的三明治的确让她对他的错误有所改观。她一边吃一边给他普及基本知识，而他则专注地听着。在他们开始射击练习之前，还是要花时间讲得更仔细一些。

“我不知道该怎么用这种方法看待世界。”他坦白说，“似乎很像得了妄想症。”

“对！我们要争取成为妄想狂。这样最好不过了。”

“这跟他们在真实世界教我们的有点自相矛盾，不过我会努力推翻自己之前的刻板印象。我知道我能够做到。以后每件事我在做之前都会先和你商量。甚至在喘气之前。”

“你现在刚开始适应，过不了多久就会变成习惯。不过不要以为你之前认识的那个是真实世界。这个世界里发生的事情才是更加真实的，而且更加永恒。这个世界非常原始——大家都有求生本能。我知道你也有，这是你天生就有的，你只需要开发自己的那一部分就好。”

“我必须像猎物一样思考。”他试图让自己的表情看起来乐观一些，不过她还是能够看出来他有多幻灭。

“是的，你就是猎物。我也是。你弟弟也是。还有阿尼也是，很明显。在这里，这才是最流行的状态。”

“可是你，”他缓缓地说，“还有我弟弟，甚至可能包括阿尼，都还兼着猎人的身份。可我只是一个牺牲品。”

她摇了摇头："一开始我也是牺牲品，但是我会学。你有我没有的优势。你和你弟弟拥有同一个基因序列，是天生的捕猎者。我看到过你在靶场的练习，其实你也有能力照顾好自己。"

"你这样说只是为了让我好过一点儿。"

"我这样说是因为我嫉妒。如果我有你那么高、那么壮，有你那种射击天赋，我现在玩的这个游戏，情况就不是现在这样。"

"如果我能有你这么聪明，又是个妄想狂，或许就不会给我们带来危险了。"

她笑了。"这不能比。你有学习的能力，可我永远没办法长高。"

他也笑了。"但是你更加狡猾，不是吗？"

"哦，"她头痛地呻吟，"我们还是做点有意义的事情，去练练开枪打草垛好了。"

"好，不过我最晚也必须赶在……"他瞥了一眼靶场上挂着的钟表，"六点前回来。"

亚力克斯不太明白："是有你喜欢的电视节目还是别的什么？"

"不是。我还欠你一顿饭，现在我不太可能带你进城去吃了。"他略带歉意地笑了笑，"这也是我去采购的理由之一。"

"哎……"

"我约过你吃饭。你不记得了吗？"

"哦，记得。我只是以为我绑架你之后，你前面所有说过的话都不算数了。"

"如果说话不算数，我会很难过。再说，总要有人去做饭，恰好我做得不算太差。我知道在这一方面完全指望不上凯文和阿尼。”

亚力克斯叹了口气：“我可能跟他们一样。”

“所以就这么说定了。现在我们可以出发了。”

丹尼尔上手速度很快，怪不得凯文被招进了特工队。他们练习的时候，丹尼尔告诉亚力克斯，凯文擅长各种运动，而且在射击方面特别有天赋。很显然，这兄弟俩和他们的父亲经常参加各种比赛，而凯文总会带着冠军奖杯回来。

“我们九岁的时候，我失误赢过他一次。实在不值得。从那以后，我就很努力地讨爸爸欢心，但其实我不是真的想争宠。我找到了自己的兴趣，但凯文对这些东西根本不感兴趣，比如看书、参加社区活动、长跑、烹饪之类的。还有追姑娘，他总是不断这么提醒我。”

亚力克斯换上一个新弹匣。他们真的是在浪费凯文的子弹，不过她才不在乎。反正他还能再找来新的。

她今天彻底把谷仓搜查了一遍，发现了几个凯文藏现金的地方。看起来那些贩毒赚的钱，有一部分进了他的口袋。按照惯例，她一般都是在实在没有选择的情况下才会去偷，不过她现在很想能拿多少就拿多少。毕竟，她比上个月还要穷，而且穷得不是一星半点，有一部分是凯文的错。

“我很想知道如果我高中的时候，有一个很擅长化学和生物的兄弟姐妹会怎样，”她问道，“我会不会直接就放弃了？最后成为一个会计？”

她开了一枪，笑了。子弹正中靶心。

“或许你比我更有好胜心，总是拼命努力，为了夺冠。”

他随意斜着身子，摆好射击的姿势，朝着一百米外的一个草垛开了一轮枪。

她也开始新的一轮：“或许当个会计，我会更高兴。”

丹尼尔叹了口气："可能你说得对。我当老师就觉得很高兴。虽然这不是什么高大上的职业，不过平凡普通也让人非常满意。事实上，做平凡的人、过平凡的生活，往往被人低估了太多。"

"我不知道。不过听起来好像不错。"

"你从来都不普通。"这并不是个问句。

"是的。"她附和道，"没有真正普通过。事实表明，这真是太不幸了。"对她而言，就是聪明反被聪明误，可惜她花了很久才看清楚这件事。她连发了两枪，都打中了靶子。

丹尼尔挺直身子，扛起一支长步枪。爱因斯坦站起来，抻了抻后背。"哦，其实我在一些事情上也不那么平凡。"他说，亚力克斯从他的语气里可以肯定，他是有意活跃一下气氛。"你很走运，"他继续说，"今天就见识了我擅长的一个领域。"

亚力克斯放下手里的西格绍尔手枪，伸了个懒腰，很像爱因斯坦刚才的样子。她的肌肉因为身上的伤，更容易僵硬。她没有像平时那样伸懒腰，她需要强迫自己减少四肢的活动。

"听起来很有趣。而且我饿了，所以我真的希望你刚才说的领域是指在厨房。"

"的确是。我们走吗？"他闲着的那只手朝卡车的方向一挥。

"收拾完我们的玩具，立刻走。"

丹尼尔似乎真的特别像个居家男，他一边哼着歌，一边把食材切成片，撒上香料，放进锅里。她不经意间留意到这里有很多厨具都是新的，之前她翻橱柜的时候并没有看到。她想跟他说一个普通路过的人很少会去买厨具，但这句话并没有说出口。这些食物的香味已经飘出来，她不希望毁了这一刻。

她坐在沙发上，双腿盘起来，同时留意着电视新闻和丹尼尔。电视里没有什么趣事——就是一些当地新闻，还有一些大选的话题，离选举还有九个月呢。对于亚力克斯来说，整个选举的过程就是让人生气的过程。在真正的竞选开始之前，她可能不得不放弃新闻节目。作为一个比大多数人更清楚各种黑幕，以及了解人们选出来的那些傀儡代言人真正在决策上有多么无足轻重，她很难对左派和右派的观点提起兴趣。

阿尼吃完一份速冻食品，然后在差不多七点半的时候回房休息，这似乎已经成了他的习惯。亚力克斯劝了他两次，问他要不要等会儿吃点家常料理，但他似乎懒得理会，连个回应都没给她。她很惊讶丹尼尔连问都没有问，或许他是做饭太过专注，根本没留意。她问了一两次要不要帮忙，然后被告知什么都不用做，只要等着吃就好。

丹尼尔只翻出来几个不配套的盘子、乱七八糟的银质餐具和马克杯，自己小声嘀咕了几句。她不得不提醒他，他不能为了精致的瓷器，再去大采购一次。丹尼尔把所有食物摆上桌，她热情地站起来，房间里飘着的各种食物的香气更让她觉得饥肠辘辘。丹尼尔已经替她拉开了椅子，这令她想起了过去看过的电影。这才是普通人会做的事情吧？她不是很确定，也没有这么认为。至少，她经常去吃饭的地方看不见这一幕。

他满脸通红地拿出一个打火机，点燃了一支带蓝色和粉色圆点的蜡烛，蜡烛是数字 1 的形状，他将其插在了一个面包卷上。

“这是我能找到的最接近晚餐蜡烛的东西了。”他看到她的表情，解释道，“然后，这是我能找到的最好的酒。”他说着，指了指放在她马克杯旁边一个已经打开的瓶子——标签上的字她并不熟悉。“这是超市最受欢迎的葡萄酒。”

他要给她倒酒，她不由自主地伸手捂住了杯口。

“我不喝酒。”

他犹豫了一下，然后给自己倒了一小杯。“今天上午我还买了点苹果汁，或者我给你倒点白水？”

“苹果汁就很好。”

他站起来，朝冰箱走去。“我能问一句吗？你是戒酒了，还是出于宗教信仰？”

“出于安全需要。我已经四年没有碰过任何会干扰我敏感度的东西了。”

他给她倒了一大杯果汁，然后走回来，在她对面坐下来。

“你不是三年前才开始逃亡生活的吗？”

“是的。但是当你知道有人随时都想杀你，你就很难再去想别的事。我承担不起分心的后果。我什么都不能错过。不过我觉得，我还是错过了一些东西。如果我真的时刻踮起脚走路，或许巴纳比现在还活着。我们就不应该等。”

“你觉得这里不安全？”

她抬起头，吃惊地看着他。答案太明显了不是吗？“对。”

“因为我今天早上做的蠢事？”

她摇摇头：“不，完全不是。我从来不觉得有哪个地方是安全的。”

她听得出自己这句话有多么不耐烦，还有她话里流露出来的那种理所当然。她注意到他的脸色微微一变。

“嘿，不过我也很可能是得了创伤后应激障碍。本来也不一定非得那样。我很确定，如果换了别人，肯定能表现得更好一点儿。”

他扬起眉毛："是的，凯文似乎就很正常。"

他们又笑出声来。这一次，她没有笑得好像要把过去三年里欠下的所有笑声都一起笑出来。

他拿起叉子："请？"

第十五章
真情告白

“毫不夸张地说，我真心觉得这是我人生中吃过的最好吃的一顿饭。多数时候，我就是个快餐女生，所以对美食其实没什么评判资格，不过我刚才说的全都是肺腑之言。”

“哇，这真是一句美妙的恭维。谢谢你。”

“这个是什么来着？”她用叉子戳了戳盘子里的甜品，希望自己的胃还能再有一丁点空间。她吃得都快吐了，但还是很贪婪地希望能再吃一口。

“香蕉奶油蛋糕。”

“我是说……”她叉了一小块，完全无视自己的肚子，吞了一口蛋糕，“你是从哪儿学的这个？”

“我上大学的时候修了几门烹饪课程。周末还经常上‘美食频道网’看别人怎么做，然后一有空就自己实践一下。”

“这样的生活真好。我想你大概已经开始怀念大家了吧。”

“我那阵子下班以后在几家饭店做兼职。但是这样并不利于社交生活。我跟我的前……约会的时候，她其实不太喜欢我这样。如果只做白天的工作，我们就可以有更多时间相处。”

“不是每个人都愿意做出牺牲的。”

“其实那也不能算是牺牲。跟孩子们在一起当然是最重要的事，我也很喜欢。不过也不是说我不能回家做饭。所以，我就暂时两者兼顾了。”

“后来你就不再做了？”

他叹了口气：“嗯，莱尼离开的时候……我不想吵架。她想要什么，我都会同意。”

亚力克斯很容易就能想象出那是怎样一种情况。她曾经见过丹尼尔离婚以后的银行账户。“她直接让你净身出户了？”

“差不多吧。从那以后，我只能靠吃拉面度日。”

“真是罪恶。”她渴望地看着剩下那点奶油蛋糕。

“人生如此，”他说，“每个人都有自己的伤心事。”

“老实说，虽然最后的结局有那么一点儿令人害怕和悲情，但我已经做好了和它道别的准备。我从来没想过自己的人生会消耗在实验室里，只不过这是我所擅长的事而已。”她耸耸肩，“我的工作也有负面影响。”

“这种事我连想都不敢想。不过我指的是……恋情。”

她瞪着他，完全没跟上：“恋情？”

“嗯，你刚才不是说，最后都以悲剧收场吗？”

“我的人生，当然是这样。可……”

“从你说起他的那种语气，我想，以那样的方式失去……巴纳比博士，一定是场灾难。你从来没说过他的名字是什么？”

“约瑟夫。不过我一般就叫他巴纳比。”

她喝了一口果汁。

“你和他是……一见钟情吗？”

她惊得把一大口果汁呛进了肺里，剩下一点儿直接喷了出来，不停地咳嗽。丹尼尔跳起来拍着她的后背，而她则努力恢复平稳呼吸。一分钟以后，她挥手将他赶开。

“我没事了。”她咳嗽着说，“坐。”

他站在她旁边，一只手伸到一半。“你确定？”

“我就是……被惊吓到了。我跟巴纳比？”

“我以为你昨天说……”

她深吸一口气，又咳了一阵。“说我爱他。”她打了个寒战，“抱歉，我只是对这种类似乱伦的行为有严重的反胃反应。巴纳比更像是我的父亲，是我认识的唯一一个好人。当我知道他死了再也回不来之后，真的很难过，我非常想他。所以，是的，这绝对是一场灾难，但不是那样的灾难。”

丹尼尔慢慢走回到自己的座位坐下。他考虑了一会儿，然后问道：“你失踪后，跟很多人也被迫断了联系吧？”

她能想象出此刻他的脑海里一定闪过了一长串各种各样的面孔。“对我而言，这些倒不是什么难事。听起来很可悲，不过巴纳比是我唯一一个真正的朋友。我的工作就是我生活的全部，他们不允许我跟除了巴纳比以外的人谈论我的工作。我过的是一种非常孤独的生活。倒是也有一些人和我们有接触……比如说，替我们准备东西的下属。他们大概知道是怎么一回事，但是对于情报以及细节一无所知。而且……他们很害怕我。他们知道我的工作内容，所以我们也不怎么聊天。还有几个实验室的助手，他们各自负责不同的内容，不过谁都不知道我们的做法，而且我也必须很小心，不能说任何对他们有些许暗示的话。偶尔，也会有其他机构的人来这里监看情况，或是直接参与审问，但是我和这些人很少说话，只是在必须要给他们一些指导的时候说几句。大部分时候，他们都是站在那种单向玻璃后面观看全程，然后由卡斯顿把情况告诉我。我本来以为卡斯顿和我也算某种程度上的朋友，不过他却想要杀我……所以我失去的和你失去的没法比。很显然，我这辈子可以失去的东西并不多，甚至在我被招进组织之前……我猜我跟那些相对而言的普通人无缘。就像我说的，很可悲。”

他笑着对她说：“我怎么没发现？”

“哎，谢谢安慰。现在，天已经晚了。我们把这些都收拾一下吧。”

“当然。”他站起来伸了个懒腰，开始把盘子一个个摞起来。在他把所有东西都收拾好之前，她飞快地抓了几样东西在手里。“但是夜才刚刚开始。”他继续说，“我现在要开始履行我们约定的另一半内容了。”

“啊？”

他哈哈大笑。他用两只手端着盘子，所以她帮他打开洗碗机。她负责摆下面的一摞，而他负责摆上面的一摞，将大一点儿的盘子放在洗碗槽里。在两人的分工配合下，洗碗工作很快完成。

“你不记得了？也是，已经过去好几天了。我必须要承认，这几天好像非常漫长，感觉像是好几个星期。”

“我不知道你在说什么。”

他关上洗碗机的门，向后倚靠在橱柜上，抱着胳膊。

“好好想想。在事情变得……不同之前。你答应过，如果在我们一起共进晚餐之后我还喜欢你的话……”

他扬起眉毛看着她，等着她的空白记忆被填补好的那一刻。

哦，他是在说地铁上的那番谈话。她有些惊讶，他居然能如此轻松地提出来。那可是他的人生离开正常世界的最后一刻，也是他的一切被偷走前的最后一刻。虽然她并不是这场偷盗的幕后策划者，但的确是这些人伸出来的那只手。

“哦，在大学电影院陪你看一部外国电影，是这个吗？”

“答对了！不过不用这么具体。大学的电影院现在肯定是不方便去了。不过……”他打开身后的橱柜，从最高的架子上摸了一个东西下来。他转身看她，露出一个大大的微笑，然后呈上一个 DVD 光盘盒。褪色的封面上是一个穿红裙的漂亮女人，头戴一顶黑色的宽檐帽。

“快看看！”他说。

“这东西你到底是从哪儿找来的？”

他的笑容稍微收敛了一点儿：“一家二手店——我去的第二家店。我运气很好。这的确是一部很棒的片子。”他看懂了她的表情，“我能看透你的想法。你一定在想，有没有什么地方是我没去过的吗？等到天一亮，我就死定了。”

“我的心里话没有你想得这么多。而如果我们能现在就开着阿尼的卡车消失在夜幕中，可能情况不会那么糟。”

“虽然我依旧对之前冲动的行为感到非常、非常抱歉，不过我还是很开心能找到这部片子。你一定会喜欢的。”

她摇了摇头——不是不同意他的说法，只是觉得她人生中的事情怎么会越来越奇怪。一步走错，突然间她就要被拉去跟一个……她不应该遇见的人一起去看一部大部分都是字幕的片子。

他朝她走过来：“你不许说不。之前我们都说好的，我很希望你能说话算数。”

“我看，我看。不过你需要解释一下，你到底为什么还会觉得喜欢我。”她说，后面的话说得含含糊糊，不如开始时那般有底气。

“这件事我可以办到。”

他又往前迈了一步，将她逼得向后退，靠在厨房岛台上。他双手分开，撑着她身后的台面，整个人身子前倾，她能闻到他头发上清新的柑橘味道。他离她这样近，她看得出来他一定是刚刚刮过胡子——他的下巴非常光滑，底下还有一条剃须刀刮出来的刀口。

丹尼尔这样近距离的接触令她不解，但是她并没有特别害怕，如果换了这个星球上其他任何一个人，她可能都不会这样。他并不危险，她很清楚这点。不过，她不明白他要做什么，哪怕他缓缓地将他的脸靠近她的脸，闭上了眼睛。她从来没想过他是要吻她，直到他半启的嘴唇离她就像呼出的一口气那么远。

这个举动吓到了她。她被吓得不轻，做出的反应根本没有经过自己的意识。

她一扭身从他的胳膊底下钻了过去，动作灵活。她向前冲出去几步，然后转身看向触发警报的罪魁祸首，自己的身子还保持着半蹲的姿势。她的双手自动放在腰上，摸索着她今天根本没系的那根腰带。

她看见丹尼尔惊讶的表情，意识到自己的这种反应如果是在他拔刀向她咽喉刺过来的时候，会更合适一点儿。她挺直身子，放下双手，脸烧得通红。

“呃，对不起。真的对不起！你……真让我措手不及。”

丹尼尔的惊讶变成了难以置信。“哇。没想到我动作有那么快，不过或许我应该重新考量一下。”

“我只是……真的对不起，刚才是怎么回事？”

他的脸上掠过一丝不耐烦。“哦，就是我想要亲你。”

“看起来是那样，可是……为什么呢？我是说，亲我？我不……不明白。”

他摇了摇头，转身斜倚在厨房岛台上。“哈，我本来以为我们两个是在同一个频道上，不过现在我感觉好像自己讲的是外语一样。那么你以为刚才发生了什么？之前的烛光晚餐算什么？那根可怜的小蜡烛算什么？”他指了指桌子。

他朝她走过来，她强迫自己不要后退。抛开所有的疑惑不谈，她知道自己之前的过度反应很无礼。她不希望再伤害他的感情，哪怕他是一个疯子。

“当然……”他叹了口气，“你肯定也意识到了我有多爱……碰你。”这时他已经走到离她很近的地方，伸出一只手，用指节轻抚着她的手臂，“在我们的星球上，这种小动作是一种表示浪漫兴趣的信号。”他再一次靠近她，眯起眼睛，“那么请你告诉我，这些对你来说意味着什么？”

她深吸一口气。“丹尼尔，你现在的行为更像是一种感觉被剥夺后的反应。”她解释道，“这种情况我以前在实验室里也见过……”

他睁大了眼睛，向后退开，整个人完全凌乱了。

“这是一种对于你所经历的事情的正常反应，而且在目前这种环境中，这是一种非常温和的反应。”她继续说，“你的表现已经很出色了。有许多人到现在可能已经精神失常了。这种情感反应或许跟你曾经经历过的某种感情十分类似，不过我可以向你保证，你现在的感觉并不是什么浪漫兴趣。”

在她解释的时候，他逐渐镇静下来，但是他似乎不太认同她的分析，也没有从中感觉到安慰。他眉头紧蹙，嘴角下撇，显示出他不太高兴。

“你确定你比我自己还要了解我的感受，就因为……”

“正如我所说，我曾经在实验室里见过这样的情况。”

“‘这样的情况’？”他用她的话反驳，“我能想象到你在实验室里的确见过很多情况，但是我也非常确定我自己才最有资格说我对谁有浪漫兴趣。”他的话听起来有些愤怒，不过他还保持着微笑，说话的同时又往前走近了一些，“所以如果你唯一的论据只是传闻……”

“这并不是我唯一的论据。”她一字一句地说，有点不情愿。这些话并不是那么容易说出口的。“我之前一直……埋头于工作，但是这并不代表我什么都不懂。我知道那些男人看我的时候其实是在看什么，那些知道我身份的人……就像你这种。我非常理解这种反应。你弟弟的恨意——那才是正常、合理的反应。我以前见过太多次了——被恐惧、憎恶、渴望控制了身体。我是一个置身于极其黑暗与恐怖世界里的妖怪。那些什么都不怕，甚至连死都不怕的人，都怕我。我夺走他们身上任何引以为傲的东西，我可以令他们背叛自己曾经坚守的一切。我是他们只在自己的噩梦中才见过的怪物。”她最终接受了这样一个自己，不过并非毫无痛苦。

她并不是不知道那些外人——那些不了解她的人，将她看作一个女人而不是恶魔。当她需要的时候，她也可以让自己的外表变得精致、有女人味，就好像她对那个酒店里的秃头经理一样。这跟把自己扮成一个小男孩没什么两样，都是伪装。但是就算外人见到她女性化的一面，他们的目光里也没有……欲望。她不是那种女生，不过这没关系。她有自己的天赋，一个人不能十全十美。

他耐心地听她讲着，表情没有任何变化。她看不出他有什么明显的反应。

“你听明白我说的了吗？”她问，“我本人与浪漫兴趣这种东西完全不相容。”

“我明白。但是恕我不能同意。”

“我不明白，为什么所有人都同意，偏偏你不同意？”

“第一，虽然这不是重点，但我并不怕你。”

她不耐烦地吸了一口气：“你为什么不害怕？”

“因为，现在你已经知道我是谁了，也知道我对你没有威胁，而且我永远不会对你有威胁，除非我变成那种会对你造成威胁的人。”

她撇了撇嘴，表示不赞同。他说得没错……不过这并不是重点。

“第二，这点依然不是很重要，我觉得你在过去的人生中都没有遇到对的人。我能想象得出，是你这种特殊的工作害的。”

“或许吧。可是你说了这么多，重点是什么？”

他再次凑近她。“我的感觉。还有，你的感觉。”

她坚守着立场说道：“你怎么确定你的感觉？你现在正处于人生中的创伤期。你刚刚才失去了自己的整个世界。所剩的只有一个不能完全相信的弟弟，一个绑匪兼行刑者，还有阿尼。所以现在的情况就是，要么你把自己跟我绑在一起，要么跟阿尼绑在一起。这种情况就是最基本的斯德哥尔摩症候群一类的东西，丹尼尔。我是你生命里唯一一个女人——你没有别的选择。你理性地想一想，现在的时机有多么不合适。你不能相信这种在经受了生理与心理上的严重创伤后产生的感觉。”

“我或许可以考虑一下，除了一件事。”

“什么？”

“在你成为我生命中唯一的女人之前，我就想要你。”

这句话扔给她以后，他趁势用两只手轻轻地扶住她的肩膀。他掌心的温度令她意识到，她刚才是那么冷，而自己居然没有意识到。她打了个哆嗦。

“还记得我之前跟你说过，我从来没有在地铁上约过女生出去吗？那其实是一种比较保守的说法。一般来说，我会用三个星期来进行正常的交往——这个过程很尴尬，因为往往都是女生主动，然后我才会唤醒神经，邀请某个人出去喝咖啡。但是从我见到你容颜的那一刻起，我就希望跳出自己的舒适区，以确保我能够再次看到你。”

她摇着头：“丹尼尔，我对你下了药。你当时是中了一种类似迷魂药的东西，是一种药物反应。”

“不是那会儿，那会儿我还没有中招。我记得。我能够感觉到你‘吓到’我之前和之后的区别。后来的情况我一直都是稀里糊涂的。但是在你给我下药之前，我已经深陷其中了。我一直想要找个办法，怎样才能不像个尾随者一样，在你下车的那站跟你一起下车。”

她没有回答。他近距离的身体接触令她整个人恍恍惚惚。他依然轻轻地搂着她，微微弯下身子，这样可以和她的脸靠得更近。

直到这时，她才开始真正思考他说的话。自从绑架之后，她将他所说过的话、做过的事都自动忽略，认为这些是创伤后遗症。她将他当作目标人物一样分析，自己总是置身事外，因为这些东西跟她没有关系。所有这些，就他经历的事情来说，都在正常的范围之内。

她试着回想上一次有男人像这样看自己是什么时候，但是想不起来。

过去三年里，她见过的每一个人，无论男女，都具有潜在的危险性。而在那之前的六年，正如她刚刚解释过的，她在每一个跟她有过接触的男人眼里一直是恶魔。而再往前追溯到她的大学时代和医学院时代，虽然也有过几段短暂的关系，但是每一段都不怎么浪漫。一开始，她只是一个科研人员，即便那时，跟她有所接触的男人也全都一个样。他们的关系大多源于经常在一起做研究，以及那份百分之九十九点九九的普通人不会感兴趣的独特兴趣。每一次，他们都是默默确认彼此的关系。怪不得没什么可回忆的。

而这些人脸上从来没有露出过他这种表情。他看着她的脸……这张被痛揍过的脸的时候，是惊奇中带着迷恋又混杂着一种带电的东西。这是她第一次因为一个完全虚荣的理由，觉得自己乱七八糟的外表没面子。她的双手一直软绵绵地垂在身体两侧。现在，她举起一只手捂住自己的脸，像个孩子一样。

“这件事情，我已经想了很久，”他说，她能够听出来他的话里带着一丝笑意，“我知道自己在说什么。”

她只能摇头。

“当然了，如果你没有同样的感觉，所有这些都毫无意义。我今天晚上可能是有些太过自信了。”他顿了一下，“结果证明我们两个说的根本就不是同一种语言，对吗？我一直都误解了你。”

他又顿了一下，似乎是在等一个答案，但是她根本不知道要说什么。

“你看着我的时候，都看见了什么？”他问。

她的手往下挪了一点儿，抬头看他，还是那张她从一开始就试图看明白的极其诚恳的脸。这是一个什么鬼问题？有太多答案了。

“我不知道该怎么回答。”

她眯起眼睛看了他一会儿。她希望他能往后退一步，这样她能更清醒地思考。他似乎是为了给自己鼓劲，挺直了脊背，准备迎接某种打击。

“或许我们应该打开天窗说亮话。那么你回答这个问题好了：你看着我的时候，看到的最糟糕的东西是什么？”

她还没来得及思考，一个最诚实的答案就跳了出来：“一个累赘。”

她能看见这句话落地的时候有多么伤人。现在，他松开了她，可她后悔了。为什么房间突然变得这么冷？

他转身走开的时候，点了点头。

“没错，这非常公平。很显然，我是个白痴。我不能忘了是我让你身处危险当中。而且，事实上……”

“不是！”她犹犹豫豫地朝他迈了一步，显然非常焦虑，“我不是这个意思。”

“你不用再好心劝慰了。我知道，我在这儿非常没用。”他朝着门口比画了一下，指着外面这个想要他们全都死的世界。

“你没有。当一个普通人不是什么坏事。剩下的东西你可以学。我刚才的意思是……筹码。”她忍不住说道。而他的表情赤裸裸地显示自己快要被击垮了。她又朝他走了一步，用两只冷冰冰的小手握住他一只温暖的大手。看到“筹码”这个词令他眼中的痛苦变为疑惑的时候，她心里觉得舒服了一点儿。她匆匆解释道：“你还记得我和凯文说过筹码的事吗？关于你是中央情报局把他引出来，暴露自己的筹码的话？”

“是的，这个词比‘没用’让我感觉好多了。”

“你让我说完。”她深吸一口气，“他们手里从来没有对付我的筹码。巴纳比是我唯一的家人。我没有姐妹，也没有在近郊的房子或者可以被威胁炸掉的公寓。世界上没有我关心的人。是的，这很孤独，但同时我也是自由的。我只需要对自己负责，保住自己的命就可以。”

他思索着这番话，试图弄清楚她什么意思。而她也搜肠刮肚地寻找合适的例子。

“你看，如果……如果他们抓住了你，”她一点儿一点儿地解释，“如果他们在某种程度上控制了你……我肯定得去救你。”这句话她说得非常真心实意，自己都被吓了一跳。她不明白自己怎么会有这种心思，但这的确是事实。

他睁大眼睛，定格在那里，一动不动。

“那他们就赢了。”她略带歉意地说，“他们会杀了我们俩。但是这并不意味着我就不愿意去尝试。你明白了吗？”她耸耸肩，“累赘。”

他张开嘴巴想要说什么，随后又闭上。他走到水池旁，然后又走回来站在她的正对面。

“那你为什么要来救我？因为内疚？”

“有一点儿吧。”她承认道。

“可是把我卷进来的人并不是你，真的不是你。他们选择我，不是因为你。”

“我知道，所以我才说有一点儿。大概占到百分之三十三吧。”

他微微笑了下，好像她刚说了什么很有趣的事。“还有百分之六十七呢？”

“另外百分之三十三大概是……正义感？这个词其实也不对。不过像你这样的人……应该得到更多。你比那些人都好。所以你这样的人不应该成为我们这个世界的一分子。这是一种严重的浪费。”

她本来不想说得这么义愤填膺。她的话只能加重他的不解。他没有意识到自己有多么不凡。他不属于这个臭气熏天的臭水沟。他身上的某些东西特别……纯净。

“还有最后百分之三十四？”他想了一会儿，问道。

“我不知道。”她哀吟道。

她不知道为什么，也不知道他是如何占据她的生活重心的。她不知道为什么自己默认他未来也有如此重要的地位，这根本没有道理。她不知道为什么，当他的弟弟要她照顾丹尼尔的时候，她回答得那么迫切，那么……心甘情愿。

丹尼尔等着听更多。她无助地摊开双手，不知道还能说些什么。

他又笑了一下：“好吧，看起来‘累赘’这个词也没有那么糟糕。”

“在我看来还是很糟。”

“你知道如果他们要来抓你的话，我一定会竭尽所能地挡住他们。所以，你对我而言还是一个累赘。”

“我不希望你这么做。”

“因为最后还是我们两个一起死。”

“是的，就是这样！如果他们来抓我，你就跑。”

他哈哈大笑：“一、同意；二、不同意。”

“丹尼尔……”

“让我对你说说，当我看你的时候还看见了什么。”

她下意识地缩起肩膀：“告诉我你看到的最糟的东西。”

他叹了口气，伸出手，指尖轻轻地顺着她的下颌骨游走。“这些瘀青，它们让我心碎。但是，我又有些感激它们，我知道这种想法很不正常。多不幸啊，不是吗？”

“感激？”

“是的，如果不是我那个像蠢牛一样的弟弟把你打成这样，你就会消失，而我可能就没办法再次找到你。你因为这些伤，需要我们的帮助，你才可以和我待在一起。”

在他说到最后一句话的时候，他的表情变得非常不安，甚至连他游走在她皮肤上的手指都不安起来。

“现在，我能告诉你我都看见了些什么吗？”

她谨慎地看着他。

“我看见了一个女人……比其他我见过的女人要真实得多。你令我认识的其他人都变得不真实，甚至有些不完整，就好像是影子和幻觉。我爱我的妻子，正如你在我神志不清的时候，一针见血指出来的那样——我爱的其实是我想象中的她。的确是这样。她对我来说，从来不像你这样是真实存在的。我从来没有像被你吸引这样，被其他人吸引过。我从见到你的第一秒就陷了进去。这两者间的区别，就好像是……好像是在书本里看到重力，和第一次被重力拉下去的区别。”

他们互相看着对方，好像看了好几个小时，但其实只过了几分钟，甚至几秒钟。他的手，一开始还只是用指尖轻触她的颧骨，后来慢慢地滑落直到整个手掌握住了她的下巴。他用大拇指轻轻压着她的下嘴唇，摩挲着，她不是很确定这是不是自己的想象。

“这件事无论从哪方面来看都不合理。”她喃喃地说。

“不要杀我，好吗？”

她好像还点了点头。

他抬起另一只手，温柔地捧住她的脸。她虽然脸上都是伤，却感觉不到一丝痛意。就好像电流里游弋的等离子体一样的感觉。

当他的唇轻轻压上她的唇时，她想要提醒自己，自己已经不是十三岁，而这也不是她的初吻，所以……这时他的双手插进她的发丝，迫使她的唇更加牢固地贴住他已经张开的唇瓣，她甚至连后半句话都没想完。然后她就不知道该怎么将那些词有意义地串联在一起了。

她轻轻呼了一小口气，他将脸微微移开一些，不过一双修长的手依然牢牢扶着她的头。

“我弄疼你了吗？”

她不记得该怎么说“继续吻我”这句话，所以只好踮起脚，挺直身子，双臂搂住他的脖子，将他拉得更近。他似乎没有不配合的意愿。

他一定感觉到了她的双臂往下拉，又或者是他的后背抗议两人之间的身高差，他抱住她的腰，用力把她抱到了厨房岛台上，两个人的嘴唇从此就再也没有分开。他的双臂紧紧搂住她的身子，而她的双腿则条件反射地盘住他的腰……这样，他们两个人的身体就火热地缠在了一起。她的手指在他发间纠缠，而她也终于承认，她一直就很着迷于这头不羁的鬈发，她悄悄地享受着手指在发间游走的感觉，而他根本没有察觉到她的这一举动。

这个吻特别真诚，也特别丹尼尔，就好像他的性格——同时还有他的气味与味道——是在两人之间游走的、嗡鸣的电流的一部分。她开始明白他刚才说的话，她对他来说是真实的。他对她而言也是新鲜的，一种全新的体验。就好像她的初吻一样，因为从没有任何吻如此生动，如此强有力，甚至打败了她自己那善于分析的大脑。她根本无法思考。

无法思考的感觉真好。

所有的一切就仅仅是亲吻丹尼尔，就好像呼吸也没有任何理由。

他吻了她的颈项，她的太阳穴，她的头顶。他捧着她的脸抵住自己的脖子，叹了一口气。

“感觉我好像已经等了一个世纪。就好像时间失去了连贯性。和你在一起的每一秒，能抵得上遇见你之前的好几天。”

“不应该这么简单才对。”他停下来，她又能思考了，而她宁愿不思考。

他托起她的下巴：“你是什么意思？”

“不是应该有些……尴尬才对吗？一直都在鼻子撞鼻子。我是说，虽然刚才……好久，可我只记住了这个。”

他吻了吻她的鼻子：“一般来说，是这样。但是我们的情况无论从哪方面来看，都不一般。”

“我不太明白怎么会发生这种事。从概率上讲没有一丝可能。你只是他们用来给我下套随便找的诱饵。然后，你凑巧又特别……”她不知道该怎么说下去。

“凑巧是我想要的。”他说完，又俯下身子去吻她。他很快结束了这个吻。“我要承认，”他继续说，“我不会下这样的赌注。”

“你中彩票的概率可能会更大。”

“你信命吗？”

“当然不信。”

他听到她语气里的轻蔑，哈哈大笑：“那么我猜，你也不信因果了。”

“这些东西都是假的。”

“你能证明吗？”

“呃，不能确切证明，但是也没有人能够证明它们是真的。”

“那么，你就必须要接受这个世界上最不可能的巧合。而我觉得宇宙是有某种平衡的。我们都曾经受到不公正的对待。或许这就是我们的平衡。”

“这不合理……”

他打断她，他的唇令她立刻忘记了自己刚才想要说的话。他顺着她的颧骨一直吻到她的耳朵。

“理性什么的太讨厌。”他呢喃着说。

然后他的唇又衔住她的唇，她没有办法，只能同意。这可比逻辑容易多了。

“你不用冒险去看《情证今生》了。”他喃喃地说。

“啊？”

“电影。我冒着我们的生命危险去买的那部，至少你可以先……”

这一次，是她没有让他说完。

“明天再说。”他说。

“明天再说。”她同意。

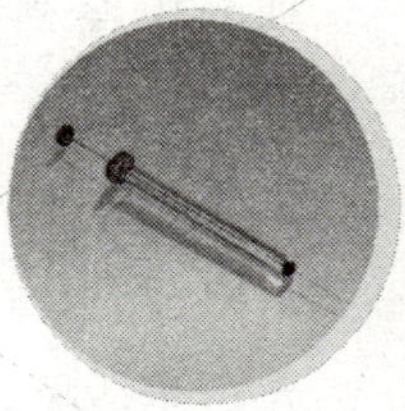

第十六章
复仇之旅

第二天，亚力克斯醒来的时候既觉得充满期待，又觉得自己非常愚蠢。

老实说，这种感觉就好像她没有办法拼凑出一段连续的思维，除非回忆起丹尼尔的脸，或者是他双手的触感，又或者是他呼出的气喷在她脖颈上的感觉。当然了，这些东西也正是她充满期待的原因。

可是有很多很现实的问题也不能不考虑一下。昨夜，不如说是今天凌晨，他站在二楼的楼梯口，第一百次亲吻她并道晚安的时候，她已经累得什么事情都不能想了。她只剩下一点儿能量，可以勉强把自己的警卫装置设好，再戴上防毒面具，然后就彻底不省人事了。

这或许是一件好事，她那会儿头脑已经完全不清晰了，所以没有办法控制自己刚刚经历的疯狂事。即便是现在，她也很难集中精神去想任何事，除了想到丹尼尔这会儿可能已经醒了。她已经迫不及待想要再见到他，虽然心里依然有那么一点儿害怕。如果昨天晚上那种不可抑制的、疯狂到能将人吞噬的感情，已经消失了怎么办？如果他们两个突然间又成为陌生人，无话可说该怎么办？

那样或许还更容易处理。今天，也可能是明天，或者是后天，凯文就要打电话来了……

呃，凯文。她完全能够想象，他对事情这样发展的反应。

她甩了甩头，想也没有用。因为要么今天要么明天，凯文的电话就会打过来，她就要发那封吓得老鼠吱吱叫的邮件。凯文可能会列出一长串名字。他要追他自己的老鼠，而如果她没有做出同样的反应，她的老鼠可能就会在意识到危险之后，纷纷躲起来。所以她必须要将丹尼尔留在这里，然后踏上自己的复仇之旅，而她心里非常清楚，这一去很有可能就回不来了。她要怎么解释这件事？她还有多长的时间？两天？这点时间短暂得让人害怕。

白天就这么充满期待地跟丹尼尔一起度过，这似乎不太合适。这样做太不诚实。他也听见过他们的计划，但是她很乐观地想，他可能没有特别仔细地想过，不知道这个计划是什么意思。很快，她就要把他一个人留在这里。他们的时间最好还是花在训练他学会躲藏上面，然后再多做一些射击练习。

她痛苦地做了决定之后，之前的期待就变成了忧虑。她昨晚的所作所为非常不负责任。如果她之前知道丹尼尔的小心思，那么她或许会在情况失控之前，先从这一团乱麻里走出去。她或许可以将两人之间的距离维持在一个合适的范围。但她是真的完全没有料到这一切。

尝试理解正常人的行为，这不是她的强项。不过说真的，如果有人能够发掘出亚力克斯“真正”的魅力，那说明这个人根本就不是正常人。

亚力克斯听见外面传来狗叫声——听起来好像那些狗都已经从谷仓回来了。她寻思着不知道现在的时间是早上还是已经到了下午。

她抓起几件干净的衣服，打开门，偷偷溜进洗手间。在刷完牙之前，她不希望看见丹尼尔。这太蠢了。她不能再允许自己吻他。那样的话，对谁都不好。

走廊里黑漆漆的，洗手间里没有人。丹尼尔的房门是开着的，房间里空空荡荡。她飞快地洗漱完毕，尽量避免在镜子前站太长的时间，同时她希望自己的脸又恢复了一些。她的嘴唇看起来比昨天还糟糕，又肿了起来，可这次只能怪她自己。强力胶已经在她睡觉的时候掉了下来，她下嘴唇中间那个深色的伤口，似乎是在保证她的嘴唇有可能永远会变成这样。

亚力克斯下楼的时候，听见有电视发出的声音。她走进前面的大客厅，看见丹尼尔正弯着腰在平板电视底下按来按去。前门大敞，一股暖风透过纱门吹了进来，吹起了他脑后的鬈发。

丹尼尔正一个人自言自语：“为什么人们会需要五种不同的输入端口？”他一只手拨着掉下来挡住他眼睛的头发，“这只是一个 DVD 而已。我又不是要发射宇宙飞船。”

他的丹尼尔式絮絮叨叨令她停在了原地，这时涌来一波胆怯的情绪令她很想转身偷偷再回到楼上去。她要怎么样才能把那些必须要说的话告诉他？一想到他听了这些话会不高兴，她就突然间变得更加矛盾，这让她觉得之前的准备全都白做了。

罗拉在门外叫了两声，然后隔着纱门期盼地看着她。丹尼尔转过身看见亚力克斯后，脸上露出一个大大的微笑。他只用了四大步就穿过了整个客厅，然后兴高采烈地冲上去把她抱起来。

“你起来了。”丹尼尔开心地说，“肚子饿吗？还有食材可以做煎蛋卷。”

“不饿。”亚力克斯一边回答一边挣扎着想要脱身。她说完的同时，她的肚子就咕噜响了一声。

丹尼尔把她放下来，扬起眉毛看着她。

“我的意思是饿，”她老实承认，“但是我们先聊几句，好吗？”

他叹了口气：“我就知道你醒了以后可能又会切回到分析模式。只不过，在你开口前，我先有一件事要做……”

她很想弯腰躲开这个吻。虽然内疚的情绪很强烈，但却没有想要回吻他的心情那么强烈。她也不知道自己还会不会有下一次。这个吻的感觉温和、轻柔、缓慢。他已经发现了她嘴唇的状况。

丹尼尔抽出身子的时候——是他，不是她，亚力克斯好像又完全失去了自控力——现在该轮到她叹气了。

丹尼尔放开了手臂，不过他又牵起了她的手，领她走到沙发前。亚力克斯的手臂上仿佛隐隐有电流通过，她默默地在心里痛骂自己这么容易就再次沉迷。就算这是他第一次牵着自己的手又怎么样？她感觉自己此时必须要有人扶一下。

罗拉看见亚力克斯走近门口，再次叫了起来，它的叫声里满怀期待。亚力克斯略带歉意地看了它一眼。可汗和爱因斯坦全都躺在门廊上，蜷着身子趴在她身后，可汗看起来就像一块毛茸茸的大石头。

丹尼尔抓起遥控器，调小了电视的声音。然后他拉着亚力克斯在自己的身边坐下，并且一直握着她的手。丹尼尔的笑容依旧。

“让我猜猜看。你觉得我们两个这样做很不明智。”他说。

“啊……是的。”

“因为我们之间的关系有那样一个并不完美的开始，所以我们两个的心里不可能真正毫无芥蒂。我承认，那不是好莱坞电影里的那种美好相遇。”

“不是这样的。”她低头看着他的手。他的手完全将她的手包了起来。

或许她错了。或许整个复仇计划都需要再深思熟虑一下。没有什么能够阻止她再次逃亡。她可以把之前放弃的钱拿回来。她可以去芝加哥，替乔伊·詹卡迪工作，再次成为黑手党的医生。或许，她把她如今查到的、要消灭她的计划和盘托出之后，黑手党家族真的可以为她提供一些庇护。

又或者，她可以在北美偏僻的林间餐厅里当前台，过一种没有多余东西的生活——比如那些色胺片、阿片类药物和诱杀陷阱之类的。如果她一直埋头保持低调，谁知道现在她手里的那些身份证还能用多久呢？

“亚力克斯？”他问。

“我只是在想将来的事。”

“我们适不适合长期相处？”他猜道。

“不，不是长期。我是在想今天晚上会发生什么事。也可能是明天晚上。”她终于能抬头看他了。他那双温柔的灰绿色眼眸里透着一丝不解的神情，或许他并没有觉得有什么问题。只是目前还没有什么问题而已。

“你弟弟很快就会打来电话。”

“哇，我还真没想到这个。”他做了个鬼脸，“我猜我最好在打电话的时候随口提一下——顺便说一句，小凯，我爱上亚力克斯了——而不是专门打个电话通知他，对不对？”

亚力克斯很不喜欢丹尼尔在开玩笑时就随随便便把“爱”说了出来，不过这个字还是让她的神经系统里出现了一些激动的情绪。这个字不应该被这样随意地说出来。他不应该用这个字。不过，她还是微微地激动了一下。

“我担心的不是这件事。你还记得我们的计划吧？”

“当他就位以后，我们就把那封电邮发出去。他会观察谁看到电邮后会有所反应。然后我们跟他会合……”他的声音渐渐变弱，然后突然皱起眉头，“然后你们两个就要——那个词是怎么说的来着？——把他们干掉，对吗？那肯定非常危险，对不对？我们不能让凯文自己一个人直接把他们解决掉吗？看起来他似乎不会介意单独做这件事。我觉得他应该很喜欢干这种事。”

“那跟我们的约定不一样。而且，丹尼尔……”

“什么？”丹尼尔的声音里此时多了几分严厉，甚至隐隐透着一点儿尖锐。他开始懂了。

“如果他们跟坏人一样，手里有对付我们两个人的筹码，那么无论是凯文还是我，都没办法……做到最好。”

她这句沉重的话落地之后，紧接着引起一阵沉默。

丹尼尔盯着亚力克斯，眼睛一眨不眨地看了很久。她等着。

“你是在开玩笑吗？”丹尼尔终于开口问道，他的声音很轻，“你觉得我真的会让你把我留在这里，然后在你拿命去冒险的时候只是坐在这里玩手指？”

“不是的。但是……没错，你要留在这里。”

“亚力克斯……”

“我知道该怎么照顾自己。”

“这我知道，可是……我根本想都不敢想。我要怎么忍受这一切？就这样在这里等着，什么都不知道？亚力克斯，我是认真的！”

丹尼尔的话到最后开始变得不耐烦起来。亚力克斯并没有看他，她正在盯着前面的电视。

“亚力克斯？”

“调大音量。马上。”

丹尼尔瞥了电视一眼，愣了短短一秒，然后跳起来在地上摸索着寻找遥控器。在他按错了几个键之后，新闻主播的声音才从环绕音响里缓缓响起。

“……于上周四失踪，警方确信他是在去任教的高中的路上被人拐骗走的。凡是能够提供关于此人最新线索的人，可获得巨额赏金。如果您曾经见过这个人，请拨打电视屏幕下方的电话号码。”

在电视机的大屏幕上，丹尼尔的脸被放大到实际大小的四倍。这张照片更像是那种快照，而不是年鉴中的正式证件照。照片里丹尼尔笑得很开心，他是在户外一个阳光明媚的地方，乱蓬蓬的头发被汗水打湿。他搂着比他个子矮的人的肩膀，其他人的脸都被裁掉了。丹尼尔这张照片很不错，显得他很有魅力，让人心生好感，愿意伸出援手帮他一把。在电视屏幕的下方，一行大红色的800开头的电话号码在滚动显示。

然后照片消失，取而代之的是一个英俊的、上了年纪的新闻男主播，还有一个金发的、年轻有活力的新闻女主播。

“真不幸，布莱恩。让我们祈祷他能尽快回到家人的身边吧。现在，让我们跟马瑟琳一起看一下天气的情况。马瑟琳，本周未来几天的天气情况如何？”

电视画面切换到一个站在电子地图前面的黑发女郎身上，地图上画的是整个国家。

“这是全国新闻节目。”亚力克斯喃喃地说。她的大脑开始分析后续的剧情走向。

丹尼尔把电视调了静音。

“学校的人一定报了警。”丹尼尔说。

她只是看着他。

“怎么了？”

“丹尼尔，你知道全国每天有多少人失踪吗？”

“哦……并不是每一个失踪的人的照片都能出现在新闻里，是不是？”

“特别是一个才失踪几天的成年人，就更不可能出现。”她起身开始在屋里走来走去，“他们是想要把你引出来。这意味着什么？他们这么做是什么目的？他们是以为凯文把我杀了吗？还是他们觉得我查出了真相，带着你一起跑了？为什么他们觉得我会带着你一起跑？这肯定跟凯文有关，因为那也是他的脸。他们一定认为我输了，不是吗？这则新闻给中央情报局带来的行动便利，比带给组织的更多。当然，如果他们双方联手的话……”

“凯文能看见这个吗？”丹尼尔很担心，“他就在华盛顿。”

“不管怎样，凯文都不会露出自己的脸。”

亚力克斯又走了几分钟，然后重新在丹尼尔身边坐下来。她盘起腿，拉过他的手。

“丹尼尔，你昨天都跟谁说过话？”

他的脸色忽然变得白了起来。“我跟你说过了。除了柜台的人，我没跟别人说过话。”

“我知道，可这些人是谁？男的，女的，年轻的，年老的？”

“嗯，二手店的前台是一个男的，有点年纪，大概五十岁，西班牙裔。”

“店里忙吗？”

“有一点儿。只有他一个人收钱。我身后还排了三个人。”

“那很好。”

“一美元店很小。只有我一个顾客。但是在前台的那个女的正在看电视——她好像在看一个真人秀比赛节目，没怎么抬头看我。”

“她多大？”

“比上一个大一点儿吧。头发都白了。怎么了？说上了岁数的人更爱看新闻，是这样吗？”

亚力克斯耸了耸肩。“可能吧。第三个呢？”

“我猜，那个人刚毕业吧。我本来还在奇怪怎么学校都不上课的，后来才意识到她是在那里工作。”

她的心突然一沉。“一个年轻的女生？而且很友好——非常友好。”这不是一个问句。

“是的。你怎么知道？”

亚力克斯叹了一口气：“丹尼尔，你是一个很有魅力的男人。”

“我顶多也只能算是普通，而且我比那个女孩大十岁，对她们来说太老了。”他提出抗议。

“这样的年龄差刚好最迷人。你看，这不要紧。我们还可以做一点儿事情补救。你从现在开始就不要刮胡子了，我们不能仅仅是低调，最好根本就不引起别人注意。除了这些，我们所能做的就只有祈祷那个女孩不是一个爱看新闻的人。还有就是要祈祷他们不要在现在年轻人爱玩的那些社交媒体上面放你的照片。”

“他们会这么做吗？”

“如果他们能想到的话。看他们的运气吧。”

丹尼尔低下头说：“我很抱歉。”

“没事的。我们虽然都尽了力，但还是会犯错。”

“你就没有。你只是想要我感觉好过一点儿。”

“在过去的几个星期，我犯了好几个特别大的错误。”

丹尼尔抬起头，脸上露出不相信的表情。

“错误一，我没有在一开始就对卡斯顿的邮件置之不理。错误二，我掉进了陷阱里。错误三，我没有发现你身上的跟踪器。错误四，挤奶房的天花板没有设置机关。然后凯文犯的错就是摘掉了防毒面具……我想这是我能找出来的他犯的唯一一个错，除了没有回去的交通工具。虽然我不太高兴，但是我猜那一局还是他赢了。”

“好吧，不过他肯定一开始就犯了错，不然中央情报局早就相信他已经死了。”

“说得好。谢了。”

“不过，还有阿尼。”他沮丧地说，“阿尼一直很厉害。”

“你是不是特别讨厌那些令人难以忍受的完美主义者？”

丹尼尔哈哈大笑。“的确是这样。”他说完之后脸上的笑意就马上消失不见了，“可我不认为你犯过那么多错。我的意思是，我认为从你的利益来看或许是这样，这没有错。但是从我的角度来看……嗯，我很高兴你掉进了这个陷阱。”

亚力克斯冷笑着看了丹尼尔一眼。“这离浪漫什么的还差着十万八千里呢，你不觉得吗？”她希望自己能够彻底忘记他们第一晚相处时的情景，如果有必要，使用手术刀让自己忘记也可以。她希望自己脑海里的画面不要那么清晰——那时丹尼尔脖子上暴出来的青筋，他尖叫时被堵住的嘴。亚力克斯打了个寒战，她不知道遗忘这些需要多长时间。

“我是认真的。如果不是你，他们肯定就会另外派一个人来抓我。如果那个人比凯文本事大，那么那个人肯定当时也会连我一起杀掉，对吗？”

亚力克斯看着丹尼尔那双热情的眼眸，又哆嗦了一下。“你说得对。”

丹尼尔也盯着她看了许久，随后叹了口气：“那么我们现在该怎么办？”

亚力克斯皱着眉说：“哦，我们眼下的选择有限。我的脸还没有做好出现的准备，不过也比你的脸要好。所以我们还是可以留在这里，低调行事，或者我们也可以往北走。我有一个地方。不过那里没有这个地方漂亮，安全性也比不上这里。我也没有蝙蝠洞。”亚力克斯话里的嫉妒之情，在最后一句话上表露无遗。

“所以你觉得这里更安全？”

“看遇上什么情况。我更愿意在做决定之前，先听听阿尼对那个小镇的看法。这样凯文也不会受牵连。希望他能尽快打来电话，计划要有一点儿调整。我觉得他可能会如愿以偿成为最后的赢家。”

白天的时间一点点过去。亚力克斯不愿离开电视机前。她要知道他们会将丹尼尔的照片播放多少次，这样做虽然不能扭转形势，但她还是必须要看。如她预期的那样，阿尼对新出现的这个情况非常冷漠，只是他紧张的眼神出卖了他内心的担忧。

亚力克斯想要阿尼带着她所需物品的清单，去一趟蝙蝠洞。她希望把那把西格绍尔手枪留给自己，再多加一个弹匣，然后把她在凯文藏品里见过的那把枪身被锯短的霰弹枪拿来给丹尼尔。如果是近距离的贴身战，狙击步枪就没有霰弹枪那么好用了。霰弹枪可以一次就干掉好几个攻击者。

亚力克斯还想再多找几个防毒面具——如果找不到第三个给阿尼，她就没办法给这所房子接上电路。她怀疑凯文会忽略置办这种非常普通的安全用品，因为在凯文的世界里，他只需要子弹和炸弹。

不过，虽然亚力克斯很希望拿到这些东西，但是现在才开始准备或许已经太迟了。如果那个多情的女店员在新闻第一次播送的时候就打了电话的话——这个时间可能要比他们在电视上看见的时间早一点儿，甚至早一天都可能——那么，他们的敌人肯定有足够的时间开始搜捕他们。一定有人已经赶到这里，并且在城里四处询问，然后开始调查所有可能的线索。如果这个人运气不错，问到了他们的住处，那么敌人盯梢的工作就已经开始了。而亚力克斯根本没办法知道现在是不是已经有人盯上了这里。

就算她和丹尼尔待在屋里，把窗帘都拉上，保证不被任何人看见，但那个人现在可能也已经盯上了阿尼。如果阿尼要去一趟蝙蝠洞，那么盯梢的人也一定会跟过去。那时候，他们还不如拉一个横幅，上面写着：祝贺你们！你们找对了地方！这几个火箭炮随便拿，别客气！

他们不能做这种会暴露出蝙蝠洞存在的事情。

亚力克斯把那些最基本的防身用品都放在一伸手就能够到的地方，所有重要的东西都已经被放进了背包里——使用各种密封袋干干净净地封好——以便快速撤退。她让阿尼把卡车开到房子的后面，靠近阿尼卧室窗户的地方，这样他们只需要隐蔽地迈一小步，就能钻进车前的驾驶室里。

她希望凯文能够打电话过来，或者能信任他们，把他的一次性手机的号码给丹尼尔，以防紧急情况出现。他在这里或许还另外建了一些安全防护措施，只不过阿尼不知道。

丹尼尔为他们三个人做了晚饭，虽然不如前一天晚上那样用心，但却依然美味。亚力克斯告诉他，要尽量减少消耗储存的食材。或许要等上一段时间，他们才能将采买工作再次提上日程，甚至就连阿尼也一样。

令亚力克斯惊讶的是，丹尼尔似乎并没有意识到阿尼的存在——好吧，不是没有意识到，确切来说，是根本不会受到阿尼的影响。并不是说他对阿尼很失礼或是假装看不见，而是丹尼尔当着阿尼的面，也并不避讳他与亚力克斯之间的亲昵。比如在晚餐过程中他两次拉起亚力克斯的手；在递盘子的时候，又亲了亚力克斯的头顶一次。而阿尼，不出意料，他对丹尼尔的行为没有任何反应，但是亚力克斯却忍不住去猜想，阿尼在心里到底会怎么看。

阿尼告诉他们说，他已经安排了狗在熄灯以后轮流看守外围的围栏——一共九公里。那个时候盯梢的人肯定会用望远镜观察这里的情况。如果有人想走近仔细查看房子里面的状况，那些狗就会发出警报。说完这些话以后，阿尼又按照平时的作息习惯，早早地回去休息了。亚力克斯和丹尼尔就一直留在这里，熬夜等着看晚间新闻。

丹尼尔抱着亚力克斯窝在沙发里，他们之间的亲密是那样的自然，就好像根本没有意识到他们现在的处境很不正常。她不记得自己这辈子曾经跟谁有过这样舒服的身体接触。就连她妈妈都是属于比较冷漠的类型，这些人很少表达自己的情感，无论是语言还是行动。亚力克斯和巴纳比的亲近更多是体现在精神上，而没有肢体接触。所以亚力克斯觉得，如果她两条腿搭在另一个人的膝盖上，头枕着另一个人的肩，而他的胳膊抱着自己，她应该觉得尴尬和丢脸才对，可她现在只觉得非常放松，就好像他的亲近解除了她此刻的紧张。

丹尼尔的照片再次在电视新闻里出现，不过和之前相比，这次被放在了新闻节目快结束的时候，亚力克斯敢打赌，晚间新闻的主播听这个故事已经听烦了。中央情报局或许可以在短时间内强迫他们播送这条新闻，但是没办法一直让新闻界对这种毫无故事性的东西保持新鲜感。当然了，很显然他们还有后手。

"我或许应该提醒你……如果你还没有想到的话。"亚力克斯说。

"我确定我没有想到。"丹尼尔试着用轻松的语气回答，不过亚力克斯还是从中听出了一丝谨慎。

"好吧，如果这个故事不能很快产生效果，他们就不得不加码，继续让新闻界替他们服务。"

"加码，那是什么意思？"

亚力克斯向后仰躺着，因为这样她可以看见丹尼尔的脸。她想到接下来她不得不说的话，厌恶地皱了皱鼻子。"他们可能会把故事编得更加耸人听闻。比如说你是一宗罪案的嫌疑犯，你被发现勾引或者虐待学生，或者与此类似的情节。他们可能比我更富有创造性。"

丹尼尔的目光从亚力克斯的脸上转移到电视屏幕上，不过这时候新闻主播已经开始播关于早期选情的预测结果了。丹尼尔先是涨红了脸，随后又变得苍白。亚力克斯给他时间，让他自己消化这件事。她能够想象得到，要一个好人意识到他自己马上就会被说成是一个恶棍，是多么艰难的事。

"看来我也无能为力。"丹尼尔小声地说。这不是一个问句。

“是的。”

“至少我父母看不到。或许……我想不是我所有的朋友都会相信。”

“我就不会相信。”亚力克斯表示赞同。

丹尼尔低头笑着看她：“但是以前，你不是还认为我要去害死上百万的人吗？”

“那时候我还不了解你。”

“的确。”

最后一则新闻也播完之后，他们又缠绵了一会儿才互道晚安。亚力克斯这才开始收拾东西，她觉得他们或许应该尽快离开这里。亚力克斯把自己的实验器材拆掉、收好，然后换上了打底裤和黑 T 恤衫——如果今天晚上就是他们必须要逃跑的那一晚，她穿成这样会舒服一点儿。

她知道自己已经累了，可是大脑还是不肯松懈下来。亚力克斯不想错过任何事情。丹尼尔或许说得对——也许她的第一个大错其实是件好事，因为这可能会救他一命。但是亚力克斯承担不起自己犯更多错误的后果，因为现在押上的不仅仅是她自己的命。她对自己叹了口气。有个累赘虽然也有好处，但是负担肯定变得更重了。

一声轻轻的敲门声，打断了亚力克斯的思绪。

“别开门！”她迅速地站了起来。

短暂的停顿过后，丹尼尔在门外问道：“你是戴着防毒面具的吗？”

“是的。”

“我想也是。你的声音听起来闷闷的。”

又一阵停顿。

“你的安全系统特别难拆吗？”他问道。

“给我一分钟。”

亚力克斯用了不到一分钟的时间把电断开。然后她把防毒面具推到头顶上，打开了门。丹尼尔正靠着门框站着。在黑暗中，亚力克斯看不清楚丹尼尔的脸，不过她觉得他好像非常疲倦、非常伤心。

“你好像很担心。”他打破沉默，轻轻地碰了碰她头上的防毒面具。

“事实是，我经常戴着这个睡觉。如果不戴的话，会感觉很怪。你有什么事吗？”

“不正常的事？没有。我只是觉得……很孤独，睡不着。我想和你一起待会儿。”他有些犹豫，“我能进来吗？”

“呃，可以。”亚力克斯往后退了一步，打开了灯。

他四下看了看，脸上露出了新的表情。“这就是凯文给你住的房间？为什么你什么都不说？你应该住我的房间！”

“我住这里很好。”她安慰他道，“反正我也不怎么爱睡床。睡觉轻一点儿，更安全。”

“我真不知道该说什么。我不能在知道你被困在一个储藏箱里以后，还心安理得地睡着一张特大号的床。”

“我喜欢睡在这里，真的。”

丹尼尔投来一个怀疑的眼神，随后突然变得腼腆起来：“我也想睡在这里，不过那样的话你就没有地方睡了。”

“我们可以挪开那几个箱子……”

“我有个更好的主意。跟我来。”他伸出手。

亚力克斯拉住丹尼尔的手，根本没有考虑自己在做什么。他拉着她走在黑漆漆的走廊里，走过洗手间，来到他自己的房间。房间里唯一的光，是由床头柜上的一盏小灯散发出来的。

这是一个非常漂亮的房间，比起她自己住的储藏间来说更符合凯文平时的审美。屋子正中间有一张超级大床，上面铺着雪白的被子，四根乡村风格的床柱都是由充满了艺术感的未经打磨的圆木制成。一条金色的毯子从床尾的两边垂下来，和整个房间的原木色调非常匹配。

“你看见了吗？”丹尼尔说，“我看见你住的地方条件那么差，肯定不能再住在这里了。那会让我觉得自己特别差劲，简直不像个男人。”

“哦，我不要交换。我已经把自己房间里的电路接好了。”

他们尴尬地在门口僵持了片刻。

“我现在脑子里也没什么特别想说的。我只是想待在有你的地方。”

“好吧。那我也睡不成了。”

“我们不是一起‘睡觉’。”丹尼尔说。随后他的脸突然一下红了起来，尴尬地笑了两声。“毕竟，这种事听上去不好。”他再次拉起亚力克斯的手，朝大床走去。“你看，我保证会当一个完美的绅士。”他说，“我就是觉得如果能看见你，我就没有那么焦虑。”

亚力克斯爬上床，躺在他旁边厚厚的白色被子上，跟他一起嘲笑他的尴尬，自己则在心里偷偷地想着，她是不是希望他当一个完美的绅士。她坚定地提醒自己，现在不是想这些事的时候。或许在将来的某一天，他们的生活没有了危险的时候再说——如果能有那么一天的话。

他拉着她的手，不过还是给了她一定的空间。他们两个人全都枕着厚厚的羽毛枕。他将空闲的那只手垫在头底下，然后转头看着她。

“是的，你看吧，这样好多了。”

的确如此。这真是没有道理——她离开了自己防卫严密的房间，远离了自己的其他武器，可是，恰恰相反，她觉得更有安全感了。

“是的。”她也同意。她摘掉头顶上的防毒面具，把它放在自己身边。

“你的手冰凉。”

亚力克斯还没来得及回应，丹尼尔就坐起来拽过了床尾的毯子。他抖开毯子，盖在两个人身上。丹尼尔躺回去的时候，离她更近了一点儿。他的肩膀挨着亚力克斯的肩膀，当丹尼尔重新握住她的手的时候，他的胳膊也趁机搭在了她的胳膊上。

现在该考虑的是生存大计，可是为什么她的心思却花在了一些无关紧要的事情上面？

“谢谢。”她说。

“你不要误会——我是要对你的陪伴表达最大的敬意，而不是蔑视——我想，有你在这里，我可能真的睡得着。”

“我知道你的意思。这是漫长的一天。”

“是的。”丹尼尔热诚地附和，“你觉得舒服吗？”

“是的。你也不要误会，不过我可能还是要戴上防毒面具。这只是一个奇怪的睡觉习惯。”

他笑了。“就像一定要抱着泰迪熊。”

“就是那样，只不过没有那么可爱。”

丹尼尔靠近她，用额头抵着亚力克斯的太阳穴。她能够感觉到他闭上眼睛的时候，眼睫毛在她脸上轻轻地刷了一下。他光着的右胳膊搂住了她的腰。

“我觉得你现在就很可爱。”他的气息轻吐，声音听起来好像已经进入了半梦半醒的状态，“当然，还特别能要人命。”丹尼尔打了个哈欠。

“甜言蜜语。”亚力克斯说，可她不知道他有没有听见自己的话。丹尼尔的呼吸非常均匀，亚力克斯觉得他可能已经睡着了。

亚力克斯等了一会儿，然后小心翼翼地伸出空闲的那只手碰了碰丹尼尔的鬓发。他的头发是那样柔软。亚力克斯的手指顺着他的脸部线条游走，不经意地将整个手掌都贴了上去。就是这同一张纯真、诚恳的脸，从来都不属于她的世界。她觉得自己从来没有见过如此美丽的东西。

她就这样睡着了，一只手占有性地搂着他的脖颈，防毒面具已经被她抛在脑后。

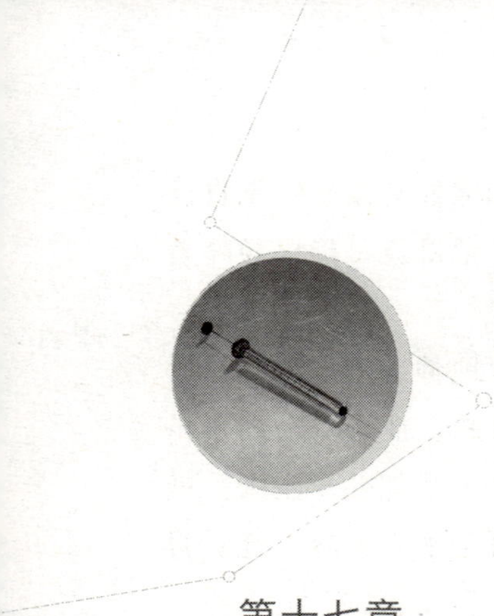

第十七章
逃亡计划

凯文没有打来电话。

丹尼尔似乎不觉得这有什么奇怪的，不过亚力克斯觉得她好像看见阿尼的肩膀比平时绷得更紧了一点儿。

太久了。

就亚力克斯理解的情况来看，凯文只需要赶到合适的位置，跟踪他们唯一知道的和这件事有关系的人——卡斯顿就可以了。他开车大概两天内就可以轻轻松松抵达华盛顿。她也跟凯文说了，等他到那儿以后，就能够找到她前老板的确切地点。这点事，凯文最多花几个小时就能搞定。如果卡斯顿不在本来应该在的地方，那凯文也应该打个电话来。他到底在干什么？

还是说他出事了？她应该等多久，才可以把这种可能性告诉丹尼尔？

这个新出现的担心加剧了亚力克斯的妄想症。她在门外又多布了一条电线通往自己的房间，这样就算她在大屋的别处，她也能够得到警示。不能将电线布满整个楼层，这让人十分恼火，而且现在还缺一个防毒面具。

不过反过来想，每成功地多度过一个小时，她脸上的伤就恢复得更好一点儿。只要在光线昏暗的地方，再加上厚厚的粉底，她或许就可以成功逃过别人的注意三秒钟，甚至四秒。

等待的感觉五味杂陈——无聊、紧张，最奇特的是还混杂着一种幸福的感觉。那是一种世界末日前的幸福，一个有截止日期的幸福，但是这并没有让事情简单一点儿。亚力克斯现在应该潜伏在暗处，耳朵里充斥着猎人追捕她的声音，可她发现她现在的默认表情竟然是微笑。丹尼尔也跟她一样搞不清状况，一点儿忙也帮不上。第二天下午，他们谈起这件事。

亚力克斯趁着阿尼出门训练其他狗的时候，把罗拉叫了进来——她觉得他们关上大门不让狗狗进来，这样很不好，似乎很不讲理——然后爱因斯坦和可汗也跟着它一起进来了。结果房间里全是狗，搞得很尴尬。她希望阿尼不会因此而生气。他们养的狗平时一定也会进来，要不然洗衣房的门就不会开一个狗洞。她不知道这些狗多数时间被关在外面，是不是它们训练内容的一部分，还是说这是一个预警系统，又或者是因为阿尼不喜欢狗——如果是最后一种情况，那只能说他选错了生活方式。

罗拉将柔软的下巴和耳朵都贴在亚力克斯的大腿上，亚力克斯相信，很快她的大腿就会被滴上口水。爱因斯坦则直接跳上了沙发卧在丹尼尔身边，它的尾巴热情地摇来摇去，仿佛很开心打破了原有的规矩。可汗独自趴在沙发前面的地面上，像一个长长的脚凳。电视新闻开始播出无聊的老套开场——一般都是先聚焦在政治方面，好像过了一年那么久以后，才开始有实质性的进展。丹尼尔伸直了腿搭在可汗的后背上，可汗似乎并不介意。亚力克斯有一下没一下地摸着罗拉的耳朵，罗拉的尾巴啪嗒啪嗒地拍打着地面。

这种感觉既舒服又熟悉，虽然她的前半生都没有过这样的情形。她从来没有被有生命的东西这样紧密地包围过——抚摸它们、听它们的呼吸——更别说还跟一个男人手拉手，并且这个男人觉得她很可爱……又很会要人命。这个男人知道她所有的故事，却还用那种方式看着她……

亚力克斯想到这里，目光就自动移到了丹尼尔的脸上，她发现丹尼尔也在看着她。丹尼尔露出了招牌式的微笑——两天没刮的胡子让他看起来出乎意料地带着野性——她想都没想就回他以微笑。各种各样的感觉像泡泡一样从她心口升起，她觉得这可能是她有史以来体验过的最美妙的感觉。

亚力克斯叹了口气。

丹尼尔瞥了一眼电视，想要找出亚力克斯叹气的原因，但是电视上现在播的是广告。

“怎么了？”他问。

“我觉得这很愚蠢，”她老实承认，“感觉特别傻。为什么所有的东西看起来都特别顺眼？我甚至没法有逻辑地将各种想法穿起来。我本来是想担心的，结果最后发现自己在微笑。我可能已经疯了，我现在应该很在乎附近的情况才对。我很想打自己一下，可我的脸才刚刚开始恢复原样。”

丹尼尔哈哈大笑。“我想，这是恋爱时智商变低的表现之一。”

亚力克斯的胃又开始隐隐刺痛。“在你眼里，我们现在是在恋爱吗？”

“对我来说，是的。”

亚力克斯皱着眉头说：“我没有任何比较对象。如果我真的疯了怎么办？”

“你绝对是一个正常人。”

“可我不相信人能这么快就坠入爱河。”说句心里话，亚力克斯根本就不是很相信什么爱情啊，浪漫恋曲啊这种事。化学作用，有；异性吸引，有；性格互补，有；友谊、忠诚和责任，全都有。可是，如果说是爱情的话，就有点过于童话了。

“我……嗯，我之前也不相信。我是说，第一眼就被吸引这种事我是相信的。我自己也有过这样的经历。而且，那就是现在发生在我身上的事。”丹尼尔又笑了笑，“可是一见钟情？我坚信，这只存在于幻想中。”

“当然是这样。”亚力克斯说。

“只不过……”

“没有什么‘只不过’，丹尼尔。”

“只不过我在地铁上的情况除外，那种感觉完全超出了我过去的经验，我也没法解释。”

亚力克斯不知道该说什么。她瞥了一眼电视，刚好在放新闻节目的片尾字幕。

这也引起了丹尼尔的注意：“我们错过了吗？”

“没有，这次根本就没有播。”

“这可不是件好事。”丹尼尔说，他的语气里有一种难以言喻的情绪。

“这件事我只能想到两种截然不同的可能性。第一种，他们推出了这个故事，但是没有收到任何效果，所以只能让它自己灭亡。第二种，这个故事就要被改写了。”

丹尼尔防卫性地挺直肩膀："你觉得我们最快什么时候能看到最新版本？"

"很快，如果真是这样的话。"

还有第三种可能性，但是亚力克斯并不准备说出来。那就是如果他们已经得到了他们想要的，那么这个故事就可以完全消失了——如果凯文现在已经在他们手上的话。

亚力克斯觉得她很了解凯文的性格，很确定他不会那么轻易就出卖他们。如果组织抓住了他，他有足够的聪明才智编出一个最可靠的故事版本：他去救丹尼尔，但是去晚了……在杀死了夹竹桃以后，他到华盛顿来报仇。她希望，他可以咬住这个故事不松口再多坚持一会儿……她不知道他们现在是用谁来进行审讯。如果那个人真的很出色——那么，凯文到最后还是会开口。虽然她不是凯文的头号粉丝，但她还是替他觉得难过。

当然了，凯文可能已经做好了被抓的准备，和亚力克斯之前一样。当然凯文也可能已经死了。

不管去不去蝙蝠洞，如果凯文到了半夜还没打电话来，他们就是时候离开了。每当她赌运气的时候，她自己都会有感觉。

好吧，先把此刻的幸福放在一边。至少，这个迹象表明她还没有彻底疯掉。

他们赶在阿尼结束训练回来之前，把狗赶回外面的门廊上，不过这些动物的气味可能还是会将它们曾经进屋的事暴露出来。丹尼尔开始做意大利面的肉酱，她帮忙做一些最简单的事——开个罐头啊，拿点调料什么的。他们两个人肩并肩下厨，配合轻松默契，就好像他们已经这样做了很多年。这就是丹尼尔说的那种感觉吗？两个人在一起时那种莫名其妙的放松？虽然亚力克斯并不相信丹尼尔的理论，但是她也不得不在心里承认，她自己也没有办法解释这件事。

丹尼尔手里忙活的时候嘴里还哼着歌，他哼唱的曲调很熟悉，但是亚力克斯没能马上想起来是什么歌。几分钟以后，她自己也跟着哼了起来。丹尼尔似乎并没有意识到，他不知不觉就已经唱出了歌词。

“内疚的舞步毫无节奏。”他唱道。

“这首歌是不是比你还老？”亚力克斯听了一会儿之后问道。

丹尼尔似乎很惊讶。“哦，我是唱出声了吗？抱歉，我一般做饭的时候，如果不注意控制，就会这么做。”

“你怎么知道歌词的？”

“我必须要告诉你，就算到今天，这首《无心快语》也是卡拉 OK 里最受欢迎的曲目。我都点过八十回了。”

“你喜欢唱卡拉 OK？”

“嘿嘿，谁说中学老师就不了解该怎么狂欢了？”丹尼尔从灶台边退开一步，右手举着沾满酱汁的勺子，左手温柔地将亚力克斯搂住。他带着她转着小圈跳舞，丹尼尔的胡茬贴着亚力克斯的脸颊，同时在嘴里唱着：“痛苦时最好不要再解释……”然后他放开亚力克斯转身站在炉灶前，自己一边原地跳着，一边欢快地唱着。

别傻了，亚力克斯在心里提醒自己，但是她脸上又露出了那种傻傻的微笑。

闭上嘴，她的身体做出反应。

丹尼尔的声线并不完美，但却是另一种愉快、清亮的男高音。如果声线有缺憾，那也全都被他的热情弥补了。等到他们听见外面的狗在门口迎接阿尼的时候，他们两个正在男女合唱那首充满激情的《一颗破碎的心》，刚好唱到一半。亚力克斯立刻不再唱了，脸羞得通红，不过丹尼尔似乎并没有注意到她的害羞，也没注意到阿尼进来。

“今晚我真的需要你！”阿尼进门的时候，丹尼尔摇头晃脑地大声唱着。这令亚力克斯很好奇，不知道凯文是不是也这么有趣，还是说他和阿尼独处的时候，一直都是只谈公事。

阿尼一言不发，只是关上身后的纱门，让新鲜温暖的空气融进大蒜、洋葱和番茄的味道里。现在外面的天已经完全黑下来了，屋里亮起了灯，她必须要确认她关上了外面的门之后，才能和丹尼尔走进可能会被盯梢的人看见的大厅。

“狗有什么反应吗？”她问阿尼。

“没有。如果它们发现了什么，你一定会听见它们叫。”

亚力克斯皱着眉说：“今天新闻什么都没播。”

亚力克斯和阿尼彼此交换了一个眼神。阿尼的目光转向丹尼尔的后背，随后又看向她。亚力克斯知道他在问什么，她摇了摇头，意思是说不。不，她没有告诉丹尼尔凯文可能出现的情况，以及凯文没打电话来会意味着什么。阿尼的眼中的确多了一些不安的神色，这似乎是他紧张时唯一会出现的身体反应。

就算是为了阿尼，他们也必须尽快离开。如果有人把丹尼尔和亚力克斯与这栋房子联系起来，那么就会置阿尼于险境当中。她希望他能理解这种联系。

丹尼尔也沉默了下来。就连他似乎都感觉到了大家现在不安的情绪。亚力克斯决定，等到他们两个人独处的时候，她就把自己对凯文的担心向丹尼尔和盘托出。能让丹尼尔再安稳地睡一晚是很不错，不过他们或许应该赶在第一抹阳光出现之前就动身离去。

他们吃完了饭，一根面条都没剩。想必，起码阿尼会怀念房客带来的这个好处——亚力克斯帮忙收拾桌子，阿尼走去看电视新闻。熟悉的新闻一个接一个重放，亚力克斯觉得自己几乎能一字不落地重复那个女主播的话。但是阿尼今天还没有看过新闻，他在沙发上坐了下来。

亚力克斯擦干净盘子，把它们递给丹尼尔放好。有一条狗在纱门外面叫，可能是罗拉。亚力克斯希望这个下午他们没有把它们惯坏。她从来不觉得自己是一个爱狗的人，但是她发现自己会想念和狗狗相处的这段时光中的温暖与友善。或许有一天——如果凯文能够想办法活下来，而且计划到最后完美执行——她或许可以找条狗养一养。如果这些幸福的想法都能成真，或许凯文会把罗拉卖给自己。这个想法可能不太现实。

一个快速、低沉的声音打断了她的思绪——这个声音太突兀了。她的目光看向丹尼尔，看他是不是失手掉了盘子，或者关橱柜门太用力，而她的大脑此刻已经开始提前运转。她的身体还没有跟上大脑的速度，门廊上突然传出一阵特别响亮的犬吠声，同时还伴有各种低吼。接着又是一声，这一次的声音在狗叫的喧嚣中显得比较小，随后狗发出了痛苦的尖叫。

丹尼尔正准备转身朝门口看看，亚力克斯拉着丹尼尔趴在地上。虽然他比亚力克斯重很多，但他还是一下子就被她拽倒在了地上。

“嘘……”亚力克斯贴着丹尼尔的耳边小声地嘘了一声，然后从他身上爬过去来到厨房岛台旁边，四处察看。她看不见阿尼。于是亚力克斯又朝纱门看去——在门框上的正中间有一个小圆洞。她试着从狗叫声和电视声中听外面的动静，但是没有听见阿尼应该坐着的地方有任何动静。

这肯定是远距离射击，不然那些狗肯定会提前发现。

“阿尼！”她沙哑着嗓子小声叫道。

没有人回答。

她悄悄溜到餐厅的桌子旁边，她的背包靠在她自己坐的那把椅子的椅子腿旁。她撕开装着警用手枪的密封袋，然后把它从地上滑过去给丹尼尔。她眼下要做两手准备。

枪朝着厨房岛台的方向滑到一半的时候，丹尼尔一把抓了过来，然后靠在岛台旁边。他没有练习过使用手枪，不过这种距离，其实也没什么关系。

她戴上所有的戒指，飞快地把腰带系好。

丹尼尔一下子站起来，手肘撑在台面上。他看起来似乎内心毫不抗拒自己会开枪这件事。亚力克斯匍匐着移动到餐厅和大客厅之间的墙壁旁。她爬过去的时候，看见一只手按下了门把手——其实并不能说是一只手。那是一只毛茸茸的黑爪子。

这么说，凯文没有选择标准的转动型门把手，理由不仅仅是审美趣味的关系。

爱因斯坦冲进房间的时候，她终于能再次喘口气，可汗和那条罗威纳牧羊犬紧跟其后。她能听见罗拉在前面喘着粗气并痛苦地大叫，亚力克斯咬紧了牙。

狗悄悄地爬到丹尼尔身边，形成一个毛茸茸的盾牌，亚力克斯也趁机穿上了自己的战靴，将绞索放进了一边的兜里，然后在另一边兜里放了木把手。

“下那个指令。”她小声对丹尼尔说。

狙击手一定在朝这边跑，不过他肯定会先被狗发现。如果他有选择，肯定会换掉远距离的狙击步枪，另找一把能够造成更大伤害的武器。这样的话就一定会给狗群带来严重的伤害。

“逃亡计划？”丹尼尔小声地问，不太确定。

爱因斯坦动了动耳朵。它微微地咳嗽着叫了一声，然后小跑着奔向厨房。

“跟着它。”亚力克斯指挥丹尼尔。她弯着腰，两三步就跨过了墙壁与灶台之间的距离。

丹尼尔刚要站直身子，亚力克斯还没来得及说什么，爱因斯坦就扑了过来，叼住丹尼尔的手，将丹尼尔拽回到地上。

“别起来。”她小声翻译道。

正如亚力克斯所想，爱因斯坦领着他们朝洗衣间走去，可汗和罗威纳牧羊犬断后。她弯腰从客厅走到黑漆漆的走廊时，想看看阿尼在哪里。她一开始只看见了一只手，一动不动，但是后来她在对面的墙上看见了飞溅到上面的污渍。那很显然是混合了鲜血的脑浆。所以也没必要拖着阿尼跟他们一起走了。现在救他已经太迟了。这个狙击手显然是一个百发百中的人。好消息真是源源不绝。

爱因斯坦在洗衣间停下来，爪子扒着走廊里的一个橱柜。亚力克斯觉得很意外。丹尼尔打开柜门，爱因斯坦跃过他身边，进去叼着什么东西使劲往外拽。亚力克斯爬过去看时，正好一团毛茸茸的东西落在她头上。

“这是什么？”丹尼尔在她耳边轻声地问。

她伸手摸了摸说：“可能是件皮草大衣，也有可能是别的。太沉了……”她飞快地伸手顺着大衣摸下去，再顺着袖子往下摸。皮毛底下有一个长方形的、硬硬的东西。她把手从袖子里面伸进去，想弄明白自己摸到的是什么。终于，她的手指碰到了它，如果不是她最近剪破过凯文的蝙蝠战衣，她可能根本猜不出来那是什么东西。

爱因斯坦又拽出另外一个毛茸茸的大包，落在他们头上。

“这真是凯文风格的东西。”她小声说。

“我们应该把它们穿上。”

亚力克斯挣扎着把那个东西穿在身上。凯文的风格可以理解，可是为什么外面还要带这么多毛毛？凯文是为了在大冬天训练狗吗？只是这个原因？这里有那么冷吗？不过当她挽起过长的袖子露出双手时，她看见丹尼尔的大衣和爱因斯坦的皮毛完美地融在了一起，根本看不出哪里是人哪里是狗。亚力克斯明白了。这是一种伪装。

这大衣甚至还有凯文式审美的帽兜，她拉起帽兜罩在头上。现在，她和丹尼尔在黑暗中看起来就是另外两个毛茸茸的黑影。

爱因斯坦直接从洗衣间另一头的狗洞钻了出去，丹尼尔也跟着钻了过去。她能感觉到可汗热乎乎的身子紧贴着她。亚力克斯钻过狗洞，看见爱因斯坦直接把想要爬起来蹲着的丹尼尔顶了回去。

“爬着走。”她解释道。

这样走速度慢得气人，亚力克斯每往前爬一段，身上的大衣就变得更重，她掌心和膝盖下面的砾石路面就好像是由一个一个小刀尖铺成的。等他们爬到干枯的草地上，痛苦就稍微减轻了一些，可亚力克斯还是很讨厌这种慢吞吞的速度，几乎看不出来在移动。爱因斯坦领着他们朝狗狗们住的那幢建筑物走去的时候，她很担心它会领着他们去找她让阿尼停好的那辆卡车。卡车并不是最佳的逃跑工具。狙击手可能还待在自己的位置，等着看有没有人想从这条唯一的车道上开车跑掉。又或者可能会有新的变化，就是狙击手自己在原地等着，然后由他的伙伴来清扫房屋，替他把猎物赶出来。

亚力克斯能听见前面被困在外面犬舍的狗正在焦躁不安地狂吠，没有一条狗喜欢刚刚发生的事情。在他们爬完差不多四分之三路程的时候，又一阵尖锐的突突声响起，同时激起了一小片尘土扬到她脸上。爱因斯坦狂躁地叫了起来，亚力克斯听见身后有一条狗扑通一声倒在地上，发出了低沉的咆哮声。那个步伐加快时爪子沉重落地的声音，让亚力克斯确定中枪的一定是那条罗威纳牧羊犬。紧跟着又是一声枪响，这一次声音在更远一些的地方响起，但是罗威纳犬并没有加快速度。她听见了什么声音，可能是谁张嘴骂了一声，然后一阵弹雨扫了过来，肯定不是狙击步枪。亚力克斯绷紧身体，一边加快爬行的速度好跟上丹尼尔，一边等着听罗威纳牧羊犬发出不可避免的尖叫声。但是她没有听到这个声音，可是咆哮声也消失了。泪水刺痛了她的眼睛。

可汗走到亚力克斯的身旁——朝向射击手的那一面——她看见爱因斯坦也为丹尼尔提供了同样的保护。凯文曾经说过，这些狗可以为了丹尼尔献出生命，它们证明了这句话。如果凯文知道它们也为她做了同样程度的牺牲，很可能会气得跳脚。

凯文。好吧，看来他还活着。新闻不再播放，不是因为中央情报局找到了凯文的下落，而是因为他们已经成功锁定了丹尼尔的坐标。

他们终于爬到了外面的犬舍。她心怀感激地爬进里面的一片漆黑之中。犬舍里面的狗都在焦躁地呜咽、狂吠着。她同身上大衣的重量搏斗了一阵之后，挣扎着站了起来，虽然腰依然弯着，但是行动速度可以快一点儿。丹尼尔也学着她的样子，一边留意爱因斯坦，看它是不是坚持要他们趴下。不过，此时此刻，爱因斯坦并没有留意丹尼尔。

它和可汗正沿着两片狗栏中间的小道一路小跑，在每一扇狗栏门前停下来，再跑去下一个。一开始，她不知道自己是不是也应该跑起来，不过后来她看明白了它们要做什么。最近的狗栏门突然打开，后面的也紧跟着一个一个打开。凯文教会了这些令他引以为傲的小学生，怎样从外面打开狗栏的门。

被放出来的狗立刻安静了下来。最先被放出来的是两条差不多大的德国牧羊犬。这两条狗竞相冲出犬舍的门，朝北面跑去。它们还没有跑出亚力克斯的视线范围，又有三只罗威纳牧羊犬从亚力克斯的身边冲出去，朝南方跑去。紧跟着是一条杜宾犬，然后又是四条德国牧羊犬，每一组都朝着不同的方向跑去。这些狗如潮水般冲出犬舍，速度快得她根本数不过来到底有多少条。最少也有三十条狗，尽管有些还非常小。她心里有一点儿想欢呼：孩子们，撕碎他们！可是她心里又有另外一部分想要告诉它们：孩子们当心！亚力克斯看见罗拉的小狗崽跑了出去，眼中再次充满泪水。

黑夜中，有人在惊惶地呼喊。枪声，然后是尖叫声。她的脸上露出一抹苦涩、沉重的微笑。

但是好消息还不止这些。她听见另外的方向也传来了枪声。对方来的人肯定不止一个。

“枪呢？”她小声对丹尼尔说。他点点头，从裤腰里把手枪掏出来。丹尼尔把枪递给她。亚力克斯摇了摇头。她只是想知道他有没有把枪落下。她穿着这件厚厚的皮草大衣，身体在里面直出汗。她推下帽兜，抹了抹脑门儿上的汗。

“现在怎么做？”他小声问，“我们要留在这里吗？”

她刚想说这是逃亡，不过这种问题根本不用回答，这时爱因斯坦回来了，它重新把丹尼尔按了下来。亚力克斯也手脚并用地跟在爱因斯坦的后面，从来时的门口再出去。可汗依然跟着他们，依然在后面断后。这一次爱因斯坦领着他们朝北方走去，不过她完全不知道那边的地形。她意识到，这次可能要爬很久，她的手已经被干枯的草秆磨出了很深的伤口。她试着用大衣长长的袖子保护手掌，不过这一部分没有缝内衬，所以帮助有限。最起码，那个狙击手要多操心在夜里出没的毛茸茸的影子，没空理会那四个没有发动进攻的。她回头看着远处的大屋。没有看见重新亮起来的灯光。他们还没有开始彻底搜查房间。狗叫声还在继续，远远传来咆哮声和罗拉小狗崽的叫声，偶尔响起断断续续的汪汪声。

亚力克斯忘记了时间，只注意到自己身上不断流出的大量汗水，自己粗重的呼吸声，还有自己被磨破了一次又一次的手掌。他们现在似乎是在朝一个小山坡爬去，丹尼尔的速度似乎慢了下来。亚力克斯觉得他们并没有爬出多远，丹尼尔就轻轻地呼了一口气，停了下来。她爬到丹尼尔的身边。

是铁丝网。他们已经爬到了牧场最北边的边界。亚力克斯去找爱因斯坦，想知道他们接下来要怎么做，这时，她才意识到爱因斯坦已经在铁丝网的另一边了。它看着她，用鼻子示意了一下铁丝网的底部。亚力克斯伸手摸了摸它示意的地方，发现铁丝网下面的土陷下去一块。她本来以为是阴影的地方，其实是一道在黑色的岩石上挖出来的沟。空间的大小刚好足够亚力克斯钻过去。她感到丹尼尔抓住了她的脚踝，把她当作向导。等他们两个都钻过来以后，亚力克斯转头看见可汗正拼命地想要从沟里钻出来。亚力克斯打了个激灵，她很清楚铁丝网一定扎破了它的皮肤。它连一声都没有吭。

他们钻出来了，站在一个浅浅的岩石峡谷的上方。从大屋的方向是看不见这里的，因为这里藏在一个微微隆起的小坡后面。她从来没有想到这片往北延伸通往俄克拉何马州的平原会有尽头。爱因斯坦已经开始顺着岩石表面往下走。看起来它的脚下好像有一条不太显眼的狭窄小道。可汗从后面用鼻子顶着她。

“我们走。”她小声说。

亚力克斯弯下腰把身子压低，见爱因斯坦没有反对，她便集中精力看着脚下的陡坡。她能感觉到丹尼尔在后面紧跟着自己。这里的确有一条小路，不过也可能是动物踩出来的。黑暗中出现了一个新的声音，一种轻柔的潺潺水声，这让她失神愣了几秒。她之前从没有发觉那条河离大屋这么近。

这个峡谷走到底大概只有四米多深，他们走到了谷底，亚力克斯觉得这里很安全，可以站直身子了。水流在黑暗中从他们的身旁静静地淌过。她想着自己应该可以走到河对岸去。这里的河面比谷仓那边的要窄很多。爱因斯坦正在使劲拽一个藏在岩石底下的什么东西，河水冲刷河岸，在这里留下一片悬空的岩石。亚力克斯走过去想要帮忙，然后她激动地发现那是一条小船。她想，现在她明白这个逃亡计划是怎样的了。

“以后我再也不说你弟弟的坏话了，一句都不说了。”她一边嘀咕着一边帮忙把船从隐藏的地方拖出来。如果凯文还活着，如果她和丹尼尔能活着撑过今晚，她毫无疑问会违反这个誓言。不过现在，她的确是满怀感激的。

丹尼尔走到小船的另一边用力推。没用几秒，他们就把船推下了水，水流没过他们的小腿。她身上的大衣比他的长太多，大衣的下摆已经掉在了河里。皮毛吸了水之后，每走一步都变得更重。水下的暗流比表面上平静的河面要快得多，两条狗跳上船的时候，他们必须双手紧紧扶着船。可汗的分量使得船尾危险地沉了下去，差一点河水就要漫进来了，所以他们两个都坐到了爱因斯坦所在的船头。丹尼尔扶着船，让亚力克斯先上，然后他再跳上船坐在她的旁边。之后小船像离弦的箭一样漂离岸边。

亚力克斯脱掉了闷热、沉重的大衣。如果真的不得不下水的话，穿着大衣实在没办法游泳。丹尼尔也跟着快速把大衣脱下来，要么是因为他想到了同样的危险，要么仅仅是因为他相信她，凡是她做的都是对的。

强劲的水流推着他们轻快地一路向西行驶。亚力克斯不得不假设，这水流或许也是计划的一部分，因为凯文并没有在船上留船桨。大约过了十分钟，水流开始变缓，船两边的河面变宽了。她的眼睛适应了一下，勉强能够看出来河对面都有什么东西。水流将他们往南岸推进——正是他们出发的那一边。爱因斯坦坐在船头很着急，它的耳朵立起来向着前方，肌肉也都绷得紧紧的。亚力克斯不能确定它看见了什么，不过当他们越过一道看不见的界线之后，它突然从船上跳进河里。河水的深度足以让爱因斯坦游泳，不过亚力克斯猜不到它正在划水的腿距离河底还有多远。爱因斯坦回头看着他们，嗷嗷地叫了起来。

亚力克斯意识到抢在可汗跳下去之前先跳船是个好主意，她立刻也跳了下去。冰冷的水短暂地没过了她的头顶，她用力蹬水浮出水面。紧跟着她听见扑通扑通两声——第一个声音比较小，第二个声音响起的时候，河面被激起一阵波浪，向她打了过来，再次将她淹没。可汗从她身边游过，白色的水沫出现在它四条腿周围，亚力克斯发现它的爪子只比自己的脚尖快了一秒，抢先站在河底的泥沙上。她转头看见丹尼尔正在和水流搏斗，想把木船拖到岸边。亚力克斯知道在河水比较深的地方自己肯定帮不上忙，于是她一瘸一拐地往河边走去，在浅滩处与他会合。亚力克斯抓住船头，丹尼尔拉着船身，没多久他们便到了岸边，那两条狗已经站在岸上抖掉了身上的水。他们将船拴在距离岸边三米的地方，丹尼尔放下船，低头看着自己的手，亚力克斯也低头看了看。粗糙的木头对她已经被磨伤的手掌并不友善。现在，他们两人的手都是血淋淋的，红色的鲜血从指尖上一滴一滴流下来。

丹尼尔右手在牛仔裤上擦了一下，留下一道血痕，然后他回到船上，去拿枪和一个小东西——一部手机，一定是凯文给他的那部。丹尼尔一定是早就想到不能让这两样东西沾水，不过他在看见这两样东西还是沾了水以后，表情非常吃惊。幸好亚力克斯背包里的东西都被她用密封袋仔细封了起来。

亚力克斯飞快地看了一下丹尼尔的脸色。他看起来不像是崩溃的样子，不过或许是他没有表现出来而已。

丹尼尔抓起那两件大衣，两只手笨拙地把它们抱在怀里。亚力克斯本想告诉他别管这些了，后来她突然想起肯定会有杀手来这里调查，所以最好还是把证据毁了。

“把它们扔进河里，还有那条船。”她小声说，“这两样东西最好不要被人发现。”

丹尼尔没有一丝犹豫，他匆匆地回到河边把大衣扔进河里。这两件大衣很沉，花了很久才吸饱了水，从河面彻底消失。亚力克斯刚想去推船，丹尼尔也走过来帮她，他们一起把船朝下游推去。没用几秒钟，船就已经漂过了黑漆漆的河面。她知道船上有他们的血渍和指纹，但是也只能祈祷船能在今晚漂得足够远，远到天亮以后就算被人发现也不会把它跟凯文的住处联系起来。那条船很旧，饱经风霜，肯定不值钱。或许发现它的人会把它当成垃圾处理掉。

亚力克斯能想象凯文和爱因斯坦白天时，在河边一遍一遍地演练这条逃亡路线。他们一定试过了无数次。考虑到他们付出的努力，凯文可能会对她把船扔掉这件事很生气。

她和丹尼尔转身一起朝岸边走去。谷仓就矗立在眼前，在一片漆黑中也能分辨出来。他们朝谷仓跑去的时候，突然冒出来一个清晰的人影。亚力克斯吓了一跳，希望狗能对此做出反应。随后她看清楚了那个影子——那是他们练习射击的一个草垛。她深吸一口气，稳了稳心神，才继续往前跑。

他们跑到谷仓以后，又绕过去继续跑到大门口。丹尼尔的大长腿让他第一个抵达，等到她追过去的时候，他已经打开了门锁。他拽着门，等她和两条狗进去，然后才回身关上门。

里面漆黑一片。

“等我一下。”丹尼尔小声说。

她除了自己的心跳声和两条狗喘粗气的声音，基本没听见其他动静。先是很轻微的吱呀一声，然后是轻轻的金属声。一道微弱的绿光在她右方亮了起来。她只能看清丹尼尔的轮廓——他的手按着闪光的键盘，也被映得亮了起来。突然，一道刺眼的白光从他身边的缝隙里射出来。丹尼尔将裂缝拉开，好让更多的白光照进这个地方，亚力克斯终于看清楚了他在做什么。他正坐在停放在那边的一辆旧车上。丹尼尔打开假电池，输入了解锁密码，密码是他自己的生日，然后将引擎盖打开。白光照耀下，里面露出了一排排步枪。

“挑几把枪放到悍马上。”亚力克斯悄声对丹尼尔说。其实现在没有必要压低音量，不过她不敢让自己讲得太大声。

光线足够照亮丹尼尔身边十几米的每一个角落。两条狗守在门口，脸朝外，喘着粗气等待着，仿佛会有入侵者闯进来一样。

亚力克斯跑去她藏露营包的地方，掀开上面的旧油布。她拉开最底下的包，掏出一副胶皮手套。她将手套戴在血淋淋的手上，然后又拿起一副，半掖在牛仔裤前面的口袋里。

亚力克斯回来的时候，丹尼尔已经朝那台巨大的拖拉机走去了。他背上背了两支步枪，怀里抱着两把格洛克手枪，还有一把她一直想要的手枪。亚力克斯看着丹尼尔又伸手去拿之前曾经见她练习过的西格绍尔手枪。或许在她的这个世界里，丹尼尔还是个新人，不过他的本能似乎自动担起了责任。

亚力克斯来回跑了两趟，才把自己的包都放到了藏在草堆后面的车里。第一趟，她跟丹尼尔擦身而过的时候，她把手套给了他。他甚至连为什么都没问，就给自己戴上了。亚力克斯高兴地发现悍马内部的车灯已经被拆掉。她把自己的东西放进去之后，又搬了一箱手榴弹，那些火箭炮则留了下来——她不确定在不把自己炸飞的前提下，她能不能搞明白怎么用这些东西。

"钱要带吗？"她第二次与丹尼尔擦身而过的时候，丹尼尔问她。

"对，全都带上。"

他飞快地行动起来，这疯狂的一秒让她有似曾相识的感觉。他们分工协作——就像两个人一起洗盘子一样。

还有几件防弹背心。她穿上一件，虽然已经把带子系到了最紧，但还是有点松松垮垮的。防弹背心并没有沉得让人受不了，所以她猜可能是陶瓷板做的。她又拿了一件给丹尼尔。另外还有两件蝙蝠侠穿的紧身连体衣，不过这两件衣服对她来说都太大了，而且丹尼尔穿上的话可能也要花很长时间。亚力克斯还找到了两顶厚厚的棒球帽，她笑了。亚力克斯曾经听说过这些东西，不过她觉得只有美国特勤局才会用到这玩意儿。她自己戴了一顶，然后把另一顶帽子和防弹背心一起递给了丹尼尔。

丹尼尔默默地穿戴好，他神情坚定、面色惨白。亚力克斯想着不知道他能坚持多久。她希望丹尼尔源于本能的肾上腺素能够坚持到他们脱险之后。

她将一把薄薄的长匕首固定在大腿上，在平时系的多用途皮带下面又系了一条带枪套的皮带，然后又斜肩系了一条。她走回到悍马旁，拿出一把格洛克手枪别进右侧的腰间。她在一边的胳膊下面插好那把西格绍尔手枪，警用手枪则插在另一边胳膊底下。然后她又将那把枪身被锯短了的霰弹枪别在左边的腰间。

“你有枪吗？”

丹尼尔点点头。他已经把自己最喜欢的那支步枪斜挎在了肩头。

“那支步枪不要离身，然后再带一把手枪。”亚力克斯说。

他拿起另外一把格洛克手枪，紧紧地握在戴着手套的手里。

“我们需要把你碰过的所有东西都擦一遍。”

亚力克斯还没说完，丹尼尔就已经开始行动了。他捡起之前盖在亚力克斯的背包上的油布，撕下来两根布条。他扔了一根给她，然后自己走出去擦门锁，爱因斯坦跟在他后面形影不离。亚力克斯开始去擦丹尼尔打开的第一辆车。他们没用多久就把所有的东西都擦了一遍。油布条上有血渍，所以她把它们也塞进了悍马的后备厢里。

她停下来，听了一会儿。除了他们和狗狗们紧张的呼吸声，什么动静都没有。

“我们现在去哪儿？”丹尼尔问。他的声音听起来比平时要紧张一些，音调也变了一点儿，“去你在北方的据点吗？”

亚力克斯知道自己回答丹尼尔的时候，表情一定很严肃，甚至有些吓人。

“现在还不行。”亚力克斯回答。

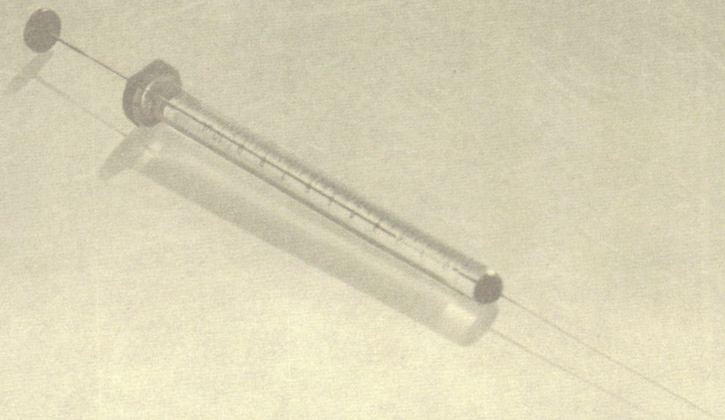

化学家

（下）

HUAXUEJIA

[美] 斯蒂芬妮·梅尔 著
枣泥 刘勇军 译

接力出版社
Publishing House

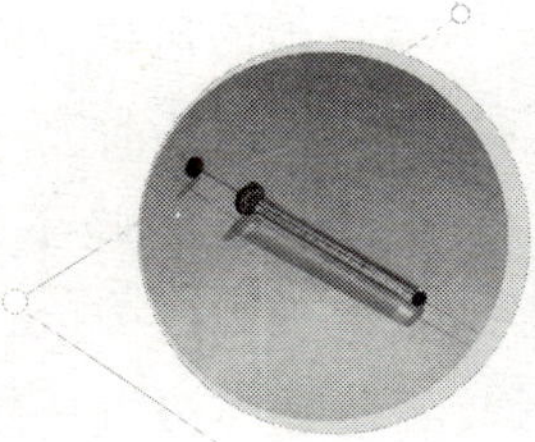

第十八章
超级英雄

“你要回去？”丹尼尔用空洞的声音低语道。

亚力克斯点了点头。

“你说阿尼是不是依然……”

“不。他早死了。”

亚力克斯的回答竟如此冷漠决然，丹尼尔听了以后不由得微微一颤。“那我们不是应该赶快跑吗？你说过，他们追来，我们就得跑。”

丹尼尔说得对，若是听从本能，亚力克斯也会逃之夭夭。

她很想知道那些母亲是否也会有这种感觉——就是新闻里报道的那些母亲，把面包车从孩子身上抬起来。虽然绝望、恐惧，却也像超级英雄一样伟大。

亚力克斯有她自己的一套行事方式：左一个计划，右一个计划，等到灾难降临，就执行最适合的那一个计划。一时冲动不是她的风格，而且她从不依靠直觉。她不会坚持到底，只会脚底抹油开溜。

但她今晚不是只保护她自己就行了，她还有辆面包车要抬。

眼下没有计划，唯有直觉。

本能告诉她，一场精心策划的恶性袭击即将发生，而组织这次袭击的人有着超乎寻常的聪明才智。她和丹尼尔可以跑，但天知道猎人还有什么阴谋诡计？说不定另一个陷阱正在等着他们往里钻。

若是能找出他们是谁，了解他们掌握的情况，她才会有更大的机会，她才能带丹尼尔成功逃脱。

找出真相终究是她的拿手好戏。

她不擅长主动出击，但这样一来，对方也料不到她会怎么做。见鬼，她甚至对自己都有点刮目相看了。

猎人还不知道蝙蝠洞的存在，不然他们一定会在这里等她送上门来。他们对她能接触到的资源一无所知。

如果她能好好想想，八成会改变主意。只是她现在非常激动，一心只想做出明智的选择。不光要让他们两个人在今晚化险为夷，还要在未来也能平平安安。如果她拿不到准确的消息，就做不出正确的选择。

“眼下看来，逃跑或许是最安全的办法。”亚力克斯说。

“然后呢？”

“我以前可没这么好的机会去审问前来对付我的刺客。我对他们越了解，我们以后就越安全。”

接下来是一阵沉默。

“你不会把我丢下吧？”丹尼尔沉着地说。

“不会，我需要你帮我一把。但我有个条件。”

他点点头。

“我不管你是不是心甘情愿，你都得乖乖听我的话。”

“我能做到。”

“你必须留在车里。”

丹尼尔微微向后仰头，抿起嘴唇。

“乖乖听话。”亚力克斯又把规矩说了一遍。

丹尼尔点了点头，露出不高兴的表情。亚力克斯才不信他能说到做到。

“我需要你掩护我。”她解释道，“悍马是最合适的地方。不然，有人朝你开枪，你就没法注意到我的后面。情况一定会很危险。你应付得来吗？”

“又不是第一次了。”

“但现在不一样。”亚力克斯停顿片刻，“我最乐观的猜测也只能是，这些家伙来这里是为了抓你和凯文。那些大人物以为我多半已经翘辫子了。如此一来，我就必须打破常规，只能做凯文通常会做的事。一切照旧，不能留活口。”

丹尼尔吞了吞口水，又点点头。

“很好，现在戴上夜视镜，你来开车。”

亚力克斯真不希望丹尼尔看到接下来会发生的一切，也不希望他看到她迫不得已要做的事，只可惜现在她没有别的帮手。

他们小心翼翼地驶过谷仓大门，待在悍马后面的狗倒是很安静，只是偶尔发出沉重的喘息声，她能感觉到自己的变化，她已经进入蓄势待发的状态。事态不仅很危急，还会非常混乱。如果他们不能抢先控制住她，局面一定会朝着那个方向发展。

亚力克斯从背包的袋子里拿出一个小注射器。这是最后一支了，但如果现在不用，她恐怕活不到明天晚上。

“你相信我吗？”她问他。

“是的。”丹尼尔的语气如此坚定，为这个简单的回答增添了重量。

“只剩下这一剂了，所以我们两个必须共用一个针头。我保证我没病。”

亚力克斯把注射器刺入大腿，推进一小半药物。毕竟丹尼尔比她的块头大。

“这是什么？”丹尼尔紧张地问。

亚力克斯竟然忘了丹尼尔不喜欢打针。“右苯丙胺和一种类阿片制剂的合成物，有点像……肾上腺素和止疼药。有了它，就算中枪，也能撑下去。”但要是头部或心脏中枪，就算神仙来了也没用。不过她并没有把这话说出来。

他点点头，然后小心翼翼地目视前方，不去看她用针刺穿他的牛仔裤，然后扎入大腿。丹尼尔连眉头都没皱一下。亚力克斯将剩余的药物推入了他的体内。药效最多维持三十分钟。

“看得清楚吗？”

“非常清楚。”

“那能不能快点？”

丹尼尔踩下油门作为回答。

“到地方以后，”亚力克斯指示道，“你到后座去，把侧面的小窗户打开一条缝。见到不是我的人，你就开枪。应该不难把我和其他人区分开吧，我的身材要比你将看到的人矮小得多。”

丹尼尔再一次紧紧地抿着嘴唇。

“就算天塌下来，你也要留在这里，明白吗？”

他点点头。

“开枪打那些人，没问题吧？”

“没有。”丹尼尔坚定地说，随后咬紧牙关。

“很好。如果出了什么状况，比如枪卡壳了，或是有人进了悍马，你就把手榴弹扔到窗外。这表示你需要帮助。你知道怎么使用手榴弹吗？”

“你的信号是什么？”

“嗯？”

“你需要我帮助的时候，会发什么信号？”

“我的信号就是留在车里，丹尼尔。你会用手榴弹吗？”

“差不多吧。”他嘟囔道。

“我大概需要一段时间，所以你千万要稳住。只有有把握了，我才能开始审问。对了，先把夜视镜摘掉再丢手榴弹，或者干脆闭上眼睛。注意火光，不然你的眼睛会瞎。”

“明白。”

手机突然响起。

丹尼尔吓了一跳，脑袋撞到了低矮的车顶。

“见鬼。”亚力克斯喊道。

“是凯文的手机。”丹尼尔一边说着一边用右手狂乱地在背心上摸索。他从一个用来装弹匣的按扣口袋里掏出手机，亚力克斯一把将手机夺了过来。

屏幕上显示出一串陌生的号码。她按下应答键。

“丹尼？”凯文的吼叫声在她耳边响起。

“你可真会挑时间！他过一会儿给你回电话！”

“让他来听，你……”

亚力克斯挂断了电话，把手机关机。

“专心点。等我们这边完事了，你再给他打回去。”

“没问题。”

很好，凯文还活着。亚力克斯觉得这是个好消息。唯一不好的事就是得有人通知他，他的退休计划泡汤了，他的朋友也死了。

“你准备怎么做？”丹尼尔问道，“把你的计划告诉我，我也好多留意。”

“如果他们关门，你就强行冲进去，那样能分散他们的注意力。对方如果超过四个人，我们就必须改变计划。到时候你加速冲向房子，然后右转，将你汽车的一侧暴露出来。如果是只有四个人或不到四个人，你就减速，但不要停车。我会偷溜下车。但愿他们只顾着对付你一个人。你往前继续开一段距离，再停车射击。我会从侧面攻击，你只管格杀勿论。我会抓个活的回去审问。但愿有人在我楼上的房间里昏倒。我会带上爱因斯坦，好让其他的狗离我远点。可汗和你待在一起。他们要是在房子里躲起来了，我就回车上，我们一起撞墙进去。”

“我能看到大门。是开着的。”

“冲过去，撞那幢房子。”

丹尼尔猛踩油门。

“有灯！”他告诉亚力克斯，与此同时，亚力克斯也看到了。有车头灯从路上直奔他们过来，越来越近，速度非常快。

“摘掉夜视镜！现在执行新计划。去撞他们。别手软。可以的话，把他们撞个人仰马翻。打起精神，别让车子失控。”

亚力克斯一只手抓住仪表盘，另一只手抓住她的座位。丹尼尔把夜视镜抬到额头上，把油门踩到底。她真希望能有办法把狗狗们固定住。它们现在一定会感觉到危险迫近。

对面的车在最后一刻才对他们的冲撞做出反应，好像车里的人一直在看后面，而不是往前看。不过悍马的车头灯和指示灯都关着，车身又是黑色的，在黑夜中几乎就跟隐形了一样。

来车是一辆中等大小的白色SUV。司机一看到他们，便突然转向亚力克斯所在的右边。丹尼尔用力向右转动方向盘，悍马猛烈地撞到了SUV的乘客座一侧，随之传来震耳欲聋的金属撕裂声和安全玻璃碎裂的砰砰声。狗狗们一下子就向前飞了出去。只听一阵撞击的声音，可汗重重地撞在了驾驶座和乘客座的后面。亚力克斯的脑袋由于惯性向前甩去，差一点就撞到了仪表盘上，好在安全带的束缚力将她向后拽。SUV车滑出一段距离，有那么一两秒钟，只有两个车轮着地，然后侧翻，驾驶座一侧轰然倒地。乘客座一侧车头灯的玻璃砰的一声碎了。

可汗和爱因斯坦呻吟着跌落在车底。

“再去撞！”亚力克斯喊道。

丹尼尔又开车撞在SUV的底盘上。又是一阵金属撕裂的尖锐声响。SUV在平地上滑了出去，看起来就跟纸板箱一样轻。她知道他们绝无可能把车翻过来，周围只有无边的草地，没有任何工具可以用来推车。

“掩护我。”亚力克斯把夜视镜从丹尼尔的头上拿下来，“你用步枪上的夜视镜。爱因斯坦，跟我来！”

亚力克斯没有等待丹尼尔的回答。悍马尚未完全停下，她就下了车，爱因斯坦快步去追她。她必须迅速行动，不然车里的人从碰撞中缓过神来，拿着自动武器来对付他们，可就麻烦了。

她双手紧握格洛克手枪，直接向挡风玻璃跑去。其实她用西格绍尔手枪更顺手，只是现在是近距离交手，之后她或许会把手枪扔掉。

透过夜视镜看过去，一切都是明亮的绿色，显得异常清晰，对比十分强烈。驾驶座一侧的车头灯还亮着，不过车灯倒扣在了地上，只是散发出低矮朦胧的光线，照亮了车子激起的尘土。挡风玻璃摔得粉碎，如今只剩下一个边框，她能看到前座上有两个男人，在第一次撞击时就泄了气的两个安全气囊垂在引擎盖上。司机血肉模糊，头顶卡在侧门框上，粗粗的脖子以一个不可思议的角度扭曲着。她看到他睁着一只眼，眼神呆滞地望着她。这个人看起来很年轻，二十出头，皮肤红润，有浅色头发，还有着强壮的肌肉。他或许是个探子，只是长相很不符合他的身份。他的头发大约二十厘米长，亚力克斯能看到他的一只耳垂上戴着一枚很招摇的钻石耳钉。她敢打赌他一定是个打手，毕竟他这副样子，可不像是个管事的。

这时候，乘客动了一下，那人迷迷糊糊地晃了晃脑袋，仿佛尚未完全苏醒过来。他三十五六岁，皮肤黝黑，脸颊上有一层浓密的胡子茬，他膀大腰圆，是那种能举起很重物体的人才会有的体格。亚力克斯敢说要是他站起来，必定粗壮如牛。他身着合身考究的西装，这身西装看起来极不适合穿来执行这样的行动，但这倒是提醒了她。他虽然坐在座位上，高度却依然到她的眼睛。她飞快地靠近他，将枪管对准他的额头，低头看了一眼他的双手，只见他的手里空空如也。

“你是管事的吗？”亚力克斯问道。

“啊？”他呻吟着说。

“你的老板是谁？”

“交通事故。警官，我们遇到了交通事故。”他告诉她，眨着眼凝视黑暗。他的眼球在转动时似乎有些不协调。

亚力克斯马上改变策略，她收回手枪，改用轻柔的声音。“救援马上就到。现在告诉我你们一共有几个人。”

“六个……”

这么说还有四个人，兴许他们此时正朝这个方向赶过来。狗狗们开始聚到她的身边，有爱因斯坦在，它们倒也安静。她很想知道，如果只有她一个人，它们还会不会记得她。

“先生？”亚力克斯问，她试着想象警察一般是怎么与交通事故当事人对话的，“其他人在什么地方？”

“他们是搭便车的。”他说，“我们让四个人搭车，把他们送到这里。后来来了好多狗，很疯狂，还攻击我们。我还以为它们会把轮胎咬穿。”

他正在慢慢恢复意识，已经开始编故事了。他握起拳头又松开。亚力克斯再次举起枪，始终盯着他的手。

“那些……搭车的人在攻击中受伤了吗？”

“我想是的。有两个人受伤了。另外两个人到房子里去了。”

所以，很有可能只剩下两个人了。但这家伙是管事的吗？年龄倒是对得上，只是，她在芝加哥期间学了不少东西。在精心安排的袭击中，通常留在车里的人级别都比较低。开车的人更是没地位。主角才是关键，而且本领高强，很难对付。

“我想我需要一位医生。”他抱怨道。

“救护车马上就到了。”

SUV仍然亮着的一个车头灯几乎被茂密的草和落在上面的泥土遮挡住了，不过在仅有的光线下，他开始调整视线观察环境。亚力克斯注意到，这人忽然意识到眼前有一把枪，不禁睁大了眼睛。

他立即把手伸进西装。亚力克斯朝他的右肩开了一枪，她可不想打他的手，不然子弹可能穿过他的手，击中重要器官。她现在还不能要他的命。

他大叫一声，右臂疼得抽搐起来，鲜血溅到了她的脖子和下巴上。他掏出来的枪一下子就脱手了，先是落在他那个死掉的同伴的脸上，随即弹出汽车，跌到她的鞋上。她很清楚，这绝不会是他唯一的武器，于是，她向下开了一枪打穿了他的左手手掌。

他又咆哮起来，挣扎着要解开安全带，像是要冲过空荡荡的挡风玻璃框向她猛扑过来一样。他的腿八成是受伤了，他本想找个立足点，可他的双腿不听使唤。

这么一来，狗被惊动了，全都叫了起来。爱因斯坦冲向此时在最上面的乘客座一侧。它用爪子扒住挡风玻璃框，把头探进车内，张开巨大的嘴巴一口咬住那个人的右肩——也就是她刚才开枪击中的地方。

“把它弄走！把它弄走！”那个人吓得绝望地大叫。

趁他分心的时候，亚力克斯把她脚下的手枪捡了起来。是一把很便宜的0.38口径手枪，而且没开保险栓。

“爱因斯坦，控制！”亚力克斯直起身体后命令道。除了逃跑协议和稍息，她只记得这句命令，而“控制”看似最接近她的意图。爱因斯坦松开那人的肩膀，但依然龇着牙，停在那个人的面前，从它嘴里流出来的带血的唾液滴在他的身上。

“你是谁？”那个人喊道。

“在接下来的三十秒，如果你不乖乖回答我的问题，我就会让这条狗把你的脑袋咬掉。”

“把狗弄开！”

“谁是头儿？”

“赫克托！是他带我们来的！”

“他现在在什么地方？”

“在房子里！他进去后一直没出来。后来安杰尔也进去了，也没出来。那些狗要把车门咬掉！我们就溜了！”

“谁拿着狙击步枪？赫克托？”

爱因斯坦在这个被吓破胆的人的鼻子前面龇着牙。

“是他！是他！”

亚力克斯从没想过要用动物来逼供，不过爱因斯坦此时真是发挥了奇效。

“赫克托要发动攻击吗？”

“是的！”

“目标是谁？”

“我不知道！我们只负责开车，看谁要跑就打谁。”

“爱因斯坦，咬他！”这可算不上是最好的即兴表演，爱因斯坦望向亚力克斯，很显然不明白她在说什么。不过，对于SUV里的那个人，这并不重要。

“不要，不要！”他惊声尖叫道，“我发誓！赫克托没告诉我们。那些波多黎各杀手有他们的小圈子，对我们这些外人连半个字都不说！”

“你们是怎么找到这个地方的？”

“赫克托给了我们几个地址！”

几个地址？亚力克斯觉得奇怪。“不止一个吗？”

“一共有三个地址。我们之前去过一个。不过赫克托说那地方不是我们要找的！”

“你们在那里都做了什么？”

“赫克托进去五分钟就出来了。然后告诉我们去下一个地址。”

“你就知道这些？”

“是的，是的！我把知道的都告诉你了！”

亚力克斯用他的手枪朝他的脑袋开了两枪。

亚力克斯开始在脑海中盘算时间。她并不清楚放狗、顺河漂流、把东西装上悍马用了多久。她也不知道赫克托是在什么时候进入的房子，用多久到达她的房间。她只知道，有人打开房门后，她留在那里的毒气管会在十五分钟里持续悄悄地释放出化学气体。管里的化学物质都释放出来后，她有三十多分钟的时间采取行动——具体时间要看中毒的人体格如何，然后敌人就会恢复意识。现在时间快到了。

亚力克斯跳上悍马，撑着门让爱因斯坦爬上来。她把夜视镜丢给丹尼尔，在此之前她只看了一眼他的脸，眼前就变得一片漆黑了。她只看到他的表情很紧张。

“去房子那边。如果有人出来，就执行之前的计划。你把车停远点，好看清楚房子四周的情况。一定要注意有没有人过来。”

“狗狗要是看到什么，会让我知道的。”

“不错。”她表示同意。她没料到这些狗会这么有用。

她拿出警用手枪，把格洛克手枪放在空出来的枪套中，又把那把0.38口径手枪别在腰带中，她把警用手枪塞进她脚边的袋子里，又在袋子里摸索，拿出她需要的东西。她摘掉防弹帽，三两下就把防毒面具戴在口鼻上，拧好过滤器，又拿出两个加压毒气管、束线带、战术手套和耳环盒，并把这些东西塞进背心口袋里。她取出最后两把重型断线钳，塞进空手枪套然后别在腰带上，一个手柄在里，另一个手柄在外。断线钳集合了各种功能，体积已经被压缩了，但手柄却还是快到她的膝盖处。尽管这会让她行动不便，但如果事情按照她的预想发展，到时候它们一定会派上用场。

亚力克斯没时间考虑丹尼尔此时在想什么，也不清楚他看到她杀了一个无助的人会有何感受。

房子出现在视线之中，楼下能看到的窗户都有灯光透出来。楼上的窗户都被遮得不漏光，她也看不出里面有没有开灯。

“看到什么人了吗？”

“那边有具尸体。”丹尼尔指着旁边的房屋说。

“我们必须确定他是不是死了。”依旧有三个人下落不明。喘气的越少，她的胜算就越大。

“我很肯定他死了。看起来好像那个人……被分尸了。”他的声音听来有些空洞。

她的声音却丝毫没有异常。“很好。”

她在房子周围没看到任何人。他们显然还没有愚蠢到跑出来看发生了什么事。窗边也没人。如果他们想从窗边射击，就肯定会把灯关掉。也许是在楼上……那里的窗户被窗帘遮得严严实实，她甚至都看不到哪里是窗户。更看不到是否有人拉开窗帘，从漆黑的房间里向外看。

“能看到楼上的窗户吗？”

“窗户都被遮住了。”丹尼尔告诉她。

“好吧，开始减速。在我们下车两秒钟后，你就停车，准备好射击。”

他点点头。“明白了。”

“爱因斯坦，过来。做好准备。”

丹尼尔把车掉头，让他所在的那边对准房子里的灯光。她在车子黑暗的一边，对方看不到她。她打开车门，悄悄在缓缓移动的草地上放下双脚。她模仿在无数电影里看到的动作：纵身跃下，双膝着地，然后翻滚侧卧，而爱因斯坦则从她身上跳过去。她很肯定她做得不对，但只有等到“幸存者”麻醉剂的药效消失后，她才能知道错到了何种程度。

亚力克斯忘记告诉丹尼尔要关好车门上好锁，但这是常识，而且，他今晚似乎脑筋特别好使。或许这又是遗传，他一遇到这种情况就特别兴奋，跟他弟弟一个样子。就算有人要硬闯悍马，还有可汗呢。她能想象到，有人先是被几十条猛犬攻击，又在一个较高的地方与可汗面对面，况且天还这么黑，一定会被吓破胆。这样一来，他们的准头和反应时间不可能不受影响。

如果亚力克斯不是麻醉了自己，那即便戴了手套，从碎石上爬过也将痛苦难当。就在她匆匆离开悍马的时候，她听到猛犬的爪子踏过干枯灌木丛的声音，不光是爱因斯坦，还有其他几十只幸存下来的狗。她从未有过这样的后援团。上面的狙击手肯定很难在一群狗中间把她找出来。

来到门廊边上，她回身蹲下。这会儿悍马已经停了。她听到了关门声。此时，一个喘息的声音在她脑袋边上响起，她瞬间愣住了。然后，轻轻的呻吟声再次传来，而且不可能是人发出的声音。

她翻到门廊上，翻滚到扶手下面，然后蹲伏下，不让身体高过窗户。罗拉蜷缩在远处的角落里。亚力克斯很清楚，就算是受伤了，若是有别人在附近，罗拉也会发出警报。她爬向罗拉，戴着手套的手触到血迹一滑。罗拉把头抬起一点点，尾巴微微一颤。

“不会有事的，罗拉。我一会儿就回来。你坚持住，好吗？”她轻抚罗拉的耳朵，罗拉轻轻地喘着气。

爱因斯坦在门边的阴影中等待着。亚力克斯向它爬过去。

“去和罗拉待在一起，爱因斯坦。”

她弄不懂它看她的眼神传递出了什么意思，但愿它听得懂。这次，她必须独自进去。

她今晚能活着回来的话，一定会想方设法找到给狗戴的防毒面具。

亚力克斯蹲在门边，小心翼翼地戴好耳环。耳环精致华美，与其他危险的装备在一起，显得极不协调，但她现在没时间去关注外表，而且情况可能会演变得非常激烈。她从背心前面的口袋里拿出较大的毒气管，拧掉盖子，拉开门，把管子扔进去。

没有任何反应。在瓦斯充满整个房间的时候，没有叫喊声，也没有退开的脚步声。她等了两秒钟，然后半蹲着跑过大门，右手拿着格洛克手枪，左手拿着霰弹枪。她的左手并不灵便，但拿着这种枪，用不着打得多准，况且现在又是近距离交锋。

她并没有花时间去搜索一楼。在接下来的五分钟里，如果有人追她，并且没有防毒面具的话，这人很快就会昏倒。她一边向楼梯移动，一边思考着整个情况。赫克托进来找丹尼尔或凯文，或是找他们两个。他是独自进来的，所以她怀疑他的目标是两个人。阿尼死了，他就以为是一对一。他一定以为自己本领高强，才敢独自前来。

他肯定把一楼的房间翻了个遍，然后去二楼找。

此时，她在楼梯上走了一半。下面毒气管中涌出的气体非常浓密，但并没有上升。她抬头看去，只见丹尼尔房间的门是开着的，洗手间的门也是开着的。尽头右边有灯光射出。那里可能是储藏室。

她把霰弹枪装入枪套，爬到楼梯顶端，把手肘搭在第二级台阶上，将身体探过栏杆边缘。

一个男人躺在走廊里，穿着满是褶皱的黑色裤子和军靴。他的脑袋和肩膀搭在另一个人的腿上，而那个人的腿从她的房间里伸出来，穿着类似的裤子，不过没穿靴子，而是穿了一双黑色运动鞋。

如果西装男说的是实话，躺在她房间地上的那个人八成就是赫克托了。赫克托打开门，点亮灯，随即中毒昏倒。过了几分钟，安杰尔过来看看他是不是需要帮忙，结果看到他的腿，便拿枪缓缓地沿墙壁往前走，结果也被毒气迷昏了。

她不确定他们被迷昏多久了。

迄今为止，西装男倒是没撒谎。她觉得眼下还算安全，便把格洛克手枪插入枪套，忙活起来。首先，她把第一个男人手中的枪拿走，抛过栏杆，丢到第一层。他的裤子后面还塞着一把枪，她也把它扔下楼。她没时间仔细搜索了。亚力克斯真想给他注射点药物，好叫他别碍事，但是，不像毒气过半个钟头会消散，长效镇定药会留在血液中，引起怀疑，暴露她的行踪。她用束线带把他的手绑在身后，又把他的脚踝绑在一起。

赫克托比安杰尔矮小，而安杰尔与SUV里那个死了的戴耳钉的男人长得有些相像，只是发色有所不同，赫克托和安杰尔都是黑发，通过西装男的描述，她已经猜到了这一点。赫克托中等身高，精瘦健壮，不过不是那种在大街上很惹眼的人。他的胡子刮得很干净，皮肤白净，至少她看到的那部分皮肤是这样的，他穿着一件黑色长袖运动衫。安杰尔的三根手指和脖子一侧都有文身。还是赫克托比较聪明。以暗杀这种勾当为生，最好保持低调，不要让目击者轻易向警方的画像专家描述出你身上的特征。

赫克托右手不远处有一把装了消音器的大型马格南手枪。狙击步枪则在他的背后。她取出步枪里的弹匣，拿起大手枪，走回走廊，从楼梯栏杆扔到楼下。她听到枪支砰的一声落在下面的硬木地板上，其中一个正好砸在刚才她丢弃的武器上，发出一声金属撞击声。

亚力克斯回去想把赫克托绑好。

刚才还躺在储藏室的那个人不见了。

亚力克斯从枪套中掏出霰弹枪，后背贴在门边的墙壁上。四下里一点儿声音也没有。那人肯定会从房门走出来。等他一露头，她就开枪。就算是经验最丰富的刺客，如果腿被打飞了，也是废物一个。

过了一会儿终于有动静了，不过没人从门里出来。安杰尔开始蠕动，用西班牙语呻吟着。就在亚力克斯分神的一刹那，一个黑影从安杰尔身边飞快地向她冲来，一下子把她手里的霰弹枪撞飞，两个人一起倒下。她一边重重地摔在地上，一边和那个人搏斗，不让他抢走别在她腰带上的手枪。那个人比她力气大，可接着他们栽倒在地，还压碎了耳环上的小玻璃球。

亚力克斯能感觉到灼热的气体扑在她的脖子处——也就是防毒面具底部暴露在外的皮肤，感觉火烧火燎的。她知道，在接下来的几个小时里，那个部位看起来就跟被晒伤了一样，但好在她的眼睛和肺仍处在保护之中。

攻击者并没有准备好。他透不过气来，双手捂着喉咙，眼睛什么都看不到。亚力克斯一个转身，抽出 0.38 口径手枪，对准他的膝盖就开火，结果打中了他的左大腿。

他身子一歪，向右倒在安杰尔身上。安杰尔此时正在猛烈地摆动身体，挣扎着要弄断手腕上的束线带。束线带虽然结实，但也架不住他的蛮力。

亚力克斯不能一次对付两个人。现在她必须做出选择，而且要快。

安杰尔的脑袋距离她最近。她朝他的头开了两枪。他不动了。

赫克托气喘吁吁，用力揉搓眼睛，同时慢慢向楼梯移动。她飞快地跑过去追他，贴着墙，以免他抓到她。不过以他此时的状态，是不可能抓到她的。她从腰带上抽出断线钳，对着他的后脑就是一下。他马上就不动了。

要是把他弄死了，亚力克斯可就是白费了一番功夫，但她必须把他捆起来，才能去检查他是不是还活着。

为保险起见，她又给他的左膝来了一枪，然后把 0.38 口径手枪从楼梯扶栏扔到楼下。反正里面只剩下一颗子弹了。亚力克斯用束线带把他没受伤的右腿从脚踝和膝盖处系在栏杆上，又把他的右臂从手腕和手肘处绑在栏杆上。只凭左腿，他是掀不起什么风浪的。没有更好的选择，她只能把他的左手绑在安杰尔的一只黑色大靴子上。安杰尔那瘫软的身体至少有一百二十公斤重，总好过什么都没有。亚力克斯把手指搭在赫克托的手腕上，她摸到了稳定的脉搏，稍感满意。他还活着，至于他的大脑有没有受损，就只有等等看了。

亚力克斯决定在每个捆绑部位再加一根束线带，以免横生枝节。就在她把另一个束线带绑在安杰尔的靴子上的时候，她听到赫克托醒了过来，呼吸发生了变化。尽管疼痛难当，他却没叫。这可不是什么好兆头。她在审讯其他久经锻炼的军人之际，都会大加利用他们怕疼怕死的心理，而且，要花上很多时间才能攻破他们。

但是，那些人忠诚于他们的同伴或任务。她很肯定赫克托是雇用杀手。赫克托对雇他的人一点情分都没有。

亚力克斯跑开一段距离，双手紧紧抓着格洛克手枪，留意看绑得是否结实。四周黑漆漆一片。她站起来，退向洗手间的门，眼睛一直盯着地上的人。她在身后摸索，找到电灯开关，把灯打开。

赫克托扭过头面对她。他的一双黑色眼睛依然泪流不止，但目光炯炯。从他的脸上一点儿也看不出他受了这么重的伤。他的目光令人不安，可他的脸则平凡无奇，五官平平，没有任何特点。他不吸引人，却也谈不上丑。这张脸在人群中毫不起眼。

“你为什么不干脆杀了我？”他问，在化学药物的作用下，他的声音有些沙哑。除此之外，他的声音一点儿特征也没有，听不出任何口音。他完全可以去当电视台的新闻主播。听他字正腔圆的音调，根本判断不出他来自哪里。

“告诉我是谁雇了你。”亚力克斯的声音透过防毒面具传出来，听着十分粗哑，有些失真，都不像人发出来的。她希望这能震慑住他。

他点了点头，仿佛这个动作是对他自己做的。她看到他的手轻轻一动，这是在试探束线带是否牢固。

“我凭什么告诉你？”他的语气既不恼怒，也丝毫没有挑衅的意味，只是听来十分好奇。

“你知道我是谁吗？”

他没回答，脸上什么表情都没有。

“这就是你该说出真相的第一个原因，因为不管是谁派你来的，都没有把你成功完成任务所需的信息告诉你。他们并没有让你做好充分准备。你什么都不欠他们的。”

“我也不欠你。”他回话迅速，但依旧彬彬有礼，说明他很善于辞令。他把手指向下伸，去够束线带。

“的确如此。但是，你不老实交代的话，我就会一枪毙了你。这是第二个原因。”

他斟酌着她的话。“而第三个原因……如果我说了，你就不杀我。”

“如果我保证不杀你，你相信吗？”

“唉。”他叹了口气，想了想，答道，“但你怎么知道是否能相信我说的话？”

“大概情况我已经掌握了。现在，我想要细节。”

“恐怕我帮不了你太多。我有个经纪人，穿针引线的活儿都是他在干。我从未见过出钱的人。”

“你的经纪人是怎么对你说的？”

他想了想，肩膀抽动了一下，像是在耸肩。“你给的条件不怎么样，还是再想个更好的吧。”

“那我只好来说服你了。”

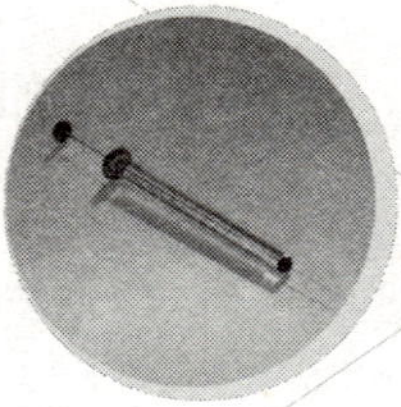

第十九章
神秘指令

赫克托面无表情地看着亚力克斯把格洛克手枪塞进枪套，然后从安杰尔腿边捡起断线钳。

她之前想过要把烙铁带来。被火烧是最疼的，而且，很多人都怕火。但赫克托是个行家。她没时间利用痛苦的折磨让他开口，他肯定是根难啃的骨头。相比极度的痛苦，更让他害怕的是失去身体上的优势。若是没有了扣扳机的手指，他可就得告别这一行了。她一上来本不该用这么强硬的手段，但他应该能预见到，到最后不免还是会用到这一招。他今晚若是能保住性命，必定希望两只手都完整无缺。因此，他必须说出真相，以免她真的下手。

赫克托的左手最方便让她动手。她把金属刀片放在他的小指上，他将其他手指握成拳头，开始更用力地挣脱束线带。她牢牢握住手柄，很清楚若是她处在他的位置上会想什么——他只要能把断线钳抢过来，就有机会获得自由。果然不出所料，他强忍着剧痛，猛踢左腿反击。她躲开他的攻击，然后稍稍抬高身体，又把断线钳放在他蜷缩的手指根部。

这种断线钳是用来剪钢筋的，而且，亚力克斯把刀片打磨得锋利无比。她轻轻一按，刀片就割了下去。

她留意赫克托的反应。他猛烈挣扎，妄图挣脱束缚，却只是白费功夫。他的脸憋成了深红色，额头上的血管凸起。他气喘吁吁，却不叫不喊。

“有时候，人们老以为我说着玩。”亚力克斯告诉他，“消除了这种误解，还真是不错呢。”

此时此刻，赫克托应该在想，不能耗费太多时间，不然手指就接不上了。他没有小指也能活，但他需要他的手，而且，他肯定清楚她不会就此罢手。

亚力克斯必须强调一下她的重点。

她从地上捡起半截血淋淋的温热手指，退向洗手间，眼睛还一直盯着他。赫克托的身体扭动着，试图挣脱开钳制。即便是最好的束线带，也不是万无一失。亚力克斯让赫克托看着她把那半截手指丢进马桶冲走。现在赫克托该知道她不会由着他选择了。但愿这样一来，他很快就能吐露出她想要的信息了。

“赫克托，”亚力克斯说道，他瞪着眼，紧咬牙关，强忍疼痛，“别傻了。我问你什么你就回答什么，对你又没坏处。可你不说，就肯定没好处。下面就轮到你扣扳机的手指了，然后，我会一一割掉你的每一根手指。我要做的就是这个，只要我愿意，就可以一根根地割下去。你还不明白吗？他们派你来对付一个不好惹的人，赫克托。他们并没有告诉你将面对什么样的危险。他们只是把你送到了我的手上。你为什么还要护着他们？”

“你接下来要去对付他们吗？”他咬着牙问。

“当然。”

他的眼中充满了怨毒。她曾见过这种眼神，但在过去，她处在更安全的位置。如果此时掌控局面的人是他，如果他们的角色互换，那她一定会尽全力以求速死。“我的目标不是你。”他不情愿地说道，“他们派我来找一个男人，并给了我一张照片，他们说，这里可能还有一个男人，不过很容易就能搞定。头一个男人很难缠。但我没找到任何人。”

“你是什么时候接到这个指令的？”

“昨天晚上。”

“然后你就找了几个帮手，今天到这里来了。”亚力克斯猜道，“你是从哪儿来的？”

“迈阿密。”

“你怎么知道该去哪里？”

“他们给了三个地址。这里是第二个。”

“我想我用不着问在第一个地址发生了什么事吧。”

他刚才还怒气冲冲的，这会儿却露出一个令人毛骨悚然的微笑。“一个老头儿和一个老太太住在那里。他们不是我要找的人，不过我拿到的酬金还算丰厚。赶尽杀绝一点儿也不费事，只不过是用了两颗子弹而已。”

她点点头。她戴着防毒面具，他看不到她的表情，但她出于习惯，还是保持平静。

“下一个地址距离这里有多远？”

“出了这座小镇，往南走十五分钟。”

“地址是谁给的？”

“没人告诉我。我也没问。”

她举起断线钳。“你就没猜猜吗？”

“第一个地方和这里完全不同。我没发现任何相似之处。”

这可能不是实话，但听来倒也有点合情合理。不管是卡斯顿，还是别的在中央情报局发号施令的人，除了给这个职业杀手地址，为什么还要提供更多信息？

亚力克斯想了一会儿，琢磨着这些信息当中的关联，但她的眼睛始终盯着他的手。阿尼的房子有什么特点，使它和其他随机选出的房子联系在了一起？是出于怎样的相似之处，使得其他毫无关联的房子被选中？

她想到了一个可能，心不由得直往下沉。她不太喜欢这个可能性。

“第一个地址的车道上停了什么样的汽车？”

他似乎没想到她会这么问。“一辆旧卡车。”

“白色的？”

“车后还拖着一辆黑色野营车。”

他下巴的肌肉绷得紧紧的。

这么说，他们很清楚阿尼的卡车，而整个镇上还有两辆一模一样的车。他们肯定从摄像头里看到丹尼尔了，不然不会如此确定款式和型号。丹尼尔肯定开车上了要道，还从银行边经过，他们大概就是这么得知情况的。为什么要费力去询问那个报告失踪老师线索的女孩？只要查查镇里的监控录像，掌握一些确切的信息，再给机动车辆管理处打个电话问问，就成了。但他们并没有掌握所有情况，如果车牌号清楚的话，镇里的那对老夫妇也不会无辜丧命。但他们知道丹尼尔还活着，毕竟凯文不会犯这种低级错误。而且，尽管黑白画面十分粗糙，但只要了解底细，就能看出丹尼尔一点儿也不像凯文。

她急需阿尼的卡车，那辆车很普通。他们不可能开着蝙蝠战车满大街跑还不引起注意。她要到哪里再搞辆车来？她后退一步，感觉很疲倦。她此前是有个不错的落脚处，但现在追杀又开始了。那些坏蛋多半以为她死了，但现在这甚至都无关紧要了，因为他们知道丹尼尔还活着。

真是累赘啊。

赫克托的右手一直没闲着。他在用指尖抠束线带，差点儿都把手腕弄脱臼了。看起来他既不像要把束线带弄断，也不是要解开它。那他在干什么？她伸手去拿格洛克手枪，现在给他那只手来一枪，是最保险的办法……

就在此时，沉寂之中突然传来一声猛烈的枪声，她没料到外面的枪声在屋里听来会这么大。是丹尼尔！

虽然知道不应该，可她还是瞟向枪声响起的方向。就在她收回目光、从枪套中抽出格洛克手枪的那一瞬间，赫克托够到了他一直在抓的东西。他从袖管中掏出一把十余厘米长的锯齿刀，轻轻一划，割断了紧绷的束线带，然后他扔出锯齿刀。刀片向亚力克斯的脸飞过来，与此同时，她开了枪。她一面躲开飞刀，一面继续射击。飞刀划破了她的下巴，她没有理会突然产生的压迫感，此时伤口并不痛，但药效一过就会疼了。她能感觉到温热的鲜血流到她的脖子上，但她继续向赫克托的胸口射击，直到打空了弹匣。

赫克托一动不动地躺在地上，瞪大的眼睛依然朝着她的方向，但不再有焦点。

她飞快地把格洛克手枪擦干净，抛过栏杆，丢到楼下，又把断线钳抹干净别在腰带上，从走廊尽头把霰弹枪捡回来，努力集中精神思考接下来该怎么做。她并不清楚外面的情况如何。她爬下楼梯，同时伸手摸摸下巴，弄清了伤势如何。刺客的飞刀没有割到她的颈动脉，却划过她的下巴下方，割破了她的耳垂。一半的耳垂此时耷拉着，贴在她的脖子上。真漂亮呀。

左耳的耳环只剩下挂钩了，一些碎玻璃依旧卡在扭曲了的挂钩上，她把挂钩从受伤的耳垂上摘下来，又摘掉了右边的耳环，然后把它们塞进战术背心的口袋里。留下这样的证据就太不明智了。就算是这么小的东西，也会让敌人得到提示，让他们有理由相信她还活着。

来到一楼，她看了一眼阿尼。他脸朝下趴在地板上。她只能看到他部分后脑。很显然他死时没受一点儿苦，但这并不能让她有丝毫安慰。

她本打算在出去时收走证据，但她估计现在已经来不及这么做了。没有狗叫声——这是不是表示一切都好？

她在楼上开了这么多枪，现在外面的人肯定都意识到了她的存在。她侧身走到门边，靠着门蹲下，伏下身体，她觉得以她现在的高度，任何人都不可能在板墙另一边射中她。她伸手把门打开一道缝。没人向她开枪。

“丹尼尔？”她大声喊道。

“亚力克斯！”他回应道，他听起来跟她一样，都突然松了口气。

“你还好吗？”她问。

“我没事。你呢？”

“我现在要出来了。别开枪。”

亚力克斯走出前门，为防万一，她还把手举过头顶。爱因斯坦从罗拉边上跑过来，跟在她身后。

她放下手臂，向悍马小跑过去。只有从前门和窗户射出的灯光照射在车身上，从这点光亮下看来，刚才的故意冲撞对车子没有造成一点儿损伤。

丹尼尔从前座上下来。

"刚才的枪声是怎么回事？"她问道，这会儿她走近了，便压低声音。悍马周围的狗看似放松了下来，但是……

"是最后一个人。为了躲开狗，他肯定是从房子侧面爬下来的。我看到他正慢慢地绕到门廊顶上。"

丹尼尔用步枪一指房子东角边砾石路上的一团黑影。她把防毒面具拉到额头上，小心翼翼地拉起左边的系带，以免碰到受伤的耳垂。她调整方向，慢慢地向那团不成人形的影子移动过去。爱因斯坦跟着她。此时，一只标准大型德国牧羊犬就在不远处徘徊，似乎对死尸没有兴趣。爱因斯坦突然加速，从她身边跑过。就在她小心向前爬的时候，它嗅嗅尸体，然后晃着尾巴跑回到她身边。

"安全吗？"她小声道。它的尾巴一直摇个不停。

她弯腰仔细查看，很快就看清了情况，不禁印象深刻。然后，她转过身，走回悍马。丹尼尔就站在打开的驾驶座侧车门边，看起来有些不知所措。他依旧没有流露出任何震惊的样子。

"打得漂亮。"她说。一颗子弹正中眉心，简直完美至极。

"我离得并不远。"

丹尼尔向亚力克斯走了几步，拉近两人之间的距离，用戴着手套的手轻轻拉住她的上臂。然后，他倒吸一口气，转到侧面，扭转她的身体，让她不再背光。

"怎么这么多血，有多少是你的？"

"不多。"她说，"我没事。"

"你的耳朵受伤了！"

"是的，不过现在说什么都没用了。你会用针线吗？"

丹尼尔惊讶地向后一缩头。"什么？"

“一点儿也不难。我可以教你。”

“那个……”

“对了，还有件事。”亚力克斯摆脱他的手，跑回门廊的台阶。罗拉依旧蜷缩在原来的位置。它看到亚力克斯过来，便抬起头，无力地摇摇尾巴。

“嘿，罗拉，好姑娘。让我看看你。”

亚力克斯盘腿坐在它面前。她用一只手抚摸罗拉的身侧，用另一只手寻找它身上的伤口。

“它还好吗？”丹尼尔轻声问。他在门廊栏杆的另一边，手肘搭在栏杆边缘，好像不愿意靠近这所房子。亚力克斯并不怪他。罗拉在亚力克斯摸到它的腿时呻吟了一声。

“它流了很多血。看来像是子弹打穿了它的左后腿。我现在不确定它有没有伤到骨头，但子弹肯定是打穿了。它还算幸运。”

丹尼尔的手穿过木条缝隙，揉了揉罗拉的鼻子。“可怜的姑娘。”

“悍马后面的东西肯定都乱了。我要去找急救箱。你来安抚安抚它，可以吗？”

“当然可以。”

爱因斯坦随亚力克斯走回车上，就跟它刚才跟她到门廊来一样。她惊讶于这份默默的支持竟然带给她如此大的鼓舞，让她感觉很安全，尽管所有迹象都表明现在很危险。

她打开悍马后备厢的门，已经等得不耐烦的可汗差点把她撞翻在地。就在她闪开的一瞬间，可汗从她的头顶跃了过去。她还以为里面地方很小，可汗觉得很挤，可她爬进去后才发现很宽敞。

枪和子弹乱七八糟地散落在各处，散开的子弹在她的膝盖下面滚来滚去。现在没时间去整理了。她和赫克托的对话突然中断，她没能问出最后一个关键的问题。任务完成后会怎样？谁在什么时候等电话？至少还有一处尚未检查，除非赫克托在第一站和第二站之间打了电话。

他有没有给他的经纪人打电话，通知他查过了哪个地方，接下来要去搜哪里？经纪人是不是在等他的电话，是否已经意识到电话超时未到？

她找到了装急救箱的行李袋。她现在唯一能做的就是迅速行动，做出正确决定。只是唯一的问题在于她还不知道正确的决定是什么。

"好啦。"亚力克斯在和爱因斯坦回到罗拉身边时怒气冲冲地说道。

她跪在罗拉的腿边，马上就意识到，现在太黑，她什么都看不到。

"你去把悍马开过来，给我照亮。"她说。

丹尼尔从门廊边跑开，一个巨大的黑影出现在他的身边：可汗还在执勤。她很想知道可汗和爱因斯坦是怎么决定交换任务的。她脱下战术手套，摘掉带血的医用手套，换上一双新的。她正要给罗拉注射小剂量的止痛药，悍马明亮的灯光就透过栏杆的木条照射了过来。她变换一下位置，让自己的脸躲开灯光的照射范围，这下灯光正好照在伤口上，只见那是个整齐的贯穿伤口。她等到罗拉的眼皮垂下来，才开始清理伤口。罗拉的腿抽搐了几下，但它没叫。先抹抗菌剂，再擦药膏，缠纱布，固定夹板，再缠纱布。只要她能让罗拉不把夹板弄掉，伤口就能痊愈。

她叹了口气。要怎么安置这些狗呢？

"接下来要怎么办？"丹尼尔在她处理完伤口后问。他站在门廊边，捧着步枪，环顾四周黑暗的空地。

“等我把东西准备好，你能不能给我的耳朵缝几针？”

丹尼尔有些犹豫。“我做不好。”

“很容易的。”亚力克斯安抚他，“你没缝过扣子吗？”

“但我没缝过人肉。”他嘟囔着说，但他还是边说边把步枪背在肩上，走上台阶。

她从急救箱里拿出火柴划着，给针消毒。这不是最高标准的医疗技术，但眼下这种情况，她充其量也就能做到这一点了。她飞快地把针甩了几下，在它冷却下来后将缝合线穿过针眼，在一端打个结。

亚力克斯把针和一双干净手套递给丹尼尔。他戴好手套，缓缓地伸手去接针，好像不愿意去碰那根针似的。她向后一歪脑袋，把抗菌剂倒在伤口上，等待灼痛感在耳朵的伤口上蔓延。然后，她冲他一扬下巴，确定自己处在最明亮的灯光下。

“可能只需要缝三针。从后面开始穿。”

“用不用局部麻醉？”

“我注射的止痛药够多了。”她撒了个谎。她能感觉到下巴的刀伤传来被火灼烧般的痛楚。但“幸存者”麻醉剂用光了，而她能使用的其他麻醉剂又会使她丧失部分行为能力。再说了，现在又不是动手术，只是有点疼而已。

他跪在她身边，把手指轻轻放在她的下巴下面。

“伤口距离你的颈动脉太近了！”他吓得倒吸一口气。

“是啊，那家伙刀法不错。”

亚力克斯看不到丹尼尔的脸，所以弄不清他急促的呼吸是什么意思。

“快点，丹尼尔。我们不能耽误时间。”

他深吸一口气，然后，她感觉到针刺穿了她的耳垂。她早就准备好了——不流露出半点痛苦的神色，强忍着没有双手握拳，她早就学会了将自己的反应控制在局部范围内。她紧紧抓住腹部的肌肉，把压力通通宣泄在那里。

“很好。”她一确认自己能用沉稳的语气说话便开口道，“你做得很棒。现在把两块耳垂合在一起，把它们缝好。”

在亚力克斯说话的这会儿工夫，丹尼尔麻利地移动手指，完成任务。被割断的下半部分耳垂没有传来半点疼痛感，所以，她只需要忍住他缝合上半部耳垂时的疼痛。只是三针而已。已经缝了一针，感觉还不算太糟糕。

“需不需要……打个结？”他问。

“是的，请在后面打结。”

她能感觉到在他打结时线被拉紧了。

“弄好了。”

她抬头看着他，对他笑笑，结果弄疼了下巴上的伤口。“谢谢。要是我自己来缝，可要大费周章了。”

丹尼尔摸摸亚力克斯的脸颊。“还有这里，我给你包扎一下吧。”

亚力克斯一动不动，让丹尼尔把药膏涂在伤口上，再把纱布贴在她的脸上。他在她的耳朵上也缠了纱布。

“应该先清洗一下才对。”他喃喃地说。

“暂时就这样吧。我们去把罗拉弄到车上。”

“我去把它抱过来。”

丹尼尔轻轻地把昏睡的罗拉抱在怀里。它的长前爪和耳朵垂在他的手臂外面，随着他的步伐摇晃着。亚力克斯忽然感觉这一幕很有意思，但这么想太过不合时宜，她连忙把这个念头压下。丹尼尔把罗拉放在乘客座后面的空间里。这辆悍马只有两个前座。她估摸凯文把其余的座位撤掉，就是为了腾出空间放东西。

“现在怎么办？”她还坐在门廊里，一动没动，丹尼尔走到她身边时这么问。他八成很奇怪亚力克斯为什么不积极采取行动。他并不晓得她只是想拖延时间。

亚力克斯做了个深呼吸，挺直肩膀。“把手机给我。现在该联系你弟弟了。”

“我们是不是该上路了？”

“我还要做件事，但我想先告诉他一声。”

“什么事？”

“把这房子烧了。”

丹尼尔瞪大眼睛注视着她，缓缓地把手机从背心口袋掏出来。

“还是我来打吧。”他说。

“他已经恨死我了。”亚力克斯反驳道。

“但这是我的错。”

“又不是你雇了一队职业杀手。”

丹尼尔摇摇头，打开手机。

“好吧。”她嘟囔着说。

亚力克斯把急救品装进急救箱，同时用眼角余光看着丹尼尔。他调出唯一呼叫过的号码，还没按呼叫键，手机就响了。

丹尼尔深吸一口气，他把针穿透她的耳朵之前也这么做过。她觉得这次通话肯定比缝针还要困难。

他触摸一下屏幕。凯文的叫喊声那么大，一开始，亚力克斯还以为电话转到了扬声器模式。

“别挂电话，你……”

“小凯，是我。小凯，我是丹尼。”

“到底出了什么事？”

“都怪我，小凯。我就是个白痴。是我亲手毁掉了一切。我很抱歉！”

“你胡说些什么呢？”

“阿尼死了，小凯。对不起。还死了几条狗，我也不确定死了多少。都是我的错。我真希望我能告诉你是怎么……”

“找那位毒药小姐来听电话！”

“责任在我，小凯。是我把事情搞得乱七八糟……”

凯文打断了丹尼尔，这会儿，他的声音平静了一些。“丹尼，现在没时间说这些了。把电话给她。我需要和理智的人谈谈。”

亚力克斯站起来，伸手接过手机。丹尼尔焦虑地看着她把手机举在距离耳朵十几厘米的地方。

“你们现在安全吗？”凯文问道。

亚力克斯惊讶于他的口吻竟能如此有条不紊和冷淡，她也用同样的语气回答道：“暂时安全，但我们不能在这里久留。”

“你把房子烧了吗？”

“我正要这么做。”

“楼梯下面的壁橱里有煤油。”

“谢谢。”

“等你们上路后给我打电话。”他挂断了电话。

情况比她预料的要好。她把手机还给丹尼尔。他的表情茫然而惊讶。房子里的毒气早就散光了，她就没戴防毒面具。丹尼尔随她走进去，不过她让爱因斯坦守门。

“去凯文的房间拿几件衣服。”亚力克斯指示道。她本可以让他上楼去拿他借的第一套装备，只是那样比较耗时间，况且，她也说不准他看到尸体后会有什么反应。她能看到丹尼尔的目光先是瞟向遮挡住阿尼尸体的沙发，随即回到她身上。

他们必须团结起来。如果他们想活到明天，那今夜还有一段很长的路要走。“拿够几天穿的衣服，再去厨房把所有不易坏的食物都带上。对了，还有水，能拿多少就拿多少。”

丹尼尔点点头，沿着走廊向凯文的房间走去。亚力克斯则快步上了楼梯。

“这些枪要不要？”丹尼尔在她身后喊道。

亚力克斯小心翼翼地绕过尸体，免得在滑溜溜的血迹中摔倒。“不要，那些枪杀过人。如果我们被抓了，我可不希望我们被牵扯到杀人案里。凯文的枪很干净。”

亚力克斯来到她的房间，她脱掉沾满血迹的衣服，换上一条干净的牛仔裤和一件T恤衫。她把睡袋收拾好，把其他衣服都卷在睡袋里，然后用空闲的一只手去拿她的实验器材，再一脚把带血的衣服踢进走廊。她带着一大堆东西，快步走下楼梯返回车边。然后，趁丹尼尔在厨房里找食物的工夫，亚力克斯找出了煤油。凯文存了三桶五加仑的煤油。他早有打算用它们烧掉这幢房子了。亚力克斯很高兴凯文准备充分，这么有效率。这表示，只要丹尼尔安然无恙，他就不会有过激的反应，只会讲求实效。但愿如此。

她走上楼，往她的衣服和其他人的尸体上浇了很多煤油。木地板容易燃烧，用不着浇太多。她在三个房间的护壁板上都泼了煤油，把剩下的都洒在了楼梯上。然后，她又拿起一桶，快步把它们洒在一楼。这还是她第一次看到其他卧室。这几个房间都很宽敞，设有豪华洗手间。她真高兴阿尼在这里住得这么舒适。她真希望能做些什么，不让他落得如此下场。可就算她和丹尼尔在“人员失踪陷阱”第一天出现在新闻上之际就离开，阿尼可能也依旧无法逃脱噩运。想到这里，亚力克斯不由得沮丧起来。

虽然外面的犬舍里有丹尼尔的指纹，但这绝无可能骗过卡斯顿在中央情报局的同伙，让他们以为丹尼尔或凯文死在了这里，所以指纹的事无关紧要。他们肯定会知道丹尼尔跑了。她不愿意把犬舍也烧了，因为这会让狗狗们陷入危险。再说，犬舍不像这栋房子，周围有一圈很宽的砾石路可以防止火势蔓延。凯文显然正是为此才铺设了碎石路。

丹尼尔在悍马前等她。

“把车开远点。”亚力克斯说着向悍马摆摆手，“再看看能不能让狗离开这里。”

丹尼尔马上动起手来。她从急救箱中拿出一盒火柴。她刚才沿门廊台阶的中央位置洒了很多煤油。点燃那里的煤油后，他们可以在整个房子燃烧起来前从容离开。她转过身，就见狗狗们早已主动退开，远离火焰。很好。

亚力克斯打开驾驶座的门，叫爱因斯坦过来。它一跃便跳过座位，然后趴在罗拉身边。它竖着耳朵，吐着舌头，显得依然很热情。亚力克斯真羡慕它这么有活力，这么积极。

丹尼尔在幸存下来的狗狗之间走来走去，用强调的语气对它们每一条都说了句“稍息”。亚力克斯盼着等会儿消防车来，此时的安慰能有所帮助。枪战声或许不会惊动远处的邻居，但黑夜中的橙色火焰就是另一回事了。他们现在必须继续逃命。亚力克斯不知道还能为这些狗做什么。她感觉自己太失败了，毕竟是它们救了她和丹尼尔的命。

此时，脑后忽然传来的隆隆声把亚力克斯吓了一跳。她猛地转过身，只见可汗就在她身后。它看着她，像是很不耐烦，仿佛是在催她快点走。它把鼻子探过她的肩膀，对准爱因斯坦的方向。

“噢。”亚力克斯这才意识到可汗是想上车，“对不起，可汗，我需要你留下来。”

她这辈子从没见过哪只动物流露出如此不满的眼神。它一动不动，只是注视着她的脸，像是在要求她给个解释。亚力克斯突然搂住它的脖子，把脸埋在它的颈肩处，而在她和可汗之间，是她对自己的这个举动更为惊讶。

“对不起，大个子。”她贴着它的皮毛说，“我恨不得带你一起走。我欠你太多了。为我照顾好其他狗狗。你现在是领导，好吗？”

亚力克斯拉开距离，轻抚它粗壮的脖子。它看起来稍稍平静了一些，不情愿地向后退了一步。

“稍息。”她轻声说。她又拍了拍它，转身走向悍马。丹尼尔在乘客座上系好了安全带。

“你还好吗？”丹尼尔在她上车后问道。他显然指的不是她身体上的伤。

“不太好。”她哈哈一笑，强压下心里难过的感觉，不在声音中流露出来。可汗看着她把车驶离房子。

出了院门，她戴上夜视镜，关掉车头灯。相比走唯一一条通往牧场的公路，驾驶悍马穿过旷野更为安全。他们终于开到了另一条铺设得十分平整的公路上。她摘下夜视镜，打开前大灯，转向西北方向。她心里没有目的地，只有距离。她必须在太阳升起之前，尽可能远离凯文的牧场。

第二十章
湖畔小屋

凯文在第一声铃响后就接听了电话。

“喂，夹竹桃，你们在什么地方？”这就是他的开场白。

“我们正开着悍马向北行驶。除了我，还有丹尼尔、爱因斯坦和罗拉。我们带了些必需品出来，不过不多。”

亚力克斯听到凯文在听见爱因斯坦的名字后长呼一口气，但他提问的口气依然不善。“悍马？卡车烧了？”

“是的。”

凯文想了片刻。“这么说，你们只能在夜里开车，找个地方落脚了。”

“你说得容易。别人都知道我们长什么样。”

“是啊，我在新闻里看到丹尼尔了。但你的情况还没有那么糟，乔装一下就行了。”

“今晚的局面有些不妙。”

“啊。”凯文顿了一下，问道，“丹尼怎么样？”亚力克斯能听得出他在极力掩饰的紧张。

“毫发无伤。”手上的伤不算，那是他们自己弄出来的。

“她一直让我留在车里。”丹尼尔大喊，好叫他弟弟听到。

“干得好。”凯文答道，“一共来了几个？”

“六个。”

凯文倒吸了一口凉气。“特工？”

“其实不是。他们找了个犯罪组织来袭击我们。”

“什么？”

“这些人大都是打手，不过至少有一个是职业杀手。”

“你把他们都干掉了？”

“主要是那些狗的功劳。顺便说一句，它们真了不起。”

他嘟囔一声，以示感谢。“你们带上罗拉做什么？”

“它腿上中了一枪。我担心要是别人发现它，会把它杀死。话说，我是不是应该打电话给动物管理局？”她问，“我担心消防员到了，会不会……”

“交给我吧。我启动了应急计划，会把它们都救出来的。”

“那太好了。”亚力克斯再也不会自诩为最善于准备的人了。凯文才是个中高手。

“你现在有什么计划？”

亚力克斯哈哈笑了起来——她的声音又有些失控了。“我现在其实脑袋里一片空白。我在想我们干脆在悍马里住几天，然后……”她说不下去了。

“你连落脚的地方都没有吗？”

“我上哪里找房子停这辆大车，藏两条大狗？我这辈子都没这么惹眼过。”

“我来想办法吧。”

“你怎么这么久才打电话？”她问，“我还以为你死了。”

丹尼尔倒吸一口气，惊恐地盯着她。

“我在处理一些事。这都是需要时间的。我不可能无处不在，所以我要布置大量的摄像头。”

“我们只需要一部电话。”

“我可不知道你们会弄出那么大的爆炸。”凯文突然压低声音，“那个傻瓜都干过什么？不，别回答，我不想让他听到。你只回答是或否就行了。他有没有给别人打电话？”

“没有。”亚力克斯恼火地厉声道。

“等等——卡车炸了……他没离开过房子吧？”

她本想说“又没人告诉他不要出门”，不过这样一来，丹尼尔就会知道他们是在说他了。于是亚力克斯保持沉默，目视前方，不过她真想偷看丹尼尔一眼，好确定他有没有听到。

凯文叹了口气。“真是一点儿常识都没有。”

就这一点她有很多话想说，可惜她不晓得该如何措辞，才能不让丹尼尔听出来。

凯文换了话题。“阿尼……他没受罪吧？”

“没有。他似乎并不知道会发生什么。他应该没有痛苦。”

“他的真名叫欧内斯托。”凯文说，但感觉他这话是对他自己说的，而不是在对她说，“他是个好搭档。我们一起干得不错。虽然时间不长，但合作愉快。”他清清喉咙，“好吧，现在把事情经过给我讲一遍。”接着，他又压低声音说，“他闯的祸就不必说了。他大概已经吓坏了。”

亚力克斯讲了那天晚上发生的事，一直用平心静气的口吻讲述，说到可怕的地方便一语带过。她虽然只简单说了句“我问那家伙”，但凯文肯定清楚这话的意思。

“你的脸是怎么回事？”

“那家伙身手不错，还在袖管的衬里中藏了把飞刀。”

“嗯，这可不妙。”凯文闷闷不乐地说，亚力克斯很明白他在想什么。脸上有疤可无助于保持低调。那样一来，别人就能很容易记住他们，认出他们。突然之间，搜索就变了。原来，他们会问：“你有没有见过一个个子不高、长相平凡、头发长度和发色都不明的女人，和一个同样平凡的男人？”现在他们可以问：“你有没有见过一个脸上有疤的人？”

“是的。”亚力克斯总结道，“现在看来上面是判定你赢了。我可不会假装我没受到侮辱。我们必须改变计划。现在要由你派出诱饵，而且，你必须找到幕后黑手。有线索吗？你得找个给力的人。有没有合适的人选？”

凯文沉吟片刻。“等到我要对付的人听到风声，知道了今晚发生的事……我们或许就不需要发电子邮件了。他们肯定会和你要对付的人谈起这件事。我准备好了——我会盯着他们的。然后再决定是不是需要给更多人发邮件。”

“听起来还不错。”

“顺便说一句，”凯文又压低声音说，“我知道，有那个家伙在你旁边，你说起话来就得遮遮掩掩。等我们见面了，我需要你原原本本地把今晚的事讲一遍。”

亚力克斯翻翻白眼。“好吧。”

“听着，夹竹桃，千万不要为我接下来说的话得意忘形，不过……你干得漂亮，真的很了不起。你救了丹尼，谢谢。”

她太惊讶了，过了一会儿才回答：“我想我们扯平了。没有你的狗和蝙蝠洞，我们不可能成功。所以……谢谢你。”

“你本可以一看到新闻就离开的。你知道他们以为你死了，而你却为了一个陌生人的安危留了下来，不过依我看，你最希望的就是摆脱我们两个了。你很了不起。我欠你一个人情。”

“哦。”亚力克斯含糊地说。没必要今晚就把一切都说清楚吧。

“挂电话之前让我跟他说两句。”丹尼尔小声道。

“丹尼尔要和你说话。”

“给他吧。”

她把手机递过去。“小凯……”

“丹尼，不要怪自己。”她听到凯文这么告诉他。她不知道丹尼尔刚才是不是也听得这么清楚。

“是啊。”丹尼尔郁闷地说，“要不是我，阿尼今晚也不会死，还有那些狗。我为什么要遭这份罪？”

“听着，木已成舟……”

“真有意思，亚力克斯也这么说。”

“毒药小姐是个明事理的人。世事早就变了。死亡人数提高了。我并不是说现在的事对你没有影响，但你不要‘一朝被蛇咬，十年怕井绳’。”

凯文的声音降低了，亚力克斯很高兴知道丹尼尔有可能并没听清他们刚才小声说的话，但她很想知道凯文都说了什么不想让她听到的话。

“我想是的。”丹尼尔说，停顿了片刻，“可能没有……我会的。是。好吧。你要怎么安排那些狗？我们不得不把可汗留下。”

“嗯。”凯文的声音又恢复了正常，“我喜欢那头巨兽，但出行带上它真不合适。不远的地方有个饲养员，阿尼以前与他共事过。与其说他是朋友，倒不如说是个竞争者，但他很清楚我的那些狗值大价钱。阿尼和他说好了，如果我们不干了，就会把狗卖给他。阿尼还暗示过，我们可能突然决定退出，没有任何预警，很可能是三更半夜。我给他打电话，他会联系动物管理局，免得他们做出什么蠢事。”

“警察难道不会奇怪……”

“我会教他怎么说的。他会说阿尼是在他听到枪声时打来了电话。别担心，狗不会有事的。”

丹尼尔总算松了口气。

“气死我了，那家伙一直想买可汗，好几年了都没得逞，现在倒好，一分钱不花就把它弄到手了。”

“抱歉……”

“说真的，伙计，别为这种事操心了。你这么婆婆妈妈的，就现在这种生活，你撑不了多久。我很清楚该怎么重新开始。现在，乖一点儿，夹竹桃要你做什么，你就做什么，明白吗？”

“等等，小凯，我想到一个主意，所以才想和你通话。”

“你想到一个主意？”

亚力克斯在一米开外都能听到他语气中的怀疑。

“是的。我想到了麦金莱一家的湖畔小屋。”

凯文沉默片刻。“伙计，现在可不是追忆往事的好时机。”

“事实上我比你还大两分钟呢，伙计，我肯定你并没有忘记这一点。我才没工夫怀旧。我是在想，麦金莱一家只在冬天去那个小屋。中央情报局的人八成对我们的童年了解得并不多。而且，我知道麦金莱先生把钥匙放在哪儿。”

“嘿，这主意还不赖，丹尼。”

“谢谢。”

“那地方有多远来着？距离牧场十八个小时？开两个晚上的车就到了。而且，那样一来，你和我之间的距离就拉近了。麦金莱一家是不是还有辆雪佛兰萨博曼汽车在那儿？”

“凯文，我们不能偷他们的车。”

黑暗之中，尽管相隔一千多公里，亚力克斯还是能感觉到她和凯文交换了一个意味深长的眼神。也许是翻白眼——至少凯文一定是这样。

“找车的问题稍后再谈。告诉夹竹桃，下次多留意她的脸蛋。她的脸还有用处呢。”

“是的，又不是她主动找来的。”

“是啊，不错。你们要是遇到麻烦了，就给我打电话。等我掌握了更多我们在华盛顿的朋友的消息，我也会联系你们。”

凯文挂断了电话。丹尼尔盯着手机看了一会儿，才把它收起来。他深吸一口气，缓缓地呼出来。

“你还好吧？”她问。

“感觉太不真实了。”

“让我看看你的手。”

他把左臂伸向她，她用右手抓住他的那只手。他的体温比她的要高。她搭住他的手腕，感觉他的脉搏还算平稳。他掌心里的划痕和刺痕很浅，已经不再出血了。她看他一眼，然后继续盯着公路。天太黑，很难明确评估他的脸色。

“怎么了？”丹尼尔在亚力克斯松开他的手时问。

“我看看你有没有休克的症状。恶心吗？”

“没有。不过我感觉我应该会的，你知道我的意思吧。就好像等一切都妥当了，我就会……”

“如果你开始觉得头晕眼花、要昏倒似的或发冷，就马上告诉我。”

“你的手很冷。你确定你不会休克？”

“暂时不会。如果我头晕，我会停车，让你来开车。”

他伸手把她戴着手套的手从方向盘上拿下来，轻轻地握着，让他们的手臂垂在座位之间的缝隙上方。他又深吸一口气。“我听到枪声了，很密集，我还以为……”

“我知道。谢谢你听我的话，留在车里没动。知道我能相信你，感觉好极了。”

丹尼尔没说话。

“怎么了？”她问。

“听你这么说，”他说道，“我其实不想承认……我下车了几分钟。就在我准备进屋的时候，爱因斯坦阻止了我。我随即意识到，里面的情况已经有了定局，如果他们抓住了你，那要干掉那帮浑蛋，最好的办法就是从悍马里放冷枪。亚力克斯，我绝不会让他们逃脱。绝不。”

亚力克斯轻轻地按了按他的手。

“你还记得凯文之前对我说的话吗，就是关于形象化的？”

她摇摇头。这个词听来只是略微有些耳熟。

“就是我们头一次去射击场，我说我可没办法开枪打别人，”丹尼尔自嘲地哈哈一笑，“他就让我想象我关心的人遇到了危险。”

丹尼尔这么一说，亚力克斯就想起来了。“哦。”

“我现在总算明白了。他说得对。我意识到有人杀了阿尼，接下来还要对你不利……”他摇摇头，“我从没想到我还可以这么……敏感。”

“我早对你说过，你会触发本能。”亚力克斯轻声说。话一出口，她就觉得因为想起在射击场的情形而引出的开玩笑的语气很不对劲。随后她又用极为严肃的语气说道：“我真的不希望发生这种事情。”

这次换成他握了握她的手。“会好起来的。”

亚力克斯努力集中精神。“那我们到底要去哪里？”

“塔拉哈西。我们小时候在那里过了几次圣诞节。我们家的世交在那里有幢房子，一下大雪他们就到那里躲雪。那家人肯定很注重隐私，因为那座小屋四邻不靠。其实，小屋不是在湖畔，而是在沼泽里，只是这个时节蚊子特别多，简直能要人命。”

“你真该去干房地产。你肯定那儿没人？”

“自从我父母的葬礼之后，我就没见过麦金莱一家，但我认识他们这么多年，从没见过他们在夏天到南边来。他们都是冬天才来。”

“不管怎么样，我们都到那里去。那家人的小屋不能用，我们或许可以找到其他空置的房子。”

她看到了七十号州际高速公路的标志牌，向北驶去。

“我们必须向东转，穿过俄克拉何马，再到达拉斯。如果有人在监视的话，那我们掉头回得克萨斯州，肯定有好处。会让我们显得光明正大。”

“我们只是自卫而已。”

“这都不要紧。如果警察因为发生的事找上我们，一定会扣留我们。就算我们清清楚楚地解释了，他们也相信我们的每一句话——老实说，这不太可能——他们还是会把我们关进牢里一段时间。不过不会太久。雇职业杀手的人轻而易举就能把我们从大牢里挖出来。到时候我们就是刀俎上的鱼肉。”

丹尼尔感觉到亚力克斯的手指在颤抖，便用拇指抚摸她的手背，以示安慰。

“你是说现在不应该去犯罪了？”

亚力克斯简直无法相信现在她要由丹尼尔来给她打气。“可能吧。”她表示同意，“但结果可能是这样。”她低头看了一眼汽油表，“气死我了，这东西是在烧油吗？”

“我们怎么办？”

“我要去找家加油站，用现金加油。”

“可你的脸……”

“现在说什么都没用了。我只好假装遇到了车祸……其实这倒也算不上说谎，对吧？我没有别的办法。”

这辆非常耗油的怪车逼得亚力克斯不得不提早停车。她跟随俄克拉何马城的标志牌前往机场，估摸机场周围的加油站即便是在夜里也很繁忙。如果有人在那里注意到他们，或许会以为他们正计划逃跑，而随之而来的搜索肯定会集中在机场。

亚力克斯让丹尼尔在她开车时找出了她那件特大号连帽衫，这会儿，她把衣服穿好，盼着外面温度下降，以免太显眼。加油站里还有两辆车，一辆是出租车，另一辆是拉货卡车。两辆车的男司机齐刷刷地看着悍马。她下车，像个男孩子似的把帽檐拉低，把喷嘴插进油箱口。在加油的当儿，她没精打采地走进商店，拿起一盒燕麦棒和一箱六瓶装的矿泉水来到柜台边。一个五十来岁的女人坐在柜台后面，有一头淡金色头发，只是发根是黑色的，有一口被烟熏黄的牙齿，名牌显示她叫贝芙丽。一开始，她没太注意亚力克斯，正把货款金额记入现金收支记录机。但亚力克斯不得不说话。

“六号泵。”她用低沉的声音说，但尽量显得不是在假装。

贝芙丽抬起头，把眼睛瞪得溜圆。亚力克斯可以看到她的睫毛膏都糊了。“噢，宝贝，亲爱的！你的脸这是怎么了？”

“碰到车祸了。”亚力克斯小声说。

“人没事吧？”

“没事。”亚力克斯低头直勾勾地看着手里的现金，等着付账。她用眼角余光看到出租车开走了。

“希望你能快点好起来。”

“谢谢。一共多少钱？”

“噢，是不是搞错了？看起来也太多了。一百零三块，外加五十五美分。”

亚力克斯递给贝芙丽六张二十块钞票，等着找零。这时，一辆黑色大型F-250卡车停在悍马后面的加油泵边。亚力克斯看过去，只见三个又高又瘦的男人从车上下来。其中两个走进小超市，她看清后更改了自己的判断。他们还是十几岁的少年，只是个子很高，没准儿是半个篮球队的阵容。他们跟她一样，都穿着深色连帽衫。至少这让她身上那件不合季节的衣服现在显得正常了一些。

“你的车挺大的。”贝芙丽说。

“是的。”

“养这辆车很费钱呀。”

“是的。”亚力克斯不耐烦地伸出手。

两个男孩打打闹闹地走进来。啤酒和大麻的气味随着他们一起飘进来。拉货卡车驶出了停车场。

“找你的钱。”贝芙丽说，她的声音突然变得很冷漠，“十六块，外加四十五美分。”

“谢谢。”

贝芙丽的注意力被新顾客吸引了过去。她的视线越过亚力克斯的脑袋，眯起眼睛。两个大个子男孩向卖酒货架走去。但愿他们拿假身份证糊弄贝芙丽时要颇费一番功夫。反正能让她对亚力克斯少一点儿印象就好。

亚力克斯低头向自动门走去。她可不希望再被别人看到。

结果，只听砰的一声，她的脑袋撞在了第三个男孩的胸口上。她首先注意到的是气味——他的运动衫散发出浓郁的威士忌味。他抓住她的肩膀，她下意识地抬起头来。

“当心，小妞。”

他是个白人，身材粗壮，不如另外两个高。她挣扎几下，想摆脱他的手。他用一只手更用力地抓住她，另一只手一伸，一把扯掉了她的帽兜。

“哟，还是个小美人呢。”然后，他大声冲两个在冷藏柜边的男孩子喊道，“瞧瞧我发现了什么。”

“把你的手拿开。”亚力克斯的声音十分冰冷。她现在可没心情来应付这种无聊的局面。

“别骚扰那姑娘，不然我打电话报警了。”贝芙丽尖声喊道，“我这里就有电话。”

亚力克斯真想尖叫。她现在就需要这个。

“放松，老女人，我们人多着呢。”

另外两个男孩——一个是黑人，另一个是西班牙人——已经准备好来支持他们的朋友了。亚力克斯悄悄从腰带里拿出一支很细的注射器。这样一来，她就难以掩人耳目了，但她必须解决掉这个孩子，在贝芙丽报警前离开这里。

“我已经拨了9和1，”贝芙丽警告他们，“你们现在马上离开这里。”

亚力克斯试着摆脱那个男孩的手，可那个只会傻笑的白痴这会儿死死抓住她的上臂。她把针头一歪。

“有问题吗，伙计？”

不要啊，亚力克斯在心里说道。

“什么？”那个白人孩子嚣张地说，松开她，转身面对新来的人，随即就向后退了一步，她则赶紧让到一边。

她和丹尼尔相处得太久了，竟然都忘了他有多高。他甚至比最高的那个男孩子还要高，而且，他站在那儿，肩膀更宽，也更有气势。他至少戴了顶鸭舌帽，稍稍遮掩了他的头发和脸。他新长出来的络腮胡子微微掩饰了他的脸型。很好。可不好的是他把一把格洛克手枪别在了牛仔裤腰带很显眼的位置上。

“没有，没问题，伙计。”黑人男孩说。他抓住白人孩子的肩膀，拉他向后退了一步。

“很好。那你们怎么还不滚？”

白人孩子一挺胸口。“那得等我们买了要买的东西。”

丹尼尔一扬下巴，忽然面露凶相，登时就像变了一个人。亚力克斯也说不出个所以然来。

他向那个麻烦制造者探身。“马上给我滚。”

他并没有咆哮，听来却有一股绝对的威严。“走吧。”黑人男孩坚持道。他一边推着白人男孩从丹尼尔身边走过，一边去拉第三个男孩的衣袖。他们快步向卡车走去，用手肘捅着彼此，脚步有些拖沓。亚力克斯一直背对贝芙丽，她用手肘捅了丹尼尔一下，让他也别过脸。三个男孩上了卡车，绕过悍马开走了，轮胎吱吱直响。

“谢谢，小老弟。”贝芙丽柔声对他说，“谢谢你的帮助。”

“小意思。”丹尼尔答道，谦恭有礼地伸出一只手臂，让亚力克斯先出去。

亚力克斯快步走回悍马。她能感觉到丹尼尔就跟在她身后，只盼他懂得要低头别转身。

“真不知道事情怎么会弄得这么糟。”亚力克斯在他们开回到路上时厌烦地说，“那个女人到死都会记得我们的。”

“对不起。”

“你用得着像个牛仔似的闯进去，腰里还别把枪吗？”

“我们的车牌确实是得克萨斯州的。”他指出，“我能怎么办呢？那家伙……”

“他很快就会猛烈呕吐起来，不把五脏六腑吐出来都不算完。如此一来，他就掀不起什么风浪了，或许还会弄出很大乱子，让贝芙丽彻底忘记我。”

“噢。”

“是啊。我能照顾我自己，丹尼尔。”

丹尼尔突然又咬紧牙关，跟在加油站商店里一样。“我知道，亚力克斯，但你总有需要帮助的时候。到了那种时候，我绝不会再在车里袖手旁观。我希望你明白这一点。”

“如果我需要帮手，我会告诉你。”

“到时候我一定赴汤蹈火，在所不惜。”

亚力克斯没有继续和他争下去，有那么一刻，车里静寂无声，只有超大号的发动机轰轰燃烧着新加的汽油。然后，丹尼尔叹了一口气。

“我早该知道你有所准备。”他说。

亚力克斯点点头，表示接受了这含蓄的道歉，不过对于他的声明，她有些百感交集。

“你是打哪儿学会这一手的？”一阵短暂的沉默后，她问道。

“什么？”

“威胁人啊。”

“我上的可不是什么高级的私立预备学校。大多数孩子都希望有个领头人。那样他们更有安全感。”

她哈哈笑了起来。“那些男孩子今晚能睡个好觉了。”

夜里剩下的时间过得无风无浪。丹尼尔靠在车窗上睡着了，轻轻打着鼾，转眼到了达拉斯城外向东大约三十公里处的一个加油站。亭子里的男人昏昏欲睡，对亚力克斯的脸一点儿兴趣也没有。在远离加油站的摄像头后，她才把车停在黑漆漆的路肩上，和丹尼尔交换位置。丹尼尔说他彻底清醒了，已经做好了准备。亚力克斯一直睡到了下一站，也就是什里夫波特以南，他们再次交换开车。

天快亮了。亚力克斯在昂贵的GPS里查找附近的国家公园或自然保护区，发现他们距离巨大的吉赛奇国家森林公园不远。她驶向距离四十九号州际公路最近的公园一角，然后穿过乡间小路，终于找到一片荒无人烟的区域，这里植物茂密，她觉得还可以，就把车开进密集的树木投下的浓重树荫里。她把车倒着开进两棵树之间并不宽敞的空间，然后向后倒了一段距离才停下，只留下足够的空间打开后备厢的门。她打开车门，潮湿的热气立即涌进来，车里的凉爽一下子就消失了。

爱因斯坦很高兴下车，好舒展舒展身体。罗拉可不容易做到这一点。亚力克斯在罗拉下车后又重新包扎了它的伤口。亚力克斯还没忙完，丹尼尔就拿出了食物和水。然后丹尼尔去方便，这对他来说容易，对亚力克斯而言就比较难了。她以前也在车里住过，尽管谈不上喜欢，却也早有准备。

亚力克斯看了一眼悍马的前面，不得不承认她很吃惊。用肉眼看来，压根儿就看不出他们之前撞过别的车子。

早餐的选择很少。亚力克斯吃了脆馅饼，从在牧场的第一个早晨开始，她吃的就是这盒脆馅饼。丹尼尔也拿了一小包。

“食物的问题怎么解决？”他问。

亚力克斯用小臂擦了一下额头上的汗水，以免它们流到眼睛里。“今天每到一个加油站，我就囤积点食物，应该够我们吃几天的。你有要求的话就跟我说。”亚力克斯打了个哈欠，结果牵动了她脸上的伤口，疼得她直咧嘴。

“你有阿司匹林吗？”

她疲倦地点点头。“你这主意不错。我们都需要好好睡一觉。把狗放在外面，不会有问题的吧？我可不希望它们也整天整夜地关在车里。”

亚力克斯找出几粒布洛芬，丹尼尔则把悍马后面那堆乱七八糟的东西拨到一边，腾出中间一道狭窄平坦的空间用来睡觉。亚力克斯很满意他把该做的都做了，便把睡袋铺好，把上部分卷起来当枕头。

现在是非常时期，丹尼尔睡在她身边却感觉很正常，他用一只手臂搂住她的腰，把脸埋在她的颈窝里，就像是发自本能的行为，十分舒服。他那很短的胡子扎在她身上痒痒的，但她并不介意。

亚力克斯正迷迷糊糊地要睡着了，忽然意识到丹尼尔在动。一开始，她还以为他是要打呼噜了，但他一直哆嗦个不停。她抓住落在她腰间的他的手指，发现他在发抖。她猛地坐起来看着他。亚力克斯这突然一动，丹尼尔也瞪大了眼睛，想要坐起来。她用一只手按住他的胸口，把他推倒。

“怎么了？”他小声说。

她端详他的脸。车里很暗，很难看得清，但他的脸色很苍白。她应该注意观察才对。现在他们可以暂时放下武器，而一夜的极度紧张经历所带来的影响现在就该显现出来了。可能不是休克，而是传统的急性焦虑症。

“没什么。不过有问题的是你。”她摸摸他的额头，触手感觉很湿，“你有没有不舒服？”

“没有，我很好。”

“你在发抖。”

丹尼尔摇摇头，深吸一口气。“对不起，我只是在想……我们差一点就没命了。”

“不会的。都结束了。你现在很安全。”

“我知道，我知道。”

“我不会让你有事的。”

他笑了笑，亚力克斯听得出他的笑声中夹杂着与她昨晚的笑声里一样的歇斯底里。“我知道。”他重复一遍，“我不会有事的。可你呢？你安全吗？”他拉她躺在他的胸口上，用修长的手指轻轻捧着她受伤的那边脸颊，把脸埋在她的头发中，“我可能会失去你。所有对我来说很重要的东西都不见了。我失去了我的家，工作，生活……我还失去了我自己。我现在只抓着一个救生圈，亚力克斯，你就是这个救生圈。如果你出了什么意外……我不知道那对我而言意味着什么。我不知道我该怎么活下去。亚力克斯，失去别的东西对我而言都无所谓，但我不能失去你，不能。”

丹尼尔的身体又是一颤。

“没事了。”亚力克斯没把握地小声说，将手指按在他的嘴唇上，“我在这里。”

这么说对吗？对于安慰别人，她毫无经验。即便那时候她母亲病入膏肓，命不久矣，朱迪也不想要同情，不想要谎言。朱丽安娜若是说了“你今天气色不错，妈妈”这样的话，朱迪的反应一向都是“别净说些没用的话，我有镜子”。朱迪似乎从未想到朱丽安娜需要安慰，毕竟要死的人不是朱丽安娜。

亚力克斯很早就学会不为自己寻求同情，她也不知道该怎么向别人表示同情。她更善于客观分析，向丹尼尔解释，他现在的感觉都是在目睹恐怖的暴力性死亡后的自然反应，但她以前也和他说过这样的话，所以知道这不管用。于是她开始模仿从电视上看来的情节，柔声细语，轻抚他的脸。

“我们很好……都结束了。”

亚力克斯不知道是不是应该把睡袋盖在他身上，以防万一，不过天气很闷热，他也不觉得冷。然而，她得到了一个结论，那就是他的温度要比她的高。

丹尼尔的呼吸依旧粗重。亚力克斯抬起头，用双臂撑起身体，仔细观察他的脸。

他现在不只是脸色苍白那么简单了。他那双温柔的眼睛写满了忧思，显得很痛苦，下巴绷得紧紧的，可见他正在极力控制心里的恐慌。他的额头上有血管凸起。他注视着她，仿佛是在祈求能脱离苦海。

丹尼尔的表情勾起了一段可怕的回忆，让亚力克斯想起他受审时的情形，念及往事，她冲动之下搂住他的脖子，将他的头从悍马车上抬起，紧紧抱在怀里，让他的脸贴着她的胸口。亚力克斯感觉到自己在颤抖，她善于理性分析的那部分大脑告诉她，她和丹尼尔一样都受到了严重的心理创伤。她那与理性分析无关的一面才不在乎原因是什么。一阵恐慌在她心里翻搅着，她感觉总是无法将他搂得足够紧，好让她向自己肯定他还活着，很安全，就在她怀里。就好像她只要一眨眼，就会回到那个黑乎乎的帐篷，而丹尼尔在痛苦地尖叫。或者更糟，她一张开眼睛，就会看到眼前是漆黑的楼梯间走廊，发现她脚边血淋淋的尸体是丹尼尔，而不是那个杀手。她心跳得飞快，都无法呼吸了。

丹尼尔带着她一滚，躺在她的身侧，使得亚力克斯的手从他的头上耷拉下来。有那么一刻，亚力克斯还以为他要承担起安慰人的角色，毕竟她显然是不善此道，可随后他们的目光触碰到一起，她从丹尼尔的目光中看到了在她的脑海中缠绕的混乱和恐惧。**害怕失去，也害怕拥有，因为拥有了才会失去。**丹尼尔没有安慰她，他的深刻恐惧反而加深了她的恐惧。亚力克斯可能会失去丹尼尔，并且不知道在失去丹尼尔之后，该如何活下去。

第二十一章
浪漫逃亡路

他们的唇突然碰触到一起，她不能肯定是谁主动。

然后，他们的身体绝望而狂热地交缠在一起，双手紧握，唇齿纠缠。能不能呼吸都是次要的，她气喘吁吁，不由得头晕眼花。她只想更靠近他，再靠近一点儿，想要与他融为一体，这样别人就再也不能把他从她身边夺走了。她下巴的伤口撕裂了，灼痛感随即传来，所有新新旧旧的瘀伤又疼了起来，但疼就疼吧，她实在无法从这份追切的需要中抽离出来。他们紧紧搂抱着彼此，如同对阵的敌手一般，在窄小的空间里翻来翻去，撞在背包上，又滚回到车底。她惊奇于他的力气竟这么大，这种力量能点燃人的激情——男性的力量一向都让她恐惧，可她现在却兴奋不已。有衣服撕裂了，她猜不出是谁的衣服。她记得他的皮肤纹理，双手下方他的肌肉形状，但她从未想象到他的身体贴着她时会有这样的感觉。

再近一点儿，她的心跳加速，**更近一点儿。**

然后，他突然拉开他们两个人的距离，嘴唇从她的唇上滑开，开始气喘吁吁。一声焦急的叫声在她脚下响起。她靠过去，只见爱因斯坦正咬着丹尼尔的脚踝。爱因斯坦又叫了一声。

“爱因斯坦，稍息。”丹尼尔低吼道，踢了两下，要把脚挣脱出来，“走开。”爱因斯坦松开他，紧张地望着她。

“稍息！”他的声音有些沙哑，“没事了。”

爱因斯坦犹豫地怒号一声，从打开的后备厢门跳了出去。

丹尼尔翻身起来，把后备厢的门关上。他跪着转身面对她，瞳孔扩大，眼神狂野。他咬紧牙关，仿佛是在极力控制着自己。

她把手伸向他，手指钩到他的牛仔裤腰带上，他低声呻吟，倒在她身上。

“亚力克斯，亚力克斯。”他把脸贴在她的脖子上喘着粗气，“和我在一起。别离开。”

尽管此刻激情澎湃，亚力克斯还是意识到了丹尼尔是在提问。而她发自真心地回答了他，并且知道这可能是最糟糕的错误了。

“不会。”她含糊地承诺道，“我不会。”

他们的唇再次紧紧贴在一起，她能感觉到他的心跟她的一样，在他们的皮肤下面扑通扑通地跳。

恰在此时，刺耳的手机铃声突然响起，划破了较低的声音——他们的心跳声和粗重的呼吸声。她连忙拉开和他的距离，体会到了一种不同以往的恐慌。

他飞快地晃了晃头，闭着眼，如同在回忆此刻身处何地。

她坐起来，寻找声音的来源。

“找到了。”丹尼尔喘着粗气说。他把手伸进牛仔裤的裤袋，这时手机再次响起。

他看了一眼号码，用拇指按下应答键，然后左手一揽，把她拉回到他怀里。

“小凯？”丹尼尔气喘吁吁地说。

“丹尼——喂，你们现在安全吗？”

“是的。”

“你们在干什么？”

“睡觉。”

“怎么听起来像在跑马拉松似的？”

“手机一响把我吓坏了。你知道的，神经有点紧张。”他现在撒起谎来都不眨眼，她虽然心里很激动，却还是差点笑出来。

“噢，对不起。我要和夹竹桃说话。”

“你是说亚力克斯？”

“随便吧。把电话给她。”

她尽量放缓呼吸，拿出正常的语气。“什么事？”

“你们这是怎么了？可别告诉我电话也把你吓着了。”

“我又不是秘密机构的特工。我们刚刚才度过一个非常漫长的夜晚。”

“我挑重点说吧。我找到了一个合适的人选。听没听说过迪弗斯这个名字？”

她想了一会儿，努力将心思拉回到重要的事上。“是的，我知道这个名字。为中央情报局找资料那会儿，我在档案上见过这个名字。不过他从没进来监视审讯。他是督察员吗？”

“他不只是督察员这么简单。最近他当上了二把手，眼瞅着又要高升。他是我在监视的几个潜在人员之一。今天早晨早些时候，迪弗斯接了个电话，还踢打墙壁，然后打了个电话。我很了解这家伙——他就喜欢把听差的支使得团团转。他从不离开办公室半步，想见谁了，就让助手带去见他。向来都是这种高压政治。可在打了那个电话之后，他就像个勤杂员似的跑去见卡斯顿。他们在距离办公室几公里远的地方随意选了个居民小区公园见面，还悠闲地散步，看起来就好像要干掉对方似的。肯定是迪弗斯。”

“你在想什么？”

“嗯，我想我还需要发电子邮件。我需要了解一下还有谁知道这件事。除掉迪弗斯一点儿也不难，但如果他有同伙，这么做只会打草惊蛇。你有笔吗？”

“稍等。”

亚力克斯爬到前座，找出背包。她掏出一支笔，在加油收据的背面，写下凯文说的电子邮件地址。

“什么时候？”她问。

“今晚。”他确定，“你先去睡一觉，免得再紧张不安。”

“我到了巴吞鲁日就发。你有没有什么脚本，还是要我即兴写一封？”

“你了解重点是什么。不要写得太晦涩。”

“我尽量写得让穴居人都明白。”

“很好。等你们一换上麦金莱家的车，就往那里开。”他又拿出了只在图书馆才有的轻声细语，只是丹尼尔距离太近，这样也是徒劳，“丹尼会不会不愿意留下来？”

亚力克斯抬头看丹尼尔的脸，很容易就能看到他的反应。

“是的。反正我也觉得这不是什么好主意。就当我是个妄想狂吧，可我再也不相信什么安全屋了。”

丹尼尔俯身亲吻她的额头，这下她更无法集中精神去听凯文的电话了。

“……给罗拉找个地方。你的脸伤成什么样了，夹竹桃？”

“嗯？”

“你的脸，伤成什么样了？”

“我的下巴左边和耳朵贴着大块纱布。”在她说话的时候，丹尼尔又靠近一些检查她的伤口，然后倒吸一口气，“外加原来那些伤。”

“这反倒方便了。”凯文说，“罗拉也受伤了。我会编个故事告诉他们，让他们满意。”

“谁？”

“宠物寄养所呀。见鬼，夹竹桃，你真该好好睡一觉了。你是越来越迟钝了。”

“或许我应该现在就写邮件，趁我现在思维还能正常运转。”

“等你们再上路时给我打电话。”凯文挂了电话。

“你的血都渗过纱布了。”丹尼尔焦急地说。

她把电话交给他。“没事。我昨晚就应该把伤口重新包扎一下才对。”

“现在处理一下吧。”

她抬头看着他的脸——他眼中的恐慌和狂暴都消失了，取而代之的是纯粹的关心。他的胸口依旧有滑溜溜的汗水，但呼吸恢复了正常。她不确定自己是不是像他一样冷静。

“现在？”她问。

他从容不迫地看着她。“是的，现在。”

“出血很多吗？”她小心翼翼地摸了摸纱布，感觉到了一点点的温暖湿润。光看他的表情，她还以为鲜血在不停向外流呢。

“流血了。光是这一点就很危险了。急救箱在什么地方？”

她叹口气，扭头看堆在一起的背包。不过急救箱不在最上面的包里，所以她必须把那些背包挪开。就在她翻找的时候，她感觉到他的手指小心翼翼地拂过她左边的肩胛骨。

“你身上都是瘀伤。”丹尼尔小声说，他用手指摸着她的手臂，“这些看起来是新的。”

“我吃亏了。”亚力克斯承认，这时，她拿出急救箱，转过身来。

“你一直没告诉我在房子里都发生了什么。”他说道。

“你肯定不想知道。”

“我也许想知道呢。”

“那好吧。是我不希望你知道。”

丹尼尔从她手里接过急救箱，盘腿坐好，把急救箱放在他们两个之间。她重重地叹口气，也盘起腿，把左边脸冲他抬起。

丹尼尔开始轻轻地把纱布从她的脸上揭下来。

“快点也不要紧。”亚力克斯告诉他。

“我知道怎么做。”

他给她包扎，他们就这样静静地坐了一会儿。安静下来后，她才意识到自己有多疲倦。

“你为什么不希望我知道？”他边问边用药棉擦她的脸，“你觉得我应付不来？”

“不是，我就是……”

“什么？”

“我要你现在看我的眼神。我不希望你的眼神有变化。”

亚力克斯用眼角余光看到丹尼尔在笑。“你用不着担心这个。”

她耸耸肩作为答复。

“这个该怎么弄？”他从急救箱里拿出超强力胶水问。

“把伤口边缘合在一起，在接合处挤上胶水，按住别动，等胶水干了再说。大约一分钟吧。”

他用指尖用力按住她的伤口，她强忍着没有皱眉。胶水的熟悉气味弥漫在他们两个之间。

“疼吗？”

“没事。”

“你老是这么强撑着，不累吗？”

亚力克斯翻翻白眼。“我能忍住这点疼，谢谢。”

丹尼尔向后一仰，检查成果。“有点不太好看。”他告诉她，“急诊医生见了你这种伤都会头疼吧。”

亚力克斯从他手里拿过胶水，扣好盖子。她可不希望胶水变干。谁知道她什么时候再需要它呢，后面的路还长着呢。

“胶水肯定管用。”亚力克斯说，“多按一会儿。”

“亚力克斯，我很抱歉。”丹尼尔的声音很轻，充满歉意。她真希望能扭头看着他。“我也不知道是怎么回事。”他继续说，“我真不敢相信我以前对你那么坏。”

“我也没有手下留情。”

“但我没受伤。”他闷闷地提醒她，“按你的话说，就是毫发无伤。”

“我觉得事实不是这样的。”她告诉他，用手指拂过他的胸口。她能感觉到她的指甲以前留下的淡淡痕迹。

丹尼尔猛吸一口气，有那么一刹那，他们两个都沉浸在回忆中。亚力克斯想把头别开，但丹尼尔紧紧捧着她的脸。

“等等。”他警告道。

他们一动不动地坐着，谁也不说话，感觉十分诡异。他在心里数了两个六十。

“已经干了。”亚力克斯坚持。

丹尼尔缓缓地把手指从她的下巴拿开。亚力克斯扭头看着他，但他正低头在急救箱里翻找着什么。他找出抗菌喷雾，在她的伤口上喷了很多。接着，他拿出一卷纱布和胶带，用拇指和食指轻轻捏着她的下巴，重新调整她的头部姿势，但没有看她的眼睛。他用胶带把纱布固定好。

“我们现在该睡觉了。”丹尼尔说着把最后一块胶带贴在她脸上，“我们都有点过度紧张，现在没法正常思考。还是……等我们恢复了理智再谈吧。”

亚力克斯本想争论两句，但她晓得他说得对。他们现在都不像他们自己了，而是像两头野兽——虽然九死一生，但潜意识里还是认为必须延续物种，活下去。这是原始生物才有的行为，负责任的成年人是不该这么做的。

但亚力克斯依旧想争论一番。

丹尼尔的手指搁在她的脖子一侧，她能感觉到被他这么一摸，她的心跳又开始加速。他也感觉得到。

“睡觉吧。”他重复道。

“你说得对，说得对。”亚力克斯嘟囔着说，扑通一声躺在皱巴巴的睡袋上。她真的是筋疲力尽了。

“给你。”丹尼尔把他的T恤衫递给她。

“我的呢？”

“已经扯烂了。对不起。”

悍马里本就闷热。她把他的T恤衫放到一边，懊悔地笑了笑，感觉牵动了脸上的胶水。“对于资源有限的人来说，我们用起东西来真是太不仔细了。”

丹尼尔肯定也注意到车里不通风了。他探过身去，又把后备厢的门打开。“我说过了，我们都太紧张了。”

丹尼尔躺在亚力克斯身边，她蜷缩身体，钻进他怀里，不晓得他这么半裸着睡在她身边，她能不能睡得着。她闭上眼，试着用意志力让自己睡着。他搂着她，一开始只是试探性的，过了几秒钟，他搂得更紧了，如同是在测试他的意志力。

如果她不那么累，或许会给这个测试增加点难度。她越来越清晰地意识到他的身体，她的神经末梢碰到他的皮肤，感觉就像针扎一样，如遭电击，尽管如此，她的意识还是很快就模糊了。她任由自己进入无意识的状态，一个奇怪的词却不停地在她的脑海里打转。

我的，她的思维一片空白，可她的大脑仍在强撑，**我的**。

亚力克斯一觉醒来，太阳依旧在西边绽放出耀眼的光芒，他身下的睡袋都被汗浸湿了。影子已经移位，虽然阳光是透过有色窗玻璃照射进来的，还是有一束光照在她的脸上。她睡眼蒙眬地眨眨眼，等着大脑彻底清醒过来。

这时候，她突然意识到车里只有她一个人，随即惊醒过来，猛地坐起，却感觉天旋地转，脑袋直疼。悍马后备厢的门还开着，天气闷热潮湿，皮肤很黏。四下里都见不到丹尼尔的影子，也不见他的T恤衫，亚力克斯只好一声不吭又手脚麻利地在她的东西里找件衣服穿，然后去找他。

说来也够愚蠢的，可如果再有一队杀手找上门来，她可无意穿着一件破烂的棕褐色胸罩去应敌。她穿上一件超大的灰色薄毛衣，倒不是因为这件衣服适合现在的时节，而是因为它是她找到的第一件衣服。她从背包里拿出警用手枪，塞进后腰。就在她从敞开的后备厢门爬出来的时候，她听到膝盖下有纸沙沙响。

是她用来记电邮地址的那张收据。电邮地址下面有另一行工整的笔迹：

我带爱因斯坦去转转，很快回来。

她把收据塞进衣兜，爬出悍马，依旧小心不发出声音。罗拉趴在丹尼尔留下的食物和水旁边的阴影里。它看到亚力克斯，摇晃起尾巴来，抽打着野草。

亚力克斯知道，有罗拉在，至少表示附近没有陌生人。亚力克斯咕咚咕咚地喝了几口水，用毛衣袖子把脸上的汗水擦掉，再尽可能把袖子卷高。

“我甚至都不晓得他们去了什么方向。”她向罗拉抱怨，抚摸它的耳朵，“你现在的状况还不适合去找他们，是吧，姑娘？不过我敢打赌，如果你能站起来，速度肯定特别快。”

罗拉舔舔她的手。

亚力克斯饿坏了。她翻翻丹尼尔拿出的一小堆食物，拿出一包椒盐脆饼干，坐下来吃掉。她今晚必须再去储存点食物，可她不希望留下踪迹。当然了，可以走的线路有好几百条，能去的目的地也有无数个。如果有人足够执着，又沾了那么一点儿运气，或许能够拼凑出他们会走的路线和目的地。她现在既没有精心设置的陷阱，也没有周密的计划，更别说蝙蝠洞了。她现在有的只是钱、枪、子弹、手榴弹、刀、各种毒药和化学智能麻醉剂、一辆突击车和一条聪明的猛犬。而她需要负责的对象包括一辆惹眼的悍马、一条瘸腿的狗、她自己饱受蹂躏的身体、一张引人注意的脸、一张出现在通缉令上的脸，还要解决缺乏食物、没有藏身之所和没有选择这些困境。她在情感上的责任更糟糕。她简直不敢相信在这么有限的时间里，她竟然给自己惹了这么一身麻烦。她在一定程度上真想让时间倒流，回到她那温暖舒适的小浴缸里，那时候她的脸尚未受伤，还在她的安全网里，并且在那个偏僻的图书馆里做出不同的选择，删除那封电子邮件。

可就算她能，她真的会让时间倒流吗？每天生活在恐惧和孤独中，真的是更好的选择？她从前更安全，这没错，却依旧被烦扰得疲惫不堪。难道眼下更加危险的新生活，不是从很多方面而言都更完满吗？

亚力克斯坐在罗拉身边，慢慢地抚摸它的背，这时候，她听到丹尼尔走近。他在说话，一开始，她吓坏了，但随即便不再恐慌。只有和凯文说话，他才会用现在这种语气。爱因斯坦先走进视线。它兴奋地向亚力克斯跑过来，用湿润的鼻子蹭她的手。它跑到罗拉身边嗅嗅，便走过去喝水了。

丹尼尔走了过来，快步走到乱糟糟的土路的中央。他戴着防弹帽，眉头紧皱在一起。他把电话贴在耳边。“我现在回来了。”他说，“我看看她醒没醒……不行，如果她没醒，我绝不会把她叫醒。”

亚力克斯站起来，掸掉屁股上的脏东西，伸伸懒腰。她的动作吸引了丹尼尔的注意，他的烦恼表情立马消失了，缓缓地露出灿烂的微笑。虽然她有点生气，却还是情不自禁地对他笑笑。

“她在这里。多一点儿耐心吧，亲爱的弟弟。”

丹尼尔并没有把手机交给她，而是把亚力克斯拉到怀里，给了她一个缠绵的拥抱。她把脸埋在他的胸口，呼吸他的气味，笑逐颜开。可当他终于拉开两人之间的距离，她却摇摇头，他难以置信地扬起眉毛。

“对不起。”丹尼尔说，“我考虑不周。”

她挫败地呼出一口气，伸手索要手机。他把手机交给她，羞怯地笑笑，但依然用另一只手臂轻轻搂着她。

“不要介意，我只是要保住我们两个的命。”她小声说，然后对着电话道，“你好。”

“早上好。我看我那个笨蛋哥哥是一点儿也没从错误中吸取教训啊。”

“怎么了？”

“没什么。我打了很多电话，不过眼下这种情况，别人都不愿意牵涉太深。”

“那你打电话来干什么？”

“因为你和丹尼尔总是闯祸，搞得我都神经过敏了。”

“喂，用不着这么刻薄吧……”

“别生气啊，夹竹桃，你知道我指的是丹尼尔。我就希望你能管住他。”

“他还是新手。以后会明白的。”

“可那一天还没到，他就没命了。”

“凯文，你知道我听得到，是吧？”丹尼尔问。

“人人都恨偷听者。”凯文大声说，“给这个姑娘一点儿空间。”

“好吧，你自己跟他说吧。我要去整理一下，太阳落山我们就动身。”

亚力克斯把手机还给丹尼尔，从他怀里出来。这之后他和弟弟说了一会儿就挂断了，只是互相笑骂了几句而已。她则走回到悍马边上，查看损失。车上的东西依旧乱糟糟的。她现在有的是时间，又没有别的创造性工作可做。她把警用手枪从后腰中抽出来，放进背包里的一个密封袋中。接下来，她把睡袋卷起，放在乘客座上，好腾出地方，找到所有散落的弹药。

亚力克斯听到丹尼尔爬进车里，来到她身边。他开始收拾，腾出空间放零散物品。

“对不起。”丹尼尔一边忙活着一边说，并没有看向她，“你还在睡觉，爱因斯坦又坐立不安的，而且，这里好像没别人，感觉很正常。我想这应该是我在犯罪的第一个线索。”

亚力克斯也看着手里收拾的东西。“想象一下，你在这里一觉醒来只有一个人，是什么感觉。”

“我没想到这一点。”

“我记得有人才向我保证，他呼吸之前都要先问问我行不行。”

丹尼尔叹了口气。“凯文说得对，对吧？我真是糟透了。”

她开始把杂志收进密封袋，又把密封袋放进背包的外兜里。

“我知道你是什么意思。”她告诉他，“你要么是要我同意你，要么是要我原谅你。”

“管用吗？”

“这得看情况。有人看见你吗？”

“没有。我只看到几只鸟和松鼠，此外没看到任何活物。你知道大多数狗是怎么追松鼠的吗？爱因斯坦就去追了。”

“如果我们还得睡在悍马里，这或许能派上用场。我可不是个好猎人。”

“还要再睡一个晚上，是吗？我们不会有事的。”

“但愿如此。”

“那个……这些东西还要吗？”丹尼尔问道，听起来有些迷惑不解，“这是……核桃吗？”

亚力克斯抬头看着他所指的密封袋。“那是桃核。”她说。

“垃圾？”

她把袋子从他手里拿过来，塞进她正在整理的背包。

“不是垃圾。”她说，“内核里有自然生长的氰化钠，我有用。每个桃核里的含量并不多，我要收集几百个，才能凑齐足够发挥效用的剂量。”她叹口气，“你知道，我以前很喜欢吃桃子。现在却受不了了。”

亚力克斯回过头，只见丹尼尔僵住不动，眼睛瞪得像铜铃。“氰化钠？”他的语气很震惊。

“这是我的防护方式之一。只要与适合的酸液发生反应，就能制造出氰化氢。是一种无色气体。几安瓿容量的这种液体在空气中挥发后，就足以充满一个十平方米的房间。很基础的东西。我再也接触不到高端的材料了。现在我只能在浴缸里研究化学了。”

丹尼尔的表情恢复了正常，他点点头，如同她刚才所说的话理智又正常。他转身去捡散落的弹药。她暗自笑笑。

亚力克斯不得不承认，看到装备都收拾妥当，码放得整整齐齐，她感觉微微平静了一些；对于强迫症患者，最好的就是在整洁的环境中得到舒适感。她仔细打量剩下的武器，也觉得很安慰。耳环是无法替换了，几种化合物也所剩无几，但她的绝大多数武器还可以正常使用。

他们坐在悍马打开的后备厢边缘，吃了燕麦棒和奥利奥饼干当晚餐，分着喝了一瓶水。她的腿垂着，距离地面足有三十厘米，但他的脚尖却能碰到地面。在他的坚持下，她又吃了些布洛芬。至少很容易就能买到这种不需要处方的药，用不着囤积。

“什么时候出发？”丹尼尔在他们整理好所有东西后问道。

她观察了一下太阳的位置。“快了。再过十五分钟吧，我想等上了大路，天就该黑了。”

“我知道我惹上了大麻烦，而且，我大概活该单独被拘禁，我不知道，但你觉得我能不能在出发前吻你？我会更注意你的脸和你的衣服的，我保证。”

“注意？听来不太诱人。”

“对不起。暂时而言这是我最好的提议了。”

亚力克斯佯装勉强地叹了口气。“反正我也没有别的事可做。”

丹尼尔捧起她的脸，小心尽量不用指尖碰到她的伤口，这一次，当他的唇触碰到她的，感觉是那么柔软，几乎没有一点儿重量。亚力克斯沉醉其中，酥酥麻麻的，他轻柔的唇瓣带给她异样的慰藉。这个吻跟在牧场厨房里的吻很相像，只是更谨慎一些。然而，她还清清楚楚地记得早晨的情形。她考虑着是不是应该变换一下节奏，坐在他的腿上，用她的腿夹住他，但她犹豫了。现在的感觉太美妙了。她用手指插进他的鬈发，这很快就成了她的习惯。

他亲吻她的颈项，吻着她血管跳动的部位。

丹尼尔小声在她没受伤的耳边说：“有一件事我很担心。”

“只有一件？”她气喘吁吁地说。

“不算那些比较明显的事。”

他的唇又找到她的唇，依旧小心翼翼，但这次他开始深入探索。已经十年没人吻过她了，但感觉像是更久。没人像这样吻她，让她感觉时间放缓了，大脑罢工，像是有电流经过她的身体……

“你想知道是什么吗？”他在几分钟之后问道。

“嗯？”

“就是我担心的事呀。”

“啊，是啊，当然。”

“好吧。”他说，停下来亲吻一下她的眼睑，“我很清楚我对你有什么感觉。”他又亲亲她的嘴唇和颈项，“但我不知道你对我有什么样的感觉。”

“难道不明显吗？”

丹尼尔拉开一点儿距离，依旧捧着她的脸，好奇地凝视着她。“我们似乎都深受对方吸引。”

“我同意。”

“但你就没有点别的感觉？”

亚力克斯看着他，不确定他指的是什么。

丹尼尔叹了口气。“你知道的，亚力克斯，我深深地爱着你。”他端详她的脸，分析她的反应，随即蹙起眉头，双手滑落到她的肩膀上，“我看得出来，你不相信，但我说的是实话。尽管我最近的行为或许有所暗示，但我的最后目标真的不是要把你骗上床。还有……我很想听听你的目标是什么。”

“我的目标？”亚力克斯难以置信地看着他，“你说真的？”

丹尼尔严肃地点点头。

亚力克斯回答的语气有些尖锐，这并非她的本意。“我只有一个目标，就是让我们两个活下去。如果我能坚持得够久，我们就可以合理期待长远的生活。如果我们有幸能那么幸福，我就可以去想其他目标了。有未来才有目标。”

丹尼尔的眼神中流露出不悦的神色，眉毛拧成了疙瘩。“情况真这么糟？”

“是的！”亚力克斯突然爆发，两只手紧紧攥成拳头。她做了次深呼吸。“我还以为这很明显呢。”

太阳西沉。他们本该在五分钟前就出发的。她跳下悍马，吹了声口哨，召唤两条狗。爱因斯坦活力四射地蹦跳着从她身边跑过，已经准备好继续上路。她走过去抱罗拉，但丹尼尔抢先一步。

亚力克斯伸了个懒腰，试着集中精神。她睡了一觉，感觉神清气爽，开一夜车也不会有问题。这才是最重要的。平平安安度过这个夜晚，不引起不必要的注意。为凯文发电子邮件，再带着她的小小“巡回马戏团”转乘一辆不那么引人注意的车。她的野心仅限于此。

他们默默地开了一段。他们还在小路上的时候，天色就渐渐昏暗起来了。等他们回到四十九号高速公路上，亚力克斯稍稍放松了一些。

路上的车不多，他们看到的一切都是老样子，符合乡村风格。此时此刻，她相当肯定，没人知道他们在什么地方。

亚力克斯明白她应该集中精神，但四周黑漆漆的，陌生的车辆不断地驶来驶去，十分枯燥乏味，她情不自禁地去思考丹尼尔此刻在想什么。他这么安静，并不像他平时的风格。她考虑是不是应该打开收音机，但那么做感觉有点懦弱。她或许应该向他道歉。

“要是我刚才表现得很不礼貌，那我向你道歉。”亚力克斯说，沉默了这么久，此时她的说话声显得那么刺耳，“我不善于与人打交道。我其实没什么借口。我是个成年人——我应该有能力和别人正常交流的。对不起。”

丹尼尔叹了口气，听来并不恼火，更像是松了口气。“不，我应该道歉才对。我不应该逼你。就是我不够专心，才把我们两个推到了这种境地。我应该打起精神来。”

亚力克斯摇摇头。“你不能这么想。该负责的人不是你。听着，有人铁了心要干掉你。凯文六个月前也遇到了同样的事，而在此之前的几年，我也有这种遭遇。人都会犯错的，但只有在犯了错之后，才知道那是不是个错误。但犯了错误，并不意味着你就要为所发生的事感觉愧疚，就有罪。千万别忘了，有人认为他自己的目的比你的性命还重要。”

丹尼尔想了一会儿。“我知道你是什么意思。我相信。但我必须更听你的话——像你一样，仔细关注要紧事。我整天像个毛头小子似的胡思乱想，猜你喜不喜欢我，一点儿用也没有……”

“老实说，丹尼尔，我……”

“不，不。”他立即打断了她，“我这么说，可不是想偏离话题。”

“我只是想解释一下。如果你是毛头小子，那我就是个三岁的小孩。我在情感上很迟钝，甚至可以说有缺陷。我不知道该怎么做，现在看来，活下去显然是头等大事。但我也是在利用这一点，来回避我应该回答的问题。我是说……爱？我甚至都不知道什么是爱，爱情是否真的存在。对不起，只是爱情于我……实在非常陌生。我评价事物的标准是需要。对于稍微含糊一点儿的事……我就应付不来了。”

丹尼尔哈哈笑了起来，这有趣的笑声让她的紧张霎时间化为乌有。她也和他一起笑，然后叹了口气。每当她和丹尼尔一起笑，仿佛就算出了天大的事，都不再要紧了。

他笑完后轻声说：“那就告诉我你需要什么。”

亚力克斯想了想。“我需要……你活着。我也要活着。这是我的底线。如果这个目标能实现，那我就希望和你在一起。至于其他的，就只能算是锦上添花了。”

“我是个乐天派，但我觉得我们现在是在咬文嚼字。”

“你大概说得对。要是我们能多相处几个星期，或许就能有共同的语言了。”

他拉起她的手。“我这个人学语言一向都很快。”

第二十二章
短暂的安宁

亚力克斯选择了巴吞鲁日城外的一个加油站，她之所以去那里，是因为收银员八十来岁了，她只盼着他的听力和视力都过了最好的时候。

亚力克斯的浓妆浓到实在令人难以置信，不过她一确定他并没有注意她，便开始购物。她挑了很多瓶水，又拿了大量坚果和牛肉干，反正就是把所有能买到的、不易坏的蛋白质食物都买了。她又拿了几瓶维生素，虽然她对维生素不感冒，不过这家便利店没有新鲜蔬果区。她向自己保证，一定要找机会去真正的杂货店，但她希望他们能再等一段时间。毕竟每过一天，她身上的瘀伤就能消散一点儿。

在昼夜营业的网吧里也没出任何意外。网吧在大学附近，通宵上网的人有很多。她戴着帽兜，低着头，坐在偏僻的角落，要了杯黑咖啡，看也不看给她送咖啡来的咖啡师。她本来希望选个敌人追踪不到他们目的地的地方发邮件，但当务之急是把那辆蝙蝠战车换掉。它现在是最大的不利之处。

她使用胡乱选择的字母和数字，注册了一个新的电子邮件地址，开始写邮件。

> 你本该罢手了，迪弗斯。你不该把平民牵扯进来。我来这里不是为了替你干那些肮脏的勾当，但我还是替你解决了那个小个子审问者。得克萨斯是个说“不客气”的好方式。适可而止吧。

这不是什么具体的威胁，却包含了很多暗示。她犹豫片刻，手指悬在鼠标上方，小箭头就摆在发送图标上。她有没有透露出他们尚未掌握的信息？他们现在肯定已经得知，丹尼尔并没有死在牧场。她在这一点上是无法愚弄迪弗斯的。她是否在邮件中无意中泄露了什么？这会不会让情况越发恶化？

她点击发送图标。反正就算再坏也坏不到哪里去了。

邮件刚一发送出去，她就站起来。悍马停在小巷里的几个大垃圾桶后面。她低着头、戴着帽兜，快步向外走，手里拿着一个注射器。小路上很冷清，只有一小群人在黑暗中围在一扇隐蔽的太平门门口。她端详了一会儿那三个人，便钻进了悍马中。

爱因斯坦用鼻子蹭蹭她的肩膀。丹尼尔握住她的手。

“你知道夜视镜在哪儿吗？”亚力克斯小声说。

丹尼尔放下她的手。“有什么问题吗？”他也小声说，转身在座位之间翻找。

“没什么新情况，”亚力克斯保证，“但可能对我们有帮助。”

他把夜视镜交给她。她戴上夜视镜，更仔细地打量那几个人。

他们就要散了。这里算不上“三不管”地带，三个人都衣着奢华，不过都是休闲服。一个黑头发男人搂着一个金发女孩，她衣服上有很多艳丽的标签，活像是中档奢侈品牌赞助的全国运动汽车竞赛协会的车手。他们两个现在走开了，距离悍马越来越远。金发女郎走起路来扭腰摆臀的。和她在一起的男人正往他那件连帽衫的衣兜里塞着什么。

第三个人还站在黑暗中的门框边，懒洋洋地靠在上面，像是在等更多客人。他的衣饰在她看来就是所谓的“高级混混”做派。

她想着在网吧里按下发送图标之前的感觉——反正就算再坏也坏不到哪里去。她这个主意可能会出乱子，不过她自信能神不知鬼不觉地把它们摆平。要是这个混混跟她以为的一样，就一定能派上很大用场。

亚力克斯摘掉夜视镜。

“现金呢？”她小声问。

三十秒后，亚力克斯一只手拿着一支注射器，另一只手拿着现金，悄悄地走下悍马，向那个男人走去，这会儿，他正放松地靠在墙上。没戴夜视镜，她看得不太清楚，但她隐约看到，他一看出她是向他走过来，便做出了细微的反应。他的身体略微有些僵硬，但没有动。

“你好。”她在走到近处时说，在这个距离，就算小声说话，他也能听到。

“晚上好。”他用南方口音慢吞吞地说。

“请问能否帮个忙。我在找……一种特别的商品。”她的语调在最后上扬，像是在说一个问题。她并不清楚该怎么在街头买毒品。她以前从没被逼到这个份儿上。她在芝加哥积攒的补给品到现在才刚开始见底。她向来都不吝啬付钱买单。

她原以为这个混混会把她当成警察，反正电视里的毒品贩子都这样，但他只是点点头。

“我或许能帮忙。你在找什么？”

他倒也不像警察，除非她刚才看到的交易是装出来的，好吸引真正的买家。如果他要抓她，她就把他弄昏，然后逃跑。在巴吞鲁日遭到追捕对她而言并不是什么大问题，她知道他看不清她的脸——毕竟他并没有对她脸上的伤有任何反应。

“阿片类药物——鸦片、海洛因或吗啡。”

接下来是片刻的沉默。他在黑暗中望着她在帽兜里的脸。她估摸他根本看不清。

“哦——这都什么鬼东西，鸦片？哈，我可不知道能从哪里弄到。”

“海洛因也行。如果可能的话，最好是粉末状的。我看你不太可能有未经加工的海洛因吧？”他压根儿就不可能有纯海洛因。不管他手里有什么货，肯定都是加工了两三次，才到了他手上。他是不会把实情告诉她的。提纯并不容易，但她能抽出时间。

他哈哈一笑，亚力克斯估摸像她这样买货的人并不常见。

“我手里有点高级货，只是价格嘛——可不便宜。”

“你出个价吧。”亚力克斯说，“我不会讨价还价。”

“两百块一克。纯白粉末。”

当然是这个价，她心想。但是，次品海洛因总好过什么都没有。“我要三克。”

他顿了顿。天太黑看不清他的神色，可见到他把脑袋歪向一边，她便猜出了他的意图。她从口袋掏出现金，数出十二张。有那么一刻，她很好奇他会不会把她剩下的钞票都偷走。不过他似乎就是个贩子。他要的是像她这样出手阔绰的买家成为老顾客。

他接过亚力克斯递过来的钱，很快地查看了一番，塞进了工装短裤的后袋，然后蹲下。亚力克斯立马紧张起来。但他只是从堆在墙边的一堆垃圾袋后面拉出一个背包。他随手一摸，就拿出了他想要的东西，然后他很快就站了起来，递过三个小塑料袋。黑暗中，她无法确定成色，但看来很接近白色。她伸出手，他把塑料袋放在她的手心里。

“谢谢。”她说。

“很荣幸为你服务，女士。”他滑稽地一点头，几乎像是在鞠躬。

亚力克斯快步向悍马走去，很高兴从这个角度看不清悍马。毒品贩子只会看到一辆很大的深色汽车。

爱因斯坦在她爬进乘客座时轻轻叫了一声。“走吧。”她说。

丹尼尔发动引擎。

“在那条小路左转，那个家伙就看不到悍马了。”

“出什么事了？”丹尼尔一边按照指示开车，一边小声问道。即便是很小声，他声音里的紧张也是清晰可闻。难怪爱因斯坦如此焦虑。

“就是买了点我需要的原料。”

“原料？”

“我的阿片类药剂用完了。”

他们来到一条更宽的路上，亚力克斯能感觉到他的紧张不见了，大概是因为她的若无其事吧。

“你是在买毒品吗？”

“是的。还记得我说过的浴缸化学吗？现在得到原材料要比从前复杂多了。我可不想错过这个大好机会。”

两个人沉默了一会儿。

“但愿我这么做是对的。”她小声道。

“你觉得他会对别人说我们两个的事？”

亚力克斯眨了眨眼睛。“什么？噢，不。我担心的不是那个毒品贩子。我只是在想发电子邮件的事。”

“电子邮件是凯文要发的。”丹尼尔答道。

她点点头。“他可比我厉害多了。”

“不，我的意思是如果出状况了，都怨他。”

亚力克斯笑了笑。她的笑声很沉重。

“你不喜欢？”

“我不知道。我希望赶快结束……但我很累了，丹尼尔。我也想跑到天涯海角躲起来。”

“听起来还不赖。”丹尼尔表示同意，“不知我是否有幸与你同行呢？”

亚力克斯斜睨了他一眼，有点惊讶。“当然。”

“很好。”

这种下意识的念头又来了——假设他会出现在她未来的生活之中，这也太疯狂了。

亚力克斯并不知道是不是因为紧张令人身心俱疲，反正在这个夜晚接下来的时间里，一股不祥的预感始终在她心里盘旋不去，搞得她烦闷不已。或许只是两天来她终于喝到了咖啡，才有些神经过敏。

七个小时后，太阳从地平线上升起，他们来到了那个偏僻的小屋。一路上平安无事，她几乎有些讶异。

丹尼尔只指错了两个路口——这还真有些出人意料，毕竟他最后一次来这里时只有十岁。天亮之后他们走过的公路都人烟稀少。这意味着不会有人举报在周围地区看到了一辆装甲车。

她把悍马暂时停在车库的后面。丹尼尔将台阶附近的石头踢来踢去，终于找到了一块塑料石头。他拿出藏在里面的钥匙，走上门廊台阶，爱因斯坦就跟在他后面。

亚力克斯站在木屋前面。这是一幢红杉木 A 字形房屋，看起来是二十世纪七十年代建成的，不过倒也别具风格。她太累了，连走上这最后几级台阶的力气都没有了。尽管一夜风平浪静，可毕竟在路上开得太久。出了巴吞鲁日，她和丹尼尔交换开车，当时，因为发邮件的缘故，她提心吊胆，紧张焦虑，神经一直绷得很紧。丹尼尔时不时打个盹儿，现在看来挺活跃的。他从亚力克斯身边走过，把罗拉从悍马后备厢抱了出来。

“你看起来像是也需要抱一抱。”他抱着罗拉又从她身边走过时说道。他把罗拉放在门边，回到亚力克斯身边。

“给我点时间。”亚力克斯嘟囔着说，“我的大脑还是浑浑噩噩的。”

“只差几步而已。”丹尼尔鼓励道。他用一只手搂住她的腰，轻轻带着她往前走。

亚力克斯一动起来，就感觉容易多了。她走上台阶，穿过前门。亚力克斯匆匆一瞥，只看到屋里有一扇三角窗，可以俯瞰沼泽森林，沙发很旧，但看来很舒适，有一个老式的烧木柴的炉子，还有一道很短的开放式楼梯，他带着她从楼梯边走过，走进一条很逼仄的走廊。

“这里是主卧室……我和凯文一直都住在阁楼。我去把车里的东西卸下来，再把两条狗安顿好，然后我也要睡一觉。”

亚力克斯点点头，丹尼尔带她进入一个昏暗的房间，里面摆着一张很大的铁床。在她的头碰到枕头之前，唯一注意到的就是这张床了。

“小可怜。”亚力克斯听到丹尼尔轻笑一声，接着便进入了梦乡。

亚力克斯缓缓地恢复了意识，在虚幻的梦境中浮浮沉沉。她感觉舒服又平静，没有任何意外让她惊醒，即便神志尚未清醒，她也意识到丹尼尔温热的身体在她旁边。这时候，附近一阵低沉的轻敲声吸引了她的注意，她还没来得及害怕，就感觉到一架摆头电扇送来阵阵凉风，吹拂着她的身体。她猛地睁开眼睛。

房间依然昏暗，但相比她刚才睡着那会儿，此刻光线的颜色不一样了。对面墙壁上有一扇大窗，阳光从镶着花边的窗帘边照射进来。现在是傍晚，没那么热了。她之前肯定出了很多汗，不过现在都干了，脸上感觉很僵硬。这个房间是用红杉圆木建造的，跟外间一样。她身后也有光。亚力克斯翻了个身，看到开放式卫生间上方有个天窗。她的背包、防毒面具、急救箱都放在洗手池边。

丹尼尔或许不是个天生的逃亡者，但他比她认识的任何人都要体贴周到。

亚力克斯踮起脚走进走廊，迅速地察看了一番。小屋里的其他地方很小，厨房的一角作为餐厅，起居室里都是窗户，上方是开放式的阁楼，还有一个小次卧，带个小浴室。她到那里很快地洗了个澡——她太需要洗澡了。蓝色的小淋浴池里有洗发水和护发素，没有香皂，于是她只好用洗发水当香皂来使用。她很高兴没有香皂了，就好像她很高兴看到冰箱里是空的，所有表面都落了一层灰。这里已经有段时间没人住过了。

亚力克斯手脚麻利地给脸上的伤口换了新纱布，并检查了双手，发现手上的伤看起来要比她以为的好很多，然后，她从前门边的长窗向外看去，只见两条狗在门廊上睡得正香。她已经习惯了有它们预警，这让她感觉很安慰。

亚力克斯有点饿，只是这会儿她还不愿意去弄吃的。她还记得昨天一觉醒来发现自己孤身一人时的感觉，所以不愿意让丹尼尔也经历同样的恐慌。她现在并不困，却极端疲倦，大床看起来依然是那么美好。这或许是在逃避。只要她闭上眼，脑袋挨上枕头，就不必去为接下来可能发生的事做计划。

她恢复刚才的姿势，蜷缩在丹尼尔的怀里，让自己放松下来。眼下没有任何要紧事。她只需要休息二十分钟，或许一个小时吧，什么都不想，这算不得什么过分的要求。她已经把他们两个活着带到了这里，现在理应享受一番。

很不幸，什么都不想真是说起来容易做起来难。她想到了她给丹尼尔的承诺——她绝不会丢下他不管。一方面，她知道，对于任何与他的安全有关的长期安排，她都不会满意。即便她能囤积足够一年的食物，即便她相信房主不会回来，即便她可以在这个地方布置武器，干掉闯入者，即便她能把丹尼尔像个犯人似的锁在房子里，不让他出去找麻烦，她也很难满意。毕竟谁也说不准会不会有意外。猎人以前就找到过他，况且她也留下了线索，即便线索并不起眼，猎人说不定也会寻到这里来。她可以带他一路向北去她租住的地方，但中央情报局在她还住在里面时跟她联系过。她估摸他们八成不知道地址，可如果他们知道呢？只要丹尼尔和她在一起，她就必须想尽办法护他周全，单凭他自己是想不到这些的，而她能发现他发现不了的陷阱。

另一方面，她自己有何欲望？她想和丹尼尔在一起。她是在心里为这个欲望找借口吗？她的逻辑思维是不是出了问题，纵使扭曲变形也要满足她的这个欲望？她怎么会如此肯定？从前，她告诉他，若要采取攻势，把碍事的人带在身边会很麻烦，她知道这话听来很符合逻辑。当然了，如果他们在她走得远远的时候找上了他，即便相隔万里，她也不能独善其身。

她叹了口气。她怎么才能把事情看得清楚明白呢？现在被情感一搅和，整个局势就像打了个死结，棘手又复杂。

丹尼尔迷迷糊糊地动了动，手臂一伸，搂住了她。她知道他会就她的两难境地说些什么，她也知道，他的见解并不能帮她把事情看得更清楚。

他叹了口气，醒了过来。他的手指轻轻向下滑过她的背，又缓缓向上，把玩着她后脖颈上湿漉漉的发梢。

他呻吟了一声，伸个懒腰，又握住她的头发。

"你早就醒啦。"他小声说。

他缓缓地睁开眼睛，眨巴两下，找到了焦点。在这个昏暗的房间里，他的眼睛是深灰色的。

"我身上总算不黏腻了。"她说。

他哈哈一笑，又闭上眼睛，把她搂得更紧了。"很好。现在几点了？"

"四点吧。"

"有没有出什么事？"

"没有。至少暂时没有。"

"很好。"

"是呀，的确很好。"

"是很好。"他说。

他又开始抚摸她的背，手渐渐地移到她的右肩，轻轻滑过她的肩胛骨，最后捧起她没有受伤的一边脸颊。他托起她的脸，他们的鼻尖触碰在一起。

“是呀，很不错。”亚力克斯表示同意。

“何止是不错。”他喃喃地说着，吻住了她。他捧起她的脸的手是那么温柔，他的唇是那么柔软，而圈住她腰身的手臂把她箍得那么紧，让她紧紧贴在他的胸口上。她用双臂环住他的脖子，拉近自己与他的距离。

此时跟在车里那会儿不一样，当时，他们仍在逃亡的紧张气氛中，惊恐慌乱的心跳响彻耳畔。此刻，没有恐惧，她和他的心跳加速也并非因为害怕。

她知道这是水到渠成的。他们一直卿卿我我，况且这个地方偏僻安静，暂时没有危险，只有他们两个，又无人干扰，再也没有任何事能将他们分开了。

说来也怪，渐渐地，水到渠成的感觉消失了。这反而成了她这一生中最大的意外。她体会到了一连串截然相反的感受，使她无法做出任何判断。惬意、熟悉……却又兴奋刺激，十分新鲜。一方面很轻柔，另一方面又很猛烈，既能带给人抚慰，又令人震撼。就好像她身体里的每一根神经同时被数十种互相冲突的刺激物点燃了。

她唯一能确定的就是丹尼尔的心，是那么纯粹，比她从前了解的一切都要美好。他所属的世界比她的更美妙。现在，他们成为彼此生命的一部分，所以她觉得自己也可以和他一起，在那个世界里停留。

她很清楚，按照大多数人的标准判断，她对男女关系的经验实在是少之又少，所以无法对比。她一向都认为性是一种单一事件，具有明确的结果，旨在求得肉体上的满足，只是有时候能心想事成，有时候却不能。

现在的体验不符合之前的任何感受。这已经不是一个事件，更像是对彼此进行不间断的探索，是在满足各自的好奇心，每发现一个细节，都会觉得对方的魅力多了一点儿。这无关满足，但每一种需要都得到了迎合，不管是身体上的，还是比较模糊的方面，都是一样。

这会儿，他们正在安静从容地亲吻，窗帘边透射进来的光线变成了红色。有一种情感将她的心填得满满的，甚至要撑破她的肌肤，她却不知道它叫什么。有点像她想起他时便会笑的那种激情，只是要强烈无数倍，然后，烈焰熊熊，将所有杂质、所有多余的感觉通通烧毁，只剩下这一种情感。她说不出它是什么。她能想到的最接近的词是快乐。

“我爱你。”他一边吻着她的唇一边说，“我爱你。”

或许就是这个词。她只是从未想到这个词的含义可以如此……丰富。

“丹尼尔。”她小声说道。

“你什么都不用说。我只是必须把这句话大声说出来。要是还把它憋在心里，我就要爆炸了。我还会不停地说。现在只是先提醒你一下。”

她笑了。“我再也不想回到没什么可失去的境地。我很高兴有你这个‘累赘’。我很感激。有了你，就有了一切。”

她把头放在他的胸口，听着他的呼吸。很长时间以来，保证自己活着呼吸都是她的首要任务。若是她能和一个月前的自己对话，她知道，那时的亚力克斯一定会很害怕，一定不愿把保护另一个人活着也当成自己的首要任务。那时的她只关心自己这一条命。但那样的话，她也会错过很多。亚力克斯甚至都想不起来她过去靠什么活着。现在的生活才值得她为之一战。

“我估摸那时候我只有十二三岁吧，在某种程度上我已经不再指望过与众不同的人生。”丹尼尔若有所思地说，手指胡乱地揉着她的一头秀发，“人们差不多都是在那个年纪开始成长，不再做白日梦。也开始意识到，你永远都不会发现你其实是个外星人，由平凡的人类父母收养，拥有可以拯救世界的超级力量。”他咯咯笑着，“我是说，虽然早就清楚这一点，但就是不能释怀，好几年都念念不忘。然后，这个世界会打击你，有些色彩开始从生活中慢慢淡出，你不得不安于现实……我觉得我做得还不错。我在单调平凡的世界里找到了很多乐趣。然而，我希望你知道——这次和你在一起，真是太不可思议了。很可怕，我却体会到了一种我从来都不曾了解的幸福。而这都是因为你是个非凡的人。我真高兴你找到了我。我的生活看来注定要发生戏剧性的变化。我真感激我与你在一起。”

她的喉咙发紧，心里很诧异，她连忙眨眨眼睛，以免泪水夺眶而出。她曾因为悲伤、痛苦和孤独而哭泣，甚至因为害怕而流泪，可现在是她这辈子第一次因为快乐而蓄满泪水。这似乎是个奇怪的反应，她以前在书里看到过这样的情节，一向都不解其意。这是她第一次明白快乐要比痛苦更为强烈。

要是一辈子不离开这张床，她也很高兴，只是他们总得吃点东西。丹尼尔并没有抱怨，但她看得出来，他很想吃点真正的东西。他们围着小桌吃花生、牛肉干、巧克力曲奇，不时哈哈大笑，抚摸狗狗的耳朵——他们把爱因斯坦和罗拉带进了屋，反正它们也会冲进来，还不如主动点。说来也怪，他们甚至觉得此时没必要再回到蝙蝠战车，紧张地在夜色中逃亡。他们有几个小时的空闲时间，想做什么都可以。她想到一个特别好的主意，不过不管他们做什么，关键是他们很自由。生活简直美好到令人难以置信。

而凯文打电话来也是自然而然的事。

“嘿，丹尼，你们还好吗？”她听到凯文在电话里说。他的声音一如既往地具有穿透力。

“好极了。”丹尼尔说。亚力克斯冲他摇摇头。没必要详细描述他们之间的事。

“不错。我想你们已经到达麦金莱家的房子了吧？”

“是的。这个地方还是老样子。”

“很好。这表示房子还是他们家的。你们休息够了吗？”

“是的。谢谢你的问候。”

亚力克斯叹了口气，凯文很少有这么礼貌的时候，简直是好到难以置信。她伸出手，与此同时，听到凯文说“我要和夹竹桃说话”。

丹尼尔听来有些糊涂，显然不明白他的意思，却还是把手机交给了亚力克斯。

“我来猜猜，”亚力克斯说，“你需要我们尽快与你会合。”

“是的。”

丹尼尔的唇角立即耷拉了下来。

“迪弗斯有动静吗？”亚力克斯问。

“还没……我可不希望这样。他肯定会有所行动，只是现在更谨慎了。他猜到我在监视他，所以做得很隐秘。他肯定是在其他人的办公室打了电话，我听不到。你在电子邮件里是怎么写的？”

她一字不错地复述了一遍：她知道他要了解细节，所以把邮件的内容记得清清楚楚。

“还不错，夹竹桃，还不错。在我看来或许有点太巧妙，但不要紧。”

“那你是怎么想的？”

“我希望在这个星期出击，也就是说，你们到了这里，就必须采取行动。”

她重重地叹了口气。“我同意。”

"萨博曼汽车还在吗？"

"噢，我还没看。"

"为什么没有？"他问。

"我睡过头了。"

"甜心，你必须振作起来。过几个星期再睡美容觉也不迟。"

"我要以最佳状态迎接下面的挑战。"

"是啊。你什么时候能动起来？"

"我们到底要去什么地方？"

"我有个很棒的地方，到了那里，我们可以好好睡一觉。你有纸和笔吗？"

他给了她一个地址，在华盛顿的一个地方。她对那个区域并不熟悉。在她的印象中，那是个富人区，却不符合她对藏身之所的设想。她肯定是记错了。毕竟她有段时间没去那里了。

"好吧，我先去收拾东西。只要……只要能再找辆车，我们就出发。"

"上午九点之后，你们在亚特兰大城外停一下。我给罗拉找了个地方。"

"你是怎么说的？它的腿上有枪伤。"

"有人劫了你们的汽车。你和狗都受了伤。你要去亚特兰大，和你母亲住段时间，但她不喜欢狗。而且，你受了很严重的心理创伤，他们应该不会刨根问底。你叫安迪·威尔斯，他们知道你会付现金。顺便说一句，我是那个最担心你的大哥。"

"不错。"

"那是当然。现在去车库看看，再给我回电话。"

"遵命，先生。"她讽刺地说。

凯文挂断了电话。

“我们真要把麦金莱家的汽车偷走？”

“是的，如果我们走运的话。”

丹尼尔叹了口气。

“听着，我们把悍马留在车库。一辆悍马至少能买四五辆萨博曼了。就算我们无法把车子还回来，他们也没损失，对吗？”

“就算是吧。但凯文肯定不喜欢他的爱车变成抵押品。”

“反正也是不义之财。”

房门钥匙也可以打开车库门。进了车库，就看到大门右边靠近灯的开关处有个小钩子，上面挂着两辆汽车的车钥匙。丹尼尔打开了灯。

亚力克斯倒吸一口凉气。“太妙了。”

“嚯！他们换了辆新车。”丹尼尔说，他倒是不太兴奋，“旧萨博曼大概报废了。”

亚力克斯围着车转了一圈，用指尖抚摸车身。“看看吧，丹尼尔！你见过比它更漂亮的车吗？”

“啊？就是辆银色的SUV而已，亚力克斯。跟路上的其他汽车没什么两样。”

“我知道！你不觉得很不可思议吗？再来看看这个！”她拉起他绕过汽车，指指尾灯旁边的铬合金小牌。

他注视着她，一头雾水。“混合动力车？所以呢？”

“就是混合动力车！”她几乎是在唱歌了，一下子搂住他，“这简直就是圣诞礼物啊！”

“我还是搞不懂你为什么这么兴奋。”

“嘘。你知道开这辆车，路上我们需要加几次油吗？两次！顶多三次，就能一直开到华盛顿。快看——你看这超棒的车牌！”她用手一指，觉得自己现在就像个游戏节目主持人。

“是的，这是弗吉尼亚州的车牌。麦金莱一家一年大多数时候都住在亚历山大市，亚力克斯。这不稀奇。”

“到了华盛顿，这辆车不会引起任何人的注意。就跟隐形轰炸机一样。如果有人试图追踪我们的蝙蝠战车留下的痕迹，现在就算走进了死胡同。这车来得太及时了，丹尼尔，我们真是太走运了，不过你好像不太买账。”

“我真不喜欢偷朋友的东西。”他嘟囔道。

“麦金莱一家是好人吗？”

“非常好。他们对我们一家特别好。”

“那他们肯定不希望你丢掉小命，对吗？”

他忧郁地看了她一眼。“是的。”

“我很肯定，如果他们知道整件事，一定会欣然同意把车借给你。”

“如果说借，就该有还。”

“我们当然会还。除非我们没命还。你说说看，除了死，还有什么能阻止凯文要回他最喜欢的座驾呢？”

丹尼尔突然变得更严肃了。他双臂环抱，不再看她，而是扭头看着汽车。“别开玩笑。”

亚力克斯搞不明白他的情绪为什么变得这么快。“这其实也算不上开玩笑。”她解释道，“我只是希望你不要在开走这辆车这件事上那么纠结。只要有可能，我们就把车送回来，我保证。”

“只是……不要说到死。不要那个态度。不要这么……漫不经心。”

“啊，对不起。你知道的，不是笑，就是哭，只有两个选择。我希望在可以的时候笑。”

他低头，用眼角的余光看着她，姿势依然很僵硬。过了一会儿，他突然软化下来，伸出一只手摸着她的半边脸。

“也许我们可以不听凯文的话。我们干脆留在这里好了。”

她拉住他的手。“要是可以的话，我们当然会这么做。但他们最后还是会找到我们的。”

他点点头，好像在说服自己。

“那好吧。是不是该把东西装车了？”

“当然。我先给凯文打个电话。”

丹尼尔开始把悍马上的东西搬进丰田里，亚力克斯则兴高采烈地把车的事对凯文说了一遍。凯文并不比丹尼尔兴奋，只是他很快就明白了。

“太棒了，伙计。现在手脚麻利点，时间不等人。”

“用不着在九点前赶到亚特兰大，我们凌晨两点出发就可以。”

“很好。下午五点左右我们就能见面了。”

“那就开始倒计时吧。”她开玩笑地说。也许是因为那辆车，也许是和丹尼尔待了一个下午，反正她的心情很舒畅。

“我很高兴你即将开一夜的车。”凯文说，“我还是喜欢睡眠不足的你。”他说完又挂了电话。

“我应该带爱因斯坦去遛遛。”亚力克斯沉思着说，“还要给罗拉重新包扎。打包食物，再睡一觉。我们的作息时间又要变了。”

“我想我是不能再带狗出去了。”丹尼尔道。

“抱歉，你现在是美国头号通缉对象。我这张悲伤的小脸现在比你的好用，不管你留不留胡子都一样。”

“天快黑了。你确定你一个人出去没问题吗？”

“我不是一个人。我有一条超级聪明的猛犬和一支西格绍尔 P220 手枪。”

他微微一笑。“饿着肚子的短吻鳄碰到你就倒霉了。”

短吻鳄。她从没想过要面对这种猛兽。好吧，不要靠近水边就好了。但愿凯文训练过爱因斯坦，它除了能对付人类攻击者，还能对付别的。

她们很快就回来了，只是让爱因斯坦稍稍活动了一下腿脚。她老是情不自禁地想起那巨大的爬行动物。路上黑漆漆的，但她不愿意打开手电。她看不到车头灯，也看不到人家的灯光，除了沼泽地里的声响，四周都静悄悄的。天气依然很热，汗水从她的太阳穴流下来，但她很庆幸自己穿了连帽衫，不然准会被这里的蚊子生吞活剥。

她返回小屋，只见丰田停在了房子前面，悍马则停进了车库中。丹尼尔已经做好了一切，只剩下给罗拉重新包扎。亚力克斯负责这件事，她尽量弄得专业一些。但愿收养它的人会相信是兽医给罗拉做了救治。她悲伤地轻抚罗拉的耳朵。让罗拉去一个有人照顾它的地方对它有好处，但亚力克斯会想它的。

亚力克斯将床边的闹钟设定在凌晨一点四十五分，但丹尼尔显然无意补充睡眠。

“到了早晨八点，我们就该后悔了。”她向他保证，这时，他的唇正在轻吻她的胸前。

“我才不会后悔。”他坚持。

或许他说得对。现在时间有限，所以不应该浪费和他在一起的每分每秒。就跟她以前认为的一样，幸福是有期限的。只是现在幸福来得更强烈，而到了最后期限则会显得更残酷。

第二十三章 藏身之地

亚力克斯确实睡了一会儿，只是刚睡了大约三十分钟，闹钟就响了。出发之际，她觉得浑身疲乏。丹尼尔比她有精神，于是先由他来开车，她则把副驾驶座尽可能地向后放倒。座椅舒服了，焦虑不安的心情得到了缓解，进入梦乡就更容易了。狗狗在后座，似乎很开心，仿佛也很感激有了新车。

来到亚特兰大以北的狗狗寄养处，她总算恢复如初。此时九点半已过，他们迟到了，这要归咎于六十五号州际公路上的施工延误。

丹尼尔留在车上，她抱着罗拉走进前厅。这是个很轻松的地方，有家的感觉，小路两边是很宽敞的空地，用栅栏围着。他们刚才开车进来，一些狗狗就在车边跑，看起来快乐又健康。当然了，罗拉还要过一段时间才能跑。

办公桌后面的男人一看到亚力克斯进来，便露出同情的神色。她尚未来得及介绍自己，那个男人显然就意识到了她就是预约的人。她耐心地随他参观罗拉即将居住的宽敞犬舍，听他解释什么时候兽医会来。她谢过他，预付了一个月的费用，还给了罗拉一个最后的拥抱。正如凯文承诺的，这个人并没有对罗拉的伤刨根问底，也没有提到亚力克斯的脸。二十分钟后，她和丹尼尔回到了公路上。亚力克斯很高兴这会儿轮到她开车。她需要集中精神，不然就会一直想着是她把罗拉丢下了。

她以为丹尼尔会睡觉，但他依然目光炯炯，十分健谈。或许他是看出她正在强压下内心的痛苦，所以想哄她开心。她了解他的个性。

“你从那份愚蠢的档案里看到了几乎有关我的一切。”他抱怨，“我对你却知之甚少。”

“我其实把我的大多数经历都告诉你了。我的生活除了血雨腥风，就是无聊透顶。”

“那就讲讲你上高中时的尴尬事吧。”

“我上高中那会儿遇到的每件事都很尴尬。我是个超级书呆子。”

“听起来挺性感。”

“真的吗？我的头发通常都是我妈在家帮我剪，所以我留着二十世纪九十年代最惨不忍睹的刘海儿。”

“肯定有照片吧。”

“想得美。妈妈过世后，我就把所有相关的东西都烧了。”

“你的第一个男朋友是个怎样的人？”

亚力克斯笑了。“他叫罗杰·马科维茨。他带我参加高中毕业舞会。我那件舞裙上的泡泡袖美极了，当然是亮蓝色的。在去舞厅的路上，罗杰在轿车里要给我来个舌吻，可惜他太紧张，结果吐了我一身。所以，别人都去跳舞了，我却只能在女厕所里整理衣服。那天晚上我就跟他拜拜了。怎么样，堪称史诗般的爱情传奇吧！”

“还真是赚人热泪的情节呢！”

“我知道。跟我们一比，罗密欧和朱丽叶都排不上号了。”

丹尼尔笑了。“那你第一次真正谈恋爱是和谁？”

“真正谈恋爱？噢，除了布兰德利，别人还真都谈不上。那是我在哥伦比亚医学院上大一时的事。”

“你在哥伦比亚医学院念的书？”他问。

“我是个聪明的书呆子。”

“你真让我刮目相看。现在还是说说布兰德利吧。”

“你要不要听听真正尴尬的事情？”

“当然。”

“我最初被他吸引，是因为……”她顿了顿，“我还是不要承认为妙。”

“现在反悔来不及了。你必须告诉我。”

她做了次深呼吸。“那好吧。他长得很像艾贡。你知道的，就是《捉鬼敢死队》里的人物。简直是一模一样，鸡窝头，圆眼睛。”

丹尼尔强忍笑意。“太有魅力了。”

“你不明白。他太酷了。”

“你们在一起多久？”

“大一那年的夏天吧。我在大二时获得了奖学金。我们两个都申请了，他原本觉得奖学金是他的囊中之物。按他的话说，是我把奖学金从他手里夺走了，所以他接受不了。他提出复验我们的分数。在我那疯狂的恋爱期间，我好几次都注意到一件事，那就是很多男孩子都不喜欢女生比他们聪明。”

“这会让你的约会对象大大减少。”

“压根儿就归零了。”

“对了，你可以放心，我一点儿也不介意女生比我聪明。我可不愿意让我的约会受此影响。依我看，男人成熟以后，就不会这么幼稚了。”

“我相信你的话。我的约会对象都是学校里的同学。我从未与成年男子打过交道。好吧，现在这种情况变了。”

“在我之前一次也没有吗？”他惊讶地问。

“我在求学期间就被招募走了。至于那之后的事，我都和你说过了。”

“可是……你在工作以外肯定遇到过其他男人吧。你不放假吗？”

她笑了。“我不常有假期。而且，我也不善于和实验室以外的人打交道。一切都是机密。我也是机密。面对局外人，我不能做真实的我，也不能说起我的真实生活。当一个假想的角色是很难的。所以我更喜欢独处。扮演角色让我尴尬。很讽刺，是不是？现在我每隔一个星期就有个新名字。”

他把手放在她的膝盖上。“我很遗憾。听起来挺残酷的。”

“的确如此。我大部分时间都是这样过的。正因如此，一涉及人际交往，我就这么腼腆迟钝。但这也有好的一面，我在单克隆抗体方面完成了一些真正尖端的工作——听起来很科幻吧，人们甚至都不相信有这种科学的存在。我在应用研究中的经费基本上是没有限制的，在实验室，我想要什么就有什么。预算经费多得惊人。你都不知道国债中有多大一部分是用在了我的研究中。”

他笑了。

“这么说，你的前妻比你聪明了？”她问。

他犹豫片刻。“说起她，你不介意吗？”

“我为什么要介意？你都不介意我对罗杰·马科维茨怀有永恒的爱火。”

“说得有道理。莱尼有她自己的聪明之处。她不是学霸，但聪明绝顶，人很精明。我们刚认识那会儿，她是那么……活泼。她与我以前约会过的女人都不一样，那些女孩子很随便，所以她们对随随便便的我也并不挑剔。但莱尼对我总有更多要求——在生活的各个方面都是如此。她有点……固执。一开始，我觉得她只是有自己的主见，不轻易改变，而且从不担心与别人产生分歧。我很喜欢她这一点。后来，时间久了……我才发现，她其实并不自以为是，她就是喜欢这种戏剧性效果。就算你告诉她，太阳是从东边升起，她也会和你争论一番。至少这让人感觉很刺激。”

“这么说你是个爱寻求刺激的人了。现在我总算有点明白了。”

“明白什么？”

“你为什么会被我吸引呀。”

他注视着她，严肃地眨眨眼，他每次惊讶时都这样。

“承认吧。”她取笑道，“你卷进来，就是为了追求濒死体验的刺激。”

“我从没这么想过。”

“或许到了华盛顿，我们就该忘记你我之间的这段情。如果我能干掉追杀我的人，生活就会变得安全和无聊，到时候你八成对我就没了兴致，对吧？”她夸张地叹了口气。

她分不清他的回答是认真的，还是随便说说。“我从来就不希望开始这个计划，或许逃跑是更明智的选择。”

“另一方面，如果我在华盛顿失手了，我们就会陷入更加危险的境地。你肯定喜欢。”

他向她投去郁闷的目光。

“我是不是说得有点过分了？”她问。

“我有点接受不了。”

“对不起。”

他叹了口气。“恐怕你的说法并不正确。听着，我早就不再追求刺激了。当时我跟莱尼也很刺激，只是我觉得就跟在流沙中憋死差不多。刺激跟快乐是两码事。”

“但你并没有离开她。”

丹尼尔盯着自己紧紧握住她大腿的手，回答道：“不。我以为……我知道我的话听起来像个大笨蛋。我以为自己能改变她。她过去有很多问题，我把这些问题当成她伤害我的借口。我从不怪她；我只是把一切都归咎于她的过去。克里夫——她就是为了这个男人把我甩了；克里夫这个名字是悬崖的意思，你不觉得这个名字很有意思吗？这不是她婚内的第一桩风流韵事。后来我发现她还有别人。”他突然抬头看着她，“我的档案里有这些吗？”

“没有。”

他望着挡风玻璃。“我知道我应该放弃。我知道我紧紧抓住的都是虚幻的东西。我爱的莱尼只是我在脑海里虚构出来的人物。但我就是死脑筋，就是傻。有时候你坚持一个错误死不悔改，只是因为你用了太多时间来犯这个错。”

“听起来真惨。”

他扭头对她微微一笑。“确实挺惨的。但最难的部分在于承认这一切并不真实。你知道的，上当受骗很丢脸。我的骄傲受到了前所未有的打击。”

“我很抱歉。”

“我也很抱歉。我的故事比你的无趣多了。再给我讲讲你其他的男朋友吧。”

“我有个问题要先问问你。”

他有些紧张。“问吧。”

“你对那个风尘女凯特说了一个故事，是什么来着？”

“啊？”他迷惑不解地皱起眉头。

“就是那个你以为她在你身上安装了跟踪器的女的。凯文说你告诉她，你的离婚手续还没有办完。不过凯文还说，那次对话发生在你和前妻分手两年后。你们当时只是没有正式宣布离婚而已，手续只拖了几个月就办好了。你为什么要这么说？”

丹尼尔笑了笑。“我衷心感谢你没有在凯文面前问这个问题。”

“不客气。”

“的确，那时候离婚的事已经是老皇历了。但那个女孩……我常去的那种酒吧不常有她那样的女孩子出现。如果真有一个半个，她们接近的人也不会是我。”

“她长什么样子？”

“如果我没记错的话，她是个绝色美人，喜欢玩弄别人。还有点……可怕。我绝不相信她是真的认为我很有吸引力。我能感觉到她有目的，而我不愿意上当受骗。那个时候，一想到会再次被骗，我就有点敏感。不过我也不愿意无礼，于是我就用我能想到的最礼貌的方式回绝了她。”

亚力克斯咯咯笑了起来。“你是对的。千万不要告诉凯文，你害怕一个沉鱼落雁的风尘女子。”

“你能想象吗？”他和她一起笑了起来，“现在轮到你了。说说你的其他男朋友吧。”

“没什么可说的……我想想，毕业后我和一个叫菲利克斯的男人约会了几个星期。”

“是什么把你那团热情的火焰浇灭了？”

“你必须明白，我遇见男孩子的唯一场所就是实验室。”

“继续。”

“菲利克斯用动物做实验，一般是老鼠。他在公寓里养了很多只老鼠，很……臭。”

丹尼尔仰头哈哈大笑起来。他的笑声颇具感染力。她不由自主地和他一起笑。第一天下午那会儿，他们在凯文的秘密据点也曾大笑，现在虽然没有当时那么失控，却也差不多。她心里的压力一扫而空，可以比较轻松地想象即将面对的一切。

丹尼尔聊到五年级时迷恋的对象，聊着聊着就睡着了。他的眼皮早就在打架了。见他一直抵抗睡意，她再次意识到他只是想帮她摆脱负面情绪。

他安详地在她身边睡着了，她感觉很放松。爱因斯坦在后座打着鼾，与丹尼尔的均匀呼吸声形成了有趣的呼应。她知道，她应该好好计划一下，既不让自己暴露太多，又可以接触到卡斯顿，但现在她只希望享受当下。这段时间以来，平和对她而言就是稀缺品。如果这是她最后一次拥有这种满足感，那她希望可以充分体验一番。

几个小时后，他们进入华盛顿的郊区。她享受到了少有的平静时刻，但现在不得不把丹尼尔叫醒。上次来这座城市时，她不仅充满愤怒，还很害怕。此时，她更有理由这么感觉，但她依然很享受与丹尼尔独处的时光，不到万不得已，她绝对不会轻易结束这一切。

丹尼尔为她指引方向，她驱车渐渐驶向目的地。果然不出所料，此处是富人区，越往前走楼宇越高档。藏身在一个很不协调的地方，不就是凯文的风格吗？到达之后，她开车绕着那栋建筑转了两圈，总觉得这个地方不靠谱。

“我最好给他打个电话。”

丹尼尔把手机交给她。她按下重拨键，只响了一声。“你们迟到了。”凯文说，“遇到意外了？”

“就是有点堵车，没什么。我们就在外面，只是……这个地方看起来很不对劲。”

“为什么？”

“这可是高楼大厦，还装修得这么有艺术品位？”

“是的。我的一个朋友愿意收留我们。停车场在大楼地下。到地下四层来，我在这里等你们。”他挂掉电话。

她把手机还给丹尼尔。“真希望找一次机会先挂他的电话。”

“还记得吗，他第一次打电话来的时候，就是你先挂的。你太酷了。”

“噢，是的。这让我感觉好点了。”

他们拐弯进入地下车库，四周黑了下来，所有的紧张感一下子全都涌了出来。她沿着幽闭恐怖的地下螺旋通道向下开到地下四层，只见凯文正不耐烦地站在一个空车位边上，那里有个牌子，上面写着“居民专用”。他冲她摆摆手，示意她把车开进去。

她打起精神，打开车门，原以为凯文会讽刺几句她的脸，或是奚落一下丹尼尔只会闯祸，但他只是说：“不用管摄像头，我今天早晨就把它们都弄坏了。”然后，他打开SUV的后车门，让爱因斯坦下来。

爱因斯坦再见到凯文，高兴极了，一下子把他扑倒在地，不停地舔他的脸。亚力克斯和丹尼尔一起把车上的东西卸下来，假装一点儿也不嫉妒爱因斯坦对凯文这么热情。

“走哪边？”她问。

凯文叹息一声，站起来。“跟我来。”

他拿起剩下的背包——这一点倒是值得表扬。他们一起向电梯走去。

“我用不用戴帽子？”亚力克斯问，“这里有大厅吗？我还没准备好上特写镜头。”

“别担心，夹竹桃，电梯直达公寓。顺便说一句，老哥，你的胡子不错。你留这胡子真帅气，看起来都不像你了。”

“啊？谢谢。”

“你的朋友……”亚力克斯开口道。

凯文又叹息一声。“他们不可能都跟阿尼一样。对不起，矮冬瓜，我这么安排或许会惹麻烦。”

“你不相信你的朋友？”

电梯门开了，外面是一条豪华的走廊……或者说，这是个前厅？眼前只看得到一扇门。

“我给了她接下来一个星期的钱，所以我对她的信任仅限于这段时间。”

亚力克斯脖颈上的汗毛随即竖了起来。在丹尼尔的影响下，她慢慢适应了人与人之间的交往，但她很清楚，她在人际关系方面依然有很严重的问题。她走过不长的走廊，试着让右手在提背包的同时，去腰带里摸索注射器。她刚拿到注射器，丹尼尔就摸了摸她的腰。她抬头看他，他的目光似乎是在暗示她的反应有些过激。她皱着眉把注射器塞了回去。反正有需要时再拿出来也不费事。

凯文拿出那扇大门的钥匙，深吸一口气，把门推开。

一开始，亚力克斯都不确定他们是不是误入了大厅，毕竟她从未见过哪栋公寓里面竟有一道宽敞的大理石台阶通往另一层。这个地方既奢华又现代，巨大的落地窗立即让她感觉十分暴露。透过窗户，可以看到太阳开始坠向华盛顿的天际线。

附近并没有什么公寓近到可以窥探这里，但如果有望远镜就能做到。狙击步枪瞄准镜也做得到。

“不。”一个很不友好却依然柔和动听的声音在他们身后响起。

亚力克斯猛地转过身。这栋公寓另一面也很宽敞，有前门和走廊。一侧是一个宽敞的白色厨房，另一侧是一个可容纳十人的餐厅，每一面都有落地窗。一个女人斜倚在大理石的厨房岛台上，她是亚力克斯在现实生活中见过的长得最标致的人。

亚力克斯曾戏谑地把凯文想象的夹竹桃描述了一番，而这个女人简直就跟她描述的一模一样：一头浓密的金色长鬈发，就跟迪斯尼动画片中人物的头发一样，非常迷人；一双宝石蓝色的大眼睛，丰润的红唇，嘴角微扬，鼻子笔挺小巧，精致的五官完美地排列在一张鹅蛋脸上；颧骨突出，颈部如天鹅般修长，锁骨很是动人；身材玲珑有致，腰肢纤细，两条长腿似乎比亚力克斯整个人还要长。这个女人只穿了一件很短的黑色和服式晨衣，表情含怒带威。

“只是暂时的。”凯文用安抚的语调对那个女人说，“这样吧，他们俩我一样给钱，就按我们商量好的价钱，这下你就能收到三倍的钱了。”

只存在于神话中的完美女人扬起眉毛，目不转睛地看着爱因斯坦。它起劲儿地摇着尾巴，用小狗才有的可怜巴巴的眼神望着金发美女。

“四倍。”凯文改口道，他放下提着的背包，“你一向都喜欢狗的。”

“凯特！”丹尼尔突然喊道，认出故人，他的语气中充满了惊讶。

那个女人的脸上漾出牙膏广告里才有的灿烂微笑。

“嗨，丹尼。”她柔声说道，“你留了胡子，我都认不出你了。这下我心里舒服多了。你虽然打击了我的自信心，但至少没有忘记我。”

“那个，呃，能再见到你我很开心。”丹尼尔结结巴巴地说，被她的话弄得有些不知所措。

金发美人的目光瞟向凯文。“好吧，他可以留下来。”

“我们就待几天。”凯文指着亚力克斯说，“我也需要那个小个子。”

“你明明知道，本小姐不喜欢女人出现在我的地方。”金发美女淡淡地说，瞟了一眼亚力克斯，又看看凯文。

“这不要紧，夹竹桃不算女人。”凯文向她保证。

丹尼尔放下手里的包，刚向前走了半步，亚力克斯就用一根空闲的手指钩住了他的 T 恤衫。“现在还不是时候。”她小声说。

凯特——管她叫什么名字呢——款款地从厨房岛台向他们走过来。她居高临下地觑着亚力克斯——这做起来很容易，毕竟她足足比亚力克斯高出十五厘米。

“你的脸怎么了？被男朋友教训了？”

丹尼尔有些不自然。亚力克斯不确定现在的状况——难道是领地问题？这只是猜测而已。亚力克斯和女人打交道的经验并不多。在很久以前，她在几个幼稚的室友那里吃了不少苦头，后来，她和其他几个女科学怪人倒也臭味相投，她还少见地有过一个女下属，她们偶尔闲聊几句，那个女下属并不讨厌她。但大多数情况下，她都和男人一起工作，并不清楚“双 X 染色体”互动的全部规则。

她无计可施，只好实话实说，不过她或许应该先弄明白凯文对这个女人透露了多少。

“噢，不，是黑手党追杀我们时弄成这样的。”亚力克斯动动下巴，感觉纱布牵动了她的皮肤，“至于我身上的旧伤，都要怪凯文，他想杀了我，可惜没得手。”

“我要真想杀你，你早死了。”凯文咕哝道。

亚力克斯翻翻白眼。

“怎么，你想再来一次？”凯文问道，“随时奉陪，甜心。”

“下次我把你撂倒，”亚力克斯保证道，“你就永远都甭想再站起来了。”

凯文哈哈一笑——出乎她的意料，他并没有嘲笑她，而是真的很开心。“知道我是什么意思了吧，瓦珥？”

那个女人看起来像是在强忍笑意。“好吧，你勾起了我的兴趣。但我只有一个多余的房间。”

“夹竹桃过惯了苦日子。”

“随便吧。”美女说。她显然是同意了。“现在把你们那些乱七八糟的东西从我的客厅拿走。”

她从丹尼尔身边飘然而过，头也不回地走上楼梯。和服式晨衣很短，两兄弟目送她上楼，嘴巴都有点合不拢。

“你真拒绝过她？”亚力克斯小声说。

凯文听到她的话，又笑了起来。“快把这些东西搬走，不然她真要把我们轰出去了。”

仅剩的一间空房比亚力克斯在华盛顿的整个公寓都要大，她住的可不是什么破房子，那栋公寓可是地产经纪人口中的豪华公寓。然而，这个地方比豪华还要高出几个等级。凯文说这个女人是个风尘女子，现在看来所言非虚，但亚力克斯真不知道这一行的收入这么优厚。

凯文将背包堆在墙边。

“夹竹桃，还带着你的铺盖卷吧？卫生间外面有一个大衣帽间，你去看看能不能睡。你本来可以睡外面的沙发的，不过你最好还是少出现在瓦珥的视线中。”

“亚力克斯当然睡在床上。”丹尼尔道。

凯文怀疑地皱起眉头。“真的吗？你要发扬骑士风格？”

“你把妈妈的话忘了？”

“放松。”亚力克斯在凯文正要发脾气时说，“这事待会儿再说。”

“好吧。”凯文道。

“我刚才说话是不是应该更谨慎一些？”亚力克斯问凯文，“你说过她不值得信任。”

凯文摇摇头。“你放心吧。瓦珥要是烦我们了，顶多会把我们赶到大街上，但绝对不会出卖我们。我付钱买下了她的时间，也付钱要她守口如瓶。她一个字也不会泄露。她还要维护她的名誉呢。”

“好吧。”亚力克斯表示同意，不过她并不能完全确定瓦珥的态度。

凯文走向房门，手握着门把手停下脚步。“你们饿不饿？冰箱里有很多吃的，也可以叫外卖。”

“谢谢。”亚力克斯说，“我要先整理东西。”

“是的。”丹尼尔说，“我们安顿下来再说。”

凯文犹豫片刻，又走了回来。“丹尼，我只想说……见到你真好。真高兴你平安无恙。”

就跟离开牧场时一样，凯文看来像是愿意来个拥抱。丹尼尔尴尬地站在那儿，他的身体语言对此有点抗拒。

“这都是亚力克斯的功劳。”丹尼尔说，“还有，我很高兴你没有像她以为的那样翘了辫子。”

凯文爆发出一阵笑声。“是啊，我也是。再次谢谢你，毒药小姐。我欠你个人情。”

说完他又笑了笑，走出房间，房门砰的一声响。

丹尼尔深深地看了亚力克斯一眼，走到门边，轻轻地把门关好。他转身面对她，显然他们会争论一番。她摇摇头，示意他随她向客房里间走去。

看到卫生间，有那么一刻，她都忘了她为什么要到这边来。一个游泳池大小的浴缸嵌在地上，周围都是大理石，旁边是一面镶着淡蓝色瓷砖的墙壁，犹如一片浅色大海一般，闪烁着光芒。跟卡车轮胎一样大的淋浴喷头自天花板上垂下来，悬在浴缸上方。

“这到底是个什么地方啊？”亚力克斯倒吸一口气。

丹尼尔关上门。“凯特——噢，不，是瓦珥——显然非常成功。”

“你说她真是个风尘女子，还是凯文编出来的说辞，好让故事听起来更合理？”

“我来这里不是为了讨论瓦珥。”

她转身看着他，噘起嘴。

“亚力克斯，我不喜欢对凯文撒谎。”

“谁撒谎了？”

“那就是隐瞒。假装我们俩没任何关系。”

她叹了口气。“我只是还没准备好应付坦白带来的后果。我的压力够大了。”

“我们总是要对他说的。早坦白了不是更好？”

他看到她在权衡选择的时候连表情都变了。

“你还是不相信我们会有结果，是吗？”他责问道。

“那个……在接下来的一个星期，我和他两个人很可能有一个会送命，所以，为什么要破坏现状？”

丹尼尔突然将她拉进怀里，紧紧地抱着她，这更像是责备，而不是安慰。

“不要说这种话。我受不了。”

“对不起。”她把脸贴在他的T恤衫上说。

“我们可以逃。今晚就走。我们躲起来。你知道该怎么躲藏。”

“那总得先好好睡一觉、吃饱肚子吧？”她哀怨地说。

他不情愿地被她的语气逗笑了。“好吧，都依你。”

她舒舒服服地在他怀里待了一会儿，再度希望逃跑是正确的选择。听起来多容易，几乎能让人感觉到宁静了。

“我们手拉手从这里走出去。”丹尼尔提议，“然后在沙发上亲热一会儿。”

“先去吃饭和睡觉。我现在还不能应付大爆料的后果，我必须先好好想一想凯文知道了会怎样反对，还要评估一下我是否需要武装和如何武装。我现在都不能正常思考了。”

“那好吧。”他说，“就给你一个晚上考虑，因为我知道你现在有多累。但到了明天早晨，我们必须要谈这件事，而且，我打算坚持到底。”

“凯文也住在这里吗？”她很好奇，“那个女人说只有一个多余的房间。那我们就没法谈了。”

“我可不这么认为。”听他的声音就知道他在翻白眼，她想挣脱他的怀抱，好看看他的脸。他没有松手，只是把手臂向下移，轻轻搂住她的腰。

“你说她的意思是这里是唯一多余的空房吗？”

“不，依我看，凯文会和她住在一起。”

她皱皱鼻子。“真的吗？她似乎不太喜欢凯文。”

“凯文认识的女人没一个不喜欢他的。”

她还是不相信。“可是……她可以挑个更好的。”

丹尼尔哈哈笑了。“我对此倒是没有异议。”

第二十四章
凌晨闯入者

瓦珥家巨大的双开门冰箱里装满了琳琅满目的食物，比阿尼家的强多了。事实上，一般的餐馆都比不上这里。看起来她像是要招待十几个客人，而不单单是要喂饱现有几个住客的肚子——不过她显然并不知道亚力克斯和丹尼尔会来。

这样的不协调让亚力克斯有些提心吊胆，但还不足以抵挡她吃掉那碗葡萄的欲望。她感觉自己好几个星期没吃过新鲜蔬果了，但其实并没有那么久。牧场发生的事仿佛是在几个月之前，其实也只过了几天而已。

亚力克斯坐在一把纯白色超现代高脚椅上，太不舒服了。

丹尼尔一边快乐地哼着歌，一边检查各种器具。“现在我们有厨房了。”他喃喃地说。他开始翻看下面的抽屉，看看都有哪些锅碗瓢盆。

“你是要给我们营造家的感觉吗？”

丹尼尔猛地直起身体。亚力克斯拿着一颗葡萄的手停在嘴边。

瓦珥笑着走进来，她依然穿着短款和服晨衣。“放松点。这些东西都是给你们准备的。我平时不用这个房间。”

“哦，谢谢。”丹尼尔说。

她耸耸肩。“是凯文花的钱。这么说你喜欢做饭？”

“我的手艺不太好。”

“他这是谦虚。”亚力克斯告诉她，“丹尼尔是个五星级厨师。”

瓦珥对丹尼尔嫣然一笑，将上半身伏在厨房岛台上，下巴几乎都能碰到大理石台面了。“那太好了。我从没请过住家厨师。听起来……挺有趣。”

亚力克斯搞不懂，明明就是很普通的话，从瓦珥嘴里说出来却有那么丰富的暗示。

“我想是的。”丹尼尔说，微微有些脸红，“凯文呢？”

“去遛狗了。”

瓦珥扭头看着亚力克斯，亚力克斯准备好应对更多的敌意。

“我向凯文打听过你的事。凯文说你拷问过丹尼尔。”瓦珥说着又把头扭向丹尼尔。

“啊，严格来说，的确如此。不过是认错人了。”

瓦珥的眼中流露出饶有兴趣的光芒。“你是怎么做的？你拿火烧他了？”

“什么？不，不……我给他注射了化学药剂。我觉得化学药剂更有效，而且不会留疤。”

“噢。”瓦珥在大理石台面上翻了个身，把头枕在手臂上，再次面对丹尼尔。瓦珥这一动，晨衣半开，亚力克斯估摸丹尼尔眼前的景象一定很有趣。他尴尬地站在那儿，一只手扶着冰箱门。

“很疼吗？”瓦珥问。

“超乎我的想象。”丹尼尔承认。

瓦珥似乎来了兴致。“你叫了吗？有没有求饶？有没有挣扎？”

丹尼尔情不自禁地对她的热情报以一笑。“我想这些我都做过了。噢，我还跟个小婴儿似的号啕大哭。”他依旧笑眯眯的，像是突然感觉很愉快似的。他转身面对冰箱，在里面翻找着什么。

瓦珥哀叹一声。“要是我能亲眼看看就好了。”

“你想看拷问过程？”亚力克斯问，掩饰住了她的担心。这下好了，凯文让他们住进了一个虐待狂的家。

“我倒不是对拷问本身感兴趣，只是这听起来太带劲了，不是吗？多厉害呀。”

“我从没有从这个角度看待过这件事……”

瓦珥一歪脑袋，看着亚力克斯，丝毫不掩饰她的兴趣。“这难道算不上强大吗？”

亚力克斯想了一下。“以我的经验来说算不上。老实说，当时那就是我的工作，而我其实是在救人，不过我也知道这么说有些幼稚。但是，那么多人命悬一线，难免压力很大。”

瓦珥噘着嘴，想了想。“确实很幼稚。”

亚力克斯耸耸肩。

“你就不兴奋吗？一切都在你的掌控中呢。”瓦珥用那双宝石蓝的大眼睛盯着她。

亚力克斯不知道人们到了心理医生的办公室，是不是就是这种感觉——不说话就会很难受。或者说，更像是被绑上了亚力克斯的审讯台。“我的意思是……或许吧。我从表面上看来并不是个危险的人。我觉得有时候我很感谢这份……尊重。”

瓦珥点点头。“你自然会这么想。快跟我说说，你拷问过女人吗？”

“两次吧……噢，应该说是一次半。”

“详细讲讲吧。”

丹尼尔把头向后仰，调整烤架下方的火焰。他很专注。亚力克斯不喜欢在他面前说起这种事。

“对第一个女孩子，我其实不需要做什么。她还没被绑上审讯台，就交代了。不需要把她送到我的实验室——反正利用正常的审讯手段也能得到相同的结果。可怜的孩子。”

“她交代了什么？”

“一帮恐怖分子逼迫某些人在纽约实施自杀式炸弹袭击。他们在伊朗绑架了那些人的家人做人质——在这个案子里，是那个女孩的父母——如果那些人不听话，他们就杀掉人质。美国国家安全局在炸弹爆炸前控制了局势，但还是有几个人质不幸丧生了。”她叹了口气，“反正一遇到恐怖分子，事情就很棘手。”

“第二个呢？”

“那次的情况完全不同。她是个军火贩子。”

“她是不是死不开口？”

“是我工作以来遇到的最难啃的骨头之一。”

瓦珥笑了，好像这个回答让她很满意。“我一向都认为，女性比男性更能忍受痛苦。男人表面强大，其实只是个大孩子。”她说到这里叹了口气，“我让男人们求饶，我让男人们挣扎，没准还掉几滴泪，但我从没让哪个男人像个孩子似的号啕大哭。”她那饱满的下嘴唇噘了起来。

"我很肯定，如果你要他们这么做，他们一定会照办。"亚力克斯鼓励她。

瓦珥巧笑倩兮。"或许你说得对。"

丹尼尔正在切东西。亚力克斯决定少吃点葡萄，晚餐肯定值得期待。瓦珥又侧过身看着丹尼尔，亚力克斯突然有种冲动，想要分散她的注意力。

"这里真漂亮。"

"是的，还不错。一个朋友送给我的。"

"他常来这里住吗？"还有多少人有可能会与他们碰面？她太傻了，竟对这个陌生女人说了这么多实话。纯属自找麻烦。

"不不，我和张早就分手了。他这个人古板得很。"

"那他还让你住在这个地方？"

瓦珥难以置信地望着亚力克斯。"让我？如果房契上都没写你的名字，还算哪门子礼物？"

"说得好。"亚力克斯立即表示同意。

"你之前说要把凯文撂倒，是什么意思？"

"还是由我来讲吧。"丹尼尔插嘴道，"这故事是我的最爱。"

丹尼尔添油加醋地把整件事讲了一遍，逗得瓦珥笑个不停。在他的版本中，亚力克斯比实际上更占上风，丹尼尔还编故事似的讲了他昏迷时候的事。亚力克斯得承认，这故事从他口中讲出来更精彩了。比起刚认识那会儿，瓦珥看亚力克斯的表情可谓来了个一百八十度的大转弯。

饭菜做好，亚力克斯也没工夫去管别的了。她有段时间没吃到肉了，这一刻她的肉食动物本能占了上风。一番狼吞虎咽后，她看到瓦珥又目不转睛地看着她。

亚力克斯扫了一眼——丹尼尔也给了瓦珥一盘牛排，可瓦珥只吃了一点点。

“你一向都吃这么多吗？”瓦珥问。

“有的吃时就是这样。赶上丹尼尔下厨，我更是不会客气。”

瓦珥眯起眼。“我打赌你就没胖过，是吧？”

“不知道，不过我总有一天会发胖的，是不是？”

“你是不是连个体重计都没有？”她问。

“我有个能称量毫克的秤。”亚力克斯回答，不懂她为什么这么问。

瓦珥呼出一口气，把刘海儿吹得动了起来。“天生新陈代谢好的人真叫人讨厌。”

“你说真的？”亚力克斯说着上上下下地打量她，“你是在抱怨我们两个的遗传基因不同吗？”

瓦珥盯着她看了一会儿，笑着摇摇头。“我就说嘛，一个女孩子不可能拥有一切。”

“而你是例外，你的存在证明了这个说法并不正确。”

“我喜欢你，夹竹桃。”

“谢谢，瓦珥。不过我叫亚力克斯。”

“随便吧。你知道吗，你就像一块璞玉。只要修修头发，化化妆，再做个隆胸手术，绝对可以艳压群芳。”

“我现在就很好了，谢谢。我从不对生活要求太多。这样会过得轻松些。”

“你平时都是自己理发的吧？”

“我没有别的选择。”

“相信我，选择总是有的。”她把手伸过台子，要去摸亚力克斯垂在眼前的头发，可亚力克斯马上条件反射般地一缩。但她的头发确实应该剪一剪了。

瓦珥转头看着丹尼尔，这会儿他恨不得隐形，一做完饭，就靠在瓦珥正后方的灶台上，好像要藏起来不让她看到一样。亚力克斯能理解他为什么这么做。而且，她还很清楚为什么丹尼尔在第一次见到瓦珥时会觉得她很可怕。

“你得支持我，丹尼。难道你不觉得，只要稍加修饰，夹竹桃就能变漂亮吗？”

丹尼尔又像每次感到惊讶时那样眨眨眼。“可亚力克斯本来就很漂亮。”

“真是个绅士呢。你就像凯文的变种。”

“我就当你是在恭维我。”

“的确是恭维。这或许是我说过的最好听的赞美之词了。”瓦珥道。

“你认识凯文多久了？”丹尼尔问道。

“很久了。我也说不清，为什么每每他上门来求我，我总是一口答应。我想这和控制欲有关吧。”她耸耸肩，一边肩膀上的丝袍滑落到手臂上。她并没有把衣服拉起来。“这么厉害的人不得不乖乖听我的话，你说我能不开心吗？”

前门传来钥匙声。亚力克斯马上站起来，下意识地绷紧了浑身的肌肉。瓦珥注意到丹尼尔看向亚力克斯，也很紧张，并且准备好听她指挥。

“你们两个真有意思。”她小声说。

爱因斯坦气喘吁吁地跑进厨房，亚力克斯松了口气。

瓦珥看着狗狗，只见它伸着舌头，眼神很急切。“它是不是想要什么？”

“八成是渴了。”亚力克斯告诉她。

“哦。”她环顾厨房，从厨房岛台中央拿起一个做摆设用的水晶碗，从水槽里装了满满一碗水。爱因斯坦感激地舔舔她的手，开始喝水。

“真香呀。”凯文绕过拐角走进来时说。

“你可以吃我的。”瓦珥说，但没有看他，“我吃饱了。”她试探性地抚摸爱因斯坦的一只耳朵。

凯文舒舒服服地靠在厨房岛台上，一副舒适自在的样子，开始拿起刀叉吃瓦珥的食物。“你们相处得还愉快吧？”

“你说得没错。”瓦珥答。

凯文得意扬扬地笑了。“我就说她不会烦到你吧。”

瓦珥直起身子，对他笑笑。“只要是把你打倒在地的人，都能和我处得来。”

凯文脸上的笑容消失了。“我们不分胜负。”

瓦珥一扬下巴，扑哧一笑，修长的颈项随之一动，看上去更像天鹅了。

丹尼尔打开水槽上方的水龙头，寻找洗洁精。亚力克斯自然而然地来到他身边，因为这普普通通的活动而倍感舒适。她又一次来到陌生的地方，没有把握，心中忐忑，感觉很不安全，但有丹尼尔在身边，她就能忍受。他就像防毒面具，就像她的安全港湾。她暗自一笑，心想他肯定不怎么喜欢这样的比喻。好吧，她从来就不是个浪漫的人。

“噢，亲爱的，赶快放下吧。”瓦珥告诉丹尼尔，“家政服务员每天早晨都来。”

亚力克斯意味深长地看了凯文一眼，瓦珥注意到了。“到时候我在灶台上留个字条，让他不要靠近卧室。”瓦珥向她保证，“我知道这是秘密行动。别担心，你们绝不会因为我的缘故而暴露。”

“我并不介意。”丹尼尔说，“锅碗瓢盆能让我放松下来。”

“你这个哥哥真有趣。”瓦珥问凯文，“我能留下他吗？”

看到丹尼尔惊慌地睁大眼睛，亚力克斯不禁一笑，不过他一直低着头，不让瓦珥看到。他递给亚力克斯一把洗干净了的夹子，她用洗碗巾把它擦干。洗碗巾摸起来就像丝绸，八成是用来做装饰的丝巾。她能感觉到瓦珥是不在乎这些东西的。

“他不是你喜欢的类型。”凯文回答。

“我喜欢的类型有很多。”

“好吧，但我估摸过不了几天，你对他就没兴趣了。”

她叹了口气。“确实如此。”

“现在还是说说你的家政服务员吧——他什么时候来，什么时候走？”亚力克斯问道。

瓦珥笑靥如花。“你挺认真的嘛。”

“现在很多人都想要我的命。”

“这的确很叫人恼火。”瓦珥漫不经心地说，“赶上我在家的时候，拉乌尔一大早就来，而且很快就走，甚至都不会吵醒你。他挺不错的。”

“那我锁上门好了。”

“随你。”

“反正明天我们也不能睡觉，夹竹桃。”凯文插话道，“行动之前，我们有很多工作要做，我不想再浪费时间。”

“让她休息一个早晨吧。”丹尼尔坚持，“一个星期了，她每天夜里开车，还睡在汽车后座。她需要休息。”

凯文露出厌恶的表情。“她又不是孩子，丹尼。大孩子有工作要做。”

“没关系的。”亚力克斯很快说。她瞥了一眼壁炉上方的时钟——才刚七点。“我现在就去睡觉，在拉乌尔来之前，我肯定就起来了。”

“我要带你去看看我的存货，如果还差什么，就告诉我。我拿到了目标的监控录像，我很肯定你愿意看看，还有——”

“明天再说吧，凯文。”亚力克斯打断了他的话，“现在的任务是睡觉。”

凯文从鼻子里重重哼了一声，翻了个大白眼。

亚力克斯走出厨房的时候，差点伸手去握丹尼尔的手，随即连忙把手缩回来攥成拳头，希望凯文没注意到。她感觉很不自然，她知道丹尼尔也感觉到了。他紧紧跟在她身后，像是在想办法把她极力避免的对话——或是争吵——进行下去。现在不行，她没有转头，试着用心电感应这么告诉他。她加快脚步，但这纯属白费力气。丹尼尔有两条大长腿，她走得再快也无法把他甩在后面。

听到他关上门上了锁，她才感觉好一点儿。

“谢谢。”她说着转过身，搂住他的腰。

“只是因为我们都很累了。”他提醒她，“明天我就不这么好对付了。”

她真的累极了，只剩一点儿力气去做最重要的例行工作。她不打算重新包扎脸上的伤口，决定让皮肤自由呼吸一个晚上。伤口依旧发红起皱，耳朵上的缝合线虽然是肉色的，却非常醒目。不过，看起来两块破碎的耳垂会重新合在一起。到时候一定会留下难看的疤痕，不过她现在不愿意想太多。

她想在衣帽间铺个小窝，好装装样子，但想了想还是决定明早再说。凯文应该不会来查房。她还想把加压毒气管的引线系在房门上。可她觉得自己没那个力气了，反正闯入者要是能过了爱因斯坦那一关，肯定会先去检查主卧室。她把西格绍尔手枪和腰带放在床头柜上。

丹尼尔先上了床，但还没睡着。

"你觉得我是不是应该把步枪拿出来？"他问。

"这个房间是很大，但对狙击步枪来说还是太小了。到时候我可以去拿霰弹枪。"

他恼火地看她一眼。"我在开玩笑呢。"

"噢。好吧。"

他展开手臂，示意她到他怀里来。她关了灯，爬到她通常的位置上——他的怀里。身下的床软得真够荒唐，躺上去活像躺在柔软的云彩上，床单搞不好是用金丝和独角兽的鬃毛做成的。

"晚安，亚力克斯。"他把脸贴在她的头发上小声说，然后，她进入了梦乡。

醒来时外面的天还黑着，笼罩在阴影周围的淡淡的光是城市里的黄绿色灯光。亚力克斯看不到时钟，但估摸着是凌晨四点。睡了一夜的好觉。亚力克斯很高兴，而且，今天会是漫长的一天。一连好几年，她唯一能做的事就是逃跑，保住自己的小命。现在她不得不转换到主动出击的模式，她有些害怕。她在得克萨斯州经历了一次冒险，那与她的性格并不相符，但她认为那不过是当时肾上腺素飙升的结果，况且她还带着一个"累赘"，因此肩负着前所未有的责任感。她从未计划过像当时那样去冒险。

所以，当丹尼尔被她的动作吵醒，开始亲吻她的颈项之际，她并不介意耽搁一会儿时间。

她很想知道做个普通人是什么感觉。可以和心爱的人一起，一次次地迎接这样的早晨。可以肯定，忙了一天之后，你还会和同一个人躺在同一张床上。她估计很多人在拥有这份"确定"的时候并不会心怀感激。这对他们而言不过是日常生活的一部分，是一种理所当然，所以根本无须为此感恩。

她不敢指望再度拥有这样的早晨，但她可以感激拥有此时此刻。

她拉扯着他的T恤衫，他的手从她的头发上移开，伸出手臂好把T恤衫脱掉。亚力克斯也脱掉了自己的T恤，渴望和他肌肤相亲的感觉。他的亲吻从一开始的轻柔到渐渐狂热起来，虽然她好像能听到他在提醒自己不要伤到她，但她才不需要他小心谨慎。她热烈地回吻着他，要让他抛开所有顾虑。

四下里静悄悄的，没有任何警示。亚力克斯并没有听到门锁转动或房门打开的声音。忽然，只听咔嗒一声，有人拉开了枪支的保险栓，而且她能感觉到枪距离自己的脑袋仅有咫尺之遥。她瞬间愣住了，能感觉到丹尼尔也是如此。她不知道丹尼尔是听到了那声很轻的咔嗒声，还是看到她紧张，也跟着警觉起来。

从声音判断，闯入者离她放在床头柜上那把枪的距离比她要近。她暗骂自己竟然忽略了基本的安全保障，连忙思考接下来该如何补救。或许她应该转身把那人手中的枪踢开，这样丹尼尔就有时间逃走了。

就在那一瞬间，闯入者说话了。

“离这个无辜者远点，你这条小毒蛇。”

她重重呼出一直屏住的气息。“呼！好吧！先把枪放下，变态狂。”

“除非你先放开我哥。”

“你太过分了，我真不知道该怎么说你才好。”丹尼尔厉声说，“你把门撬开了？”

“丹尼，听我说，她又给你下药了。就是这么回事。”

“说的好像我会把有限的存货拿来取乐一样。”她嘟囔道。一边翻了个身，拉过床单遮住身体，伸手去开灯。她能感觉到冰冷的枪管抵在她的额头上。

“你太荒谬了。”她告诉闯入者，同时打开灯。

凯文向后退了一步，被灯照得直眯眼。但他手中那把长长的无声手枪依旧对准了亚力克斯的脸。

丹尼尔一跃而起，敏捷地从亚力克斯身上越过，带得床一阵摇晃。他挡在她和凯文之间。“你干什么？别拿那玩意儿指着她！”

“丹尼，我不知道她给你吃了什么药，但我们一定可以把它清除掉，我保证。快跟我走。”

“如果你识趣，现在就该转身离开。”

“我是来救你的。”

“谢谢，但你少管闲事。我刚才还很享受来着，可你突然无礼地闯进来，搅和了我的好事。我现在要重温刚才的美妙。所以，好走不送。”

“到底怎么了？”亚力克斯穿好T恤衫问。现在不是拌嘴的时候。凯文只穿了一条睡裤，所以，不管他受了什么刺激，都说明他刚才的行动是仓促间施行的。一遇到麻烦就发狂不是凯文的风格，即便他非常不悦。她侧过身体，绕过丹尼尔抓起自己的腰带，一边说话一边把它系在腰上。“我们现在就出发吗？”她伸手拿过旁边的西格绍尔手枪，塞进腰带后面。

凯文缓缓放下手枪，面对她的实事求是，他看起来少了几分坚定。

“我不相信她，所以亲自来看看。”他承认，突然有些不好意思，“我没打算让丹尼知道我来过。”

“她？”丹尼尔问。

“是瓦珥……她说你们两个是一对。她说得那么肯定。我说根本就不可能。”说到最后，他的声音中又出现了怒意。

丹尼尔恼火地呼出一口气。“哦，但愿你们打赌了，输了会很丢人。”

“我受的惩罚已经足够了。”凯文发着牢骚。

“活该。”丹尼尔说，“出去吧，凯文。”

“我不相信，丹尼。你是怎么想的？别忘了她之前是怎么对你的。”

丹尼尔依旧挡在亚力克斯和凯文之间，亚力克斯看不到他的脸，却忽然从他口中听到了一丝笑意。“你在我心目中是个强硬危险的人物。可你现在的意思是，因为受了那么点苦，就不能去争取自己想要的女人了？真的是这样吗？”

凯文踉跄着向后退了一步，过了几秒钟才回答。“可为什么呀？你怎么会看上她？”他语气中的愤怒消失了，只是看着亚力克斯，眼神中充满迷惑不解。

“等你长大了，我会向你解释的。现在，我最后说一次，给我出去，不然……”丹尼尔把修长的手臂伸到亚力克斯身后，拔出手枪，“可别怪我枪下无情。”

他用枪对准了凯文。

“呃，保险没开。”亚力克斯嘟囔道。

“但愿如此。”丹尼尔答道。

凯文瞪着他们两个——丹尼尔稳稳地拿着枪，亚力克斯从丹尼尔的手臂后面看着他——然后挺起胸膛。

凯文用没拿枪的手指着亚力克斯。“你，别再继续下去了。”他一挥手，指指他们两个和大床，“都停下。十五分钟后出发。准备吧。”

他又指着丹尼尔。“我……”他长吁一口气，摇摇头，转身走了出去，甚至连门都没关。“见鬼，瓦珥！”他大喊着穿过漆黑的走廊，就好像这一切都是瓦珥的错。爱因斯坦在楼上吠叫起来。

亚力克斯叹了口气，伸伸懒腰。“现在的情况跟我想的一模一样。好在没开枪，算是不幸中的万幸了。”

“你去哪里？”丹尼尔问。

“洗澡。你听到那家伙说了。十五分钟。”

“天还没亮呢。”

“正好不让别人看到我的脸。你不累了吧？我们至少睡了九个钟头了。”

丹尼尔皱起眉头。“不累，我一点儿也不累。”

“那就好……”她向浴室走去。

“等等。”

丹尼尔跳起来，向房门走去，边走边捋头发。他关上门，上了锁。

“锁门还有什么用？”亚力克斯问。

丹尼尔耸耸肩。“言之有理。”

他走到她身边，牢牢地握住她的上臂。“我还没准备好下床。”

“凯文不会敲门。”她提醒他，“他甚至连十五分钟都不会给我。”

“我不喜欢让他发号施令。不光是我自己没准备好下床，我也没准备好让你下床。”

他低头吻了她，双手缓缓地从她的肩膀往上移，捧住她的脸。她知道，如果在平时，他只要说几句情话，就能打动她。可眼下的情况非同一般，况且凯文随时会闯进来，还可能拿着枪，她实在无法迎合他。

她用力拉开两人之间的距离。“折中一下怎么样？”

他看她的眼神有那么点不情愿。“为了凯文折中，打死我都不愿意。”

“你在拒绝之前，能不能先听我说完？”

他一直板着脸，但她看得出来他很想笑。“你有什么办法就使出来吧，反正我绝不会动摇。”

“现在时间有限，而我们都需要洗个澡。那边那个浴缸完全容得下两个人，好吧，就算是十二个人也洗得开，我想我们可以一举两得。”

丹尼尔脸上的严肃表情一下子就不见了。“我收回刚才的反对意见，并且会全力配合。”

“早知道你会同意。”

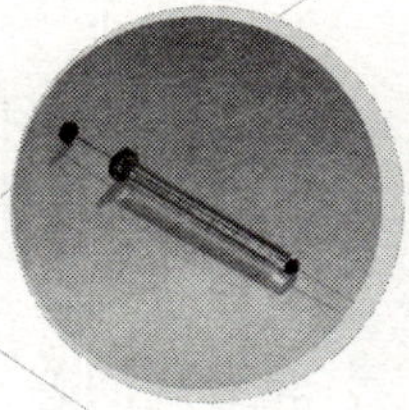

第二十五章
死亡密码

“你没必要跟去。”凯文站在电梯门前，挡住按钮，双臂环抱。

“我为什么不能去？”丹尼尔问道。

“你不是这次攻击行动的一分子，丹尼，所以你用不着做准备。”

丹尼尔紧紧抿着嘴唇，面露不悦。

“就算去，对他也没什么影响。”亚力克斯和善地说。

“但有人会看到他的脸。”凯文咆哮着说。

“你是说你的脸？”她反驳道。

“我很聪明，所以知道低头。”

丹尼尔翻翻白眼。“如果你愿意，我可以蹲在后备厢里。”

凯文端详着他们。“你们能不能让我专心点？”

“什么意思？”亚力克斯问。

凯文闭上眼，似乎是在努力让自己冷静下来。他用鼻子吸了吸气，看着丹尼尔。

“这次侦察演习普普通通，很无聊，你非要跟去的话，我有一个要求：谁也不能再提今天早上的事。我可不想被迫记住我看到的恶心一幕。也不要讨论这件事，免得我想吐。现在我们要去办正事，你们必须行为得当。同意吗？”

丹尼尔的脖子都红了。亚力克斯很肯定他会说出一个事实，那就是如果凯文没有三更半夜闯进他们的房间，就什么都不会看到了。于是，亚力克斯赶在丹尼尔回绝之前说道：“同意。我们会行为得体，讲求效率。”

凯文的目光在他们两个身上来回移动，再次打量他们。过了一会儿，他转过身，按下电梯按钮。

丹尼尔给了她一个“真要这样吗”的眼神。亚力克斯耸耸肩。

“这也不行！”凯文命令道，尽管他依然背对着他们。

“什么？”丹尼尔抱怨。

“我能感觉到你们两个在无声地交流。给我打住。”

他们开的是一辆普通的黑色轿车，一路无话。亚力克斯不知道这辆车是瓦珥的，还是凯文搞来的。车子看来不是瓦珥喜欢的类型，但也许她有时候想低调一下也未可知。亚力克斯真欣慰车窗是深色的，让她感觉没那么暴露。这会儿，她坐在车里，把棒球帽压得很低，遮住脸孔，凝视着窗外基本上还在沉睡的城市。时间尚早，早高峰还没到来。

凯文驾车穿过这座城市比较贫穷的地段——亚力克斯原以为他会选这种地方作为藏身之地。他把车停在一个仓储区，里面存放的大都是巨大的集装箱。这里没有保安站岗，只有一个小型键盘和一扇厚重的金属门，门顶端有一圈圈铁丝网。凯文把车开到这片被栅栏围着的地方的最里面，把车停在了一个很脏的橙色集装箱后面。

仓储区里连个人影都没有，亚力克斯还是低着头，走路不带一点儿女人气。她向那个集装箱正面的宽大双开门走去。凯文在沉重的矩形锁上输入了一连串复杂的数字，然后把锁拿掉。他把一扇门拉开，挥挥手，示意他们进去。

凯文关上门，里面一片漆黑。然后，只听轻轻的咔嗒一声，天花板和地面上的灯都亮了起来。

“你到底有几个蝙蝠洞？”亚力克斯问道。

“有几个吧，分布在我可能用得上的地方。”凯文说，“这个是活动的，所以能派上用场。”

凯文的集装箱里密密麻麻地摆放着各种装备，但布置得整齐有序，就跟得克萨斯州的牧场一样应有尽有。

靠近双开门旁的箱壁是很多货架，货架上摆着一摞摞衣服，确切地说应该是乔装用的服装。亚力克斯很肯定凯文这么安排是有意为之，要是有人在门开的时候往里看，只会看到一堆衣服。一般人绝不会多想。而稍微细心一点儿的人则会奇怪，为什么各个军种的军装都挂在一起，还有机械工的连体服和几个公共事业公司的工作服，更不用说还有流浪汉的破烂衣服。而在流浪汉的衣服一米之外，则挂着一排黑色西装，既有成衣，也有高端定制品牌。有了这些衣服，一个人可以混迹于很多环境中。

衣服货架的上方有很多放小道具的箱子，箱子里装着公文包和写字板，还有工具箱和手提箱。下面的透明塑料盒里装的是鞋。

服装货架边上安装着很深的落地金属柜。凯文带她看了所有柜子，她留意着她需要的每一样东西。就跟在谷仓里看到的一样，这里储存着枪支、子弹、护甲、炸药和刀具。还有些东西是得克萨斯州没有的，或者说，就算得克萨斯州有，它们也比其他装备藏得更隐秘。凯文在另一个柜子里装满了各种高科技产品——小摄像头、窃听器、跟踪器、夜视镜、双筒望远镜和瞄准器具，各种大小的电磁脉冲发射器，几台笔记本电脑，还有几十种她不认得的小设备。凯文一一做了介绍，包括破译器、频率读取器、频率干扰器、计算机窃取软件、小型遥控飞机……过了一会儿，亚力克斯完全不记得凯文都介绍了什么。她并不愿意使用陌生的装备。

下一个柜子里装的是化学合成物。

"太好了。"她啧啧两声，连忙去看第一排后面都有什么化学药品，"这些我用得上。"

"早就料到你会喜欢。"

"可以吗？"她举起一个装有催化剂的密封小圆瓶问道，她的储备都快用完了。

"你想要什么就随便拿。反正我从没用过。"

她俯下身，从底层货架又拿了几个小瓶和小包，塞进背包。啊，这个也是她需要的。"你怎么会有这些东西？"

凯文耸耸肩。"反正不拿白不拿。对于收到的礼物绝不要挑剔……"

"哈！"她得意扬扬地抬头注视他。

"怎么了？"

"你说过，这种说法很愚蠢。"

凯文翻了翻白眼。"有时候你真的很难让人怜香惜玉。"

"我很明白你的感受。"

丹尼尔走过来，站在她和凯文之间。她冲他摇摇头。这就是个毫无恶意的玩笑。扯了两句闲话，凯文又变成了平时的他——既是连环杀手，又是世界上最讨人嫌的弟弟。亚力克斯早就习惯了，不再像从前那样介意。

凯文一边抱怨他们两个又无声地交流，一边走到放弹药的柜子边，开始把弹药装进一个黑色大包。

“急救物品在哪里？”她问。

“存刀具的柜子的顶层货架上。”

刀具上面堆着几个黑色带拉链的袋子，有几个和背包差不多大小，还有几个比较小，跟剃须工具包很相似。

她够不着，丹尼尔替她把袋子拿下来，她开始在地上整理起来。

她打开的第一个较小的袋子里没有医药补给品，只有几小包证件，整齐地用皮筋绑着，便于查找。她很快抽出一本加拿大护照，看了一眼身份信息页。果然不出所料，上面有凯文的照片，名字是特里·威廉。她抬头看了一眼，只见凯文正背对她。她拿出两个小包，塞进背包底部，再拉好小袋的拉链。

这种东西对她一点儿帮助也没有，但她必须为其他可能的结果做好准备。她偷偷看了一眼丹尼尔，他也没注意她，这会儿，他正难以置信地看着那些刀具。她真的很好奇，仅凭他迄今为止学到的东西，他一个人单枪匹马能活多久。

亚力克斯拉开一个较大的袋子，看到里面的东西一点儿也不觉得兴奋。里面都是些必备的急救药物，她现在并不缺。她又看了剩下的两个袋子，也没有太多新发现。

“缺什么？”凯文问。

她并没有听到他走近，所以吓了一跳。他肯定是注意到她失望的表情了。

“我想要一些高品级的外伤用品，以防万一……”

“那好吧。你把其他需要的都拿走，然后我们去找你要的东西。”

“这么容易？”她充满疑惑地问。

“当然。”

她扬起眉毛。“我们是要到医院，把他们多余的药物买下来吗？”

“不是！”他露出一个怪相，表示她的提议极为愚蠢，“你难道不知道药物是从卡车上卸下来的吗？现在明白了吗？”

“是的。”

“那就麻利点，我们得赶快出发，不然卡车上的药都卸完了。”

亚力克斯的背包里装满了她据为己有的各种枪支弹药——西格绍尔手枪、她一直没丢掉的格洛克手枪、霰弹枪、丹尼尔的步枪和她自己那把警用手枪。她从蝙蝠洞又拿了两把手枪和配套的弹药，谁知道会不会有意外呢？她从高科技橱柜里拿了两架夜视镜、几个跟踪器和两个不同大小的电磁脉冲发射器。她不确定这些东西有什么用，但要是有紧急情况，她可没时间再回去取。在她挑选装备的时候，凯文把门锁的密码重新设定成了常用的出生日期密码，这样她再回来就方便了。

如果情况真的很糟糕，那回来的就是丹尼尔了。

“我要是想用化学品让人失去能力，可以选什么？”当他们回到公路上时，凯文问道。这次是亚力克斯开车。

“我看一看……你要空气传播型的还是身体接触型的？”

凯文瞥她一眼。“你有什么好推荐的？”

“这要看你用什么方法了。同时也要看目标是否在封闭的空间里。”

“那我怎么知道？我得随机应变。”

她呼出一口气。“很好。那就两种都要吧。丹尼尔，你够得着我背包外兜里的香水瓶吗？就在一个密封袋里。”

“找到了。”片刻后，丹尼尔说，“给你。”他把东西交给凯文。凯文把它拿在手里翻来覆去地看着。

“怎么是空的？”

“不错。”亚力克斯表示同意，“里面是加压毒气。”她说着伸出左臂，把手伸向凯文，“摘银色的那个。”

凯文从她的无名指上摘下银戒指，一根中空倒刺露了出来，上面还连着一个橡胶压缩袋，这就像一个二流魔术师从袖子里变出了几条手帕一样。凯文惊诧地扬起眉毛，表情转为怀疑。

“这是干什么用的？”

“看到内侧的小闸门了吗？打开就行了。一定要当心。”

凯文仔细查看那根小小的中空倒刺，又看看小圆橡胶袋。车里很安静，可以听到液体的轻轻晃动声。

“把小袋放在手心。”她指示道，一边解释一边比画，“把你的手用力拍在目标人物身上。”她一指丹尼尔，后者体贴地伸出手臂。她抓住他的手腕，力道并不大，却很坚定。“目标感觉到刺痛，一定会本能地退缩，所以一定要抓住他们。只要手法正确，小袋里的液体就会通过倒刺注入目标体内。”她说完放开丹尼尔的手。

“接下来会怎样？”凯文问。

“目标会睡着——可能是一个小时，也可能是两个小时，要看其体格如何。”

“戒指太小了。”他抱怨道，用拇指和食指捏着戒指试戴。

“抱歉。下次我尽量给你弄个大的。你就戴在小拇指上好了。”

“谁会把戒指戴在小拇指上啊？”

亚力克斯笑了。“应该合适。”

丹尼尔也咯咯直笑。

凯文把戒指套在最细的手指上，但还是到第一个指关节就卡住了。小橡胶袋刚好垂在他的手上。若要把小袋子藏在袖子里，必须把管子加长。他皱着眉，盯着小装置看了一会儿，突然咧开嘴笑了。“了不起。”

丹尼尔向前探身，指指亚力克斯戴在手上的其他戒指。“其他两个是干什么用的？”

她举起右手，晃了晃戴着金戒指的无名指。“这个一下子就能要你的命。”她又举起左手的中指，上面戴着一枚玫瑰金的圆环，“这个嘛，会让你死得很惨。”

“喂！”凯文道，突然恍然大悟，“西弗吉尼亚的那个小流氓就是中了这个？”

“不错。”

“见鬼。你真是只危险的小蜘蛛，夹竹桃。”

她点头表示承认。“如果我个子高点，或是你个子矮点，我们就不会有现在这番对话了。”

“要我说，那天还真是你的幸运日。”

她翻翻白眼。

“你想用哪个攻击我来着？”

她又举起左手中指。

“太狠了。”凯文说道，“那几个戒指怎么没有这些累赘？”他晃晃他的手，小橡胶袋在他的手指上随之摇动。

“当心。”她提醒道，“你会把毒药摇掉的。”

凯文连忙抓住小袋子，握在掌心。“好了。”

“我的其他戒指表面都浸有毒液。一点点就能用很久。只要一滴鸡心螺毒液，就足以杀死二十个你这样体格的男人。”

“我猜你肯定是把鸡心螺和黑寡妇蜘蛛当宠物养在家里吧？”

“我没时间养宠物，再说了，黑寡妇蜘蛛的毒液其实毒性很弱，不会造成多大的伤害。我以前能接触到很多东西。我研究鸡心螺毒液，主要是因为它只针对特定类型的受体。我这个人从不浪费机会。现如今，我有什么就用什么，而且谨慎使用，保证补给。”

凯文又低头看看他戴着的那枚戒指，想着什么。戒指让他很安静，亚力克斯很感激这一点。

她选择了霍华德大学医院，是因为那里是一流的创伤中心，而且她对那里很熟悉——除非过去十年这所医院发生了翻天覆地的变化。

她开车绕着医院慢慢地转了一圈，观察摄像头的位置和岗哨。此时还不到早上七点，却已经有很多人来来往往了。

“那辆怎么样？”凯文指着一辆车问道。

“不行，那里面装的大都是床单和纸。”她小声说。

“等一会儿再开车，不能引人注意。”

“我知道该怎么做。”她谎称。

她向西开出几条街，停在一小片绿地边。几个人正在慢跑，除此之外并无其他人。他们默默地等了十分钟，然后，她开动车子，绕了更大一圈，距离医院周围那条路有两个街区远。她终于找到了目标车辆——那辆白色卡车车身上喷着“哈尔伯特和索尔比供应公司”几个字。她对这家公司很熟悉，很肯定他们的车上有适用的药品。

她跟在卡车后面，开进医院主楼后的装卸区。凯文做好准备，一只手抓着门把手。

“送我到他们后面，然后到一个街区外等我。”他告诉她。

亚力克斯点点头，把车停在卡车后面，她停得很近，卡车上的人从后视镜里完全看不到他。凯文一下车，她就把车倒出去几米，以最高限速把车开走。在从卡车边上经过的时候，她向卡车里张望了一下，见里面只有司机一个人，但人行道上有很多穿着医生服装和维修工制服的人。但愿凯文能做得神不知鬼不觉。

她在街角的停车标志处踩下刹车，却不知道在这里等合不合适，毕竟周围没有停车场。她还没打定主意，就看到凯文驾驶着那辆白色卡车从后面开了过来，她缓缓地向前开，凯文开着车过去的那一瞬间，她看清楚了卡车司机是个很年轻的黑人，这会儿正靠在乘客座一侧的车窗上，闭着眼。

“很好，暂时没有警察跟踪他。”她一边嘟囔着，一边跟在凯文的白色卡车后面。

“那个年轻人会不会受伤？”丹尼尔问，“凯文用什么攻击的他？”

“不会受伤的。等他醒过来，只会有很严重的头疼和不舒服的感觉，但这种感觉很快就会消失。”

凯文开了大约二十分钟，一是为了拉开和医院的距离，二是为了找个合适的地方找药。他找了个安静的工业园区，停在靠里的地方，周围是几个空荡荡的装卸区，旁边是关闭的卷帘检修门。他把卡车倒进一个装卸区，亚力克斯把车停在他旁边的背风面，这样一来，就算有人进入这里，也看不到她。

她戴好医用手套，然后把一副手套交给丹尼尔，把另一副塞进衣兜。

凯文已经打开了卡车的后门。她把多出的那副手套交给他，爬进了货仓。所有药品都装在不透明的白色塑料箱里，箱子堆得很高，用红色尼龙绳系在车厢上。

“帮我把箱子打开。”她指示道。凯文动手把箱子拉下来，掀掉盖子。丹尼尔也爬进来帮忙，亚力克斯在他们后面，挑选她需要的药物。

她一直以来最担心一个问题，但来到这里，她总算可以稍稍放下心。她担心的是攻击行动最有可能产生的负面影响。当然了，她无法保证大家不受刀伤或不被钝器所伤。然而，她这次很开心找到了一个箱子，里面装满了成套治疗重伤的药物，每一套里都有止血带、浸着止血剂的纱布和各种包扎胸部伤口的密封带。她把这些东西堆在一起，又拿来了各种缝合带、几包纱布、包扎绷带和压迫绷带、化学加热垫和冷敷包、复苏装备以及一些气囊面罩、酒精和碘酒棉签、夹板和项圈、烧伤敷料、静脉导管、生理盐水和很多密封的注射器。

“你要开战地医院吗？”凯文问。

“说不准到时候哪个就能派上用场。”她反驳道，随即在心里说，傻瓜，需要它们的人可能是你。

“给你。”丹尼尔把一个只剩下一半药物的箱子翻过来，将里面的东西倒进另一个箱子，又把她选出来的药物都放进空箱子。

“谢谢。我要的东西差不多都齐了。”

凯文把剩下的医药箱捆在车厢里，又把车门上的指纹擦干净。她再次开车跟在他后面，他则在一个小零售店后面丢下了卡车和司机。他很快清理掉驾驶室里的指纹，然后，他们一起开车离开。

他们回到公寓时，发现家政服务员拉乌尔来过并且已经走了，瓦珥正躺在一张低矮的沙发上看电视，亚力克斯很肯定昨天这里并没有这台大屏幕电视。这会儿，电视里正在播放一部黑白电影。

今天瓦珥穿了一件淡蓝色的连衣短裤，短裤超短，深V形领口。爱因斯坦躺在她旁边的沙发上，脖子搭在她的手臂上，她一直在有节奏地抚摸它。看到他们走进来，爱因斯坦没有起来迎接，只是看到凯文时，它才用尾巴抽打了一下沙发。

"做间谍是不是很刺激？"瓦珥懒洋洋地问。

"我们只是做了些无聊的基本工作。"凯文说。

"那就别告诉我了。而且，不要把新拿来的东西放在这里。我不喜欢家里乱七八糟。"

"遵命，女士。"凯文温顺地答道，然后到亚力克斯和丹尼尔的房间里把东西放下。

"我待会儿把你的账号连到我的电脑上，夹竹桃。"他一边放东西一边说，"这样你就能看到我用摄像头拍摄到的卡斯顿的画面回放了。还能听声音——我在他的车里安了窃听器，在他的办公室安了定向麦克风。他的车里还有跟踪器，你能看到他过去七天的全部行踪。"

亚力克斯长出一口气，一想到有这么多信息要分析判断，她已经觉得累了。"谢谢。"

"我饿了。"丹尼尔说，"有人要吃早饭吗？"

"我要。"亚力克斯说。与此同时，凯文说道："给我一份。"

丹尼尔笑了，转身向门口走去。

亚力克斯一直看着他走远，才意识到凯文正在盯着望向丹尼尔的她。

"怎么了？"

凯文噘起嘴，仿佛是在琢磨怎么说才合适。他下意识地瞥了一眼依旧皱巴巴的大床——拉乌尔没有得到准许到这里来——不由得一哆嗦。

亚力克斯背对着他，去拿自己的电脑。她要把重要的资料存进电脑。

“夹竹桃……”

她低头忙活着。“怎么了？”

“我能不能……”

她把电脑举到胸前，转身面对他，等他把话说完。她下意识地挺起了胸膛。

他犹豫了一下，才问道：“我能不能问你几个问题？不过你不用给我任何具体或形象化的答案。”

“比如呢？”

“就是关于丹尼……我不希望他受伤害。”

“这不是问题。”

他目光炯炯地看着她，做了次深呼吸，强迫自己放松下来。“等这里的事完成了，你会去哪里？”

现在轮到她犹豫了。“这个嘛……感觉真像一个倒霉蛋预言我不会死。老实说，我真没想过以后。”

“得了，这又不是什么难事。”他轻蔑地说。

“我不这么认为。你有你的方式，我有我的。”

“你要我把卡斯顿也干掉？”

“不是。”她咆哮道，不过如果他的语气不是这么居高临下，她一定会很感兴趣，“我自己的问题我自己解决。”

他顿了顿，又问道：“那……怎么样呢？你觉得事情结束之后，你会不会和我们一起走？”

“这不是我的第一选择，不是。当然了，前提是我依然活着。”

“你真是个悲观主义者。”

“我做计划一向都是这样。做好最坏的打算。”

“随便吧。现在接着说——如果你走你的，那丹尼怎么办？你是不是想说一句‘再见，谢谢你让我这么快乐’，就拍拍屁股一走了之？”

她转开目光，看向门口。“我不知道。这得看他想要什么。我不能替他做主。”

凯文沉默了很久，她只好收回目光。他的表情异常脆弱。跟往常一样，只要他让自己的表情放松下来，就跟丹尼尔更像了。

“你觉得他会选择跟你走吗？”凯文小声问道，“我是说，他才认识你没几天，都还不了解你。可是……我估摸他或许认为他现在也不太了解我。”

“我不知道他想怎样。”她说，“我永远也不会要求他做出那样的选择。”

凯文出神地盯着她头顶上方十几厘米的地方。“我真希望有机会弥补他，让他过上他有能力应付的生活。我希望，过一段时间，我们还能成为像现在这样的兄弟。”

亚力克斯内心涌起一股奇怪的冲动，真想走过去拍拍他的肩。这或许是因为他此时依旧很像丹尼尔。

“我不会成为你的障碍。”她承诺道。这是她的心里话。

对丹尼尔最好的，对她来说也是最重要的。

凯文盯着她看了一会儿，表情变得冷淡，恢复成了平时的他。他重重地呼出一口气。“见鬼，夹竹桃，我真不想去管塔科马瘟疫那件狗屁事。数百人得救了——纵使我的兄弟和卢克雷齐娅·波吉亚（罗马教皇亚历山大六世的私生女，为满足父兄的目的，前后分别嫁给过费拉拉、摩德纳和雷吉奥公爵，情人无数，是堕落行为达到令人难以启齿程度的女性代名词。——

译者注）睡了，又有什么要紧呢？”

亚力克斯愣住了。“你说什么？”

他咧开嘴一笑。“很惊讶我会使用恰当的历史典故来比喻你们俩吧？事实上我在学校里是个好学生。我和我哥哥一样聪明。”

“不，我说的是塔科马。你的话是什么意思？”

他的笑容消失了，换上不解的表情。“你知道得一清二楚——他们都把档案给你了。你审问过丹尼……”

她探身向他，下意识地把电脑抱得更紧了。“你指的是你和德拉富恩特斯一起做的事？TCX-1 中的 T 是不是代表塔科马？”

“我从没听说过 TCX-1。德拉富恩特斯干的事和塔科马病毒有关。”

“你是说塔科马瘟疫？”

“我从未听说过这种叫法。怎么了，夹竹桃？”

亚力克斯坐在床尾，打开电脑。她调出她最近在看的文档，也就是代码案例记录。她翻看号码和首字母目录，感觉床动了一下，是凯文把一条腿搭在床上，从她肩膀后面探过头来看她的电脑。

自从她编写了这些记录，仿佛已经过了很久。这期间发生了太多的事，曾与这些简短的代码有关的想法也变得有些模糊不清了。

找到了——三号恐怖事件，TP，即塔科马瘟疫。字母在她眼前晃动着，只有几个在她的记忆中组合成单词。J，I-P，是印度的一个城镇，位于与巴基斯坦相邻的边界。她记不起那个恐怖组织叫什么名字了，只记得他们的创始人是法塔赫·江格。她看着相关名字的首字母：DH，代表科学家豪根，OM 表示恐怖分子米尔瓦尼，P代表……另一个美国人，不过她记不清了。她把拳头贴在前额上，强迫大脑回想起来。

“夹竹桃？”凯文又叫道。

“这个案例是我几年前处理的，当时刚刚有人从美国偷了配方，而德拉富恩特斯是在很久以后才掌握了配方的。”

“从美国偷的？德拉富恩特斯是从埃及拿到的配方。”

“不，配方是塔科马城外的一家实验室开发出来的。应该还停留在理论阶段，只是研究而已。豪根，也就是多米尼克·豪根，是研究配方的科学家。”她一集中精神，就想起了当时的事，“他本来是我们这边的，但偷盗事件发生之后，事态变得十分敏感，他也就无法继续研究了。美国国家安全局就把他安置在我们下属的一个实验室里。我们抓住了那个恐怖组织的二把手。他供出了位于查谟的实验室的位置，他们正是在那里使用偷来的蓝图成功地制造出了病毒。秘密机构摧毁了那个实验室。他们把生物武器所在的地方都锁了起来，但实验室的一些成员还是溜掉了。据我所知，在那之后的几年，组织一直在和中央情报局合作追捕他们……巴纳比就是在那个时候被杀的。”

她抬头看着他，她的大脑在飞快地旋转，她甚至都有些头晕目眩。

“那时候中央情报局叫你回去，还整你，你说你在查一些事。是什么？”

凯文飞快地眨眨眼，这个动作让亚力克斯再一次想到了丹尼尔。“菌苗的包装——外包装是阿拉伯文，但包装里面的原始标签都是英文。名字也是英文：塔科马。这说不通。德拉富恩特斯如果需要翻译，也是从阿拉伯文翻译成西班牙文才对。我想要追查病毒的源头。而且，我很肯定病毒不是在埃及制造出来的。我认为肯定是某个美国人或英国人和某个地方的开发人员一起制造出来的。我要把这个人找出来。你说病毒是从华盛顿州来的？”

“肯定是同一种病毒。时间对得上。我们得到了关于病毒的一些信息，而忽然之间，他们就开始监视我和巴纳比。两年以后——大约就是在那个时候，德拉富恩特斯拿到了病毒，对吧？——他们杀害了巴纳比。病毒就是诱因。他们就是为了这个才把巴纳比杀了，而且还想杀我。病毒再次出现，如果这件事被公众知道了，而我们掌握的信息就可以追查到病毒的源头……”

巴纳比从未告诉过亚力克斯是什么让他变成了妄想狂，她也不知道巴纳比为什么确定他们必须准备逃跑。她看着屏幕上的字母。DH，也就是多米尼克·豪根。那些坏蛋既然认为有必要干掉她和巴纳比，就不太可能留任何活口。豪根是不是第一个死的人？死因或许很正常，也在意料之中，比如车祸、心脏病。方法有很多，而且不会让人看出任何蛛丝马迹。巴纳比是不是收到了有关豪根死亡的消息？他就是根据这个线索决定逃跑的？

她想上网快速搜索一下，但如果她猜得不错，那豪根的名字肯定被加了标记。只要有人查找他的死亡信息，不管使用的办法有多隐秘，也一定会被注意到。

这个P代表的是谁？她甚至都不确定她写的这个字母是正确的。只是稍加提及而已。是简称……

“夹竹桃，那个包装……看起来……很专业？用‘专业’这个词合适不合适？一点儿也不像中东某个二流实验室弄出来的。”

他们盯着彼此看了一会儿。

“我一直都认为病毒是改进型的。”她喃喃地说，“有人以豪根的理论设计为基础，制造出了病毒。这就跟赢了恐怖主义彩票一样。”

“你觉得他们不止偷走了基本信息？”

“病毒肯定出自豪根之手——是他制造出来的。如果出现大量供给，而且菌苗包装得如此齐整……那他们肯定是在批量生产。因此，制造病毒武器不仅仅是豪根在周末的业余爱好，而是一项军事工程。种种迹象都显示……有一位中将牵扯其中。没人希望查到美国头上。他们一直想办法让我们注意那个恐怖组织。一般情况下，他们会让我们问一些与事态有关的问题……但我记得那次不同。卡斯顿把他想知道的问题告诉我了。”

“这么说，我们都是因为同一件事引火烧身了。”凯文阴郁地说，“我才不信有这么巧。”

“我也不信。”

“他们在保护谁？”亚力克斯好奇地问道，“不管这个人是谁，都是他在操纵这一切。而这也表示他知道我们两个。”

“这表示我们也快揭开他的面纱了。”

他们再次看着彼此。

“亚力克斯？小凯？伙计们？这个地方的隔音效果好不好？”

亚力克斯缓缓地抬起头，她的目光并没有全部集中在走进来的丹尼尔身上。

“怎么了？”丹尼尔看到眼前这戏剧性的画面，悄声说道。他快步走到床边，把一只手放在亚力克斯的肩膀上。

“我们只是在拼凑一些事。”凯文冷冷地说。

丹尼尔看向亚力克斯。

“我们需要在清单里再加一个名字。”她告诉丹尼尔。

“谁？”

“问题就出在这里。”凯文说。

“让我想一想。”亚力克斯说，“如果我不知道问题的答案。他们就不会杀我。”她抬头瞥了一眼凯文，“我知道这么问很笼统，但你有没有听说过一个名字以P字母打头的局内人？”

“P？我得好好想一想。我再去检查一遍迪弗斯的电话，看看是不是能找到有用的信息。”

“我在看卡斯顿的录像时也会注意有没有这个名字。”

凯文点点头，然后看着丹尼尔。“希望你进来是要告诉我们有东西可以吃了。赶快让夹竹桃吃得饱饱的，让她那聪明的大脑转动起来，把事情经过想明白。”

他们把电脑摆在大厨房岛台上，一边吃饭一边忙。瓦珥和爱因斯坦仍在原地看购物频道。丹尼尔拉过一张凳子坐在亚力克斯身边，陪她一起看视频资料：视频里是卡斯顿那栋气派的大宅正面。亚力克斯把房子里没人时的视频片段快进，同时还用耳机听卡斯顿的电话。卡斯顿很当心——他的工作对话很含糊，从来都不确切地提到人和任务的名字，而且，因为凯文是用外置麦克风偷录他的办公室电话，所以只能听到他说的话。他用了很多代词，根本不可能听得懂。她只能听出，有几个“他”把卡斯顿搅得焦头烂额，而且至少有一个任务进展不顺。听起来他的压力很大。原因则可能是得克萨斯州的事和给迪弗斯的邮件。卡斯顿感觉到危险了？他认为凯文很了解他？为防万一，他必须谨慎行事才行。如果不是个重度妄想狂，卡斯顿是坐不到现在的位子的。

他的家中设有报警系统，一楼的窗户上都装了防盗窗，还安装了外部摄像头。凯文给她的一些录像显然就是来自这些摄像头——他肯定是闯入了卡斯顿的系统。卡斯顿家所在的街道附近有很多房子，早晨和晚间街上都很热闹。太多人可能成为目击证人。

“你要硬闯进他家？”丹尼尔小声道，此时，她调出了另一个摄像头拍摄到的防盗窗画面。

“但愿不必。”

亚力克斯指指正走上前门台阶的小个子女人。她提着几个牛皮纸购物袋，把钥匙插进门，打开了锁。从这个角度看过去，亚力克斯能看到她停在门口，输入了密码。她用手遮住键盘，看不清她都按了哪些数字。

“是家政服务员吗？”丹尼尔问。

“看起来像。她替卡斯顿买东西。”

“这一点有用吗？”

“可能吧。如果我有一张新面孔，就能去跟踪她了。”

“我去怎么样？”丹尼尔问，“我有段时间没上新闻了。”

“丹尼尔，是我们有段时间没看新闻了。”她指出。

“噢。你觉得他们会在电视里大肆宣扬坏蛋的故事？”

“有这个可能。应该查看一下。”

“想看新闻吗？”瓦珥坐在相邻房间里的沙发上问。

“不了，你先看吧。”丹尼尔礼貌地说。

“冰箱左边的橱柜里还有台电视机。”她告诉他们。

丹尼尔走到瓦珥说的橱柜边，拉开门，只见里面有台嵌壁式电视机，壁橱门滑进了侧面的收藏空间。

“太棒了。”凯文喃喃地说，视线从他的电脑屏幕离开了半秒钟。

亚力克斯继续搜索，丹尼尔找到了一个二十四小时新闻频道。他把声音调低，然后走回来坐在她身边。

亚力克斯并没有听到瓦珥站起来，可这个金发美女突然从她的肩膀后面靠过来。

“看起来真无聊。”她说道。

“想想我九死一生的经历，就会觉得新闻有意思多了。”亚力克斯告诉她。

“你刚才是不是说你需要一张新面孔？”

“是的。你看到了，我脸上又是瘀伤，又是纱布，别人想忘记都不容易。”

“你觉得让人印象深刻不是好事？”

“不是。”

“我能帮你做到。”

“啊？”亚力克斯惊讶道。

“给你一张新面孔呀。”

亚力克斯扭过头，把注意力都放在瓦珥身上。“你这话什么意思？”

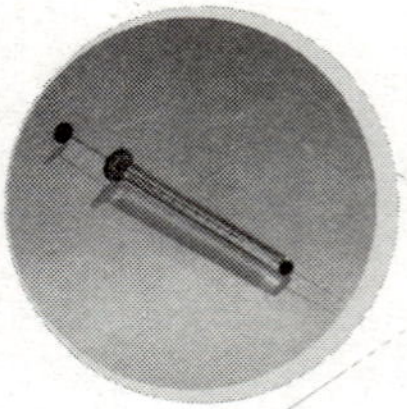

第二十六章
暗杀计划

“只要你不同时做两件事，就会容易很多。”瓦珥抱怨道。

“对不起。我的时间不多。”

“脑袋不要动。”

亚力克斯已经尽力了。她把凯文的电脑放在膝盖上，插上耳机。卡斯顿在车上打电话时，她就能听到通话双方说的话。很不幸，卡斯顿经常选择在开车时打电话给他的独生女艾琳。他们你一言我一语地讨论他的外孙女，亚力克斯的吊坠盒里有这个小女孩的照片。一开始，亚力克斯听了四十分钟他们商量上哪个早教班最好，好让小女孩以后能考进常春藤名校。之后，亚力克斯一听到他女儿的声音，或是他在办公室用只对艾琳的语气说话，就开始快进。他们的通话时间长得超出亚力克斯的想象。她伸手按住播放键。艾琳依旧在滔滔不绝地说着带莱维去动物园的事。亚力克斯实在听不下去，又按了快进键。

“告诉你，现在弄得一点儿也不完美，而这都是你的错。”

“所有的缺陷都是我的责任，我承认。”亚力克斯说。

瓦珥之前转过了亚力克斯的脸，不让她看到卫生间的镜子，所以她看不到现在自己变成了什么样子。她只知道自己的皮肤像是被涂了一层厚油彩。有什么东西贴在了她下巴的伤口上，感觉很紧绷。

她之前以为客房里的浴室就够豪华了，但主卧室就像一座疯狂的宫殿，能容纳两个五口之家舒舒服服地住下。

亚力克斯的注意力又回到了电脑屏幕上。家政服务员又去卡斯顿家了。看起来她是每隔一天为卡斯顿购物一次。亚力克斯注意到购物袋最上面的东西，有一夸脱有机脱脂牛奶、一盒全谷麦片，还有橙汁和咖啡豆。亚力克斯知道家政服务员的车牌，凯文顺藤摸瓜拿到了她的地址。天黑之后，亚力克斯就可以在这个女人的汽车上安装跟踪器，这样就可以跟踪她去商店了。

她又去听录音，艾琳正在跟卡斯顿道别。亚力克斯真不明白卡斯顿怎么能花这么多时间听他女儿絮絮叨叨。幸好他只有这一个孩子。但或许他是在一心二用，就跟亚力克斯一样。

他打工作电话时从不说起任何人名，更甭提说到以 P 打头的名字了。她感觉好像只要她能把对这个叫 P 的人的担心压在心底，她的潜意识就会为她搞定一切。很不幸，她不停地琢磨此人到底是谁，只是想来想去也想不出个所以然来。

“好啦，最后一步。”瓦珥说着把一个假发戴在亚力克斯的头上。

“疼。”

“美丽与痛苦总是相伴的。现在照照镜子吧。”

亚力克斯坐了太久，这会儿站起来，身体都僵硬了。她扭头去看镜子。

她吓了一大跳。一开始，她都没认出站在瓦珥身边的矮个子女人就是她自己。

“怎么可能……”她的手指不由自主地去摸原本结痂的伤口所在的部位。

瓦珥把她的手拿开。“别摸，你会把妆弄糊的。”

“伤疤呢？”

镜子里那个女人的脸上一点儿伤也没有，看起来完美无瑕。她的皮肤看起来与清纯的豆蔻少女一样嫩滑。一双眼睛大而有神，眼睛的轮廓突出了，却没有显得太夸张。她的嘴唇更饱满了，颧骨轮廓也更分明。她现在有一头棕褐色的齐肩长发，还闪烁着红光，秀发垂在突然高起来的颧骨边，显得十分妩媚动人。

“瞧呀，你的新面孔。”瓦珥说，“真有意思。下次我会把你装扮成金发尤物。你的肤色很漂亮，配任何色调都很自然。”

“太不可思议了。我真不敢相信。你是在什么地方学的？”

“我扮演过很多不同的角色。”瓦珥耸耸肩，“但有个模特让我摆弄还是挺有意思的。我小时候一直想要个大号芭比娃娃。”她伸手拍拍亚力克斯戴着假发的头顶，“要个小妹妹也行。但我更喜欢塑料脑袋。”

“我差不多比你大十岁呢。”亚力克斯抗议道。

“多么好的赞美呀。不过，不管我真正的年龄是几岁，涉及重要的事，你就没有我经验丰富了。”

“你爱说什么就说什么吧。”亚力克斯无意争辩，毕竟瓦珥现在给了她一张出乎意料的“自由越狱卡”，“这下就连我妈都认不出我了。”

“我还可以把你打扮得更性感。”瓦珥保证道，“只是你不喜欢招摇……”

“我这辈子都没这么性感过。至于更性感的样子，恕我没胆去看。”

“我打赌丹尼一定喜欢。”瓦珥愉快地说。

“顺便问一句……我们是哪儿露馅儿了？你是怎么看出来的？”

瓦珥笑了。“拜托。要是两个人好上了，周遭就会散发出光芒，哪怕你并没有透露什么。”

亚力克斯叹了口气。“你还把观察结果告诉凯文，我真是该好好谢谢你呀。”

“少说反话，不过你倒真该感谢我。现在底牌都揭开了，事情是不是变得容易多了？”

“算是吧……只是他差点就给我的脑袋来了一枪。”

“没有付出就没有收获。”

亚力克斯走到镜墙边，探身仔细查看自己的伪装。她下巴的伤口上贴着人工皮肤。她小心翼翼地动了动嘴，留意表情有没有不自然，会不会让人识破她的伪装。她看到自己一笑，皮肤微微有点起皱，但一层层的假发遮住了那半边脸。就算有人离得很近，她也用不着担心他们会注意到她脸上的伤。人们自然能看出她化妆了，可大部分普通女人都化妆。她应该不会引人注意。

她现在可以很快实施计划了，用不着非等天黑。她咧开嘴笑了笑，恢复了平静的表情，缓解了假皮肤带来的紧绷感。这全新的自由真叫人兴奋。

亚力克斯悄悄地快步走下楼梯，把电脑夹在腋下。她制订了一个可行性很高的计划，风险低，暴露的可能性也小。所以，她抱着渺小的希望去听卡斯顿的电话，只盼他会说漏嘴，透露一些有价值的信息。尽管这不太可能，但她还是要把录音听完。不过要稍后再听。现在，她要开始做一些具体的准备了。

“哈。”凯文咕哝道。亚力克斯看到他的视线越过她，落在她身后的瓦珥身上。“喂，瓦珥，你用了什么邪恶魔法才把她弄成这个样子？”

“本小姐才不需要邪术帮忙，我的本事大着呢。”瓦珥回答。

丹尼尔一直坐在沙发上看新闻——他真把这当成了任务在认真执行。这会儿，他站起来，绕过楼梯，去看凯文和瓦珥在说什么。

亚力克斯在楼梯最下面的一级犹豫了一下，感觉异常脆弱。她并不经常在意自己美或不美。

丹尼尔开始先是愣了一下，随即才恍然大悟，他的表情放松下来，漾出一抹微笑。

“我看你脸上的瘀伤都看习惯了，几乎都忘了你脸上没伤是什么样子了。”他说着笑得更灿烂了，“再见到你真好。”

亚力克斯知道她在地铁上时并不是这个样子，但决定顺其自然。

“我去装跟踪器。”亚力克斯告诉他们，“很快回来。”

“要不要我陪你去？”丹尼尔问。

“你白天最好还是别露面。”她告诉他。他看起来有些不高兴，但表面上还是顺从了。她知道，要是他一个人出去监视别人，她也会有同样的感觉，所以她很理解他的不情愿。

“我不会有事的。”她保证道。

“开那辆普通轿车去。”凯文说着指了指厨房岛台上的一串钥匙。

“遵命。”亚力克斯模仿他那士兵的口气说。他似乎并没有注意到。

卡斯顿的家政服务员现在可能在家，除非临时有跑腿的差事。她只是早晨去卡斯顿家上班。当然她可能还有其他客户，但亚力克斯觉得卡斯顿肯定会付给她很优厚的报酬，让她只为他一个人服务——保证她能随叫随到。亚力克斯驾驶黑色轿车穿过大街小巷，这里距离丹尼尔的空公寓其实很近。她很高兴他现在安全地藏在瓦珥家。她很肯定他们会监视他的公寓，盼着他足够愚蠢，会回来拿牙刷或最喜欢的T恤衫。

来到家政服务员住的街区，亚力克斯只能把车停在路边。她看到家政服务员那辆旧白色面包车就停在与她的公寓相隔一个街区的地方。路上的车辆来来往往，行人也不少。她注意到街角小超市附近有个地方不错，便走了过去。

此时正值初夏，她立即就出了一身汗。和凯文不一样，她没有各种服装可以挑选，所以今天还穿着那件运动上衣，只是此时这衣服穿在身上，像是比平时厚了两倍。但是她需要运动衣的口袋。但愿出汗不会把妆弄糊。

四周人来人往，她感觉自己并不特别显眼，只是人群中的一个普通人而已。她走到下一个街区，人流稀少了一些，但她依然不惹人注目。

她从衣兜里拿出手机，按下重拨键。

电话只响了一声，凯文就接听了。“怎么了，夹竹桃？”

“打个招呼而已。”她告诉他。

“没引起注意吧？”

“当然。”

“你和丹尼说吧。我才没工夫和你闲扯。”

“正合我意。”她说，可他已经离开电话。

她听到咚的一声，手机撞到了什么东西，然后丹尼尔的声音响起："哎哟！"

亚力克斯做了次深呼吸，让自己冷静下来。凯文每次都逼得她恨不得拿针扎他两下。

"亚力克斯，你还好吧？"

"我没事。"

凯文在后面喊了什么。

"凯文说你必须显得自然点。"丹尼尔说。

"我会注意的。"她赞同道。

此时，她和那辆面包车之间只有两辆车了。她前面有个人，但那个人和她是朝同一个方向走的，所以是背对她。她听了听，发现后面近处也没人。或许有人能看到她，但她并没有扭头观望。

"我估摸我们得说说正常人都会说的话。"丹尼尔道。

"没错。"

"你晚饭想吃什么？是不是还在家里吃？"

亚力克斯笑了。"在家里吃？听起来不错。你做什么我就吃什么。"

"你太好养活了。"

"这世上的难事太多，我就别跟着添乱了。"她把几绺假发从眼前拨开，手指碰翻了电话。结果手机滚过人行道，落在路边。"别挂电话。"她冲电话喊道，"我把手机弄掉了。"

她跪下把手机捡起来，一只手扶着面包车的车轮边缘。她直起身体，拂了拂紧身裤膝盖处的尘土。

"抱歉。"她说。

"安好跟踪器了？"

她又走了起来，向街区的尽头走去，她预备从那里绕回到她的车边。“是的。”

“很顺利呀。”

“我告诉过你这没什么。待会儿见。”

“小心开车。我爱你。”

凯文在旁边大声说了什么，随即手机中又传来砰的一声。

“你是在开玩笑吗？”丹尼尔也冲他喊，“这可是一把刀！”

亚力克斯挂断电话，稍稍加快脚步。她不能离开他们超过二十分钟。

她回到公寓，发现事情都恢复了正常，或者说，她那张新面孔带来的小小震动恢复了平静。丹尼尔依旧在勤奋地看新闻。瓦珥刚刚带爱因斯坦出去遛弯回来，正往精致的水晶碗里放水给爱因斯坦喝。凯文一边看录像，一边磨一把大砍刀。真是一派温馨的家居景象呀。

“发现什么没有？”她问丹尼尔。

“没有关于我的消息。副总统肯定会在大选前辞职。我估摸最近的丑闻传言并非都是空穴来风。这下大家都在猜测霍兰德总统会选谁当竞选伙伴。”

“太棒了。”亚力克斯喃喃地说，语气里却没有一点儿欣喜之情。她把背包放在一把白色高脚椅上，又在旁边的高脚椅坐下，打开电脑。卡斯顿家没什么动静，于是她把录像倒回去，看看她出去这段时间是否有事情发生。迄今为止，除了家政服务员，她没看到任何人常到卡斯顿家去，还有就是保安部的人每天下午都会开车从他家边上经过。

丹尼尔转到另一个电视台，播放的新闻大同小异。“你们都不关心总统会和谁一起竞选吗？”他问，“霍兰德人气很高。不管他选谁，那个人都可能成为副总统，而且很可能在四年后成为总统。”

“一群口技木偶。”凯文发着牢骚，放下大砍刀，开始磨一把长剔骨刀。

亚力克斯点点头表示同意，她把视频放到满屏，看到两个少年缓步从卡斯顿家旁边走过，来到街上。

“什么意思？”丹尼尔问。

“木偶没什么可担心的。”凯文道，“我担心的是牵线的人。”

“别这么愤世嫉俗呀，你曾经还为这个民主国家工作过呢。”

凯文耸耸肩。“嗯。”

“亚力克斯，你支持共和党还是民主党？”丹尼尔问。

“我是个悲观主义者。”

亚力克斯伸手去拿另一台电脑并插进耳机，从那上面能听到窃听器录下的电话。

“这么说，没人关心可能被选中的这个人是来自华盛顿州的极右参议员吗？此人以前是国防情报局的。”

亚力克斯错过的第一个电话又是卡斯顿的女儿打来的——听他那温暖的慈父口气，她就猜得出来。她又开始快进。

“这是情理之中的事。”瓦珥边说边把一个橡皮筋从头发上拿下来。她穿的运动服都被汗水湿透了，那样子真该上《美信》杂志封面才对。“霍兰德这人不够强硬。找个保守派，好让一些选民放弃中立态度。新选出来的人年纪大了，一头白发活像银狐，还有一个朗朗上口的双音节名字，很好记。不然霍兰德会更惨。”她甩了甩一头金发，完美的波浪鬈发落在了她的脖子上。

“真叫人难过，但你说得对。不过是一场选美比赛而已。”

“亲爱的，天下的事都是如此。”瓦珥告诉他。

亚力克斯停下来查看记录，但卡斯顿只是听，时不时低声说几句“嗯，啊”。她再次快进。

“自打我决定不再投票以来，我想我应该都习惯了。”丹尼尔蹙起眉头，“副总统佩斯。你说，这是他的本名，还是为了迎合选民改的？韦德·佩斯。你会给孩子取这种名字吗？”

“我才不会给孩子取名字。”瓦珥道，“因为我绝不会傻到生孩子。”

亚力克斯的手指下意识地关了录像。

“你们说什么？”她问道。

“我是说我不是做妈妈的料。”瓦珥道。

“不，丹尼尔，你刚才说的那个名字是什么？”

“佩斯参议员？韦德·佩斯？”

“这名字听起来很耳熟。”

“没人不知道他的大名吧。”丹尼尔说，“他这次平步青云，巩固了他的地位，他可不是个低姿态的人。”

“我对政治不感兴趣。”亚力克斯说。说话时，她正盯着电视，只是此时出现在屏幕上的是新闻主播。

“你对这个人有多少了解？”

“就是他们在新闻里说的那些。”丹尼尔答，“优秀的服务记录，全都是老一套。”

“他是军人吗？”

“是，好像还是个将军。”

“是中将吗？”

“可能吧。”

凯文这会儿也注意到了他们的对话。“韦德·佩斯。佩斯这个名字里有字母P。是我们要找的那个人吗？”

亚力克斯有些出神，她下意识地坐在高脚椅上轻轻摇晃。

“他来自华盛顿州……为国防情报局工作过……”她抬头看着凯文，“比方说国防情报局从理论上开发各种生物武器。此人很有政治抱负，他一定会把钱花在他的家乡。他们在表面上会有很多无关痛痒的目标，在局外人眼中，这些项目都能促进经济发展。或许这还帮他获得了参议院的席位。然而，过了几年，制造出来的病毒被偷了。显而易见，不能让任何人知道他曾参与制造病毒。不能有人知道这件事。后来我们查到了那些坏蛋，他们招了不少东西出来。韦德·佩斯很有野心。只要有人听过他的名字和病毒有关……”

“就会被尽早灭口。”凯文替她说完，“而且，谁知道那个本领高强的中央情报局特工都见过什么？最好也让他闭嘴。”

“不能存一点儿侥幸心理。”亚力克斯小声说，“他处在这么高的位置，容不得一点儿闪失。”

众人沉默了片刻。

“哦。”瓦珥说，她的声音显得那么大，把亚力克斯吓了一跳，“你们几个要去刺杀副总统？”她听来像是觉得这个想法太刺激了。

“他现在还不是副总统。”凯文道，“他没有任何官方职务。这就表示不会有特勤局插手。”

丹尼尔惊讶得张大了嘴巴。

风险大了，但还不算太严重。到最后，不管韦德·佩斯的势力有多大，也不过只有一颗跳动的心脏而已。

凯文牢牢地看着亚力克斯。“于是他就派人铲除我、我哥哥、你，还有你的朋友……为他当上总统扫清障碍。干掉这个人一定很有意思。”

亚力克斯张开嘴，但很快又闭上了。让凯文尽可能多采取点见不得光的行动，对她而言更容易，也更安全。

但是，她不能暴露身份，丹尼尔也不能，而凯文的脸和丹尼尔的一模一样，如果计划奏效，她无奈也要保护凯文。凯文或许比她更善于杀人，但她很肯定，若论不动声色地要人性命，还是她更在行。如果想把事情办好……

“我无意剥夺你的乐趣，但我认为你或许会愿意让我去。”亚力克斯微微有些颤抖。她也许犯了个大错。她之前说丹尼尔追求刺激，现在她是否也是这样？她不这么认为。一想到要多加一项任务，她就不由得心生恐惧。“我们必须干得神不知鬼不觉。你说是吗？我们这位觊觎总统宝座的野心家若是死于心脏病或中风，肯定不会引起过多的关注，可要是有人闯进他家，把他枪杀了，到时候一定会尽人皆知。”

“我可以做得悄无声息。”凯文坚持。他紧紧皱着眉头。

“像自然死亡那样悄无声息？”

“差不多吧。”

“你这句差不多会让我们的其他目标提高警惕。”

“他们已经很警惕了。”

“那你为什么还要明知故犯？”

“等我到了地方，再决定该怎么办。”

“真是个完美的计划呀。”

“你知道在这个国家里，每天有多少人在家里死掉吗？”

“我不知道。但我肯定一点，相比其他原因，六十岁刚过的白人男性因健康问题去世的人数最多。”

“很好，让佩斯犯心脏病而死是最不起眼的办法，我同意。那你要怎么进去，矮冬瓜？敲他家的门，找他借一袋糖？记得穿你那件带褶边的围裙——这招一定管用。”

“我可以把对付卡斯顿的计划改一下，但我需要几天研究佩斯……”

凯文用手狠狠地拍在厨房岛台上。“我们没有时间。现在已经耽搁很久了。你知道，迪弗斯和卡斯顿并没有浪费我们给他们的准备时间。”

“莽撞行事不可取，只会留下把柄，让他们大加利用。适当准备……”

“你真烦人！”

丹尼尔突然站在她和凯文之间，她这才意识到她和凯文离得有多近，他们的脸相隔十几厘米，唾沫星子都能喷到对方身上。

“我能不能打断一下，提一个显而易见的提议？”丹尼尔问。

凯文把他的手拍开。“别多管闲事，丹尼。”

亚力克斯深吸一口气，让自己冷静下来。“显而易见的提议是什么？”她问丹尼尔。

“亚力克斯，你想了个最佳方案……去刺杀参议员。”丹尼尔很快摇了摇头，“真不敢相信这是真的。”

“是真的。”凯文没好气地说，“不过，一个计划连切入点都没有，绝谈不上是最佳方案。”

“让我把话说完。亚力克斯有个最佳……办法。凯文，你呢，可以悄悄地潜进去。”

“是的，我可以。”凯文说，他显得很好斗。

“噢。”亚力克斯说，不知怎么突然感觉怏怏的。或许只是自尊心受挫，要和这么讨厌的人一起合作，很让人恼火。“你说得对。”她向丹尼尔承认，“你又对了。”

他笑了。

“那又怎么样？”凯文问道，“你们别再眉目传情了，看得我直想吐。”

“这不明摆着嘛……”亚力克斯一字一顿地说，“我们必须合作。你进去，但要拿着我预先配制好的毒液。事实上……”她反复思考各种选择，“我想办法有很多。我们必须保持联系，我好教你如何使用……”

凯文白了她一眼。“现在是你负责指挥，我反而要听命行事了？”

亚力克斯瞪着他。“你要是有更好的计划，大可以提出来。”

凯文翻翻白眼，但随即重新集中精神。“那好吧。这计划还凑合。”

亚力克斯现在感觉好多了。她可以完成她的那部分工作，还不用冒任何风险。而且，她虽然不喜欢承认，却知道凯文能做到。

凯文哼了一声，如同知道她在想什么，然后问道：“能不能帮我个忙？”

“你想怎么样？”

“你能不能配一种会让人很疼的毒药？会让人死得很惨的那种。”

亚力克斯虽然很害怕，却还是笑了。“小意思。”

凯文噘了一会儿嘴。“说来也怪，夹竹桃，我……我现在都有点喜欢你了。”

“这种感觉迟早会消失。”

“你说得对——已经变淡了。”凯文叹了口气，“你配那些化学药品，需要多久？”

亚力克斯很快就算出了结果。“给我三个小时。”

“那我去研究一下我的新目标。”

凯文把大砍刀和其他刀具都收起来，吹着口哨上楼去了。

亚力克斯站起来，活动活动腿脚。虽然又有了新的压力和担心，但找到了答案，感觉还不错。想起了那个人名，就好像给了她一个刺激，弄得她脑袋里痒痒的。现在，她要专心思考下一步该怎么走。

“好了，我已经在主卧浴室里了。”

凯文的声音在他自己听来很轻，但在亚力克斯听来依然很大，让她感觉很不安全。如果她道出她的担心，他或许只会提醒她闭嘴，他现在才是行家。他这人就是太自信了。

亚力克斯不知道他有没有带爱因斯坦一起破门而入。可能吧，她心想，但爱因斯坦当然不会弄出一点儿动静。

“必须确定是他要用的东西。我不希望他的妻子无辜惨死。”亚力克斯不敢提高声音，尽管他现在显然进展顺利。

“什么？”

“你要找到他本人用的东西。”她稍稍大声了一点儿，“不要选择牙膏这种男女都能用的。”

“我很肯定右边的药柜属于那家伙。安全剃须刀片替换装，止痛药埃克塞德林，防晒霜，善存银片，一些化妆品，但都是肉色的……”

“看清楚点。”

“我看得很清楚。左边有很多唇膏和香水。”

“这些东西可能是他们共用的……看看药柜下面的抽屉。”

亚力克斯回想起在官方照片中看到的站在韦德·佩斯身边那个金发美女。她叫卡洛琳·约瑟芬·梅里特－佩斯，只比参议员小十岁，看起来却像小了四分之一个世纪。不管她做了什么整容手术，她都很小心谨慎，没让外界知道；她经常面带温暖灿烂的笑容，一笑起来，眼角就会出现鱼尾纹，给人一种极为真诚的感觉。她出身南方的一个贵族家庭，继承了大笔财富，她把其中大多数都用来资助各种公益事业——扫盲，让挨饿的孩子吃饱肚子，挽救市中心平民区学校的音乐计划，为无家可归的人建造收容所。她从未做过任何有争议的事。她以家庭为中心，专心照顾两个女儿。她的两个女儿现在都从木兰盟校毕业，嫁给了很体面的人，一个是儿科医生，另一个是大学教授。

亚力克斯匆匆调查了一番这位参议员的妻子，据她所知，梅里特－佩斯太太是个和蔼可亲的女人，当然不能像她丈夫那样痛苦地死去。不，他还没死，只是他们希望他会惨死，亚力克斯想。能否成功，很大程度上还是要看运气的。

“我看到了三盒香皂，一支备用的牙刷，两种口味的无色唇膏，一种是樱桃味，另一种是草莓味……润发油，化妆棉，棉签……再下面的抽屉——噢，找到了，痔疮膏，很合适，还有肛门栓剂。你怎么看，夹竹桃？”

“或许能行。我倒是喜欢用局部的东西，而不是从口腔下手，尽量和对付卡斯顿的方法区别开来。只是他可能不常用痔疮膏或肛门栓剂。”

“说得对。不过把毒药从屁股里塞进去，还是挺过瘾的——对了，他抽烟吗？”

“这个……稍等片刻。”

她在打开的浏览器窗口中输入“韦德·佩斯抽烟吗”几个字，屏幕上随即就出现了大量文章和图片。她点击图片——图片质量很差，有的是从背后拍摄的，还有的是从远处拍的。照片里的韦德·佩斯比现在年轻，头发依旧是黑的，通常都穿着军装，从来没有出现在照片的中心，但很容易就能辨认出哪个是他，而且他手里拿着香烟。在近期的照片里，他都位于中央；此时的他已经变成了瓦珥口中的“银狐”，没有拿烟。但几个摄影师拍到了在他白衬衫袖子下隐约可见的尼古丁贴片。还有一张是度假照片，他身着花哨的夏威夷衬衫，可以看到袖子下面也露出了尼古丁贴片的一角。这是四月的度假照片。时间并不久远。

“看起来他以前是抽烟的。”亚力克斯说，“去找找有没有尼古丁贴片。”

“尼古德姆牌。有一盒已经用了一半的，后面还有三包没拆封的。我去垃圾桶看看。”

接下来是一阵短暂的沉默，亚力克斯焦急地等待着。

“确信无疑了。水槽下面的垃圾桶里有用过的贴片。垃圾桶常倒，所以他现在依然在用。”

“真是太好了。”亚力克斯咬着牙说，“用三号注射器。”

“明白。”

她能听到他轻轻地拉开了拉链。

“不要碰到里面的液体。从缝隙注射进去，不要留下明显的针孔。”

“我又不是白痴。注射多少？”

“推进去一半。”

“那也太少了，你确定——好了，不管了。多久能干？”

“几个小时吧。把它……”

“放在第一张贴片下面。”凯文插口道，“排在第二张。”

“你说得很对。”

亚力克斯听到凯文低声咯咯笑了起来。

“任务完成。韦德·佩斯就是死有余辜。现在开始对付二号目标。”

“如果是你用贴片，会不会事先检查一下？”

“不会。应该到不了二十四小时就会有结果。我们在公寓见吧。”

“好吧。”

“现在快去处理你的任务吧，夹竹桃。”

她回答时的声音微微有些尖锐。“是的。我会在你回来前搞定。”

他听出了她的紧张，他的语气变得生硬和居高临下。“那样最好。不然的话，如果我这边出了乱子，你的计划就泡汤了。”

“是的。”

他赶在她挂线之前挂了电话。又被他抢先了。

亚力克斯做了次深呼吸，把手机和电脑放在自己身边。

丹尼尔正盘腿坐在她脚边的地板上，一只手轻轻握着她的小腿。刚才打电话的时候，他的目光从未离开她的脸。

“全听到了吧？”她问。

丹尼尔点点头。“真不敢相信他连一个人都没吵醒。快告诉我，我的声音没这么有穿透力吧？”

她笑了。“是的。”

他向前探身，把下巴搭在她的膝盖上。她感觉到他的手紧紧握住了她的腿。

“现在轮到你了。”他说，他的声音很轻，却不足以掩饰他的紧张。

“还没到时间。”她情不自禁地瞥了一眼她设置的作为临时实验室一部分的数字时钟。显示屏上的时间是4:15。“还有几个小时才到表演时间。”

她感觉到他贴在她身上的下巴收紧了。

“我又不是去冒险。”她提醒他，“我可不会闯进别人的碉堡。我要做的就跟安装跟踪器差不多。”

“我明白。我一直都是这么跟自己说的。”

亚力克斯站起来，伸伸懒腰，丹尼尔向后靠，让出空间给她。她冲房间一角一点头，她的实验设备胡乱地摆在那儿的几张茶几上。她已经利用这些装备，先是调制出了用在佩斯身上的毒药，接着又配制了很多“幸存者”麻醉剂。

“我看我还是先收拾一下吧，不然瓦珥该生气了。”

丹尼尔站起来。“我能帮忙吗？”

“当然。必须戴手套，不然什么都不能碰。”

他们只用了一会儿工夫就收拾妥当了。亚力克斯经常都要拆装实验室设备，有时候还是在很紧急的状态下，在这方面可谓经验丰富。丹尼尔很快就掌握了各种物品的收放次序，赶在她拆掉设备之前，他就准备好了适当的箱子。她一面小心翼翼地包好最后一个圆底烧瓶，一面抬头又看了一眼时钟。还要再过几个钟头，瓦珥才会开始给她化装。

“你看起来很累。”丹尼尔说。

“我们开始得比较早。等会儿瓦珥给我化装，免得别人认出我。”

“打个盹儿应该不要紧。”

亚力克斯很肯定自己睡不着。她尽量让自己显得冷静，不让丹尼尔担心，但事实上，她能感觉到恐慌的种子已经开始在她的心里生根发芽。这倒不是说她向丹尼尔隐瞒了自己将要做的事，她只是无法轻松面对接下来要发生的一切。她现在要真正采取行动了。事实上，她又恢复了往常的心态，能从准备工作中得到安慰。现在是时候执行她的计划了，她的神经系统又开始负担过重。休息一下或许是明智的选择。

“好主意。”

亚力克斯看着卡斯顿的家政服务员穿过自动门，走进大型超市，她缓缓地深吸几口气，让自己集中注意力。她照了照遮阳板的镜子，看了一眼瓦珥为自己创造出的新面孔，这才放下心来。亚力克斯今天戴了一头看起来十分逼真的淡金色假发。她的妆容虽然都是化出来的，却一点儿也不惹人注意。亚力克斯很高兴看到她的鼻子呈现出新的形状，看起来跟真的一样。这会对行动很有帮助。

还有一些购物者陆续停车进了超市，亚力克斯知道现在该行动了。她再次深呼吸。没什么难的。只是正常去买东西而已。

超市里很热闹。很多顾客在购物，亚力克斯很肯定她一点儿也不起眼。她忽然想到丹尼尔曾在柴尔德里斯疯狂购物，结果惹了大麻烦，她惊讶地发现自己笑了，不由得责怪自己神经过敏。

虽然人流不息，但要找到那个女人并不难。家政服务员穿着鲜艳的黄色纯棉裹身裙，颜色很扎眼。亚力克斯并没有跟着她在超市里穿行，而是每隔一个货架通道，就从对面向她走过去。这样一来，她虽然不断出现在那个女人的视线中，却显得更为自然，少了几分鬼祟。从近处看，家政服务员五十来岁，身材保持得很好，风韵犹存，而且，她一点儿也没注意到亚力克斯。与此同时，亚力克斯随意拿了些东西放进购物车，都是牛奶、面包和牙膏等无关痛痒的物品，然后才又拿了最重要的几样东西。

卡斯顿喜欢喝小瓶的有机橙汁。它的保质期肯定很短，所以家政服务员每次来超市都只买几瓶，从不囤积。亚力克斯拿起三瓶，放在自己购物车前排的儿童座椅上——家政服务员的购物车里也有三瓶。

她推车来到一条没人的货架通道——早晨没人选购生日卡或办公用品——然后打开衣兜里小注射器的盖扣。针头很细，她把针头插进旋转盖下方的塑料橙汁瓶，没有留下任何痕迹。她在圣诞卡前来回转动身体，装作在寻找令人满意的祝福语。将毒药都推进去后，她拿起一张闪闪发光的桃红色贺卡，放进购物车。或许她可以在凯文完成任务后把这张卡片送给他。卡片上的亮片会粘在人身上，几天才能掉。

她和巴纳比管这种毒药叫“心脏病”，因为它会引发心脏病。以前，审讯结束后，组织需要除掉一些受审对象，同时还要让他们死得很自然，就会选择这种毒药。大约三个小时后，心脏病毒药就会分解成代谢物，几乎无迹可寻。像卡斯顿这样年纪和身体状况的人，况且还从事这么高度紧张的工作——亚力克斯很怀疑是否会有人这么认真地去追究他的死因，至少一开始不会。当然了，如果他是二十五岁，经常参加马拉松，或许就显得可疑了。亚力克斯走到旁边出售烘焙食品的过道，那里距离收银台很近，可以清清楚楚地看到等待结账的购物者。她一直在假装不知该选法棍面包还是意大利拖鞋形面包。大约十分钟后，家政服务员终于从十九号通道走了过来，去排队结账。亚力克斯赶忙把法棍面包扔进购物车，站在她旁边的队伍中。

接下来的事就棘手了。她必须在她们离开超市之际接近那个女人。亚力克斯把不起眼的黑色轿车停在家政服务员的面包车旁边。等到那个女人把物品装车的时候，亚力克斯就可以抱着购物袋，假装摔倒在面包车的保险杠上。应该不会太难就能把她的橙汁和家政服务员的橙汁偷换。她估摸就算数量不对，家政服务员也会把所有的橙汁都放进卡斯顿的冰箱里。

亚力克斯一边想一边看着她旁边的传送带，确定家政服务员购买了橙汁。她看了一眼之后就飞快地把目光移开。

就在她买的东西滑过扫描仪的时候，她皱起了眉头。不对。家政服务员购买的这些东西和她的记忆图像对不上号。她回头扫了一眼旁边的传送带，试图分辨出是哪里出了问题。

装袋工正把一盒幸运护身符牌麦片装袋。根据亚力克斯看到的录像，家政服务员从未给卡斯顿买过这种麦片。卡斯顿每天早晨都吃同一款粗纤维麦片。带有很甜的棉花糖外加塑料赠品的麦片可不是他喜欢的类型。

她低头又瞥了一眼那边的传送带。有家政服务员常买的咖啡豆、低脂奶油、一夸脱脱脂牛奶，但还有半加仑全脂牛奶和一盒尼拉牌薄脆饼。

“您要纸袋还是塑料袋，小姐？小姐？”

亚力克斯立马打起精神，打开钱包，掏出三张二十美元钞票。“纸袋，谢谢。”她说。家政服务员一向都用纸袋。

在等待找零的空当，有无数念头在她的脑海里转动着。或许家政服务员既给卡斯顿购物，也给她自己买了些必需品。但如果她是给自己买的牛奶，那就必须把它带进卡斯顿家，放在卡斯顿家的冰箱里，做完一天的工作之后才能带走，不然天太热牛奶会坏掉。但她以前从未这么做过。

卡斯顿是要请客吗？

亚力克斯跟着那个女人穿过自动门，左手提着两个购物袋，一颗心扑通扑通直跳。

她必须确保喝掉那瓶橙汁的人是卡斯顿。然而，要是他的朋友碰巧拿了呢？而那个朋友可能只有二十五岁，还常参加马拉松。那样一来，她的意图就暴露了。卡斯顿也会改变习惯，更加小心谨慎。他会知道下手的人是亚力克斯，会知道她还活着，而且就在附近。

届时，针对他们的追捕行动将再次开始，而且距离比任何一次都要近。

她是否该冒险一试？卡斯顿喜欢喝这种牌子的橙汁，或许他不会让给别人，可如果他让了呢？

她思索着各种可能性，一个毫无意义的信息——或者说，她曾经认为这个信息没有价值——钻进她的脑海，让她想到了一个全新的可能。

动物园。卡斯顿的女儿总是提起去动物园的事。每天都打电话，他们有时甚至通话长达几个钟头。如果艾琳·卡斯顿－博伊德并不总是这么密切地和她父亲联系呢？如果亚力克斯匆匆忙忙地只想听重要电话，就把艾琳的电话快进，却漏掉了关键信息——比如他女儿和外孙女要来做客呢？华盛顿的动物园很有名，是带住在外地的外孙女去玩的最佳选择，就好像幸运护身符牌麦片正是一个宠溺孩子的外祖父为外孙女准备的早餐一样。可是，没有如果。

亚力克斯叹了口气，很轻，却意味深长。

她不能冒险毒死那个孩子。

现在该怎么办？用咖啡豆行吗？但艾琳也可能喝咖啡。或许换一种毒药，看起来很像沙门氏菌的毒素？

她不能等到那一家人回家后再动手。迪弗斯和佩斯在那个时候应该已经死了。就算此刻没死，卡斯顿知道后也会提高警惕。现在她必须克服恐慌反应。一共有六瓶橙汁，只有一瓶有毒……卡斯顿喝掉有毒橙汁的概率……那孩子不可能受伤害……

唉，她在心里呻吟着，放缓了脚步。她知道自己不会那么做。而且，她不可能回到卡斯顿最喜欢的露天咖啡馆，在他的煎鸡排里多加一味配料。自打上次她在那里接触过他，他肯定已经放弃了那个习惯。现在只剩下危险的办法了，比如借来丹尼尔的狙击步枪，从卡斯顿家的厨房窗户把他打死。她被抓和被杀的概率就太大了，大得超乎她的计划和预期。

凯文一定会瞧不起她的。她的清单上只有一个人，她却搞砸了。她不怨恨凯文会有那样的反应，连她自己都瞧不起她自己。

凯文好像能读懂她的心思似的，竟打了个电话过来。她感觉到手机在衣兜里震动，她把手机拿出来，看了看上面的号码。她按下应答键，把手机放在耳边，但什么都没说。她此刻距离家政服务员依然很近，她不希望那个女人听到她的声音后，转身更仔细地再看一眼自己这个金发女人。或许还要从家政服务员身上找突破口，亚力克斯承担不起被发现的代价。

亚力克斯等凯文先开口，虽然有点不合逻辑，她却还是肯定他已然感觉到她失手了。或许还会用他平时那种尖厉的声音说，关键时刻掉链子了吧，夹竹桃。

凯文没说话。她拿下手机查看屏幕。是不是掉线了，还是他无意间把电话拨了过来？

电话并没有断。屏幕底部一角显示通话时间还在向前推进。

亚力克斯险些脱口而出：凯文？

四年的妄想狂经历及时阻止了她的舌头。

她将电话贴在耳边仔细听。没有汽车里的嘈杂声或是人来回走动的声音。没有风声。没有动物的声音，也没有人声。

她的手臂上起了一层鸡皮疙瘩，脖子上的汗毛都竖了起来。她已经从自己的车边走了过去，现在必须继续往前走。她保持头部不动，眼睛却环顾四周，她留意到停车场后面的一角有个大垃圾箱。她加快步伐。这里距离敌人的权力中心太近了。他们若是追踪这个号码，很快就会找到她。她很想拔腿就跑，却还是强迫自己果断地快步向前走。

电话线另一端依然没有任何声音。她心中出现了一个冰冷沉重的空洞，而且，这个洞正在逐渐扩大。

凯文是不会突然开口对她说话的，她很清楚这一点。然而，她还是犹豫了一秒钟。一旦做了她知道现在必须要做的事，一切就都结束了。她与凯文唯一的联系将被切断。

她挂断了电话。屏幕底部的数字告诉她，这通电话只持续了十七秒。感觉却那么漫长。

她绕到垃圾箱一侧，待在这里，她看不到任何人，但愿这意味着别人也看不见她。

她把买到的东西放在地上。

她的手提袋夹层里有一套很小的开锁工具。她从未用它们开过锁，只是偶尔用来打开较小的逆流环和适配器。她拿出最细的探针，用它把手机里的 SIM 卡屉拨出来。卡和卡屉都落进了手提包。她用 T 恤衫的边缘仔细把手机上的指纹擦掉，只隔着布料握住手机。她的 T 恤衫很短，垃圾箱太高了，她没办法从侧面的开口把手机丢进垃圾箱。但她必须把手机扔进去，同时还不能离垃圾箱太远，幸好只试了一次就成功了。

亚力克斯抓起牛皮纸袋，绕过垃圾箱，快步向汽车走去。面包车刚刚驶出停车场。她不确定家政服务员是否注意到她在绕来绕去，却还是尽可能迈大步往回走。

手机没了，但她仿佛依旧能看到屏幕一角的时间在往前走。现在有两种可能性，若是一种成真了，那她剩下的时间就不多了。

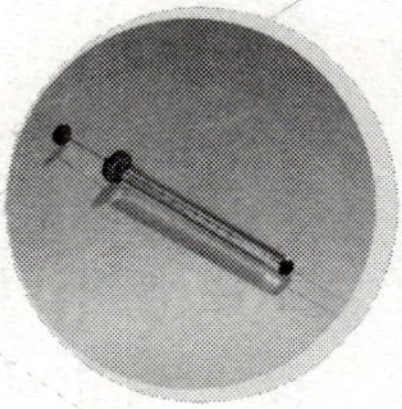

第二十七章 终极谋杀

“亚力克斯，他只是把手机放在口袋里不小心拨了过来而已。”丹尼尔争论道。

“丹尼尔说得对。”瓦珥也同意，“你反应过度了。不会有事的。”

亚力克斯摇摇头，感觉自己一咬紧牙关，下巴的伤口就会被牵动。“我们该走了。”她直截了当地说。

“因为就在我们说话的此刻，那些坏蛋可能正在严刑拷问凯文。”瓦珥调侃道。她的语气很耐心很迁就，是那种只有对小孩和老人说话时才会用的口吻。

亚力克斯的回答则冰冷无情。“如果他们是来杀你的，你就没心情开玩笑了，瓦珥。对此我可以向你保证。”

“听着，亚力克斯，你自己的计划失败了。”瓦珥提醒她，

“所以你本来就很心神不安。结果凯文给你打电话又没说话。就是这么一回事。只是意外，至于这么提心吊胆吗？太夸张了。”

“他们现在就在这么做。”亚力克斯平静地低声说。当初巴纳比把能让她看的机密材料给她看之前，她就见识过这样的手段。“受审对象有一部手机，手机里只有一个号码。审讯者一定会拨打那个号码，看看能得到什么样的信息，并且追踪手机信号，找到接电话的人。”

“好吧，不过也没什么信息能让他们去查的，对吧？”丹尼尔问，尽力安慰她，“你都把手机扔掉了。他们只能找到停车场，而那里与我们一点儿关系也没有。”

“电话这条线是断了。”她表示同意，“但如果他们抓住了凯文……”

丹尼尔的脸上掠过一丝怀疑。瓦珥还是那副“你什么都不懂”的表情。

“你说他们会不会把他杀了？”丹尼尔小声问。

“那样就好了。”亚力克斯直率地说。她不晓得怎样才能说得更委婉。“他死了倒也干净，他们再也不能折磨他，我们也安全了。如果他还活着……”她做了次深呼吸，打起精神，“那就像我说的，我们必须赶快离开。”

瓦珥还是不相信。“你真觉得他会出卖丹尼？”

“听着，瓦珥，我永远都不会质疑你对女性的理解。那是属于你的世界。而这是我的世界。我现在告诉你，每个人都会被攻破，这并不夸张。不管凯文有多坚强，也不管他有多爱他的大哥，结果都是一样的。或许他会撑上一段时间，但终究会说出我们的藏身之所。但愿他不要坚持太久，免得受太多苦。”

不过，凯文一定会撑很久，她很清楚这一点。她和凯文一直磕磕碰碰，但她早已学会相信他，并且非常了解他。他会为她争取时间，好让她带丹尼尔和瓦珥逃到安全的地方。一部分原因在于他真的很爱他哥哥，还因为他是个骄傲的人。他绝对不会轻易把迪弗斯想知道的事吐出来。凯文会让他们费尽九牛二虎之力，才能把他的嘴撬开。她很高兴不是由她来攻破凯文。她很肯定凯文会成为她遇见过的最难搞定的案例。如果真有人能把秘密带进坟墓，那个人或许就是凯文·比奇。他或许可以打破她的完美纪录。

有那么一刻，她能清晰地看到一幅画面：凯文被绑在老实验室中最先进的审讯台边，她则站在他面前。她要用什么办法撬开他的嘴？如果事态的发展稍微有所不同，如果那个巴基斯坦的受审对象从未小声说出韦德·佩斯这个名字，那她想象的这一幕很可能早已成为现实。

她不再幻想，而是抬头看着丹尼尔和瓦珥。亚力克斯看得出来，她的紧张和确定终于至少感染了丹尼尔一个人。

“他们要是真抓了凯文……你觉得爱因斯坦会怎么样？”瓦珥问，她依然心存怀疑，但她那双宝石蓝的眼睛却流露出异样的脆弱神情。

亚力克斯蹙起眉头。事态这么紧急，瓦珥为什么只关心一只动物？太蠢了。

“我们现在没时间把所有事都搞清楚。”她说，“瓦珥，你有没有地方可去？必须是一个凯文不知道的地方。”

“这种地方有很多。”瓦珥的声音变得冷漠起来。她那精致的五官突然好像属于一个美丽的洋娃娃，冷漠而空洞。“你们呢？”

“我们的选择比较有限，但我会想到办法。把你想要的东西都拿走，再回来这里很不安全。我能留着这个假发吗？”

瓦珥点点头。

“谢谢。除了我们开的那辆车，你还有别的车吗？”凯文是开着麦金莱一家的SUV车，在午夜过后带爱因斯坦走的。

“这里有两辆车。那辆车不是我的，是凯文来时开的。”

瓦珥缓慢优雅地跳了个旋转舞步，款款地向楼梯走去。亚力克斯说不清她是去收拾东西，还是去睡觉。反正瓦珥不相信她说的话。

亚力克斯的脑海中闪过一百个不同的方向。他们必须尽快换辆车，把凯文知道的那辆车丢掉。有太多细节要考虑，她必须尽快想清楚。

亚力克斯转过身，快步返回客房。她也要打包。

还要思考。她从未就这种情况做过计划。她不该如此马虎。

丹尼尔跟在她身后。“告诉我需要我做些什么。”他在他们走进客房时说。

“你能把所有东西都装回背包吗？我……我需要思考几分钟。我们今天再也不能犯错了。让我集中精神，好吗？”

“当然。”

亚力克斯躺在床上，把两只手臂压在脸上。丹尼尔在角落里静静地收拾装备。亚力克斯试着把所有可能采取的办法都思考一遍，而且一定要是凯文不知道的办法。

可行的办法其实并不多。她甚至都不能回去接罗拉——那家宠物寄养机构也是凯文选的。

她再深吸一口气，集中精神，不再去想罗拉。现在没时间伤春悲秋。

未来一段时间，他们只能住小汽车旅馆。只付现金。所幸她手里有很多凯文贩毒弄来的钱。这样一来就不会引起怀疑。

卡斯顿自然会料到这一点。她和丹尼尔的照片一定会上警方分发的传单，用电子邮件传给一千公里范围内所有他们可能会停留的地方。新闻中已经播过丹尼尔的事，或许他们会把亚力克斯说成是丹尼尔俘虏的人质。很难让别人相信其他版本，毕竟亚力克斯和丹尼尔两个人的体格悬殊。

不管他们找到什么车子，都可以在车里过夜，就跟以前一样。敌人一定会密切监视。一旦卡斯顿的人追踪到凯文的汽车，就会追踪周围一百公里范围内的每一次二手车交易，每一个销售广告，以及每一个偷车案件。只要描述相符，他们就会来追查，只要警察报告说看到了相关车辆，卡斯顿的人就不会离得太远。

或许现在是时候回芝加哥了。或许乔伊·詹卡迪不会马上要她的命。又或者，他很清楚她此时已经绝望，知道把她卖给对她感兴趣的人，一定可以卖个好价钱。

她有几个身份是凯文不知道的，可丹尼尔没有。她从凯文那个移动蝙蝠洞拿来的身份证明并不安全。

除非丹尼尔快速采取行动。

她把手臂从脸上拿开，猛地坐起来。

“你知道怎么玩捉迷藏吗？”

丹尼尔转过身，手里拿着两个装着弹药的透明塑料袋。“还可以吧。”

亚力克斯颔首。“不过你是聪明人。你的西班牙语说得不错，是吧？”

“还可以应付。你想回墨西哥？”

“但愿能回去。你去过很多次墨西哥，对你而言那里并不安全，不过南美洲有很多隐秘的藏身地点。而且，那里的东西很便宜，所以你手里的钱足够花一阵子。你可能无法融入周围的环境中，但那里有很多外国人……”

丹尼尔犹豫片刻，然后小心翼翼地把弹药放进背包。他走过来，站在她身边。

“亚力克斯，你说了好几个‘你’。你……的意思是我们现在要分开？”

“丹尼尔，离开这个国家，你会更安全。你若是能在乌拉圭找个僻静的小地方藏起来，并且保持低调，他们或许永远都找不到——”

“那我们为什么不能一起去？你担心如果凯文招了，他们会把目标设定为一男一女？”

她挺起双肩，既是在耸肩，也是一个自我保护的动作。“我没有护照。”

“你难道不认为他们正在等丹尼尔·比奇去坐飞机吗？”

“你不再是丹尼尔·比奇了。我从凯文那里拿了假身份证明。他们要过很久才会拷问他关于假身份证明的事。所以，你今晚有充足的时间坐飞机去智利。”

他的表情突然变得严肃起来，几乎有些愤怒。这让他看起来很像凯文，她惊讶于见到这样的他，她竟是这么难过。

“这么说，我只顾我自己的安全就行了？我要丢下你，不管你的死活？”

她再次微微耸耸肩。“你也说了，他们会找一男一女。我自己能钻空子逃跑。”

“他们一定会大肆追捕你的，亚力克斯。我不能——”

“好吧，好吧。”她打断了他，“让我再好好想想。我一定能想到办法。”

丹尼尔又与她对视良久。他的表情慢慢地放松下来，看起来又像他自己了。最后，他垂下肩膀，闭上眼睛。

“对不起。”她小声说，“我很抱歉计划失败了。我很抱歉凯文……”

“我一直抱着希望，他会从大门走进来。”丹尼尔承认，他睁开眼，垂着头，“但在内心深处，我能感觉到——他是不可能回来了。”

“我知道。但愿我错了。”

他抬起头，凝视她。“如果我和他的位置对调，他一定会做点什么。他肯定能想到办法。我却什么都做不了。我不是凯文。”

“凯文也一定与我们一样。他不知道他们把你关在什么地方。就算他知道，也不可能是那些人的对手。他也什么都做不了。”

丹尼尔摇摇头，瘫坐在床上。“就算有这些不利因素，也不能阻止他去救我。”

亚力克斯叹了口气。丹尼尔或许说得对。凯文说不定有秘密线人，或是另一个摄像头，也可能有办法黑进迪弗斯的系统。总之他绝不会放弃营救，选择逃跑。但亚力克斯也不是凯文，她甚至不能在卡斯顿不知不觉的情况下把他毒死。她现在很肯定，卡斯顿一定有所察觉了。

“让我想一想。”她重复道，“我一定能想到办法。”

丹尼尔点点头。“但我们不能分开，亚力克斯。我们一起走，生死都不分离。”

“即使我们两个都会有危险？”

“是的。”

亚力克斯又倒在床上，用手臂遮住脸。

如果有让他们两个成功逃脱的办法，她以前早就试了。她现在会在这里，完全是因为逃跑计划失败。现在连主动出击这个计划也失败了。她并不乐观。

说来也怪，人都是在失去之后，才意识到竟然失去了那么多。是的，她很清楚她钟情于丹尼尔，她早就接受了这个对她“不利”的条件。可谁能想到她居然也会想念凯文？凯文怎么会成为她的朋友呢？甚至不仅仅是朋友，因为朋友都是自己选择的。他更像家人——是那种你在家庭聚会上一定会见到的大哥。在此之前，从未有这样的人出现在她的生命中，此时的感觉就好像失去了一样你以为自己并不想要的东西，但它早已在不知不觉中变得十分重要。凯文这个人很嚣张，老是一副自信满满的样子，却让她体会到了好几年都没有感受过的安全感。他的团队一向都是赢家。他的无敌就像一张安全网。

或者说，过去的他的确如此。

还有狗。她甚至都不能去想它们，不然一定会难过死，那样她什么办法都想不出来了。

凯文被绑在审讯台上的画面再次闪现在她的脑海里。如果现在能知道他已经死了，或许就会迎来转机。如果她能相信此时此刻他没有遭受痛苦，该有多好。他很聪明，一定能找到办法逃脱。又或者，他对自己很有信心，以至于绝不相信失败会在计划之内？

目前为止，通过对迪弗斯一举一动的观察，她很肯定，凯文不会浪费任何一个获得优势的机会。

亚力克斯真心希望他们的处境能对调。如果是她被抓住，她就能快速且毫无痛苦地结果自己，绝不会向迪弗斯和卡斯顿提供有关其他人的消息。不管凯文是哪里失误了，不管他是如何失败的，他依然是最有能力保护丹尼尔活下去的人。他还可以保护瓦珥。就眼前来说，瓦珥是最容易逃掉的，可惜迪弗斯和卡斯顿都不是那种会放过目击者的人。

如果凯文此时处在亚力克斯的位置上，在苦思计划，他会怎么做呢？

亚力克斯不知道。他拥有她甚至都不知道的资源，她根本无法复制。可即便如此，逃跑也将是他唯一的选择。他以后或许会回来再次尝试主动出击，但现在准副总统派出了刺杀小队，他不可能死撑。现在必须人间蒸发，躲起来重整旗鼓。

而对她来说，她现在要做的是人间蒸发，不被抓住。

凯文被绑在审讯台上的可憎画面在她的脑海里挥之不去。身为一个专业的审讯者，问题在于，她清楚地知道，他们此时会使用哪些手段来对付他。她不可能不去注意过了多少时间，不去想象此时他们可能问出了哪些问题。

丹尼尔很安静。他只用了一会儿工夫就打好了包。他们并没有把东西随意摊开。他们从一开始就知道，也许是因为另一场灾难降临，也许是因为瓦珥烦了，反正他们随时都可能离开。

她能猜到他此刻的感受。他不愿意相信事情会变得这么糟糕。不愿意相信凯文可能已经死了，或者说此时死亡对凯文而言是最好的结果。他肯定记得那天半夜，凯文穿破屋顶进来救他，并且为了自己不能同样去救凯文而感到内疚。不仅是内疚，他还很无助、脆弱、愤怒，感觉自己有罪和懦弱……所有她此刻的感觉，他也应该都感受到了。

但对于凯文，她确实无能为力。如果她和凯文交换位置，凯文也同样什么都做不了。他无法得知他们将她关押在何处。那帮坏蛋不会选择亚力克斯或凯文知道的地方。他们有数千种选择。就算有办法查到他们的藏匿处，他们也不会粗心大意，不在安保方面下功夫。凯文只会和她一样无助。

她不能浪费时间去想这种不可能的事。她必须集中精神。

她必须假设凯文依然活着，敌人很快就会知道她和丹尼尔也都活着，并且很快就会来抓他们，并以此为前提采取行动。他们很快就会知道瓦珥的名字和地址，以及他们现在仅有的两辆车的型号、款式、颜色，甚至是车牌号。现在必须尽可能远离这些细节。

亚力克斯慢慢地坐起身来。“我们最好把东西装车，马上就走。”

丹尼尔正靠在背包边的墙上，双臂抱在胸前。他的眼睛红红的。他点了点头。

他们两个提着背包走进大房间，却不见瓦珥的影子。没有了爱因斯坦，这个地方显得更冷清也更大了。亚力克斯快步走到前门。

他们一言不发地乘电梯下去，向汽车走去。亚力克斯把背包放在后备厢边上，从衣兜里拿出钥匙。

一声轻轻的刮擦声突然划破了这短暂的沉默。听来像是从附近或车下传来的。

我真是个大白痴，亚力克斯心想，她连忙蹲在背包旁边，盼着枪在里面，可事实上那里面最可能装的是医疗补给品。她很清楚他们的处境有多危险，却还是什么武器都没拿，就走进了车库。

她总以为凯文会死撑一段时间才会招供。她实在太蠢了。

比较重的背包都在丹尼尔那里。她的手一放在她面前的背包上，就知道里面装的是急救设备——此时这些东西派不上用场，但至少她还有耳环和腰带，所以她必须靠近敌人。一开始不能抵抗。不过前提是他们没有立马朝她开枪。

一秒钟都不到，她心里就有了这些计划。第一声刮擦声过后，紧接着又传来一声，这很低的呜咽声绝对来自车底下。怪声让她产生了另一种恐慌，仿佛回到了得克萨斯的黑暗走廊。这声音不是人发出来的。

亚力克斯又向下蹲了一点儿，把头压低，差一点就挨到了地库的沥青地面。轿车下面的一团黑影慢慢地向她靠近。

“爱因斯坦？”她气喘吁吁地说。

“爱因斯坦？”丹尼尔在她身后重复道。

亚力克斯爬到车子的侧面，那里距离爱因斯坦最近。“爱因斯坦？你还好吗？过来，好小子。”

爱因斯坦向她这边爬过来，最后从车下爬了出来。她用手抚摸它的背和腿。

“你受伤了吗？”她柔声说道，“不要紧。我会把你的伤治好。”

爱因斯坦的皮毛乱蓬蓬的，有些地方有点湿。可当她把手拿开一看，发现并不是血，只是有些脏。它的爪子微微有些撕裂，它喘着粗气，像是脱水，又像是很累，也可能是二者皆有。

“它还好吗？”丹尼尔在她身后问。

“我想是的。不过它看来好像经历了一个可怕的夜晚。”

“过来，好小子。”丹尼尔说着伸手去抓它。爱因斯坦站起来，丹尼尔把它抱在怀里。爱因斯坦不停地舔他的脸。

“带它上楼去吧。我先把背包装车，随后就来。”

“好吧。”丹尼尔犹豫一下，大声吸了一口气，“看来是真的。”

“是的。”她把后备厢打开，但没有抬头。

她听到他转身走开。爱因斯坦的喘息声逐渐远去。

一会儿工夫，她就把东西整理好，随时可以出发。车库和往常一样安静，连个人影都没有。或许这一层停车场属于瓦珥私人所有，这些车也都是她的。如果真是这样，亚力克斯也不会惊讶。

爱因斯坦好好的，亚力克斯不是应该感觉好一点儿才对吗？她在一定程度上希望是自己错了，是她反应过度。希望一切都是个误会。

她回到客厅，看到瓦珥正和爱因斯坦一起坐在地板上。爱因斯坦蜷缩在瓦珥的腿上，头搭在瓦珥的肩膀上，丹尼尔则跪在她们身边。

瓦珥抬头看着她，表情依旧像个洋娃娃。“现在你可以说‘被我料中了吧’这句话了。”

“需不需要我帮你离开这里？”亚力克斯问。

“我以前也被迫消失过。虽然是很久以前的事了，但那种经历很难忘记。”

亚力克斯点点头。“对不起，瓦珥。”

“我也是。”瓦珥回答，“你说……你们要带爱因斯坦一起走吗？”

亚力克斯惊讶地眨眨眼。“是的。”

“噢。”瓦珥把脸贴在爱因斯坦的皮毛中，“给我一分钟。”她的声音听来很低沉。

“当然。”亚力克斯说。他们还有几个小时。凯文不到万不得已是不会说出这里的。他还派爱因斯坦回来给他们报信。他一直在为他们而战。

再说了，她还可以查信息，虽然这个办法的成功率并不高。等找到网速很快的地方，她就去查一查。她走到厨房岛台的电脑边。

到目前为止，卡斯顿一直口风很紧，但他说不定会在无意间透露什么。至少她应该可以分析出凯文被抓的大致时间。他肯定要打电话，或许还会亲自去看看。卡斯顿在这方面是专家，迪弗斯则不是。

亚力克斯很容易就能查到跟踪器的信息。卡斯顿的车停在他的办公室，每逢工作日都这样。不过他也可能开别的车。她听了音频——卡斯顿在办公室，她把录音倒回去听他都说了什么。

这很能说明问题。卡斯顿在办公室待了一段时间了——他通常六点去办公室，但这次凌晨三点半左右音频中就有动静了。她真想给自己一拳，今早出发之前竟然没有倒回去听录音。

他的第一个电话很短。只有“我到了”和“情况如何”两句话。根据这两句话，不难做出推断。有人把卡斯顿叫醒，把消息告诉了他，于是他前往办公室。路上很清静，他开车十分钟就到了。加上穿衣服和刷牙的时间，通知电话应该是在两点半到三点十五分之间打进来的。

她看看电脑上的时间，计算他们抓住凯文多久了。一开始，他们肯定要把他制伏，如果把他弄昏了，就要等他恢复意识。接下来，他们要确定行动方案，再请个专家来……

卡斯顿的第二个电话是不是在说这件事？卡斯顿在三点四十五分时拨出了一个电话。

“现在怎么样了？……我不喜欢这样……好，好，如果这是最好的选择……什么？……你知道我的感觉是什么……你也说了，这是你的问题……我需要最新的信息。”

他这人一向说话不多，而且这些话可以有一千种不同的解读，但她情不自禁地给出了她自己的解释。

不，凯文没死。

接下来是很长一段时间的沉默。打字、踱步、呼吸，仅此而已。没有电话。听起来他好像一次也没有离开过房间。她几乎都能听出卡斯顿的焦虑，这样一来，她更着急了。最新的信息在什么地方？是通过电子邮件接收的吗？

或许自己还算走运。或许他们要从很远的地方请专家来。或许他们会先把凯文关起来，让他抱有希望。这是游戏的一个环节，她以前也是个中高手——让受审对象等待、想象、恐慌。在真正的战斗开始之前，先让其心理防线崩溃。

这一次不太可能这样。他们知道丹尼尔还活着。他们肯定会怀疑他在这座城市里还有其他帮手。他们也一定不愿意给凯文的同伙留出逃跑的时间。

对卡斯顿和迪弗斯而言，时间也在流逝。亚力克斯接到的那个电话是他们打的。他们听到她接了电话又挂断。她并没有打回去确认是不是误拨，就把手机丢掉了。他们一定猜到凯文的同伙已经逃了。

她真该逃了。

亚力克斯从紧张的思绪中回过神来，这才发现丹尼尔就坐在她旁边的高脚椅上，正端详着她脸上闪过的不同表情。瓦珥靠在水槽边的台子上，爱因斯坦在她脚边，也在望着亚力克斯。

“再给我一点儿时间。”她告诉他们，快进视频跳过卡斯顿办公室长久的沉默。她不愿意错过任何信息，但她真的浪费不起时间了。

听到卡斯顿的声音再次响起，她停了下来，小心翼翼地倒回去。他又打电话了，语气跟刚才的完全不同。这个转变太大了，她一时间搞不清所以然。她不知道是不是她弄错了，不小心调出了卡斯顿以前的电话。

他又换上了慈爱的腔调。

“我没吵醒你吧？睡得怎么样？是的，抱歉，我有点急事要处理。必须来办公室一趟……不，别取消计划。你带莱维去动物园吧。明天天气更热……你知道我在这些事情上是没有选择的，艾琳。很抱歉我今天去不成了，但我真的是没办法……没有我，莱维会玩得很开心。到了今晚吃晚饭的时候，她可以讲给我听呀。多拍点照片……我现在不能保证，但我希望到了晚饭时间，我能忙完……很不公平……是的，我记得我告诉过你，我这个星期很清闲，但你也知道工作就是这样，亲爱的，谁也不能保证。”

接着是一声重重的叹息。

“我爱你。替我亲莱维一下。等我有时间了，会通知你的。”

卡斯顿挂断电话的那一刻，亚力克斯的脊背却直发凉。卡斯顿认为晚饭时间事情就会了结？还是他只是在安抚他的女儿？

又是一阵沉默，那边又响起了打字声。他肯定是通过电子邮件接收最新信息的。凯文正处在旋涡的中心，亚力克斯很肯定这一点。他是否已经招了？她找不到任何线索。

一直听到此刻，都没再有电话打进来。亚力克斯查看跟踪器。卡斯顿哪儿都没去。肯定是迪弗斯负责审讯。

亚力克斯把额头贴在手臂上，依旧用耳机听着。卡斯顿这会儿又在打字。

她想象着他正坐在办公桌前，冷着一张扑克脸，发送出指令或问题。他有没有急得满脸通红？有没有紧张的汗水从苍白的秃头流下来？不，她很肯定他这个人冷静而严谨，此刻他不会比询问办公用纸这种小事时更激动。

他很清楚该问什么，即便迪弗斯并不知道。坐在那张符合人体工程学设计原理的办公椅上，卡斯顿就能指挥整个行动。他能看到凯文被折磨至死，然后毫不犹豫地出发去吃晚餐。

忽然燃烧起来的愤怒几乎令她窒息。

现在的事与国家安全和救人没有半点关系。卡斯顿是在为一个人解决私人恩怨，而这个人才应该上审讯台。在很久以前，卡斯顿就不再是那个秘密机构的首领了，他现在这么做纯粹是在犯罪，而且，这似乎对他并没有产生任何影响。或许事情原本就是这样。或许亚力克斯之前为他所做的一切——所有她以公共安全的名义所做的不人道的事，其实都是骗局。

他觉得他就这么天下无敌？他认为这些见不得光的选择永远都不会影响他的社会生活？他觉得他能置身事外？他就没意识到他也会有“麻烦”？

有些事比中毒还要可怕。

亚力克斯屏住呼吸。一个她从未想到过的新办法浮现在她的脑海里。这么做超出了她的能力范围，她很清楚。有很多方面都可能出岔子，一不小心就会搞砸。即便有一年的时间去计划每一个细节，这也可以说是个不可能完成的任务。

她感觉到丹尼尔的手放在她的背上。她虽然戴着耳机，也能听到他用很担心的语气呼唤她的名字。

她缓缓抬起头，注视着丹尼尔，在心里盘算着。她又用同样的目光看着瓦珥。

“再给我十分钟。”她说，然后把头搁在手臂上，重新集中精神。

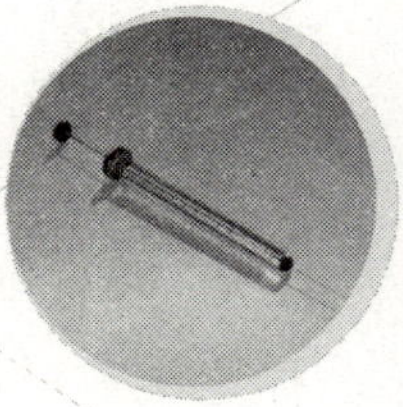

第二十八章 双重绑架

亚力克斯飞快地说出她的计划，她知道对细节的强调完全没有必要，却还是尽量显得这个计划经过了深思熟虑，她很有信心。丹尼尔看似很赞成她的计划，仔细听着，时不时点点头，但亚力克斯完全看不出瓦珥在想什么。瓦珥牢牢地看着亚力克斯的方向，目光却越过她的脸，表情礼貌却疏离。

亚力克斯说出了她预想的结果，可惜说归说，事情却不一定按照她的预料发展，而且，她看得出来，她前面说的话还能令人信服，这个结果却不容易让人买账。她低头看着爱因斯坦把脑袋靠在她的腿上，没有看另外两个人，随着内心越来越不安，她更加频繁地抚摸爱因斯坦。她努力拿出积极的语气，又说了起来，可没等她说完，瓦珥就打断了她。

“不行。”瓦珥说。

“不行？”亚力克斯重复她的话。

“不行。我不同意。你会死的。你愿意为了凯文回去，足见你是个好人，但现实点吧，亚力克斯。你这个计划行不通。”

“说不定能行呢。他们绝对料不到，所以不可能有防备。”

“他们有没有防备都不重要。重要的是他们的人多的是，你运气好干掉一个，但他们还有替补的人，到时候倒霉的就是你了。”

“我们甚至都不知道那里有多少人。”丹尼尔说。

“说得对。”瓦珥用淡淡的口气说。

“瓦珥，他们不会注意你的。你只是个无名的助手而已。这些人每天都要见到几百个助手。你在他们眼里丝毫不起眼。”

“我这辈子都没不起眼过。”

“你知道我是什么意思。”

瓦珥看着她，表情很平静。“不行。”

亚力克斯深吸一口气。她明白，把瓦珥牵扯进来很不公平，但她没有办法。

“好吧。”她说，希望自己的声音能更强硬一些，“那我自己去好了。”

“亚力克斯，你不能去。”丹尼尔坚持。

她对他微微一笑。“我必须去。我不知道我能做到什么程度，但我必须试一试，你说对吗？”

丹尼尔看着她，显得很不安。她看得出来他还想争论。他想说“不，你用不着去试”，但那就意味着走开，任由凯文被折磨至死。但现在还有一线希望，他又怎么能一口回绝？

“我们先一起完成第一部分。”她告诉他，“我们两个人就能办到。”

“但你只要离开卡斯顿的身边，他就一定会出卖你。”

亚力克斯耸耸肩。“但我也要让他知道，出卖我就等于害死了人质，他就会守规矩了。”

“你无法预测他会干出什么事，也根本做不了任何准备。”

“瓦珥不希望拿生命去冒险。你能说她不对吗？”

瓦珥眯眼望着犹豫不决的丹尼尔。

“不能。”他说，“但我可以做你原本分配给她的那部分任务。瓦珥，你可以承担我的这部分任务吗？”

亚力克斯紧紧闭上眼睛又睁开。“丹尼尔，你知道这样是不行的。就算你不是凯文的双胞胎哥哥，也是那些人让你的脸上了新闻，他们会认出你的。”

“瓦珥可以给我化装，对吧，瓦珥？让我变成另一个样子。”

瓦珥的表情突然变得有兴趣了。她开始端详他的脸。

“事实上……我觉得我能做到。”她转向亚力克斯，“又没人想得到他在那里。相信我，我要是去，看我的人会更多——就算我是个无名的助手。我想我可以让他大变样，到时候，他们看都不会多看他一眼。”

“我不是怀疑你的能力，瓦珥……但他们是双胞胎。”

“就让我试试可以吗？”她问道，声音中夹杂着从未有过的央求语气，“我真的很想帮凯文。”她说到他的名字，爱因斯坦抬起头来。“这么做又不会赔上我的性命。就让我尽点绵薄之力吧。”

爱因斯坦又把头靠在亚力克斯的腿上。

“试试倒是可以。但这纯属浪费时间，而我们根本没有足够的时间。”

“很快就好。”

“你愿意去承担丹尼尔的那部分任务吗？”

“当然，容易得很。反正不会有人朝我开枪。”

亚力克斯秀眉紧蹙。她在想什么？一定会有人冲她开枪，她早就接受这一点了。但如果瓦珥能给丹尼尔做好伪装——亚力克斯根本无法想象这一点——那他们也会冲丹尼尔开枪。她逐一厘清他们追捕凯文的各种理由。凯文掌握了太多关键信息，如果凯文把亚力克斯和丹尼尔的相关信息都告诉那些坏蛋，比如他们开什么车，可能的藏身地点，亚力克斯会采用的手段……那中央情报局就能轻而易举地查到他们的行踪。到时候瓦珥也逃不出他们的掌心，他们很有可能都会没命。

像个胆小鬼一样逃跑，死去。

但这些理由都没有实际意义。如果有办法把凯文从危险中救出来，她一定会去做。有一个纽带在她尚未意识到的时候就已经形成了。凯文是她的朋友，是她的第二个“累赘”。此时此刻，她坐在这里思考，他们却在伤害他。她必须阻止他们。

“开始吧，瓦珥。幸运的话，我用两个小时就能完成第一部分。到时候我们再重新评估下一步。”

亚力克斯在华盛顿住了将近十年，却从没去过国家动物园。她一直以为这里是给孩子玩的地方，但这里也有很多不带孩子的成年人。

不过依然有很多孩子——足有几千个，他们大喊大叫，围着父母跑来跑去。这些孩子看起来都不到五岁，所以她估摸着学校现在还没放假，不过也快了。

她试着回忆从她第一次遇到卡斯顿到现在过了多久，但她怎么也算不清。当时丹尼尔的学校还有三个星期才放假。从那之后不止过了三个星期……对吧？或许丹尼尔的学校放假时间比一般学校要早。

亚力克斯的第一站是动物园顾客服务台边的租车站。排队的人不多。大部分来玩的人都是趁早晨天还凉爽时就来了。现在快到午饭时间了，太阳几乎就在头顶正上方。有些人选择在午饭前离开，毕竟动物园内的食物贵得离谱，况且还可以回家睡个午觉。

她掌握了很多关于艾琳和莱维的信息，都是从艾琳的社交网站账号上找到的。几个月之前，她也是从那个网站上发现了此刻挂在她脖子上的莱维的照片。

亚力克斯知道莱维今年三岁半，还很小，应该会坐婴儿车。亚力克斯了解艾琳从各个角度的相貌，很清楚她的穿衣风格。她知道艾琳爱睡懒觉，多半不会在动物园一开门就来。她还知道莱维最想看大熊猫。

亚力克斯花了九美元现金租了一辆婴儿车，把背包放在里面，向园内走去。她伸着脖子四下寻找着。找人这事很正常——或许是在找姐姐和侄儿，或者是在找丈夫和孩子。有很多人都在找他们的同伴，所以她这么做并不显眼。

艾琳和莱维现在应该看完了大熊猫，正在想该吃什么午饭。亚力克斯查看了一下在租车时拿到的地图。她应该穿过猩猩馆，去爬行动物馆附近。

她快步走过，并没有理会岔路和展示区。

艾琳和她的父亲一样，皮肤白皙，有一头红色头发。她上传过自己晒得黝黑的照片，还抱怨脸上和胳膊上长了斑。所以，艾琳一定会戴帽子，可能还会穿浅色的长袖衣服。她的头发很亮丽，垂在背上，一定很吸引眼球。

亚力克斯一边在人群中穿行，一边寻找带小孩的女人。首先排除掉和朋友、伴侣在一起或是带着几个孩子的女人。她之前跟踪过一个女人，那个女人推着一辆婴儿车，头发盘起来塞进了宽檐草帽里。过了一会儿，婴儿车里的孩子爬出来和那个女人一起走路，亚力克斯这才看清那是个男孩。

她在大型猫科动物馆快步转了一圈，又向宠物乐园走去。一路上她都很注意自己的样子——手里拿着地图，留心寻找同伴。她在深金色假发上戴了一顶草帽，还戴着宽边太阳镜。她穿着朴素的T恤衫、牛仔裤、运动鞋，有了这双鞋，逃跑很方便。她身上没有一样令人难忘的东西。

寻找的过程中，亚力克斯注意到好几个人都留着红头发，只是很多人的红头发一看就不是天生的。还有的红头发女人不是年纪太大就是太小，要不就是带了好几个孩子。这会儿，她看到一个红头发女人沿小路向亚马孙展区走去——头戴白色渔夫帽，一头金红色头发编成长辫子的女人推着一辆婴儿车，那辆婴儿车与亚力克斯的婴儿车很像，都是棕褐色塑料做成，带有深绿色帘子。她穿一件无袖背心，手臂上长满了斑。亚力克斯快步追上去。

那个女人走得很慢，只一会儿工夫，亚力克斯就超过了她。亚力克斯一直低着头，在从旁边经过时向婴儿车瞟了一眼。

婴儿车里的小女孩正往右看。她的脸冲着另一边，但那头蓬松的金发似乎对得上号，体形也相符。

亚力克斯一直往前走，在那对母女前面向展区走去。她把婴儿车放在卫生间旁边的指定区域，悄悄用T恤衫边缘擦擦把手，然后拿出背包背在肩上。此时，她很肯定那个女人就是艾琳，而且艾琳也有婴儿车，所以她那辆就用不着了。

她看到那对母女沿小路缓缓而行。有好几个人从她们后面走过来，拥到她们两侧。亚力克斯此时能清楚地看到那个女人的脸，绝对是卡斯顿的女儿艾琳无疑。艾琳停下来，拿鸭嘴杯喂莱维喝水。

小路上的人多了起来。天很热，亚力克斯戴着假发，不仅觉得有点痒，还出了很多汗，草帽也没用。

亚力克斯望着那母女二人前方大约三米处的空长凳。第一群人后面还有很多人。如果计算正确，她可以在第二群人走过之际在长凳边截住艾琳。

亚力克斯沿来时的路往回走，透过太阳镜观察是否有人注意她。第一群人是一大家子，吵吵闹闹的，推着好几辆婴儿车，有好几对父母，还有一个老妇人坐在轮椅上，她从这些人之间穿过，一时间湮没其中。她绕了过去，然后放缓了脚步。

第二群人都是成年人，她猜测他们是一日游的外国游客，很多人都戴着腰包，就在艾琳快走到长凳边的时候，这群人来到了她的周围。亚力克斯迎面向他们走去，终于来到猎物的对面。就在艾琳走过长凳的时候，亚力克斯猛地转过身，在一个老人身边一歪，假装就要绊倒。她伸手抓住艾琳握住婴儿车把手的手，用手掌把装有透明液体的小袋挤破，又用力一按，将液体都注射进了艾琳的体内。

“喂！”艾琳转身说。

亚力克斯猫腰向后一缩，将一半身体藏在最近的一个游客身后。

艾琳则看到了一个七旬的秃头老人。

“请原谅。”他犹豫着对她们两个说，搞不懂为什么突然和两个陌生人纠缠在一起。他拉开与亚力克斯的距离，绕过艾琳和婴儿车走开了。

亚力克斯看着艾琳，艾琳眨巴了两下眼睛。第二次眨眼后，她的眼皮似乎粘住了。就在艾琳即将倒下之际，亚力克斯向前一跃，一把搂住她的腰，扶着她向长凳上一倒，两个人重重地跌坐在椅子上。亚力克斯的手肘正好撞到木椅背。艾琳的个子比她高，体重也更沉，亚力克斯没办法让她们两个轻松地坐下。亚力克斯嘻哈地笑了两声，但愿看到这一幕的人会以为她们是在闹着玩。

小女孩正在婴儿车里唱歌，并没有注意到车停了下来。亚力克斯松开艾琳，把婴儿车拉近，让它倾斜着，不让莱维看到艾琳。

艾琳瘫坐在长凳上，脑袋垂在右肩，嘴巴张着。

这时候又有一群游客从她们身边走过。没人停下。亚力克斯刚才的动作很快，所以她无法留意是否有人注意到了，好在到目前为止，尚无人警觉。

她把艾琳的渔夫帽向下拉，遮住她的脸，免得别人看到她呆滞的表情。亚力克斯从背包侧袋拿出一个小香水瓶。她把手从婴儿车帘子的边缘伸进去，按下喷嘴两秒钟。歌声停止了，然后，亚力克斯听到轻轻的咚的一声，小孩撞在婴儿车的塑料边框上，向后倒下去。

亚力克斯尽可能举止随意，她拍拍艾琳的肩膀，站起来，伸伸手臂。

“我带她吃点东西，你去前面休息一下吧。”亚力克斯说，她拂了拂帽子下面的假发，以免刚才跌倒时把假发弄歪。她四下里看看，眼睛隐藏在墨镜后面。没人注意到她刚刚制造出的一幕。她抓住婴儿车的把手，向停车场走去。一开始，她步履悠闲，跟其他人一样，不时看向动物笼子。在远离长凳之后，她就开始加速，看上去就好像一个下午有约的母亲。她来到游客中心边的卫生间，停好婴儿车，把莱维抱在怀里。这孩子肯定有十多公斤，这会儿身体瘫软，感觉更重了。亚力克斯试着模仿其他父母的样子来抱着这个昏睡的孩子——双腿岔开，脑袋靠在父母的肩膀上。她抱孩子的姿势不太对，但她现在必须赶快离开。她咬紧牙关，尽可能快地穿过大门。要是把车停近点就好了，好在她终于走到了车边，尽管汗水已然浸透了她的T恤衫。

亚力克斯之前没时间去找婴儿座椅。她暗中往四周扫了一眼，想看看是否有人注意她，但她所在的这个停车场几乎满了，刚来的人进了动物园，早出来的人已经走了。这会儿，这里只有她一个人。

她把孩子放在后座，把安全带系在孩子的腰上。然后把一块毯子盖在孩子身上，把她遮住。

亚力克斯直起身体，再次看看有没有目击者。附近没人，没有人在看她。她从背包内袋拿出一个注射器，探身把药物注射进沉睡的孩子体内。她计算过，这些剂量用在一个十几公斤的人身上正合适，应该能让这孩子睡上两个钟头。

亚力克斯发动车子，开启空调。自打进入动物园以来，她好像此时才能再次呼吸。

第一步成功了。艾琳会在大约四十五分钟后醒来。亚力克斯肯定到时候会有医务人员照顾她。她一醒，就会说她女儿失踪了。园方首先开始搜索，警方也将介入。亚力克斯必须在艾琳意识到她女儿被绑架（而不是趁母亲昏睡时溜出去玩）之际准备妥当。亚力克斯可以肯定艾琳会先给谁打电话。

亚力克斯真心希望等她到达新的藏身之所时，瓦珥已经完成了她的“魔术”，这样她好确定要执行哪个计划——而不是以她最想要哪个结果为准。一个人去……无异于自杀。但带上丹尼尔……是不是就等于谋杀加自杀了？

或许瓦珥有些过于自信了。或许戴上假发，做了伪装，丹尼尔依然只像他自己。

亚力克斯可以一个人去做。她可以说得明明白白，如果她亚力克斯活不过今晚，那莱维也会吃苦头。如此一来，就能叫卡斯顿乖乖就范了，对吧？

她不愿去想卡斯顿将采取哪些行动。不愿去想他将布置怎样的陷阱，届时一旦莱维回去，亚力克斯就将成为他的囊中之物。

亚力克斯在快到新避难所时给瓦珥打了个电话，然后，她把车开进地下车库，发现瓦珥正在电梯旁边等她，还推着一辆婴儿车——看起来活像是要为酒店客人提供客房服务。车库里没有别人。亚力克斯没看到摄像头，却还是站在了打开的后车门与车库内视野最好的地方之间。瓦珥和亚力克斯都没说话。亚力克斯把昏睡的孩子放在婴儿车底层的架子上，又把毯子盖在她身上，不让其他人看出人的形状。

这部电梯比瓦珥那座顶层公寓的电梯普通多了，只是一个银色的轿厢，与亚力克斯住过的大多数公寓里的电梯一样。电梯突然放缓，电梯门打开，她们暴露在外，亚力克斯随即紧张起来。瓦珥肯定也有同样的感觉。她一直按着十六层的按钮，仿佛死死按住就能保证她们快点上去。

电梯又开始上升，亚力克斯头一次注意瓦珥的表情。有点……太亢奋了。亚力克斯希望瓦珥能清楚了解现在的危险。

电梯门开了，外面是一条空荡荡的走廊。这栋建筑十分豪华，带有别致的装饰线条，地面铺着大理石，只是看过了瓦珥的奢华公寓，这里就显得稀松平常了。

瓦珥推着婴儿车走进小走廊，打手势示意亚力克斯先走。

“1609，走到头就是。门没锁。”瓦珥说，她那急切的语气让亚力克斯再次机警起来。不过，瓦珥要是太兴奋，或许就会改变主意，答应和亚力克斯一起去干那件大事。

亚力克斯匆匆走进公寓——有太多事要做，她必须手脚麻利点。她只是扫了一眼和厨房连接在一起的普通客厅，挂着窗帘的窗户以及整体的米色色调。她注意到远端的墙壁上有一扇敞开的门，门里的房间灯光明亮，摆着一张双人床，她向房间走去，看到几个背包靠在花床单上。

走到一半，她才真正看清整个地方，随即注意到一个男人正站在灯光昏暗的厨房里。

即便她有心理准备，却还是不由自主地吓了一跳。她向后退了一步，下意识地用拇指去摸毒戒指的小闸门。

“怎么样？”他问。

那个男人个子很高，穿着廉价的黑色西装。此时，他等待着，强忍笑意。

“早告诉过你了吧？”瓦珥在她身后说，亚力克斯即便不看，也知道瓦珥的脸上漾出了得意的笑容。

高个子男人看上去像个北欧人，肤色白皙，有一头铂金色的头发。他的金色胡子刮得很干净，让她想起了大学教授。他的眉毛颜色很浅，几乎都看不到，衬托得他的眼睛和额头都变得不一样了。他的头部边缘的头发又短又直，梳得整整齐齐。他的头顶全秃，冒着亮光。这样一来，他脑袋的形状就变了，而且看起来老了十岁。他脸颊圆圆的，戴了一副很细的银框眼镜。他的五官中最突出的就是那双明亮的冰蓝色眼睛，可他的眼睫毛几乎是白色的。

“你活脱儿就是《007》电影里的恶棍呀。”亚力克斯脱口而出。

“还可以吧？”丹尼尔问，他的声音也不同以往，发音短粗，还有一点儿含混不清。

亚力克斯更仔细地查看“变形”后的丹尼尔，心不由得直往下沉。如果她不知道丹尼尔化了装，那在街上碰到这个男人，她一定看都不看一眼就与他擦身而过。即便她知道是丹尼尔，但这个男人唯一可疑的一点就是身高。亚力克斯的心里升起一阵绝望，这让她有点恶心。她知道，她内心一直都盼着瓦珥失败。

“瓦珥的手艺真棒。”亚力克斯说着走了过来，“我们先把莱维安顿好吧。”

爱因斯坦绕着盖着毛毯的小孩嗅来嗅去。它轻轻地呜咽着，很是不安。

“足可以蒙混过关吧？”丹尼尔追问道，他把孩子从婴儿车的底部抱出，抱在怀里。

“让我好好想一想。”亚力克斯闪烁其词。

丹尼尔把莱维放在花床单上，拨开她额头上被汗打湿的头发。亚力克斯很快就把输液袋挂好，一个是透明的，一个是白色的，还有一个很小的袋子里装的是深绿色液体。她麻利地把导液管放好，使用手头最小的针，然后让液体流动起来。

“让开。”她告诉丹尼尔。

亚力克斯把瓦珥给她的手机里的相机打开——瓦珥说手机是一个朋友丢下的——给睡着的莱维拍了几张照片。她翻看一遍，找出一张她觉得适用的。

“我最不喜欢这部分计划。”丹尼尔嘟囔着说。

她抬起头，看到他的表情很痛苦。这样的表情出现在他的新面孔上，感觉怪怪的。

“但愿卡斯顿也有同样的感觉。”

他的眉头皱得更紧了。亚力克斯握住他的手，拉他走出房间。他闭紧嘴巴，这样一来脸颊显得更圆润了。

“她把你的脸怎么了？”亚力克斯问。

丹尼尔用两根手指捏住嘴唇，拉下一小块塑料。“贴了这东西，说话都困难了。”他叹了口气，把塑料重新贴好，脸颊又变圆润了。

瓦珥在大客厅里等他们，双眼依然因为自己成功地为丹尼尔“易容”而亮晶晶的。

“那孩子不会醒吧？”她问。

“是的。”

“很好。我可不会看孩子。你觉得怎么样？完全变了个人，对吧？”

亚力克斯又看看丹尼尔，不由得垮下肩膀。他的腰也变粗了，她之前并没注意到这一点。一切看起来都这么真实。

“你说怎么样，还可以吧？”丹尼尔问。

“够好了。”瓦珥替她回答，“她也知道足够好，所以才这副闷闷不乐的样子。她宁愿拿我的命去冒险，也不愿意伤到你的一根头发。”

丹尼尔看着亚力克斯，等她回答。

“瓦珥说得对。不过她不该说我不在乎她的命。我不希望任何人丢掉性命。”

瓦珥哼了一声。

丹尼尔拉起亚力克斯的手，贴在胸前。“不会有事的。”他喃喃地说，“我们可以一起完成。你的计划一向都能奏效。你说什么我都听，我们一定能渡过难关。我保证。”

亚力克斯紧紧闭上眼睛，努力把眼泪逼回泪腺。

“我不知道，丹尼尔。我到底在干什么呀？”

他亲吻着她的头顶。

“够了吧？”瓦珥打断他们，“瞧你们两个卿卿我我的，本小姐都嫉妒了，而且，这么做并不安全。”

亚力克斯睁开眼，拉开与丹尼尔的距离，拂了拂丹尼尔的西装，确定没有把化妆品蹭到上面。

“你竟然还有时间从蝙蝠洞拿来我需要的东西。这个工具箱太棒了。”

“不只是完美这么简单哟——你看看下面的第五个抽屉。我把你要的东西都装在里面了。”丹尼尔告诉她，“你要不要先看一看，我再把它放到车上？”

“好主意。”

银色工具箱——她估摸是凯文放在蝙蝠洞的装备之一——带有轮子和一个拉手，就跟行李箱差不多，但和行李箱不同的是，箱子正面可以拉出很多带锁的抽屉。她麻利地翻了翻上面的几个抽屉，通过注射器上的彩色圆环来分辨不同药物的位置。注射器放在橡胶盘上，她通常都是这么存放注射器的。下面的抽屉里装着各种外科用刀和刀片。她用不了这么多，不过重点是要让这个抽屉看起来满满当当。下一个抽屉里是生理盐水袋和导管，以及各种尺寸的针头和导液管。再下面的抽屉要深一些，装的是她的密封毒气管和从凯文的储备中随意拿来的几种化学物质。

倒数第二个抽屉是关键。里面放了又一托盘的注射器，只是注射器是空的，而且这个抽屉要比最后一个浅。她摸索着这个抽屉的底部边缘——凯文一定会有这种东西。她把指甲抠进伪装的底部，把它抬起来，看着下面的东西。

“但愿卡斯顿有奥斯卡级别的演技。”她喃喃自语。

她查看了最后一个最深的抽屉，丹尼尔在那里为她准备了更多五花八门的装备，有焊枪、线剪、老虎钳，此外还有丹尼尔从凯文的宝库中随意挑选的几样工具。

还有一样她需要的东西——是她在第一次去此地的蝙蝠洞

时拿的一小卷电线。她把电线从背包里拿出来，藏在第一个抽屉的第三个托盘上的一个注射器下面。这样一来，需要时随手就可以拿到。

亚力克斯直起身体。“太好了。谢谢。”

“你，”瓦珥指着丹尼尔说，“现在去会合点。你，”她继续说，这次她的食指指向了亚力克斯，“我现在替你化妆，然后就动身。时间不等人。”她指了指房间另一边的双开门。

“我三十秒后就来。”亚力克斯保证道。

瓦珥翻翻白眼。“好吧，好好道别吧。”她转身向双开门走去。

“亚力克斯——”丹尼尔说。

“等等。”

她又拉起他的手，带他走出前门，用空闲的手拉动工具箱。他把装有急救物品的大包背在肩上。爱因斯坦也要跟过来，可她把门关上，不让它出来，它急得呜呜直叫。

他们穿过安静的走廊向电梯走去。亚力克斯按下按钮。电梯门滑开，丹尼尔走进去，她跟在后面，用一只脚挡着，不让电梯门合上。她放下工具箱，用两只手捧起丹尼尔的脸。

“听我说，”她小声道，“轿车的杂物箱中有一个马尼拉纸信封。里面有两套身份证明，包括护照、驾驶证，还有一沓现金。”

“我现在和凯文不像了。”

“我知道，不过人上了年纪就会脱发。你可以丢掉眼镜，刮刮胡子，再把头发染成棕色。如果出了乱子，你就得这么做，然后去最近的机场，搭乘任何可以离开北美洲的飞机，好吗？”

“我不会丢下你。”

“若真是像我说的那样出了乱子，你是等不到我的。”

他注视着她，全新的脸孔上浮现出担忧的表情。

“好吗？”她逼问道。

他犹豫片刻，还是点点头。

“很好。”她说，表示此次对话到此结束。她很清楚，他虽然点头了，却不一定会照她的话做，但现在没时间争论。

“你今晚要保持安静。”她指示道，“除非有必要，否则不要和任何人说话。要像个小跑腿似的一样思考。你到那里只是为了开车拎包，知道吗？只是拿钱办事而已。发生什么事情对你都没有任何意义。不管看到什么，都不会对你产生影响。你不能有丝毫的情绪反应。听明白了吗？”

他认真地点点头。“是的。”

“若是有危险，你拔腿就跑，这才正常。毕竟这不是你的问题。”

“明白。”他表示同意，只是这一次他的答案少了几分确定。

“这个给你。”她把金戒指从手指上摘下来。这是两个戒指中比较大的那个。她把他的手臂从她身上拉下来，挨个在他的手指上试戴戒指。和凯文一样，他也是只有小指戴得下去。至少戒指能戴在他的指关节以下，但愿不会显得太不协调。

“小心点。”她告诉他，“有需要的话，就把这个小闸门推到一边。不管你在干什么，都不要碰倒钩。不用的话，就要保持关闭。但是，如果在你离开时有人拦你，你就把倒钩刺进对方的皮肤。”

“明白了。”

亚力克斯望着他那双动人心魄的蓝眼睛，寻找怪异伪装下的丹尼尔。她的指令都说完了，却找不到合适的话来表达出她希望他能感受到的感情。

“我……我不清楚该如何回到我从前的生活。”她试着解释，“没有你，我再也不知道该如何做到。你在我身边，是我的‘累赘’，却也是我这辈子遇到的最美好的事。”

他微微一笑，只是眼里并没有笑意。“我也爱你。”他小声说。

她尽量挤出一个笑容。

丹尼尔把手放在她的肩头，给了她一个缠绵悱恻的吻。然后，他再次对她笑笑，这个笑容既熟悉又陌生。她退开一步。

“我告诉过你，只要你需要后援，我一定在。”他说。

电梯门关上了。

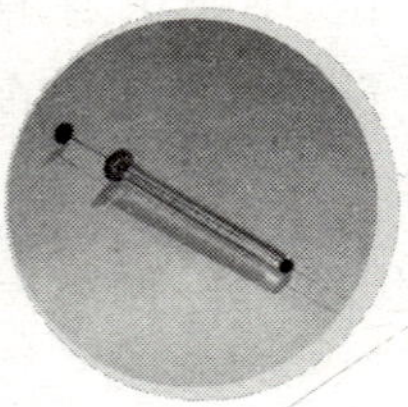

第二十九章
别无选择

这次瓦珥没给她戴假发，只是快速修剪了一番。精灵头，她好像听过人们是这么叫的。发色是中等程度的金色，衬托得她的肤色更亮了。新发型突出了她的脸型，她都不记得她有多久没留过这么有吸引力的发型了。

“说真的，”亚力克斯道，“你有没有上过美容学校？”

瓦珥给她涂睫毛膏，手稳得就像外科医生一样。“没上过。本小姐不喜欢学校。我老觉得学校跟监狱一样——我才不会再报名上学。我只喜欢鼓捣我自己而已，为每种情绪配一个造型。我常常练习。”

“你还真是天才呀。你要是做腻了地球上最美的女人，完全可以开家美容院。”

瓦珥笑了，露出一口洁白的牙齿。“我从没想过会有一个女性朋友。现在看来还挺有意思。”

“赞成。有件事我很好奇，不过你可以不回答的，瓦珥是瓦莱丽的昵称吗？”

“是瓦伦丁。也可能是瓦伦蒂娜。视情绪和环境而定。”

“原来如此。”亚力克斯说，“很适合你。”

“的确如此。”瓦珥告诉她，“不过这不是我的本名。”

“谁又用的是本名呢？”亚力克斯小声说。

瓦珥点点头。“只是方便而已。我父母在给我取名字时一点儿都不了解我，当然取不了合适的名字。”

“我从未从这个角度想过，不过听来很有道理。我母亲选的名字……更适合淑女来用。”

“我父母显然觉得我会成为一个无聊的人。不过我很快就纠正了他们这个错觉。”

亚力克斯咯咯笑了笑。笑声中夹杂着难以掩饰的恐慌，她最近总是这样。像普通人一样聊天感觉好极了，让她可以忘记这可能是她这辈子最后一次和别人进行友好平凡的对话了，但她无法集中精神与瓦珥打趣。

瓦珥拍拍她的头。“马上就好。”

“你用不着假装相信我的计划。那只适用于我们这些把脑袋别在腰带上的傻瓜。”

“你的计划还不赖。”瓦珥安慰她，“只可惜我不是个爱冒险的人。一向都不是。”她耸耸肩，“但凡我勇敢一点儿，也会按你的计划去做。”

“我要求你涉险并不公平。”

“不，不是的。我很……在乎凯文。我只是在某种程度上无法相信你说的那些事真的发生在了他身上。他一直都是个坚不可摧的人。就是他的这种特质吸引了我。我说过了，我不勇敢，所以才迷恋有勇气的人。而另一方面……”

瓦珥向后倾斜身体，涂有润唇膏的小刷子微微地颤抖。她的脸依旧完美无瑕，却突然又好似洋娃娃的脸了，精致，却空洞。

“瓦珥，你还好吗？”

瓦珥眨眨眼，面容又变得鲜活起来。“是的。”

“等你的任务完成了，你会离开这里，是吗？”

“当然。我有很多朋友，他们都能保护我。我没准儿会去找张。我很肯定他还是那么乏味，不过他在北京有个地方，绝对称得上仙境。”

“听起来北京很不错。”亚力克斯轻叹一声。她若能活过今晚，一定要想方设法搞到一本护照。她可以把剩下的钱——也就是所有凯文的毒资——都拿来买护照。美国政府的手伸不到的地方就是人间天堂。

“如果……”也许不是如果，亚力克斯心想，“如果天亮了你还没得到我们的消息，就去找张。情况允许的话，我会用公用电话打给你。”

瓦珥轻轻笑了。“你有我的号码。”她噘起嘴，“你知道，我认识一个人……我或许可以搞到一件服务犬背心。”

亚力克斯盯着她看了一会儿，随即感觉到她的脸垮了下来。新计划无异于自杀，亚力克斯确实没有办法保护爱因斯坦的安全。

“你这主意太好了。让我感觉好了很多。”她的话虽这么说，表情却难以配合。

瓦珥伸出一只赤脚，用脚轻抚着爱因斯坦的背。它的尾巴啪嗒一下抽在大理石地面上，却并无多少热情。

“好了。”瓦珥用更为轻快的声音说，“可以啦。我去收拾一下，我们这就动身。”

瓦珥消失在衣帽间，亚力克斯则端详着自己的脸。瓦珥又一次表现出色。亚力克斯看起来美丽动人，却并不俗气。她的头发一看就是真的，这很重要。今天晚上，她一定会受到严厉的检查，假发是最容易被人看出来的。对于她即将扮演的角色，此时的她看起来多多少少是可信的。她不化妆感觉更自在——根据她的经验，人们处在这样的特殊角色时都不会化妆，以免显得紧张不安。但那只是她从前的过时想法而已。

她跪在爱因斯坦旁边。它抬头看着她，眼神里无疑写满了央求。她轻抚它的口鼻，又揉揉它的耳朵。

“我会尽全力。”她保证，“我就是死也要把他救回来。如果我失手了，瓦珥会照顾你。不会有事的。”

爱因斯坦的目光没有改变。它不接受任何理由或是安慰。它只是在央求。

“我尽力而为。”她发誓。她把额头在它的耳朵上贴了一会儿。然后，她叹了口气，站了起来。爱因斯坦把头搭在爪子上，也呼出一口气。

“瓦珥？”亚力克斯喊道。

“马上就好。”瓦珥告诉她。她的声音听起来很遥远，好像她正站在足球场的另一端。这个浴室很漂亮，跟豪华酒店套房里的浴室一样，却不像瓦珥另外一个住处的浴室那么夸张。或许这里多余的面积都用来建造衣橱了。

她听到瓦珥关上衣橱门，抬头看了一眼。看到瓦珥的变化，她不由得一惊，然后点点头。

“看来还不错。”她表示肯定。

“谢谢。”瓦珥答道，“当个间谍，本小姐还能胜任。”

瓦珥的衣着打扮太招摇了。她穿了件飘逸灵动的长裙，衣领一直遮到下巴，袖子也遮到了手腕处，裙摆拖在地上，有点像印度的沙丽裙，只是遮盖的部分更多；一块很像围巾的裙料包裹着她的身体，遮盖了她玲珑的曲线。这衣服看起来好像是从先锋派时装表演秀上拿来的，或许事实的确如此。看了很让人难忘。但从后面看来，也只能看出她个子高挑而已。她戴着浓密的深色假发，螺旋发卷向各个方向伸出。这个发型虽然引人注目，但同时也让头部的轮廓变得很不清晰，并且遮住了她的一部分脸。她手里拿着一副宽框黑色太阳镜，戴上眼镜，谁也认不出她。

“走吧。”瓦珥说。

亚力克斯深吸一口气，点点头。

亚力克斯把瓦珥的车停在小山上一个汽车停放计时器边，从此处可以俯瞰一栋暗灰色的水泥办公大楼。瓦珥非要开这辆俗气的绿色捷豹汽车——自然是另一位倾慕者的礼物。她说了，就算不得不把它泡进水里，她也不会心疼。

从这个角度，亚力克斯能看到地下停车场的入口。说来也真够惨的，卡斯顿竟然从未搬到更好的办公室。或许他就喜欢此处压抑的环境。或许这与他的工作很相称，而他喜欢协调。给亚力克斯制造便利或许并不在他的议程上，但现在这样也不错。

亚力克斯和瓦珥在捷豹里坐了一个多钟头了，中途瓦珥还下过一次车往计时器里投币。她们没说话，亚力克斯魂游天外，不停琢磨着她计划中有何漏洞，又该如何在可能的范围内弥补。有很多方面都要依赖运气，但是她讨厌运气。

亚力克斯估摸瓦珥此时正在想北京。那儿的确是个跑路的好地方。瓦珥到了那里，或许就安全了。亚力克斯真希望她和丹尼尔此时正坐在飞往北京的飞机上。

丹尼尔恐怕已经等烦了。他现在应该在公园，在亚力克斯来之前无事可做，也无从得知事情的进展。亚力克斯至少还有瓦珥陪着，即便此时此刻她们还称不上是很好的同伴。

下面终于有了动静，亚力克斯坐得更直了。车库入口处的红白条栏杆升起，有人出来了。前两次出来的都是运货卡车，但这次驶出的却是一辆深色轿车。亚力克斯发动引擎，把车开到街上。有人在她后面按喇叭，但她连看都没有看那辆车一眼。她的目光紧紧定格在深色轿车上。从这个距离看，轿车很像卡斯顿的黑色宝马。此时刚过四点，还没到政府公务员的下班时间。

现在是第一次碰运气。一旦艾琳·卡斯顿－博伊德确认她女儿失踪了，就会慌里慌张地给她父亲打电话。是吧？她知道他在政府里身居要职，所以觉得他有很大的权力，无所不能。她女儿被绑架了，她不可能只依靠警方。怎么这么久才有动静？亚力克斯上一次检查发现并没有电话打给卡斯顿，他还在办公室。无疑他是在指挥审讯凯文。

她估摸他这是要去帮他女儿。这显然应该是他唯一该有的反应。可如果卡斯顿有其他办法呢？如果他派出了特别行动队呢？他会如此冷静吗？如果他必须如此……那他就可能真的是很冷静。

不过，迪弗斯有能力一个人主持几个小时的审讯，对吧？

亚力克斯在路上左右超车，连遇到黄灯都不肯停下。她知道，从卡斯顿的办公室到动物园有两条最佳路线，她估摸艾琳会从动物园给他打电话。那个惊慌失措的母亲会不会从她最后一次见到女儿的地方走开后，才肯定孩子并没有藏在树丛中？如果是警方通知的卡斯顿，那就会有好几种可能，而卡斯顿可能走的路线也将有很多。

太多方面都要依靠运气。

宝马走的大街正是她选出来距离动物园最近的路。车子开得也很快。她小心翼翼地隔着两辆其他车辆跟在宝马后面，以免引起卡斯顿的注意。

就是这辆车。车牌号也对得上。还可以看到卡斯顿几乎全秃了的后脑勺。

亚力克斯时不时看看后视镜，确认是否有人跟踪自己。但卡斯顿似乎专心注视路面。她把车转到旁边的车道上。

现在的情况跟她的计划一模一样，她觉得她应该可以稍稍放心了。但同时却感觉就像有人在她的心底钻出了一个大洞。她开车与那辆宝马并排而行。她感觉都要窒息了。因为如果现在能成功，她就要继续推进计划。

前方的信号灯变成了黄色。车辆纷纷驶过，但卡斯顿减速了。他知道他距离信号灯太远来不及过去。他前面的车也踩了刹车。亚力克斯前面的车右转了，她本来可以排在她所在车道的第一位。不过她选择把车停在卡斯顿的车旁边。

她挥挥手，直视卡斯顿的侧脸。她有意把动作做得很大，好吸引他的注意。

卡斯顿下意识地看向亚力克斯，他显然走神了，担心得额头上都出了皱纹。过了一会儿，他才意识到他看到了什么。就在他震惊的一瞬间，赶在他踩下油门、拔枪或拨电话之前，亚力克斯举起了手里的手机。她刚才已经把手机上的照片放大，只显示出小女孩的睡颜。

卡斯顿渐渐明白过来，面色也随之阴沉起来。

亚力克斯飞快地从车上下来，伸手去拉卡斯顿的副驾驶车门。她并没有回头去看瓦珥是否钻到了驾驶座，但她听到瓦珥关上了车门。亚力克斯抓着宝马副驾驶车门的门把手，直到听到门锁咔嗒一声开了，才打开门，坐在卡斯顿身边。整个无声的换车过程只持续了不到两秒钟。他们后面的车主或许对换车事件很好奇，但到了下一个信号灯，他们或许就忘了。

“左转。”她告诉卡斯顿，而瓦珥则右转向东驶去。

捷豹转弯不见了。

卡斯顿很快恢复了镇静。他打开方向灯，转向左边的车道，差一点就撞上一辆经过路口的面包车。亚力克斯把他的手机从支架上拿下来，关机，再塞进自己的口袋。

“你想怎么样？”他问。声音听起来很平静，但他的语气平平，由此可知他也很紧张。

“我需要你的帮助。”

他用了一点儿时间来理解这句话。

“在下一个路口向右拐。”

他小心翼翼地遵命行事。“你那个同伙是谁？”

“雇来的。这不是你该关心的。”

“这次我真以为你死了。”亚力克斯没有回答。

“你对莱维做了什么？”

“没下要命的药。到目前为止是这样。”

“她才三岁。”他的声音中有些异样的颤抖。

她扭过头，难以置信地看了他一眼，不过这么做也是白费，因为他一直牢牢注视着前方的路面。“真的？都这个时候了，你还盼着我在乎平民的命？”

“她从未招惹过你。”

“得克萨斯州那三个无辜的人又怎么招惹你了，卡斯顿？算了，你不用回答。”她在他张开嘴要回答时说道，“反正你说什么都是在狡辩。”

“你想从我这里得到什么？”

“凯文·比奇。”

他思考着，车里再次陷入了良久的沉默。

“下一个街区左转。”她指示道。

“你怎么……”他摇摇头，“他不在我手上。是中央情报局的人抓了他。”

“我很清楚他在谁的手上。我还知道，迪弗斯正在按照你的指示审讯他。”她虚张声势地说，“你们的专家负责主持审讯。我十分肯定你知道审讯地点。”

他注视着挡风玻璃外，面沉如水。

“我不明白到底发生了什么事。”他小声说。

“那我们就来说说你明白的。”亚力克斯冷冷地说，“你肯定还记得我和巴纳比制造出了一种混合物，名字叫‘最后期限’。”

他脸颊和脖子上的苍白皮肤开始变得红一块白一块。她举起她的手机，他不由自主地瞥了一眼。照片此时恢复到了正常的尺寸，从背景中可以清晰地看到静脉注射器插在他外孙女的手臂里。还可以看到一袋生理盐水、一袋营养液和一个装满深绿色液体的小袋。

他盯着照片看了一秒钟，目光又回到路上。

“多久？”他咬着牙问。

“我这个人很大方。十二个小时。现在已经过了一个钟头。拯救行动最多也就需要四个小时。然后，莱维就将平安回到她母亲身边，一根汗毛也伤不到。”

“只是我将丢掉性命？”

“说句心里话，你我要从这件事中全身而退，概率并不大。全凭你的演技了，卡斯顿。祝你好运，我们都很清楚你的说服力有多大。”

"如果我没出一点儿错，你却死了，会怎么样？"

"那不幸的就是莱维了。她母亲也好过不了。开弓没有回头箭。你在乎家里人，就得想尽一切办法让我活着。"

"你少唬人。你一向都不是这么冷血的人。"

"办法会变，人也会变。有个秘密要不要听？"

她给他一点儿时间思索如何回答，但他只是盯着前面，嘴巴闭得紧紧的。

"那时候迪弗斯派杀手去得克萨斯，凯文·比奇并不在那里。在那里的人是我。"她停顿了一会儿，才继续说。演技好的人可不止卡斯顿一个。"你自以为了解我，卡斯顿，但我已经不是过去的我了。你要是见识到我现在能做的事，一定会大吃一惊。下个路口右转。"

"我不知道你说这些有什么目的。"

"那我们说得直接一点儿。"亚力克斯说，"凯文在什么地方？"

卡斯顿并没有犹豫。"他在城市西边的一个地方。那里以前一直是中央情报局的审讯大楼，不过很多年都没用了。按照官方的说法，那里已经废弃了。"

"地址呢？"

他一字不落地背了出来。

"那里的安保措施怎么样？"

他瞥了她一眼，端详着她，然后才回答。"我没有这方面的信息。但我了解迪弗斯，他肯定布置了很多人手。他就爱走极端。而且，他很怵凯文·比奇。所以他才想到伪装。按照他的话说，这么做没有风险。"卡斯顿咯咯笑了一声。只是他的笑声很苦涩，没有一点儿高兴的意味。

"他知道我长什么样吗？"

卡斯顿扭头惊讶地看着她。"你要亲自去？"

“他认得出我吗？”她问，“他见过多少我的档案？你有没有给他看过地铁里的录像？”

卡斯顿噘起嘴。“我们从一开始就说好了，保持……信息独立。不该知道的就不要知道。很多年前，他看过你的旧招募档案，也看过你写的审讯案件的评论。这些东西可能仍在他手里，但他没有你现在的信息。那份旧档案里只有一张照片，是在你母亲的葬礼上拍的。那时你还很小，头发更长更黑……”他停顿了一下，似乎沉浸在思绪中，“迪弗斯不是个心细的人。他看到你，或许不会想到你就是照片里的人。你现在与十九岁的朱丽安娜·富通完全不同。”

她希望他说得对。“现在不仅是我一个人有生命危险。”她提醒他。

“我知道。我……我愿意赌一把。不过我不清楚你认为你进去后能做什么。”

“不是我，是我们，卡斯顿，我们。而且，迎接我们的很可能是枪林弹雨。”

“然后由莱维付出代价？我接受不了。”他低吼道。

“那就再提供一些信息给我。”

他深吸一口气，她看了他一眼，只见他很疲倦。

“那这样吧。”她提议道。她现在要凭直觉了。她在监听电话之际听卡斯顿朝一个男人发过火，她觉得她猜得到此人是谁。毕竟是迪弗斯制订的计划惨败了一次又一次。“可不可以说你并不满意由迪弗斯管理这次的联合行动？”

他咕哝一声。

“你和迪弗斯在采用何种方法上有不同意见？”

“可以这么说。”

“他是否认为你相信他能从凯文·比奇嘴里挖出东西？”

“不，此时此刻，我敢说，他甚至认为我都不信他能管好他自己的事。”

“现在来介绍一下你们的审讯专家吧。”

卡斯顿露出一脸苦相。“审讯专家不是我派的。此人是迪弗斯的跟班，什么能耐都没有。我告诉过迪弗斯，像比奇这样的人，就是死，也不会向普通的审讯者透露半点信息。你要是担心这个，现在大可以放心了。他们是攻不破他的。比奇到目前为止只说他把你杀了，此外连一个字都没说过。我想他们并没有去追查这是真是假。老实说，连我也相信你死了。”

她很惊讶。“这么说，你一直没找人接替我？”

卡斯顿摇摇头。“我试过了。一开始，我在这件事上并没有撒谎——你还记得吗？‘真正的天才是稀缺产品’。”他引用他自己曾说过的话，说完叹息一声，“自从我‘失去了一项危险资产’，迪弗斯早已控制了组织。中央情报局阻止我招募新人，除了实验室，他们把其他地方都关闭了。我们现在制造的东西，任何半吊子药剂师都造得出来。”他摇摇头，“他们表现得就好像并不是因为他们，你才变得这么危险。”

“你还在假装那个决定没你的份儿？”

“就算有我的份儿，我现在也受到惩罚了。”卡斯顿盯着挡风玻璃外面，有些愁眉苦脸。

“迪弗斯要是知道你暗地里招募人才，会不会大吃一惊？”

卡斯顿一向都反应很快。他噘起嘴唇，边点头边说：“他大概会吃惊半秒钟，紧跟着有可能大发雷霆。他百分百参与了现在的事，但他知道我的怀疑日甚一日。不，他是不会惊讶的。”

“你不喜欢佩斯了结这件事？他这人看来挺务实，我还以为你们合得来。”

“这么说你把整件事都想明白了。我知道你可以。但我敢打赌，如果不是佩斯一开始反应过度，你永远都不会知道。玩弄权术对我没什么影响——可傻瓜就会给我造成麻烦。疏漏一个接着一个，佩斯总是在犯了一个错误之后，又会犯第二个更严重的错误。然后犯第三个。就是他给我们惹出了这么大的麻烦。”

“你在说什么，卡斯顿？你的意思是，我们现在站在同一边了？你也说过，是人都会犯错，但你不应该再次指望我这么容易就上当。”

“我并不指望你相信我，但事实就是事实。现在的局面对我一点儿好处也没有。佩斯成功的话，迪弗斯还将高升，最终当上中央情报局局长。我一生的事业已经毁了。所以，我和你现在绝对是在同一条船上。”

“你怎么高兴就怎么说吧。我的计划是不会改变的。”

“我们一起进去。”他沉思着说，“你是我的秘密爱徒。我坚持要你接替迪弗斯手下那个刽子手。这个计划到这一步是可行的。我不知道你接下来想怎么办。”

听卡斯顿说到“刽子手”这个词，她尽量掩饰自己的畏缩。计划能否成功，就要看凯文伤得有多重了。

“到时候你就知道了。”她尽量用平和的语气说道。

“不，别告诉我。什么都不知道才是明智的。只要你有计划就好。”

她没有回答。其实她的计划还不够好。

“有件事我很好奇，”她问，好让卡斯顿不去注意她的反应，“多米尼克·豪根是什么时候死的？”

“查谟实验室被毁的两个星期后。”

她点点头。看来她的怀疑是对的。巴纳比一定是发现了证据，才开始准备逃跑。

“我有个主意。”卡斯顿主动提议。

“你的主意应该不错吧。”

“你说假受伤怎么样？或许再打个绷带？九天前我们在土耳其有个行动，从一个反应很快的下士身上得到了很有用的情报。我有意把那小子招到麾下，只是后来出了岔子。敌对势力展开营救，那个下士没能活下来。不过，也有一种可能，那就是情报其实来自我的秘密助手，而这个助手最后活了下来。”

她盯着他。

他举起一只手，像是投降。“好吧，反正用不着非按我说的做。我只是出个主意而已。只不过迪弗斯知道这件事。这样一来，我带你进去就不显得那么可疑了，也少了点一时兴起的意味。”

“我想我可以给自己弄出点伤来。”亚力克斯冷淡地说。

来到会合点之前，他们商量了一番。卡斯顿还详细描述了审讯室的情况。情况不容乐观，她感觉他们活下来的概率一下子降低了不少。

卡斯顿把车开进小市政公园边的停车场，按照指示，他把宝马停在停车场中唯一一辆车旁边。亚力克斯看到一个金发壮汉坐在公园的长凳上，虽然早有心理准备，却还是吓了一大跳。

第一个考验来了，如果丹尼尔无法通过，她就只好叫停计划。不论卡斯顿和迪弗斯如何分开行动，他们都见过新闻里丹尼尔的照片。她用眼角余光观察卡斯顿，估量他的反应。他的脸上一片茫然。

“那个人是谁？”他问。

“你的新助手。”

“有这个必要吗？”

“关掉引擎。”

丹尼尔起身快步向他们走来。亚力克斯端详着卡斯顿，注意在丹尼尔走近时他的表情是否有变化。

“我又不能时刻盯着你，卡斯顿。”她甜甜地说，“把后备厢打开。”

她和卡斯顿默默等丹尼尔把装备从轿车后面装进宝马的后备厢。丹尼尔忙完后，便站在卡斯顿那边的车门旁等待着。

“下车。”亚力克斯说。

卡斯顿缓缓地打开车门，走了出去，一直把手放在亚力克斯可以看到的地方。亚力克斯在下车时注意到他一直盯着丹尼尔看。她尽量从客观的角度去评价伪装过的丹尼尔。他的块头很大，看起来是个狠角色，虽然他戴着眼镜，还有个大肚腩。现在这种情况下，卡斯顿小心谨慎也情有可原，他可能还有点害怕，但他掩饰得很好。

丹尼尔很听话，站在那里一言不发。他除了偶尔飞快地和亚力克斯对视一眼，始终保持严肃的表情。他微微抬起下巴，他在俄克拉何马城吓唬那几个醉醺醺的男孩子时就是这样。他看起来像个危险人物，却还是有点像凯文。卡斯顿见过凯文的照片吗？

丹尼尔来到驾驶室的门边，手臂放松地垂在身体两侧，已经做好了准备。

“把手放在车顶上。”亚力克斯命令卡斯顿，“在我回来前不许动。”

卡斯顿摆出嫌疑犯靠在警车上的姿势。他低着头，但亚力克斯看得出来，他正在看丹尼尔映在车窗上的影子。他不像是认出了丹尼尔，但亚力克斯无法肯定卡斯顿是不是掩藏了其真正的反应。停车场的灯光把他们两个的秃头照得发亮，亚力克斯看了真有点忍俊不禁。

“这位是托马斯先生。”她告诉卡斯顿，“别想着要出卖我或是逃跑，更不要想着伤害我，不然的话，片刻之后你就会变成一具死尸。”

卡斯顿的太阳穴上渗出了一滴汗。如果他是在假装，那她真要打心眼里佩服他了。

“我绝不会做任何让莱维身陷危险的事。”他厉声道。

“很好。我很快回来。我去给我自己弄点伤出来。”

听她说要弄伤自己，丹尼尔用那双明亮的蓝眼睛看了她一眼，不过他还是强迫自己盯着卡斯顿。

她的装备此时都整齐地码放在宝马的后备厢中。她拉开装有急救物品的背包拉链，很快找出她需要的东西，然后剪下一小块纱布和胶带。她抓起背包，转过身，并没有关上后备厢。公共厕所就在小停车场的另一边。她快步走进女厕，打开灯。

里面没有洗手台，而且好像几天甚至几个星期都没有清洁过了，她只好背着背包。她用粗皂粉把瓦珥给她化的美丽妆容洗掉。这下好多了。瓦珥化的妆与她的个性其实很不相称，只要有人仔细看，假皮肤就会成为危险信号。她脸上的瘀青和绷带的确会引起别人注意，却也让她少了几分辨识度。人们不太可能看得出她脸上没有瘀伤是什么样子。

她很高兴看到眼睛周围的瘀伤以及脸颊上露出的青紫痕迹。下巴上用胶水黏合的伤口显得太业余，但好在一般人都不喜欢打绷带。

这里没有毛巾，只有一个坏掉的烘干机。她用T恤衫把脸擦干，然后在下巴和耳朵上贴上纱布，又花了点时间整理好，以便看起来像是出自医生之手。她的黑色T恤衫和厚紧身裤这下派上了用场——舒适的衣料也是这次任务的一部分。后备厢里的实验室工作服如她所愿，让她显得很专业。

暮色四合，她快步走回到汽车时，能听到卡斯顿正在和丹尼尔说着什么，不过丹尼尔只是盯着他，嘴巴闭得紧紧的。

亚力克斯从后备厢拿出实验室大褂穿上，又抚平褂子正面的褶皱。满意之后，她把后备厢关上，打开后面的车门。

“稍息。”她告诉卡斯顿。他机警地直起身体。“你和我一起坐在后面。由托马斯先生开车。”

“他这个人不爱说话。”卡斯顿一边说一边钻进了车子。

“他来这里不是哄你开心的，他的作用是要你老实点。”

亚力克斯在他上车后关上车门，绕过车子，从另一边上了车。卡斯顿注视着她。

“你的脸……看起来跟真的一样，朱丽叶。很精妙。你看起来不像是化了妆。”

“我现在有了很多新本事。我现在叫佐敦·里德医生。请告诉托马斯先生去目的地的那条路。出发五分钟之后，你可以拿回手机。”

她的目光和丹尼尔的目光在后视镜中相遇。他轻轻地摇摇头。看来在他们两个独处时，卡斯顿并没有说任何话，让丹尼尔怀疑自己被认出来了。

丹尼尔启动汽车。卡斯顿告诉他地址，简略地说了该怎么走。丹尼尔点了点头。

卡斯顿转向亚力克斯，问：“我想现在有人和莱维在一起吧？”

“想当然一般都不保险，你知道的。”

“如果我尽了全力，朱丽叶，如果我把能做的都做了……”卡斯顿开口道，他的声音突然变得粗哑，“求你，求你放莱维走。到时候你打个电话什么的。即便……即便你出不来，你也要放了莱维。我知道，我是死有余辜，可孩子是无辜的。”说到最后，他的声音几乎细不可闻。她宁愿相信他说的是真心话，前提是他有心。

“如果我失手了，那我就帮不了她。对不起，卡斯顿，我也希望有别的选择，只可惜我没有时间，资源也不够。”

他的手放在腿上，攥成拳头。“你最好明白你在做什么。”

她没有回答。他大概猜得到这是什么意思。“就算我们失败，”他说，他的声音强硬了一些，“至少也要干掉迪弗斯那个浑蛋。你能做到吗？”

“我会特别留意。”

“差不多五分钟了。”

“好吧，给你。”

亚力克斯把卡斯顿的手机还给他。他开机，从电话簿中选出一个号码。在汽车扬声器中，铃声响了两声。

“你打断我做什么？”一个男人接起电话说。他把声音压得很低，几乎是在耳语，但亚力克斯听得出他是那种深沉的男中音，而且音调显示他很恼火。

卡斯顿也很生气。“我看你那边没进展吧！”

“我没闲工夫与你瞎扯。”

“我们谁都没这个闲工夫。”卡斯顿厉声道，“适可而止吧。我马上就到。通知他们来迎接我和我的助手。”

“什么……”电话那头说道，但卡斯顿挂了电话。

“火药味挺足的嘛。”亚力克斯说。

“我们正常的交流就是如此。”

“但愿如此。”

“我会尽我的一份力，朱丽叶。要不是莱维被牵扯进来，我想我其实还挺享受现状的。我早就受够了那个自负的傻瓜。”

若不是有两辆汽车停在入口边，他们驶向的这栋建筑看起来就跟废弃了一样。这一小块停车场三面都有陡峭的人造假山，而那栋普通的混凝土平房则在另外一面。只有进入停车场，才能看到平房的正面。整个地方都掩藏在绵延数公里的仓库和东欧风格的办公楼之中，这些仓库和大楼显然都是政府所有，而且看起来都是空的。穿插其间如迷宫一般的道路也很冷清。她怀疑都不会有人无意中进入这里，并且很高兴有卡斯顿为他们指路，穿过迷宫。她希望丹尼尔能记住路线。她也尽量记住，只是她不太确定自己还能活着指引他出去。

挂着窗帘的小窗户没有透出半点灯光，不过这也在意料之中。第一层只是伪装。

卡斯顿下车，走过去为她打开车门，他已经开始进入角色了。想起自己当初还是被卡斯顿发掘的人才时受到的礼遇，亚力克斯差一点就笑了出来。她今晚就要扮演卡斯顿的人才，必须得认真起来。

丹尼尔把带轮的不锈钢工具箱从后备厢中拿出来，拖着向她走去。肯定已经有人在监视他们了，不过她看不到摄像头藏在哪里。

“小心点。”她用严厉的语气责备道，从他手里接过工具箱。她把左边的袖子整理平整，假意拂了拂上面的灰。丹尼尔走过去，站在卡斯顿的右肩膀后面。她注意到了他小拇指上的金戒指。戒指有些格格不入，但他的其他装扮则很合适，即便是在这片昏暗的地方，他的黑色西装看起来也很搭调，稳健又不奢华。在这个国家里，每一个联邦调查局特工的衣橱中都有这样的衣服。没有证章，但在组织里做助手，就不该携带任何身份证明。这本来就不是一个有证章的组织。

她耸了耸肩膀，面对黑暗的建筑，试着接受一个现实：她或许再也看不到这个丑陋的停车场了。

第三十章
最后的混战

“这边请，里德医生。”卡斯顿说着引领他们走进一扇普通的灰色大门。丹尼尔就跟在他身后，背对着亚力克斯。亚力克斯步履轻快地跟在他们身后，虽然她的腿比较短，却还是尽量跟上。

卡斯顿没有敲门，他只是站在大门前。

卡斯顿刚站在那里，大门就开了。开门的是个男人，他身上的西装和丹尼尔那套差不多，但很新，很有光泽。他比丹尼尔矮，肩膀却更宽一些。他的左臂下面有很明显的一块凸起。

“长官。”那个人说，并向卡斯顿敬礼。他留着海军陆战队的标准发型，亚力克斯估摸他穿军装更自在，但他的外表依然是伪装的一部分，穿军装的人都在下一层。

“我必须马上见到迪弗斯。”

“是的，长官，他通知我们您要来。请走这边。”

士兵猛地转身，向里面走去。

亚力克斯跟在丹尼尔身后走进一片死气沉沉的办公区域：地上铺着灰色的地毯，分布着一些逼仄的小隔断，还有几把看着就不舒服的椅子。大门在她身后砰的一声关上了，还发出一声让人感觉不祥的咔嗒声。无疑，此刻依然有人在监视，她无法承担回头看一眼门锁的后果。她只希望上锁只是表示许出不许进。毕竟那个当兵的很快就为他们打开了门。

士兵突然转弯，来到一条昏暗的走廊，带领他们走过几个敞着门的漆黑房间，然后停在走廊尽头。那里有一扇门，门上写着“清洁用具”几个字。他把手伸进左边衣袖，抽出一根螺旋绳，上面系着一把钥匙。他打开门锁，首先走了进去。

房间里面光线暗淡，全靠对面另一扇门上方的紧急出口标志灯照亮。拖把和水桶堆在墙边，大概也只是摆摆样子。士兵打开太平门，门后是一个普普通通的金属轿厢。原来是一部电梯。亚力克斯早知道会有这个，她只希望丹尼尔能控制好表情。

他们跟随士兵走进电梯。等她转身面对电梯门，发现上面只有两个按钮。士兵按了下面那个，她随即感觉电梯开始下降。她无法确定，但感觉像是下降了三层。这么估算其实没有必要，却着实令人不安。这栋建筑并非用来进行她曾主持过的那种审讯，却依然可以让审讯对象提心吊胆，倍感不安。确实奏效，她的恐惧感和被孤立感都升级了。

电梯突然停下，电梯门打开，外面是一个明亮的前厅，看起来很像机场的保安处，只是没那么拥挤，也更加单调。两个身着深蓝色军装的男人守着一个普通的金属探测器和一个很窄的柜台，台面上放着小塑料托盘，用来存放皮带搭扣和汽车钥匙。看到军装，亚力克斯便猜测到这两个人都是佩斯的手下。

这个房间里的监视摄像头一目了然。

卡斯顿向前走，一副很不耐烦又自信满满的样子。他把手机和一些零钱放在托盘上，然后穿过方形扫描框。丹尼尔快步跟在他身后，把车钥匙放在另一个托盘上，然后，他先是取回卡斯顿的所有物交还给他，再拿回他自己的车钥匙。

亚力克斯拖着不锈钢工具箱来到探测器的侧面。

“恐怕你们必须亲自检查了。”她走过扫描框时说，“里面有很多金属工具。请当心，有些东西是易碎品，还有的是加压的。”

两个士兵对视一眼，显然有些迟疑。他们先是望向她布满瘀伤的脸，又看看她的工具箱。个子较高的一个士兵跪下打开最上层的抽屉，个子较矮的那个又盯着她的脸。

“请小心一点儿。”她又说，“那些注射器极易损坏。”

矮个士兵看着高个士兵抬起最上面的注射器托盘，发现下面是个一模一样的托盘。他小心地把托盘放回原位，并没有检查下面的两个托盘。他打开第二个抽屉，随即抬头飞快地看了一眼同伴，又看看卡斯顿。

“长官，我们得到的命令是不能放武器过去。”

“解剖刀不能少。”亚力克斯恼火地说，“我不是来这里玩填字游戏的。”

两个士兵又看着亚力克斯，像是有些理解了。

是的，她很想说，我就是为那个来的。

他们八成是从她的表情里看到了这句话。高个士兵挺直身体。

“我去请示一下。”他转身，大步穿过他们身后的金属双开门。

卡斯顿气恼地重重呼出一口气，把双臂抱在胸前。亚力克斯摆出不耐烦的表情。丹尼尔一动不动地站在卡斯顿的右边，表情严肃。他的表现很不错，压根儿就没人注意他。在那些当兵的眼里，他不过是一个无名的小跟班，而这正合她意。到目前为止，瓦珥说的是对的——换成是瓦珥过来，他们一定会更留意。

几分钟后门开了。高个士兵带着另外两个男人回来了。

亚力克斯一眼就能看出哪个是迪弗斯。他的个子比较矮小，身材也更瘦削，但他的声音跟身材很不相符，走起路来带着明显的官威。他并没有去看另外两个人，显然知道他们会在他身边。他身穿一套剪裁入时的黑色西装，感觉无论是价格还是款式，都比丹尼尔和门卫穿的西装高出几个等级。他的头发虽然是铁灰色，却依然浓密。

迪弗斯身后的男人很没礼貌，亚力克斯猜测他就是审讯者。他身穿一件皱巴巴的T恤衫和黑色裤子，看起来都是劣等货。棕色头发油腻又凌乱，双眼通红，还有很重的眼袋。虽然度过了漫长的一天，他的眼中却依然有火花在闪动，目光从亚力克斯的实验室大褂转移到她的工具箱，看到装有解剖刀的托盘还露在外面。

“这是什么，卡斯顿？”他咆哮道。

卡斯顿和迪弗斯都没看他。他们只是对视着。

“你以为你在干什么？”迪弗斯平静地说。

“我有更好的选择，所以绝对不允许那个蠢材把审讯对象弄死。”

迪弗斯这才把目光投向亚力克斯。她尽量保持冷静，却感觉到一颗心怦怦直跳，他打量着她，目光停留在她伤痕累累的脸上。

迪弗斯扭头看着卡斯顿。“你是从哪里突然搞来这个更好的选择的？”

至少他没有一上来就认出她。而且，他也没有对丹尼尔多加留意。迪弗斯和卡斯顿两个又对视一眼，敌意就像电流，在他们之间流动。

“我一直在培养人才，好拯救这个项目。她已经证明了她的出众能力。”

“如何证明？”

卡斯顿稍稍扬起了下巴。“乌卢代雷。”

这个词冲破了电流。迪弗斯下意识地向后退了一步，恼火地吐出一口气。他又看看亚力克斯贴着纱布的脸，随即看着他的对手。

“我早该知道你在土耳其还有其他动作。卡斯顿，你越权了。”

“我现在这样是屈才。我只是让自己变得更有价值。”

迪弗斯噘起嘴，又瞥了亚力克斯一眼。“她行吗？”

“等着看好了。”卡斯顿保证道。

“但我现在正处在关键时刻。”审讯者抗议道，“你们不能临时把我换掉。”

卡斯顿狠狠地瞪了他一眼。“闭嘴，林道尔。你不够资格。”

“好吧。”迪弗斯不高兴地说，“那就看看你这个更好的选择能不能让我们如愿以偿吧。”

审讯室的状况跟卡斯顿的描述一模一样。水泥墙壁和地面都是光秃秃的。只有一扇门，一面很大的单向玻璃隔开审讯室和观察室，天花板上悬着一盏圆形顶灯。

曾几何时，这个房间里会有一张桌子、两把椅子和一盏非常明亮的台灯，便于他们对受审对象提问、训斥、威胁和施压……充其量也就这些了。

现在，在原本放桌子的地方摆了一张手术台，看起来像是来自第一次世界大战电影里的道具，就是一块坚硬的不锈钢，没有衬垫，跟轮床似的带有轮子。角落里有一把折叠椅。这里比不上组织中最先进、最实用的套房，但显然这次审讯是非官方的，甚至都不会出现在最隐秘的记录中。

她一直从客观角度看待这里的一切，并希望丹尼尔能克制自己。

丹尼尔陪同卡斯顿和其他人去了观察室，这会儿就站在玻璃后面，她看不到他。在他们分开之前，迪弗斯或其他人都没有注意他。她急切地盼望丹尼尔此时没有行差踏错，从而引起他们的怀疑。

凯文躺在灯下的手术台上，戴着手铐和脚镣。他浑身赤裸，身上满是汗水和鲜血，胸口有几道很长且横七竖八的烧伤痕迹，都起了水疱，肋骨部位有很细的伤口，伤口边缘的皮肤凹凸不平而且发白——八成是用硫酸烧的。他的脚底也布满水疱，同样是发白的。林道尔竟然在烧伤伤口上泼了硫酸。凯文的右脚又少了一根脚趾——第一个残肢旁边的脚趾被割断了。

林道尔的刑具散落在地板上，上面沾着血迹和脏手印。亚力克斯知道地上还有一根脚趾，不过她现在还没找到。

她原以为现场会很干净，起码充满了临床治疗的氛围，她从前就是这样审讯的。眼前的一切太过野蛮。她厌恶地皱起鼻子。

凯文很警惕。他看着她从审讯者后面走进来，但没有露出任何讶异的神情。

她俯下身，小心翼翼地从工具箱里拿出几个装有注射器的托盘，所有动作都表示她在嘲笑林道尔那很不专业的工作习惯。

“什么意思？”凯文用嘶哑的声音问道。她下意识地抬起头，发现他是在冲玻璃说话，而不是在问她。“你们以为派个小姑娘来就能攻破我？刚才那个狗奴才呢，我说他也太没用了吧，你们这些家伙什么时候才能不让人失望？”

林道尔非要待在审讯室，这会儿，他怒气冲冲地探身向手术台，把一根手指伸进凯文胸口上一处灼伤与鞭痕相交的伤口里。凯文咕哝一声，咬紧了牙关。

“别担心，比奇先生。这个小姑娘来审你，就当是让你好好歇一歇，恢复一下体力。我一会儿就回来，到时候我们再来进行富有成果的对话。”

“够了，医生。”亚力克斯断然道，“我是同意你在一旁观看，但请你离我的审讯对象远一点儿。”林道尔看了一眼玻璃，像是在寻求支援。见无人回复，他只好阴沉着脸，皱着眉头走过去坐在唯一一把椅子上。他一坐下，身体就有点坍塌，也许是累了，也许是觉得丢脸，她分辨不出是哪一种。

亚力克斯背对着林道尔，戴上一副蓝色医用手套。她藏在手掌中的一小块金属此时被手套遮住了。

她走到手术台边缘，小心地用一只脚在林道尔那些乱糟糟的东西中清理出一小块地方。

“你好，比奇先生。你感觉怎么样？”

“好得很，你有什么招尽管使出来吧，宝贝。看你的脸，是不是已经有人招呼过你了？但愿他们觉得很有趣。”就在他说话的时候，她开始给他做检查，用一个小手电照他的眼睛，接下来又查看他的手臂和手上的血管。

“你有点脱水。”她说。她直视玻璃，同时把他的右手放回到手术台，趁机将细小的钥匙塞进他的手心。“输输液就好了。能不能拿一根立柱来，我自己带了生理盐水和针头。”

“你是要跳钢管舞吗？”凯文说。

“不要这么粗鲁，比奇先生。现在我来了，事情就会变得比较专业。目前的状况太不专业了，我很抱歉。”她轻蔑地吸了吸鼻子，狠狠地斜了林道尔一眼。那家伙错开了目光。

“亲爱的，你们这是唱完了白脸要唱红脸呀，只可惜你真不是我喜欢的类型。”

“我向你保证，比奇先生，我既不是红脸也不是白脸。我是一位专家，而我现在要提醒你，我可不会像这位……审讯者一样，”从她的语气就可以听出，她说这个词都是抬举林道尔了，“使用如此愚蠢的方法，浪费你的时间。我们现在就直奔主题好了。”

“可以呀，宝贝，那就直奔主题好了，正合我意。”凯文尽量说得大声，并且极尽嘲弄之能事，但她看得出这番努力已经让他筋疲力尽了。

她身后的门开了，高个士兵搬进来一个输液架。她趁这会儿工夫则看着玻璃。迄今为止，除了迪弗斯和林道尔，她只见到了四个人，还有其他人可能没有现身。

“放在床头就好，谢谢。”她说，并没有回头，语气很傲慢。她俯身拿起注射器。

“你现在要给我跳舞了吗？”凯文小声说。

她直起身体，冷冷地看着凯文。“现在我要做的只能算举个例子，好让你知道今晚将怎样度过。”她说着绕过手术床，把注射器放在他的脑袋边上，挂好生理盐水袋和导管。门关上了，但她的目光一直在凯文身上。她选择了他的左臂，再次检查他的血管。他没有反抗。她小心地插入针头，想看看她偷偷塞给他的钥匙在什么地方，却没有看到。她选了她能看到的地上的最大的刀片，放在他的右臂边上。“你看到了，我没有这么野蛮的武器，我的东西要好得多。我一向都认为应该先让受审对象理解他即将面对什么，然后我再使出全力，这样才公平。现在说说你在想什么吧。”

“我告诉你我在想什么，你……”凯文破口大骂，他此时的用词让他从前那些很有创造性的脏话都相形见绌。这个男人太有天赋了。

“我很欣赏你的勇敢，这是我的心里话。”亚力克斯在他骂完后说道。她把注射器的针尖举到输液架边，“但请你明白一点，你这纯属白费力气。游戏时间结束了。”

她把针头插进去，按下活塞。

他立即就有了反应。她听到他的呼吸加快，随即开始尖叫。

林道尔猛地抬起头。她能看得出来，他虽然尽了最大努力，却始终没能让凯文做出这样的反应。她听到玻璃后面有动静，看来是观众向前走了几步，还能听到隐隐的说话声。她好像听到有人的语气很惊讶，这还真是可喜可贺。不过老实说这都要归功于凯文的高超演技。

她很清楚他现在必定感觉浑身是劲，所有的疼痛都消失了。她按照她在自己身上用过的最高剂量的“幸存者”麻醉剂，给凯文多加了一倍，毕竟他的体格要魁梧得多，而且又受了伤。他的叫声很原始，几乎有些得意扬扬。她盼着只有她一个人注意到了其中的细微差别，还希望凯文记得，不管他还能不能感觉得到疼痛，他身体上的伤依然是真实存在的。

她只等了五分钟。这期间凯文一直在大声尖叫，她则用脚轻敲地面，沉着地看着他。她希望尽早采取行动，不然药效一过，他就是个废人了。

“好了，比奇先生。”她说着把普通的生理盐水注射进导管中。她给了他所需的提示。“我想我们现在对彼此都有了了解，所以这一项可以告一段落了。我们可以谈谈吗？”

凯文恢复正常的时间比预计的要长，他毕竟对她的药不了解。他假装缓缓地从药物作用中恢复过来，她很高兴丹尼尔戴着浸有毒液的戒指站在卡斯顿身边。只有卡斯顿看得出这是在作假。

一分钟后，凯文依旧喘着粗气，泪水顺着他的脸汩汩向下流淌。她很容易就忘记他是个非常专业的密探，因为她从未见过作战中的他，但她早该知道他会配合表演。

“比奇先生，现在怎么样？我们是把所有手段都来一遍，还是你先开口？”

他扭过头，眼睛瞪得大大的，流露出令人信服的恐惧。

“你是谁？”他小声说。

“我说过了，我是个专家。我相信这位先生……”她讽刺地冲林道尔点点头，“肯定有问题想问你。”

“我要是说了，”他说道，声音依旧很低，“你会从这里消失吗？”

“当然，比奇先生。说到底，我也只是一个工具而已。只要你能让我的雇主满意，就再也用不着见到我了。”

林道尔此时真是目瞪口呆了，亚力克斯却很担心。他们必须向前推进计划，但与此同时，别人会相信凯文这么轻易就屈服了吗？

凯文呻吟一声，闭上了眼睛。“他们不会相信我的。”他说道。

她也不确定是怎么回事，但她好像看到他右手手腕上的手铐打开了。手铐的两个半圆之间有极为细小的缝隙。她觉得现在只有她能发现这一点。

“只要你说的是事实，我就相信你。现在你想说什么就说吧。”

“我确实有帮手……但是……我不能……”

她握住他的手，仿佛是要抚慰他。她感觉到钥匙掉进了她的掌心。

“你可以告诉我，但请你不要拖延时间。我这人没什么耐心。”

她拍拍他的手，从他的头边绕过，检查输液管。

“不。”他虚弱地嘟囔道，“我不会的。”

“那很好。”她说，“你想告诉我什么？”她握住他的左手，把钥匙塞进他的手指之间。

“我的帮手……是一个了解内幕的叛徒。”

“什么？”林道尔大声说道，倒吸了一口气。

她瞪了他一眼，转身面对玻璃。

“你的人都无法控制自己。我希望他离开这个房间。”她严厉地说。

审讯室里响起了一声电子爆裂声。她抬头寻找扬声器，却没有发现。

“继续吧。”迪弗斯那空洞的声音发出了指令，“如果他再有不妥，我立即让他走。”

她皱着眉头看着自己的影子，然后转过身，向凯文探身。

“此人叫什么名字？”她追问。

“卡斯顿。”他喘着粗气说。

不！

她紧张到了极点，强忍着才没有抽他一巴掌。不过凯文自然不知道她是怎么混进来的。

她听到观察室里有一阵骚动，便提高声音继续盘问。“你的话很难叫人相信，比奇先生，因为正是卡斯顿先生请我来的。如果他不想事实被翻出来，就绝对不会请我来。他很清楚我的本事。”

凯文厌恶地看了她一眼，眼睛半睁半闭，随即又呻吟了一声。“我的联络人给我的就是这个名字。他告诉我什么，我就告诉你什么。”

真是一记漂亮的补救，她讽刺地想。

观察室里的骚动并没有结束。她听到有人提高了嗓门，还有人动了起来。林道尔也分心了，一直盯着玻璃看。

她又拿出一支注射器，将注射器下面的一个小装置悄悄塞进衣兜。“请原谅，我认为刚才的例子太容易了——”

“不不，等一等。”凯文气愤地说，稍稍提高了声音，“是迪弗斯派那家伙来的，他很清楚我说的是谁。”

好吧，或许这么说能把水搅浑。这下那两个人的名字都被拿到桌面上来了。

不管观察室里发生了什么，这种说法都没能让其停止。她现在必须采取行动了。玻璃另一边出现了这种始料未及的情形还是有好处的，那就是他们显然并没有在仔细观察她。时间紧迫。

“林道尔先生。”她尖声喊道，但没有看他的方向。她从玻璃上映出的影子可以看到他也只顾着注意另一个房间里的动静。他转头看着她。

“我担心脚镣太紧。我需要他身体里的血液循环处在最佳状态。你有钥匙吗？”

凯文一定能猜出她的目的是什么。他的肌肉紧绷，已然蓄势待发。林道尔快步走到床尾。在观察室里，一个声音大声叫喊着，盖过了其他所有的声音。

“我不知道你在说什么。”林道尔抱怨道，他的目光瞟向凯文的脚踝和支离破碎的双脚，“脚镣不影响血液循环。松开的话就不安全了。你不了解这家伙是个什么样的人。”

她向他走了两步，用很轻的声音说话，他为了听清楚，只好向她探身。她把手揣进衣兜，用拇指按住电磁脉冲发射器上的小闪光电容器。

“我很清楚他是个什么样的人。”她小声道。

她用左手打开电容器，用右手把注射器插进林道尔的手臂。

上方的电灯闪烁了一下，砰的一声爆炸了，破碎的灯泡玻璃片碰到有机玻璃灯罩，叮当作响。幸好电磁脉冲没有把有机玻璃弄爆，不然肯定对凯文裸露在外的皮肤有伤害。审讯室一下子就黑了下来。

电磁脉冲并不强烈，所以对另一个房间没有影响。柔和的光线透过玻璃照射过来，她能看到玻璃另一边有人影在移动，但她看不出是谁，也看不出他们在做什么。

林道尔只轻声叫了一下，便瘫倒在地抽搐起来。她能听到凯文也在动，不过相比林道尔的抽动，他的动作更轻，也更有目的性。

此时四周一片漆黑，但她很清楚工具箱在什么地方。她一个转身，跪在工具箱边上，抽出倒数第二个抽屉，将托盘里的注射器倒在地上，摸索到下面的隐秘夹层。

“夹竹桃？”凯文压低声音说。她能听到他从手术台上下来了，就站在输液架旁边。

她抓住最先摸到的两把枪，跌跌撞撞地向他发出声音的方向冲过去。她撞到了他的胸口上，他连忙伸出手臂，免得她向后摔倒。她把枪放在他的胸口，与此同时，另一个房间响起两声枪响。玻璃没有碎——他们并不是在冲审讯室开枪。紧跟着又响起第三声和第四声枪响。

“丹尼在观察室。”她厉声道，他从她手里抽出了枪。

他转身走开，她再次跪下，来到工具箱边上。她又抽出两把枪，一把是她的警用手枪，摸起来很熟悉，另一把手感则很陌生。她无意中把她的西格绍尔手枪给了凯文。

这不要紧。行动计划的主要目标都完成了：让凯文获得自由，把上了膛的枪交给他。现在她主要负责支援。她唯一的心愿就是这位明星演员状态良好，能完成她需要他完成的事。好在虐待狂林道尔没有把他伤得太重……不然，他们的小命就算交待在这里了。

林道尔得到了报应。他现在可能还活着，但也活不了多久。他一定会在痛苦中度过剩下的时间。片刻之后，另一声枪声在这个小水泥房间里回荡，这次伴随着防弹玻璃沉闷的碎裂声。

紧跟着又是四声枪响，蛛网状的黄色灯光透过玻璃照射过来。这几声枪响过后，细碎的灯光形状并没有改变，由此可见他们依然没有冲审讯室开枪。观察室里的双方依然在互相射击。

她压低身体向前移动，用枪对着破裂的方形玻璃，以防有人突然冲出来。但变动却是来自她所在的房间，一个黑影猛地冲向碎玻璃，一头撞进另一个房间。

观察室里的人距离她只有三米，比她以前拿来练习射击的人形干草捆近得多，要打中很容易。她把手搭在不锈钢手术台上，向身着军装的人开枪。她看不到丹尼尔或卡斯顿，但她不允许自己对此有任何反应。她早告诉过丹尼尔，枪一响就要趴下。他一定按她的要求做了。

此时爆发了激烈的枪战，但没有一个人对她射击。几个士兵正在射击那个浑身是血的赤裸男人，正是此人刚才冲到他们之间，请他们吃了枪子儿。这时依然有六个穿军装的男人站着，她很快就打倒了三个。此时他们才意识到，攻击来自两个方向。就在士兵纷纷倒下之后，他们一直在保护的那个穿西装的男人暴露了出来。亚力克斯瞄准西装男，他同时也看到了她，就在她开枪的一刹那，他躲开了；她并不确定她这一枪是否只是让他更快地躲开她的火力范围。

她看不到凯文在何处，但另外三个士兵此时都倒在了地上。从她现在的位置看，已经没有了射击目标。亚力克斯快步跑到被撞破的窗边，碎玻璃在她脚下嘎吱嘎吱响。她背靠着窗边的墙壁。

"夹竹桃？"凯文喊道，他的声音很坚定，听来很有控制力。

一听到凯文的声音，亚力克斯大大地松了一口气，心里暖暖的。"我在。"

"敌人都被消灭了。进来吧。丹尼中弹了。"

她刚才还感觉暖暖的，此刻就好像有盆冰水兜头浇了下来。

她把枪塞进衣兜，用实验室大褂裹住双手，翻过参差不平的玻璃窗口。地上横七竖八地躺着几具身着深色军装的尸体，灯光照亮的地方都能看到飞溅的深红色血迹——人的脸上、地面和墙壁上都是。凯文正把一具显然被他用来当人盾的尸体丢开。依然有人在动，而且不止一个人在呼哧呼哧地喘着粗气、呻吟着。虽然敌人并没有被全部消灭，但凯文肯定认为情况处在控制之中，而且他显然有更紧迫的需要。

丹尼尔在右后角落里，亚力克斯能看到他苍白头皮上的淡金色头发，但他身体的大部分被两个摞在一起的穿军装的尸体压住了。卡斯顿躺在不远处，身中多枪，鲜血染红了他的白衬衫。他的胸口依然在起伏。她只花了一秒钟就把情况摸清，一边估摸一边移动，径直向丹尼尔走去。

“迪弗斯还活着。”她从凯文身边走过时小声说，她用眼角余光看到他点点头，开始蹲伏着靠近远端的左墙角。

一个士兵横在丹尼尔的胸口上，身上几乎没有血，但他的脸呈现出很不健康的紫色，嘴唇边有粉色的唾沫。她飞快地看了一眼压在丹尼尔腿上的人，只见他也是如此。这两个人都是被丹尼尔用戒指上的毒液毒死的。她试着把第一具僵硬的尸体从丹尼尔身上扒开，此时这具尸体的嘴里又流出了带血的唾沫。

她感觉自己被切成了两部分：一部分自己距离现场很远——那部分的她很想尖叫，慌了神儿，还有些喘不过气，她任由冰冷的恐惧扩散；但是另一部分的自己又尽力保持专注和客观。以后有的是时间让她歇斯底里。现在她必须变身为战地医生，一定要手脚麻利，保持镇定。

她终于把那个人从丹尼尔的胸口上扒拉开，这才发现丹尼尔身上都是鲜血。她撕掉丹尼尔那件被血浸透的衬衫，很快就找到了伤口。她受过的所有训练外加作为受聘创伤医生的经历，都告诉她已经太迟了。这一枪正好射穿了丹尼尔的胸口左上部，足以致命。不管是谁开的枪，那人都很清楚他在做什么。只有射中几个为数不多的部位才能瞬间击倒一个人，心脏算是其中之一，正中心脏后，中枪的人尚未倒地就已经死了，甚至都感觉不到疼。

即便她从未离开他的身边，却依然什么都做不了。是她让丹尼尔来这里保护自己的，这个选择就跟射穿丹尼尔心脏的子弹一样，把他送上了绝路。

第三十一章
兽医的救赎

事情不应该是这样的。敌人应该拿枪对准亚力克斯和凯文才对。混乱之中，竟无人朝她开枪——一次都没有，她连一根汗毛都没伤到。丹尼尔本应该躲起来，不让别人看到。没有必要把这么完美的一击浪费在一个无名跟班身上呀。那个训练有素的射手应该瞄准亚力克斯啊。

她早就知道自己的计划漏洞百出，但她做梦也想不到她在枪林弹雨中走了一遭，却没有受伤。应该活下来的人是丹尼尔才对呀。

一连串没有名字的脸出现在她的脑海里，是那些她没能救活的匪徒。她知道其中一个人的名字——卡洛。他也是这样死的。她当时同样无能为力。乔伊说过什么来着？**有一得，就必有一失**。但失去了丹尼尔，她要怎么活下去呢？

她此时很难抑制住尖叫的冲动。只是她太震惊了，才没有悲痛欲绝、突然爆发。这震惊的一刻仿佛无穷无尽，所有的一切都清清楚楚，每一个细节都异常清晰。她能意识到远处有人在搏斗，随即听到凯文用最冷酷的声音说道："迪弗斯，你现在还有什么花招，尽可以使出来。"被戒指毒死的人身上散发出恶臭的麝香味，夹杂着温热鲜血的血腥味。她能听到她身后卡斯顿所躺的地方传来的粗重呼吸声。

接下来，忽然之间，就在她低垂的脑袋边上，传来了另一个很浅的吸气声。

她猛地睁开眼睛，而在此之前，她甚至都没意识到自己闭上了眼。那个声音很熟悉。

她狂乱地扯掉手上的手套，将它铺开，紧紧按压在丹尼尔胸口的血洞上。她难以置信地看着丹尼尔的肺费力地通过手套吸进空气。她抬起手套边缘，让他把气呼出来，让空气流通，再将手套按上去，让他吸气。

他竟然在呼吸。

这怎么可能？尽管看起来很像，但子弹其实并没有击中他的心脏？她飞快地重新评估，这才意识到丹尼尔流的血并不像她一开始以为的那么多。可见并不是心脏中枪。而且他还在呼吸，如果子弹真的穿过了他的心脏，他根本无法呼吸。

她把另一只手插进他的肩膀下面，疯狂地寻找出口伤。指尖碰到了他西装上的一处撕裂痕迹，她把手指伸进破洞，又伸进他背部的伤口，试图堵住气流。她能感觉到他背部的伤口与胸口上的伤口差不多大小。看来子弹打穿了他的身体。

"凯文！"她凄厉地叫道，声音中夹杂着恐慌，而她的神经此刻已经麻木，根本感觉不到丝毫惊慌，"我需要我的工具箱。快点！"

有人在动，但她并没有抬头去看是凯文要过来帮他，还是迪弗斯打败了凯文，正要过来杀她。她发现自己甚至都不在乎那个人是不是迪弗斯；不管他想怎么对付她，她都不在乎。因为如果是凯文倒下了，不能马上送来她需要的东西，丹尼尔在几分钟之后也会死。

其他有用的工具都在车里，但她压根儿就不清楚该怎么把丹尼尔弄出去。

她右手手肘边传来一声金属碰撞声。

"密封袋。"她火急火燎地指示道，"最下面的抽屉，左边，胶带——靠近顶端。"

凯文把她需要的东西放在丹尼尔的胸口上，就摆在她的手边。趁丹尼尔呼气的空当，她利落地拿掉手套，换上塑料袋，并且指示凯文用胶带把塑料袋的三个边都紧紧贴在丹尼尔的皮肤上。她没有任何东西可以用来当阀门，导出过量的空气，所以只好让塑料袋的第四个边敞开着。这样，丹尼尔在吸气的时候，空气会从敞开的缝隙吸进去，在他呼气之际，空气则会从缝隙排出来。

"把他翻过来面向我，我要把出口伤也封起来。"

凯文小心翼翼地扶着他昏迷的哥哥侧躺过来。亚力克斯希望这个姿势能减轻丹尼尔那未受损伤的肺部的压力。在凯文移动他的时候，她暂时不能按压他的伤口，然后，在接下来的宝贵一刻中，她使用解剖刀切开他的衬衫和西装，用胶带把另一个塑料袋也贴在他的身上，同时认真看了他身下的那摊血迹——其实并不多。子弹神奇地没有命中他的心脏，也没有伤到他的主要血管。出口伤看起来很整齐，没有发现任何碎骨。只要她能保证他的正常呼吸，就可以让他再撑上一个钟头。

凯文的声音打断了她的疯狂计划。"卡斯顿还活着。你要我怎么处理他？”

“救得活吗？”她一边问，一边检查丹尼尔的气道压力。他失血过多，处于休克状态中。她摸着他的手腕，还能摸到脉搏，只是他的脉搏很虚弱，而且越来越弱。亚力克斯从最上面的托盘里拿起一支注射器，给他注射了快速麻醉剂氯胺酮和另一种止痛药。

“够呛，伤得太重了。眼瞅着就活不成了。抱歉，伙计。”

凯文说到最后声音都变了，不再是对她说话。

“他的神志还清醒吗？”她问。一边抚摸丹尼尔的双臂和双腿，确认还有没有别的伤口。

“朱丽叶？”卡斯顿虚弱地用粗哑的声音叫她。

“凯文，去把手术台弄过来。我们得把丹尼尔送到车上。”她做了次深呼吸，“洛厄尔，你放心吧。我没给莱维下毒。我当然不会这么做。她只是服了镇静剂而已。到了早晨，不管我能不能回去，她都会平安回到她母亲身边。”

就在她安慰卡斯顿的时候，她的目光也没有离开丹尼尔，这个时候，她听到凯文走开又回来。只听砰的一声金属碰撞声，他把手术台从窗口推了进来，咯吱咯吱地碾过地上的尸体。她咬着嘴唇，继续护理丹尼尔，把橡胶伪装从他的嘴唇上撕下来，以免他窒息，并小心地弄掉他的隐形眼镜。凯文还能撑多久？再过五十分钟，他身体里的药效才会消散，但他身体的承受能力并不会改变。她必须记住，他现在不是之前那个无所不能的凯文了。她不能对他提过分的要求。可怎么才能做到？丹尼尔需要的是速度。只要她能把他弄到车上……

“我为你骄傲，朱丽叶。”洛厄尔·卡斯顿小声说，“你一直没有失去灵魂。很令人钦佩……”他说完最后一句话，便开始小声呼哧呼哧地喘气。她仔细听他是否还说了什么，可惜此时她身后再也没有了半点声音。

卡斯顿死了，她竟然还活着，她从不敢想自己会比他命大。她并没有像自己想象的那样得意，反而十分矛盾。或许过一会儿等心中的恐慌消退，她才会狂喜。

“把他抬起来没问题吗？”凯文问。

“当心点就行。尽量不要动他的胸口。我来抬他的腿。”

他们一起小心地把丹尼尔抬到银色手术台上。

她又拉起丹尼尔的手腕，强烈期盼能摸到他的脉搏。

“给我两秒钟，夹竹桃。”凯文说着开始扒之前躺在丹尼尔腿上的那个士兵的衣服，只有这个人身上的血迹最少。“楼上有几个？”

她瞥了一眼地上那几具死尸的脸，认出其中一个是守在金属探测器边上的矮个守卫。

“至少还有一个。他之前负责守门。上面看起来是没人，但死掉的这几个我大都没见过。”

他穿好了裤子，正把袜子套在饱受蹂躏的脚上，随即穿上鞋。只是鞋子太小了。他把另一个中毒士兵的鞋拽下来，但这双鞋又有些大，不过把鞋带绑紧后，凑合着能穿。

“看来你要把剩下的脚趾都截断了。”她说。

凯文把里面白衬衫的扣子扣好，又套上藏青色的外套。“只要我们能保住小命，我会去做该做的事。你最好把大褂脱了，上面全是血。”

“说得对。”她表示同意，笨拙地把枪塞进紧身裤后腰。接着她脱掉大褂，丢在地上。

“好啦，我们先把手术台从这些尸体上推过去，然后你自己把它推过走廊，我去前面扫清障碍，把剩下的家伙都干掉。”

她只用了几秒钟就小跑着把丹尼尔推过了走廊，凯文则全速向前跑去，消失在了黑暗中。她走进放有金属探测仪的房间，凯文正在那里等她，为她按住电梯。探测室里空无一人，枪战开始的时候，所有人肯定都冲进观察室了。她快步走进电梯。

电梯门在她身后轻轻地关闭，凯文伸手按下按钮。她注视着他按住按钮的右手，那是他的惯用手，突然灵光一闪，她爆发出一阵狂乱的大笑。

凯文狠狠瞪了她一眼。“淡定，夹竹桃。”

“不不，他的心脏，凯文。丹尼的心脏长错边了——长在了右边。所以子弹才没有射中。”她又笑了起来，“就因为他和你正好相反，所以才保住了一条命。”

“闭嘴。”他命令道。

她点点头，深吸一口气，让自己镇定下来。

电梯停下，电梯门打开，他们来到储藏室。外面的门关着。凯文抬起手术台的一头，把它推出电梯，向大门走去。

她还以为他会轻轻地把门打开，可他却砰的一声打开了门。

“快来人呀！”他喊道，“这里需要支援！”

然后，他悄无声息地向前跑去。她能听到有更沉重的脚步声从另一个房间向他们这里赶来，能肯定来的只有一个人。她尽可能轻地推着丹尼尔向前走。

凯文赶在守卫转弯之前就找好了有利位置。守卫从丹尼尔身边跑过，拿枪的手垂在身体一侧，枪口对准地面。凯文高高举起枪，给守卫的后脑来了一枪，守卫随即栽倒在地。凯文走上前，又给他的脑袋补了一枪。

这条走廊太窄，没法推着轮床绕过守卫的尸体。凯文抓住轮床，把床从尸体上抬了过去。亚力克斯尽可能去帮忙，但她很清楚是凯文承担了大部分重量。她不太清楚为什么他此时还能如此厉害，生怕他因为死撑而害死他自己。

没有其他守卫了。

“你把他送进车里。”凯文指挥道，“我先把这里打扫干净。”

没有人出来阻止亚力克斯。她跑进停车场，也没人从漆黑的窗户里朝她开枪。此时天全黑了。前门附近唯一的路灯把黄色的灯光投向停着的车。她在丹尼尔的衣兜里摸索，找到了卡斯顿的车钥匙。然后她把后备厢打开，寻找重伤急救药品。

她很清楚治疗重伤的药物在哪里。她原以为她和凯文至少会有一个人中枪，所以早有准备。止血带和浸有止血剂的纱布都用不上，但她有一些密封贴，效果好过她那些塑料三明治袋子。她还带来了一条聚酯薄膜救生毯和更多的生理盐水以及一些强效静脉注射抗生素。子弹很脏，必须预防感染……前提是她能让丹尼尔活下去。

她很清楚一点，利用现有的这点药物，她充其量能维持二十四个小时。绝望之下，她拆包的手开始颤抖。

过了一会儿，凯文来到她身边。他把一个沉重的银黑色方形物体丢进后备厢。

“硬盘，里面是摄像头录下来的视频资料。”凯文解释道，“我把他扶到后座。”

亚力克斯点点头，把一些应急药品抱在怀里。

她跟着爬进后座，发现凯文把一切都安排妥当了。丹尼尔向左侧卧，头枕在凯文从驾驶座拿来的弹性头枕上——显然是硬扯下来的。她又检查了丹尼尔的气道和脉搏，依然能摸到他的颈动脉。氯胺酮可以让他撑上一段时间。他感觉不到痛苦。这些可以让他的身体尽可能保持无压力状态。

汽车开动了。她知道凯文已经尽量把车开得平稳，只可惜还不够。

“停车。”她说，“给我一分钟，我先处理一下。”

他踩下刹车。“麻利点，夹竹桃。”

她飞快地把临时密封袋替换成正式的密封贴，并且插好输液器，把输液袋挂在后座的车门挂钩上。

“好了。”她说道，却有点听不出自己的声音了，接下来已经没什么可做的了，绝望开始将她淹没，“开车吧。”

“夹竹桃，千万别放弃。”凯文咆哮着说，“你没这么脆弱。我知道你能应付。”

“但我已经无能为力了。”她勉强挤出这句话，“我把能做的都做了。但这还不够。”

“他不会有事的。”

“他需要去一流的创伤中心，凯文。他需要胸外科医生和手术室。我在一辆该死的宝马后座根本无法清理他的伤口，也没办法给他插胸管！”

凯文不说话了。

泪水顺着亚力克斯的脸颊向下淌，但她并没有感觉到悲伤，唯有熊熊怒火在心中燃烧。她气命运太不公平，气条件有限，气自己到最后还是要面临失败。

“能不能把他送到急诊——”她抽噎着说。

“那就等于把他送到敌人手里。他们一定会把每个医院翻个遍的。”

“可他会死的。”她小声说。

“那也总好过落在一个你刚刚闯进去把我救出来的审讯室中。”

“我们不是把那些坏蛋都送上西天了吗？”

“夹竹桃，除非是贴了有毒的尼古丁贴片，否则佩斯依然掌管着一切，只要他没死……即便是没有了合作伙伴，依然有的是军事力量听他差遣。所以我们绝对不能去医院。”

亚力克斯挫败地垂下头。

时间一分一秒地过去。她摸着丹尼尔脖子上虚弱却稳定的脉搏来判断时间。她应该负责开车才对，她不明白凯文怎么还撑得下去，不过看上去他遭受的酷刑似乎并没有给他造成任何困扰，他身上无数的伤口都没有让他放慢速度。他就是一部机器。至少丹尼尔也有这样一副铁打的体格。但现在还对此抱有希望，实在有点太过愚蠢。

“如果……”凯文若有所思地说。

“啊？”

“如果我给你找个手术室……如果我能找到你需要的东西……你能充当胸外科医生吗？”

“我的专业不是这个，可是……基础的工作我还应付得来。”她摇摇头，“凯文，我们怎么才能找到手术室并且可以正常使用？在芝加哥或许还有可能，我倒是认识一个家伙，可是——”

凯文哈哈一笑，其实更像是尖叫。“夹竹桃，我有个主意。”

亚力克斯说不清现在是几点。大概是凌晨三点，也可能是四点。她已然精疲力尽，却又充满了兴奋和紧张。她握着第七杯咖啡的手抖得厉害，杯子里的咖啡也随之晃动，表面看来犹如暴风雨中的海面。好吧，不要紧。她再也不需要保持双手稳定了。

乔伊·詹卡迪。她从未想到，对这个昔日秘密组织的管理者，她竟然会感觉如此温暖，特别是今晚，她对他心存感激。如果当初没在犯罪组织里接受过那么密集的创伤课程培训，她就没办法让丹尼尔脱离险境。每救活一个暴徒和强盗，她的经验就提升一点儿，这也是她可以在今晚既当内科急救医生又身兼外科医生的原因所在。或许她应该给乔伊寄一张感谢卡。

她用颤抖的手捋捋头发，忽然很希望自己能像佩斯一样爱抽烟。抽烟的人只要手里拿着烟，就能显得很平静。她需要有什么东西能让自己镇静，让她那颗焦躁不安的心静下来，但她唯一能找到的实在的安慰便是她手里那杯黑咖啡，只可惜咖啡也没能帮她放松下来。

沃尔克斯达夫医生躺在他的工作区后墙边两个大储物柜之间的破旧沙发上，正在打鼾。他年事已高，专业领域又有所不同，但他是个很能干的人。他们必须在他的手术室里把所需要的东西拼凑起来，幸好沃尔克斯达夫医生极富创造力，对工具也很熟悉，而亚力克斯在绝望之下，反倒来了灵感。他们组成了强有力的团队，甚至制造出了一个临时替代的翼瓣引流管，看起来还很好用。监测丹尼尔心脏的监测仪发出轻柔的哔哔声，这是她这辈子听过的最令人欣慰的声音。她的神经系统被咖啡刺激过度，就连这哔哔声也不能缓解半分。但她不假思索地又喝了一口。

丹尼尔的气色很好，呼吸均匀。他确实拥有和凯文一样的强健体魄，才能大难不死。沃尔克斯达夫医生说他从未做过这么顺利的手术，而且，他在一生中处理过多次肺部损伤病例，不过通常都是穿刺伤。丹尼尔甚至有可能明天就从这里生龙活虎地走出去。

她小心翼翼地把咖啡杯放在柜台上，将颤抖的手握成拳头，缓缓走回丹尼尔的病床边，坐在方凳上。这张病床其实是由两张手术床并排拼在一起的，因为这里的东西尺寸都不够长，丹尼尔又太高。

过了一会儿，她把头靠在铺着塑料的薄垫子上，闭上眼睛。

她想着他们今晚做的事，想着差一点用丹尼尔的命换来的结局。

迪弗斯和卡斯顿都死了。除了韦德·佩斯，知道她存在的人都死了。而佩斯也命不久矣。但愿如此。

凯文躺在地板上打着呼噜，他枕着一个旧狗窝当枕头。在确保安全的前提下，亚力克斯给他注射了最大剂量的止痛药，而且，丹尼尔一脱离生命危险，沃尔克斯达夫就为他清洗了伤口。现在，对凯文来讲最好的事情就是美美地睡上一觉了。

这个时候，瓦珥应该已经把莱维送到了急救中心。之所以选择那里，是因为那里没有外部摄像头，而且亚力克斯还附上了一张道歉字条，文字写得前言不搭后语，上面还沾满泪痕。她不知道警方会投入多大警力继续寻找绑架者。毕竟莱维没有受伤，对离开母亲艾琳的这段时间也没有丝毫记忆。再说了，华盛顿警方自然没闲工夫去追查一个疯疯癫癫的母亲，这个母亲只是觉得莱维像极了她自己的孩子，而在两年前，她的孩子被她那个关系疏远的丈夫偷走了，所以她才抱走了莱维。现在肯定有好几起儿童失踪案件符合她提供给警方的零散信息。这样一来，警方就会找错方向。他们也许会把莱维遭绑架与她外公在同一天死亡联系起来，也许不会。卡斯顿死得这么惨，可能的谋杀动机有很多。而这两件事同一天发生八成只是个可怕的巧合。

幕后黑手，也就是拉动木偶提线的人，不得不把一切都掩盖起来。有个事实在他们眼里会变得非常明显：中央情报局二把手和本不该存在的隐秘机构的负责人之间竟然发生了枪战，还死了很多美国士兵。幕后黑手或许都来不及分辨现场证据，就会把整个设施摧毁。他们会说那里发生了可怕的事故，建筑因为结构问题坍塌了，太遗憾了之类的话。

她想到凯文在睡着之前对她说的最后一句话。

“你能做到，夹竹桃。我知道你能救活他。因为你必须这么做。然后我们就都安全了。丹尼不会再遇到这种危险，所以你要帮他渡过这个难关。”

亚力克斯说不清，凯文是真的相信她，抑或只是在安慰她，好让她不那么慌里慌张。但是，如果他不相信她的话，还会允许自己昏睡过去吗？

“亚力克斯？”

她猛地抬起头，连带她坐着的那张轮椅都向后滑了一点儿。她一跃而起，探身蹿向丹尼尔，一下子握住他正虚弱地伸向她的手。

“我在这里。”她看了一眼输液瓶。他身体里的氯胺酮此时肯定已经消散了，但通过静脉注射的止痛药的药效还在，所以他不会感觉到太难受。

“这是什么地方？”

“我们暂时很安全。”

他慢慢地睁开眼睛，过了一会儿才看到她，又过了一会儿，他才找到焦点。

丹尼尔昏迷两三个小时了，她很确定他会再次睁开眼睛，但看到那对熟悉的灰绿色眸子，她还是有些喘不过气来，感觉泪水涌出了眼眶。

“你受伤了吗？”他问。

她吸吸鼻子。“一根汗毛也没伤到。”

他微微一笑。“凯文呢？”他问。

“他很好。你听到鼾声了吧，就是他发出来的——那可不是噪声。”

他又闭上眼，嘴角也垂了下去。

“不用担心他，他不会有事的。”

“他看起来……伤得很重。”

“他比任何人都要坚强——真有点像你呢。”

“对不起。”他叹了口气，“我中枪了。”

“是啊，我注意到了。”

“那时候迪弗斯用枪对准卡斯顿，卡斯顿抢了我身边那个人的枪。”丹尼尔解释道，他的眼睛只睁开一条缝，“别看他上了年纪，动作却很快。他们俩冲对方大呼小叫，不过所有士兵都站在迪弗斯一边。”

亚力克斯点点头。“他们接到的命令是这样的。”

“迪弗斯下了命令，一个当兵的先是开枪打了卡斯顿，又打了我一枪。卡斯顿跪倒在地，但还在开枪射击。我没枪，就抓住我旁边的人的脚踝，用你的戒指刺了他们。”

“干得漂亮。”

“我想夺一把枪，不过被我毒死的两个人都倒在了我身上。我推不开他们。我的手臂动不了。”

“其实是倒在你胸口上的那个人救了你的命。他的尸体压住了你的伤口，我这才有机会施救。”

丹尼尔又把眼睛睁开，接着眨眨眼。“我还以为我死定了。”

亚力克斯吞了吞口水。“老实说，有段时间我也是这么以为的。”

“我很想坚持到你来。我有话要对你说。可我知道我做不到了，感觉难过极了。”

她抚摸着他的侧脸。“没事了。你做到了。你活了下来。”

她现在安慰起人来更得心应手了。自从遇到丹尼尔，她改变了很多。

“我只是想让你知道，我一点儿也不后悔。对于与你在一起的每分每秒，即便是那些不怎么美好的时刻，我都很感激。亚力克斯，我就是死也不愿意错过你。”

她把额头贴在他的额头上。“我也是。”

良久，他们都没有动。她听着他的呼吸声和监视器发出的平稳哔哔声，而凯文那响亮的呼噜声则成了背景音。

“我爱你。”他喃喃地说。

她笑了笑——笑声中夹杂着颤音，与她颤抖的手相呼应。“是呀，我想我理解这句话的意思了。我花的时间太长了，是不是？不过不管怎么样，我也爱你。”

“我们终于说同一种语言了。”

她又笑了。

“你在发抖。”他说。

“我摄入了太多咖啡因，我需要戒瘾。”

此时仍是午夜时分，外面静悄悄的，一辆汽车停在这栋建筑后面的声音十分明显。亚力克斯惊讶于自己的反应竟然如此迟钝——她很清楚她已经到了承受的极限。她很累，却还是站起来，抽出手，从腰背部掏出警用手枪。

“但愿是瓦珥。”她小声说。

“亚力克斯——”丹尼尔轻声道。

“不要动，丹尼尔·比奇。”她小声告诉他，“我用了很长时间才治好你的伤，你一动，伤口就会撕裂。我会小心的，很快回来。”

她边说边快步向后门走去，从小窗帘侧面的缝隙向外看去。来的正是她盼望的车——难看的绿色捷豹——瓦珥坐在驾驶座上。她能看到爱因斯坦站在乘客座上。

知道这一切都结束了，知道几乎每一个零星问题都解决了，亚力克斯知道她应该有更多的感觉，应该狂喜、放松、感激，甚至应该愉快地流下热泪，但她已经累极。一旦咖啡的效力过去，她肯定会昏过去。

“是瓦珥，跟我想的一样。”她把枪放在丹尼尔所躺的临时床铺上，轻声地告诉他。

“你看起来像是要昏倒似的。”

“快了。”她表示同意，“不过现在还不会。”

“亚力克斯？”瓦珥走进大门后轻声喊道。

“我在这里。”

爱因斯坦蹦跳着跑进来，脑袋左摇右晃地寻找凯文。看到他躺在地上，它停下来，呜咽一声。爱因斯坦把头歪向一边，舔了两下凯文的脸。凯文的呼噜声时断时续。

亚力克斯还以为爱因斯坦会蜷缩在它最好的朋友身边，但它活泼地摇摇尾巴，转过身，向她跑过来。它把两只前爪搭在她的大腿上，去舔她的脸。她不得不抓着丹尼尔的床，才没有被爱因斯坦撞倒。

“小心点，爱因斯坦。”

它轻叫一声，像是在回答。然后，它四脚着地，小跑向凯文，依偎在他身边，不停地舔他的脖子。

亚力克斯惊讶地听到凯文竟然说话了。她给他注射的剂量足以维持……算了，她其实也不知道过了多久。她的大脑极为疲倦，连简单的加法都算不出来。

“嘿，老朋友，喂。”凯文说，他的声音跟平常一样洪亮，充满了活力，但他的身体肯定很疼。“想我吗？好小子。你告诉他们出事了。我就知道你能做到。”

“小凯？”丹尼尔叫道。他扭动身体，像是要坐起来，亚力克斯则牢牢地把一只手放在他的额头上。

“丹尼？”凯文几乎是在大喊了。沃尔克斯达夫哼了一声，翻身侧躺着。

凯文挣扎着要站起来，他的眉头拧成了一个疙瘩。

“你还不能动……”亚力克斯说，随后发现他压根儿就不理会她，只好说，“喂，至少不要碰到你的脚。”

“我很好。”凯文嘟囔着说。

“你真是个白痴。”瓦珥严厉地说，“待在原地别动。”

瓦珥换下了那件怪里怪气的前卫T台沙丽裙，现在全身都是汗，穿着T恤衫。她走进一扇挂着“休息室”几个字的门里。凯文等着，有点摸不着头脑，他跪在油毡上，一只手撑在墙上。瓦珥很快就回来了，推着一把带轮子的办公椅，表情很愤怒。亚力克斯若是还剩下半点力气，一定会羡慕得唉声叹气。瓦珥扎着马尾，没有化妆，和这里的其他人一样缺乏睡眠，可她还是这么漂亮。

“我很肯定这里没有轮椅，不过这个应该能用。”瓦珥说，“请坐吧。”

她听来很气恼，却还是伸出双手拉凯文起来。凯文的脚底刚触到地面，就疼得倒吸了几口凉气，身体有些摇晃。但他刚坐在椅子上，就用脚底踩地，把椅子滚向丹尼尔。

“喂，别动。”瓦珥抱怨道。她推着凯文往前走，凯文则小心地把脚抬离地面。瓦珥推着他，在亚力克斯旁边停下。亚力克斯向后退了一步，腾出空间。

凯文注视着丹尼尔，看到他睁着眼睛，面色红润，很是惊讶。他轻轻地拍拍丹尼尔的头发，显然是小心翼翼地避免碰触他的其他部位。

“看起来你的毒药小姐挺有两下子。”凯文用粗哑的声音道，“不过，她把你扮成一个秃头的瑞典人，可就不那么高明了。”

“那是瓦珥的主意。”

凯文心不在焉地点点头。“你不应该来救我。我并不希望你这么做。”

“换成是你，你也会来救我。”

“那不一样。”看到丹尼尔抗议，他摇摇头，“但你现在不会有事了吧？”凯文抬头看着亚力克斯，等待答案。

亚力克斯从鼻子里喷出一口气，点点头。“现在看来他会完全康复。真不知道你们两个是怎么回事。你确定你们的母亲没和转基因超人有过一夜情？”

话音刚落，凯文猛地伸出手，亚力克斯的第一反应是她拿他母亲开玩笑开得过火了。可她尚未准备好挨一拳，他就用力地一把抓住她，给了她一个笨拙的熊抱。她半坐在他的腿上，手臂被他的双臂压在下面，只能任由他啵的一声亲在她的嘴唇上，给她来了个法式湿吻。

“喂！”丹尼尔抗议，“把你的脸挪开，别碰我的毒药小姐！”

亚力克斯把头歪向一边，终于有了感觉——恶心。“哇，离我远点，你这个疯子。”她听到瓦珥在笑。

凯文坐在椅子上转了整整一圈。“你是个天才，夹竹桃，真不敢相信你居然做到了。”

“你还是去和沃尔克斯达夫亲热吧。一半功劳是他的。”

他死也不松开她。就好像他完全没注意到她一直在猛烈挣扎着想脱离他的怀抱一样。“多么精彩的表演呀！真不敢相信你就这么走进去，把我救了出来！千万别告诉我你不是秘密机构的特工，宝贝，你简直就是秘密机构特工们的偶像呀！”

爱因斯坦呜咽一声，亚力克斯感觉到它轻轻地咬住她的手腕，用力拉扯，试着帮她逃开凯文的“魔爪”。凯文却没有注意到。

她很清楚凯文身上最重的伤在哪里。要是有必要，她很快就会利用到这一点。“放开我。”

“凯文。”丹尼尔说，他的声音从容却冰冷，“你再不把亚力克斯放下，我就用她的枪打你。”

凯文终于放下了手臂。她一猫腰从他怀里逃出来。他们两个都焦急地转身面对丹尼尔。

“别动。”他们异口同声地对丹尼尔说。

亚力克斯看到丹尼尔并没有真的去够枪，这才松了口气。

“沃尔克斯达夫？”丹尼尔问，“这名字很耳熟……我们这是在哪儿？”

“你还记得沃尔克斯达夫医生吧。”凯文说，“上五年级那会儿，我最好的朋友掉进了捕熊陷阱，多亏他出手相救。你不可能忘的。”

丹尼尔眨眨眼。“汤米·贝拉斯克斯掉进过捕熊陷阱？”他糊里糊涂地问。

凯文笑了。“汤米才不是我最好的朋友。”他抚摸着爱因斯坦的头，狗狗则用脸蹭凯文的腿，依旧很兴奋。

“等等……沃尔克斯达夫？”丹尼尔重复道，终于想明白了，“你们竟然送我来看兽医？”

亚力克斯把一只手放在他的额头上。“嘘。我们来这里算是来对了。沃尔克斯达夫是个超人。他救了你的命。”

“好啦，好啦。”沃尔克斯达夫那粗哑的声音横插进来，“我只是从旁协助而已，亚力克斯医生。千万不要把救了丹尼的功劳安在我头上。”

沃尔克斯达夫从沙发上坐起来，捋了捋一头乱蓬蓬的白发。他这个动作让亚力克斯想到了巴纳比，她这才明白，为什么和这个友好且善待比奇一家的老人一起工作，会这么舒服。

“能协助你我很荣幸，医生。”沃尔克斯达夫继续说道，一边跌跌撞撞地向他们走过来。他上了年纪，身体显然大不如前，但经过了这么一个漫长的夜晚，他却没有显露出丝毫虚弱之态。他低头对丹尼尔笑笑。“看到你醒了，我就放心了，孩子。”他压低声音，却也故意让别人听到，“你找到了一个宝贝。要好好待人家，别再搞砸了。”

“我知道，先生。”

亚力克斯蹙起眉头。她从未表露过对丹尼尔的感情，况且丹尼尔一直都在昏迷。他们的感情在别人眼中一向都这么明显吗？

沃尔克斯达夫转过身。“多棒的牧羊犬呀。这该不会是爱因斯坦吧？都这么多年了，它竟然还在。”

“其实它是爱因斯坦的孙子。”凯文告诉他。

“不可思议！”他伸手抚摸爱因斯坦的耳朵，“长得真漂亮。”

爱因斯坦舔舔他的手，今天晚上，它对所有人都很友好。

“听着，凯文，”沃尔克斯达夫直起身体说，“你还想不想再次走路？如果想，那就把脚抬起来，你现在需要休息。别那么看我，年轻人。你可以躺在我的沙发上。噢，这位小姐……”沃尔克斯达夫第一次端详瓦珥，不由得目瞪口呆。亚力克斯提醒过沃尔克斯达夫他们还有一个同伴要来，但他显然没料到来的是个模特一样的大美女。

“叫我瓦伦丁吧。”瓦珥柔声说。

“好吧，谢谢。瓦伦丁小姐，你能把凯文推到那边，再把他扶到沙发上吗？就是这样——谢谢。”

亚力克斯看着他们，再次感觉麻木，脑袋好像脱离了身体，这时候，瓦珥半推半抱地把凯文从椅子上转移到沙发上。她的表情气冲冲的，手上的动作很粗鲁，但亚力克斯看到她突然俯下身，亲吻了凯文的额头。

“至于你，医生……”

亚力克斯慢慢扭头看着沃尔克斯达夫。

“等候室里还有几张沙发。你去找一张躺会儿吧。这是命令。”

她注视着丹尼尔，有些犹豫。

“没错，你们两个。”瓦珥说着走了回来，“亚力克斯，快去睡一觉，不然你就该昏倒了。我还有几个小时，我来照顾他。”

“监视器有什么变化，即便是最微小的颤动——”

“我也会揪着你那大有改观的头发，把你拽回这里。”瓦珥保证。

亚力克斯俯身轻吻了丹尼尔一下。“我和沃尔克斯达夫颇费了一番功夫，才把你的小命捡回来。”她贴着他的嘴唇喃喃地说，“千万别让我们白忙一场。”

丹尼尔说话时嘴唇擦过亚力克斯的唇。“绝对不会。现在做个乖孩子，听我家兽医老爷爷的话，去好好睡一觉吧。”

“我会让你知道我现在正值盛年。”沃尔克斯达夫反对道。

“好啦。”瓦珥突然在亚力克斯耳边说，“趁你现在还能走，赶快去吧。我是背得动你，只是不大愿意这么做。”

亚力克斯跟在瓦珥身后走出大门，穿过黑漆漆的走廊。周围伸手不见五指，她机械地迈动双脚。瓦珥不得不把她按在沙发上，她却很肯定，能躺在地板上她就很高兴了。还未完全躺平，她整个人就昏睡了过去。

第三十二章
逃亡终结者

这是个奇怪的早晨。

亚力克斯在这个早晨睡了懒觉。空荡荡的宠物医院寂静无声，没人来打扰她。

她后来才知道，沃尔克斯达夫打电话给他的同事，取消了所有预约，还在窗户上挂了个牌子，写着：家有急事，暂时歇业。

说来也怪，她竟然会对这样一个陌生的地方产生安全感，虽然她没设机关，也没做任何防御准备。

但情况变了。她原本只想把凯文救出来，但昨晚的行动彻底改变了他们的处境。

凯文还像以往一样精力充沛，虽然他还要坐在带轮子的办公椅上，把裹着纱布的脚架在一个凳子上。瓦珥见到亚力克斯过来，便去沙发上补觉。

丹尼尔之前一直闭着眼，不搭理他弟弟，但一听到亚力克斯的声音，马上就“醒了过来”。沃尔克斯达夫显然是出去吃午饭了。其他人给亚力克斯留了一个硬面包圈和奶油干酪。

亚力克斯先给丹尼尔做了检查，如果之前没跟凯文·比奇一起工作过，她绝不敢相信他能复原得这么快，几乎不需要她再去费什么手脚。然后亚力克斯抓起早餐和沃尔克斯达夫在买面包圈时带回来的报纸。她吃着面包圈，愤怒地看着报纸。那些家伙“制造”了报纸头条，不过只有这房间里的人知道这一点。

“他们写得也太虎头蛇尾了，夹竹桃。”凯文抱怨道，他用一把扫帚推着椅子满屋子转悠，“开枪打死他才叫痛快。”

那天的头条是韦德·佩斯得了动脉瘤不治身亡。记者甚至都没默哀，就继续猜测霍兰德总统会采取怎样的战略来寻找新的竞选伙伴。

“但你开枪打死了迪弗斯。”

“我当时只顾着担心丹尼，都没好好享受过程。”凯文沉思着说。

凯文从未详细说过那天迪弗斯是怎样占上风的。亚力克斯看得出他很尴尬，但她并没有因此看低他。迪弗斯就是个妄想狂，那家伙采取了很多极端手段，谁又能提前做好准备应付各种下三滥的招数呢？

四十多个人分成三队呈环形将迪弗斯围在中间，迪弗斯一按下紧急按钮，三队人就会向内收缩。凯文说，都怪他没听从直觉随身携带火箭发射器，不然肯定能迅速得手。

没有新闻报道郊区一座地下掩体中发生了激烈的枪战；没有只言片语提到中央情报局副局长失踪；没有新闻说到卡斯顿，

甚至都没有关于他的外孙女在公共场所遭绑架的新闻。或许明天的新闻会提到。

凯文可不这么认为。

“他们可能会说是输气管道爆炸什么的。真相早就被掩盖了，在真相披露之前，他们会胡乱指个人是凶手。”

或许他说得对。

当然了，他们不能百分百肯定，所以仍会谨慎行事，但压力已经大大减轻了。

吃完午饭，沃尔克斯达夫拆掉了亚力克斯耳朵上的线，她说这都是丹尼尔的功劳，老兽医听了直夸丹尼尔的手很稳。亚力克斯惊讶于这个鹤发老人竟能如此淡然。他们并没有向他解释这些伤是怎么弄出来的，甚至都没有编个故事糊弄他，沃尔克斯达夫连问都没问，也没有表现出任何好奇。

而丹尼尔小声告诉过亚力克斯，沃尔克斯达夫还去参加凯文的“葬礼”了。即便如此，他也只是问起了他们小时候的老熟人，尤其提到了他们都熟识的宠物。对于爱这种情感，亚力克斯只是了解皮毛，但她还是觉得她有点喜欢上沃尔克斯达夫了。

然而，他们不可能永远待在这家宠物医院。沃尔克斯达夫还有其他预约病号。讨论了几分钟后，亚力克斯惊讶地听到瓦珥竟然主动提出再次招待他们，让他们住到她宫殿般的豪宅里去，毕竟现在那里已经安全了。不过她自然是要收费的。对于她的提议，最惊讶的莫过于凯文了。

“你可别误会。”她告诉凯文，“我就是离不开爱因斯坦而已。而且我也很喜欢亚力克斯和丹尼。唯独忍受不了你。”然后，她吻了他。这个悠长的吻搞得所有人都很不自在。沃尔克斯达夫礼貌地背过身去，亚力克斯却直盯着他们看。她永远也弄不明白瓦珥看上凯文哪里了。

“那个……”凯文道。

亚力克斯转过身来，停止收拾东西，反正暂时还不需要打包。凯文懒洋洋地靠在亚力克斯和丹尼尔在瓦珥家里住过的那个房间门口，左臂搭在门框的顶部。

有那么一刻，亚力克斯竟然莫名其妙地嫉妒起了个子高的人。最近在她身边出现的都是巨人，有这种感觉也很平常。

“你想说什么？”

“今天几点去看医生？你和沃尔克斯达夫得出了什么结论？”

他用不着问丹尼尔在什么地方——若是其他房客在附近，丹尼尔惯常的“淋浴伴奏曲”一定会带来大麻烦。迷恋摇滚乐队邦·乔维的阶段还没过去，丹尼尔现在特别喜欢《射穿心脏》这首歌。亚力克斯不觉得有趣，却还是强忍着不发火。

“兽医觉得丹尼尔去检查检查有好处。我也同意。你们姓比奇的好像都会魔法似的。”她摇摇头，依然有点不敢相信丹尼尔竟然也能康复得这么快，这么彻底。“对了，他还想检查一下你的脚。”

凯文沉下脸。“我的脚好得很。”

“可别迁怒于我这个通知的人。”

他恢复了正常的表情，眉头紧紧皱在一起，依然站在门口，望着她。

“还有事吗？”她问道。

“你……想没想过要去哪里？”

亚力克斯耸耸肩，不置可否。“我还没有特别的计划。”她像个胆小鬼似的，转身面对她那个破旧的背包，又开始检查已经收好了的化学药品，确认那些东西是否已经放好，还不会被撞坏。她自己也承认，在整理装备方面，她有点强迫症，或许并不需要把它们按照字母顺序排列。但她很闲，除了上网找新住处外，几乎无事可做。

“你和丹尼谈过这件事吗？”

她点点头，依旧背对着他。“他说不管我想去哪里，他都没问题。”

“我猜他是死也不会离开你了。”

凯文的声音听来漫不经心，但亚力克斯很清楚，他要很费力才能维持这种语气。

“我还没和他详细谈过这一点，不过你猜得或许不错。”

良久，凯文都没有说话。背包里已经没有别的东西让她收拾了，她才慢慢地转身，看着凯文。

“是呀。”他说，“我就知道最后一定是这样。”他的表情有些冷漠，但从他的眼神可以看出他很伤心。

她其实不想把话都说出来，但不说又觉得内疚。“他认为你也将和我们在一起，但愿这能叫你好受一点儿。”

凯文不再紧皱眉头。

“真的？”

“真的。我想在此时此刻，他并不希望我们分开。”

凯文一歪下巴。“可以理解。他最近经历了太多的磨难。”

“他恢复得很快。”

“这倒是真的，但我们都不希望他再次受伤，不希望他受挫。”

亚力克斯知道凯文想说什么。她强忍着没有叹息，也没有笑，继续保持严肃的表情。

“的确如此。”她用认真的医生才有的语气说道，“最好让他生活在尽可能稳定的环境中，除非有不可避免的变化。”

凯文则没有强忍，他重重地嘘了一口气，将双臂抱在胸前。“或许会很辛苦，但我会待在他身边，直到他适应为止。”

亚力克斯情不自禁地劝他改变主意。“我很肯定他不愿意你勉强自己。他能坚持。”

“不，不，我欠那小鬼的。我会做我必须要做的事。”

“他一定会感激你的。”

凯文与她对视一眼，一开始他显得很坦诚，然后却突然腼腆起来。这一刻过去了，他咧开嘴笑了。

“你看上什么地方没有？”他问。

“西南部吧，落基山脉地区也不错。我们找个中等规模的城市，在郊区住下，做个普通人。”

据他们所知，现在没有人追杀他们了，但为防万一，亚力克斯永远把安全摆在第一位。无论如何她必须用假名字，朱丽安娜·富通早已正式死亡了。

丹尼尔的歌声中断后再次响起，听上去像被毛巾蒙住了。

“我知道有个城镇不错。”

亚力克斯慢慢地摇摇头。她知道凯文可能已经租了房子，弄好了新身份。不管他做了什么，她都要自己选择自己的新名字。

“这对你而言是小意思。”

“你觉得科罗拉多怎么样？”

尾声

亚当·科佩基坐在办公桌前，笑着伸手去拿电话。他的桌上摆着今天需要看的资料，而他正在做着这世上最好的工作。

亚当是助理制片人，负责一位名厨的美食节目，这份工作有很多好处，但对亚当而言，这表示他有灵活的工作时间和一个安静的小办公室，而且还总能让他对生活充满了积极和乐观。

名厨想去哪个餐馆做节目，他就负责联络哪个餐馆，提前做好协调。他有时候很羡慕贝斯和尼尔能四处转转，找到馆子就进去试吃，不过他觉得现在的工作更适合他的性格。再说了，贝斯和尼尔为了寻找珍馐美馔，要尝试很多难吃的东西，尼尔在过去一年参与制作这个节目以来，至少胖了十公斤。亚当为此特意找人定做了一张站立式办公桌，免得做这份静止不动的工作久了，他也会变得大腹便便。而且，贝斯和尼尔也不是什么重要的角色，所以在接到他们的电话时亚当也没有特别兴奋。

亚当最喜欢周四下午。每到这一天他都要打电话给精心挑选出来的一家餐馆。

节目组一个月后要去丹佛地区，而幸运的赢家是莱克伍德的一家烤肉店、市区的一家面包店以及一家酒吧烧烤店。相对于丹佛，这家酒吧烤肉店距离博尔德更近。亚当很怀疑，但贝斯坚持说海德威酒吧烧烤店会成为这一期节目里的亮点。而且，如果可能，最好是周五晚上去那里录节目。那个地方有很受当地人欢迎的卡拉 OK。亚当讨厌卡拉 OK，贝斯却很坚持。

“不是你想象的那样，亚当。”她保证，“那地方太酷了，你要提前给大厨准备一件风雪大衣。那个地方吧，从外面看很不起眼，但甭提多有格调了。简直妙不可言。再说了，店主个个都很上镜。厨师名叫纳撒尼尔·威克斯。告诉你吧，他真绝了。我真不愿意承认我很不专业，但我竟然去和他搭讪了。结果人家一点儿反应都没有。女招待告诉我他结婚了。唉，好男人都有主了。但他还有个迷人的弟弟，晚上在酒吧里客串保镖。这次我要和大厨一起去那里做节目。”

贝斯用苹果手机拍了很多照片。就跟她说的一样，那家店从外面看来丝毫不起眼。西部有的是这种装潢的小店。一看就是酒吧，用深色木头建成，土里土气的。其他照片大都是一盘盘的食物，五花八门，与这样一个平凡的店面很不搭调。有几张照片中的人肯定是把她迷得七荤八素的帅哥厨师——大高个儿，满脸络腮胡，留着一头浓密的鬈发。亚当不觉得那家伙多有魅力，但他又知道什么呢？贝斯或许就喜欢伐木工人那一型的。在很多照片的背景中都可以看到一个留着黑色短发的小个子女人，不过她的脸从未面对镜头……或者她就是厨师的妻子。亚当手里有从卖酒执照上抄来的店主姓名。纳撒尼尔·威克斯是厨师，肯尼斯肯定就是保镖弟弟，而爱丽斯则是厨师的妻子。

亚当一直有点犹豫，但尼尔也对海德威酒吧烧烤店赞不绝口，他甚至说，大半年了，他都没吃过那么好吃的食物。

尼尔总会准备几个备选餐馆，比如帕克的一家咖啡馆，利特尔顿的一个只卖早餐的餐车，但亚当一般都用不着联系备选者。在首播后的头两个月里，他们的美食节目去哪家餐馆，就能让哪家餐馆的生意更红火，在那之后也能更好地带动餐馆的生意。

有些粉丝会跟随大厨的脚步，去那些在节目中出现过的餐馆品尝美食。大厨总是对食物大加赞赏，一般情况下，每周日晚上会有上百万观众收看他们的美食节目。这可是世界上最好的广告，而且分文不收。

亚当准备好先接受莱克伍德那家名叫“猪哨”的烤肉店店主的兴奋反应。果不其然，他一提到节目的名字，店主就兴奋地尖叫起来。亚当好像还听到她跳上跳下的咚咚声。这就像拿着采购商的巨额支票去敲门一样。

待店主平静下来之后，亚当才开始像往常一样进行说明，先是与她敲定录制日期，将联系信息通知她，让她准备好节目录制所需的物品。在整个通话过程中，那个店主一直在感谢亚当，时不时还大声把这个好消息告知走进来的人。

亚当打过无数次这样的电话，但他每次都只需要开心地笑，感觉自己就像报喜圣徒尼克。

与面包店的通话情形也差不多，只不过糕点主厨没有尖叫，而是哈哈大笑，他的笑声极富感染力，亚当情不自禁地也和他一起笑。这次的通话时间比跟烤肉店的通话时间长，但亚当很快冷静了下来，那个糕点主厨就没有这么好的定力了。

亚当特意最后打电话给海德威酒吧烧烤店，因为他很清楚周五晚上的卡拉OK活动安排起来要更复杂一些。亚当觉得这样的活动与节目的主题偏离太多，不过他觉得可以既录晚饭时间也录表演，然后再把录像剪辑在一起，放在节目里播出。

“你好，海德威酒吧烧烤店。”一个女低音在电话那边响起，“有什么能帮您吗？”

在背景声中，亚当听到了他早有预料的声音：整理干净盘子的叮当声、砰砰砰的切菜声，以及为了不干扰电话而压低的谈话声。但很快，谈话声又会变大。

“你好。”亚当发自内心地与她打招呼，“我找威克斯太太，爱丽斯·威克斯太太，找威克斯先生也可以。”

“我就是威克斯太太。”

“太好了。你好。我叫亚当·科佩基，我代表《美国美食之旅》节目组给你打电话。”

他说完等待对方的反应。有时候，他们需要一点儿时间才能消化这个信息。他很想知道威克斯太太是会尖叫还是倒吸一口凉气。她说不定还会哭。

“哦，”威克斯太太冷静地说，“有什么我能做的吗？”

亚当尴尬地笑了笑。有时候的确是这样。并不是每个人都知道他们的节目，但现如今他们的大名也可以说是家喻户晓了。

“我们是一档以介绍美食为主的真人秀节目，介绍各地的美食，大厨——”

“是的，我知道这个节目。”威克斯太太的声音里夹杂着一丝不耐烦，“你需要我们做什么？”

亚当不由得大吃一惊。说来也怪，对方像是在怀疑，好像她以为自己是在耍阴谋诡计，或是什么更卑鄙的伎俩。亚当有点糊涂。

他连忙纠正她的认知。“我打电话是要通知你，我们选中海德威参加我们的节目。我们的美食星探——”他轻轻一笑，“回来后对你们的美食和娱乐表演赞不绝口。我们听说你们在当地很受欢迎，所以希望通过节目向大众介绍你们的餐馆，让所有人都知道你们。”

她现在应该明白了吧？作为餐馆的老板娘，她肯定正在脑袋里计算这下能赚多少钱了。他等待她的第一声尖叫。

可她还是什么反应也没有。

他依然能听到盘子的叮当声、砰砰的切菜声和轻轻的说话声，远处还有几条狗在叫。不然他准会以为电话断了，或是她挂了他的电话。

“威克斯太太，你还在吗？”

“在。”

“噢，那个，恭喜你。我们计划在下个月初前往你们所在的区域，在那段时间里，看你们什么时候方便，我们可以灵活掌握时间。我听说周五晚上最精彩，我想是不是可以——”

“对不起——科佩基先生，您刚才是说您姓科佩基吧？”

“是的，不过叫我亚当好了。”

“对不起，亚当，我们……很荣幸，但我想我们不能参加节目。”

“噢。”亚当嘟囔着说，同时还倒吸一口凉气。

他倒是碰到过时间不合适的情况。有的店主遇到了重大的紧急情况，比如婚礼、葬礼或是器官移植，但店主一定会努力调整时间，实在不行，对方也必定会失望透顶。奥马哈市一个可怜的女人为此还在电话里哭了整整五分钟呢。

“感谢您想到我们……”

好像这通电话只是一个远房亲戚邀请她去参加后院生日派对一样。

“威克斯太太，我想你并没有意识到这能给你的生意带来多少好处。我可以为你提供一些数据——等你知道上了节目能让你们多赚多少钱，你一定会惊讶的。”

“我相信您说得对，科佩基先生。”

“怎么了，夹竹桃？”一个深沉洪亮的声音横插进来。

“请稍等。”威克斯太太对亚当说，然后她的声音微微有些听不清，“我听明白他的意思了。”她对那个洪亮声音的主人说，“是《美国美食之旅》节目。”

“他们想干什么？”

“显然是要来海德威拍摄。”

亚当放缓呼吸。或许这个老板会有适当的反应。

“噢。”深沉的声音回道，他的语气让亚当想起那个女人最初的反应。一样很平淡。

难道自己现在是在通知一个坏消息吗？亚当感觉自己受到了愚弄。贝斯和尼尔是在和他开玩笑吗？

“真的吗？”远处有人说，这个声音也很深沉，却热情得多。“他们想要我们参加节目？”

“是的。”威克斯太太说，“但我们不能——”

欢呼声打断了她下面要说的话。亚当并没有松一口气。他并没有感觉到电话线那端有任何改变。

“用不用我和他说，夹竹桃？”洪亮的声音问。

“不用，你去对付他们吧。”威克斯太太说，“纳撒尼尔或许需要一杯烈性酒。各位服务员大概也需要。电话的事就交给我吧。”

“遵命。”

“抱歉打断了与您的通话，科佩基先生。”威克斯太太说，她的声音又变得清晰起来，“我衷心感谢您的邀请。但很抱歉，我们不能参加。”

“我不明白。”亚当听得出他自己声音里的沮丧，并且肯定她也听得出来，“我说过了，时间可以灵活掌握。我……我还从没遇到过不愿意参加节目的餐馆呢。”

这会儿，她的声音更有活力了，还充满了安抚。“如果有可能，我们当然愿意参加。你知道的……”她沉吟片刻，“我们正面临一项法律纠纷。是扣押权的问题，与我小叔子的前女友有关。需要确认这家店是商业贷款呢还是私人礼物，诸如此类的麻烦。你听明白了吧？问题很棘手，很难处理，现在没有新闻对我们就是好事。我们必须保持低调，希望您能理解。对于您的邀请，我们真的感到很荣幸。”

他能听到声音洪亮的弟弟在背景声中与人争论，又有狗叫声传来，还有人在低声抱怨着什么。

总算有了个具体的原因，不过他无法完全理解，为什么这家餐馆参加节目会对他们的法律纠纷产生不利影响……除非他们认为参加节目得花钱。

“我很遗憾听你这么说，威克斯太太。或许以后你们可以参加。我可以给你我的——”

“当然。非常感谢。等方便了我会联络您的。”

电话断了。她甚至都没让他说出他的电话号码。

亚当盯着眼前的纸看了几秒钟，想努力甩掉“上门送礼结果吃了闭门羹”的感觉。

几分钟过去了，他一直注视着电话。最后，他摇摇头，伸手去拿备用餐馆的资料。帕克的那家咖啡馆一定会很感激被选中。亚当需要听一听兴奋的尖叫声。

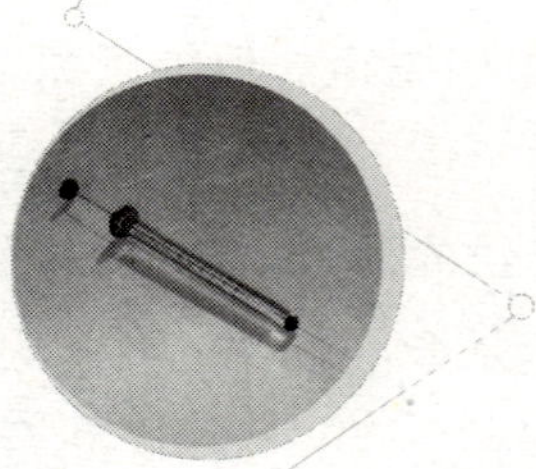

致 谢

我一个人不可能完成这个故事，在此要衷心感谢给予我时间、耐心和专业知识的人。

对我最重要的人是亚利桑那州立大学分子科学学院的克里斯汀·亨德里克森博士和她的同事斯科特·莱夫勒博士。亨德里克森博士花费了大量时间，设计出可行的途径，让我去杀戮、折磨和用化学药物摆布虚构的人物，对她的帮助我不胜感激。

我最喜欢的注册护士贾德·门登霍尔倾尽全力帮助我救活了丹尼尔·比奇，是她让我了解了胸口贯穿伤，并且想出了兽医救人这个解决方案。

如果没有格雷戈里·普林斯博士在分子生物学和单克隆抗体方面的莫大帮助，我恐怕也无法把亚力克斯描写得这么生动逼真。

在此衷心感谢如下人员：汤米·魏特曼，他是美国酒精、烟草与火器管理局的退休特工，是他让我了解了防毒面具的相关知识；保罗·摩根和杰里·海恩，是他们向我讲述了布置实用的死亡陷阱的技术性细节；菲尼克斯市警察局的沃伦·布鲁尔小队长，是他审查了本书中有关毒品交易的内容；美国空军犯罪调查局前上尉 S. 丹尼尔·克尔顿，正是他利用专业知识创造出了凯文的背景；海军上士约翰·E. 洛维，他总是欣然与我讨论枪支，不管我临时想知道哪方面的问题，他都乐于回答。

我还要感谢那些不愿意透露姓名的人。谢谢你们的帮助。

我把我全部的爱都献给：理解我的家人，我写作起来不眠不休，疯狂躁动，他们却能包容我；我的编辑阿斯亚，他聪明体贴，即便我很疯狂，他也不会说我什么；我的代理人约迪，她就像忍者一样，谁要是和她作对，她就会让谁害怕（有时候对支持她的人也同样如此）；我的电影代理人凯西，她超级漂亮，正是我立志长大后要成为的那种人；我的制作合伙人梅根，她一力承担了《善变的鱼》的所有工作，让它不至于因为我的缺席而一败涂地。我还发自内心地感谢选择我的书、给我的书一个机会的人，谢谢你们让我讲故事给你们听。

最后，我要感谢我的蠢萌德国牧羊犬波奇，只要有哪怕是一点点危险，它也会立即缩到我的腿后。它对我的爱永远比不上它对我丈夫的爱。而且，它到现在都弄不懂捡物游戏的基本原则。我也爱你，你这个傻大个、漂亮的胆小鬼。